변신 이야기

변신 이야기

Metamorphoses

오비디우스 서사시 이종인 옮김

METAMORPHOSES
by OVIDIUS (A.D. 8)

일러두기

1. Ovid, *Metamorphoses*, edited with translation and notes by D. E. Hill, 4 vols (Oxford: Aris & Phillips, 1985~2000)를 번역 대본으로 사용했습니다. 행수 표시도 이 판에 따랐습니다.
2. 본문의 신명·인명·지명은 로마식으로 표기했습니다. 현대 독자들에게 익숙한 영어식 지명도 다음과 같이 적었습니다.
그리스 → 그라이키아, 나일 → 닐루스, 이집트 → 아이깁투스 등

이 책은 실로 꿰매어 제본하는 정통적인 사철 방식으로 만들어졌습니다.
사철 방식으로 제본된 책은 오랫동안 보관해도 손상되지 않습니다.

그리스 로마 신화의 신명·인명·지명 비교

<table>
<tr><th>로마 이름</th><th>그리스 이름</th></tr>
<tr><td>가니메데</td><td>가니메데스</td></tr>
<tr><td>나르키수스</td><td>나르키소스</td></tr>
<tr><td>넵투누스</td><td>포세이돈</td></tr>
<tr><td>다이달루스</td><td>다이달로스</td></tr>
<tr><td colspan="2">다프네</td></tr>
<tr><td>데이아니라</td><td>데이아네이라</td></tr>
<tr><td>델피</td><td>델포이</td></tr>
<tr><td>디아나</td><td>아르테미스</td></tr>
<tr><td>라토나</td><td>레토</td></tr>
<tr><td>마르스</td><td>아레스</td></tr>
<tr><td>메넬라우스</td><td>메넬라오스</td></tr>
<tr><td>메데아</td><td>메데이아</td></tr>
<tr><td colspan="2">메두사</td></tr>
<tr><td>메르쿠리우스</td><td>헤르메스</td></tr>
<tr><td>미네르바</td><td>아테나</td></tr>
<tr><td colspan="2">미노스</td></tr>
</table>

<table>
<tr><th>로마 이름</th><th>그리스 이름</th></tr>
<tr><td>바쿠스</td><td>디오니소스</td></tr>
<tr><td>베누스</td><td>아프로디테</td></tr>
<tr><td>불카누스</td><td>헤파이스토스</td></tr>
<tr><td>사투르누스</td><td>크로노스</td></tr>
<tr><td>사티루스</td><td>사티로스</td></tr>
<tr><td colspan="2">아이게우스</td></tr>
<tr><td>아이네아스</td><td>아이네이아스</td></tr>
<tr><td>아이스쿨라피우스</td><td>아스클레피오스</td></tr>
<tr><td>아이아쿠스</td><td>아이아코스</td></tr>
<tr><td>아이올루스</td><td>아이올로스</td></tr>
<tr><td>아켈로우스</td><td>아켈로오스</td></tr>
<tr><td>아킬레스</td><td>아킬레우스</td></tr>
<tr><td>아탈란타</td><td>아탈란테</td></tr>
<tr><td>아폴로</td><td>아폴론</td></tr>
<tr><td>에우로파</td><td>에우로페</td></tr>
<tr><td colspan="2">오르페우스</td></tr>
</table>

로마 이름	그리스 이름
오케아누스	오케아노스
울릭세스	오디세우스
유노	헤라
유피테르	제우스
이다	이데
이리스	
이아손	
이카루스	이카로스
이타카	이타케
이피게니아	이피게네이아
케레스	데메테르
케르베루스	케르베로스
켄타우루스	켄타우로스
코린투스	코린토스
쿠피도	에로스
키론	케이론
키르케	

로마 이름	그리스 이름
테세우스	
트라키아	트라케
트로이아	
티레시아스	테이레시아스
티스베	
파르나수스	파르나소스
파리스	
파우누스	판
프로세르피나	페르세포네
프리아무스	프리아모스
플루토	하데스
피라무스	피라모스
피리토우스	페이리토오스
헤르쿨레스	헤라클레스
헤쿠바	헤카베
히아킨투스	히아킨토스
히폴리투스	히폴리토스

제1권

다양한 변화의 양상

서시

나의 마음이 깊이 감동하여
낯선 몸으로 변신한 형체들을 노래하고자 하노라.
오, 신들이시여,
이들을 이렇게 변신시킨 이는 바로 당신들이오니
나에게 영감을 내려 주소서.
그리하여 이 세상의 시작부터 오늘날 우리 시대까지
이어지는 이 연속되는 노래를
내가 끝까지 잘 부를 수 있도록 인도해 주소서. 4

천지창조

바다, 땅, 모든 것을 덮는 하늘이 생겨나기 전에 자연의 얼굴은 어디에서나 하나였고 사람들은 이를 카오스라 했다. 세상은 질서가 전혀 없는 울퉁불퉁한 덩어리였고, 불활성(不活性)의 거대한 물질이었으며, 조화를 이루지 못한 사물들의 씨앗들이 마구 뒤엉켜 있었다. 때는 티탄[1]이 이 세상에 빛을

1 여기서는 태양을 가리킨다. 이하 모든 주는 옮긴이의 주이다.

주기 이전이었고, 새로운 포이베[2]가 생겨나 자기 뿔을 잃었다가 다시 회복하기 이전이었으며, 대지가 자기 중력으로 균형을 이루어 공중에 매달리기 이전이었고, 암피트리테[3]가 땅들의 기다란 가장자리 주위에 팔을 내뻗기 이전이었다.

비록 대지와 바다와 공기가 있기는 했지만, 대지는 불안정했고 바다는 헤엄칠 수 없는 상태였으며 공기 중에는 빛이 없었다. 각 부분은 제 형체를 유지하지 못했고, 한 부분이 다른 부분들을 방해하는 형국이었다. 하나의 덩어리 내에서 냉기가 열기와, 축축함이 건조함과 싸웠으며 부드러움이 딱딱함과, 무게 없는 것이 무게 있는 것과 충돌했다.[4]

신 혹은 고차원적인 자연의 힘이 이러한 충돌을 해결했다. 먼저 하늘에서 땅을 떼어 냈고, 땅에서 바다를 떼어 냈으며, 청명한 하늘에서 안개 낀 공기를 분리했다. 이런 것들을 검은 덩어리에서 떼어 낸 후 별도의 자리에 고정해 조화로운 평화를 이루었다. 무게 없는 불 같은 영기(靈氣)는 위로 퍼져나가 둥그런 하늘의 가장 높은 곳에 자리 잡았다. 가벼움에서 이 영기 다음 위치를 차지하는 것이 공기이다. 이것들보다 무거운 땅은 대규모 원소들을 끌어당겨 자체의 무게로 아래쪽으로 처지게 되었다. 땅을 둥그렇게 덮는 물이 맨 나중 자리를 차지하여 대지 전체를 감쌌다.

2 달의 여신으로, 뿔의 상실과 회복은 달의 기울어지고 차오름을 가리킨다.

3 바다의 여신으로서 여기서는 바다를 가리킨다.

4 기독교의 천지창조에 따르면 하느님이 무로부터 하늘과 땅을 만들었다. 그러나 오비디우스의 경우 천지창조는 무가 아니라 이미 존재했던 카오스로부터 시작된다. 카오스는 형체 없는 물질들의 뒤범벅이었다. 이것들이 점점 더 정교하게 가다듬어지고 구체적인 형태를 갖추면서 천지가 만들어졌다는 것이다.

신들 중에서 정리와 배열을 담당한 신이 혼돈의 덩어리를 이런 식으로 나누었고, 일단 나눈 다음 각 부분들을 고정해 대지에 울퉁불퉁한 부분이 없도록 했다. 그 후 신은 땅에 집중하여 이를 커다란 구형으로 만들었다. 이어 바다를 펼치고 강한 바람을 보내 바다가 일어서게 했으며 둥그렇게 말린 대지 가장자리를 둘러싸게 했다. 이어 샘물, 거대한 연못과 호수를 만들었고 아래로 흐르는 강물들이 경사진 둑을 따라 흘러내리게 했다. 강물은 다양한 곳으로 흐르면서 땅에 흡수되기도 하고 바다로 가기도 했다. 풍성한 물의 드넓은 해원에 안기면 강물은 강둑 대신에 해안을 두드렸다. 신은 또 들판들은 더 멀리 뻗어 나가고, 계곡은 깊이 가라앉고, 숲은 잎사귀들로 뒤덮이고, 바위 많은 산들은 우뚝 솟아나라고 명령했다.

하늘은 둘로 갈라져서 오른쪽 왼쪽에 각각 두 개의 구역이 있었으며 중간에 이 네 구역보다 더 뜨거운 다섯째 구역이 있었다. 창조하는 신의 배려에 의해, 당초 하늘에 덮여 있던 땅덩어리도 똑같은 개수로 나뉘었다. 대지가 이처럼 다섯 지대로 구분되기는 했지만, 중간에 있는 지대는 더위 때문에 생물이 살 수가 없었다. 맨 바깥에 있는 두 지대는 수북한 눈으로 뒤덮였다. 이 외곽의 두 지대 사이에 창조주 신은 두 지대를 더 두었는데 여기에 온화한 기후를 주어 냉기와 온기가 적절히 뒤섞이게 했다. 이들 지대 위에는 불보다 훨씬 가벼운 공기가 자리 잡았는데, 이는 물이 땅보다 가벼운 것과 마찬가지 이치였다.

바로 이 지대에 신은 안개들에게 모여들라 명령했다. 그리하여 구름이 생겨나고 사람들을 무서움에 떨게 하는 천둥이 생겨났다. 신은 또 바람들을 만들어 이로부터 번개와 천둥이 생겨나게 했다. 창조주는 공기가 바람의 변덕에 일방적으로 휘둘리게 두지 않았다. 설사 아무리 멀리 떨어진 지역에서라도, 바람이 일진광풍을 제멋대로 휘두르면, 세상을 갈가리 찢어 놓을 테고 이를 막을 방도가 없기 때문이다. 바람 형제들의 불화 또한 심각했다. 동풍 에우루스는 동쪽에 있는 아라비아 땅의 나바타이아와 페르시아의 땅, 아침 햇살 아래에 있는 산맥으로 갔다. 서풍 제피루스는 지는 해가 따뜻하게 덥혀 주는 서쪽 해안에 자리 잡았다. 얼어붙은 북부와 스키티아는 성마른 북풍 보레아스가 장악했다. 맞은편에 있는, 늘 안개와 비가 자욱한 땅은 남풍 아우스테르가 지배했다.

이런 네 가지 바람 위에 창조주 신은 청명하고 무게 없고 대지의 찌꺼기가 전혀 없는 하늘을 배치했다. 창조주 신이 이런 식으로 확실한 경계를 두어 사물들을 모두 구분하고 정리하자, 혼돈의 덩어리 아래에서 오랫동안 감추어져 있던 별들이 끓어올라 하늘로 올라가기 시작했다. 신은 모든 지역에 살아 있는 것들이 존재하게 하려고 별들과 신성한 것들이 하늘을 차지하게 했다. 바다에는 비늘이 반짝거리는 물고기들이 살 수 있게 되었다. 땅은 야생동물을 받아들였고 날아가기 좋은 공중에는 새들이 살게 되었다.

하지만 이들보다 더 거룩한 생물, 높은 정신력을 발휘하여 다른 동물들을 다스릴 수 있는 존재가 필요했다. 그리하여 인간이 생겨났다. 어쩌면 인간은 더 좋은 세상의 근원인 창조주가 신성한 씨앗을 가지고 만든 존재인지 모른다. 어쩌면 새로 생겨난 대지가 하늘에서 떨어질 때 인척인 하늘의 씨앗들을 간직하고 있었는데, 이아페투스의 아들[5]이 이 씨앗들에 빗물을 섞어 만물을 지배하는 신들의 형상으로 만들어 낸 것이 인간일지도 모른다. 다른 모든 동물들은 엎드려서 땅을 내려다보지만, 창조주는 인간에게 두 발로 똑바로 서게 하여, 하늘을 쳐다보면서 별들을 향해 고개를 들라고 말했다. 그리하여 울퉁불퉁하고 형체가 없던 대지는 일변하여 지금껏 알지 못했던 인간의 형체를 받아들이게 되었다. 88

금은동철의 4시대

첫째로 황금시대가 있었다. 이 시대에는 처벌하는 자가 없었고 법으로 강제하지 않았는데도 자발적으로 신의와 권리를 숭상했다. 벌을 내리거나 공포를 느끼는 일도 없었고 고정된 청동판에 위협적인 법률 문구를 새겨 넣지도 않았다. 탄원자들이 재판관의 얼굴을 두려워하는 일도 없었고, 치안관을 두지 않아도 모두 안전하였다. 산꼭대기에서 소나무를 베어 넘실거리는 바닷가로 끌고 가 낯선 세상으로 보내는 일도 없었다. 인간은 자기가 태어난 해안 말고는 다른 장소를 알지 못했다. 마을 주위에 깊은 구덩이를 파는 일도 없었다. 곧게 뻗은 청동 나팔도, 굴곡진 뿔피리도, 전투모도, 장검도 없었다. 병정(兵丁)이 필요하지 않았으므로 종족들은 아무 근심 없이 평화롭고 한가로이 살았다. 괭이로 일구지 않고 보습으로 상처를 주지 않아도 땅은 저절로 모든 것을 생산했다.

사람들은 자연이 선사한 식량에 만족하면서, 월귤나무 열

5 프로메테우스로서, 전설에 의하면 진흙으로 최초의 남녀를 만들어 천상에서 훔쳐 온 불로 영혼을 불어넣은 자이다.

매, 산딸기, 거친 덤불에 매달린 산딸나무 열매와 검은딸기, 잎사귀 무성한 참나무에서 떨어진 도토리 등을 채집해다 먹었다. 봄날은 영원히 계속되었고 따뜻한 미풍을 불어 주는 온유한 제피루스는 씨 뿌리지 않아도 저절로 피어난 꽃들을 부드럽게 어루만졌다. 곧 쟁기질하지 않은 땅에서 곡식이 자랐고, 경작하지 않은 들판도 금세 곡식의 이삭들로 하얗게 되었다. 때로는 우유의 강이 흘렀고 때로는 신들의 음료 넥타르의 강이 흘렀으며 초록색 참나무에서는 노란 꿀이 뚝뚝 떨어졌다.

사투르누스[6]가 어두운 타르타루스(지하 세계)로 추방되고 세상이 유피테르의 지배를 받게 되면서 순은시대가 시작되었다. 순은시대는 황금시대보다는 못하지만 그래도 청동시대보다는 나았다. 유피테르는 과거 영원한 봄날의 시대를 단축하여 1년을 겨울, 여름, 불안정한 가을, 짧은 봄, 이상 네 계절로 나누었다. 이 시대에 처음으로 공기는 건조한 열기에 덥혀 백열(白熱)하는가 하면 바람에 언 고드름이 매달렸다. 인간은 이때 처음으로 집으로 들어갔는데, 주로 동굴, 울창한 숲속의 피신처, 나무껍질과 나뭇가지로 엮은 집이었다. 이때 처음으로 케레스[7]의 씨앗들은 긴 고랑에 묻혔고 황소는 어깨를 누르는 멍에 아래에서 신음 소리를 냈다.

이어 청동시대가 도래했다. 사람들의 성격이 사나워졌고 끔찍한 무기를 집어들 준비가 되어 있었지만 아직 죄악에 깊

6 사투르누스는 하늘과 땅의 아들로서 황금시대에 세상을 다스렸으나 자신의 아들이자 각각 천상, 바다, 지하를 다스리는 신들인 유피테르, 넵투누스, 플루토에게 폐위 당해 타르타루스로 보내졌다.

7 농업의 여신.

이 빠져들지는 않았다. 맨 마지막 시대는 강철시대이다. 이 사악한 시대에 모든 죄악이 생겨났다. 염치와 진실과 신의는 사라져 버리고, 대신 그 자리에 사기와 기만과 음모와 폭력과 사악한 소유욕이 들어섰다. 강철시대에 선원은 돛대를 전에는 잘 알지 못했던 바람에 맡겼다. 전에는 높은 산에 서 있었던 나무들이 이제 배가 되어 낯선 파도를 헤쳐 나갔다. 전에는 햇빛이나 공기처럼 공동 소유물이었던 땅을 신중한 측량사가 기다란 경계지로 구획해 놓았다. 사람들은 이제 풍성한 대지에게 곡식과 식량을 노골적으로 요구했을 뿐만 아니라, 대지의 내장 속으로 들어가는 방법을 고안해 냈다. 그리하여 대지가 감추어서 스틱스[8]의 지하 세계로 옮겨 놓았던 부(富)가 발굴되었고, 이 부는 온갖 사악함을 부추겼다.

이렇게 하여 해롭기 짝이 없는 쇠가 등장했고 이 쇠보다 더 해로운 황금이 나타났다. 자연히 쇠와 황금을 얻기 위한 전쟁이 벌어졌고, 사람들은 피묻은 손으로 계속하여 번쩍거리는 무기를 휘둘렀다. 사람들은 약탈을 해서 먹고살았다. 손님은 초대한 주인의 손에, 장인은 사위의 손에 안전하지 않았다. 형제간의 우애는 찾아보기 어려웠다. 남편은 아내의 죽음을, 아내는 남편의 죽음을 기다렸다. 악독한 계모는 음식에 치명적인 독약을 넣고 아들은 아버지의 사망 날짜를 알아내기 위해 기꺼이 별점을 쳤다. 경건한 마음은 정복 당하여 땅바닥에 처박혔고 마지막 남은 천상의 존재이자 정의의 여신인 아스트라이아는 학살로 피를 뚝뚝 흘리는 이 세상을 떠났다. 150

8 스틱스는 원래 저승의 강을 가리키는 말이지만, 지하 세계 혹은 죽음이라는 의미로도 사용된다.

거인족들과의 싸움

높은 하늘이 땅보다 더 안전하지 않을까 생각하여, 거인들은 천상의 왕국을 차지하려고 산더미를 까마득하게 쌓아 올려 높은 별들에 이르겠노라 마음먹었다. 그때 전능한 아버지가 올림푸스 산맥을 천둥으로 떨게 만드니 오사산 위에 있던 펠리온산이 떨어져 나가 아래로 굴러 내렸다. 몸뚱어리가 거대한 산더미에 짓눌린 거인들이 죽어 버리자(이야기는 이렇게 전해지고 있다), 자식들의 몸에서 나온 피로 흠뻑 물든 대지는 축축해졌고 대지는 이 따뜻한 피 속으로 생명의 숨결을 불어넣었다. 거인 자식들의 흔적이 사라지게 되자 이 피로부터 인간의 형상을 한 종족을 만들어 낸 것이다. 하지만 이 종족도 신들을 경멸했고 잔인한 학살을 마구 저질렀으며 폭력에 몰두했다. 이것만 보아도 그들이 피로부터 생겨난 존재임을 알 수 있었다. 162

리카온의 잔치

사투르누스의 아들인 유피테르는 자신의 성채에서 이런 광경을 보고 신음하면서 리카온의 식탁에서 벌어진 혐오스러운 잔치를 다시금 떠올렸다. 최근에 벌어진 일이라 아직 널리 알려지진 않았다. 그는 신들의 왕에게 어울리는 엄청난 분노를 터뜨리면서 회의를 소집했다. 소집된 신들은 지체 없이 나타났다.

천상에는 길이 하나 있는데 밤중의 청명한 하늘에서는 아주 잘 보인다. 하얘서 은하수라고 불리는 길로, 신들이 엄청난 천둥을 내리는 유피테르의 황궁 거처를 방문할 때 이용한다. 은하수의 오른쪽과 왼쪽에는 고귀한 신들의 궁전들이 있는데 출입문이 활짝 열려 있고 늘 방문객들로 붐빈다(평범한 신들은 별도의 지역에서 거주한다). 이 지역에서는 힘세고 유명한 신들만 자기네 수호신을 모시고 있다. 감히 말하자면, 천상의 로마 황궁 같은 곳이다. 신들이 대리석 내실에 착석했을 때, 신들보다 더 높은 곳에 앉아 상아 왕홀에 기대고 있던 유피테르는 무서운 머리카락을 서너 번 흔들어서 땅, 바다, 별들을 진동시켰다. 이어 유피테르의 분노하는 입술로부터 이런 말이 터져 나왔다.

「뱀 발이 달린 거인족이 가만히 있는 하늘을 차지하려고 100개의 팔을 휘두를 때도 나는 지상의 왕국에 전혀 관심이 없었소. 비록 적들은 사나웠지만 그건 한 집단, 한 종족에 맞선 싸움이었소. 이제 나는 네레우스[9]가 온 세상에 내지르는 소리가 울리는 곳[10]에 거하는 모든 인간 종족들을 파괴해야 겠소. 나는 스틱스 숲속을 흐르는 강들을 두고서 맹세하겠소. 우리는 수술 없이 치유해 보려고 안 해본 일이 없지만 이제 도려내는 칼날로 저 치유할 수가 없는 부위를 잘라 내야만 하오. 그렇게 해야 천상이 오염되지 않을 것이오. 나는 반신(半神), 시골에 사는 정령인 파우누스와 사티루스, 그리고 산에 사는 실바누스 등을 생각해 주어야 하오. 이들은 아직 천상에 올라올 영예는 얻지 못했으나 우리가 이미 그들에게 주었던 땅에서 살게 합시다. 하지만 신들이여, 이들이 과연 안전하리라고 생각합니까? 천둥과 벼락을 부리고 당신들을 지배하는 나조차도 저 포악한 리카온의 음모의 대상이 되는 마당에 말입니다.」

9 바다의 신으로 쉰 명의 딸을 두었는데 여기서는 바다라는 뜻이다.
10 육지.

신들은 동시에 중얼거렸고 불타는 열정을 내보이며 그런 포악한 자를 징벌하자고 주장했다. 그러나 불경한 무리가 카이사르를 죽여 로마를 멸망시키려고 도발할 때도 인류는 이와 같은 갑작스러운 패망에 대한 공포로 경악했고, 온 세상은 벌벌 떨었다. 유피테르가 지금 이 순간 여러 신들의 반응에 고마워하듯, 아우구스투스여, 당신은 로마 시민들의 경건한 마음을 고맙게 받아들였습니다. 유피테르가 손짓과 목소리로 진정시키자 중얼거리던 신들은 모두 입을 다물었다. 통치자의 권위에 의해 소동이 가라앉자 유피테르는 침묵을 깨트리고 입을 열었다.

「그자는 이미 적절히 처리되었소. 그러니 너무 염려하지 마시오. 하지만 나는 여러분에게 그의 죄상과 징벌에 대하여 알려 주고자 하오. 이 시대의 나쁜 소문이 우리 귀에까지 들려왔소. 나는 소문이 사실이 아니기를 바라면서 올림푸스산에서 내려가, 인간의 형체를 하고서 지상의 여러 곳을 돌아다녔소. 내가 도처에서 발견한 악행들을 자세히 설명하려면 긴 시간이 걸릴 것이오. 나쁜 소문은 실제보다 훨씬 약하게 전달된 것이었소. 나는 야생동물들의 소굴이 있는 무서운 마이날로스산을 지나갔고, 차가운 리카이우스산과 킬레네산의 소나무 숲을 통과하였소. 어둑어둑한 황혼이 밤을 불러오려 할 즈음, 방문객을 홀대하는 아르카디아 왕의 거처에 도달했소. 나는 신이 나타났다는 신호를 주었고 사람들은 기도를 올리기 시작하였소. 처음에 리카온은 그들의 경건한 기도를 조롱하더니 이렇게 말했소.

〈나는 간단한 시험으로 그가 신인지 인간인지를 알아보겠다. 한 치의 의심도 없이 진실이 드러날 것이다.〉

밤이 되어 내가 곤히 잠들었을 때, 그자는 나를 몰래 죽일 계획을 세웠소. 간단한 시험이란 바로 그것이었소. 한데 그자는 그것으로 성에 차지 않았소. 장검(長劍)의 칼끝으로 몰로시아 부족이 보내온 인질의 목을 도려내 절반쯤 죽은 인질의 신체 일부는 펄펄 끓는 물에 삶았고, 나머지는 불에 올려놓고 구웠소. 그자가 사체 토막을 식탁 위에 올려놓자마자 나는 복수의 불길로 그의 집을 뒤엎어 버렸고, 그러자 지붕은 조상신들의 위패 위로 폭삭 쓰러져 내렸소.

그자는 겁을 집어먹고 달아났소. 한적한 시골에 도착하자 커다랗게 울부짖으며 뭔가 말하려 했으나 아무 소용이 없었소. 입가에는 게거품이 일었소. 학살을 즐기던 광기를 여전히 버리지 못한 채 가축들에게 대들어 물어뜯으며 여전히 유혈이 낭자한 학살을 즐겼소. 이어 리카온의 옷은 털로 바뀌었고 양팔은 두 다리로 바뀌어 늑대가 되었으나 예전 외양의 흔적이 일부 남아 있었소. 회색 머리칼이며 험상궂은 얼굴은 그대로였소. 예전처럼 눈알도 반짝거렸고 표정도 사나웠소.

이렇게 해서 하나의 가문이 쓰러졌지만, 멸족시켜 마땅한 가문은 이외에도 아주 많소. 넓게 펼쳐진 대지 어디에서나 악행이 저질러져 사나운 복수의 여신은 분노하지 않을 수 없었소. 그자들은 악행을 저지르기로 맹세한 놈들 같소. 모든 가문은 자신들이 저지른 악에 대하여 죗값을 받아야 할 것이오. 이상이 나의 판단이오.」 243

대홍수

일부 신들은 유피테르의 말에 찬동을 표하면서 분노에 기름을 부었다. 다른 신들도 말 없이 승인함으로써 나름의 역할을 다했다. 하지만 인류를 완전히 멸종시키는 것은 어느 신들에게나 고통스러운 일이었다. 그들은 이렇게 묻기 시작했다.

인간이 없는 세상은 어찌될 것인가?

신들의 제사상에 분향할 자는 누구인가?

유피테르는 들짐승들이 세상을 망치도록 내버려 둘 생각인가?

신들이 이렇게 묻자, 신들의 왕은 다 생각해 둔 바 있으므로 걱정하지 말라고 말했다. 유피테르는 예전 인간을 닮지 않은 새 종족을, 근본이 고상한 새 종족을 새로이 만들어 내겠다고 약속했다.

이제 유피테르는 온 세상에 벼락을 내려칠 준비가 되어 있었다. 하지만 벼락을 너무 많이 내던지면 영기(靈氣)의 상부 하늘에까지 불빛이 비치고 하부 하늘은 불타 버리지 않을까 우려했다. 그는 지금 불벼락을 내리지 않아도 언젠가 바다, 땅, 하늘의 왕국이 불붙어서 타오르고, 세상이라는 단단하게 다져진 덩어리가 불길의 위험에 빠지는 사태가 이미 예정되어 있음을 기억했다.[11] 그리하여 키클롭스[12]가 만들어 바친 벼락 무기는 일단 사용이 보류되었다. 그는 정반대 유형의 징벌을 선택하였으니, 온 하늘에서 폭풍우 구름을 보내 인간 종족을 수장해 버리기로 했다.

곧 유피테르는 북풍 아퀼로는 물론이고 구름을 흩어 버리는 다른 바람들을 아이올루스의 동굴에 가두어 두었다. 이어 남풍 노투스를 밖으로 내보냈다. 노투스는 비를 뚝뚝 떨

11 제2권 초반부에 나오는 파이톤의 화재 사건을 암시한다.

12 시킬리아 해안에 사는 거인족으로 유피테르에게 벼락을 만들어 바쳤다.

어트리는 날개를 펴고 날아갔는데 험상궂은 얼굴은 시꺼먼 안개로 뒤덮였다. 턱수염은 폭우를 내리는 구름이 달려 무거웠고, 하얀 머리카락에서는 시냇물이 마구 흘러내렸다. 눈썹에는 실안개가 가득하고, 날개와 옷 주름은 이슬로 푹 젖어 있었다. 노투스가 손안에서 넓게 퍼진 구름을 쥐어짜자 〈콰쾅!〉 소리가 났다. 이어 하늘에서 폭우가 쏟아져 내렸다. 다양한 색깔의 옷을 입은 유노 여신의 전령 이리스는 하늘로 물을 끌어올려 구름들에게 자양분을 주었다. 폭우가 쏟아져 농사를 망친 농부는 울음을 터트렸다. 이제 희망이 사라졌고 한 해의 노고가 아무 보람 없이 물거품이 되었기 때문이다.

유피테르의 분노는 하늘에서 폭우를 내리는 데 그치지 않았다. 동생인 바다의 신과 파도들도 그의 분노를 풀어 주는 데 일조했다. 해신은 강의 신들을 소환했고 궁으로 들어온 신들에게 즉각 명령했다.

「길게 설명하지 않겠소. 당신들은 있는 힘을 다해서 이곳으로 흘러드시오. 지금 당장! 당신들의 집을 개방하고, 수문을 들어 올리고, 당신들의 냇물에 완벽하게 흐르는 자유를 주시오.」

강의 신들은 돌아가서 수원의 입들을 완전히 열었고 강물들은 아무런 제지도 받지 않고 곧장 바다로 흘러들었다. 해신 넵투누스는 삼지창으로 대지를 직접 내리쳤다. 대지는 잠시 부르르 떨었고 이로써 모든 수로는 물길을 열었다. 강들은 흐름을 이탈하여 들판에 범람했고 곡식과 가축과 나무와 사람과 집들과 사당이 있는 사원을 휩쓸었다. 어떤 가옥이 들이치는 물의 강력한 힘을 견디며 버티고 있다 할지라도 지붕 위로는 높은 파도가 넘실거렸고 탑들은 부서져서 물밑에 가라앉았다.

이제 바다와 땅은 구분할 수 없게 되었다. 오로지 바다뿐이었고 해안은 모두 사라졌다. 어떤 사람은 언덕으로 올라갔고 또 다른 사람은 조각배에 올라타 전에 쟁기로 갈던 땅 위에서 노를 저었다. 어떤 사람은 물에 잠긴 농가의 지붕 위나 곡식이 자라던 들판 위를 노 저어 갔다. 또 어떤 사람은 느릅나무의 우듬지에서 물고기를 잡았다. 때로 닻이 초록 풀밭에 던져졌고 조각배의 용골이 아래쪽 포도밭의 나무들과 부딪혔다. 조금 전에 어린 염소들이 풀을 뜯던 곳에는 보기 흉한 물개 시체들이 나뒹굴었다.

님프인 네레이스들은 물속에 가라앉은 숲, 도시, 주거지들을 보고 놀랐고, 숲을 차지한 돌고래들은 스쳐 지나가면서 참나무의 높은 가지들을 흔들어 댔다. 늑대는 양 떼와 함께 헤엄쳤으며 파도는 황갈색 사자와 호랑이들을 휩쓸었다. 홍수에 휩쓸려 가는 동안 수퇘지의 막강한 송곳니는 아무런 쓸모가 없었고, 수사슴의 재빠른 다리도 무용지물이었다. 내려앉을 데를 오랫동안 찾아다니던 새는 마침내 날다 지쳐 바다 위로 추락했다. 언덕들은 바다의 엄청난 방자함 앞에 무릎을 꿇었고 저 기이한 파도는 산꼭대기를 마구 때렸다. 세상의 땅이 거의 다 물에 잠겼고 홍수가 살려 준 사람들도 오랜 허기와 부족한 먹을거리로 인해 고통을 당했다. 312

데우칼리온과 피라

포키스 땅은 대홍수가 덮치기 전에는 보이오티아 땅과 비옥한 오이타 땅 사이의 중간 지점이었다. 하지만 대홍수가 닥쳐오자 갑자기 해원이 되어 바다의 일부가 되었다. 어느 높은 산의 두 봉우리가 별들과 이웃했는데, 바로 파르나수스 산이었다. 이 산의 꼭대기는 구름보다 높은 데 있었다. 데우칼리온이 아내를 조각배에 태우고 항해하여 이 꼭대기에 도착했을 때(다른 땅은 모두 물에 잠겼다), 부부는 코리키움 동굴의 님프들, 산속의 정령들, 예언 능력을 갖춘 테미스에게 기도를 올렸다. 당시 테미스는 신탁을 관장하고 있었다. 이 세상에는 데우칼리온처럼 정의를 사랑하는 남자가 없었고 피라처럼 신들을 경외하는 여자도 없었다.

유피테르는 대홍수에 잠긴 세상을 보았다. 또 그토록 많았던 남자들 중에 단 한 남자가, 그토록 많았던 여자들 중에 단 한 여자가 살아남았는데 남녀는 죄가 없고 신의 숭배자라는 사실을 알았다. 그리하여 안개를 거두고 아퀼로의 도움으로 폭우 구름을 이동시킨 후, 땅을 하늘에, 하늘을 땅에 노출시켰다. 바다는 이제 더 이상 분노하지 않았다. 해신 넵투누스가 삼지창을 내려놓고 바다의 신 트리톤을 불렀다. 해신은 어깨에 살아 있는 소라를 달고서 바다에서 솟아오른 트리톤에게 원뿔형 나팔을 불어 홍수와 강물들을 퇴각시키라고 명령했다. 속이 빈 원뿔 나팔은 아래보다 위가 넓은 나선형인데, 바다 한가운데에서 불어 제치면, 태양신 포이부스가 여행하는 동과 서의 가장 먼 해안에까지 소리가 퍼져 나갔다. 트리톤이 수염에서 떨어진 물방울로 축축해진 입술로 나팔을 불어 유피테르의 명령대로 퇴각을 지시하자 지상과 바다의 모든 물은 나팔 소리에 맞추어 범람을 멈추었다. 이제 해안이 드러났고, 강물은 원래의 수위를 회복하여 강둑을 넘지 않았으며 물이 빠지면서 언덕들이 나타나기 시작했다.

땅이 솟아올랐고, 수량이 줄어들자 점점 더 많은 땅들이 모습을 드러냈다. 한참 뒤에 숲은 물 빠진 나무 우듬지를 드러냈으나, 잎사귀에는 여전히 토사가 남아 있었다. 데우칼리온은 솟구치는 눈물을 억제하지 못하면서 피라에게 말했다.

「오, 여동생이여, 아내여, 살아 있는 유일한 여자여. 우리는 같은 씨족이었고 우리의 아버지들은 형제였지.[13] 우리는 결혼을 통하여 서로 떨어질 수 없는 몸이 되었지. 이제 우리는 역경을 통하여 더욱 단단히 결속되었구려. 지는 해와 뜨는 해가 비추는 모든 땅의 생명 중에 우리 두 사람만이 살아남았고 나머지는 바다가 모두 가져갔구려. 심지어 우리도 계속 살아남을 수 있을지 확신이 안 되오. 저 구름들만 보아도 겁이 나는구려.

경건한 아내여, 운명의 손길로 인해 우리가 헤어져야 한다면 당신은 어찌되겠소? 어떻게 혼자서 무서운 공포를 감당하겠소? 누가 당신의 슬픔을 위로해 주겠소? 만약 바다가 당신을 데려간다면, 나는 기필코 당신을 따라가리다. 바다는 나 또한 받아 주어야 할 거요. 내가 우리 아버지의 기술로 우리 종족을 되살릴 수 있고 흙을 이겨서 영혼을 불어넣을 수 있다면 얼마나 좋겠소. 이제 인간의 종족은 우리 둘만 살아남았을 뿐이오. 이는 신들이 결정한 일인 듯하고 우리는 인류의 모범이 되어야 하오.」

데우칼리온이 말을 마치자 부부는 흐느껴 울었다. 두 사람은 하늘의 신께 기도를 올리고 신성한 신탁의 도움을 청하기로 하고는 지체 없이 케피수스강으로 갔다. 강물은 아직

13 데우칼리온은 프로메테우스의 아들이고 피라는 프로메테우스의 동생인 에피메테우스의 딸이므로 두 사람은 사촌 남매이다.

맑지 않았으나 예전 수로를 따라 흐르고 있었다. 부부는 물을 떠서 옷과 머리를 단장하고 성스러운 여신의 사당으로 발걸음을 돌렸다. 사당의 박공은 지저분한 이끼로 누레졌고 제단 앞에는 향불이 타오르지 않았다. 신전 계단 앞에 이른 두 사람은 두려움에 떨며 땅에 엎드렸고 차가운 돌에 입을 맞추며 이렇게 말했다.

「신들도 정의로운 기도에는 감동하여 마음이 부드러워지고 신들의 분노도 때로는 누그러진다고 합니다. 테미스여, 우리에게 말해 주소서. 어떤 기술을 부려야 우리 종족을 되살릴 수 있는지. 오, 가장 자비로우신 이여, 수장된 이 세상이 회복될 수 있도록 도움을 주소서.」

여신은 감동하여 다음과 같은 신탁을 내려 주었다.

「이 신전에서 떠나가 머리에 베일을 두르고 옷의 허리띠를 푼 다음, 네 위대한 어머니의 뼈들을 등 뒤로 던져라.」

두 사람은 놀라서 한동안 말을 잊어버렸다. 이윽고 피라의 목소리가 침묵을 깨트렸다. 그녀는 여신의 명령에 따르지 않겠다는 뜻을 밝히고는 두려움이 가득한 어조로 용서를 청했다. 그녀는 어머니의 뼈를 땅에 던지면 어머니의 귀신에게 큰 피해를 입히리라 생각하여 두려워했다. 부부는 수수께끼 같은 신탁의 애매한 말씀을 다시 한번 마음속으로 곱씹으면서 깊이 생각해 보았다. 이윽고 프로메테우스의 아들 데우칼리온이 에피메테우스의 딸 피라를 부드러운 말로 위로했다.

「이는 우리의 지식이 우리를 속이는 것이오. 정의로운 신탁이 사악한 조언을 할 리 없소. 우리의 위대한 어머니란 바로 대지가 아니겠소? 위대한 어머니의 뼈란 곧 대지의 돌들을 의미한다고 생각하오. 신탁은 이 돌을 등 뒤로 던지라는 지시를 한 것이오.」

피라는 남편의 풀이에 감동 받았지만 그래도 의심에 휩싸여 있었다. 부부는 천상의 조언을 여전히 불신했지만 돌을 한번 던져 본다고 무슨 해가 있겠는가? 그들은 신전에서 물러나 머리에 베일을 두르고 허리띠를 푼 다음, 지시 받은 대로 등 뒤로 돌들을 던졌다. 돌들은 이내 단단함과 딱딱함의 성질을 잃어버리기 시작했고(오래된 전승이 없다면 누가 이를 믿을 수 있겠는가?) 잠시 후에는 물렁해졌으며, 일단 물렁해지자 형체를 이루기 시작했다. 이어 더 커지더니 온화한 특성을 갖추었고 아주 뚜렷하진 않으나 인간의 형상을 알아볼 수 있게 되었다. 대리석을 주물러서 완벽하게 마무리하진 못했지만 대충 모습을 갖춘 조각상과 비슷했다.

그들의 몸에서 습기를 취해 축축해진 부위는 변모하여 살이 되었고 딱딱하여 굽힐 수 없는 부위는 뼈가 되었다. 돌의 핏줄이었던 부분은 원래 모습을 그대로 간직하여 인간의 핏줄이 되었다. 잠깐 사이에 신들의 위력에 힘입어 남자가 던진 돌은 남자의 형상을, 여자가 던진 돌은 여자의 모습을 갖추었다. 그리하여 우리 인류는 고난을 견디는 강인한 종족이 415 되었다. 이것은 우리의 근원을 말해 주는 이야기다.

제2의 창조

다양한 형태의 동물들이 대지에 의해 바로바로 만들어졌다. 햇빛과 열에 의해 수분과 진흙과 습지가 데워지면서 사물들의 비옥한 씨앗들이 생명을 부양하는 대지로부터 자양분을 얻었다. 씨앗들은 마치 어머니의 자궁에 들어 있는 양 서서히 자라나 특정한 형체들을 갖추었다. 하구가 일곱 개인 닐루스강이 범람한 들판들을 떠나 물길을 원래 방향으로 돌리고 신선한 진흙이 천상의 별인 태양에 의해 가열되자 농부들은 흙을 뒤엎으면서 여러 생명체를 발견했다. 어떤 것들은 탄생 시점에 온전한 모습을 갖추었고, 또 다른 것은 막 생명이 영글기 시작하였으나 성장이 지연되는 바람에 사지가 없었고 때로는 한 몸 안에서도 어떤 부위는 생명체이고 어떤 부분은 날것의 진흙이기도 하였다. 왜냐하면 수분과 열기가 균형을 이루었을 때 수태가 되기 때문이다.

마침내 이 두 가지로부터 만물이 생겨났다. 불이 물과 싸우고, 축축한 온기가 모든 사물을 창조하지만, 이물질들의 조화가 생산을 촉진하는 법이다. 그래서 최근의 홍수로 축축해진 대지가 천상의 태양과 열기에 의해 다시 따뜻하게 데워졌을 때 무수히 많은 종을 생산하였는데, 개중에는 옛날 모습을 되찾은 것도 있고 완전히 새로운 형상을 이룬 것도 있었다.

437

포이부스와 피톤

이때 대지는 자기도 모르는 가운데, 너, 아주 커다란 피톤을 낳았다. 너는 엄청난 공포, 새로운 종족들이 전에 들어본 적이 없는 거대한 뱀이었다. 너는 산속에서 엄청난 공간을 차지하고 있었다.

예전에 달아나는 빨간 사슴이나 노란 사슴에게 치명적 화살을 날린 적이 있으나 이를 제외하고는 예의 화살을 쏘지 않았던 궁수 신, 포이부스[14]는 피톤에게 1,000발의 화살을 쏘느라고 화살통을 다 비울 지경이었다. 마침내 피톤은 죽었

14 아폴로의 별칭.

고 검은 상처들에서 독이 마구 흘러나왔다.

자신의 명예로운 행위가 시간이 흘러가면서 지워지는 사태를 막기 위해 포이부스는 축제에 신성한 게임을 도입하여, 방금 죽인 큰 뱀의 이름을 따서 피티아라고 명명했다. 손이나 발, 전차를 이용한 게임에서 우승한 사람은 기념으로 포이부스가 주는 참나무 가지를 받았다. 당시에는 아직 월계수가 없었기 때문에 포이부스는 아무 가지나 꺾어서 우승자의 우아한 이마와 기다란 머리카락을 묶어 주었다. 451

포이부스와 다프네

포이부스의 첫 사랑은 하신 페네우스의 딸 다프네였다. 이 사랑은 우연이 아니었고 쿠피도의 맹렬한 분노로부터 생겨났다. 최근에 피톤을 제압하고 의기양양해진 포이부스는 팽팽한 활을 당기는 쿠피도를 보았다.

「이 방자한 소년아, 그런 남성적인 무기로 뭘 하려는 것이냐? 그건 내 팔과 어깨에나 어울리는 무기지. 나는 내 활로 들짐승이나 적수들에게 상처를 입힐 수 있어. 독이 가득한 몸으로 엄청난 땅을 뒤덮었던 거대한 뱀 피톤을 화살을 무수히 쏘아 죽인 게 바로 나야. 너는 네 화살로 이런 저런 사랑의 마음을 불러일으킬 수 있을지 모르지만, 내가 세운 무공은 세울 수가 없어.」

포이부스가 말을 마치자 쿠피도는 재빨리 날개를 치며 공중을 날아 파르나수스의 그림자 진 정상에 살짝 내려앉았다. 그는 화살통에서 정반대 효과를 낳는 화살 두 대를 꺼냈다. 하나는 사랑을 쫓아내는 것이고, 다른 하나는 사랑을 불러오는 것이다. 사랑을 부르는 화살은 황금색으로서 날카로운 촉이 반짝거리지만, 사랑을 쫓아내는 화살은 뭉툭한 납촉이 달렸다. 쿠피도는 이 화살을 페네우스의 딸에게 쏘았고, 다른 화살은 포이부스에게 쏘았다. 화살이 뼈를 관통한 포이부스는 골수까지 부상을 입고 사랑에 빠졌으나 님프는 남자 애인이라면 질색을 했다. 다프네는 깊은 숲속을 배회하는 것을 즐겼고 정결한 여신 디아나와 경쟁하면서 오로지 사냥에만 전념하려 했다. 몸단장에도 관심이 없어서 하나의 머리띠만으로 흐트러진 머리칼을 대충 묶을 뿐이었다. 많은 남자들이 쫓아왔으나 구혼자들을 모두 물리쳤다. 다프네는 사내를 대동하지 않고 길 없는 숲속을 돌아다녔으며 연애나 결혼은 전혀 고려하지 않았다. 그래서 아버지는 종종 이렇게 말했다.

「얘야, 넌 내게 사위를 빚지고 있어. 딸아, 너는 내게 손주들을 빚지고 있어.」

다프네는 결혼해야 한다는 생각을 범죄처럼 두려워했고 아름다운 얼굴에는 부끄러운 홍조가 번져 나갔다. 다프네는 응석을 부리듯이 양팔로 아버지의 목에 매달리며 말했다.

「무엇보다 사랑하는 아버지, 내가 영원히 처녀로 남아 있도록 허락해 주세요. 디아나의 아버지는 허락했잖아요.」

아버지는 딸에게 지고 말았지만, 다프네, 너의 사랑스러움은 네가 소망하는 것을 금했고 너의 아름다움은 네가 소원하는 바를 무산시켰다.

포이부스는 사랑에 빠졌고 다프네를 보자 결혼하고 싶어졌다. 자신이 원하는 것을 꼭 손에 넣고 싶었다. 미래를 내다보는 신탁의 신이었지만 정작 자신의 미래는 잘못 읽고 말았다. 추수 때 이삭을 벤 후에 들판 그루터기에 불이 붙듯이, 여행자가 새벽녘에 잎사귀 가까이에 버린 횃불에 생울타리

가지가 불붙듯이 신의 가슴에도 불이 붙었고 희망은 무망한 사랑을 더욱 부채질했다.

포이부스는 목덜미까지 길게 흘러내린 다프네의 머리카락을 쳐다보면서 〈저걸 위로 들어 올리면 어떨까?〉 하고 말했다. 그는 난롯불처럼 반짝거리는 다프네의 별 같은 눈망울을 보았다. 이어 입술을 쳐다보았고 쳐다보는 것만으로는 도저히 만족할 수가 없었다. 포이부스는 다프네의 손가락, 양손, 거의 어깨까지 노출된 양팔에 찬사를 보냈다. 또 옷으로 가려진 부분은 더 아름답겠지, 하고 생각했다. 그녀는 가벼운 산들바람보다 더 빨리 달렸고 포이부스가 아무리 멈추라고 소리쳐도 멈추지 않았다.

「페네우스의 님프여, 기다려 주오. 나는 당신을 뒤쫓는 적이 아니라오. 늑대를 피해 달아나는 양, 사자를 피하는 사슴, 날개를 떨면서 독수리로부터 도망가는 비둘기는 적을 피해 달아나지만 당신은 지금 사랑하는 이를 피해 달아나는 거라오. 오, 사랑하는 이여, 땅바닥에 넘어지지 말아요. 가시덤불에 긁혀서 부상 당하면 안 돼. 당신의 아름다운 다리에 상처를 입히지 말아요. 내가 당신에게 상처 입히는 사람이 되지 않게 해줘요. 당신이 달려가는 데는 험한 곳들도 있어요. 제발 천천히 달려요. 걸음걸이를 늦추어요. 나도 당신을 천천히 뒤쫓을 테니.

아, 누가 당신을 이처럼 찬양하는지 물어보기라도 해요. 나는 산속의 나무꾼도 목동도 아니에요. 가축 떼나 양 떼를 돌보는 무식한 촌놈이 아니고요. 아, 무모한 여인이여, 당신은 지금 누구로부터 도망치는지도 모르고 있어요. 모르기 때문에 도망치는 거예요. 델피, 클라로스, 테네도스가 모두 내 땅이고, 파타라시에서도 나는 숭배를 받고 있어요. 유피테르가 내 아버지예요. 나를 통해 미래가 예견되고 현재와 과거가 진면목을 드러냅니다. 나를 통해 노래가 악기의 줄 위에서 화음을 이루어요. 내 화살은 백발백중, 하지만 더 강력한 화살이 하나 있어 내 공허한 가슴에 이토록 확실히 부상을 입혀 놓았군요. 나는 의약을 발명했고 온 세상에서 치료에 도움을 주는 의신(醫神)으로 숭배되고 있어요. 약초의 효력도 모두 내가 관장하지요. 하지만 정작 내 사랑을 치료해 줄 약초는 없구려. 모든 사람을 도와주는 의약 기술이, 그 기술의 주관자는 도와주지 못하는구려.」

그는 좀 더 말하려 했으나, 부끄러워하며 달아나던 다프네는 포이부스와 미처 끝내지 못한 말을 뒤에 남긴 채 더 빨리 달아났다. 달아나는 모습 또한 아름다웠다. 불어오는 바람은 다프네의 몸매를 드러내 주었다. 산들바람은 그녀의 옷을 몸에 짝 달라붙었다가 퍼지게 했고, 얼굴에 불어오는 가벼운 바람은 머리카락을 뒤쪽으로 나부끼게 했다. 달아나는 다프네는 가만히 서 있을 때보다 더 아름다웠다. 젊은 신은 부드러운 말로 그녀를 달래 봐야 시간 낭비라고 생각했고, 사랑 때문에 온몸이 달아올라 있었으므로 있는 힘을 다하여 달려갔다. 갈리아의 개가 탁 트인 들판에서 들토끼를 보고서 달려가는 모습을 방불케 했다. 사냥개는 사냥감을 잡기 위해 맹렬히 쫓아갔고 들토끼는 자기 안전을 도모하려고 필사적으로 달아났다. 사냥개는 이제 거의 다 잡았다고 느끼며 한 번만 더 뛰면 사냥감의 발꿈치를 물 수 있겠다고 생각했다. 들토끼는 이제 잡히는 게 아닌가 하여 조바심 내는 순간 사냥개의 턱으로부터 몸을 피하며 그놈의 입으로부터 가까스로 벗어났다. 신과 처녀가 쫓고 쫓기는 모습은 꼭 사냥개와 들토끼의 형상이었다.

포이부스는 희망에 가득 차서, 다프네는 공포에 질려 발걸음이 빨랐다. 하지만 사랑의 날개를 달고 있는 사냥꾼이 더 빨라서 그녀에게 쉴 틈을 주지 않았고 마침내 포이부스가 도망자의 등 뒤를 덮치는 순간 그의 숨결이 다프네의 목덜미에서 머리카락 위로 올라왔다. 그녀는 기진맥진했고 재빨리 도망치려고 필사적으로 애를 썼기 때문에 온몸이 다 창백해졌다. 다프네는 페네우스의 강물을 쳐다보며 말했다.

「아버지, 당신의 강물에 신의 위력이 있다면 지금 도와주세요. 내가 이처럼 찬양과 소망의 대상이 된 이유는 나의 아름다움 때문이오니, 그걸 변화시키고 파괴해 주세요.」

기도가 끝나자마자 심한 마비 증세가 그녀의 사지를 사로잡았다. 다프네의 부드러운 유방은 얇은 나무껍질로 변했고 머리카락은 잎사귀가, 양팔은 나뭇가지가 되었다. 그토록 빨리 달려왔던 양발은 활기 없는 나무뿌리로 바뀌었고 얼굴은 나무의 우듬지가 되었으며 오로지 아름다운 분위기만 남게 되었다. 포이부스는 이런 형상으로 변한 다프네도 사랑했고 오른손으로 나무줄기를 쓰다듬으면서 금방 생겨난 나무껍질 아래에서 뛰노는 연인의 가슴을 느낄 수 있었다. 그는 나뭇가지가 다프네의 사지인 양 거기에 양팔을 두르면서 나무에 입을 맞추었다. 하지만 나무는 키스하는 포이부스에게서 벗어나려는 듯이 몸을 부르르 떨었다. 신은 슬퍼하며 이렇게 말했다.

「당신이 내 아내가 될 수 없다면, 이제 나의 나무가 되어 주시오. 월계수여, 당신은 내 머리카락 위에, 내 수금(竪琴)

위에, 내 화살통 위에 언제나 있을 것이오. 당신은 로마 장군들을 언제나 따라다닐 것이오. 그들의 개선을 환영하며 사람들이 기쁨의 탄성을 내지를 때, 로마 원로원이 기다란 행렬을 굽어볼 때도 거기 있을 것이오. 아우구스투스 황궁의 현관문 앞에서도 당신은 가장 충실한 수호자로 서 있으면서 옆에 거느린 참나무를 쳐다볼 것이오. 내가 젊어서 언제나 머리카락을 길게 늘어뜨리듯이, 당신은 영원히 시들지 않는 잎사귀들로 영광스럽게 단장하고 있을 것이오.」

찬양의 말이 끝나자 월계수는 금방 만들어진 가지를 흔들며 동의했고 이를 확인하듯 우듬지를 사람의 머리처럼 끄덕여 보였다.

567

유피테르와 이오(1)

하이모니아[15]에 숲이 있는데 사방이 울창한 삼림으로 둘러싸여 있었다. 사람들은 이 숲을 템페라고 불렀다. 핀두스 산록에서 발원하는 페네우스강이 숲을 관통하여 하얀 물살을 자랑하며 흘렀다. 강은 때로 폭포수를 이루며 구름을 만들어 냈고 구름은 다시 가느다란 안개를 만들어 내면서 나무 꼭대기에 비를 내렸다. 빗소리는 사람들의 귀를 찢어 놓을 정도로 엄청났다.

바로 여기에 하신 페네우스의 집, 권부, 사당이 있었다. 절벽에 만들어진 동굴에 앉아 그는 강물과 강물을 돌보는 님프들에게 판결을 내렸다. 우선 현지의 강물들이 모여들었는데 그들은 다프네의 아버지에게 축하 인사를 해야 할지 위로를 해야 할지 잘 알지 못했다. 강둑에 포플러나무가 늘어선 스

15 그리스 테살리아의 옛 지명.

페르케오스, 안절부절못하는 에니페우스, 오래된 아피다누스, 온유한 암프리수스와 아이아스 등이었고, 이외에 방랑하듯 구불구불 흘러서 바다로 가는 강들도 회의에 참석했다.[16] 오로지 이나쿠스만이 참석하지 않았다. 동굴 밑바닥에 웅크린 채 눈물로 자신의 강물을 불렸고, 딸 이오가 실종되었다면서 한없이 슬퍼했다. 그는 딸이 여전히 살아 있는지 아니면 죽어서 지하 세계로 가버렸는지 알지 못했다. 어디에서도 찾을 수 없기 때문에 딸이 지상에는 없다고 생각했고, 내심 최악의 사태를 우려했다.

그전에 유피테르는 아버지의 강에서 돌아오는 이오를 보고 이렇게 말했다.

「오, 유피테르의 사랑을 받을 만한 처녀여. 결혼의 침대에서 배필을 즐겁게 해줄 처녀여. 저 깊고 어두운 숲속으로 들어가라. (이렇게 말하면서 깊은 숲속을 가리켰다.) 태양이 중천에 떠 있어서 날씨가 아주 무덥구나. 혼자 저 야생동물의 소굴로 들어가기 두렵다면 너를 보호해 줄 신과 함께 들어가는 쪽이 안전할 것이다. 너를 보호해 줄 신은 보통 신이 아니라는 사실을 알아 다오. 막강한 손에 천상의 왕홀을 쥐고 있으며 온 세상 곳곳에 벼락을 내리는 최고신이니라. 달아나지 마라.」

하지만 이오는 달아나고 있었다. 이미 레르나의 목초지를 지나 나무들이 울창한 리르케아 들판을 달려갔다. 최고신은 주위에 어둠을 퍼트려서 넓은 지대를 볼 수 없게 만들어 도주를 차단했고 이어 이오의 순결을 빼앗았다.

16 『변신 이야기』 전편에 걸쳐 강 이름은 강을 가리킬 뿐 아니라 강의 신 혹은 물의 신을 가리킨다.

한편 유노는 아르고스[17] 한복판을 내려다보다가 훤한 대낮에 갑작스레 안개가 나타나 사위를 뒤덮는 모습을 보았다. 강에서 올라오는 안개도, 축축한 대지에서 피어오르는 안개도 아니었다. 유노는 주위를 둘러보며 남편이 어디 있는지 살폈다. 여태 남편의 술수에 수없이 속은지라 저것도 남편의 소행이 아닌지 의심했다. 유노는 천상에서 그를 발견하지 못하자 혼자 중얼거렸다.

「내가 오해를 했거나 아니면 남편이 엉뚱한 짓을 저지르는 중일 거야.」

유노는 가장 높은 천상에서 내려와 대지에 우뚝 서 안개에게 사라지라고 명했다. 유피테르는 이미 아내가 도착했음을 감지하고는 이나쿠스의 딸 이오를 반짝거리는 암소로 변신시켜 놓았다. 암소 이오는 여전히 아름다웠다. 사투르니아, 즉 유노는 내키지 않았지만 암소의 아름다움을 칭찬하고 사실을 잘 모르는 양 의뭉을 떨면서 암소가 누구의 소유이고, 어디에서 왔으며, 어느 소 떼 소속이냐고 물었다. 이처럼 진상을 캐는 질문을 차단하기 위해 유피테르는 암소가 땅에서 생겨났다고 거짓말을 했다.

그러자 사투르니아는 암소를 선물로 달라고 요구했다. 어떻게 할까? 사랑하는 여인을 포기하자니 잔인하고 못 준다고 하자니 의심을 받을 터였다. 수치심은 그를 주는 쪽으로 밀어붙였고 사랑은 그를 반대쪽으로 끌어당겼다. 유피테르는 수치심을 사랑으로 극복할 수도 있었다. 하지만 같은 가문 사람이요 아내이기도 한 유노에게 암소처럼 사소한 선물을 주기를 거부한다면, 이는 암소가 아닌 다른 무엇으로 여

17 펠레폰네소스반도에 있는 아르골리스주의 주도.

겨질 수도 있었다. 그는 할 수 없이 이오를 넘겨주었다. 하지만 여신은 즉시 근심 걱정을 풀어 버리지는 않았다. 유피테르의 능력을 잘 알았고 교묘한 술수를 우려했기 때문에 암소를 아레스토르의 아들인 아르고스에게 넘겨주어 감시하도록 했다.

아르고스의 머리에는 100개의 눈이 달려 있어서 한 번에 눈알 두 개씩 돌아가면서 쉬었고 다른 눈들은 계속 부릅뜬 채 주위를 감시했다. 어느 방향으로 서 있든 이오를 감시할 수 있었다. 설혹 고개를 돌린다 하더라도 이오는 여전히 아르고스의 눈앞에 있었다. 그는 낮에는 이오를 풀어놓았으나 태양이 서쪽 지평선 아래로 떨어지면 거두어들여 깨끗한 목에 밧줄을 감았다. 그녀는 나무 잎사귀와 씁쓸한 풀들을 먹었고, 불행히도 침대가 아니라 흙바닥에서 잤으며, 때로는 초지가 아닌 땅에서 잤다. 또 진흙탕 강물을 마셔야 했다. 애원이라도 하기 위해 양팔을 아르고스 쪽으로 펴려고 해도 양팔이 없으니 불가능했다. 하소연이라도 하려고 하면 입에서는 음매 소리만 나왔다. 이 소리가 너무 싫었고 자기 목소리에 공포심을 느꼈다.

이오는 종종 뛰어놀던 이나쿠스의 강둑으로 갔다. 강물에 비친, 머리 위에 새로 생긴 두 뿔을 보자 겁을 집어먹으며 자기 자신한테서 도망쳤다. 물의 요정 나이아스들은 물론이고 이나쿠스 자신도 암소의 정체를 알지 못했다. 하지만 이오는 아버지와 여동생들을 따라가면서 자신을 쓰다듬게 했고 또 칭찬하게 했다. 늙은 이나쿠스는 풀들을 뜯어서 암소에게 내밀었다. 이오는 아버지의 손을 핥고 손바닥에 키스하면서 솟구쳐 오르는 눈물을 억제하지 못했다. 말이라도 할 수 있다면 도움을 간청하고 제 이름과 불행한 사연을 아버지께 말씀드릴 수 있을 텐데. 그녀는 말로 고하는 대신 발굽으로 땅바닥에 자기 이름을 써서 불행한 변신을 알릴 수 있었다.

「나처럼 불행한 자가 있을까!」

아버지 이나쿠스는 소리치더니 반짝이는 하얀색 암소 뿔과 목에 매달렸다. 그는 이렇게 탄식했다.

「나처럼 불행한 자가 있을까! 네가 온 사방을 헤매며 찾아다닌 내 딸이란 말이냐? 널 찾지 못했을 때의 슬픔이, 너를 이렇게 발견한 지금의 슬픔보다 한결 가벼웠구나. 너는 말을 하지 못해 내 말에 대답을 못 하고 네 가슴속 깊은 데서 한숨을 길어 올리면서, 내 말에 음매 하고 대답할 뿐이로구나. 예전에 나의 첫째 희망은 사위고 둘째 희망은 손자였지. 이제 너는 소 떼에게서 남편을 얻고 소 떼로부터 아들을 얻어야겠구나. 나는 죽을 때까지 이 엄청난 슬픔에서 헤어나지 못하겠구나. 이럴 때는 하신이라는 지위가 오히려 고통스럽구나. 내게는 죽음의 문이 닫혀 있어서 슬픔을 무한정 늘여 놓을 테니까 말이다.」

그러나 눈이 100개 달린 아르고스는 이나쿠스를 제쳐 놓고 그의 딸을 낚아채 멀리 떨어진 목초지로 끌고 갔다. 그는 이오에게서 떨어진 높은 산꼭대기에 앉아 온 사방을 두루 주시했다.

하지만 신들의 통치자 유피테르는 이오의 엄청난 불행을 더 이상 방치할 수가 없어서 총명한 아들이자 플레이아스[18]의 소생인 메르쿠리우스를 불러서 아르고스를 죽이라고 지

18 아틀라스와 바다 님프 플레이오네의 일곱 딸로, 황소 별자리 옆에서 자그마한 성단을 이루고 있다.

시했다. 메르쿠리우스는 발에 날개를 달고, 힘센 손에 졸음을 유도하는 막대기를 들고, 머리에 덮개를 쓰느라고 시간이 좀 걸렸다. 준비를 다 갖추자 유피테르의 아들은 아버지의 성채에서 벌떡 일어나 지상으로 내려왔다. 거기서 머리 덮개를 벗고 날개를 내려놓은 후에 졸음 유도 막대기만 들고는 마치 목동이라도 된 것처럼 가축을 부리는 막대로 사용했다. 메르쿠리우스는 지상에 내려오는 도중에 먼 지방에서 훔친 염소 떼를 거느리고 갈대 피리를 불기 시작했다. 유노의 감시인은 기이한 피리 소리에 놀라서 말했다.

「이봐, 거기 있는 친구. 당신이 누구인지 모르지만, 여기 와서 이 바위 옆에 앉도록 해. 당신의 염소 떼도 여기처럼 좋은 목초지는 발견하지 못할 테고, 당신은 여기처럼 시원한 그늘을 발견하지 못할 거야.」

아틀라스의 손자인 메르쿠리우스는 거기 앉아서 많은 대화를 나누며 시간을 보냈다. 크기가 제각각인 갈대 피리를 불어 아르고스의 감시하는 눈들을 잠재우려 했지만 아르고스는 부드러운 잠의 손길을 거부했다. 몇 개의 눈은 잠을 받아들였지만 나머지 눈은 여전히 부릅뜨고 있었다. 아르고스는 예의 피리가 최근에 만들어졌음을 알아보고서 어떻게 만들었냐고 묻기까지 했다. 688

목신 파우누스와 시링크스

그러자 메르쿠리우스 신은 이렇게 말했다.

「아르카디아의 시원한 산 속에 사는 노나크리스의 하마드리아드들 가운데 아주 유명한 숲의 님프가 있었네. 님프들은 그녀를 시링크스라고 불렀지. 시링크스는 사티루스의 추격을 여러 번 뿌리쳤고 깊은 숲과 비옥한 고장에 사는 신들의 구애도 죄다 물리쳤다네. 온 정성을 다하여 디아나 여신을 숭배했고 그녀처럼 처녀성을 간직하려 했어. 시링크스가 디아나 스타일로 옷을 입고 있으면 사람들은 깜빡 속아 넘어가 그녀를 라토나[19]의 딸이라고 생각했지. 그녀의 화살은 뿔로, 디아나의 화살은 황금으로 만들어졌다는 점만 달랐지. 아무튼 그렇게 달랐다 해도 시링크스는 너끈히 사람들을 속일 수 있었어.

그런데 어느 날 리카이아 언덕에서 돌아오는 그녀를 목신 파우누스가 보았어. 그의 머리는 날카로운 소나무로 장식되어 있었지. 목신이 막 입을 떼어 왜 나를 피하느냐고 말을 걸려는 순간, 시링크스는 길 없는 곳들을 통과하여 도망치기 시작했어. 그러다가 모래투성이 라돈의 평화로운 강가에 도착해 물속의 님프들에게 하소연했지. 강물이 도피를 가로막자 님프들에게 어서 나를 변신시켜 달라고 빌었어.

파우누스가 시링크스를 거의 손에 넣었다고 생각하는 순간, 실제로 얻은 것은 님프의 몸이 아니라 늪지의 갈대들이었어. 그가 한숨지을 때마다 예의 갈대에 바람이 들어가서 마치 불평하듯 낮은 소리를 내었지. 목신은 이 새로운 기술과 아름다운 소리에 감동하여 이렇게 중얼거렸지. 〈당신과 나는 앞으로 이런 식으로 영원히 대화를 나누게 될 거야.〉 그런 다음 목신은 크기가 서로 다른 갈대들을 왁스로 묶어 시링크스 피리라고 부르게 된 거야.」

메르쿠리우스는 이렇게 말하면서 잠에 떨어져 모두 감긴

19 거인족 코이우스의 딸로서 유피테르와 관계하여 아폴로와 디아나를 낳았다.

아르고스의 눈을 보았다. 그래서 곧장 말을 멈추고 마법의 막대기를 흔들어 눈들 속으로 들어간 잠을 더욱 달콤하게 만들었다. 아르고스가 고개를 끄덕거리자 메르쿠리우스는 초승달 모양의 칼을 꺼내 머리와 목이 연결되는 부위를 세게 찔렀다. 피흘리는 아르고스를 바위에서 밀어내자 그의 피가 바위를 온통 붉게 적셨다.

아르고스여, 너는 그렇게 누워 있어라. 100개나 되는 네 눈이 볼 수 있는 빛은 이제 소멸되었도다. 단 하나의 밤이 100개의 눈을 제압하였도다. 721

유피테르와 이오(2)

유노는 아르고스의 눈들을 주워서 자기 새인 공작의 깃털과 꼬리를 장식했다. 아르고스의 죽음에 유노의 분노가 타올랐고 여신은 지체 없이 행동에 나섰다. 유노는 이 그라이키아 처녀의 눈앞에 무서운 분노의 여신을 세워 두었고, 이오의 마음속에는 끝없는 번민을 심어 놓았다. 이오는 크게 겁을 집어먹고 온 세상을 헤매게 되었다. 그러다가 오 닐루스강, 너는 그녀의 한량없는 고통을 끝내 주었다. 이오는 너의 강둑 가장자리에 도착하자, 목을 뒤로 젖히고 얼굴을 들어 올려(암소의 얼굴이라 많이 들어 올리지는 못했지만) 높은 하늘의 별들을 보면서 신음과 눈물과 비탄 어린 음매 소리로 유피테르에게 하소연하면서 이 한량없는 고통을 끝내 달라고 빌었다. 유피테르는 양팔로 아내의 목을 껴안으며 이오의 고통을 끝내 주자면서 이렇게 말했다.

「장래 일은 더 이상 걱정하지 말아요. 이오 때문에 당신이 고통 받는 일은 없을 거요.」

유피테르는 스틱스의 늪지에 자신의 말을 기록해 두라고 명령했다.[20] 여신은 마음이 풀어졌고 이오는 예전의 용모를 되찾아 다시 아름다운 여자가 되었다. 거친 소털이 몸에서 사라졌고 두 뿔은 머리 속으로 들어가 버렸으며 둥그런 두 눈은 좀 더 작아졌고 떡 벌어진 입은 다물어졌고 어깨와 양 손도 원상 복구되고 발굽은 녹아서 다섯 발가락이 되었다. 눈처럼 하얀 살결 이외에 소의 특징은 흔적조차 남아 있지 않게 되었다. 이 님프는 두 발로 똑바로 설 수 있게 되어 자랑스러웠으나 혹시 암소처럼 음매 소리가 나지 않을까 하여 여전히 말하기를 두려워했으며 불안한 가운데 되찾은 말하기 능력을 자꾸만 시험해 보았다.

이제 이오는 유명한 여신이 되었고 리넨 옷을 입는 아이깁투스 사람들의 숭배를 받았다. 위대한 유피테르의 씨앗을 몸 안에 받아 에파푸스라는 아들을 낳았고, 이 아들은 아이깁투스 전역의 도시들에 어머니를 숭배하는 사당을 세웠다. 750

파이톤과 에파푸스의 언쟁

이오의 아들 에파푸스와 태양신의 아들 파이톤은 친구였는데 둘은 나이와 성격이 비슷했다. 어느 날 파이톤은 아버지 포이부스 자랑을 하면서 에파푸스에게 조금도 지지 않으려 했다. 그러자 에파푸스는 참지 못하고 이렇게 말했다.

「네 어머니의 말을 철석같이 믿다니 참으로 한심하다. 네 아버지에 대한 과장되고 엉뚱한 생각은 이제 그만해.」

파이톤은 얼굴을 붉혔고 수치심 때문에 분노를 제대로 표

20 지하 세계를 아홉 번 감싸고 돈다는 지하의 강 스틱스를 신들은 아주 중시했고 이 강을 두고 한 맹세는 절대 취소할 수가 없다.

출하지도 못했다. 그는 에파푸스의 모욕적인 언사를 어머니 클리메네에게 전했다.

「어머니, 화내지 마세요. 나는 솔직하고 도전적인 청년인데도 침묵을 지킬 수밖에 없었어요. 제 친구의 모욕적인 언사는 우리를 수치스럽게 합니다. 그런 소리를 지껄이는데도 반박할 수 없기 때문이지요. 내가 정말로 천상의 신의 아들이라면, 그런 고상한 출생의 증거를 보여 주시고 내가 신의 아들이라는 주장을 확인해 주세요.」

파이톤은 이렇게 말하면서 양팔로 어머니의 목을 껴안았다. 이어 어머니에게 자신의 목숨, 의붓아버지 메롭스의 목숨, 그리고 여동생들의 결혼식 횃불을 걸고 진짜 아버지의 증거를 보여 달라고 호소했다.[21] 클리메네가 파이톤의 간절한 기도와 에파푸스의 모욕적인 언사 중 무엇에 더 마음이 움직였는지는 확실히 알 수 없다. 그녀는 양팔을 하늘로 뻗고 햇빛을 똑바로 쳐다보면서 말했다.

「아들아, 나는 이 밝은 햇살, 이 따사로이 빛나는 햇볕, 우리를 보고 우리가 하는 말을 듣는 이 밝음에 걸고서 맹세하겠다. 너는 네가 지금 보고 있는 태양, 이 세상을 주관하는 그분의 아들로 태어났다. 만약 내가 엉뚱한 말을 한다면 내가 다시는 그분을 보지 못하게 하라. 이 햇빛이 내가 마지막으로 보는 햇빛이 되게 하라. 네가 아버지의 집을 찾아가는 것은 그리 힘든 일이 아니다. 그분이 거처하면서 날마다 솟아오르는 집은 우리 땅과 이웃해 있으니까. 만약 그럴 생각이 있다면, 가서 네 아버지에게 직접 물어보아라.」

21 클리메네는 해신 오케아누스와 테티스의 딸로서 아이티오피아 왕 메롭스와 결혼했고 태양신 포이부스의 사랑을 받아 파이톤을 낳았다.

이 말을 들은 파이톤은 기뻐하며 자리에서 박차고 일어나 하늘로 올라가기로 결심했다. 그는 조국인 아이티오피아 땅을 지나고 태양 바로 아래에 있는 인디아 땅을 지나서 마침내 아버지가 날마다 일어나는 땅으로 발걸음을 재촉했다. 779

제2권

신들의 욕정과 인간의 자식들

아버지 포이부스를 찾아간 파이톤

태양신의 궁전은 높은 기둥이 떠받친 고대광실이었고 반짝거리는 황금과 불꽃을 연상시키는 금동(金銅)으로 밝게 빛났다. 궁전의 박공 끝부분은 호화로운 상아로 장식되었다. 이중문들은 순은의 광휘로 번쩍였는데 재질보다 장인의 솜씨가 더 돋보였다. 불카누스[1]는 이 문들에 대지의 중심에 자리 잡은 바다와, 이를 둘러싼 땅들과 높은 하늘을 장식해 넣었다. 바다에는 조화를 사랑하는 트리톤, 변화무쌍한 프로테우스, 고래의 등을 양팔로 누르는 아이가이온, 도리스와 그의 딸인 바다 님프들 등이 그려져 있었다. 일부 님프는 헤엄을 치고 일부는 초록 머리카락을 말리려고 바위에 앉아 있고 어떤 님프는 물고기의 등을 타고 어디론가 가고 있다. 이들은 용모가 모두 달랐지만, 자매이니만큼 많이 다르진 않았다. 땅에는 사람들과 도시들, 숲과 짐승들, 강과 님프들, 시골의 모든 정령들이 그려져 있었다. 이런 땅 위에는 휘황찬란한 하늘이 묘사되었다. 오른쪽 문들에 황도의 여섯 형

1 유노의 아들이며, 불의 신이자 대장장이의 신이다.

상이, 왼쪽 문들에는 나머지 여섯 형상들이 그려져 있었다.

클리메네의 아들 파이톤은 가파른 길을 걸어 궁전 앞에 도착하자마자 아버지의 집으로 쑥 들어가 아버지의 면전까지 걸어갔으나 멀리 떨어진 데서 멈추어야 했다. 태양신의 광휘를 너무 가까이에서는 감당하기 어려웠기 때문이다. 보라색 겉옷을 입은 포이부스는 에메랄드색으로 환하게 빛나는 옥좌에 앉아 있었다. 좌우에는 일정한 간격을 두고 일(日), 월(月), 연(年), 세기(世紀), 시간(時間)이 서 있었다. 젊은 봄은 꽃으로 된 왕관을 썼고, 벌거벗은 여름은 옥수수 줄기로 만든 꽃다발을 들고 있었으며, 포도를 밟아서 발이 지저분해진 가을과, 머리카락이 하얗고 차가운 얼음 같은 겨울도 옆에 시립했다. 모든 것을 살펴보는 눈이 있는 태양신은 이들 한가운데 있는 옥좌에서, 기이한 광경에 압도되어 떨고 있는 젊은이를 내려다보았다.

「너는 무엇 때문에 여기까지 왔느냐? 이 성채에서 무엇을 찾느냐? 오 파이톤, 네 아비로서 너를 내 자식이 아니라고 할 수 없구나.」

「측량할 수 없는 세상의 보편적 빛이신 포이부스여, 나의 아버지시여. 내가 이렇게 부르는 것을 허락해 주신다면 또 나의 어머니 클리메네가 자신의 죄를 감추기 위해 엉뚱한 이야기를 늘어놓은 게 아니라면, 내가 아버지의 진정한 소생이라는 출생의 증거를 내려 주시어 내 마음속의 혼란을 씻은 듯이 없애 주소서.」

포이부스는 머리 주위에서 번쩍거리던 빛들을 모두 없애고 파이톤에게 좀 더 가까이 오라고 일렀다. 이어 아들을 포옹하며 말했다.

「내가 어떻게 너를 내 아들이 아니라고 말하겠느냐? 클리메네는 너의 출생과 관련하여 진실을 말했느니라. 요구 사항을 한 가지만 말해 보아라. 너의 의심을 깨끗이 없애기 위하여 즉시 들어주마. 이 약속에 대한 증인으로 신들이 맹세할 때마다 거론하는 지하 세계의 스틱스 늪지를 내세우도록 하마. 비록 내가 스틱스 늪지를 직접 보지는 못했지만 말이다.」 46

태양 수레를 타게 해달라고 조르는 파이톤

아버지가 말을 마치자마자 파이톤은 기다렸다는 듯이 날개 달린 천마들이 끄는 아버지의 수레를 하루만 몰게 해달라고 청했다.

순간 아버지는 자신이 약속한 것을 후회했다. 그는 빛나는 머리를 서너 번 흔들더니 말했다.

「네 청을 들으니 내 약속이 얼마나 무모했는지 알겠구나. 지금이라도 약속을 취소할 수 있다면 좋으련만. 아들아, 그것만은 들어주고 싶지 않구나. 어쩌면 너를 만류할 수 있을지도 모르지. 네가 지금 하려는 일은 위험해. 파이톤, 너는 도를 넘어서는 엄청난 요구를 한 거야. 너의 능력에도 또 나이에도 전혀 어울리지 않는 청이란다.

너는 인간의 족속인데, 네가 원하는 행위는 인간에게 속하지 않아. 너는 잘 모르는 탓에, 심지어 신들에게도 내려 줄 수 없는 선물을 청하고 있는 거야. 신들은 저마다 제멋대로 할 수 있는 존재이지만, 어떤 신도 태양의 수레에 서 있을 힘은 갖추고 있지 않아. 나를 제외하고는 말이야. 무서운 오른손으로 벼락을 내리치는 광대한 올림푸스의 통치자도 이 수레를 몰려고 하지 않아. 이 세상에 유피테르보다 더 위대한 존재가 어디 있겠니?

천도(天道)의 첫째 부분은 아주 가팔라. 아침이라 천마들도 힘이 좋지만 그래도 여길 올라가려 하면 헐떡거려. 가장 높은 부분은 하늘 정중앙에 있지. 거기서 바다와 땅들을 내려다보면 나도 때로 두려움을 느끼고 공포 때문에 가슴이 답답해진단다. 천도의 마지막 부분은 낭떠러지 같아서 수레를 확실히 장악해야 돼. 하지만 이때도 저 아래 바다에서 나를 맞아 주는 바다 여신 테티스도 혹여 내가 바다로 곤두박질치는 것이나 아닐까 걱정을 하지. 더 중요한 건 말이야, 하늘은 쉼 없는 소용돌이에 사로잡혀 있어서 저 높은 데 있는 별들을 끌어당겨 맹렬한 회전 속에 집어넣고 비틀어 댄다는 거야. 나는 이 회전에 맞서 싸우며 궤도를 유지해야 하는데, 나를 제외하면 누구도 감히 대적할 수가 없어. 나는 천체의 맹렬한 운동에 맞서서 태양 수레를 몰고 가는 거야. 가령 너에게 이 수레를 주었다고 해보자. 너는 어떻게 할 거냐? 회전하는 천상의 양극에 맞서 앞으로 나아가면서 축의 힘에 밀려나지 않을 수 있겠니?

어쩌면 너는 천도를 타고 가면 신들의 도시며 숲, 온갖 선물이 가득한 사원들을 볼 수 있을 거라 생각할지 몰라. 사실은 전혀 그렇지 않아. 네가 가야 할 천도에는 숱한 위험과 사나운 들짐승들이 도사리고 있어. 설사 천도를 잘 타고 가고 침착하게 제 갈 길을 간다 하더라도, 다가오는 황소의 뿔들, 켄타우루스의 활, 사나운 사자의 이빨, 기다란 호(弧)를 그리며 잔인한 집게를 구부리는 전갈, 반대쪽에서 집게를 구부리는 게를 비롯한 많은 별자리들을 헤쳐 나가야 해. 게다가 너는 천마를 어떻게 다룰 생각이냐? 천마는 가슴의 불에서 자양분을 얻어 코와 입으로 기운을 내뿜기 때문에 손쉽게 다룰 수가 없어. 천마들은 성질이 불같아서 수틀리면 나한테도 대들려 하고 고삐를 쥔 내 손을 목으로 마구 쳐내려고 해.

사정이 이러하니 아들아, 내가 너에게 죽음의 선물을 내려 주었다는 비난을 받지 않도록, 다시 생각해 보려무나. 지금이 순간이라도 할 수만 있다면 네 청을 바꾸도록 해라. 너는 내 피를 물려받았다는 확실한 증거를 바라겠지. 나의 이 두려움을 확실한 증표로 네게 주마. 이토록 깊은 걱정이야말로 내가 너의 아버지임을 입증하는 확실한 증거가 아니겠니? 자, 내 얼굴을 자세히 봐라. 내 가슴속을 들여다볼 수 있다면 아버지의 깊은 관심을 발견할 거야.

그러니 이 풍성한 세상이 품고 있는 것들을 자세히 살펴본 후에 하늘과 땅과 바다의 온갖 좋은 것들을 선택하여 네게 달라고 하려무나. 그러면 나는 거절하지 않을 거야. 나는 천마를 몰게 해달라는 청을 취소하기 바란다. 그건 말이 좋아 선물이지 실은 징벌이란다. 파이톤, 네가 지금 원하는 것은 실은 특별한 선물이 아니라 처벌이야. 아, 어리석은 아들아, 왜 양팔로 내 목에 매달리며 강요하는 것이냐? 의심하지 마라. 내가 이미 스틱스의 물로 맹세했기 때문에 네가 무엇을 청하든 나는 허락할 것이다. 하지만 제발 현명하게 선택하도록 해라.」

포이부스는 준엄하게 경고했다. 하지만 파이톤은 아버지의 충고에 반발하면서 자신의 요구를 밀어붙였고 천마를 타보겠다는 욕망으로 온몸이 불타올랐다. 아버지는 가능한 한 파이톤을 만류해 보려 했으나 어쩔 수 없이 아들을 불카누스의 작품인 태양 수레로 데려갔다. 수레의 굴대와 빼대는 황금이었고, 바퀴 가장자리도 황금으로 장식했으며 바퀴살은 순은이었다. 감람석과 보석이 잘 배열되어 상감된 멍에는 110 햇빛을 받아 반짝거렸다.

태양 수레에 올라탄 파이톤

의기양양한 파이톤은 이런 것들에 놀라면서 장인의 솜씨를 찬탄했다. 그때 어슴푸레하게 빛나는 동쪽에서 상황을 주시하고 있던 〈새벽〉이 진홍색 문들과 장미로 가득한 홀의 문을 열어젖혔다. 별들은 황급히 사라져 갔고, 하늘에 맨 늦게까지 남아 있던 새벽별 루키페르는 제 꼬리를 들어 올렸다. 포이부스는 대지 가까이 다가오는 새벽별을 보았고, 세상이 붉게 물드는 가운데 달의 두 뿔이 시야에서 사라졌다. 아버지는 날렵한 〈시간〉 여신들에게 천마에 멍에를 얹으라고 명령했다. 재빠른 여신들은 명령에 따라 불을 뿜는 천마들을 마구간에서 끌고 왔다. 천마들은 암브로시아 즙액을 마음껏 먹어서 아주 힘이 좋았다. 여신들은 이제 마구를 천마에 얹었다. 아버지는 맹렬한 불길을 견딜 수 있도록 아들의 얼굴에 성스러운 연고를 발라 주었다. 이어 아들의 머리에 햇빛을 얹어 주고서 자신의 고뇌를 토로하려는 듯이 답답한 가슴에서 한숨을 쏟아 냈다.

「너는 지금껏 아버지의 경고를 무시했지만 아버지가 마지막으로 해주는 이 조언을 잘 들어야 한다. 얘야, 채찍은 함부로 휘두르지 말고 고삐는 아주 힘차게 써야 한다. 천마는 제멋대로 빨리 달리려는 속성이 있어. 천도를 달려가는 천마를 다루는 일은 곧 그들을 얼마나 잘 제어하느냐에 달려 있어. 천상의 5대 구역을 곧장 달려가려고 하지 마라. 곡선을 크게 그리면서 비스듬하게 가야 해. 두 지역은 빼고 3대 구역의 경계 안에 머무르고, 남극과 바람 강한 북극은 피하도록 해라. 이걸 네가 나아갈 노선으로 잡도록 해. 내가 남겨 놓은 바퀴 자국을 틀림없이 볼 수 있을 거야. 하늘과 땅에 열이 골고루 전달되어야 하니 천마를 땅이나 하늘 쪽으로 너무 가깝게 붙이지 마라. 너무 높이 달리면 하늘의 집들을 불태울 테고 반대로 너무 낮게 달리면 땅에 있는 것들을 태우고 말 거야. 하늘과 땅의 중간 길로 가는 것이 가장 안전해.

오른쪽 바퀴를 몸을 사리고 있는 뱀 별자리로 틀지 마. 왼쪽 바퀴를 저 아래에 있는 신들의 제단으로 돌리지도 마. 이 사이로 가야 해. 나머지는 행운의 여신에게 맡긴다. 그녀가 도와줄 거야. 행운의 여신이 너 자신보다 너의 처지를 더 잘 보살펴 주리라 생각한다.

내가 이렇게 말하는 동안에, 축축한 〈밤〉이 서쪽 해안에 세워진 경계석에 이르렀구나. 이제 더는 지체할 수가 없어. 우리는 통지를 받은 거야. 〈새벽〉의 빛 때문에 그림자들이 달아났어. 네 손으로 고삐를 잡아라. 혹여 마음을 바꿀 생각이 있다면, 태양 수레에 올라타지 말고 내 조언을 받아들이도록 해라. 지금이라도 늦지 않았다. 굳건한 대지에 두 다리를 버티고 서 있는 순간, 네가 엉뚱하게도 이토록 원하는 저 태양 수레의 굴대를 아직 누르지 않고 있는 순간, 너는 안전한 자리로 물러나서 내가 온 대지에 빛을 뿌리는 모습을 구경이나 했으면 좋겠구나.」

젊은 파이톤은 아버지의 말을 귓등으로 들어 넘기며 태양 수레에 올라탔다. 마부석에 우뚝 서서 양손에 쥔 고삐의 감촉이 아주 좋다고 생각했다. 그는 마지못해 고삐를 건네는

152 아버지에게 고맙다는 인사말을 했다.

천마들의 저항을 받는 파이톤

한편 태양 수레의 네 마리 천마인 피로이스, 에우스, 아이톤, 플레곤은 불을 뿜는 숨결로 공기를 데웠고 발로 축사 울타리의 가로대를 툭툭 찼다. 손자의 운명을 잘 모르는 테티스가 가로대를 들어 올려 천마들에게 광활한 하늘로 나아가게 하자, 천마들은 일제히 허공에 네 발을 뻗으며 내달렸다. 앞을 가로막는 구름들을 제치고 날개를 활짝 펴면서 동쪽에서 일어난 동쪽 바람을 지나갔다. 태양 수레의 짐은 가벼웠다. 천마들은 수레의 멍에가 전과 달리 묵직하지 않아서 놀랐다. 유선형 배들이 짐을 제대로 싣지 않으면 너무 가벼워서 바다에서 기우뚱거리듯이, 평소와 달리 묵직한 짐이 실려 있지 않자, 태양 수레는 공중으로 높이 도약했고 마부가 없는 것처럼 좌우와 위아래로 흔들렸다.

천마는 마부가 다르다는 사실을 깨닫자마자, 전과는 다른 방식으로 달리면서 정규 노선을 이탈하기 시작했다. 태양 수레의 마부는 당황하며 경악했다. 자신에게 맡겨진 고삐를 어떻게 사용해야 할지 몰랐고 현재의 노선이 올바른지도 잘 몰랐다. 설사 알았다 할지라도 천마들을 통제하지 못했을 터였다. 그때 차가운 북두칠성은 태양 광선으로 온몸이 불타올라 입수가 금지된 바다로 뛰어들려고 헛되이 애를 썼다. 또한 얼어붙은 북극 가까이에 있는 뱀 별자리는 예전에는 추위 때문에 너무 느리게 움직여 아무도 두려워하지 않았으나, 이제는 온몸이 뜨거워져서 이 불길에 대하여 전례 없는 분노를 터트렸다. 또한 너, 목동 별도 비록 느려 터졌지만 당황해서 달아나려 했으나 쟁기가 너를 제지했다.

이제 제일 높은 하늘로 올라간 불운한 파이톤은 저 아래 까마득하게 펼쳐진 땅들을 내려다보고는 얼굴이 창백해졌고 갑작스러운 공포에 사로잡혀 무릎을 덜덜 떨었다. 또 엄청난 빛 때문에 눈앞에 어두움이 솟구쳐 올랐다. 이제야 비로소 아버지의 천마들에 손을 대지 않았으면 좋았을걸, 하는 생각이 들었다. 이제 자신의 근원을 알아내 요구 사항을 관철시킨 일이 후회가 되었다. 차라리 의붓아버지 메롭스의 아들로 알려지는 편이 더 나을 뻔했다는 생각이 들었다. 파이톤은 완고한 북풍에 내몰리는 조각배의 선장, 다시 말해 자기 배를 통제하지 못하고 내버려둔 채로 신들과 자신의 기도에 운명을 맡기는 선장 신세가 되어 버렸다.

이제 어찌해야 할 것인가?

하늘의 상당 부분이 등 뒤에 있었지만, 앞에는 더 많은 하늘이 남아 있었다. 그는 하늘의 앞과 뒤를 가늠해 보았다. 자신이 결코 도달할 수 없는 서쪽을 쳐다보면서 때로 고개를 돌려 동쪽을 보았다. 어찌할 바를 몰라 온몸이 얼어붙었고, 고삐를 놓아 버리지도 않았지만 그렇다고 강력하게 잡아당기지도 못했다. 게다가 천마들의 이름을 알지도 못했다. 그는 엄청난 공포에 휩싸여 하늘 전역에 퍼져 있는 경이들을 보았고 거대한 들짐승들의 이미지도 보았다. 전갈 별자리는 집게를 활처럼 벌려 두 개의 아치 형상을 만들었고, 꼬리를 펴고 양쪽 팔을 굽히고 제 몸을 황도의 두 별자리를 차지할 정도로 쭉 폈다. 파이톤은 전갈 별자리가 검은 독 같은 땀을 뚝뚝 흘리고 구부러진 침으로 위협하는 것을 보자, 공포에 덜덜 떨다가 정신이 아득해져서 그만 고삐를 놓치고 말았다. 200

파이톤의 조종 미숙으로 불타오르는 대지

천마들은 등에 고삐가 떨어졌음을 느끼자, 더욱 자신만만하게 궤도를 이탈했다. 제지할 자가 아무도 없었기 때문에 허공의 낯선 지대를 달려갔고, 통제를 전혀 받지 않자 마음껏 변덕을 부리며 높은 하늘의 별들 사이를 휘젓고 다녔고, 태양 수레를 엉뚱한 데로 끌고 다녔다. 까마득히 높은 곳으로 올라가는가 하면, 둔덕과 벼랑을 통과하여 대지와 아주 근접한 공간을 날아가기도 했다. 달은 형제의 천마가 자기 궤도보다 더 낮은 궤도를 달리는 것을 보고서 깜짝 놀랐다. 구름들은 강렬한 햇빛 때문에 불이 붙어서 연기를 피웠다. 대지의 높은 산들은 모두 불이 붙어서 쩍쩍 갈라지다가 커다란 균열이 생겼고, 산속의 습기는 열기에 모두 사라졌다. 목초지들은 하얘졌고, 나무와 잎사귀는 불타올랐으며, 마른 곡식들은 불쏘시개가 되어 스스로 파멸을 재촉했다.

이런 것들은 사소한 피해였다. 커다란 도시의 건물들은 방어벽과 함께 허물어져 내렸고 대화재로 온 나라와 백성이 잿더미가 되었다. 산속의 숲들도 통째로 타버렸다. 아토스산, 킬리키아의 타우루스산, 트몰루스산, 오이타산도 불탔다. 샘물이 많았던 이다산도 이제는 바싹 마른 채 불타올랐다. 무사 여신들이 즐겨 찾았던 헬리콘산, 나중에 오르페우스와 인연을 맺게 되는 하이무스산도 불탔다. 아이트나산은 두 번이나 불탔다. 미마스, 디디마, 키타이론 등의 산들도 불타올랐다. 스키티아의 차가운 날씨도 이를 구제하지 못했다. 카우카수스산도, 오소산도, 핀두스산도 불탔다. 이들 산보다 더 높은 올림푸스도 불탔다. 알페스와 아펜니누스 산맥도 모두 불탔다.

그때 파이톤은 세상이 사방에서 활활 불타오르는 광경을 보았고 엄청난 열기를 감당하지 못했다. 입을 벌려 숨을 쉴 때마다 마치 깊은 용광로에서 나오는 듯한 뜨거운 공기가 들어왔다. 태양 수레의 마부석이 하얗게 변해 간다는 느낌이 들었다.

그는 수레 주위에서 올라오는 불꽃과 재를 더 이상 참을 수가 없었고, 온 사방에서 뜨거운 연기가 피어올라 몸뚱어리를 휩쌌다. 칠흑 같은 어둠에 휩싸여 자신이 어디에 있는지 또 어디로 가고 있는지 알지 못했다. 단지 천마들의 변덕에 따라 이끌려 가고 있을 뿐이었다. 바로 이 순간, 아이티오피아 사람들은 피가 신체 표면까지 끌려나와 불에 바싹 태워지는 바람에 피부가 검은색으로 변했다고 생각한다. 바로 이 순간, 열기에 의해 수분을 모두 빼앗긴 리비아가 사막으로 변했다. 바로 이 순간, 님프들은 그들의 샘물과 호수가 사라져 버렸음에 슬퍼하며 머리를 풀고서 호곡했다.

보이오티아 땅이 디르케 샘물을, 아르고스 땅이 아미모네 샘물을, 코린투스 땅이 피레네 샘물을 잃어버리고 슬퍼했다. 양쪽으로 멀찍이 떨어진 강둑을 둔 강물들도 안전하지 못했다. 타나이스강은 증기를 내뿜으며 불안하게 흘렀다. 오래된 페네우스강, 미시아의 카이쿠스강, 급류가 흐르는 이스메누스강, 아르카디아의 에리만투스강, 크산투스강(또다시 불타오를 운명인 강), 누런 리코르마스강, 구불구불 흘러간다는 마이안데르강 등도 사정이 별반 다르지 않았다.

바빌론에서는 넓은 에우프라테스강이 불탔고 시리아에서는 오론테스강이 불탔다. 물살 빠른 테르모돈강, 강게스강, 파시스강, 푸른 다누비우스강도 마찬가지였다. 알페우스강은 끓어올랐고 스페르케우스강의 둑도 불타 버렸다. 타구스강이 강심에 간직하고 있던 황금도 불길에 녹아 버렸다. 마이오니아강 둑의 아름다움을 찬양하던 강의 새들도 카이스트로스강 한가운데에서 불타 죽었다. 닐루스강은 공포에 떨며 땅끝으로 도망쳐서 머리를 감추었다(닐루스강의 머리는 아직도 감추어져 있다). 닐루스강의 일곱 하구는 텅 빈 채 먼지만 풀풀 날렸고 거기에는 물 없는 일곱 계곡만 남았다. 이스마루스의 강들인 헤브루스와 스트리몬도 마찬가지 운명이었다. 서쪽에서는 레누스강, 로다누스강, 에리다누스강이 말라붙었다. 티베리스강은 온 세상을 지배할 권리를 약속받았으나, 땅이 쩍 갈라지고 그 틈으로 들어간 햇빛이 타르타루스에 이르러 지하 세계의 왕과 아내가 깜짝 놀랐다.

바다도 쪼그라들었다. 전에 바다였던 곳은 메마르고 드넓은 모래벌판이 되었다. 해저산맥 꼭대기들이 물 위로 솟아올라 점점이 흩어진 섬들처럼 보였다. 물고기들은 더 깊은 바다 속으로 파고들었고, 돌고래들은 예전처럼 수면으로 뛰어올라 몸을 굽히며 재주를 보여 주는 일을 하지 않았다. 물개들의 시체가 바다 표면에서 둥둥 떠다녔다. 일설에 의하면, 네레우스와 도리스와 그녀의 딸들은 더워진 동굴 속에 숨어 있었다. 해신 넵투누스는 양팔과 근엄한 얼굴을 세 번이나 수면
271 위로 내밀었으나 세 번 모두 뜨거운 공기를 감당하지 못했다.

유피테르에게 호소하는 대지

바다로 둘러싸이고, 바다에서 흘러오는 물과 사방에서 흘러드는 강물로 둘러싸인 관대한 대지는, 어두컴컴한 내부에 모든 물을 거두어 주었더랬다. 하지만 이젠 대지마저도 쪼그

라드는 형국이었다. 대지는 목으로 자꾸 처지려는 무거운 머리를 들고 손으로는 뜨거운 이마를 짚고 충동적으로 몸을 떨면서 모든 것을 한 번 흔들어 놓았다. 그러더니 평소보다 낮은 자세로 엎드리면서 거룩한 목소리로 유피테르에게 말했다.

「오 가장 높은 신이여, 이것이 당신의 뜻이고 내가 이런 대접을 받아도 싸다면 왜 당신은 벼락을 사용하지 않습니까? 내가 불길 속에서 죽어야 한다면 차라리 당신의 불길 속에서 죽게 하시고, 누가 이 불길을 일으켰는지 알고나 죽게 하여 재앙을 한결 가볍게 하소서. 나는 목이 너무 따가워 이 말을 올리기도 어렵습니다. (연기가 그녀의 얼굴을 세차게 덮쳤다.) 불타 버린 내 머리카락을 보소서. 내 눈 속의 재와 내 얼굴의 재를 보소서. 이것이 당신이 내게 지불하실 대가입니까? 나의 다산(多産)과 봉사에 대한 보상입니까? 굽어진 보습과 호미가 입히는 상처를 감내하고, 1년 내내 제 몸에서 수행되는 경작을 허용하고, 동물들에게는 사료와 자양분을, 인간에게는 곡식을 주고, 당신네 신들에게는 분향을 했는데 이것이 보상입니까?

설사 내가 이렇게 파괴를 당해도 할 말 없는 입장이라 하더라도 강물은 무슨 잘못이 있으며 당신의 남동생은 무엇을 잘못했습니까? 왜 그에게 할당된 바다를 이토록 쪼그라들게 하여 하늘로부터 더 멀리 떨어지게 하셨습니까? 당신 남동생의 선의나 나의 호의가 당신에게 아무것도 아니라면 적어도 당신이 거주하시는 하늘에 대해서라도 연민을 베푸십시오. 주위를 한번 둘러보십시오. 남극과 북극에서는 뜨거운 연기가 가득 올라오고 있습니다. 만약 화마가 이 양극을 파괴해 버린다면 당신의 궁전 또한 무너져 내릴 것입니다. 보십시오. 아틀라스마저도 힘이 들어 끙끙거리고 더 이상 자기 어깨로 백열하는 세상을 지탱할 수 없다고 합니다. 바다와 땅과 하늘의 궁전이 파괴된다면, 우리는 원초의 혼돈 상태로 전락할 것입니다. 지금이라도 남아 있는 것을 화마의 손길에서 보호해 주시고 이 세상을 깊이 배려해 주시기 바랍니다.」

간곡히 호소하며 대지는 기도를 마쳤다. 이제는 열기를 더 이상 감당할 수 없었고 더 말을 할 수도 없었다. 그녀는 대지의 내장 깊숙한 곳으로 내려가 명부에 아주 가까운 자기 동굴로 돌아갔다. 303

불로 불을 끄는 유피테르

전능하신 아버지는 신들(특히 파이톤에게 태양 수레를 건네준 포이부스를 포함하여)을 소환하여 이렇게 맹세하도록 요구했다. 〈유피테르가 개입하지 않으면 처참한 비극을 맞을 테니 어서 개입해 주소서.〉 이에 최고신은 천상의 성채 맨 꼭대기로 올라갔다. 넓은 지역에 구름을 퍼뜨리고, 천둥과 벼락을 내리는 곳이었다. 하지만 그때는 땅에 내릴 구름도 하늘에서 내려 줄 비도 없었다. 그는 천둥을 일으켰고 벼락을 오른쪽 귀 옆에 잠시 들고 있다가 태양 수레의 마부에게 곧바로 내리쳤다. 이 벼락으로 인해 파이톤은 수레에서 떨어졌을 뿐만 아니라 이승에서도 사라졌다. 주신의 맹렬한 벼락불은 모든 불을 꺼버렸다.

놀란 천마들은 벼락의 반대 방향으로 뛰어올랐고 멍에를 벗겨 내기 위해 목을 길게 빼면서 찢어진 고삐를 뒤에 남겨 놓았다. 여기에 마구들이 있는가 하면 저기에 끌채에서 벗어난 굴대가 있었다. 또 저기에는 깨진 바퀴들의 바퀴살이 있었다. 파괴된 수레의 부품들은 온 사방으로 흩어졌다.

불길에 황갈색 머리카락이 아직 불타오르고 있는 파이톤은 긴 그림자를 뒤에 남기며 거꾸로 떨어졌다. 마치 청명한 하늘에서 떨어지는 별똥별처럼 보였다(실제로 별은 떨어지지 않지만 말이다). 그의 몸은 고국에서 멀리 떨어진 땅에 있는 위대한 에리다누스강[2]에 떨어졌고 불타는 얼굴에서는 여전히 연기가 피어올랐다. 삼지창에서 나온 벼락을 맞아 연기가 피어오르는 파이톤의 시체는 서부의 나이아스들이 매장하여 비석에 이런 비명을 새겼다.

〈여기에 아버지의 태양 수레를 몰았던 파이톤이 누워 있다.

비록 그는 수레를 제어하지 못했지만 과감하게 도전하다가 사망했다.〉

깊은 슬픔과 고통을 느끼던 가련한 그의 아버지는 베일로 자기 얼굴을 가렸다. 떠돌아다니는 일설을 우리가 믿는다면, 그 후 하루 동안 태양이 뜨지 않아 세상의 빛은 화마의 불빛이 대신했는데, 그런 대참사도 나름대로 쓸모가 있었다.

파이톤의 어머니 클리메네는 어떻게 이런 대참사가 일어나게 되었느냐고 정신없이 중얼거렸다. 슬픔에 겨워 정신이상이 되었고 가슴을 마구 쥐어뜯으며 아들의 시체를 찾아 온 세상을 돌아다녔다. 처음에는 파이톤의 시신을 찾으려 했으나 어렵게 되자 유해라도 찾으려 했다. 그녀는 마침내 아주 먼 땅의 강둑에서 아들의 유해가 묻혀 있는 곳을 발견했다. 클리메네는 폭 고꾸라지면서 대리석에 적힌 아들의 이름을 읽으면서 눈물로 비석을 적셨고 맨가슴으로 비석을 어루만졌다.

339

2 이탈리아 북부의 포강.

파이톤의 자매들인 헬리아데스

헬리아데스 또한 어머니 못지않게 파이톤의 시신에 구슬프게 눈물을 뿌렸다. 그들은 손으로 가슴을 치면서 밤이나 낮이나 파이톤의 이름을 불렀으나 그는 부모형제의 슬픈 호곡을 들을 수 없었다. 헬리아데스는 울다가 지쳐 그의 무덤에 드러누웠다. 그동안 달이 찼다가 기울기를 네 번 반복했고, 자꾸 하다 보면 습관이 된다고, 그들은 이제 호곡이 습관이 되었다. 맏언니 파에투사는 자신의 발이 뻣뻣해진다고 불평했다. 아름다운 람페티에가 맏언니에게 가까이 가려 했으나 그녀 또한 갑자기 생긴 뿌리에 제지 당했다. 셋째 자매가 평소대로 양손으로 머리카락을 잡아 뜯으려 했으나 잎사귀를 잡아 뜯었을 뿐이었다. 여기에 있는 자매는 자신의 다리가 나무줄기에 붙잡혔다고 불평했고, 저기에 있는 자매는 양팔이 기다란 나뭇가지가 되었다고 툴툴거렸다.

그들이 이런 변화에 경악하고 있는 동안, 나무껍질이 허벅지를 덮었고 차츰 차츰 자궁, 유방, 어깨, 양팔을 덮었다. 오로지 그들의 입만이 멀쩡한 채로 어머니를 부를 수 있었다. 그들의 어머니라 해도 여기저기 발길 닿는 대로 돌아다니면서 그들과 입맞춤이나 할 뿐 달리 무엇을 할 수 있겠는가? 하지만 그걸로는 충분치 않아 어머니는 나무줄기에서 그들의 몸을 떼어 내려 했고 양손으로 부드러운 나뭇가지를 꺾으려 했다. 하지만 상처에서 흘러나오는 것처럼 피가 흘러나왔다.

「제발, 나를 가만 내버려 두세요, 어머니.」

부상을 입은 자매가 말했다.

「나무 안에 있는 내 몸이 뜯겨져 나가는 거예요. 그러면 어머니 이제 안녕…….」

이렇게 마지막 말을 내뱉는 그녀의 입술을 나무껍질이 뒤덮었다. 새로운 나뭇가지들에서 눈물이 계속 흘러내렸다. 이 눈물들은 햇빛을 받아 호박(琥珀)으로 굳어졌고 청명한 냇물에 실려 로마로 흘러 들어가 로마 신부들의 사랑을 받게 되었다. 366

키크누스

이 기적의 현장에는 스테넬루스의 아들인 키크누스가 있었다. 파이톤, 키크누스는 그의 어머니 쪽으로 너와 친척이 되는 청년인데, 오히려 정신적으로는 너와 더 가깝지.

키크누스는 리구리아의 백성들과 일대의 커다란 도시들을 다스리는 권세를 지녔으나 스스로 이를 내려놓았다. 그는 에리다누스강, 강 양쪽의 푸른 강둑, 파이톤의 누이들이 최근에 나무로 변신하여 조성된 숲 등을 상대로 잔뜩 불평을 늘어놓았다.

그러자 그의 목소리는 가늘어졌고, 머리카락은 하얀 깃털로 변했고, 목은 가슴에서 앞으로 쭉 내밀어졌고, 빨개진 손가락들은 물갈퀴로 연결되었고, 옆구리에는 날개가 생겨났고, 입은 끝이 둥그런 부리로 바뀌었다. 키크누스는 새로운 종류의 새가 되었다. 하지만 자신의 운명을 하늘이나 유피테르에게 맡기지 않았다. 최고신이 부당하게 내려친 벼락불을 생생하게 기억하기 때문이었다. 그는 연못과 넓은 호수를 찾았다. 불을 싫어했기 때문에 불과는 정반대인 강물에서 살기로 했다. 380

포이부스의 불평

한편 파이톤의 아버지 포이부스는 부스스한 모양새였고 일식 때면 그러하듯이 평상시의 광휘를 잃어버리고 있었다. 빛과 낮과 자신을 증오했고, 비탄에 흠뻑 빠졌고 분노로 인해 더 깊은 비탄에 빠졌다. 그는 이 세상에 대한 임무를 수행하길 거부하며 이렇게 말했다.

「시간이 시작된 이래 휴식도 없이 일을 해야 하는 것이 나의 운명이었다. 이제는 지겹다. 아무리 노력해도 보상도 없고 죽도록 일만 해야 하는 인생이 너무 피곤하다. 세상에 빛을 가져다주는 태양 수레를 다른 누군가가 몰 수 있을 것이다. 만약 그런 자가 없다면, 모든 신이 이 일을 할 수 없다며 손사래를 치는 판이니 유피테르 자신이 맡을 수 있으리라. 그가 태양 수레의 고삐를 쥐고 있는 동안에는, 아버지에게서 아들을 빼앗아 가는 벼락불을 내려놓을 수 있으리라. 그러면 최고신도 불을 뿜는 천마들의 힘을 깨달을 테고, 천마를 잘못 다루었다고 해서 내 아들이 죽어야 할 이유는 없음을 이해할 것이다.」

포이부스가 이렇게 말하는 동안 모든 신이 곁에 서서 경청했고, 말을 마치자 이 세상에 어둠을 내리지 말라고 간청했다. 유피테르도 자신이 벼락불을 내릴 수밖에 없었던 상황을 변명하면서 왕들이 그렇게 하듯이 호소도 하고 협박도 했다.

그러자 포이부스는 여전히 공포로 전율하며 날뛰던 천마들을 수습했다. 슬픔에 젖은 나머지 채찍으로 그들을 무자비하게 내리쳤다. 당시에는 자비심이 조금도 없었기 때문에 그렇게 했다. 포이부스는 아들의 죽음을 천마들 탓으로 돌리며 그들을 맹렬히 비난했다. 400

유피테르, 칼리스토, 아르카스

전능한 아버지는 천상의 높은 성곽을 둘러보면서 자신의 벼락불 때문에 파손되거나 허물어진 곳은 없는지 살폈다. 성곽이 평소와 마찬가지로 단단하다는 사실을 확인한 후에는 지상과 인간의 시설물들을 살펴보았다. 특히 아르카디아에 관심이 많았다. 그는 아직도 제대로 흐르지 못하는 샘물과 강물을 회복시켰고 땅에는 풀을 주고 나무에는 잎사귀를 주었으며 파괴된 숲들에는 빨리 무성한 초록을 회복하라고 명령을 내렸다.

그는 여기저기 순찰하는 동안 아르카디아의 처녀 칼리스토에게 시선을 빼앗겼고, 욕정의 불길이 뼛속까지 침투해 점점 더 뜨거워졌다. 칼리스토는 양털에서 실을 자아내 부드럽게 하거나 머리카락의 모양새를 자주 바꾸는 습관이 없었다. 옷은 핀으로 고정했고 별로 신경 쓰지 않는 머리카락은 머리띠로 묶으면 그만이었다. 그녀는 늘 손에 매끈한 창이나 활을 들고 다니는 디아나 여신의 전사였다. 마이날로스산을 노니는 여자들 중에서 칼리스토처럼 디아나 여신의 사랑을 받는 자는 없었다. 하지만 어떤 총애도 아주 오래가지는 못하는 법이다.

칼리스토가 인적이 전혀 없는 울창한 숲속에 들어간 때는 태양신이 하늘의 정중앙을 약간 지난 시점이었다. 그녀는 화살통을 어깨에서 내려놓고 매끈한 활의 줄을 풀어놓은 다음, 그림이 그려진 화살통을 베개 삼아 풀밭에 드러누웠다. 유피테르는 피곤한 채로 아무런 방비 없이 누워 있는 그녀를 내려다보면서 이렇게 중얼거렸다.

「이번 술수는 내 아내도 알지 못할 거야. 설사 알아낸다고 하더라도 욕 한번 먹고 말지. 저 아가씨는 그만한 가치가 있어.」

유피테르는 곧 디아나의 용모와 복장으로 변신하고서 칼리스토에게 말했다.

「오, 내 근위대원 중 하나로 여겨지는 아가씨, 어느 산언덕에서 사냥을 했지?」

「내가 판관이라면 유피테르보다 더 위대하다고 판결해 드릴 여신이여, 환영합니다. 물론 최고신은 나의 이런 말을 듣고 계시겠지요.」 아가씨가 풀밭에서 몸을 일으키며 대답했다.

최고신은 자신보다 다른 신을 더 높게 친다는 얘기에 유쾌하다는 듯이 웃음을 터트렸다. 이어 열정적으로 칼리스토에게 키스했는데 결코 처녀에게 해주는 가벼운 키스라고 할 수 없었다. 칼리스토가 어느 숲에서 사냥을 했는지 막 말하려는데, 유피테르는 갑작스러운 포옹으로 말을 막았고 열정적인 애무로 속셈을 그만 드러내고 말았다.

그녀는 여자라면 당연히 그렇게 하듯이 애무에 애써 반항했다(만약 유노가 현장에 있었더라면 칼리스토에게 한결 관대한 마음을 품었을 것이다). 하지만 여자의 몸으로 어떻게 최고신을 이기겠으며, 말이 난 김에 하는 소리인데 누가 최고신에게 이길 수 있겠는가? 욕정을 채우고 의기양양해진 유피테르는 천상의 거처로 돌아갔다. 칼리스토는 일이 벌어진 숲과 자신의 죄상을 알고 있는 나무들을 증오했다. 황급히 숲을 떠났고 너무 경황이 없어서 화살통과 나뭇가지에 걸어둔 활을 잊어버릴 뻔했다.

그때 근위대원들과 높은 마이놀루스 산중을 걸어오는 디아나 여신이 보였다. 여신은 들짐승을 여러 마리 잡아 죽여서 기분이 좋은 상태였다. 여신은 칼리스토를 불렀다. 디아나가 부르는 소리를 듣고서 칼리스토는 처음엔 변신한 유피테르가 아닌가 의심하여 달아났다. 하지만 여신과 함께 걸어오는 님프들을 보고서, 최고신의 기만술이 아님을 확인하고 근위대 무리에 끼었다.

하지만 여신 앞에서 표정 관리를 잘하여 죄상을 들키지 않기란 얼마나 어려운 일인가. 칼리스토는 땅에 처박은 시선을 들 수가 없었고, 예전처럼 근위대 앞줄에서 여신을 가까이 모시지도 못했다. 말이 없었고 얼굴을 붉힘으로써 명예가 실추되었음을 무언중에 드러냈다. 이런 여러 가지 표시가 있었는데도 정작 디아나 여신은 자신이 처녀신인지라 칼리스토의 죄상을 눈치채지 못했다. 하지만 님프들은 단박에 눈치챘다고 한다.

달이 차고 기울기를 아홉 번이나 반복하여 9개월이 지났을 때, 오빠 태양신의 태양 광선 아래에서 사냥을 하다가 피곤해진 여신은 시원한 숲속에 들어섰다. 시냇물이 조잘조잘 소리 내며 흘러가고 있었고 시냇물 바닥에는 고운 모래가 가득했다. 여신은 아름다운 곳이라고 말하면서 발바닥으로 수면을 살짝 건드리더니 물 또한 아름답다고 했다. 여신은 기뻐서 이렇게 말했다.

「구경꾼들이 멀리 떨어져 있어서 이 주위에는 보이지 않는구나. 우리, 이 물속에 알몸을 담가 보자.」

칼리스토는 얼굴을 붉혔다. 다른 님프들은 거침없이 옷을 벗어젖혔다. 다들 옷을 벗었기 때문에 칼리스토 역시 알몸이 되었고 그리하여 죄상이 드러났다. 그녀는 크게 당황하면서 양손으로 자궁을 가리려 했다. 디아나 여신은 그것을 보고서 말했다.

「여기서 떠나 가거라. 나의 성스러운 냇물을 오염시키지 마라.」

여신은 칼리스토에게 즉시 님프들의 무리를 떠나라고 지시했다.

위대한 벼락신의 아내는 이 사실을 오래전에 알고 있었다. 하지만 적절한 때가 될 때까지 징벌을 미루었다. 이제는 더 미룰 이유가 없었다. 칼리스토에게는 아르카스라는 아들이 태어났고 이 또한 유노의 가슴을 아프게 했다. 유노는 무자비한 마음으로 현장에 시선을 돌리며 말했다.

「그래, 간통한 계집, 이 가정파괴범아. 네가 할 수 있는 짓은 그것밖에 없겠지. 임신을 하고 또 해산을 해서 나에게 피해를 입힌 사실을 널리 소문내고 유피테르의 비행을 널리 알리는 거 말이야. 넌 징벌을 피하지 못해. 이 방자한 년, 너 자신과 내 남편에게 쾌락을 주었던 네년의 아름다움을 파괴해 버리고 말 거야.」

칼리스토가 몸을 돌리자, 유노는 이마의 머리카락을 움켜잡으며 그녀를 땅바닥에 쓰러트렸다. 칼리스토는 양팔을 들어 애원하기 시작했다. 순간 그녀의 양팔은 검은 털로 덮여 빳빳해졌고 양손은 굽어지며 안으로 파고들더니 앞발이 되었고 한때 유피테르의 칭찬을 받았던 입은 보기 흉하게 일그러지며 쫙 벌어졌다. 칼리스토의 기도와 기도의 말이 유피테르의 마음을 움직일지도 모르는 일이라 유노는 그녀의 말하는 능력을 빼앗아 버렸다. 이제 칼리스토의 쉰 목에서는 분노하고 위협하는 목소리가 무섭게 흘러나왔다. 그녀는 결국 곰이 되었으나 원래 정신은 그대로 남았다. 칼리스토는 계속 울부짖으며 슬픔을 토로했고 양손 혹은 앞발을 들어서 하늘과 별들에게 호소했다. 비록 말을 하지는 못했지만 유피테르가 야속하다고 생각했다.

아, 칼리스토가 외로운 숲속에서 조용히 쉬지 못하고 얼마나 애타게 예전 집 앞과 들판을 헤매었던가! 사냥개들의 으르렁거리는 소리에 놀라서 바위들 사이로 달아난 적은 또 얼마나 많았던가! 그녀 자신이 여자 사냥꾼이었으나 이제는 사냥꾼을 두려워하며 도망치는 신세가 되었다. 종종 들짐승들을 보면 자신의 현재 상태를 잊어버리고 몸을 숨겼다. 비록 암곰이었지만 산속에서 수곰을 만나면 무서워 몸을 떨었다. 그녀의 아버지 리카온은 늑대로 변신했지만 칼리스토는 늑대들을 만나면 공포를 느꼈다.

그런데 칼리스토의 아들 아르카스가 사냥꾼들 사이에 있었고 자신의 어머니를 전혀 알아보지 못했다. 그는 열다섯 번째 생일을 지난 어엿한 청년이었다. 들짐승을 쫓으며 적당한 계곡을 찾아 들어가 에리만투스의 숲에 큰 그물망을 치다가 우연히 어머니와 조우하게 되었다. 곰은 아르카스를 아는 것처럼 그 자리에 우뚝 섰다. 실상을 잘 모르는 아르카스는 무서워서 달아났고 자신을 계속 주시하는 암곰에게 공포를 느꼈다. 암곰이 더욱 적극적으로 가까이 다가오자, 독을 묻힌 화살을 쏘아 암곰의 가슴을 꿰뚫으려 했다. 이때 전능한 최고신이 개입하여 모자를 얼음처럼 얼어붙게 하여 죄악이 저질러지지 않도록 막았다. 최고신은 바람을 일으켜 모자를 허공에 들어 올려 하늘의 별자리로 고정함으로써 나란히 이웃한 모자 별자리로 만들었다.

유노는 칼리스토가 하늘의 별이 되어 반짝거린다는 사실

을 알고서 분노했으며 바닷속으로 들어가 머리가 하얀 테티스와, 신들의 존경을 받아 온 노인 오케아누스를 만났다. 그들이 찾아온 용건을 묻자 유노가 말했다.

「신들의 여왕인 내가 왜 천상의 거처에서 여기까지 내려왔는지 당신들은 묻고 있군요. 다른 여자가 천상에서 나 대신 유세를 부리고 있어요. 거짓말 같아요? 밤이 되어 온 세상이 어두워졌을 때 당신들은 작은 원을 그리며 북극 주위를 돌고 있는, 밤하늘 맨 꼭대기에서 밝게 반짝이는 새로운 두 별을 볼 수 있을 거예요. 이 별들 때문에 정말이지 고통스러워요.

사정이 이러니 누가 나, 유노를 만만히 보지 않을 것이며 내 기분을 나쁘게 한 연후에도 겁을 먹겠어요? 나는 정반대로 상대방에게 해를 입히려 하면서도 결과적으로 혜택을 주는데 말이에요. 난 참 엄청난 일을 했지 뭐예요. 나의 권력이라는 게 정말 대단하지요? 칼리스토가 인간의 몸에서 벗어나 여신이 되는 것을 도와주었으니 말이에요.[3] 이게 내가 죄지은 자에게 벌을 내리는 방식이니, 나의 권력이란 정말 엄청나지 않나요?

유피테르더러 그녀를 원래 모습으로 되돌려 동물 같은 겉모습을 모두 제거하라고 하세요. 암소 이오를 사람의 몸으로 다시 회복시켰던 것처럼 말이에요. 왜 그는 차라리 나, 유노를 쫓아내고 저 여자와 결혼하여 침실에 들어앉히지 않는 거죠? 그럼 꼴좋게도 칼리스토의 아버지 리카온은 장인이 되겠지요.

나의 유모였던 테티스, 이처럼 수모를 당한 당신의 수양딸

3 로마 시대에는 훌륭한 인간이 사망하면 영혼이 몸에서 빠져나가 천상으로 올라가 별이 되면서 신이 된다고 믿었다.

을 불쌍하게 여겨 분노하신다면 간통의 보상으로 하늘에 들게 된 저 두 별이 이 푸른 바다에 그림자를 드리우지 못하게 하소서. 그리하여 저 계집이 당신의 푸른 바다를 더럽히지 않게 해주소서.」

바다의 신들은 고개를 끄덕이며 동의를 표했다. 유노는 공작이 그려진 자신의 날렵한 수레를 타고 천상으로 돌아갔다. 살해된 아르고스의 눈들을 가져와 최근에 공작 깃털을 장식했더랬다.

그런데 너, 수다스러운 갈가마귀야, 너도 원래는 하얀 새였으나 최근에 검은 날개가 달린 새로 갑자기 변신해 버렸지. 535

갈가마귀와 까마귀

과거에 갈가마귀는 날개가 눈처럼 하얗고 몸은 은빛이었으며 순결한 비둘기처럼 순백을 자랑했다. 경고의 목소리로 로마를 구조했던 거위[4]나, 강물에서 유유히 떠도는 백조에 비해서도 조금도 손색이 없었다. 하지만 혀가 재앙을 불러왔다. 수다스러운 혀 때문에 하얀 색깔이 정반대 색깔로 바뀌어 버렸다.

하이모니아 전역에서 라리사의 코로니스보다 더 아름다운 여자는 없었다. 오, 포이부스여, 그녀는 바람을 피우지 않을 때 혹은 바람을 피우더라도 발각되지 않았을 때 당신에게 커다란 즐거움을 주었다. 하지만 포이부스의 새가 곧 코로니스의 간통 사실을 발견했고 이 타고난 수다쟁이는 그녀

4 기원전 4세기에 갈리아인들이 로마를 침공하여 한밤중에 카피톨리움 언덕을 점령하려 했을 때 거위들이 시끄럽게 울어 대어 잠자는 로마 군사들을 깨워 언덕을 방위할 수 있었던 고사를 가리킨다.

의 죄를 고자질하려고 주인에게 날아가던 중에 까마귀를 만났다.

역시 수다쟁이인 까마귀는 날개를 치면서 갈가마귀와 함께 날아가다가 진상을 모두 알게 되었다. 갈가마귀의 용무를 알게 된 까마귀는 이렇게 말했다.

「네가 지금 하려는 여행은 별 실익이 없어. 내 혀가 발하는 사전 경고를 무시하지 마. 과거의 나와 현재의 내가 어떤지 한번 보고 이유를 물어보라고. 그러면 신의(信義) 때문에 내가 피를 봤음을 알게 될 거야. 내 사연을 말해 보자면 이래.

과거에 어머니 없는 에릭토니우스[5]라는 아이가 태어났지. 미네르바 여신은 이 아이를 아르카디아 버들로 짠 상자에 넣어 반인반수(半人半獸)인 케크롭스의 세 처녀 딸들에게 주었어. 그러면서 몰래 반출하는 상자 안은 절대로 들여다보지 말라고 했지. 잎사귀 무성한 느릅나무 가지에 앉아서 나는 세 처녀들의 소행을 주시하기 시작했어. 첫째 딸과 둘째 딸인 판드로소스와 헤르세는 아무 수작을 부리지 않고 상자를 충실히 보관했어. 하지만 막내딸 아글라우로스는 언니들을 겁쟁이라고 하면서 상자의 매듭을 풀어 안을 들여다보았어. 상자 안에는 어린아이와 몸을 쭉 편 뱀이 한 마리 들어 있었어.

나는 여신에게 그들의 소행을 보고했지. 보고에 대한 보답은? 더 이상 미네르바의 보호를 받지 못하고 밤의 새 부엉이보다 못한 존재로 격하돼 버렸지. 무슨 뜻인지 알겠어? 새들은 자기 목소리로 징벌을 자초해서는 안 된다는 얘기야.

네가 내 말을 거짓이라고 생각하면서 미네르바가 부르지

5 불카누스가 미네르바를 겁탈하려 했을 때 땅에 묻은 정액에서 태어났다.

도 않았는데 내가 억지로 여신에게 찾아가 보고했다고 생각한다면, 직접 여신에게 가서 물어보아. 미네르바는 나의 보고에 화가 났을지 모르지만, 내가 총애 받던 새라는 사실은 부인하지 않을걸. 자신이 직접 고른 새라는 사실을 말이야. 경위를 말해 주지.

너도 알다시피, 내 아버지는 포키스 땅의 유명한 코로네우스였어. 나는 공주였고 나한테 장가들겠다는 부유한 구혼자들이 많았지(나를 비웃지 마). 한데 미모가 오히려 해가 되었지. 내가 평소 습관대로 해변의 모래사장을 천천히 걷고 있는데 바다 신이 나를 보고서 욕정에 몸이 달아오른 거야. 그는 한동안 헛되이 애원하고 회유하더니 돌연 폭력적인 태도로 나를 쫓아오는 거야. 나는 달아났어. 단단한 해변을 버리고 부드러운 모래 위로 도망가면서 쓸데없이 내 몸을 피곤하게 만든 거야. 나는 신들과 인간들에게 도움을 청했지만 내 목소리는 어떤 인간에게도 들리지 않았어. 하지만 처녀 목소리는 처녀에게 들린다고, 처녀신 미네르바가 나를 도와주었어.

하늘을 향해 양팔을 쭉 뻗었더니 내 팔에 가벼운 깃털이 나면서 검어졌어. 나는 어깨에서 옷을 벗겨 내려 했어. 하지만 그건 깃털이었고 피부 속으로 깊숙이 뿌리를 내렸지. 나는 양손으로 맨가슴을 치려고 했어. 하지만 양손도 맨가슴도 없었어. 나는 달렸어. 하지만 해변의 모래가 전처럼 내 발을 밑에서 받쳐주지 않았어. 모래사장의 표면을 스치면서 가는 거야. 곧 내 몸은 공중에 떠올라 둥둥 날아갔고 나는 미네르바의 순결한 수행원으로 임명되었어.

하지만 그게 다 무슨 소용이야? 닉티메네가 끔찍한 죄를 저지른 나머지 새로 변신하여 나의 신조(神鳥) 자리를 이어 받았는데. 닉티메네가 어쩌다 새로 둔갑했냐고? 아니, 그 얘기 아직도 못 들었어? 레스보스 전역에서 아주 잘 알려진 이야기인데. 닉티메네가 말이야, 아버지의 방에 몰래 들어가 침대를 더럽혔다는 거 아니야. 이제 그녀는 부엉이가 되었는데 죄책감에 사로잡혀 대낮에 나다니는 것을 피하고 수치를 어둠 속에 감추었지. 그래서 청명한 하늘의 모든 새들에게 쫓겨 다니는 신세가 되었지.」

까마귀의 조언에 갈가마귀는 이렇게 대꾸했다.

「너의 불운은 너한테나 해당하는 얘기겠지. 나는 너의 허황한 사전 경고가 외려 우습다고.」

갈가마귀는 가던 길을 계속 갔고 주인에게 코로니스가 젊은 하이모니아 사람과 간통하는 것을 보았다고 보고했다. 소식을 들은 포이부스는 경악했고 충격으로 머리에 썼던 애인의 월계관이 스르르 미끄러져 내려왔다. 태양신의 얼굴빛은 혈색을 잃고 창백하게 변했고 리라 퉁기는 채가 손에서 떨어졌다. 분노로 가슴이 펄펄 끓어올랐고 평소 들고 다니는 활을 한껏 펴서, 한번도 과녁을 벗어난 적 없는 화살을 날렸다. 화살은 전에 자주 애무할 때 그의 가슴에 맞닿았던 코로니스의 가슴을 꿰뚫었다. 그녀는 치명상을 입고 커다란 신음소리를 내지르면서 화살을 몸에서 뽑아냈다. 진홍색 피가 하얀 사지를 벌겋게 적셨다. 코로니스는 말했다.

「포이부스여, 나는 당신의 징벌을 받아도 아무 할 말이 없습니다. 그러나 먼저 아이를 낳게 해주소서. 우리 모자가 동시에 죽게 생겼습니다.」

그렇게 말한 순간 생명이 피와 함께 코로니스의 몸에서 흘러나왔다. 그녀의 영혼은 신체를 떠났고 죽음이 다가와 몸이 뻣뻣하게 경직되기 시작했다. 슬프도다, 애인은 뒤늦게 잔인한 치벌을 후회하고 밀고자의 말을 듣고서 그토록 분노한 자신을 증오했다. 그는 애인의 간통 사실을 보고하여 분노와 고민을 안겨 준 새를 미워했다. 또한 자신의 활과 손, 화살을 날린 손가락을 증오했다. 포이부스는 쓰러진 코로니스를 애무하면서 때늦은 도움을 베풀어 운명의 손길을 막아 보려고 의술을 발휘했으나 아무 소용이 없었다.

이런 헛수고를 한 후에 포이부스는 화장용 장작대가 곧 준비되고 애인의 시신이 곧 화염에 휩싸이리라는 사실을 알았다. 신의 얼굴은 눈물이 허용되지 않으므로, 포이부스는 가슴 밑바닥에서 올라오는 신음 소리를 내뱉었다. 엄청나게 큰 망치가 하늘 높이 쳐들렸다가 새끼 송아지의 이마를 강타하는 장면을 바로 옆에서 쳐다보는 어미 소의 신음을 방불케 하는 소리였다. 포이부스는 코로니스의 가슴에 향료를 뿌렸으나 그녀는 아무 반응이 없었다. 포이부스는 그녀를 마지막으로 포옹했고 비록 죄지어 죽은 여자이지만 정중한 장례를 치러 주었다. 포이부스는 자신의 씨앗이 잿더미 속으로 사라지는 것을 차마 볼 수가 없어서 배 속에 든 아들을 어머니의 자궁과 불길에서 꺼내 반인반마(半人半馬)인 키론의 동굴에 가져다주었다. 한편 보상을 바라고 밀고한 갈가마귀에게는, 노골적으로 숨김없이 혀를 놀린 죄로 하얀 새들과 어울리지 못한다는 금지령을 내렸다. 632

오키로에의 예언

한편 반인반마의 키론은 신의 씨앗을 양아들로 얻게 되어 기뻤고 이처럼 커다란 영예를 인정받아 흐뭇했다.

그런데 여기를 보라. 이 켄타우루스에게는 황갈색 머리카락이 어깨까지 내려오는 딸이 하나 있었다. 그녀의 어머니요 님프인 카리클로는 과거에 물살이 빠르게 흘러가는 강둑에서 이 딸을 낳고서 출산을 기념하여 오키로에라는 이름을 붙여 주었다. 딸은 아버지의 기술만으로는 성에 차지 않아 운명의 신비를 예언하는 기술도 배우게 되었다. 예언자의 신기(神氣)가 내려오고 신의 불길이 가슴속에서 활활 타오를 때, 오키로에는 양아들 아이스쿨라피우스를 쳐다보며 말했다.

「얘야, 잘 자라라. 너는 온 세상에 건강을 가져다주는 자가 될 거야. 인간들의 몸은 종종 네 신세를 져서 연명할 수 있게 된단다. 너는 죽은 영혼을 회복시키는 능력을 얻게 되지만, 신들이 못마땅해하기 때문에 그걸 딱 한 번 사용할 수 있을 거야. 네 할아버지 유피테르의 벼락이 가로막아서 너는 그 능력을 또 부여 받지는 못해. 네 능력은 신과 같은 힘을 발휘하지 못하고 너는 생명 없는 몸이 되겠지. 그러다가 다시 변신하여 이번에는 진짜 신이 될 거야. 그래서 네 운명은 두 번이나 갱신되는 거지.

그리고, 사랑하는 아버지 키론이여, 당신은 이 지상에서 영원히 살도록 태어난 불멸의 존재이지만, 신들에게 제발 죽게 해달라고 비는 때가 올 거예요. 더러운 뱀 히드라의 피가 아버지의 상처 속으로 들어가 신체를 오염시킬 때 말이에요. 신들은 아버지를 불멸의 존재로부터 해방시켜 죽음을 맞이하도록 허용할 테고 세 운명의 여신이 아버지의 생명줄을 끊을 거예요.」

오키로에는 앞날의 운명을 두고 할 말이 더 있었다. 한숨이 가슴속 깊은 곳에서 새어 나왔고 눈물이 솟구쳐 올라 양 뺨을 따라 흘러내렸다. 그녀는 계속 말했다.

「운명의 여신들이 나를 가로막아서 더 이상 말을 하지 못하겠어요. 내 말을 빼앗아 갔어요. 신들의 분노를 일으킨 나의 예언 능력은 이런 징벌을 받을 정도는 아니에요. 차라리 미래를 몰랐으면 좋겠어요. 나는 이제 인간의 형체를 잃고 있어요. 풀을 뜯어 먹고 싶고 넓은 들판을 달리고 싶은 충동을 느껴요. 나는 반인반마의 친척인 암말로 변신하고 있어요. 하지만 왜 통째로 말이 되는 걸까요? 우리 아버지는 반은 인간이고 반은 말인데.」

그녀의 마지막 불평은 제대로 들리지 않았고 말은 알아들을 수 없게 되었다. 곧 사람의 말도, 말이 히힝거리는 소리도 아닌, 암말의 울음을 흉내 내는 소리 비슷해졌다. 잠시 뒤 오키로에는 분명히 말 울음 소리를 냈고 양팔을 풀밭으로 내밀었다. 이어 손가락들이 서로 들러붙어 말발굽이 되었고 다섯 개의 손톱은 단단한 각질이 되었다. 얼굴과 목은 길어졌고 기다란 외투의 상당 부분이 꼬리로 변신했으며 목까지 나풀거리던 머리채는 오른쪽으로 흘러내리는 말갈기가 되었고 목소리와 형체는 완전히 바뀌었다. 이 변신으로 인해 오키로에는 히페라는 새 이름을 얻었다. 암말이라는 뜻이다. 675

메르쿠리우스와 바투스

필리라의 아들이요 영웅인 키론은 말했다.

「오 포이부스여, 울면서 당신의 도움을 요청하였으나 아무 소용이 없었지요. 당신은 최고신 유피테르의 명령을 취소시킬 수도 없거니와, 설사 그럴 능력이 있다고 할지라도 그 자리에 없었으니까요. 당신은 엘리스와 메세니아[6]의 들판에서 살고 있었습니다. 당신은 목동의 가죽 외투를 입었고 왼손에는 목동의 지팡이를 들고 오른손에는 서로 다른 갈대 일곱 개로 만든 목신의 파이프를 들고 있었지요. 당신은 사랑에 관심을 기울였고 파이프로 외로움을 달래었지요. 그래서 당신의 소 떼들은 필로스의 들판으로 유유히 나아갔다고 합니다. 재주 많은 방랑자인 메르쿠리우스가 당신의 소 떼들을 발견하고 숲속에 감추었습니다.」

당시 아무도 메르쿠리우스의 소행을 알지 못했다. 딱 한 사람, 일대의 지리를 잘 알고 이웃 사람들이 바투스라고 부르는 노인만이 사실을 알고 있었다. 이 〈수다스러운 자〉는 목자였고 부유한 넬레우스의 계곡들과 유명한 암말들, 풀 많은 목초지를 돌보고 있었다. 메르쿠리우스는 이 바투스를 두려워하면서 그를 옆으로 불러내 회유하는 어조로 말했다.

「낯선 자여, 그대가 누구인지 잘 모르겠으나, 어떤 사람이 이 소 떼를 찾아오면 보지 못했다고 말해 주시오. 그렇게 하면 당신에게 감사하며 보답으로 훌쭉한 암소 한 마리를 주겠소.」

그는 바투스에게 예의 암말을 주었다. 낯선 자는 그것을 받고서 이렇게 대답했다.

「안심하고 가십시오. 나는 당신의 소행을 절대 말하지 않을 것이니, 차라리 저 돌덩이가 밀고하기를 바라는 쪽이 더 개연성 있을 것이오.」

바투스는 주위의 어떤 돌을 가리켰다. 유피테르의 아들 메르쿠리우스는 떠나가는 척했다. 하지만 곧 목소리와 용모를 바꾸고서 현장으로 돌아와 말했다.

6 둘 다 펠로폰네소스반도에 있는 지명.

「농부여, 이 길로 가는 소 떼를 본 적이 있다면, 누군가의 도둑질을 못 본 척하지 말고 내게 말해 주시오. 당신에게 황소 한 마리와 그놈의 짝을 드리겠소.」

노인은 두 배로 뛴 보상이 탐이 나서 소 떼의 행방을 사실대로 말해 주었다.

「소 떼는 저기 산기슭에 있습니다.」

아틀라스의 손자인 메르쿠리우스는 웃음을 터트리면서 말했다.

「이 배신자, 철석같이 약속을 해놓고서 나를 배신해?」

그는 한 입으로 두말하는 바투스의 가슴을 단단한 부싯돌로 변신시켰다. 그리하여 부싯돌은 억울하게도 한 입으로 두말한다는 불명예를 안고서, 오늘날까지도 수다스러운 돌이라 불리게 되었다. 707

메르쿠리우스와 아글라우로스(1)

메르쿠리우스는 균형 잡힌 날개를 펼쳐서 그곳을 떠나 하늘을 날아갔다. 공중에서 미네르바가 특히 사랑하는 아테나이의 들판과 숲들을 내려다보았다. 마침 그날은 미네르바의 축제일이었다. 관습에 따라, 순결한 처녀들이 순수한 성물(聖物)을 화관으로 장식한 바구니에 넣어 머리에 이고 미네르바의 성채로 갔다. 날개 달린 신은 마침 성채에서 돌아오는 처녀들을 보고 날기를 멈추고 상공에서 원을 그리며 빙빙 돌았다. 가장 빠른 새인 매가 희생 제물로 바친 동물의 내장을 탐내면서도 주위에 서 있는 제관들을 두려워하여 상공에서 조심스럽게 빙빙 돌면서 먹이를 노리듯이, 뭔가를 발견한 메르쿠리우스 또한 미네르바의 성채인 아크로폴리스 상공을 빙빙 돌았다.

샛별이 다른 별들보다 더 밝게 빛나듯이, 황금빛 포이베가 샛별을 제압하듯이, 헤르세는 성채에서 돌아오는 순결한 처녀들 중에서 압권이었고 축제 행렬의 영광이었으며 동료 처녀들의 백미였다. 유피테르의 아들은 그녀의 아름다움에 압도되었고 공중을 빙빙 돌고 있었는데 욕정에 온몸이 불타올랐다. 마치 강력한 투석기에서 날아온 납탄이 가슴에 들이박힌 것 같았다. 예의 납탄은 구름 속으로 날아가면서 더욱 뜨거워지며 하얗게 변하는데, 평상시와는 아주 다른 열기를 발산했다.

메르쿠리우스는 이제 방향을 바꾸었고 하늘을 뒤로한 채 아무런 변장도 하지 않고 지상으로 내려왔다. 자신의 용모에 자신이 있었기 때문이다. 잘생긴 외모를 자랑했으나, 그래도 머리를 단정하게 빗고 겉옷을 잘 다듬어서 맵시가 나게 했다. 겉옷의 황금 장식들을 돋보이게 했고, 인간에게 잠을 가져다주기도 하고 뺏기도 하는 막대기(메르쿠리우스는 오른손에 이걸 쥐고 있었다)가 반질반질하게 닦였는지 확인했으며, 양쪽 신발을 공들여 손질해 반짝거리게 했다.

세 자매가 사는 집의 한적한 구석에는 상아와 거북 껍질로 장식된 세 개의 침실이 있었다. 그중에서 판드로수스여, 너의 침실은 오른쪽에 있었고 아글라우로스의 침실은 왼쪽에, 그리고 헤르세의 침실은 가운데에 있었다. 집 안으로 들어오는 메르쿠리우스를 보고서 이름과 용건을 물어본 여자는 아글라우로스였다. 메르쿠리우스는 이렇게 대답했다.

「나는 아틀라스와 플레이오네의 손자이고, 내 아버지의 말씀을 전하는 전령이오. 공중을 날아다니지요. 내 아버지는 유피테르요. 내 용건에 대해서는 거짓말하지 않겠소. 당신의 언니에게 충실하게 행동하여 장차 내 아이들의 이모로서 칭송을 받도록 하시오. 내가 여기 온 이유는 헤르세 때문이오. 사랑에 빠진 나를 좋게 보아 주기 바라오.」

아글라우로스는 전에 금발의 미네르바가 몰래 맡긴 버들상자 속의 아기를 들여다보던 시선으로 메르쿠리우스를 쳐다보았다. 그러고는 그 대가로 많은 황금을 지불하라고 요구하더니 우리집에서 썩 나가라고 말했다. 751

질투의 집

전사 여신 미네르바는 음울한 눈빛으로 아글라우로스를 쳐다보면서 통탄스럽다는 듯이 한숨을 내뱉었다. 한숨 소리가 얼마나 컸던지 강한 가슴과 거기에 놓인 방패가 흔들거릴 지경이었다. 아글라우로스는 불경한 손으로 여신의 비밀을 폭로했고, 약속을 위반하면서 어미 없이 태어난 불카누스의 아들을 보고 말았다. 그런 아글라우로스가 언니 헤르세의 귀여움을 받고 전령신에게 엄청난 황금을 뜯어낼지도 모른다는 사실에 생각이 미치자 미네르바는 더욱 울화통이 터졌다.

즉시 미네르바는 검은 진흙으로 칠해진 질투 여신의 집을 찾아갔다. 햇빛이 들어오지 않는 계곡에 있는 아주 음산한 집이었다. 온몸을 마비시키는 냉기가 가득했고 불길은 조금도 없었으며 언제나 어둠 속에 가라앉아 있었다. 무서운 전쟁의 여신은 도착한 집 문 앞에 우뚝 섰다. 집 안으로 들어가는 것은 올바른 행동이 아니라고 생각했기 때문이다. 미네르바는 창끝으로 문기둥을 가볍게 쳤다. 문을 두드리자 문이 열렸다. 미네르바는 문 안쪽에서 악독함의 자양분인 뱀의 살

코기를 먹고 있는 질투의 여신을 보았다. 질투의 여신은 그녀를 보자 고개를 돌렸다. 하지만 곧 앉아 있던 자리에서 일어나 절반쯤 먹은 뱀들을 뒤에 놔두고 천천히 걸어서 문 쪽으로 다가왔다.

아름다움과 무위(武威)가 화려하게 빛나는 여신을 보자 질투의 여신은 신음과 함께 깊은 한숨을 내쉬면서 얼굴을 찌푸렸다. 얼굴은 아주 창백했고 신체는 수척했으며 시선은 똑바로 바라보는 법이 없고 이빨은 치석이 가득하여 구린내를 풍겼다. 가슴에는 초록색 담즙이 가득했고 혀는 독이 질펀하게 묻어 있었다. 질투의 여신은 다른 사람의 고통을 볼 때만 미소를 지을 뿐 다른 때는 웃지 않았다. 달콤하게 잠드는 법이 없고 온갖 근심으로 늘 깨어 있었다. 다른 사람들의 성공을 못마땅한 눈빛으로 쳐다보면서 스스로 번민했다. 남들의 성공은 곧 자신의 패배였기 때문이다. 그녀는 남을 물어뜯을 뿐만 아니라 자기 자신도 물어뜯었다. 심지어 자기 자신도 못마땅하여 제 몸에 벌을 내렸다. 미네르바는 질투의 여신에게 이런 말을 했다.

「케크롭스의 딸 하나에게 너의 질투를 감염시켜라. 이것이 너의 과제이다. 내가 말하는 딸은 아글라우로스이다.」

말을 마치고 여신은 창으로 땅을 꾹 찍으며 지상에서 공중으로 날아올랐다.

질투의 여신은 떠나는 미네르바를 삐딱한 시선으로 바라보았다. 미네르바가 뜻을 이루리란 사실을 알고서 괴로워하며 낮게 신음 소리를 냈다. 질투의 여신은 가시로 뒤덮인 방망이를 꺼내 들었다. 가는 곳마다 검은 구름을 드리웠고, 꽃피는 들판을 밟아 뭉갰으며, 풀들을 불태우고 나무들의 우듬지를 꺾어 버렸으며 사람, 도시, 가정을 질투의 숨결로 오염시켰다. 마침내 미네르바의 도시 아테나이에 도착하여 재주 많은 사람들, 재보(財寶)들, 축제의 평화 등이 넘쳐 나는 도시를 바라보자, 눈물 흘릴 일이 전혀 없다는 사실 때문에 터져 나오려는 눈물을 간신히 억눌렀다.

이윽고 케크롭스의 딸이 거하는 방 안으로 들어서자, 질투의 여신은 지시 받은 대로 행동하면서 썩을 대로 썩어 버린 손을 아글라우로스의 가슴에 얹어 가시덤불로 가슴을 가득 채웠고 검게 끈적거리는 해로운 독을 처녀의 뼛속에 불어넣어 폐가 독으로 가득 차오르게 했다. 처녀에게 충분한 번민의 이유를 제공하기 위하여 질투의 여신은 처녀의 눈앞에 언니의 행복한 결혼과 메르쿠리우스의 잘생긴 용모를 보여 주고 이것들의 영광스러움을 과장했다. 이런 것들이 케크롭스의 딸 가슴에 콱 들이박히자 아글라우로스는 은밀한 슬픔으로 번뇌했다. 밤낮없이 고통에 시달리면서 신음 소리를 냈고 너무나 비참하여 온몸이 천천히 허물어져 갔다. 예기치 않은 햇빛으로 서서히 녹아 버리는 얼음처럼. 808

메르쿠리우스와 아글라우로스(2)

행운을 얻은 헤르세에 대한 아글라우로스의 질투는 마른 풀들에 붙은 불처럼 천천히 타올랐다. 뜨거운 화염같이 확 퍼져 나가는 것이 아니라 서서히 가열되면서 타올랐다. 종종 아글라우로스는 언니의 행복한 꼴을 보기 싫어서 차라리 죽는 게 낫다는 생각도 했다. 어떤 때는 언니와 메르쿠리우스의 만남이 범죄나 되는 것처럼 근엄한 아버지에게 일러바칠까 생각했다. 마침내 그녀는 문턱에 자리를 깔고 앉아서 집

안으로 들어오는 신을 막으려 했다. 신이 회유, 기도, 온유한 말로 구슬리려 들자, 아글라우로스는 말했다.

「그만둬요. 당신이 여기서 쫓겨날 때까지 나는 일어서지 않을 거예요.」

「그럼 그렇게 합시다.」 재빠른 메르쿠리우스가 말했다.

메르쿠리우스는 천상의 지팡이로 문을 열었다. 아글라우로스가 일어서려고 하자 전신을 마비시키는 중압감이 온몸으로 퍼지면서 앉았을 때 구부렸던 신체 부위들을 전혀 움직일 수 없었다. 물론 그녀는 마비 증세와 싸우면서 일어서려고 용을 썼다. 하지만 무릎 관절은 뻣뻣했고 한기가 온몸을 돌면서 손톱까지 퍼져 나갔다. 정맥은 피를 잃어서 창백해졌다. 사악하고 치료 불가능한 암이 온몸에 퍼져 나가면서 멀쩡한 부위도 병들게 하듯이, 치명적인 냉기가 차츰 차츰 가슴에 퍼졌고 혈관과 숨길을 막아 버렸다. 그녀는 더 이상 말을 하려 들지 않았고, 설사 말하려 애썼더라도 목소리가 터져 나올 길이 없었다. 목구멍은 이미 돌이 되었고 입은 단단히 굳어졌다. 아글라우로스는 핏기 없는 석상이 되어 거기 앉아 있었다. 석상은 하얀색이 아니라 검은색이었는데 질투로 검게 물든 그녀의 마음 때문이었다. 832

유피테르와 에우로파(1)

메르쿠리우스는 말을 방자하게 하는 불경한 여자를 이처럼 처벌한 후에, 아테나이시를 떠나 재빨리 날개를 치면서 천상으로 돌아갔다. 그의 아버지가 메르쿠리우스를 따로 불러 지시를 했는데, 사랑 때문이라는 말은 하지 않았다.

「나의 아들아, 내 지시를 충실히 수행하는 자야, 지체하지 말고 평소 속도대로 지상으로 재빨리 내려가도록 해라. 너는 왼쪽에서 어머니[7]를 향해 불쑥 솟아오른 땅을 발견할 거야. 주민들은 이 땅을 시돈이라고 부르는데, 거기 산간 목초지에서 풀을 뜯는 왕의 소 떼를 몰아서 해안 쪽으로 데려가도록 해라.」

유피테르가 그렇게 말하자 소 떼들은 이미 산간에서 방향을 틀어서 그가 지시한 해안으로 갔다. 여기서는 현지 왕의 딸이 평소와 마찬가지로 티루스의 처녀들과 무리 지어 놀고 있었다.

제왕의 위엄과 남녀 간의 사랑은 잘 어울리지 않아서 한 자리에 같이 있지 못한다. 신들의 아버지이며 통치자인 유피테르, 막강한 오른손으로 벼락을 내리고 고개를 한 번 끄덕거림으로써 세상을 진동시키는 유피테르는 왕홀을 조용히 뒤에다 내려놓았다. 그리고 수소로 변신하여 해안으로 나온 소 떼들과 어울렸다. 그는 음매 소리를 냈고 부드러운 풀밭을 거닐었다. 참으로 가관이었다. 유피테르가 변한 소는 거친 발길이 짓밟지 않고 남풍이 진창으로 만들지도 않은 순백의 눈처럼 하얀 색깔이었다. 목에는 근육이 팽팽했고 어깨까지 군살이 늘어져 있었다. 두 뿔은 작았지만 사람 손으로 만든 것처럼 정교했고 흠 없는 보석처럼 반짝거렸다. 이마에는 험상궂은 기운이 전혀 없었고 얼굴도 평화로웠다. 아게노르 왕의 딸 에우로파는 저처럼 잘생긴 수소, 저처럼 위협적이지도 않고 공격적이지도 않은 수소가 또 있을까 하고 생각했다. 하지만 소가 아무리 온유해 보인다고 하더라도 처음엔 두려워서 소를 만질 수 없었다.

7 메르쿠리우스의 어머니이고 플레이아드 별자리의 하나인 마이아.

하지만 그녀는 곧 수소에게 다가가 하얀 입에 꽃을 내밀었다. 사랑에 빠진 수소는 즐거워했고 자신이 원하는 쾌락을 미리 맛보는 심정으로 그녀의 손에 키스를 퍼부었다. 더 커다란 욕망을 간신히 억누르면서 에우로파와 함께 초록의 풀밭 위에서 뛰놀았다. 이제는 노란 모래 위에 눈같이 하얀 등을 내려놓았다. 그는 조금씩 조금씩 그녀의 공포를 없애면서 먼저 가슴을 내밀어 처녀로 하여금 쓰다듬게 했고 이어 양 뿔에 신선한 화관을 걸어 주도록 유도했다.

마침내 공주는 상대가 누구인지도 모르고 수소의 등에 올라탔다. 유피테르는 땅에서 서서히 멀어져서 건조한 해안 지대로 다가가 넘실거리는 파도의 지척에 이르렀다. 이어 과감하게 앞으로 나아가 귀중한 보물을 등에 실은 채 바다 한가운데로 들어갔다. 그렇게 실려 가던 에우로파는 두려워하며 고개를 돌려 뒤에 남겨 둔 해안을 바라보았다. 오른손으로 수소의 뿔을 잡았고 왼손으로는 수소의 등을 눌렀다. 물에 잠긴 에우로파의 치마가 미풍에 날려 펄럭거렸다. 875

제3권

유노의 분노

유피테르와 에우로파(2)

최고신은 이제 수소의 외양을 내던지고 자신이 누구인지를 밝혔다. 그는 크레타섬의 한적한 전원에 도착했다. 이런 사실을 모르는 에우로파의 아버지는 아들 카드무스에게 실종된 딸을 찾아오라고 지시했다. 딸을 찾아오지 못하면 의무를 저버린 사악한 행위를 저지른 것이므로, 추방으로 엄벌하겠다고 말했다. 아게노르의 아들은 아버지의 분노를 피해 고향 땅에서 달아나 도망자 신세가 되어 온 세상을 돌아다녔으며(그 누가 유피테르의 은밀한 소행을 알 수 있겠는가?) 탄원자 신세가 되어 포이부스의 신탁을 궁금해하며 어느 땅에 살면 좋은지 알아보려 했다. 9

카드무스가 테바이를 창건하다

포이부스는 카드무스에게 이렇게 말했다.

「너는 한적한 들판에서 암소 한 마리를 만날 것이다. 멍에를 메어 본 적이 없고 휘어진 쟁기를 끌어 본 적도 없는 암소다. 암소를 따라가라. 암소가 주저앉는 풀밭을 잘 살펴보고 거기에 성을 짓고 도시 이름을 보이오티아라고 하라.」

카드무스는 카스탈리아의 동굴에서 내려오자마자 천천히 걸어오는 암소를 보았는데 과연 암소의 목에는 예속의 표시가 없었다. 그는 일정한 걸음걸이로 암소를 따라갔고 이 여행의 안내자인 포이부스를 내심 경배했다. 그가 케피수스의 얕은 개울과 파노페의 들판을 지나갔을 때, 암소는 걸음을 멈추고 우뚝한 뿔이 박힌 멋진 이마를 하늘 쪽으로 쳐들더니, 낮은 음매 소리로 공기를 한 번 진동시키면서 고개를 돌려 뒤에서 따라오는 자들을 돌아다보았다. 이어 다리를 굽히면서 옆구리를 부드러운 풀밭에 내려놓았다. 카드무스는 감사 기도를 올리고 이 낯선 땅에 키스를 퍼부으면서 처음 본 들판과 산들을 기쁘게 쳐다보았다. 그는 이제 유피테르에게 제사를 올릴 생각이었다. 카드무스는 수행원들에게 인근의 냇물로 가서 세정 의식에 사용할 물을 떠오라고 지시했다.

근처에는 도끼날이 한 번도 들어간 적이 없는 나무가 우거진 오래된 숲이 있었다. 숲 한가운데에는 동굴이 있었는데, 잔가지와 나뭇가지들이 동굴 앞에서 낮은 아치문을 이루었고 사이사이 돌들이 들어박혀 단단한 구조를 형성했다. 많은 물이 흘러나오는 동굴 안에는 황금 볏이 특징인 마르스의 뱀이 살고 있었다. 뱀의 눈은 불타는 것처럼 번쩍거렸고 독이 충만한 온몸은 퉁퉁 부어올랐으며 세 가닥 혀는 날름거렸고 이빨은 3열로 촘촘히 박혀 있었다.

티루스 종족의 후예들은 불경한 발걸음으로 이 숲에 도착했고, 가져온 주전자로 물을 뜨면서 첨벙 소리를 냈다. 그러자 청록색 뱀은 깊은 동굴 안에서 대가리를 들고서 무시무시한 소리를 내며 불청객들을 위협했다. 이들의 손에서 주전자가 떨어졌고, 몸에서 피가 빠져나가는 듯했으며, 놀란 몸에는 전율이 퍼져 나갔다. 뱀은 비늘이 번쩍거리는 꼬리를 비틀면서 한 번 뛰어올랐고 몸을 반으로 접어서 엄청난 고리를 형성했다. 뱀은 몸을 절반 이상 공중으로 들어 올려 거대한 몸집으로 숲을 내려다보는 것 같았다. 만약 누군가 뱀의 몸 전체를 보았더라면 하늘의 큰곰별과 작은곰별을 갈라놓는 뱀별을 연상했을 것이다. 뱀은 즉각 포에니키아 사람들을 공격해 왔다. 그들은 싸우거나 도망칠 준비를 했으나, 일부는 공포에 질려서 싸움도 도망도 할 수 없었다. 뱀의 독이빨을 피해서 한숨 돌렸다 하더라도 뱀의 몸에 눌려 질식사하거나 독을 내뿜는 지독한 입김에 독살당했다.

이제 해는 중천에 떠올라 사물들의 그림자를 아주 조그맣게 만들었다. 아게노르의 아들은 왜 부하들이 이처럼 늦어지는지 의아해하면서 그들을 추적하러 나섰다. 방패에는 사자 가죽을 씌웠고, 무기인 장창과 던지는 창 끝에는 반짝거리는 쇠를 박았으며, 용맹한 정신은 이런 무기들을 압도할 정도로 탁월했다. 숲속으로 들어간 그는 산처럼 쌓인 부하들의 시체를 보았다. 시체 위에서는 몸집이 거대한 적이 의기양양하게 피묻은 혀로 시체들의 상처를 핥고 있었다.

「나의 사랑하는 부하들아, 내가 너희들의 죽음을 복수해 주거나 아니면 너희들의 저승길에 동무를 해주마.」

그는 오른손으로 거대한 돌을 집어 있는 힘을 다해 뱀에게 던졌다. 높은 탑을 갖춘 도시의 성벽도 진동시켰을 타격을 받고도 뱀은 전혀 상처를 입지 않았다. 비늘이 흉갑처럼 몸뚱어리를 보호했고, 단단한 껍질은 피부에 가해지는 거대한 돌의 충격을 완화했다. 하지만 아무리 비늘이 단단해도 창의 위력마저 물리치지는 못했다. 창은 탄탄하고 휘어진 척추 한가운데 들이박혀 고정되었으며 창끝에 달린 쇠꼬챙이가 뱀의 내장 깊이 파고들었다. 뱀은 지독한 고통에 몸을 부르르 떨면서 대가리를 등 쪽으로 돌리면서 상처를 살폈고 거기 박힌 창을 물어뜯었다. 온몸을 크게 비틀며 창을 몸에서 떼어내려 했으나, 한번 박힌 창은 등에서 뽑히려 들지 않았다. 그러는 동안 쇠꼬챙이는 뱀의 뼈를 파고들었다.

격심한 분노에 이 새로운 고통이 더해지자 뱀의 목덜미에서는 정맥들이 크게 불거져 나왔고 독이 가득한 턱에서는 하얀 거품이 흘러나왔다. 뱀의 비늘은 요란스럽게 땅바닥을 쓸었고 지옥 같은 입에서 나오는 검은 숨결은 오염된 공기질을 더욱 악화시켰다. 뱀은 어느 순간 똬리를 틀어 거대한 원을 이루더니 나무처럼 몸을 곧추세우면서, 폭우로 불어난 강물이 밀려들듯이 앞으로 달려 나왔다. 뱀은 가슴으로 길을 가로막는 나무들을 옆으로 쳐냈다. 아게노르의 아들 카드무스는 약간 뒤로 물러서면서 사자 가죽 방패로 뱀의 공격에 맞서면서 장창을 휘둘러 공격해 오는 아가리를 저지했다. 뱀은 더욱 거세게 돌진하면서 장창 끝부분의 쇠촉을 이빨로 씹어 짓뭉개려 했으나 단단한 쇠에 아무런 피해도 입히지 못했다. 이제 독이 든 뱀의 입천장에서는 피가 흘러나와 초록색 풀을 물들였다.

하지만 뱀이 입은 부상은 크지 않았다. 놈은 부상당한 목을 뒤로 빼면서 타격의 피해를 가능한 한 줄여 보겠다는 심산이었다. 하지만 카드무스는 뱀을 뒤쫓으면서 뱀의 목에 박아 넣은 쇠꼬챙이를 더욱 거세게 안으로 밀어 넣었다. 창은 마침내 참나무에 퇴로가 가로막힌 뱀의 목과 몸통을 관통하고 나무 몸통에 들이박혔다. 참나무는 뱀의 무게 때문에 신음을 내지르며 절반으로 휘어졌고 뱀의 꼬리가 나무줄기를 때렸다. 승자가 정복 당한 패자의 엄청나게 큰 몸뚱어리를 내려다보는 순간, 갑자기 어떤 목소리가 들려왔다. 어디서 들려오는지 알 수 없었지만 아무튼 들려왔다.

「아게노르의 아들이여, 왜 네가 죽인 뱀을 바라보고 있느냐? 너 또한 뱀이 되어 사람들의 구경거리가 될 터인데.」

오랫동안 카드무스는 두려움에 사로잡혀 안색이 변하고 평정심을 잃었으며 오싹한 공포로 머리카락이 비쭉 섰다. 하지만 보라, 그를 후원하는 여신이 공중에서 내려오고 있었다. 팔라스[1]는 땅을 갈아엎고 죽은 뱀의 이빨을 뿌리라고 말했다. 그러면 거기에 너의 백성들이 생겨날 것이라면서. 카드모스는 분부대로 땅을 갈아 고랑을 내고 뱀의 이빨, 즉 인간의 씨앗을 뿌렸다.

그러자 믿기지 않게도 쟁기로 갈아엎은 땅이 꿈틀거리기 시작했다. 처음에 고랑에서 창의 끝부분이 비죽 튀어나왔고 이어 염색한 깃털이 달린 투구가 나왔다. 곧 무장이 갖추어진 어깨, 가슴, 양팔이 나왔다. 그리하여 방패를 든 한 무리의 사람들이 생겨났다. 축제일에 극장에서 커튼이 올라가는 것처럼 사람들이 등장했는데 처음에는 얼굴이 먼저 보이더니 서서히 나머지 사지가 전부 보여서 마침내 무대 위에 우뚝 선 형상이 되었다. 카드무스는 이 새로운 적들을 보고 경악하면서 다시 무기를 집어 들 준비를 했다.

「무기를 집어 들지 마시오.」 땅에서 생겨난 사람들 중 하나가 소리쳤다. 「우리끼리 벌이는 싸움에 당신은 끼어들지 마

1 미네르바의 별칭.

시오.」

그렇게 말하면서 땅에서 생겨난 형제들 중 하나를 아주 가까운 거리에서 칼로 쳤다. 그리고 자신도 먼 데서 날아온 창에 쓰러졌다. 그를 창으로 죽여 버린 자도 그리 오래 살지 못하고, 방금 들이마신 숨이 마지막 숨이 되었다. 이제 그들 모두 분노하고 있었다. 땅에서 갑자기 생겨난 형제들은 서로 찔러 죽였다. 아주 짧은 수명을 갖고 태어난 이 젊은이들은 피로 물든 어머니 대지의 가슴을 마구 때렸다. 마침내 다섯 명이 남았고 그중 한 명이 에키온이었다. 팔라스의 경고를 받아들인 에키온은 무기를 땅에 내던지면서 남은 형제들에게 평화의 협약을 제안하여 성사시켰다. 시돈에서 유배 온 카드무스는 그들을 동료로 삼아 포이부스의 신탁에 따라 도시를 건설했다. 130

악타이온과 디아나

이렇게 해서 테바이가 건설되었다. 카드무스여, 그대는 유배 중에 행운을 얻었다 할 것이다. 그대는 마르스와 베누스를 그리고 고상한 아내에게 얻은 아이들을 가족에 더해야 한다. 많은 아들과 딸을 얻었고 손자들도 얻었으니 이들은 집안의 애정을 더욱 단단하게 결속시켰다. 이 손자들도 이제 청년이 되었다. 하지만 우리는 인간의 마지막 날까지 기다려야 한다. 그가 죽어 장례 의식을 치르기 전에는 과연 행복했는지 어땠는지 알 수 없기 때문이다. 카드무스, 그대가 누린 행운의 축복들 중에서 한 가지 근심거리는 손자였다. 손자의 이마에 괴상한 뿔이 생겨났고, 너희 개들, 손자의 개들은 주인의 피로 입안을 가득 채웠다.

하지만 그대가 이 사건을 잘 들여다보면 그는 운이 나빴을 뿐 죄를 저지르진 않았음을 알 것이다. 실수한 것에 무슨 죄가 있단 말인가?

많은 짐승들의 피로 얼룩진 산이 있었다. 이미 정오였고 사물들의 그림자는 짧아졌고 태양은 해 뜨는 곳과 해 지는 곳에서 등거리에 있는 정오 무렵이었다. 멀리 떨어진 사냥터를 헤매던 악타이온은 다정한 어조로 같이 사냥하던 친구들을 불렀다.

「내 친구들이여, 그물과 칼은 들짐승의 피로 물들었다. 오늘 우리는 충분한 행운을 누렸다. 내일의 〈새벽〉이 노란 마차를 타고 빛을 다시 가져올 때 우리의 고상한 일을 다시 시작하자. 이제 포이부스는 해 뜨는 곳과 해 지는 곳에서 등거리에 있고 대지에는 그의 햇빛이 사정없이 내리쬐고 있다. 이제 사냥을 멈추고 매듭진 줄을 거두어 들이자.」

친구들은 악타이온의 지시대로 했고 사냥감을 더 이상 추적하지 않았다.

근처에 가문비나무와 삼나무가 울창한 계곡이 있었다. 이름은 가르가피에였고 처녀 여신 디아나가 신성시하는 곳이었다. 계곡 깊숙한 곳에 인간의 손길이 아니라 모방을 잘하는 자연의 천재(天才)로 지어진 숲속 동굴이 있었다. 모방이라고 한 이유는, 가벼운 용암석과 천연의 부석만으로 만들어진 자연스러운 아치를 자랑했기 때문이다. 동굴 오른쪽에서는 맑은 샘물이 솟구치는 소리가 들렸고, 폭 좁은 냇물이 흐르면서 물웅덩이를 이루었는데 양옆에는 풀들이 무성한 작은 둑이 있었다. 숲의 여신은 사냥하다 지치면 이곳으로 와서 이슬 같은 맑은 물에 처녀의 몸을 씻었다.

디아나는 동굴로 들어가면서 무기 운반을 담당하는 님프에게 창, 화살통, 줄을 풀지 않은 활을 건네주었다. 또 다른 님프는 여신의 겨드랑이 밑에 손을 넣어 겉옷 벗는 일을 도와주었다. 다른 두 님프는 신발의 가죽끈을 풀었다. 테바이의 수완 좋은 님프인 크로칼레는 목덜미까지 흘러 내려온 여신의 머리카락을 묶었다. 그렇지만 크로칼레의 머리카락은 느슨하게 풀어져 있었다. 네펠레, 히알레, 라니스, 프세카스, 피알레 등 다섯 님프는 커다란 항아리로 물을 길어 여신의 몸에 끼얹었다.

디아나가 물속에서 몸을 씻고 있는 동안, 보라, 저기에 그날의 사냥 일과를 마친 카드무스의 손자가 어슬렁거리며 생소한 숲속을 배회하다가 이 신성한 장소에 이르렀다. 운명이 이끈 것이다.

그가 샘물이 솟아나는 동굴 안으로 들어서자마자 벌거벗은 님프들은 가슴을 가렸다. 낯선 남자를 보았기 때문이다. 이어 갑작스러운 비명이 온 숲에 울려 퍼졌다. 님프들은 제 몸으로 디아나를 둘러쌌다. 하지만 여신은 그들보다 머리 하나 혹은 어깨 하나 정도 더 컸다. 햇빛에 혹은 장밋빛 새벽 햇살에 물들었을 때 구름의 아름다운 색이 나신일 때 디아나의 얼굴색이었다. 님프들이 주위를 둘러싸고 있었지만 여신은 몸을 옆으로 돌리면서 고개를 뒤로 젖혔다. 손에 화살이 있었으면 좋겠다고 생각했지만, 아무튼 손에 잡히는 대로 남자의 얼굴과 머리카락에 물을 마구 끼얹었다. 그러면서 앞으로 닥쳐올 재앙을 예고했다.

「너는 이제 나의 알몸을 보았다고 멋대로 떠벌릴 수 있을 것이다. 할 수만 있다면 말이다.」

디아나는 더 이상 위협하지 않았다. 대신 자신이 물을 끼얹었던 남자의 머리에 팔팔한 수사슴의 뿔을 주었다. 또 목을 길게 늘였고 귀의 윗부분은 날카롭게 만들었다. 두 손은 두 발로, 양팔은 기다란 다리로 변신시킨 다음, 온몸을 얼룩덜룩한 가죽으로 뒤덮었다. 또한 공포심도 안겨 주었다. 악타이온은 현장에서 달아났다. 도망치면서도 자신의 걸음이 너무 빨라서 경이로울 정도였다. 그는 물속에 비친 자기 얼굴과 뿔을 보고서 말하려 했다.

〈나처럼 불행한 자가 있을까!〉

하지만 머릿속 생각은 소리가 되어 나오지 않았다. 단지 신음이 흘러나왔을 뿐이다. 신음이 말이었고, 수사슴의 뺨으로는 눈물이 흘러내렸다. 오로지 마음만이 원래 상태대로 남아 있었다. 이제 어찌해야 하는가? 집인 왕궁으로 달려갈 것인가, 아니면 숲속에 숨을 것인가? 왕궁으로 돌아가자니 수치스러웠고 숲속에 머물자니 무서웠다.

악타이온이 이렇게 망설이고 있는 동안 사냥개들이 주인을 발견했다. 멜람푸스와 예리한 이크노바테스가 먼저 그를 발견하고 멍멍 짖어서 다른 개들에게 신호를 보냈다. 이크노바테스는 크레타산(産)이고 멜람푸스는 스파르타산이었다. 이어 다른 개들이 질풍보다 빠르게 달려왔다. 아르카디아산인 팜파고스, 도르케우스, 오리바수스, 단단한 네브로포노스, 라일라프스와 사나운 테론, 발빠른 프테렐라스, 냄새를 잘 맡는 아그레, 최근에 야생 곰에게 물린 힐라에우스, 암늑대에게서 태어난 나페, 양 떼를 돌보는 포에메니스, 두 마리의 강아지를 대동한 하르피아, 옆구리가 홀쭉한 시키온산 라돈, 드로마스, 카나케, 스틱테, 티그리스와 알케, 털이 하얀

레우콘과 털이 검은 아스볼루스, 아주 튼튼한 라콘, 힘차게 달리는 아엘로, 토스와 발빠른 리키스케, 리키스케의 오빠인 키프리우스, 검은 이마에 하얀 털이 나 있는 하르팔로스, 멜라네우스와 털 많은 라크네, 크레타 아버지와 스파르타 어머니 사이에서 태어난 레브로스와 아그리오두스, 날카롭게 짖어 대는 힐락토르 등이었고, 다른 개들은 너무 많아서 일일이 열거하기 어렵다. 사냥감을 발견하고 즐거워하는 개 떼는 지나가기가 까다롭거나 아예 길 따위는 없는 곳 등을 아랑곳하지 않고 암석과 바위와 울퉁불퉁한 돌들 사이를 헤치고 달려왔다.

악타이온은 전에 사냥할 때 다니던 길로 열심히 달아났다. 슬프게도 이제 주인은 자신의 사냥개들을 피해 달아나는 신세였다. 그는 소리치고 싶었다.

〈나는 악타이온이다. 너희 주인을 몰라보느냐?〉

하지만 그가 하려고 했던 말은 말이 되어 나오지 않았다. 공중에는 개 짖는 소리가 가득했다. 먼저 멜란카이테스가 악타이온의 등에 상처를 냈고 이어 테로다마스와 오레시트로포스가 등에 달라붙었다. 이 두 마리는 나중에 출발했지만 산간의 지름길을 달려와 선두에 서게 되었다. 세 마리 개가 주인을 꽉 붙잡고 있는 동안 나머지 개들이 달려들어 그의 몸에 이빨을 박아 넣었다. 이제 더 이상 악타이온의 몸에 상처를 입힐 자리가 없었다. 그는 울부짖는 듯한 신음을 내뱉었다. 비록 인간이 내는 소리는 아니었지만 그렇다고 사슴이 내는 소리 같지도 않았다. 악타이온은 친근한 산등성이를 자신의 슬픈 호곡 소리로 가득 채웠다. 기도하는 사람처럼 두 무릎을 꿇고 호소하면서, 마치 양팔을 내두르는 것처럼 말 없이 두리번거렸다.

하지만 아무것도 모르는 악타이온의 사냥 친구들은 사나운 개 떼에게 평소처럼 더 세게 물라고 채근하면서 친구가 오는지 보려고 주위를 두리번거렸다. 마치 악타이온이 거기에 없는 것처럼, 서로 소리를 높여 이름을 불러 댔다. 그는 자신의 이름을 부르는 소리에 고개를 돌렸다. 하지만 친구들은 악타이온이 여기 없다고 불평하면서, 동작이 너무 느려서 방금 잡은 사냥감을 해치우는 모습을 보지 못해 유감이라고 말했다.

악타이온은 자신이 거기 있지 않기를 바랐으나 거기에 있었고, 개 떼의 날카로운 이빨을 두 눈으로 바라보고 싶었으나 실제로는 그것을 온몸으로 느끼고 있었다. 개 떼는 사방에서 그를 둘러쌌고 온몸에 날카로운 이빨을 박아 넣으며, 엉뚱하게도 수사슴으로 변신한 주인의 몸을 갈기갈기 찢어 놓았다. 화살통을 메고 다니는 여신 디아나의 분노는 악타이온이 무수한 상처를 입고서 숨이 끊어질 때까지 풀리지 않았다고 한다. 252

유노, 유피테르, 그리고 세멜레

디아나의 분노를 두고 의견이 엇갈렸다. 어떤 신들은 여신이 필요 이상으로 잔인하게 일을 처리했다고 생각했고, 다른 신들은 그녀를 칭찬하면서 처녀신에 걸맞은 조치였다고 평했다. 양측이 나름대로 논리가 정연했다. 하지만 유독 유피테르의 아내는 디아나를 비난하지도 칭송하지도 않고 아게노르 집안의 후손에게 재앙이 내려지자 은근히 고소해했다. 유노는 티루스 처녀 에우로파에게 쌓인 분노를 그녀의 혈족들에게 대신 풀었던 것이다.

그런데 예전 수모에 더하여 새로운 수모가 유노를 엄습했다. 세멜레가 유피테르의 씨앗으로 수태한 것이었다. 유노는 이런 모욕들에 욕설을 퍼부으면서 말했다.

「내가 이렇게 욕설을 퍼부어 봐야 무슨 소용이 있나? 말로는 안 돼. 난 저년을 찾아 망가뜨려 놓아야 돼. 내가 정말로 전능한 유노이고, 보석 박힌 왕홀을 오른손에 쥐는 것이 정당하고, 유피테르의 왕비, 여동생, 아내라면 말이야. 저년이 은밀한 정사로 만족했더라면 내 결혼 침대에 별 영향을 미치지 못했을 거야. 하지만 저년은 임신까지 했어. 결국 그렇게 될 수밖에 없을 테지만. 또 저년은 널찍한 자궁 속에 노골적인 죄악의 증거를 넣고 다녔어. 유피테르의 씨앗으로 어머니가 되겠다면서 말이야. 그런 일은 나한테도 아직 벌어지지 않았는데 말이야. 저년은 제 아름다움만 믿고 자만하는 거야. 좋아, 네 코를 납작하게 눌러 주겠어. 저년이 그토록 사랑한다는 유피테르의 품안에서 파멸 당해 지옥의 불 속으로 떨어지게 만들지 않으면 내가 유노가 아니지.」

말을 마치자 유노는 옥좌에서 벌떡 일어나 샛노란 구름에 몸을 감추고 세멜레의 집 문턱으로 접근해 갔다. 유노는 구름을 치우기 전에 먼저 자신을 노파로 변신시켰다. 관자놀이에는 하얀 머리칼을 얹었고 피부에는 주름살이 가득하게 만들었으며, 허리는 굽은 채로 비틀거리며 걸었고, 목소리는 아주 늙은 여자의 쉿소리를 냈다. 변신한 유노는 세멜레의 에피다우루스 출신 유모인 베로에와 똑같이 생긴 노파가 되었다. 그리하여 가짜 유모와 세멜레 사이에 오랫동안 대화가 오갔다. 마침내 화제가 유피테르에 이르자 가짜 유모가 한

숨을 내쉬며 말했다.

「나는 그 사람이 정말 유피테르였으면 좋겠어. 하지만 자꾸 걱정이 돼. 많은 남자들이 신의 이름을 들먹이며 순진한 여자의 침대 속으로 기어들거든. 하지만 그가 유피테르라는 것만으로도 충분하지 않아. 사랑한다는 증거를 내놓아야 해. 그가 정말로 말처럼 대단하고 위대할 뿐 아니라 전능하다면, 천상에서 유노와 사랑을 나눌 때처럼, 너도 사랑해 달라고 요구해. 너를 껴안기 전에 최고신의 장엄함을 마음껏 보여 달라고 해.」

유노는 이런 말로 아무것도 모르는 카드무스의 딸을 충동질했다. 그래서 세멜레는 유피테르에게 콕 집어 말하진 않았지만 한 가지 혜택을 요구했다.

「마음대로 골라 봐.」 신은 말했다. 「무엇이든 절대 거절하지 않을 테니까. 네가 날 믿을 수 있도록 신성한 스틱스의 강물을 증인으로 삼도록 하지. 스틱스의 강물은 너무나 신성하여 모든 신이 그 물결 앞에서는 두려워 떨지.」

세멜레는 자신의 설득력에 감격하면서 신이 청을 수락해 불행이 닥칠 터인데도 기뻐했다. 그녀는 애인 때문에 파멸할 운명이었다. 세멜레는 이렇게 요구했다.

「당신이 유노를 껴안고 사랑의 행위에 들어갈 때와 똑같이 해주세요.」

최고신은 세멜레의 입을 다물게 하고 싶었다. 하지만 황급히 내뱉은 그녀의 말은 이미 입 밖으로 빠져나왔다. 유피테르는 신음 소리를 냈다. 이제 세멜레는 소망을 취소할 수 없었고, 신도 맹세를 무효로 할 수 없었다. 유피테르는 아주 슬픈 마음으로 천상으로 올라가 고개를 끄덕이며 안개를 불렀고 이어 구름을 덧붙이고 번개와 바람을 섞은 뒤 천둥과 함께 벼락을 내렸다. 그는 가능한 한 자신이 내릴 수 있는 위력을 감소시키려 했다. 그래서 손이 100개인 거인 티오이우스를 태워 버릴 때 썼던 벼락은 장착하지 않았다. 너무나 강력했기 때문이다. 대신 위력이 덜한 벼락을 집어 들었다. 이는 키클롭스의 오른손이 만든 것으로, 파괴력과 불길과 살상력이 다소 떨어졌다. 신들은 그것을 유피테르의 둘째 무기라고 불렀다.

신은 이 무기를 집어 들고 아게노르의 집으로 들어갔다. 세멜레의 몸은 천상의 공격을 감당하지 못했고 유피테르의 선물에 불이 붙어 재가 되었다. 아직 몸집이 형성되지 않은 아기는 어머니의 자궁에서 꺼내서 아버지의 허벅지를 찢어 거기에 집어넣은 후 다시 꿰맸다. 태아는 결국 출산 때까지 거기서 컸다. 이어 세멜레의 여동생인 이노가 이 아이를 요람에서 몰래 키운 다음 니사의 님프들에게 아이를 주어 키우게 했다. 님프들은 아이를 동굴에 감추고 영양 많은 우유를 주어 키웠다. 이 아이가 바쿠스이다.

이런 일들이 운명의 법칙에 따라 지상에서 벌어지는 동안, 엄마의 자궁과 아버지의 허벅지에서 두 번 태어난 바쿠스는 요람 속에서 안전하게 보살핌을 받았다. 317

티레시아스의 판결

어느 날 유피테르는 무거운 근심거리들을 옆에 제쳐 두고 신주(神酒)를 마시면서, 마침 한가한 유노와 가벼운 농담을 주고받았다. 그는 말했다.

「사랑을 할 때 여자들의 쾌락이 물론 남자들의 쾌락보다 더 크겠지.」

유노는 부정했다. 최고신 부부는 학식 높은 티레시아스의 의견을 구하기로 했다. 그는 남녀 양성(兩性)을 모두 겪어 본 사람이다. 티레시아스는 숲속에서 교합하는 커다란 암수 뱀 두 마리를 막대기로 내리친 적이 있었다. 그러자 놀랍게도 때린 자가 남성에서 여성으로 변했고 일곱 번의 가을을 보냈다.[2] 여덟 번째 가을을 맞아 교합하는 큰 뱀들을 다시 만나자 티레시아스는 이렇게 말했다.

「네놈들을 때린 효과가 너무 커서 때린 남자가 그만 여자가 되고 말았지. 좋아, 한 번 더 때려보겠다.」

이렇게 말하고 두 뱀을 내려치자 예전처럼 자연스러운 외양을 되찾았다. 이런 내력 때문에 이 장난기 가득한 논쟁을 판결하게 된 티레시아스는 유피테르의 손을 들어 주었다. 유노는 필요 이상으로 화를 내면서 임시 재판관의 두 눈에 영원한 어둠을 내려 주었다. 어떤 신이 내린 조치는 다른 신이 무효로 할 수 없었다. 그래서 전능한 아버지는 티레시아스에게 잃어버린 시력 대신에 미래를 내다볼 수 있는 능력과 명예를 주어 징벌을 경감해 주었다.

티레시아스의 명성은 보이오티아 전역에 널리 퍼져 나갔다. 그는 사람들이 무언가를 물으면 완벽한 답을 주었다. 그의 예언과 신빙성에 대하여 도전하고 나선 첫째 인물은 리리오페였다. 하늘처럼 푸른 님프로서 하신 케피수스의 구불구불한 강물에서 노닐다가 주인에게 붙들렸고 하신은 그녀를 넘실거리는 물결 속에 가두어 힘으로 제압하여 취해 버렸다. 리리오페는 아주 아름다운 님프였고 풍성한 자궁으로부터

2 신화의 또 다른 버전에 의하면 티레시아스는 미네르바 여신의 알몸을 훔쳐본 후 여성으로 변신했다.

출산을 했는데 아이는 태어난 순간부터 아름다웠으며 이름을 나르키수스라고 했다. 리리오페가 미래를 내다보는 티레시아스를 찾아가 아들이 노년에 이르기까지 오래 살겠느냐고 물었다. 신탁의 예언자는 이렇게 말했다.

「저 아이가 자기 자신을 알지 못한다면.」

오랫동안 점쟁이의 말은 공허해 보였다. 하지만 한 사건이 일어나 예언이 실현되고 말았다. 아이의 타고난 운명과 기이
350 한 열정이 예언을 실현시켰던 것이다.

나르키수스와 에코

나르키수스가 세상에 태어나 5년씩 세 번을 지내고 한 해를 더 보내어 소년처럼 보이기도 하고 청년처럼 보이기도 할 때, 많은 남자와 여자들이 그를 욕망했다. 하지만 그의 가녀린 아름다움에는 아주 단단한 자부심이 깃들어 있어서, 어떤 남자나 여자도 호감을 사지 못했다. 나르키수스가 불안스럽게 달리는 수사슴들을 그물 속으로 몰아가고 있을 때, 남의 말을 되풀이하는 에코가 그를 보았다. 님프인 에코는 남이 말할 때 조용히 있지를 못했고 또 남이 말하기 전에는 자신도 말을 하지 못했다. 에코는 당시 목소리만이 아니라 몸도 가지고 있었다. 그렇지만 이 수다스러운 님프는 이제 남이 하는 말의 마지막 말을 반복할 뿐 다른 말을 못 했다.[3]

이렇게 해놓은 이는 유노였다. 유피테르가 산간에서 님프들과 사랑을 나누는 현장을 적발할 수도 있었는데, 에코가 장황한 대화로 유노를 붙들어 놓는 바람에 님프들이 다 도

3 신화 작가로는 오비디우스가 처음으로 나르키수스와 에코를 하나의 스토리 안에 엮어 넣었다.

망쳐 버렸던 것이다. 유노는 이 사실을 뒤늦게 알아차리고 말했다.

「나를 기만한 저 혓바닥의 힘을 아주 미미하게 만들어 놓겠다. 너는 네 목소리를 아주 간단하게만 사용할 수 있으리라.」

유노는 위협을 실천에 옮겼다. 에코는 남이 한 말의 맨 마지막 말이나 자기가 들은 말을 반복할 수 있을 뿐이었다.

외딴 시골을 방황하고 있는 나르키수스를 본 에코는 온몸이 욕망으로 불타올라 몰래 뒤쫓았다. 나르키수스를 바싹 따라붙을수록 욕망의 불길은 더욱 거세어졌다. 장작단 꼭대기에 바른 유황이 불 가까이에 다가가면 재빨리 불붙는 것과 비슷했다. 에코가 얼마나 간절히 부드러운 자세로 유혹하고 간곡하게 애원하고 싶었던가! 자신의 처지 때문에 그럴 수가 없었고 먼저 움직이지도 못했다. 하지만 어떤 소리가 날 때까지 기다렸다가 그걸 반복하기로 마음먹었다.

어느날 나르키수스가 충실한 동료들로부터 떨어져 혼자 있을 때 이렇게 말했다.

「여기 누구 있어요?」

「있어요.」 에코가 대답했다.

그는 깜짝 놀라면서 사방을 돌아보았다.

「어서 나와!」 그는 더 큰 목소리로 외쳤다.

주위를 둘러보았으나 아무도 나타나지 않았고 나르키수스는 다시 말했다.

「왜 너는 나한테서 도망치는 거냐?」

하지만 자신이 한 말만 다시 들었을 뿐이다. 그래도 다른 사람 목소리를 들은 것이라 착각하고서 계속 말했다.

「자, 우리 함께 가자.」

에코는 이 소리에 열광적으로 반응하면서 똑같은 말을 되풀이했다.

「자, 우리 함께 가자.」

에코는 숲을 떠나 그토록 포옹하기를 열망하는 목을 향해 양팔을 내뻗었다. 나르키수스는 달아났고 계속 달리면서 이렇게 말했다.

「이 손 놔. 나를 포옹하지 마. 차라리 죽고 말겠어, 네게 내 몸을 바치느니.」

그녀는 나르키수스의 맨 마지막 말을 반복할 뿐이었다.

「네게 내 몸을 바치느니.」

에코는 거부 당하자 숲속에 숨었고 수치스러워서 잎사귀로 얼굴을 가렸으며 그 후 외로이 동굴 속에서 살았다. 하지만 사랑하는 마음이 딱 달라붙었고 거부 당한 고통으로 인해 그 사랑은 더욱 강해졌다. 에코는 근심으로 잠을 못 이루었고 몸은 보기에 안쓰러울 정도로 수척해졌다. 피부는 쭈글쭈글해졌고 몸의 수분은 공중으로 증발해 버렸다. 오로지 목소리와 뼈만 남았다. 그 후에도 에코의 목소리는 계속 남았으나, 뼈는 돌의 형상이 되었다고 한다. 그날 이래 에코는 숲속에 숨었고 산간 지역에서는 보이지 않았다. 에코 안에는 목소리만 살아 있었기 때문에 모든 사람이 이 목소리만 들을
401 수 있었다.

예언을 스스로 실현하는 나르키수스

나르키수스는 이렇게 에코를 가지고 놀았고 물이나 산에서 나온 님프들도 그런 식으로 대했다. 업신여김을 받은 님

프들 중 하나가 양손을 하늘로 들어 올리며 말했다.

「그 또한 사랑해 보기를. 그리하여 자신이 사랑하는 것을 얻지 못하는 고통을 당해 보기를!」

복수의 여신 네메시스는 이러한 기도를 들어주었다.

진흙이 조금도 없는, 은빛으로 반짝거리는 연못이 있었다. 목동들도 산간에서 풀을 뜯는 염소들도 알지 못하는 연못이었다. 양 떼들도 들짐승도 새들도 오지 않는 연못이었고 심지어 나무에서 떨어진 가지가 둥둥 떠다니지도 않는 연못이었다. 주위에는 근처의 물에서 자양분을 얻는 풀밭이 있었다. 나무들은 햇빛을 막아 주어 너무 덥지 않게 해주었다.

나르키수스는 사냥과 더위에 지쳐, 샘물과 아름다운 풍경에 이끌려 연못까지 와서 풀밭에 누웠다. 그가 갈증을 해소하려는 순간 또 다른 갈증이 내부에서 생겨났다. 나르키수스는 물을 마시는 순간 연못에 비친 아름다운 그림자를 보고 이내 매혹되었다. 실체 없는 그림자를 사랑했는데, 그가 실체라고 생각한 것은 실은 물에 지나지 않았다. 나르키수스는 자기 자신에게 압도되었다. 꼼짝도 하지 않고 얼굴 표정을 바꾸지 않은 채, 파로스섬의 대리석으로 만든 조각상처럼 요지부동으로 엎드려 있었다. 자신의 두 눈인 쌍둥이별을 보았고 바쿠스와 아폴로에 비해서도 손색없는 머리카락을 보았다. 수염 없는 양 뺨, 상아 색깔 목덜미, 영광스럽게 빛나는 얼굴, 하얀 광휘와 적절히 뒤섞인 수줍은 얼굴빛 등을 찬미했으며, 남들이 찬미하는 자신의 모든 면을 찬미했다.

그는 부지불식간에 자신을 욕망하고 자신을 찬미하고 또 찬미 받았다. 자신을 추적하는가 하면 추적 당했다. 욕망으로 불타오르는가 하면 욕망에 불을 질렀다.

이토록 기만적인 연못에 얼마나 여러 차례 키스를 퍼부었던가!

얼마나 여러 차례 직접 본 목을 붙들기 위하여 양팔을 벌려 물속에 뛰어들었으나 잡지 못했던가!

나르키수스는 자기가 무엇을 보고 있는지 몰랐다. 하지만 자신이 본 것 때문에 온몸이 불같이 달아올랐다. 자신을 속이는 환상을 실체로 착각하고 흥분했다.

순진한 자여, 왜 너는 저 달아나는 헛된 이미지를 잡으려 하느냐? 너는 헛것을 보고 있느니라. 고개를 돌리면 네가 사랑하는 대상은 사라지고 만다. 네가 보고 있는 것은 그림자, 물에 비친 실체 없는 이미지이니라. 네가 와서 머물면 머물고, 네가 가버리면 가버리는 허상이니라.

배가 고프고 휴식이 필요했지만 나르키수스는 그늘진 풀밭에 꼼짝 않고 엎드려서 게걸스러운 눈빛으로 기만적인 이미지를 응시했다. 나르키수스는 자기 두 눈 때문에 망하게 생겼다. 그는 약간 몸을 일으키면서 주위에 있는 나무들을 향해 양팔을 뻗었다.

「슬프다, 나무들이여. 이 세상에 나보다 고통스럽게 사랑하는 사람이 있을까? 너도 잘 알다시피 많은 애인들이 너희 나무들의 품에서 은신처를 찾아 왔다. 지난 수세기를 살아오는 동안 너희들이 목격한 애인들 중에서 나보다 더 고통스러운 자가 있었느냐? 나는 내가 본 대상에게서 즐거움을 얻는다. 하지만 내가 본 것, 나를 즐겁게 하는 것을 찾을 수가 없구나. 엄청난 혼란이 이 사랑하는 마음을 뒤덮고 있다. 나를 더욱 슬프게 하는 것은, 우리를 광대한 바다가 혹은 도로, 산맥, 문 닫힌 성벽이 갈라놓지도 않았다는 사실이다. 우리는 단지 약간의 물에 의해 떨어져 있을 뿐이다. 나는 그를 포옹하기를 원한다. 내가 맑은 연못 물에 입술을 내밀 때마다 그는 입술을 쳐들고 나를 향해 다가와 닿을락 말락 하다가 이내 멈추고 만다. 우리의 사랑을 가로막는 공간은 한 치도 되지 못하리라.

네가 누구든 상관없다. 이곳으로 나오라! 오 완벽한 청년이여, 왜 너는 나를 이토록 기만하는가? 내가 손을 뻗을 때 너는 어디로 가는가? 네가 달아나는 이유는 나의 외모나 나이 때문이 아님은 확실하다. 님프들도 나의 아름다움을 사랑했다. 내가 양팔을 뻗으면 너도 화답하여 같이 양팔을 뻗어 준다. 내가 미소 지으면 너도 미소 지어 준다. 나는 네가 눈물 흘리는 모습도 보았다. 내가 눈물을 흘리고 있을 때 말이다. 내가 고개를 끄덕이면 너도 따라서 끄덕인다. 너의 아름다운 입술이 움직이는 것을 보면 네가 뭔가 말하고 있음을 알 수 있다. 비록 내 귀에는 안 들리지만 말이다.

나는 바로 저 사람이다. 나는 저것이 무엇인지 알고 내 그림자는 나와 똑같이 움직인다.

나는 나 자신에 대한 사랑으로 불타오르고 있다. 나는 불길을 만드는 자인가 하면 불길에 몸을 덴 자이다. 이제 어찌할 것인가? 나를 향해 구애를 할 것인가, 아니면 구애를 당할 것인가? 대체 무엇을 구애한단 말인가? 내가 욕망하는 것은 이미 내게 있다. 비유하자면 나는 부자이면서 가난한 척하고 있다. 아, 내가 나 자신의 몸으로부터 탈출할 수 있다면! 사랑하는 자가 이런 것을 소망하다니 얼마나 기이한 일인가. 내가 사랑하는 것이 나 자신에게서 분리되기를 바라다니!

이제 고통으로 인해 힘이 빠져나가고 있다. 내 목숨도 얼마 남지 않았다. 젊은 나이에 죽어 가고 있는 것이다. 죽음은 내게 부담이 아니다. 죽으면 이 고통을 벗어던질 수 있을 테니까. 하지만 나는 내가 사랑하는 자가 오래 살기를 바란다. 하지만 우리 둘은 함께 동시에 죽어갈 것이다.」

나르키수스는 중병에 걸린 상태로 예의 똑같은 얼굴에게 되돌아갔다. 그는 눈물을 흘리며 연못의 수면을 흐트러 놓았다. 수면에 떠올랐던 이미지는 수면이 움직이자 흐려졌다. 그는 그림자가 사라졌음을 확인하고 말했다.

「너는 어디로 도망치는 거냐? 잔인한 자여, 멈추어라. 너의 애인인 나를 버리지 말라. 내 비록 만질 수는 없더라도 너를 계속 볼 수 있게 해달라. 그리하여 나의 불운한 열정에 자양(滋養)을 달라.」

나르키수스는 그런 식으로 괴로워하면서 겉옷의 윗부분을 찢어 버리고는 하얀 손바닥으로 가슴을 마구 쳤다. 그리하여 가슴이 장밋빛으로 물들었는데, 한쪽은 하얀색이고 다른 한쪽은 사과처럼 붉은빛으로 물들었다. 또는 여러 색깔의 포도송이 중에서 아직 익지 않은 자주색 포도처럼 보였다.

하지만 물결이 진정되어 자신의 그림자를 수면에서 다시 볼 수 있게 되자, 더 이상 견딜 수가 없었다. 노란 밀랍이 뭉근 불에서 녹아 버리듯이, 아침 서리가 햇빛에 증발되듯이, 자신에 대한 사랑으로 번뇌하며 그는 녹아 버렸고, 사랑의 감추어진 불에 의해 서서히 소진되었다. 얼굴은 더 이상 홍조가 약간 섞인 하얀 빛이 아니었고, 자신을 매혹시켰던 남성적 힘과 활기를 잃어버렸고, 한때 에코가 그토록 사랑했던 몸매도 사라져 버렸다.

지난날 분노했고 쓰라린 기억이 남아 있었음에도 불구하

고 그를 본 에코는 처량한 몰골에 고통을 받았다. 가련한 청년이 〈슬프다〉라고 말할 때마다 에코도 따라서 〈슬프다〉라고 말했다. 그가 양손으로 자신의 팔과 어깨를 때리며 신음할 때 에코 또한 비탄의 소리를 내지르며 복창했다. 아주 익숙한 연못을 내려다보며 나르키수스가 한 마지막 말은 이러했다.

「슬프다, 헛되이 찬미 받은 청년이여.」

역시 똑같은 말이 되풀이되어 들려왔다. 나르키수스가 〈안녕〉이라고 말하자 에코도 〈안녕〉이라고 따라 했다. 그는 피곤한 머리를 푸른 풀밭에 내려놓았고 죽음이 두 눈을 감겨주었다. 두 눈은 주인의 아름다움을 여전히 칭송했다.

나르키수스는 지하에 내려간 이후에도 스틱스의 물에 비친 자신의 모습을 내려다보았다. 그의 누이들인 물의 님프들은 나르키수스의 죽음을 슬퍼하며 그를 위해 머리카락을 잘라 바쳤고, 숲의 님프들도 슬퍼했다. 에코는 님프들이 슬퍼하는 소리를 되풀이했다. 그들은 장례를 위하여 장작, 관대, 횃불을 준비했으나 나르키수스의 시체는 어디에서도 찾아볼 수 없었다. 시체 대신, 노란 중심부 주위를 하얀 이파리가 빙 두른 모양의 꽃을 발견했다. 510

바쿠스 제사를 거부하는 펜테우스

나르키수스 이야기는 널리 퍼졌고 아카이아 도시들 전역에서 예언자 티레시아스의 명예와 명성은 엄청나게 높아졌다. 하나 에키온의 아들 펜테우스는 유독 그를 경멸했다. 신들도 우습게 보는 펜테우스는 노인의 예언에 대하여 코웃음 치면서 시력을 빼앗기는 불운을 당한 눈먼 자가 무엇을 알겠느냐며 비난했다. 티레시아스는 관자놀이까지 덮은 하얀 머리카락을 흔들면서 이렇게 말했다.

「당신 또한 시력을 빼앗겨 바쿠스의 의례를 보지 못하게 된다면 정말 좋으련만. 당신에겐 큰 행운일 텐데. 내 점괘에 의하면 세멜레의 아들인 새로운 신 바쿠스가 여기에 도착할 날이 그리 멀지 않았소. 당신이 사당을 세워 합당한 대우를 해주지 않는다면 당신의 온몸은 천 갈래 만 갈래 찢기고 당신의 피는 숲뿐만 아니라 당신 어머니와 이모들의 온몸을 물들일 것이오. 그날이 반드시 올 것이오! 당신은 바쿠스 신을 명예롭게 여기지 않아 불행을 당해 눈먼 내가 어둠 속에서도 아주 많은 것을 보았다고 소리치게 될 것이오.」

하지만 에키온의 아들은 그의 예언을 무시했다.

티레시아스의 말은 곧 확인되었고 예언은 적중했다. 바쿠스 신이 왔고 들판은 바쿠스 축제의 고함 소리로 가득했다. 사람들이 무리 지어 달려 나왔고 유부녀와 처녀들이 남자들과 뒤섞였고 평민과 귀족들이 함께 이 새로운 의식의 현장으로 달려갔다.

「너희, 뱀의 후예이며 마르스의 자손들아. 이 무슨 광란이냐, 왜 그토록 정신줄을 놓고 있느냐?」 펜테우스는 말했다. 「크게 울리는 꽹과리 소리, 휘어진 뿔로 된 피리 소리, 값싸고 기만적인 마술에 넘어갔단 말이냐? 대오(隊伍) 정연한 전쟁의 칼, 트럼펫, 단단히 쥔 창 따위도 두려워하지 않던 너희들이 술이 불러일으킨 광란, 여자들의 귀 찢어지는 고함 소리, 음란한 무리, 쓸데없는 북 소리 따위에 넘어간단 말이냐?

노인들이여, 당신들은 나를 어찌 이리 놀라게 한단 말이오. 당신들은 먼 바닷길을 건너와 여기 티루스 땅에 가족신을 모셨소. 싸워 보지도 않고 이 땅을 그냥 내줄 생각이란 말이오?

나와 나이가 비슷한 너희 젊은이들이여, 너희들은 바쿠스의 축제 지팡이가 아니라 무기를 높이 쳐들어야 하고, 부드러운 화관보다는 투구를 머리에 쓰는 것이 마땅하다. 옛일을 기억하지 못하느냐? 너희는 엄청난 힘을 발휘했던 뱀의 후예이다. 그 뱀은 홀로 엄청나게 많은 자들을 물리쳤으며, 샘물과 연못을 위해 싸우다 죽었다. 이제 너희는 너희의 명성을 위해 정복해야 한다. 뱀은 용감한 자들을 많이 죽였다. 너희는 허약한 자들을 물리치고 너희 조상의 영광을 이어가야만 한다. 만약 운명이 테바이를 오래 세워 두지 않을 거라면, 사람들과 투석기가 이 도시의 성벽을 허물어 버리고 불과 칼 소리가 온 도성에 울려 퍼지게 하라. 그러면 우리는 불행해질 것이나 죄책감은 없을 테고, 우리 운명은 비탄에 휩싸이되 감출 것은 없으리라. 우리가 눈물을 흘려도 아무 수치가 되지 않을 것이다.

하지만 현재 상태대로 간다면, 테바이는 무장하지 않은 소년에게 포획될 것이다. 소년은 전쟁이나 무기나 군마를 다루지 않으며, 몰약을 머리카락에 바르고, 부드러운 화관을 쓰고 보라색과 황금색으로 겉옷을 장식한 자일 뿐이다. 잠시 옆으로 물러섰거라. 내가 그자를 압박하여 소년의 아버지 얘기는 지어냈고 예식은 죄다 가짜라는 사실을 고백하도록 만들겠다. 아크리시우스[4]는 이 가짜 신을 경멸하여 이 도시에 다가오는 그자에게 아르고스의 성문을 닫아 버릴 용기를 보

4 다나에의 아버지이고 페르세우스의 할아버지이면서 아르고스의 왕이었던 인물로 바쿠스 신에게 경배하기를 거부했다.

였다. 그럴진대 펜테우스와 모든 테바이 사람들이 이 낯선 자에게 겁먹어서야 되겠는가?」

이어 펜테우스는 수행원들에게 명령했다.

「빨리 달려가라. 가서 그들의 지도자를 잡아 여기 대령하라. 내가 명령한 바를 지체 없이 실행하라.」

할아버지 카드무스가 그를 만류하고 아타마스를 비롯한 사람들도 펜테우스의 뜻을 돌리려고 애썼으나 아무 소용이 없었다. 그런 조언에 펜테우스는 더욱 완강해졌고 분노는 더 강렬해졌으며, 만류하려는 행동 자체가 오히려 해로운 결과를 낳았다. 나는 물결의 흐름을 본 적이 있다. 흐름을 가로막는 장애물이 전혀 없을 때 물결은 비교적 작은 소음을 내면서 부드럽게 흘러갔다. 하지만 통나무나 바위 따위가 앞길을 가로막으면 물결은 거품을 일으키고 노호하면서, 장애물 때문에 전보다 더 격렬하게 흘러갔다.

그런데 보라. 파견 나갔던 수행원들은 온몸이 피투성이가 되어 돌아왔다. 그들의 주인 펜테우스가 바쿠스는 어디에 있느냐고 묻자, 그자는 어디에도 없다고 대답했다.

수행원들은 말했다. 「하지만 이자를, 바쿠스의 동무이며 바쿠스 의식의 사제인 이자를 잡아왔습니다.」

그들은 양손이 등 뒤로 결박 당한 자를 펜테우스 앞에 대령했다. 티레니아족 출신의 바쿠스 의식 집전자였다.

펜테우스는 분노로 이글거리는 무서운 눈빛으로 사제를 쳐다보았다. 지체 없이 이자를 처형할 심산이었다. 펜테우스는 이렇게 말했다.

「너는 곧 죽어야 해. 너의 죽음은 다른 사람들에게 일벌백계가 되어야 해. 너와 부모의 이름 그리고 출신 고장을 말하

라. 왜 이 새로운 신을 숭배하고 의식을 거행하게 되었는지 이유를 말하라.」 581

바쿠스 사제가 된 아코이테스

그자는 아무런 두려움 없이 대답했다.

「나의 이름은 아코이테스입니다. 고향은 마이오니아이고 부모는 한미한 평민 출신입니다. 나의 아버지는 들판이나, 들판에서 쟁기질할 때 몰고 나갈 수소, 양모를 만들 만한 양 떼, 기타 가축 떼를 나에게 남기지 않았습니다. 아버지 자신이 가난한 분이었고 갈고리와 낚싯줄로 물고기를 잡았습니다. 물고기가 뛰어오르면 막대기로 때려 그놈들을 거두어들였습니다. 이 고기 잡는 기술이 아버지의 전 재산이었고 그걸 내게 물려주며 말씀하셨습니다.

〈내가 가진 재산을 물려받아라. 내 기술의 상속자 겸 계승자가 되어라.〉

아버지는 돌아가실 때 바다 이외에는 남겨주신 것이 없었습니다. 아버지의 소유라고 할 만한 것은 오직 바다뿐이었습니다. 같은 해안 지대에서만 눌러 살고 싶지 않아 나는 오른손으로 키를 잡고서 배를 조종하는 기술을 배우게 되었습니다. 두 눈으로는 비를 내리는 별인 올레누스의 염소자리, 타이게테자리, 히아데스자리, 아륵토스자리를 살피게 되었고, 바람의 종류와 바람들이 불어오는 곳을 알아내는 방법을 배웠으며, 배를 대기 알맞은 항구들이 어디인지도 알아냈습니다.

나는 델로스섬으로 가던 도중, 우연히 키오스섬의 해안에 도착했고 능숙하게 노를 저어 해변으로 나아갔습니다. 그리고 배에서 가볍게 뛰어내려 젖은 땅에 발을 내디뎠습니다. 밤이 지나가자(새벽은 막 붉은 빛을 뿜기 시작했습니다), 나는 일어나서 신선한 물을 가져오라고 명령하면서 샘물로 가는 길을 가르쳐 주었습니다. 나 자신은 높은 언덕에 올라가 바람이 내게 무엇을 약속하는지 살펴보았습니다. 이어 동료 선원들을 불러 모아 다시 배를 향해 나아갔습니다. 그때 동료 선원들 중 하나인 오펠테스가 말했습니다.

〈자, 이제 다 왔다.〉

그는 처녀처럼 예쁘게 생긴 청년을 해안으로 끌고 왔습니다. 황량한 들판에서 우연히 만나 주워 온 보물이라고 선원은 생각했습니다. 청년은 취기와 졸음으로 동작이 둔했고 비틀거리는 듯했으며 선원을 따라오기 힘들어했습니다. 나는 청년의 옷, 얼굴, 걸음걸이를 살폈는데, 인간적인 면모는 전혀 발견하지 못했습니다. 나는 동료들에게 말했습니다.

〈저 청년의 몸 안에 어떤 신이 들어 있는지 모르겠으나, 아무튼 저 몸에는 신이 들어 있다. 젊은 청년, 당신이 뉘신지 모르겠으나, 아, 우리를 좋게 보아서 우리의 노고에 함께 해주소서. 그리고 이 선원들을 용서해 주소서.〉

〈우리를 위해서 애원하는 행동은 그만둬요.〉 딕티스가 말했습니다. 제일 높은 돛대를 그보다 빨리 올라가고 다시 밧줄을 잡고 내려올 수 있는 사람은 없습니다.

리비스가 동조했고 배의 파수꾼인 멜란투스, 알키메돈도 덩달아 동의했습니다. 우렁찬 구령으로 선원들의 노젓기 속도를 조절해 주는 에포페우스를 비롯한 다른 선원들도 같은 생각이었습니다. 다들 그 보물에게 맹목적인 탐욕을 내보였습니다.

〈나는 거룩한 분을 싣고서 음란한 행위[5]로 이 배를 더럽히는 것을 묵과할 수 없다. 여기서는 내가 최고 권력자다.〉

나는 승선 널판을 가로막으며 우뚝 섰습니다. 선원들 중에서 가장 대담한 리카바스가 벌컥 화를 냈습니다. 끔찍한 살인을 저질러 투스쿠스시에서 축출되어 유배형을 치르고 있는 자였습니다. 내가 제지하자 젊고 힘이 넘치는 주먹으로 내 목을 치고는 나를 뱃전 너머 바닷속으로 던져 버렸습니다. 하지만 나는 밧줄에 걸려 바다에 떨어지지는 않았습니다. 깜짝 놀랐지만 정신을 차리고 밧줄에 꼭 매달렸습니다. 불손한 선원들은 리카바스의 행동을 칭찬했습니다.

마침내 바쿠스(그분은 바쿠스였습니다)는 선원들의 고함 소리에 졸음에서 깨어난 듯했고, 취기가 어느 정도 가시자 온몸에 감각이 돌아왔습니다. 바쿠스는 말했습니다.

〈당신들은 무엇을 하고 있는 겁니까? 왜 이렇게 고함치는 겁니까? 오 선원들이여, 말해 주오. 내가 어쩌다 여기에 왔습니까? 당신들은 나를 어디로 데려갈 생각입니까?〉

〈아무 걱정도 하지 말라.〉 프로레우스가 말했습니다. 〈어느 항구로 가고 싶은지 말하라. 너는 네가 가려는 고장에서 내리게 될 것이다.〉

〈낙소스.〉 바쿠스가 말했습니다. 〈그리로 가주시오. 거긴 내 고향이고 당신들을 따뜻이 맞이할 겁니다.〉

선원들은 다들 낙소스로 가겠다고 바다와 여러 신들을 걸고 가짜로 맹세했습니다. 그들은 내게 배의 돛을 올리라고 지시했습니다. 낙소스는 오른편에 있었고 내가 배를 몰아 오른쪽으로 가려는데 프로레우스가 말했습니다.

5 남성 동성애를 암시한다.

〈지금 뭐하는 거야? 이 바보 멍청이! 아코이테스, 돌았어? 왼쪽으로 가란 말이야.〉

대부분의 선원들은 고개를 끄덕이며 내게 신호를 보냈고 일부는 내 귀에 자신들이 원하는 바를 속삭였습니다. 나는 깜짝 놀라며 말했습니다.

〈나 대신 다른 사람이 키를 잡게 해.〉

그렇게 해서 나는 동료 선원들의 범죄와 음모로부터 벗어났습니다. 그들은 내게 욕을 퍼부었고 일제히 투덜거렸습니다. 그중 한 명인 아이탈리온은 비아냥거리며 말했습니다.

〈우리의 안전을 당신 혼자 책임지고 있다고 생각하는 모양이지?〉

그는 앞으로 나와 나 대신 키를 잡았고 배를 정반대 방향으로 틀어서 낙소스는 우리 뒤에서 멀어져 갔습니다. 그러자 선원들과 장난치던 신은 마침내 그들의 술수를 알아차렸는지 휘어진 고물에서 바다를 돌아보더니 짐짓 눈물을 흘리며 말했습니다.

〈오 선원들이여, 여기는 당신들이 약속한 해안이 아니오. 내가 가자고 했던 곳이 아니오. 내가 무슨 짓을 했기에 이런 징벌을 받아야 합니까? 당신들처럼 여러 어른들이 외로운 청년 하나를 속인다고 해서 무슨 영광을 얻을 수 있습니까?〉

나는 이미 울고 있었고 불경한 선원들은 눈물 흘리는 우리를 비웃으며 어수선하고 급박한 노질로 바다를 때리고 있었습니다. 바쿠스 신(이 신처럼 우리들 가까이 있는 신은 없지요)에게 걸고 맹세하지만, 내가 지금 하려는 말은 의심의 여지가 없는 진실입니다. 순간 배는 마치 선거(船渠)에 들어 올려진 것처럼 바다 한가운데에서 우뚝 섰습니다. 그들은 깜짝 놀랐지만 돛을 펼치고 노질을 계속하면서 펼친 돛과 노질에 힘입어 달아나려 했습니다. 담쟁이가 노에 들러붙었고 이어 배배 꼬인 상태로 앞으로 뻗어 나가 돛에 달라붙어 무성한 담쟁이 벽을 만들었습니다.[6]

바쿠스 신은 포도송이로 이마가 장식되어 있었고 포도 잎사귀로 감싸인 창을 휘둘렀습니다. 주위에는 실체가 없는 호랑이, 스라소니, 사나운 점박이 표범의 허깨비들이 난무했습니다. 선원들은 펄쩍 뛰어올랐습니다. 광기였을 수도 있고 공포였을 수도 있습니다. 온몸이 검어지면서 척추가 눈에 띌 정도로 휘어진 첫째 선원은 메돈이었습니다. 리카바스가 그에게 말했습니다.

〈넌 어떻게 몸이 그렇게 휘어져 버렸지?〉

하지만 그렇게 말하는 순간 리카바스의 입이 크게 벌어졌고 코는 둥글어졌고 피부는 딱딱해지면서 비늘이 생겼습니다. 잘 안 나가는 노를 억지로 당기던 리비스는 양손이 아주 작아지는 것을 보았고 이제 그건 손이 아니라 지느러미라고 해도 무방했습니다. 또 다른 선원은 엉킨 줄을 풀려고 양팔을 내밀었으나 이제 양팔은 사라졌고 사지 없는 몸뚱이에 평평한 코를 지닌 채 뒤로 뛰어올라 물속으로 들어가 버렸습니다. 몸뚱이의 맨 마지막 부분인 꼬리는 반달의 굴곡진 뿔처럼 휘어져 있었어요.

그들은 온 사방에서 바다로 뛰어들었고 흠뻑 물보라를 일으켰다가 다시 물 밖으로 나오더니 곧 바닷속으로 들어갔습니다. 마치 군무를 하듯이 움직였고 장난스럽게 몸을 굴리면

6 바쿠스 신의 출현은 죽은 나무에서 초록 잎사귀가 피어나거나, 담쟁이 혹은 포도송이가 등장하는 일로 예고된다.

서 넓은 콧구멍으로 숨을 들이쉬었다가 바다로 내뿜었습니다. 총 스무 명 중에서 나 혼자만 남았습니다. 공포로 한기를 느꼈고 온몸이 떨렸으며 제 정신이 아니었습니다. 그때 신이 격려의 말을 해주었습니다.

〈네 마음속의 공포를 털어 버리고 낙소스섬으로 방향을 잡으라.〉

섬에 도착했을 때 나는 바쿠스 신과 의식을 믿고 따르는 691 예배자가 되었습니다.」

온몸이 찢겨 죽은 펜테우스

아코이테스가 말을 마치자 펜테우스가 나섰다.

「우리는 너의 장광설에 귀를 기울여 시간을 끌면서 분노가 사그라들기를 기다렸다. 하지만 소용이 없었다. 이자를 체포하여 끔찍한 고문을 가하고 스틱스의 어둠으로 내려보내도록 하라.」

즉시 티레니아 사람 아코이테스는 끌려갔고 철통같이 방비되는 곳에 갇혔다. 그들이 지시 받은 대로 죽음을 재촉할 쇠와 불 등의 고문 도구를 준비하는 동안, 옥문이 저절로 열렸고, 아무도 도와주는 사람이 없는데도 양팔에서 쇠사슬이 저절로 풀려 감옥을 탈출했다고 한다.

에키온의 아들은 자신의 뜻을 굽히지 않았고 이제 부하들을 보내는 대신 자신이 직접 바쿠스 축제에 가보기로 했다. 축제 마당으로 선택된 키타이론산에는 바쿠스 여신도들의 노래와 낭랑한 목소리가 울려퍼지고 있었다. 씩씩한 군마가 나팔수의 청동 나팔 소리를 듣고서 콧김을 내뿜으며 다가올 전쟁의 흥분을 만끽하듯이, 펜테우스 또한 공중을 떠도는 광란의 외침에 크게 흥분했다. 고함 소리를 들으면서 그의 분노는 백열하는 쇠처럼 달아올랐다. 축제가 벌어지는 산을 중간쯤 올라가면 주위가 숲으로 둘러싸인 들판이 나오는데 온 사방에서 잘 보였다.

이 들판에서 펜테우스는 불경한 눈으로 예식을 응시했다. 그때, 펜테우스를 맨 먼저 보고 미친 듯이 돌진해 오면서 바쿠스의 축제 지팡이를 던져 처음으로 부상을 입힌 이는 다름 아닌 그의 어머니였다. 펜테우스의 어머니는 미친 듯이 소리쳤다.

「동생들아, 너희 둘 다 여기 와봐! 저 커다란 수퇘지가 우리 밭을 망치고 있어. 난 저 수퇘지를 때려죽일 거야.」

축제에 참석한 무리들이 광란의 열정에 휩싸여 혼자 있는 펜테우스에게 동시에 달려와 시끌벅적 소리를 내면서 그를 추적했다. 이제 겁을 잔뜩 집어먹은 펜테우스는 좀 부드러운 언사를 사용했고, 심지어 자신을 저주하면서 죄를 지었다는 것을 시인하기까지 했다. 그래도 어머니에게 두들겨 맞아 부상을 당하자 절망적인 어조로 말했다.

「아우토노에 이모님, 나를 도와주세요. 죽은 당신의 아들 악타이온을 불쌍히 여기세요.」

그녀는 아들 악타이온을 기억하지 못했다. 그렇게 애원하는데도 펜테우스의 오른손을 잡아 뜯었고 또 다른 이모 이노는 왼손을 잡아 뜯었다. 이제 이 불운한 남자는 어머니에게 내뻗을 양팔이 없었다. 양팔이 떨어져 나간 처참한 상처를 내보이며 그가 말했다.

「보세요, 어머니.」

아가베는 상처를 보면서 광란의 비명을 내질렀다. 이어 고개를 뒤로 젖히면서 머리카락을 공중에 휘날리더니 피묻은 손가락으로 아들의 머리를 비틀어 잡아뗐다. 아가베는 이렇게 소리쳤다.

「보아라, 친구들, 이건 정말 나의 승리야.」

펜테우스의 사지는 끔찍한 손들에 의해 갈가리 찢겼다. 추위가 찾아와 나무에 간신히 붙어 있던 가을 잎사귀들이 일진광풍을 맞아 키 큰 나무에서 떨어지는 것보다 더 빠르게 온몸이 찢겨져 나갔다.

이런 사례로 경고를 받았기 때문에 테바이 사람들은 새로운 의식을 받아들여 신성한 제단에 분향하며 예배를 올렸다.

제4권

돌아가는 물레와 풀려 나오는 이야기들

바쿠스 축제를 거부하는 미니아스의 딸들

바쿠스 신을 모시는 광란의 축제를 받아들여야 한다는 데 미니아스의 딸인 알키토에는 동의하지 않았다. 무모하게도 바쿠스가 유피테르의 아들이라는 사실을 부정했고 이런 불경한 짓에 자매들도 동참했다.

사제는 축일을 반드시 지켜야 하고, 모든 하녀와 여주인들은 그날은 일을 하지 말아야 하고, 동물 가죽으로 가슴을 가리고, 머리띠를 두르는 대신에 화관을 써야 하고 손에는 잎사귀 무성한 바쿠스 축제의 지팡이를 들어야 한다고 지시했다. 만약 신을 무시하는 자가 있다면 신들의 엄청난 분노에 맞닥뜨릴 것이라고 경고했다.

기혼 부인과 처녀들은 이 명령에 따라서 베틀, 바구니, 아직 다 짜지 못한 직물을 제쳐 두고 제단에 분향하면서, 바쿠스 신을 소란스러운 자, 해방을 가져오는 자, 불에서 태어난 자, 어머니를 둘 둔 자, 세멜레의 아들, 맛 좋은 포도의 재배자, 한밤중에 광란하는 자, 외치는 소리의 아버지 등 여러 이름으로 부르며 찬양했다.

오 신이시여, 당신은 그라이키아의 여러 부족들 사이에서 실로 많은 이름을 갖고 계십니다. 당신은 영원한 소년, 천상에서 가장 아름다운 자이십니다. 머리에 양 뿔이 없는 상태로 거기 서 계시면 당신의 머리는 바로 처녀의 머리입니다. 당신은 검은 땅 인디아가 저 먼 강게스강에 의해 적셔지는 멀고먼 동방까지 정복하셨습니다. 펜테우스와 도끼 휘두르는 리쿠르구스는 불경한 짓을 하다가, 우리가 존경하는 당신에게 살해 당했습니다. 당신은 티레니아 선원들의 시체를 바다에 던지셨습니다. 당신은 이중 멍에를 진 스라소니의 목을 눌렀고 영광스러운 장식으로 치장된 이들은 당신의 수레를 끌었습니다. 당신을 숭배하는 여신도들과 사티루스는 당신의 뒤를 따라갔고 실레누스 또한 그러했습니다. 실레누스 노인은 술에 취해 지팡이에 의지한 채 비틀거렸고, 흔들리는 당나귀 등에 불안정하게 매달려 있었습니다. 당신이 어디에서 오든, 젊은이들의 외침과 여자들의 목소리가 들려옵니다. 손바닥으로 드럼을 두드리는 소리, 청동 징들이 서로 부딪치는 소리, 호흡이 긴 나무 피리의 소리도 들려옵니다.

「우리에게 자비와 용서를 베푸소서.」

테바이 여자들은 사제가 요구한 의식을 거행하면서 말했다. 하지만 미니아스의 딸들은 방 안에 틀어박혀 엉뚱하게도 미네르바에게 헌신하면서[1] 축일을 망쳤다. 양모를 자아내거나, 엄지손가락으로 실을 꼬거나, 베틀 앞에 눌러 앉아 열심히 일하면서 하녀들에게도 바쁘게 일을 시켰다. 자매들 중 하나가 민첩하게 엄지를 놀려서 실을 자아내면서 말했다.

「다른 여자들이 게으르게도 가짜 신의 의식을 거행하는

1 옷감을 짜면서라는 뜻이다.

동안, 더 좋은 여신인 미네르바에 의해 여기 머물게 된 우리는 재미있는 이야기를 함으로써 우리 수고가 덜 힘들게 하자. 서로 돌아가면서 이야기를 하나씩 하여 지루하지 않게 시간을 보내도록 해보자.」

자매들은 동의했고, 그녀에게 제일 먼저 이야기를 해보라고 요청했다. 그녀는 많은 이야기를 알고 있었으므로 무엇을 먼저 이야기할지 곰곰 생각했다. 바빌론의 데르케티스 얘기를 할까? 팔라이스티나 사람들은 데르케티스가 변신하여 온몸에 비늘이 덮인 채 연못 속을 휘젓고 다닌다고 믿는다는 얘기? 아니면 그녀의 딸이 하얀 날개가 달린 비둘기로 변신하여 평생을 하얀 칠을 한 높은 탑에서 지낸 얘기? 어떤 물의 님프가 마법의 주문과 효력이 강력한 약초를 사용하여 한 무리의 젊은이들을 말 없는 물고기로 변신시켰다가 님프 또한 물고기가 되어 버린 얘기? 하얀 열매를 맺던 나무가 온몸에 피가 묻어 검은 열매를 맺는 얘기? 그녀는 잘 알려지지 않은 이야기를 해주기로 결정했다. 여자들은 베틀 앞에 앉아서 열심히 양모를 자아내고 있었다. 54

피라무스와 티스베

「피라무스는 동방의 아주 잘생긴 청년이었고 티스베 또한 발군의 미녀였어요. 그들은 바빌론이라는 도시에서 나란히 붙어 있는 이웃집에서 살았어요. 바빌론은 세미라미스 여왕이 구운 벽돌로 빙 둘러 성을 쌓아 만든 도시이지요. 두 남녀는 이웃집에서 살기 때문에 자연스레 알게 되었고 시간이 흐르면서 사랑이 싹텄어요. 하지만 양가 아버지들이 사랑을 금지했기 때문에 적법한 결혼으로 맺어질 수가 없었어요. 그렇지만 마음속에 불타오르는 사랑마저도 금지할 수는 없었지요.

그들은 비밀을 함께 나눌 사람도 없었어요. 남녀는 손짓과 발짓으로 언어를 대신했지요. 감추려 할수록 사랑은 더욱 뜨겁게 불타올랐어요. 그런데 두 집 사이의 담장에는 오래전 집 지을 때 생긴 금을 따라 약간 균열이 나 있었어요. 이 터진 틈을 여러 해 동안 아무도 발견하지 못했어요. 하지만 두 연인은 이 틈이 있는 곳을 알아냈어요. 사랑이 알아내지 못할 게 어디 있나요? 두 연인은 이 틈새를 통해 대화를 주고받았어요. 아주 낮은 목소리로 사랑의 언어를 주고받았지요.

그럴 때면 티스베가 벽의 이쪽에 서 있고 피라무스는 저쪽에 서 있는 거예요. 남녀는 상대방의 한숨 소리를 차례로 들었어요. 둘은 이렇게 말하곤 했지요.

〈질투심 많은 벽아, 왜 너는 연인들을 가로막는 거냐? 우리가 온몸으로 서로 포옹한다 해서 해로울 일이 무엇이냐? 그게 너무 지나친 요구라면 조금만 더 틈을 벌려 우리가 키스를 주고받도록 해주려무나. 그래도 우리는 너를 원망하지 않는다. 너를 통로 삼아 저 사랑스러운 귀에 밀어를 속삭일 수 있으니까.〉

그들은 각자 서 있는 데서 이런 헛된 말을 중얼거린 뒤에 밤이 오면 〈안녕〉 하면서 각자의 벽에 대고 키스를 했으나 물론 저편까지 전달되진 못했어요. 다음날 새벽이 밤중에 나온 별들을 흩어 버리고 태양 광선이 서리 내린 풀들을 말려 버리면 둘은 같은 장소에서 다시 만났어요. 낮은 목소리로 불평을 잔뜩 늘어놓은 뒤 이렇게 하기로 했어요.

아주 조용한 한밤중에 문지기들의 눈을 속여 집의 대문을 나선다. 일단 집을 빠져나오면 도시와 복잡한 건물들을 벗어난다. 광활한 시골에서 길을 잃을지 모르니 니누스의 무덤에서 만나 나무 그늘에 숨는다. 그곳에는 하얀 열매가 풍성하게 열리는 키 큰 뽕나무가 있는데, 바로 곁에는 시원한 샘물이 있다.

두 사람은 이 계획에 찬성했어요. 아주 천천히 이울던 햇빛이 마침내 바닷물 속으로 들어갔고 이어 바닷물에서는 밤이 올라왔어요. 티스베는 어둠 속에서 능숙하게 문고리를 돌려서 집 밖으로 나섰어요. 얼굴을 베일로 가린 채 약속한 무덤에 도착했고 나무 그늘 아래 앉았다고 해요. 사랑에 빠져 대담해진 거지요.

그런데 갑자기 암사자가 나타났어요. 아가리에는 방금 잡아먹은 소의 피가 덕지덕지 묻어서 거품같이 보였어요. 암사자는 목이 말라 샘물을 찾아온 것이지요. 바빌론 처녀 티스베는 멀리 떨어져 있었으나 달빛 속에서 암사자를 보았고 더럭 겁을 먹으며 어두운 동굴로 몸을 피했어요. 하지만 숄이 등에서 흘러내려 땅에 떨어졌어요. 암사자는 물을 벌컥벌컥 들이켜 목을 축인 뒤에 숲속으로 돌아가다가, 주인 없는 얇은 숄을 발견하고서 피묻은 아가리로 그걸 발기발기 찢어 버렸어요.

잠시 뒤 피라무스가 현장에 나타났어요. 그는 어두컴컴한 땅에서 선명한 사자 발자국을 보고서 얼굴이 창백해졌어요. 또 피에 물든 숄도 보았어요. 그는 말했어요.

〈하룻밤 사이에 두 연인이 죽는구나. 우리 둘 중에서 더 오래 살아야 할 사람은 분명 그녀인데 이렇게 되었구나. 나는 죄 많은 영혼이야. 아 불쌍한 이여, 내가 당신을 죽인 거나 마찬가지야. 당신을 이 무서운 데로 밤중에 오라고 했으니. 그러고서도 당신보다 먼저 오지도 않았어. 이 바위 근처에 어떤 사자들이 사는지 모르지만, 내 몸을 갈가리 찢어서 네 아가리로 나의 죄 많은 내장을 모두 먹어치워 다오. 하지만 남의 손에 죽기를 바라는 것은 비겁한 자나 할 짓이지.〉

그는 티스베의 숄을 집어 들고 만나기로 약속한 나무 그늘 밑으로 갔어요. 한참 눈물을 흘린 뒤에 낯익은 숄에 키스를 퍼부었지요.

〈자 이제 내 피도 빨아 먹어라.〉

그는 허리에 찬 칼로 자신의 옆구리를 찔렀고, 죽어 가면서도 재빨리 깊은 상처에서 칼을 잡아 뺐어요. 그가 하늘을 보며 땅에 드러눕자 피가 공중에 높이 솟구쳤어요. 수도관 납봉이 잘못되어 벌어진 구멍으로 가늘고 긴 물줄기가 터져 나와 허공을 가르는 모습과 비슷했어요. 이때 흘러나온 피가 묻어서 뽕나무 열매는 하얀색에서 검은색으로 바뀌었어요. 그리고 피에 적셔진 나무뿌리에서 올라온 수액은 축 늘어진 뽕나무 열매를 보랏빛으로 물들였지요.

한편, 티스베는 공포를 완전히 떨쳐 버리진 못했지만, 애인을 실망시키지 않기 위하여 온 마음과 정성으로 젊은 애인을 찾아보려고 아까 있던 장소로 돌아왔어요. 자신이 금방 피한 위험을 한시 바삐 애인에게 알려 주고 싶었어요. 약속 장소와 아까 보았던 나무의 형체를 알아보았지만, 열매 색깔 때문에 확신하지 못했어요. 여기가 맞나 싶었고 왠지 애매한 느낌이 들었어요.

티스베는 망설이면서 피 묻은 땅에서 꿈틀거리는 신체를

두려운 마음으로 내려다보았어요. 그러고는 전율하면서 뒤로 물러섰어요. 얼굴은 회양목보다 더 창백해졌고 미풍에 흔들리는 파도가 치는 해수면 같아 보였어요. 하지만 곧바로 애인을 알아보고서 죄 없는 자기 양팔을 마구 때리면서 머리카락을 잡아 뜯었고 애인의 몸을 포옹했어요. 애인의 상처를 눈물로 채우고 자신의 눈물은 애인의 피로 뒤섞으며 그의 차가운 얼굴에 키스를 퍼부었어요.

〈피라무스, 어떤 불행이 당신을 나로부터 빼앗아간 거예요? 피라무스, 대답해요. 당신이 사랑하는 여자 티스베가 이렇게 당신을 부르고 있잖아요. 내 말을 들어요. 땅으로 처지는 당신의 머리를 제발 좀 들어 보세요.〉

티스베가 이름을 부르는 소리에, 피라무스는 이제 죽음의 빛이 완연한 눈을 들어 그녀를 보더니 다시 눈을 감았다. 티스베는 자신의 숄을 알아보았고 칼이 빠져나간 상아 칼집을 보았다.

〈불행한 이여, 당신의 손과 사랑이 당신을 파괴했군요. 하지만 나 또한 당신 못지않게 강한 손과 사랑을 갖고 있으니 내 몸을 찌를 힘을 줄 거예요. 당신을 따라 죽겠어요. 나는 당신에게 죽음을 가져다준 비참한 원인 제공자이며 동시에 죽음의 동반자라고 일컬어지겠지요. 아, 슬프게도 죽음으로 인해 나한테서 떨어져 나가게 된 당신. 하지만 죽음마저도 나를 당신한테서 떼어 놓지 못해요.

이것으로 아주 불행하게 되실 우리 부모님과 당신의 부모님에게 한 가지만 부탁 올려요. 서로 진정으로 사랑했고 지상의 마지막 순간을 함께한 우리를 한 무덤에 안장해 주세요. 오, 너 뽕나무여, 네 가지로 이제 불쌍한 시신 하나를 가리고 있으나 곧 두 시신을 가리게 되겠구나. 이 죽음의 표시를 늘 간직하고, 두 사람의 동반 죽음을 기념하여 슬픔에 합당한 검은 열매를 맺도록 하여라.〉

티스베는 말을 마치자 피라무스의 칼이 가슴 바로 밑을 향하게 해놓고서 몸을 던졌어요. 그 칼은 여전히 애인의 피로 따뜻한 상태였어요. 티스베의 기도는 신들은 물론이고 두 집안의 부모들도 감동시켰어요. 그래서 뽕나무 열매는 완전히 익었을 때 검은색으로 변했고, 두 사람을 화장하고 수습 166 한 유골은 한 항아리 안에 보관되었어요.」

마르스와 베누스

그녀가 말을 마치자 좌중에는 잠시 정적이 흘렀다. 이어 레우코노에가 말하기 시작했다. 자매들은 입을 다물었다.

「태양 광선으로 모든 것을 조정하는 태양신조차도 사랑으로 동요할 때가 있어요. 나는 태양신의 사랑 이야기를 할게요. 그는 베누스가 마르스와 간통하는 현장을 최초로 목격한 신이라고 해요. 태양신은 모든 것을 제일 먼저 보는 신이지요. 태양신은 충격을 받았고 유노의 아들이자 베누스의 남편인 불카누스에게 아내가 결혼 계약을 위반한 사실과 장소를 일러주었어요. 그러자 불카누스는 매사에 의욕을 잃었음은 물론이고 손에 들고 있던 대장장이 일을 놓아 버릴 지경으로 상심했어요. 하지만 곧 정신을 차리고 청동으로 아주 가느다란 그물을 만들기 시작했어요. 함정으로 사용될 그물인데 신들의 눈에도 보이지 않을 정도였어요. 아주 가는 양털 실도 이보다 가늘 수 없고 높은 대들보에 매달린 거미줄도 그처럼 촘촘할 수 없었어요.

아내와 상간남이 지난번에 사용한 똑같은 침대에 다시 들자, 남편의 기술과 새로운 방식으로 제작된 그물이 정사 도중의 마르스와 베누스를 꽉꽉 묶어 버렸어요. 그러자 불카누스는 곧바로 상아 문을 열고서 신들을 침실 안으로 들어가게 했어요. 그들은 수치스럽게 묶인 채로 침대에 누워 있었고 구경꾼 신들 중 뻔뻔한 어느 신은 자신도 저런 수치를 맛보았으면 좋겠다고 말했어요. 신들은 껄껄 웃음을 터트렸고 이 얘기는 천상에서 오랫동안 신들의 입에 오르내렸어요. 189

태양신과 레우코토에

하지만 베누스는 제보자를 징벌하기로 했어요. 태양신이 비밀의 사랑을 폭로했으니, 똑같은 방식으로 되갚아 주겠다고 생각한 것이지요.

히페리온의 아들이여, 당신의 아름다움과 색깔, 번쩍이는 빛이 무슨 소용인가요. 우리가 잘 알다시피, 불로 온 세상을 덥혀야 할 당신이 새로운 불에 타오르고 있습니다. 모든 것을 공평하게 비추어야 할 당신이 온 세상을 비추어야 할 눈으로 오로지 레우코토에라는 처녀만 뚫어지게 바라보고 있어요. 때로 당신은 새벽에 너무 일찍 일어나고 저녁에는 너무 늦게 바다에 들었으며, 그녀를 바라보느라고 지체하는 바람에 겨울의 짧은 날이 길어졌습니다. 마음의 집착이 눈빛에 어른거려 당신의 빛이 흐려졌고, 당신의 어둠은 인간들을 공포로 몰아넣었습니다. 당신이 이처럼 어두워진 까닭은 달그림자가 아주 가까워서 당신의 빛을 막아 버리기 때문만은 아니었습니다. 당신에게 그런 창백한 빛을 안겨 준 것은 사랑이었습니다. 당신은 그녀만을 사랑했고 클리메네, 로도스,

키르케의 아름다운 어머니 같은 여자들은 눈에 들어오지 않았지요. 또 당신은 클리티에를 아예 경멸했습니다. 전에 클리티에는 당신과 동침하기를 원했으나 거절 당하는 바람에 크게 상심해 있었습니다.

아름다운 레우코토에 때문에 태양신은 애인들을 아예 잊어버렸어요. 향수를 만들어 내는 나라 출신인 에우리노메가 그녀를 낳았어요. 딸은 성장하자 어머니보다 훨씬 아름다웠는데, 일찍이 어머니의 미모도 다른 여자들을 그 정도로 능가했더랬지요. 그녀의 아버지 오르카무스는 페르시아 도시들의 왕이었고 이 도시들의 창건자 벨루스의 7대손이었어요. 서쪽 하늘 아래에는 태양신의 말들을 위한 목초지가 있었어요. 말들은 풀이 아니라 신찬(神饌)을 먹었지요. 이 음식이 하루 일과로 피곤해진 사지를 풀어 주고, 내일 일을 해낼 수 있는 자양을 주었어요. 말들이 천상의 꼴을 뜯고 있는 동안 밤이 돌아왔고, 태양신은 레우코토에의 어머니인 에우리노메로 변신하여 사랑하는 여인의 침실로 들어갔어요.

레우코토에는 램프 불을 켜놓고 앉아 있었고 주위에는 열두 명의 하녀들이 앉아 있었어요. 그들은 돌아가는 물레에서 가느다란 실을 뽑고 있었지요. 태양신은 어머니가 사랑스런 딸에게 하듯이 레우코토에에게 입맞춤하고 말했어요.

〈이건 사사로운 일이야. 하녀들아, 잠시 자리를 비켜 다오. 어머니가 딸에게 은밀하게 말할 수 있는 권리를 빼앗지 말려무나.〉

하녀들은 물러갔고 이제 증인이 하나도 없는 침실에 남게 된 태양신은 말했어요.

〈나는 한 해의 춘하추동을 확정 짓는 자이고, 모든 것을 바라보는 자이며, 세상의 모든 사물이 나를 통해 서로 볼 수 있기 때문에 나는 곧 세상의 눈이다. 너는 나를 즐겁게 하는구나. 내 말을 믿어 다오.〉

레우코토에는 경악하여 너무 겁을 먹은 나머지 물렛가락과 실감개를 떨어트리고 말았어요. 태양신은 본래의 번쩍이는 모습으로 돌아갔어요. 처녀는 예기치 못한 빛에 겁을 먹었고 신의 광휘에 압도되어 아무 불평 없이 신이 하자는 대로 하고 말았어요.

클리티에는 질투를 느꼈어요. 태양신에 대한 사랑이 조금도 줄어들지 않았거든요. 분노가 폭발해 간통 사실을 널리 퍼트렸고, 레우코토에의 아버지에게도 사실을 알렸어요. 딸의 애원에도 불구하고 아버지는 분통을 터트리며 완강하게 나왔어요. 처녀는 빛을 뿜어 내는 태양신을 향해 양손을 쳐들면서 말했어요.

〈저 분이 내 의지와 상관없이 내 몸을 강탈해 갔어요.〉

하지만 아버지는 잔인하게도 딸을 땅속에 파묻은 다음 산더미 같은 모래로 덮었어요. 오, 레우코토에여, 히페리온의 아들은 햇빛으로 모래 더미를 헤쳐 버리고 애인의 묻힌 얼굴이 밖으로 나올 수 있도록 길을 열었어요. 하지만 오, 님프여 당신은 머리를 쳐들지 못했지요. 흙의 무게에 짓눌려 핏기 없는 시체로 누워 있었어요. 재빠른 태양 수레의 마부는 파이톤의 화재 사건 이래 그처럼 심한 고통을 느낀 적이 없었다고 해요.

태양 광선의 힘으로 차갑게 경직된 사지를 되살릴 수 있을지 모른다고 생각하여 강렬한 햇빛을 퍼부었지요. 하지만 이 역시 운명이라 그의 노력은 부질없는 일이었어요. 태양신은 레우코토에의 시신과 주위에 향기 나는 신주(神酒)를 뿌렸어요. 그는 슬프게 애도의 말을 건넨 뒤 말했어요.

〈하지만 당신은 천상으로 올라가게 될 거야.〉

곧 레우코토에의 시신은 천상의 신주에 잠겨 용해되었고, 향기로운 신주가 땅을 적셨어요. 그리고 땅에 착실히 자리 잡은 뿌리의 밀어 올리는 힘 덕분에 유향목 우듬지가 땅을 비죽 뚫고 올라오더니 천상을 향해 팔을 벌리는 커다란 나무가 되었어요.

클리티에는 사랑 때문에 악의를 품었고 악의 때문에 밀고자가 되었는데 이 점은 이해할 만해요. 하지만 태양 광선은 더 이상 그녀에게 접근하지 않았고, 그녀를 더 이상 사랑하지 않았어요. 그때부터 클리티에는 몸이 쇠약해지기 시작했어요. 비정상적인 사랑에 빠졌기 때문이죠. 그녀는 님프들의 존재를 견딜 수 없었고 밤이나 낮이나 맨발에 산발한 머리로 맨땅에 앉아 유피테르의 하늘만 쳐다보았어요. 아흐레 동안 물과 음식을 먹지 않았고 이슬과 눈물로만 허기를 달랬을 뿐이에요. 꼼짝 않고 앉아만 있었어요. 클리티에는 하늘을 지나가는 태양신의 얼굴만 쳐다보았으며 그때만 얼굴을 내밀었어요. 사지는 곧 땅에 달라붙었고 안색은 으스스할 정도로 창백해졌고 마침내 핏기 없는 식물로 변신했다고 해요. 하지만 붉은 빛이 도는 부분도 있었고 제비꽃과 아주 비슷한 꽃이 클리티에의 얼굴을 덮었대요. 풀뿌리로 겨우 지탱되는 존재이지만 그녀는 태양신 쪽으로 고개를 돌렸고, 비록 변신한 몸이기는 하지만 예전 사랑을 여전히 간직하고 있다

270 고 해요.」

살마키스의 샘

그녀는 말을 마쳤고 자매들의 귀는 이처럼 놀라운 사건에 매혹되었다. 어떤 자매는 그런 일은 있을 수 없다고 말했고, 다른 자매는 진정한 신들은 뭐든 할 수 있으나, 바쿠스는 그런 신이 아니라고 말했다.

이윽고 자매들은 알키토에를 불렀다. 그녀는 베틀 앞에서 실감개를 놀려 날실을 짜면서 말했다.

「나는 이다산의 목동 다프니스의 잘 알려진 사랑 이야기는 하지 않겠어요. 이 목동은 라이벌 여자에 대한 님프의 분노 때문에 바위로 변신했지요. 사랑하는 사람들의 마음에서 불타오르는 악의란 이렇게 끈질긴 거예요. 자연법칙의 변화로 인해 성적 정체성이 애매하여 때로는 남자인가 하면 때로는 여자인 시톤의 이야기도 하지 않겠어요. 한때 어린 유피테르에게 가장 충실했으나 현재는 단단한 돌덩어리가 된 보모 켈미스, 소나기에서 태어난 크레테스, 스밀락스와 함께 작은 꽃이 되어 버린 크로쿠스 이야기도 하지 않겠어요. 언니들, 대신 아주 매혹적이고 신기한 얘기를 들려줄게요.

왜 살마키스의 샘을 나쁘게 말하는지, 왜 이 샘물의 사악한 힘이 물에 닿은 사람의 사지를 허약하게 하고 흐물흐물하게 하는지 언니들은 알아야 해요. 원인은 불분명하지만 그 샘물의 위력은 아주 유명해요.

메르쿠리우스와 키테라의 베누스 사이에 남자아이가 태어났는데 이다산의 동굴에서 물의 요정들이 키웠지요. 그의 얼굴에서는 아버지와 어머니의 용모를 동시에 알아볼 수 있었어요. 소년의 이름은 헤르마프로디투스인데 요정들의 이름에서 따온 거예요. 그가 열다섯 살이 되었을 때 자신을 키워 준 아버지의 산과 이다산의 동굴을 떠나서 낯선 땅들을 즐겁게 방랑했어요. 생소한 강들을 바라보니 즐거워서 여행의 피로를 덜 수 있었지요. 그는 심지어 리키아의 도시들까지 갔고 리키아의 이웃인 카리아족들도 만났어요.

여기서 헤르마프로디투스는 바닥에서 환하게 빛이 우러나오는 한 연못을 보았어요. 거기에는 늪지의 갈대도 없었고 사초도 없었고 끝이 뾰족한 골풀도 없었어요. 연못 물은 아주 맑았고 가장자리는 신선한 잔디밭으로 둘러싸였어요. 풀은 언제나 초록이었지요. 여기에 한 님프가 살고 있었어요. 사냥을 잘하거나 활을 잘 쏘거나 사냥감 추적에 뛰어난 님프는 아니었어요. 사냥을 좋아하는 민첩한 디아나에게는 알려지지 않은 물의 님프 중 하나였어요.

이 님프의 자매들은 종종 이런 얘기를 했다고 해요.

〈살마키스, 창을 잡거나 채색(彩色) 화살통을 잡도록 해. 줄기차게 사냥을 해서 여가를 다양하게 활용해 보아.〉

그녀는 창도 채색 화살통도 잡지 않았으며 사냥을 줄기차게 해서 여가를 다양하게 활용하지도 않았어요. 때로 아름다운 몸을 샘물에 씻었고 키토루스 빗으로 머리카락을 빗고서 샘물에 얼굴을 비추며 어떻게 하면 더 아름다워질까 궁리했어요. 또 빛나는 드레스를 입고서 부드러운 나무 잎사귀나 풀밭에 드러누웠어요. 종종 꽃을 따기도 했지요.

어느 날 꽃을 따다가 살마키스는 예의 소년을 보았고 즉시 그를 소유하고 싶다는 생각이 들었어요. 다가가고 싶은 마음이 굴뚝같았지만 그렇게 하지 않았어요. 침착해야 한다고 자신을 타이르면서 먼저 드레스의 맵시를 잡고 얼굴 표정을 가다듬으면서 아름다운 외양을 빛어냈어요. 그런 다음 소년에게 말했지요.

〈오, 신이라고 생각될 법한 소년이여. 당신이 신이라면 아마도 쿠피도겠지. 만약 인간이라면 당신을 낳은 이는 축복받을지어다. 당신의 형제도 행운아이고 당신의 누나 또한 행운의 여인이다. 당신에게 젖가슴을 주어 키운 유모 또한 축복 받을지어다. 하지만 이들보다 더 크게 축복 받을 이는 당신과 맺어질 여자이다. 만약 그런 여자가 있다면 말이다. 만약 화촉을 밝힐 여자가 이미 있다면, 당신에게 누군가가 있다면, 나를 은밀한 쾌락을 줄 여자로 삼아 주소서. 그렇지 않다면 내가 배필이 될 테니 우리 결혼합시다.〉

이렇게 말하고서 물의 님프는 입을 다물었고 소년의 양 뺨에는 홍조가 드리웠어요. 아직 사랑이 무엇인지 모르기 때문이었지요. 하지만 얼굴의 홍조는 잘 어울렸고 아주 아름다웠어요. 얼굴은 햇빛 가득 받는 나무에 매달린 사과 색깔 혹은 은은한 상앗빛, 밝은 빛을 뿌리면서도 가장자리가 붉어지는 달빛(이러한 월식을 막아 보려고 청동의 징들이 요란하게 울려 대도 소용없죠)과 비슷했어요. 님프는 누나에게 하는 키스 같은 것이라도 해달라고 끈질기게 요구했지요. 이미 손을 소년의 상앗빛 목덜미에 올려놓고 있었어요.

〈그만 좀 하세요. 안 그러면 나는 당신이 있는 이 샘물에서 달아날 거예요.〉 그가 말했어요.

그러자 살마키스는 겁을 먹으면서 대답했어요.

〈낯선 이여, 이곳을 당신에게 온전히 내어 드리겠습니다.〉

살마키스는 몸을 돌려 떠나는 척했지만, 그런 순간에도 고개를 돌려 그를 쳐다보았어요. 무릎을 쪼그리고 허리를 숙이면서 숲속에 자신의 몸을 감추었지요. 소년은 인적 없는 풀밭에 지켜보는 사람이 아무도 없다고 생각하고서 여기저기 돌아다니면서 먼저 발끝을, 그다음에는 발목까지 샘물에 담그고 장난을 쳤어요. 이윽고 향기롭고 따스한 샘물에 매혹되어 날씬한 몸을 살짝살짝 움직이며 부드러운 옷을 벗어 버렸어요.

소년의 벌거벗은 몸은 쾌락을 선사했고 살마키스는 사랑스러운 알몸을 차지하고 싶은 욕망으로 온몸이 불타올랐어요. 님프의 두 눈에선 불빛이 번쩍거렸지요. 밝고 청명한 태양 광선을 반사하는 거울의 표면 같았어요. 그녀는 더 이상 망설일 수 없었고 더 이상 욕망을 억누를 수가 없었어요. 소년의 온몸을 껴안고 싶었고, 이제 광란의 상태에 빠져 욕정을 제어하지 못했어요.

그 순간 미소년은 손바닥으로 옆구리를 번갈아 때리면서 풍덩 샘물 안으로 뛰어들었어요. 투명한 물속에서 반짝거리는 알몸은 상아 조각상 혹은 유리병 속에 넣어 둔 하얀 백합 같았어요.

〈이제 됐다. 그는 내 것이야.〉 물의 님프는 그렇게 소리 질렀어요.

그녀는 옷을 모두 훨훨 벗어 버리고 샘물 한가운데로 달려갔어요. 그리고 반항하는 소년을 꽉 붙잡고서 거칠게 키스를 퍼부으며 상대가 싫어하는데도 아랑곳하지 않고 손을 아래로 내려 가슴을 마구 쓰다듬었어요. 그러면서 미소년의 몸에 이런저런 방식으로 착 달라붙었어요. 소년은 님프에게서 달아나려고 발버둥을 쳤지만 아무 소용이 없었어요. 독수리가 낚아채어 하늘 높이 들어 올린 뱀이 독수리에게 필사적으로 달라붙는 형국이랄까. 독수리 발에 매달린 뱀이 독수리의 머리와 다리를 친친 감고 활짝 편 날개 주위에 제 꼬리를 둘둘 마는 것과 비슷했어요. 혹은 키 큰 나무의 줄기를 말아 올라가는 담쟁이, 바다 밑에서 온 사방으로 촉수를 뻗쳐 적수를 포획하는 낙지 같았어요.

아틀라스의 증손인 헤르마프로디투스는 저항하면서 님프가 원하는 쾌락을 안겨 주지 않으려 했어요. 하지만 살마키스는 계속 밀고 나갔고 온몸을 찰싹 밀착시켰어요.

〈이 나쁜 녀석, 네가 아무리 저항해도 넌 도망치지 못해. 오, 신들이 너에게 명령을 내리시기를. 그리하여 단 하루도 네가 나에게서 혹은 내가 너에게서 떨어지는 날이 없기를.〉

이 님프의 기도를 신들이 들어주었어요. 둘의 몸은 서로 섞여서 연결되었고 그들은 겉보기에 한 사람처럼 보이게 되었어요. 나뭇가지를 접목하면 가지가 나무에 합쳐져서 함께 자라듯이, 그들의 몸도 완전한 포옹에 의해 하나가 되었지요. 그리하여 남자도 여자도 아니면서 동시에 남자이자 여자이기도 한 양성이 되었어요.

소년은 남자의 몸으로 샘물로 들어갔으나 이제 샘물이 자신을 절반만 남자인 존재로 만들어 놓았음을 깨달았어요. 사지는 여자처럼 부드러워졌죠. 헤르마프로디투스는 양손을 내뻗으며 더 이상 남자의 목소리가 아닌 목소리로 말했어요.

〈내게 지금의 이름을 지어 주신 어머니와 아버지, 당신의 아들에게 혜택을 하나 내려 주소서. 앞으로 이 샘물에 들어오는 남자는, 이 물에 몸을 담그는 즉시 사지가 부드러워져 절반만 남자가 되게 하소서.〉

소년의 부모는 그를 불쌍히 여겨 샘물에 불경한 약을 타서 양성 아들의 소원을 들어주었어요.」 388

박쥐로 변신한 미니아스의 딸들

알키토에는 마침내 얘기를 마쳤고 미니아스의 딸들은 여전히 실 잣는 일을 하면서 바쿠스 신을 경멸하고 축일을 모독했다. 그들은 갑자기 보이지 않는 북과 휘어진 뿔피리의 목쉰 소음을 들었다. 징들이 서로 부딪치는 소리가 났고 몰약과 사프란의 냄새가 풍겼다. 그런데 믿을 수 없게도, 그들의 베틀이 초록색이 되고 베틀 앞에 늘어져 있던 실에서는 담쟁이 같아 보이는 잎사귀가 생겨 나왔다. 그중 일부는 포도 넝쿨이 되었고 방금 전만 해도 털실이었던 것이 덩굴손이 되었다. 날실에서는 포도나무 가지가 나왔고 직물의 보라색은 포도송이와 같은 보라색으로 변했다.

이제 낮이 거의 끝나 가고 밤도 낮도 아닌 시간이 닥쳐왔다. 낮과 밤 사이, 명확하지 않은 경계선상의 시간이었다. 갑자기 집이 흔들리고 기름이 가득 채워진 램프가 밝게 빛나기 시작했다. 또 허깨비 들짐승들이 울부짖었다. 자매들은 불과 빛을 피해 연기 가득한 집 안 여러 곳에 숨어 있었다. 자매들이 어둠을 찾아다니는 동안, 얇은 막이 그들의 날씬한 사지 위로 퍼졌고 그들의 양팔을 얇은 날개 속에 가두었다. 하지만 어둠 때문에 자매들은 예전 모습을 잃어버린 사실을 알지 못했다. 날개도 깃털이 있는 날개는 아니었다.

그들은 투명한 날개에 자기 몸을 지탱했다. 말을 하려고 하자 작아진 몸과 마찬가지로 작은 소리만 새어 나왔다. 아주 가늘고 새된 불평의 소리였다. 그들은 숲이 아니라 집을 자주 찾아들었고 빛을 싫어하기 때문에 밤에만 날아다녔다. 그들은 박쥐라는 이름을 얻었는데 이 이름은 〈황혼〉에서 유

415 래한 것이다.

이노와 아타마스

그리하여 테바이 전역에서 사람들은 바쿠스의 이름을 말하기 시작했고 바쿠스 어머니의 여동생인 이노는 어디를 가나 이 새로운 신의 위력을 증언했다. 여러 자매들 중에서 이노만이 비운을 겪지 않았기 때문이다. 하지만 어쩔 수 없이 자매들 때문에 슬픔을 느꼈다.

하지만 유노는 이노가 누리는 행복을 견딜 수 없었다. 이노가 남편 아타마스에게 자부심을 느끼고, 자녀들을 사랑하고, 새로운 신을 찬양하는 등의 모든 일이 역겨웠다. 유노는 중얼거렸다.

「내 라이벌인 세멜레의 아들 바쿠스가 마이오니아의 선원들을 변신시켜 돌고래로 만들었지. 펜테우스의 어머니로 하여금 아들의 내장을 뜯어 먹게 했지. 그런 다음 미니아스의 딸들을 이상한 날개 달린 새들로 변신시켰지. 유노는 복수도 못 하고 슬퍼하며 눈물이나 질질 짜고 말까? 그걸로 충분할까? 내 권력이 고작 그거밖에 안 돼? 바쿠스 자신이 내게 어떻게 해야 할지 가르쳤어(적에게서 배운다는 것은 옳은 일이야). 펜테우스의 학살에서 광란이 어떤 성과를 내는지 십이분 보여 주었어. 그러니 이노를 스스로 광란에 빠지게 하여 자매들 꼴이 되도록 하는 게 어떨까?」

음울한 주목(朱木)이 던지는 그림자 밑에는 명부로 내려가는 길이 있었다. 숨죽인 정적이 흐르는 이 길은 지하의 왕국으로 인도했다. 느리게 흘러가는 스틱스강은 안개를 뿜어낸다. 이 길을 따라 귀신들이 내려간다. 그들은 최근에 죽은 자들로서 적절한 장례식을 치르고 황천길에 올랐다. 그곳은 어디나 황량하다. 어둠과 냉기에 붙들려 있고 새로 도착한 귀신들은 스틱스의 도시로 인도한 길이 어느 길인지 알지 못한다. 또 지하 세계의 신 플루토의 황량한 궁전이 어디에 있는지도 모른다. 그곳은 1,000개의 입구와 사방에 열린 문들이 있는 아주 넓은 도시이다. 바다가 대지의 모든 강물을 받아들이듯이, 이곳은 모든 망령을 받아들인다. 아무리 많은 귀신들이 찾아와도 비좁지 않으며, 너무 많은 귀신들로 들어찼다는 느낌이 들지도 않는다. 피 없는 그림자들은 육체도 뼈도 없이 이곳에서 방황한다. 어떤 귀신들은 광장을 메우고, 다른 귀신들은 지하 세계 왕의 궁전에 살며, 어떤 귀신들은 예전 이승에서 발휘했던 기술을 여기서도 발휘하고, 다른 귀신들은 징벌에 복종한다.

사투르누스의 딸 유노는 천상을 떠나 지하 세계로 여행을 떠나기로 결심했다(그만큼 증오와 분노가 대단했다). 유노가 명계에 들어서자 문턱은 신성한 몸의 무게를 느끼고는 삐걱거렸다. 명계의 경비견 케르베루스는 셋 달린 입을 들어 세 번 짖어 댔다. 유노는 〈밤〉에게서 태어난 음울하고 괴팍한 푸리아이 여신 자매들을 불러냈다. 그들은 지하 감옥의 아주 단단한 금강석 문 앞에 앉아 있었다. 머리를 빗으면서 거기에 똬리를 틀고 있던 검은 뱀들을 솎아냈다. 그들은 명계의 그림자 같은 어둠 속에서 유노를 알아보자 천천히 일어섰다. 그곳은 저주 받은 자들의 장소라고 불렸다. 거기에서 티티오스는 9유게룸[2]의 땅에 몸을 누이고 자신의 내장을 독수리의 날카로운 부리에 내밀고 있었다. 너, 탄탈루스는 어떤 물도 마시지 못하고 네 위에 매달린 나뭇가지는 너를 피

2 고대 로마의 넓이 단위. 1유게룸은 약 4분의 1 헥타르(2,500제곱미터)에 해당한다.

해 달아난다. 너, 시시푸스는 곧 아래로 떨어지는 돌을 밀어 올리거나 떨어진 돌을 찾아 달려간다. 익시온은 자기 바퀴에 매달린 채 빙빙 돌면서 자신을 뒤쫓아 가거나 자신으로부터 달아난다. 사촌 겸 남편들의 죽음을 모의한 죄로, 벨루스의 손녀들은 길어온 물을 잃어버리고 계속하여 물을 길어 와야 한다.

유노는 이들 모두를, 특히 자신을 강간하려다 여기에 처박힌 익시온을 음울한 눈빛으로 바라보았다. 이어 시시푸스를 쳐다보았다.

「너와 아타마스는 한 형제이지. 너는 이런 영원의 징벌을 받고 있는데, 거만한 아타마스는 호화로운 궁궐에서 예쁜 아내를 거느리고 살면서 나를 늘 경멸하고 있으니 이게 어찌된 일이냐?」

이어 유노는 자신이 아타마스 부부를 증오하는 이유, 이곳에 내려온 목적, 자신이 바라는 것을 설명했다. 유노는 카드무스의 궁궐이 그대로 서 있어서는 안 되고 아타마스는 광란에 빠져 범죄를 저지르게 만들어야 한다고 주장했다. 유노는 명령하기도 하고, 약속을 하기도 하고, 호소도 하는 등 앞뒤 순서 없이 푸리아이 여신들에게 요구했다. 유노가 말을 마치자, 여신들 중 하나인 티시포네는 이미 흐트러져 있는 하얀 머리카락을 흔들어서 얼굴에 내려와 있던 뱀들을 뒤로 밀어내며 말했다.

「유노여, 장황하게 설명할 필요가 없습니다. 당신 명령은 뭐든지 완벽하게 실행된다고 생각하십시오. 이 사랑 없는 왕국을 떠나서 천상의 더 좋은 공기 속으로 돌아가십시오.」

유노는 즐거운 마음으로 천상에 올라갔다. 막 하늘 왕국으로 들어가려는 유노에게 타우마스의 딸 이리스가 정화수를 뿌려 몸을 깨끗하게 해주었다.

무자비한 티시포네는 지체 없이 피에 물든 횃불을 집어 들고 붉은 피가 흐르는 외투를 입고 배배 꼬인 뱀을 허리에 차고 집을 나섰다. 〈슬픔〉이 동행했고 〈공포〉, 〈경악〉, 무서운 얼굴의 〈광기〉도 그녀를 수행했다. 그녀는 테바이의 궁궐 앞에 도착하여 걸음을 멈추었다. 아이올루스의 문기둥들이 그녀를 보고 전율했고 단풍나무 문들은 창백해졌으며 〈태양〉은 그의 궁전에서 사라졌다고 한다. 그런 조짐 때문에 이노와 남편 아타마스는 겁을 먹었다. 부부는 집을 떠나려 했다. 하지만 음울한 티시포네가 앞에 나서며 부부의 길을 가로막았다. 뱀이 친친 감고 있는 양팔을 뻗치면서 머리카락을 흔들어 댔다. 그러자 뱀들이 쉭쉭거리는 소리를 냈다. 어떤 뱀들은 그녀의 어깨 위에서, 다른 것들은 가슴 주위를 맴돌면서 쉭쉭거리는 소리를 냈고 혀를 날름거리며 독을 뿜어 댔다.

이어 그녀는 독 묻은 손으로 머리카락 한가운데에서 뱀 두 마리를 잡아 앞에 던졌다. 뱀들은 이노와 아타마스의 가슴 사이로 기어가면서 독성 가득한 숨을 내뿜었다. 하지만 뱀들은 부부의 신체가 아니라 정신에 치명적인 일격을 가했다. 티시포네는 독성이 매우 강력한 물약도 가져왔다. 케르베루스의 입에서 나온 거품, 에키드나의 독, 정신의 혼란, 맹목적인 망각, 죄악, 눈물, 광기, 살의 등을 모두 섞어 만든 물약이었다. 그녀는 신선한 피를 부어 그것들을 한데 섞었으며 청동 솥에 끓이고, 초록색 독미나리를 넣고 휘저었더랬다.

이노 부부가 몸을 떠는 동안 티시포네는 미치게 하는 독을 그들의 가슴에 쏟아 놓고 심장 밑바닥까지 가라앉도록 했다. 이어 횃불을 동일한 궤적으로 계속 빙빙 돌려서 재빠르게 움직이는 동그라미 형태의 불꽃을 만들어 냈다. 유노의 명령을 충실하게 수행한 다음 티시포네는 의기양양한 채로 위대한 플루토의 황량한 왕국으로 돌아가 허리에 차고 갔던 뱀을 풀어 놓았다.

곧 아이올루스의 아들 아타마스는 홀의 한가운데에서 미친 듯이 소리쳤다.

「여보게, 친구들, 여기 숲속에다 당신들의 포획망을 펼쳐 놓게. 방금 여기에서 두 마리의 새끼 사자를 거느린 어미 사자를 보았어.」

그는 정신이 이상해져서 아내가 야생 들짐승인 양 아내의 발자국을 뒤쫓았다. 아들 레아르쿠스가 웃으면서 작은 팔을 내밀었으나 아들을 어머니의 품안에서 낚아채어 바람개비처럼 공중에서 두세 번 돌리더니 아이의 얼굴을 단단한 암석에 세게 던져 버렸다. 어쩌면 슬픔에 빠져서, 어쩌면 온몸에 독이 퍼져서, 이노는 미친 듯이 소리치면서 정신없이 달려갔다. 머리카락은 산발한 채 공중에 휘날렸다. 그녀는 너, 어린 멜리케르타를 맨살인 양팔에 안고 있었다. 〈아, 아, 바쿠스!〉 하고 그녀는 소리쳤다.

바쿠스를 부르는 소리에 유노는 코웃음을 치면서 말했다.
「너의 양아들이 무언가 혜택을 내려 줄 수 있다면 좋으련만.」

거기에는 바다를 내려다보는 절벽이 있었다. 절벽 아랫부분은 파도에 씻겨 나가 움푹 들어갔고 움푹한 아랫부분의 물결은 폭풍우를 맞지 않았다. 절벽 꼭대기는 높고 단단했으며 바다 쪽을 향해 툭 튀어나와 있었다. 광기에 휩싸여 괴력을 발휘하게 된 이노는 절벽 꼭대기로 올라가, 조금도 두려움을 느끼지 않고 양팔에 아이를 안은 채 바다로 몸을 던졌다. 그녀가 입수하자 하얀 포말이 일었다.

하지만 베누스는 죄 없이 고통받는 손녀 이노를 불쌍히 여겨 아저씨인 바다의 신에게 부탁했다.

「오, 유피테르 다음의 권력을 가진 바다의 신 넵투누스여, 나는 당신에게 엄청난 부탁을 하고자 합니다. 당신이 보았다시피, 광활한 이오니아 바다에 투신한 내 가족을 불쌍히 여기어 당신 휘하의 신들로 만들어 주소서. 나 또한 바다에 신세를 진 바 있습니다. 한때 깊은 바다에서 응축된 거품에서 생겨난 존재였으니까요. 그런 인연으로 나의 그라이키아식 이름인 아프로디테도 생겨났지요.」

넵투누스는 고개를 끄덕이며 베누스의 기도를 들어주었고 이노와 아들의 인성을 제거하고 신성을 부여했다. 이름과 외모도 바꾸어 주었는데 신이 된 아들의 이름은 팔라이몬, 그리고 어머니는 레우코테아가 되었다.

이노의 시돈 출신 동료들은 할 수 있는 데까지 그녀를 추적하여 절벽 가장자리에 남겨진 최후의 발자국을 보았다. 그들은 이노가 죽었다고 굳게 믿어 카드무스 가문의 몰락을 슬퍼하며 양손으로 가슴을 쳤고 머리카락과 옷자락을 잡아뜯었다. 그들은 이노를 이처럼 불공정하고 잔인하게 대한 여신에게 분통을 터트렸다. 유노는 그런 비난을 참지 못하고 이렇게 말했다.

「내가 너희들 모두를 내 잔인함의 기념물로 만들어 주지.」

유노의 말은 곧 실행에 옮겨졌다. 이노의 가장 충실한 시녀가 말했다.

「나는 왕비님을 따라 바다로 들어갈 거예요.」

하지만 투신하기 직전, 전혀 몸을 움직일 수 없었고 절벽에 고정돼 버렸다. 또 다른 여자는 주먹으로 가슴을 치려고 하는데 양팔이 뻣뻣해지는 느낌이 들었고 양손을 바다 쪽으로 내뻗은 상태로 돌이 되었다. 또 다른 여자는 머리카락을 잡아 뜯다가 돌이 되었는데, 당신은 돌 속에서 그녀의 머리카락을 엿볼 수 있다. 각자 어떤 동작을 취하고 있었든 간에 현재 동작으로 온몸이 굳어져 돌이 되었다. 어떤 여자들은 바닷새가 되었는데, 오늘날까지도 날개 끝으로 슬픔 어린 바다의 수면을 적시고 있다. 562

카드무스와 하르모니아

아게노르의 아들 카드무스는 딸 이노와 어린 손자가 바다의 신들이 되었음을 알지 못했다. 슬픔과 잇따른 재앙에 압도 당했고 그가 목격한 많은 기이한 일들 때문에 허약해졌다. 자신이 아니라 도시에 불운이 닥쳤다고 생각하여 자신이 창건한 테바이를 떠났다. 그는 아내를 대동한 도망자 신세로 머나먼 땅을 방랑하다가 일리리아의 경계까지 가게 되었다. 질병과 노령으로 고통 받은 카드무스 부부는 그들 집안의 초기 사건들을 회상하면서 그동안 겪은 고통을 되새겼다.

「우리가 이렇게 된 이유는 커다란 뱀 때문일까?」 카드무스가 말했다. 「내가 시돈을 떠나올 때 뱀을 창으로 찔러 죽였고 이어 이상한 씨앗, 그 뱀의 이빨들을 땅에 뿌렸지. 신들이 이토록 철저히 뱀의 복수를 해주려는 거라면, 비노니, 나 또한 땅에 길게 엎드린 뱀이 되었으면 좋겠어.」

말을 마친 카드무스는 실제로 땅에 길게 엎드린 뱀으로 변신했다. 그는 피부가 딱딱해지면서 비늘이 생기는 것을 느꼈다. 검은 몸에는 녹청색 점들이 다양하게 박혔다. 카드무스는 가슴을 땅에 대고 납작 엎드렸고, 두 다리는 천천히 하나로 합쳐지더니 끝부분이 가늘어져 부드러운 꽁지가 되었다. 양팔은 아직 남아 있었다. 양팔을 내민 카드무스는 여전히 인간의 얼굴을 한 상태인데 뺨에서는 눈물이 줄줄 흘러내렸다.

「오 여보, 가까이 다가와. 가장 불행한 자인 나에게 다가와. 아직 내 몸에 인간의 흔적이 남아 있을 때 나를 만져 봐. 내 손을 잡아. 아직 인간의 손이야. 아직 몸 전체가 뱀으로 변신하지는 않았어.」

물론 카드무스는 더 말을 하고 싶어 했다. 하지만 갑자기 혀가 두 부분으로 갈라졌고 말을 하려 해도 말이 되어 나오지 않았다. 불평을 늘어놓으려 할 때마다 쉭쉭거리는 소리만 터져 나왔다. 자연이 남겨 준 소리였다. 그의 아내는 손으로 맨가슴을 때리면서 소리쳤다.

「카드무스, 불행한 사람, 기다려요. 이 흉물스러운 형체를 벗어 버려요. 카드무스, 이게 뭐예요? 당신 다리는 어디 있어요? 당신 어깨와 손, 안색과 얼굴은 어디 있는 거예요? 내가 이렇게 말하고 있는데, 당신이었던 사람은 완전히 사라져 버렸군요. 아, 천상의 신들이여, 왜 나를 남편처럼 뱀으로 변신시켜 주지 않으십니까?」

카드무스는 말을 마친 아내의 얼굴을 핥기 시작했고 마치 낯익은 소굴인 양 그녀의 유방 사이로 기어들며 그토록 친숙한 목을 쓰다듬으려 했다. 함께 있던 수행원들은 경악했지만 그녀는 뱀의 반짝이는 목을 쓰다듬었다. 갑자기 거기에 두 마리 뱀이 생겨났고 서로 몸을 꼰 채로 기어가다가 숲속 동굴로 들어갔다. 그들은 오늘날까지도 사람을 보면 달아나지 않고 사람을 해치거나 부상을 입히지 않는다. 평화를 사랑하는 뱀으로서, 예전 자신들의 모습을 기억하고 있는 것이다.

603

페르세우스와 아틀라스

하지만 그들의 막강한 외손인 바쿠스는 변신한 그들에게 큰 위로가 되었다. 이제 정복 당한 인디아 전역에서 또 번잡한 그라이키아의 사원들에서 바쿠스는 널리 숭배를 받았다.

하지만 같은 가문 출신인 아바스의 아들 아크리시우스는 바쿠스를 그의 도성 아르고스에 들어오지 못하게 막는 유일한 자였다. 바쿠스를 상대로 무기를 들려고 했을 뿐만 아니라 바쿠스가 유피테르의 아들이라는 사실도 믿지 않았다.

또한 페르세우스가 유피테르의 아들이라는 사실도 인정하지 않았다. 아크리시우스의 딸 다나에는 황금 소나기로 변신한 유피테르를 맞이하여 임신한 바 있었는데 그들의 소생이 바로 페르세우스였다. 하지만 진리의 힘은 너무나 막강하여, 아크리시우스는 바쿠스를 모독하고 그의 손자를 인정하지 않은 지난날의 행위를 뉘우쳤다. 바쿠스는 이제 천상에 올라가 신이 되었고, 페르세우스는 휙휙 소리 나는 날개로 부드럽게 공중을 가르면서 고르곤의 머리를 기념할 만한 전리품으로 획득하여 의기양양하게 돌아오는 중이었다. 그가 리비아 상공을 날아갈 때 고르곤의 머리에서 떨어지는 피가 땅을 적시어 다양한 종류의 뱀들이 생겨나 우글거리게 되었다.

그는 서로 싸우는 바람들에 의해 까마득한 상공을 날아가, 물먹은 구름처럼 때로는 여기 때로는 저기에 머무르면서 저 아래 멀리 떨어진 땅들을 내려다보며 온 세상을 날아갔다. 그는 세 번이나 차가운 곰 별자리를 보았고 세 번이나 게 별자리의 집게를 보았다. 바람이 그를 서쪽으로 데려갔는가 하면 동쪽으로 데려가기도 했다. 이제 날이 저물자, 어둠에 몸을 맡기기를 두려워하면서 그는 서쪽 세계에 멈추었는데 바로 아틀라스의 왕국이었다. 잠시 휴식을 취하면서 루키페르가 〈새벽〉을 불러오고 대낮의 밝은 수레를 이끌고 나올 때까지 기다릴 작정이었다.

여기에 거대한 몸집으로 모든 인류를 제압하는, 이아페투스의 아들 아틀라스가 있었다. 지구의 가장 먼 땅이 이 왕의 지배 아래 있었고, 태양신의 숨찬 천마들이 잠겨 들고 그의 지친 수레바퀴를 받아 주는 바다도 여기에 있었다. 그의 풀밭에는 1,000마리의 양 떼와 같은 수의 가축 떼가 노닐었고 주위에는 영지를 공격해 오는 이웃들이 없었다. 밝은 황금빛으로 빛나는 나무들 잎사귀가 황금 가지와 황금 열매를 뒤덮었다. 페르세우스가 아틀라스에게 말했다.

「낯선 이여, 당신이 고상한 신분에 감명을 받는 분이라면 말해 주리다. 나는 유피테르의 아들이오. 하지만 위대한 업적을 더 숭상한다면 당신은 더욱더 나를 존경할 것이오. 나는 환대와 휴식을 원하오.」

하지만 아틀라스는 오래된 신탁에 유념하고 있었다. 파르나수스의 테미스가 다음과 같은 신탁을 주었던 것이다. 〈아틀라스, 너의 나무에서 황금이 다 떨어져 나가고 유피테르의 아들이 그 황금을 차지할 날이 올 것이다.〉

이런 사태를 두려워하여 아틀라스는 일찍이 과수원을 단단한 성벽으로 둘러쌌고 커다란 뱀을 두어 지키게 하면서 낯선 자들을 이 영지 안에 들어오지 못하게 단속했다. 이제 아틀라스는 페르세우스에게 말했다.

「여기서 썩 꺼지지 못할까? 네가 위대한 업적을 세웠다는 소리도 거짓말이고 네가 유피테르의 아들이라는 주장도 거짓말이다. 그런 황당한 얘기는 너에게 아무런 도움이 되지 못해.」

아틀라스는 위협하는 데 머무르지 않고 폭행할 셈으로 손을 쳐들면서 페르세우스를 쫓아내려 했다. 하지만 페르세우스는 온유한 말에 강력한 말을 섞어 말하면서 계속 남아 있었다. 그는 힘으로는 아틀라스를 당해 낼 수가 없었다. 이 세상에 누가 아틀라스의 힘을 능가할 수 있겠는가?

「나의 선의(善意)가 당신에게는 무의미한 것 같으니 이 선물을 받도록 하시오.」

페르세우스는 이 말과 함께 아틀라스에게 등을 돌리면서 왼손으로 메두사의 지저분한 얼굴을 들어 보였다. 아틀라스는 평소 덩치에 어울리게 거대한 산으로 변신했다. 수염과 머리카락은 숲으로 변했고 어깨와 손은 산등성이가 되었다. 머리는 산꼭대기의 정수리가 되었으며 뼈들은 암석이 되었다. 산의 각 부분은 점점 더 커져서(오, 신들이여, 당신들은 이렇게 결정하셨습니다), 하늘과 거기에 박힌 수많은 별들을 자기 어깨로 떠받치게 되었다. 662

페르세우스와 안드로메다

히포테스의 아들 아이올루스는 방금 바람을 아이트나산 밑에 있는 감옥에 가두었고 높은 하늘의 가장 밝은 별인 루키페르는 떠올라 인간들에게 어서 일 나가라고 재촉했다. 페르세우스는 다시 날개를 집어 들어 발에 묶었고 휘어진 칼을 허리에 찬 다음, 날개 달린 신발의 도움으로 허공을 가르며 날아갔다. 주위와 발아래에는 무수히 많은 땅과 종족이 있었다. 그는 아이티오피아 사람들과 케페우스 들판을 보았다. 그곳에서는 포악한 암몬이 안드로메다에게 벌을 내리라고 명령했다. 안드로메다 어머니가 구설에 올랐는데, 무고한 딸에게 죗값을 치르라고 했던 것이다. 아바스의 후예인 페르세우스는 가파른 벼랑에 양팔을 벌린 채 결박 당한 안드로메다를 보는 순간, 미풍에 흔들리는 그녀의 머리카락과 눈에서 흘러내리는 뜨거운 눈물이 아니었더라면 대리석 조각상으로 착각했을 것이다. 안드로메다를 보자마자 페르세우스는 무의식적으로 온몸이 불타올랐다. 안드로메다의 아름다움에 깜짝 놀라면서 압도되었고 너무나 충격을 받아 날개를 치는 것도 잊어버릴 지경이었다. 그는 거기 서서 이렇게 말했다.

「아, 당신을 쇠사슬로 묶어 놓다니 실로 천부당만부당합니다. 당신에게 필요한 것은 연인들 사이의 사랑의 결박뿐입니다. 당신에게 청하노니 내게 알려 주세요. 당신의 이름과 이 땅의 이름과 당신이 쇠사슬에 묶이게 된 이유를.」

처음에 안드로메다는 침묵을 지켰다. 처녀의 몸으로 남정네와 말을 나누기가 꺼려졌기 때문이다. 양손이 결박되어 있지 않았더라면 수줍어하며 손으로 얼굴을 가렸으리라. 그녀는 현재 상태에서 할 수 있는 것을 했다. 눈에서 눈물이 흘러넘쳤다. 페르세우스는 진상을 말해 달라고 더욱더 강하게 요구했다. 안드로메다는 혹시 말하지 않으면 수치스러운 비행이라도 저지른 것처럼 오해할까 봐, 자신의 이름, 그곳의 지명, 자신의 아름다움에 어머니가 엄청난 자부심을 품고 있다는 사실 등을 이야기했다. 하지만 이야기를 채 끝내지도 않았는데 바닷물이 크게 일렁이면서 괴물이 솟아올라 안드로메다를 제압했고 괴물의 가슴 아래는 바닷물이 넘실거렸다.

처녀는 비명을 내질렀다. 옆에는 슬픔에 잠긴 아버지와 어머니가 함께 있었다. 부모는 둘 다 슬퍼했으나 어머니가 더 슬퍼했다. 부모는 딸을 도우려 했으나 그렇게 하지 못해 눈물을 흘리며 가슴을 쳤다. 부모는 딸의 결박된 몸에 딱 달라붙어 있었다. 그때 예의 낯선 남자가 말했다.

「눈물은 나중에 천천히 흘려도 늦지 않습니다. 저 처녀에게 도움을 줄 수 있는 시간은 아주 짧습니다. 나는 유피테르가 임신시킨 다나에의 아들 페르세우스입니다. 다나에가 아버지에 의해 감옥에 유폐되어 있을 때 유피테르가 황금 소나기로 변신하여 찾아왔었지요. 나는 또한 머릿단이 머리카락이 아니라 모두 뱀으로 이루어진 고르곤을 죽였고 날개 달린 신발을 신고 미풍을 가르며 하늘을 날아갑니다. 두 분은 어떤 남자보다 나를 사윗감으로 선호할 겁니다. 신들이 나의 소행을 좋게 보신다면, 이제 나의 과거 업적에 보람 있는 도움을 하나 추가할까 합니다. 나는 두 분에게 제안합니다. 만약 나의 용기로 저 처녀를 구해 낸다면 따님을 나에게 주십시오.」

부모인 케페우스와 카시오페는 제안을 받아들였을 뿐 아니라(누군들 그것을 망설이겠는가?) 딸을 구해 달라고 애원했고 신부 지참금으로 그들의 왕국을 주겠노라고 약속했다.

그런데 보라. 선원들이 땀 흘려 힘차게 노를 저음으로써 선수에 고정한 부리가 바다 물살을 힘차게 헤치며 나아가는 빠른 배처럼, 거대한 바다 괴물이 양쪽으로 갈라지는 파도를 가슴으로 밀어내며 앞으로 나왔다. 괴물과 절벽까지의 거리는 발레리아스 투석기를 쏘면 납탄이 공중을 날아 도착할 만한 거리였다. 젊은이는 갑자기 발을 굴러 하늘 높이 구름 속으로 들어갔다. 괴물은 바다 표면에 비친 페르세우스의 그림자를 마구 흩어 놓았다. 텅 빈 들판에서 햇빛을 받아 비늘을 반짝거리는 뱀을 본 유피테르의 재빠른 독수리가 급히 하강하여 놈의 목덜미를 움켜쥠으로써 그 독을 뿜는 아가리를 쳐들지 못하게 하듯이, 페르세우스는 하늘 높은 곳에서 수직 하강하며 바다 괴물을 공격했다. 이나쿠스의 후손인 페르세우스는 괴물의 오른쪽 어깨에 칼을 깊숙이 박아 넣어 칼날의 손잡이 부분까지 들어가게 했다. 괴물은 깊은 상처를 입어 엄청난 고통을 느끼면서 하늘 높이 몸을 뒤틀어 올렸다가 물속으로 깊이 가라앉았고 사방에서 개 떼에 둘러싸여 겁먹으며 아우성치는 수퇘지 꼴이 되었다. 페르세우스는 빠른 날개를 휘저으며 괴물의 무시무시한 아가리를 피했다. 그리고 괴물이 허점을 보이는 부위, 가령 노란 딱지가 덕지덕지 붙어 있는 등, 옆구리의 갈비뼈, 물고기처럼 가느다란 꼬리 부위를 초승달 모양의 칼로 마구 찔러댔다. 페르세우스는 물에 젖은 신발이 못 미더워 주위를 둘러보다가 바다에서 비쭉 솟은 암초를 보았다. 윗부분이 바닷물의 움직임에 따라 드러났다가 가라앉았다 하는 암초에 몸을 기대고 왼손으로 돌부리를 잡으면서 오른손으로 괴물의 내장에 칼을 서너 번 후벼 넣으며 공격하고 또 공격했다.

해안에서 그리고 천상에서 함성과 찬양 소리가 울려 퍼졌다. 카시오페와 케페우스는 페르세우스를 사위로 맞아들였고 집안의 구원자로 인정했다. 사슬에서 풀려난 처녀가 앞으로 나왔다. 그녀는 페르세우스가 기울인 노력의 보상이며 노력의 원인이기도 했다. 승리자는 물을 떠서 양손을 씻었다. 머리카락이 모두 뱀으로 이루어진 메두사 머리가 해변의 모래에 손상될까 우려하여, 잎사귀로 바닥을 부드럽게 하고 해초를 깐 다음 포르쿠스의 딸 메두사의 얼굴을 내려놓았다. 잎사귀와 해초는 신선하여 물기 많은 조직이 여전히 살아 있었으나, 메두사의 머리에 접촉하자 괴물의 위력을 흡수하여 기이하게도 가지와 잎사귀가 뻣뻣해졌다. 바다의 님프들은 이를 기이하게 여겨서 더 많은 잔가지를 모아 왔는데 역시 동일한 현상이 나타났다. 그들은 파도 속으로 해초를 던졌는데, 심지어 오늘날까지도 산호초의 성질은 그대로 남아 있어서 공기에 접촉하면 딱딱하게 굳어진다. 바닷속에서는 잔가지였다가 바다 위에서는 바위가 되는 것이다.

페르세우스는 세 신을 위한 제단을 세웠다. 왼쪽에는 메르쿠리우스, 오른쪽에는 당신, 전사의 여신이신 미네르바, 그리고 중간에는 유피테르의 제단이 서 있게 되었다. 미네르바 여신에게는 암소를, 날개 달린 발을 가진 신에게는 송아지를, 최고신에게는 황소를 희생 제물로 바쳤다. 페르세우스는 위대한 업적의 보상인 안드로메다를 지참금 없이 즉시 취했다.

이제 〈사랑〉과 〈결혼〉이 결혼식 횃불을 흔들어 댔다. 불에 태우는 향료의 풍성한 연기가 공기 중에 가득 퍼져 나갔다. 지붕에는 축하 화환이 걸렸고 온 사방에서 리라와 플루트와 노래 소리가 울려 퍼졌다. 모두들 즐거운 마음으로 행사에 참여하고 있다는 증거였다. 이중문이 열리면서 거대한 연회장이 드러났고 케페우스의 귀족들은 왕이 성대하고 아름답게 진설한 연회에 참석했다. 764

페르세우스와 메두사

연회가 끝나고 고상한 바쿠스 신의 선물로 마음이 느긋해졌을 때, 페르세우스는 그 지방의 농업, 풍속, 사람들의 관습과 특성 등이 어떤지 물었다. 어느 제보자가 질문에 답변을 하고는 말했다.

「오 용감한 전사인 페르세우스여, 이제 우리에게 말해 주소서. 당신이 머리카락이 온통 뱀으로 이루어진 괴물을 상대로 어떤 용기와 기지를 발휘하여 머리를 떼어 낼 수 있었는지.」

아게노르의 후예인 페르세우스는 차가운 아틀라스 밑에 있는 땅 이야기를 해주었다. 그곳은 단단한 암반에 의해 안전하게 보호를 받고 있는데 입구에는 두 자매가 살았다. 포르쿠스의 딸들인 두 자매는 하나의 눈알을 나누어 썼다. 한 자매가 다른 자매에게 눈알을 건네줄 때, 영리한 페르세우스는 꾀를 발휘하여 교묘하게 눈알을 훔쳤다. 그는 아주 깊은 오지들과 거친 숲으로 뒤덮인 암벽 지대를 지나 고르곤의 고향에 도착했다. 들판과 소로 등 여기저기에서 메두사의 눈빛을 보고는 그만 석상으로 굳어져 버린 사람들과 들짐승들을 보았다.

하지만 페르세우스는 왼손에 들고 있는 청동 방패에 반사된 메두사의 끔찍한 얼굴만 보았을 뿐 직접 보지는 않았다. 머리카락을 이루는 뱀들과 여주인이 깊은 잠에 떨어지자 그는 메두사의 목에서 머리를 떼어 냈고, 절단된 목에서 뿜어져 나오는 피에서는 날개 달린 천마 페가수스와 그의 형제가 탄생했다. 페르세우스는 거짓말을 한마디도 보태지 않고 자신이 해온 여행이 얼마나 위험한지를 말해 주었다. 또 하늘 높이 날아올랐을 때 내려다보았던 바다와 땅들, 날개 치며 하늘로 올라가 보았던 별들에 대해서도 말해 주었다.

하지만 케페우스의 귀족들이 예상한 것보다 일찍 말을 마쳤다. 그러자 귀족들 중의 하나가 왜 자매들 중에서 오로지 메두사만이 머리에 뱀들이 우글거리며 사느냐고 물었다. 페르세우스는 대답했다.

「당신이 알고 싶어 하는 것은 얘기할 만한 가치가 있습니다. 잘 들으세요. 메두사는 뛰어나게 아름다웠고 많은 귀족의 선망의 대상이었습니다. 신체 부위 중에서 머리카락이 가장 아름다웠지요. 나는 메두사의 머리카락을 직접 보았다고 말하는 사람을 만난 적이 있습니다. 바다의 신 넵투누스가 미네르바의 신전에서 메두사를 욕보였다고 합니다. 유피테르의 딸 미네르바는 고개를 돌리면서 방패로 자기 얼굴을 가렸습니다. 메두사의 그런 소행을 징벌하기 위하여 여신은 메두사의 머리카락을 지저분한 물뱀 무더기로 바꾸어 버렸습니다. 심지어 여신은 적들에게 위협과 공포를 안겨 주기 위해 메두사의 머리카락이 된 뱀들을 자신의 방패에 그려 넣었습니다.」 803

제5권

무기와 노래의 경합

페르세우스와 피네우스

다나에의 영웅적인 아들 페르세우스가 케페우스의 손님들 사이에서 이 사건을 회상하는 동안, 한 무리가 소리치며 들어와 왕의 연회장을 가득 채웠다. 기쁨에 겨워 소리 질러 결혼을 축하하는 게 아니라 잔인한 싸움을 걸어 오는 것이었다. 연회장은 갑작스럽게 폭동 장소로 바뀌었다. 잠잠하던 바다가 불어오는 거센 바람에 파도를 일으키며 노호하는 현장과 비슷했다. 무리의 우두머리는 피네우스로서, 무모하게 이 싸움을 일으킨 장본인이었다. 그는 청동 꼭지가 달린 회양목 장창을 휘두르고 있었다. 피네우스는 소리쳤다.

「보라! 나는 내 약혼자를 빼앗아 간 자에게 복수하기 위해 여기에 왔다. 너의 날개는 도움이 안 되고 황금 소나기로 변신한 유피테르도 소용없을 것이다. 이제 내가 벌이려는 파괴 행각에서 너를 지켜 주지 못하리라.」

피네우스가 창을 던지려 하자 케페우스 왕이 소리쳤다.

「대체 지금 무슨 짓을 하고 있는 건가? 형제여, 무슨 생각으로 범죄 행위를 저지르려 하는가? 이게 페르세우스의 노고에 대한 보답인가? 딸애의 목숨을 구해 준 선행을 이런 지참금으로 보답하려는 것인가? 사실을 파악하면 알겠지만, 딸애를 자네에게서 빼앗아 간 이는 페르세우스가 아닐세. 저 음울한 바다의 님프들, 이마에 뿔 달린 암몬, 바다 괴물 등일세. 특히나 바다 괴물은 딸애의 내장을 파먹으려고 달려들었지. 딸애는 가만 놔두었더라면 죽을 운명이었네. 자네는 너무도 모질어서 그런 일이 벌어지기를 바랐고, 만약 딸애가 죽었더라면 자네의 수치심을 감추려고 슬퍼하는 척하면서 자네의 슬픔이 나의 슬픔 못지 않은 양 행세했겠지. 그걸로도 충분치 않았는지 자네는 딸애가 결박되는 동안 구경만 했고 삼촌 혹은 약혼자로서 아무런 도움도 주지 않았지.

그래놓고 딸애를 구해 준 사람이 보상으로 딸애를 취하겠다 하니 슬퍼할 수 있단 말인가? 딸애가 그처럼 소중했다면, 절벽에 결박되어 있을 때 자네가 구해 줄 생각을 왜 하지 못했단 말인가? 당연한 얘기지만, 행동하는 자가 상을 얻는 것이다. 페르세우스는 공을 세웠고 나와 약속했기에 딸애를 차지할 자격이 충분하다. 덕분에 이 애비는 딸애를 잃지 않게 되었다. 자네를 일부러 배척한 게 아니네. 죽을 수밖에 없었던 딸애를 구했기 때문에 그를 사위로 선택한 것이다.」

피네우스는 아무 대답도 하지 않고 케페우스와 페르세우스를 번갈아 노려보았다. 누구에게 먼저 창을 던져야 할지 모르는 표정을 지었다. 그는 잠시 뜸을 들이더니 분노에 복받쳐서 혼신의 힘을 다하여 페르세우스에게 창을 던졌으나 헛수고였다. 창이 소파에 들이박히자 페르세우스는 얇은 담요를 걷어차며 자리에서 벌떡 일어나 예의 창을 뽑아들고 다시 던졌다. 만약 피네우스가 제단 뒤로 숨지 않았더라면 맹렬하게 날아온 창에 가슴이 꿰뚫리고 말았을 것이다. 그러나 수치스럽게도 제단이 죄인을 도와주었다.

하지만 영 효과가 없는 것은 아니었다. 창끝은 피네우스의 부하 로이투스의 이마에 박혔다. 그자는 땅에 쓰러졌고 뼈 속 깊이 박힌 창을 뽑아내며 고통 속에서 버둥거렸다. 연회장 식탁은 그의 피로 더럽혀졌다. 거친 무리들은 억누를 수 없는 분노에 사로잡혀 온몸이 불타올랐다. 그들은 무기를 집어 던졌고 심지어 케페우스와 사위를 죽이라고 소리치는 자들도 있었다. 하지만 케페우스는 왕궁의 복도 밖으로 빠져나갔고 〈신의〉와 〈정의〉와 〈환대〉의 신들을 부르면서 맹세코 이런 소동이 자신의 소행이 아니라고 밝혔다.

전사 여신 팔라스가 나타나 방패로 남동생 페르세우스를 보호하면서 용기를 불어넣었다.

피네우스의 부하 중에는 인디아에서 온 아티스라는 젊은이가 있었다. 이 청년은 강게스 하신의 딸 림나이가 유리 같은 수면 아래에서 낳았다고 한다. 아티스의 외모는 뛰어났고 멋진 복장으로 아름다움이 더욱 돋보였다. 나이는 열여섯, 용모는 신선했고 가장자리가 황금으로 장식된 자줏빛 겉옷을 입었다. 황금 칼라로 목을 장식했고 휘어진 머리띠로 몰약을 바른 머리카락을 단단히 묶었다. 창을 던지는 실력이 뛰어나서 아무리 멀리 떨어진 물체라도 정확하게 꿰뚫을 수 있었는데, 실은 활 쏘는 실력이 더 뛰어났다. 소동이 벌어진 순간에 아티스는 막 활을 당기고 있었는데, 페르세우스가 제단 한가운데서 연기를 내며 타고 있던 막대기를 집어 들어 아티스의 얼굴을 후려쳐 두개골을 박살내 버렸다. 아시리아인 리카바스는 자신이 숭배하는 친구 얼굴이 피투성이가 되자 — 그는 아티스의 제일 친한 친구였고 아티스에게 진정한 사랑을 느꼈으며 이를 감추지 않았다 — 처참한 상처를 남기고 숨이 끊어진 친구를 위해 눈물을 흘렸다. 이어 아티스가 잡아당기던 활을 집어 들고 소리쳤다.

「자 이제 내가 네놈을 상대하겠다. 이제 너는 저 소년의 운명을 두고 오래 기뻐하지 못할 것이다. 운명은 네놈에게 영광보다는 증오를 가져다줄 것이다.」

리카바스가 이 말을 다 마치기도 전에 날카로운 화살이 번쩍거리며 시위를 떠나갔다. 화살은 페르세우스를 정통으로 맞히지 못하고 겉옷 주름에 들이박혔다. 아크리시우스의 아들 페르세우스는 메두사 정복으로 소문 높은 언월도를 높이 쳐들어 칼날을 리카바스의 가슴에 박아 넣었다. 그는 서서히 죽어 갔고 어둠이 닥쳐오는 가운데 빙빙 도는 두 눈은 아티스 쪽을 돌아보다가 벗의 시체 위로 쓰러졌다. 친구와 죽어서 한 몸이 되었다는 데 위안 삼으며 리카바스는 저승으로 갔다.

그때, 메티온의 아들 포르바스와 리비아인 암피메돈이 나타났다. 싸움을 하고 싶어 온몸이 근질거리던 차에 앞으로 나서다가 연회장 바닥을 흥건히 적신 따뜻한 피 때문에 발을 헛디뎌 미끄러졌다. 막 일어서려는데 페르세우스의 칼이 암피메돈의 갈비뼈와 포르바스의 목구멍을 파고들었다. 이어 악토르의 아들 에리투스가 넓은 양날 도끼를 휘두르며 달려들었는데 페르세우스는 이번엔 언월도로 상대하는 대신 양손으로 거대한 그릇 — 인물상이 부조로 새겨져 있는 엄청나게 무거운 그릇 — 을 들어 에리투스를 내리쳤다. 그는 입에서 주홍빛 피를 내뿜었고, 단말마의 고통 속에서 얼굴을 하늘 쪽으로 향한 채로 쿵 소리를 내며 머리통을 땅에 처박았다. 이어 페르세우스는 세미라미스 여왕의 후예인 카우카수스인 아바리스를 쳐 넘겼고, 스페르케오스 해안 출신인 리케테스를 무찔렀으며, 수염을 깎지 않는 헬리케스, 플레기아스, 클리투스를 차례로 쓰러뜨렸다. 영웅은 죽은 자들의 시체 더미를 마구 밟고 돌아다녔다.

피네우스는 감히 적과 맞서 싸우지는 못하고 멀리서 창을 던졌는데, 겨냥을 잘못하여 창이 이다스에게 꽂혔다. 이다스는 싸움에 끼지 않고 중립을 지키려 했으나 헛된 노력이었다. 이다스는 무자비한 피네우스를 음울한 눈빛으로 응시하면서 말했다.

「내가 어느 한편을 들도록 강요 당했으므로, 피네우스여, 너 스스로 만든 적의 공격을 받아들여라. 너는 나의 상처에 대하여 똑같은 상처로 대가를 지불해야 할 것이다.」

몸에서 창을 빼내 막 던지려는 순간, 이다스는 피를 너무 많이 흘려 의식을 잃고 쓰러졌다.

이어 케페우스 왕 다음의 지위에 있는 호디테스가 클리메누스의 칼에 맞아 죽었다. 프로토이노르는 히프세우스의 칼에 쓰러졌고 다시 히프세우스는 린케우스 아들의 칼에 죽었다. 그들 중에는 나이 든 에마티온도 있었는데, 옳은 일에 힘쓰고 신들을 두려워하는 자였다. 에마티온은 나이가 많아 직접 싸움에 가담하지는 못하고 말로 싸웠는데 다가오는 적들의 사악한 무기를 비난했다. 에마티온이 떨리는 양손으로 제단을 껴안고 있는데, 크로미스가 칼로 쳐서 노인의 목을 떨어트렸다. 잘린 머리는 제단 위로 떨어졌고 절반쯤 살아 있는 혀에서는 아직도 저주의 말이 흘러나왔으나 에마티온의 마지막 숨결은 제단의 화염 속에서 끊겨 버렸다.

그다음에 쌍둥이 형제인 브로테아스와 암몬이 나섰다. 이들은 권투 선수였고 만약 권투 장갑이 칼을 이길 수 있다면 천하무적이 되었을 것이다. 쌍둥이는 피네우스의 손에 쓰러졌고 하얀 머리띠로 이마를 묶은 케레스의 사제 암피쿠스도 같은 운명을 맞았다. 그리고 너 람페티데스여, 그대는 이런 일에 끼어들면 안 될 사람이었다. 목소리에 리라 반주를 맞추는, 평화로운 작업을 사랑하는 자로서 네 노래로 연회장을 빛내라며 초청을 받지 않았던가.

람페티데스가 싸움에는 안 어울리는 리라[1] 튕기는 채를 들고 어정쩡하게 서 있자 파이탈루스가 그를 조롱하며 말했다.

「네 노래의 남은 대목을 마저 부르면서 저승으로 내려가도록 해라.」

파이탈루스는 가인(歌人)의 왼쪽 관자놀이를 찔렀다. 가인은 쓰러졌고 죽어 가면서도 손가락으로 리라의 줄을 다시 뜯었고, 슬픈 음악 소리와 함께 가인도 노래도 끝났다. 용맹한 리코르마스는 가인을 죽인 자를 응징하려고 나섰다. 오른쪽에 있던 문기둥에서 참나무 막대기를 확 잡아채어 파이탈루스의 목을 내리쳐 목뼈를 부러트렸다. 그자는 희생 제물이 된 수소처럼 땅바닥에 쓰러졌다. 키니피아 사람 펠라테스가 왼쪽 문기둥의 참나무 막대기를 잡아채려고 막 손을 내미는데, 마르마리카 출신 코리투스의 창끝이 그의 오른손을 꿰뚫고 나무 문기둥에 가서 박혔다. 이때 아바스가 문기둥에 매달린 그의 옆구리를 칼로 찔렀고 피가 흘러내렸다. 하지만 펠라테스는 문기둥에 매달린 채 쓰러지지 않았고, 오른손이

1 고대 그리스의 7현금.

문기둥에 박힌 채로 서서히 죽어 갔다.

페르세우스의 부하인 멜라네우스 또한 죽어 넘어졌고 리비아 땅에서 가장 부유한 자인 도릴라스도 죽었다. 도릴라스는 엄청난 토지를 소유한 땅 부자였다. 누구보다 넓은 영지를 소유했고 어느 땅보다 많은 옥수수를 생산하는 들판을 가졌다. 날아온 창이 그의 사타구니에 비스듬히 꽂혔다(치명적인 급소다). 창을 던진 박트리아의 할키오네우스는 마지막 숨을 내쉬는 도릴라스를 보고서 눈알을 굴렸다.

「그렇게 많은 땅을 가지고 있지만 정작 죽을 때 드러눕는 땅은 얼마 안 되는구나.」

할키오네우스는 그렇게 말하고 숨이 끊긴 시체를 지나갔다. 하지만 페르세우스는 복수를 위해 아직도 따뜻한 상처에서 창을 뽑아내어 할키오네우스에게 던졌다. 창은 그자의 코로 들어가 목덜미로 나와서 양쪽으로 비쭉 튀어나온 꼴이 되었다. 〈행운〉이 그를 돕는 동안, 페르세우스는 클리티우스와 클라니스를 죽였다. 이들은 한 어머니에게서 태어났으나 입은 상처는 달랐다. 페르세우스는 팔에 힘을 주고서 두 개의 주목 창을 던졌다. 하나는 클리티우스의 양 허벅지를 꿰뚫었고, 다른 하나는 클라니스의 입을 관통했다. 멘데스의 켈라돈도 쓰러졌고 아스트레우스도 쓰러졌다. 이 둘은 팔라이스티나 어머니와 국적 불명의 아버지에게서 태어난 자들이었다. 한때 미래를 내다볼 정도로 예리했으나 기만적인 새[鳥]에게 속아 넘어간 아이티온도 쓰러져 죽었다. 왕의 무기를 운반하는 토악테스, 아버지를 죽여서 악명이 높은 아기르테스도 쓰러졌다.

페르세우스는 많은 것을 이루었으나 여전히 할 일이 많이 남아 있었다. 그들은 담합하여 이 영웅만을 죽이려 들었고, 온 사방에서 들고 일어나 신의를 저버리고 사사로운 목적을 위해 무가치한 싸움을 벌이기로 음모를 꾸몄던 것이다. 페르세우스 편에는 헛되이 충성스러운 지원을 약속하는 장인이 있었다. 새 아내와 아내의 어머니 역시 영웅의 편에 서 있었고 연회장이 울리도록 비명을 질렀다. 하지만 무기가 서로 부딪치는 소리와 쓰러진 자들의 신음 소리가 여자들의 비명 소리를 제압했다. 한편 맹렬한 벨로나[2]는 이 집을 피로 물들임으로써 집안의 가신을 부끄럽게 했고 새롭게 갈등을 일으키고 더욱 부추겼다.

영웅은 혼자서 피네우스와 그를 따라온 1,000명의 부하들에게 포위 당했다. 겨울 우박보다 더 많은 무기가 영웅의 양옆과 눈과 귀 옆을 스쳐 날아갔다. 그는 커다란 석조 기둥에 어깨를 기대고 뒤쪽의 안전을 확보한 뒤 자신을 노리고 달려드는 무리들을 물리쳤다. 왼쪽에서는 카노니아의 몰페우스가 버텼고 오른쪽은 나바타이아의 에케몬이 맡았다. 서로 다른 계곡에서 음매 하고 울어대는 두 무리의 소 떼 소리를 듣고 엄청난 허기에 시달리는 암호랑이가 어느 계곡을 먼저 공격할지 몰라 두 계곡을 동시에 공격하고 싶어 하듯 페르세우스는 오른쪽을 먼저 칠지 왼쪽을 먼저 칠지를 두고 망설였다. 그러다가 몰페우스의 오른쪽 다리를 찔러 그를 도망치게 하는 것으로 만족했다. 왜냐하면 에케몬이 여유를 주지 않고 달려들어 사태가 급박했기 때문이다. 에케몬은 영웅의 목에 깊은 상처를 입히려고 힘을 적절히 조절하지 않고 칼을 무턱대고 찔러 댔는데 석조 기둥 가장자리에 부딪힌 칼이 부

2 전쟁신 마르스의 아내.

러지고 말았다. 부러진 칼날은 튀어 오르며 주인의 멱살을 쳤으나 사망에 이를 정도의 타격은 아니었다. 에케몬은 겁을 집어먹고 무기력한 양팔을 앞으로 내밀었으나 페르세우스는 메르쿠리우스의 언월도를 그의 몸속 깊숙이 찔러 넣었다.

하지만 적들의 수가 너무 많아 중과부적임을 알아차리고 페르세우스는 말했다.

「너희들이 강요하기 때문에 할 수 없이 내 적의 도움을 받으려 한다. 여기 내 친구들이 있다면 고개를 돌리도록 하라.」

페르세우스가 고르곤의 머리를 쳐들 때 테스켈루스가 조롱하듯 말했다.

「네놈의 기적에 신경 쓰는 자가 어디 있는지 찾아봐라.」

테스켈루스는 치명적인 창을 던지려던 자세 그대로 굳어져서 대리석 조각상이 되었다. 옆에 있던 암픽스는 린케우스의 가장 이름 높은 후예인 페르세우스의 가슴을 칼로 찌르려 했으나 오른손이 굳어져서 옴짝달싹하지 못했다. 그 옆에는 닐레우스가 있었다. 자신이 지류가 일곱인 닐루스강에서 태어났다고 사칭하면서 방패에 금과 은으로 일곱 지류를 새겨 넣은 자였다. 닐레우스는 이렇게 소리쳤다.

「페르세우스, 내 종족의 근원을 한번 보아라. 네가 이처럼 위대한 사람의 손에 쓰러져 저승에 가면 죽어서도 위안이 될 것이다.」

이 말의 마지막 대목은 소리가 나오다가 말았다. 닐레우스는 입을 크게 벌려 말을 하려 했으나 소리가 구멍에서 새어 나오지 않았다. 에릭스가 그들을 비난하며 소리쳤다.

「너희들의 몸이 마비된 이유는 용기가 부족하기 때문이지, 고르곤의 위력 때문이 아니다. 나와 함께 돌격하여 마법의 무기를 팔아먹는 저 젊은 놈을 땅바닥에 쓰러뜨리자.」
막 공격에 나서려는 참인데, 땅이 에릭스를 옴짝달싹 못하게 붙들었고 그는 땅에 얼어붙은 채 움직이지 않는 돌로 변신하여 무장한 조각상이 되었다. 이런 자들은 합당한 징벌을 받은 것이었다. 그러나 페르세우스의 부하인 아콘테우스는 영웅을 위해 싸우다가 고르곤의 머리를 쳐다보았고 즉시 몸이 굳어져 돌이 되었다. 적군인 아스티아게스는 아콘테우스가 아직도 살아 있다고 생각하여 긴 칼로 그를 공격했다. 칼은 날카로운 쇳소리를 내며 튕겨져 나왔다. 아스티아게스는 아직도 놀라는 표정으로 온몸이 굳어졌고, 경이의 표정이 여전히 대리석 얼굴에 남아 있었다. 일반 군사들의 이름을 일일이 적으려면 시간이 오래 걸릴 것이다. 한바탕 싸움이 끝난 결과 1,000명 중 200명이 살아남았고 같은 숫자의 군사들이 고르곤의 머리를 쳐다보고 돌이 되었다.
마침내 피네우스는 자신의 어리석고 부당한 싸움을 후회했다. 이제 어찌해야 하나. 그는 서로 다른 자세를 취한 조각상들을 보면서 자신의 부하들을 알아보았고 이름을 하나씩 부르면서 도움을 청했다. 그는 가장 가까이 있는 군사들의 몸을 만져 보았는데 죄다 대리석상이었다. 피네우스는 고개를 돌리면서 양손을 내뻗어 애원하면서 패배를 인정했다.
「당신이 이겼습니다, 페르세우스. 괴물을 치워 주세요. 간절히 호소하오니 사람을 돌로 만드는 메두사의 얼굴을 치워 주세요. 어떤 여자인지 잘 모르지만. 나를 싸움으로 내몬 것은 증오나 통치욕이 아닙니다. 나는 약혼녀를 차지하기 위해 무기를 들었던 것입니다. 공로의 관점에서 보자면 당신이 더 우위에 있고, 시간의 관점에서 보자면 내가 더 우위에 있습니다. 미리 알아서 굴복하지 않은 것에 용서를 구합니다. 오 가장 용감한 이여, 허용해 주소서. 오로지 내 목숨만 살려 주시고 나머지는 모두 당신이 차지하소서.」

이렇게 말하면서도 피네우스는 간원의 대상을 감히 쳐다보지 못했다. 페르세우스가 대답했다.

「가장 비겁한 남자여, 내가 허용할 수 있는 것을 네게 주겠노라. 남자답지 못한 자여(너의 공포를 치워라), 네게 줄 수 있는 가장 큰 혜택을 허용하겠노라. 칼로 너를 해치지는 않을 것이다. 하지만 영원히 지속될 기념물을 내려 주겠다. 너는 우리 장인의 집에서 언제나 사람들의 눈길을 받을 것이다. 내 아내는 옛 약혼자의 조각상을 쳐다보며 자신을 위로할 수 있으리라.」

페르세우스는 포르쿠스의 딸 메두사의 얼굴을 피네우스가 겁먹은 얼굴을 돌린 쪽으로 내밀었다. 그는 더욱더 고개를 멀리 돌리려 했으나 목이 뻣뻣해졌고 눈물 어린 눈은 돌로 굳어졌다. 하지만 대리석 상태에서도 피네우스의 얼굴은 겁을 먹었고 간원하고 있었으며 양손은 복종을, 표정은 순종을 표했다.

승리를 거둔 아바스의 후예, 페르세우스는 아내와 함께 고향 도시인 아르고스로 돌아갔다. 그의 모자란 할아버지 아크리시우스를 옹호하고 복수하는 자로서 페르세우스는 작은할아버지 프로이투스를 공격했다. 이자는 무력으로 형인 아크리시우스의 도성을 빼앗았고 형은 도망쳐야 했었다. 프로이투스는 아무리 많은 무기를 들이대도, 비열하게 빼앗은 도성의 방어력을 동원해도, 뱀을 머리에 인 괴물의 음울한 눈빛을 이기지 못했다.

자그마한 고장인 세리포스의 통치자인 너 폴리덱테스여. 수많은 업적을 세워 잘 알려진 젊은 영웅이 용기를 내어 공을 세우고 수많은 불행을 겪었음에도 너는 완고하고 무자비한 증오심을 누그러뜨리지 않았다. 너의 엉뚱한 분노는 끝이 없었다. 심지어 영웅의 명성을 폄훼했고 메두사의 죽음은 거짓말이라고 주장했다. 이에 페르세우스는 말했다.

「내가 너에게 진실의 증거를 보여 주겠다. 네 눈으로 직접 보아라.」

페르세우스는 메두사의 모가지를 들어서 왕의 얼굴을 핏기 없는 돌로 변신시켰다. 249

미네르바가 무사를 방문하다

지금까지 미네르바는 황금 소나기가 낳은 남동생을 따라왔다. 하지만 이제는 텅 빈 구름에 휩싸여 세리포스를 빠져나갔다. 킨투스와 기아로스 섬들을 오른쪽에 두고 바다를 똑바로 가로질러 테바이를 지나 처녀 여신 무사가 사는 헬리콘산으로 갔다. 미네르바는 헬리콘산에 이르러 걸음을 멈추고 학식 높은 자매들에게 말했다.

「메두사의 자식, 날개 달린 말 페가수스가 땅을 박차며 하늘로 날아오를 때 말발굽의 힘으로 새로운 샘물이 생겨났다는 얘기를 들었습니다. 그런 기적을 보고 싶어 찾아왔습니다. 나는 페가수스가 어머니의 피에서 생겨나는 광경을 보기도 했습니다.」

무사의 막내인 우라니아가 대답했다.

「여신이여, 당신께서 우리 고장을 찾아온 이유가 무엇이든 간에 우리는 진심으로 당신을 환영합니다. 들으신 얘기는 사실입니다. 페가수스가 이 샘물의 근원입니다.」

우라니아는 팔라스를 신성한 샘물로 인도했다. 여신은 오랫동안 말발굽의 힘으로 생겨난 샘물을 찬탄했다. 이어 오래된 나무들이 가득한 숲을 둘러보면서 동굴들과 무수한 꽃들로 장식된 풀밭도 살펴보았다. 그러고는 〈기억〉의 딸들이 재주도 뛰어나지만 살고 있는 곳도 훌륭하다고 칭찬했다. 그러자 자매들 중 하나가 말했다.

「오 여신이여, 당신의 뛰어난 재주로 인해 더 훌륭한 일을 맡지 않았더라면 당신은 여기 오셔서 우리 합창대의 일원이 되셨을 겁니다. 당신은 진실만을 말하시고 우리의 재주와 고향을 칭찬해 주었으니까요. 만약 우리가 안전하기만 하다면 우리는 행운을 누린다고 보아야겠지요. 하지만 무엇도 죄악으로 향해 가는 마음을 막을 수는 없습니다. 그래서 처녀들의 마음은 심히 두렵기만 합니다.

저 무시무시한 피레네우스가 면전에서 얼씬거렸고 우리는 아직도 정신을 제대로 차리지 못했습니다. 저자는 트라키아의 병력을 동원하여 풍요로운 땅 다울리스와 포카이아의 들판을 점령하고 패악질을 일삼았습니다. 우리가 어느 날 파르나수스산의 신전을 찾아가고 있는데 그자가 기만적인 얼굴로 우리의 신성에 예를 표하고는 말했습니다.

〈《기억》의 딸들이여, (그는 우리를 알고 있었습니다.) 걸음을 멈추고 망설이지 마십시오. 청하노니 내 집에서 어두운 하늘과 폭우를 피하도록 하십시오. (장대비가 내리고 있었습니다.) 신들도 종종 자그마한 오두막에 들어오십니다.〉

우리를 환대하는 말과 험한 날씨에 마음이 움직여 우리 자매들은 고개를 끄덕이며 그자의 집 안뜰로 들어갔습니다.

비는 곧 멈추었습니다. 북풍 아퀼로가 남풍 아우스테르에게 승리를 거두어서 먹구름은 물러갔고 천상은 다시 청명해졌습니다. 우리는 이제 집에서 나오려 했지만 피레네우스는 문을 걸어 잠그고 우리를 겁탈하려 했습니다. 우리는 곧 날개를 펴서 그자의 집에서 달아났습니다. 피레네우스는 성채 꼭대기에 서서 곧 우리를 따라오려는 자세를 취했습니다.

〈당신들에게 길이 있다면 나를 위한 길도 있을 것이다.〉

피레네우스는 성탑 꼭대기에 있는 지붕에서 몸을 날렸고 얼굴이 땅바닥에 부딪히면서 두개골이 박살나고 말았습니다. 그자는 죽어 가면서 사악한 피로 대지를 물들였습니다.」

293

피에루스의 딸들

무사가 말하고 있는 동안 공중에서 날개 치는 소리가 들려왔고 인사를 건네는 목소리가 높은 데 있는 나뭇가지에서 흘러나왔다. 유피테르의 딸 미네르바는 고개를 쳐들어 누구의 목소리기에 저토록 낭랑한가 하고 물으면서 아마도 인간의 목소리일 거라고 생각했다. 그것은 새였다. 모두 아홉 마리였는데 자신들의 운명을 불평하고 있었다. 나뭇가지에 앉아서 온갖 흉내를 내는 이 새들은 까치였다. 무사는 놀라워하는 미네르바에게 이렇게 말했다.

「저들은 최근에 새들의 무리에 합류한 자들인데 내기에서 졌기 때문이지요. 사실은 펠라의 영주인 피에루스와 파이오니아 여자 에우이페의 딸들입니다. 에우이페는 아홉 번이나 출산의 신 루키나를 불렀고 아홉 번이나 출산을 했습니다. 이 맹랑한 자매들은 숫자가 많다 보니 가슴속에 헛바람이 들어갔고 테살리아와 아카이아의 도시들을 휩쓸고 돌아다넜습니다. 그러다 여기에 와서 방자한 말로 싸움을 걸었습니다.

〈당신들의 헛되고 달콤한 말로 무지몽매한 군중에게 사기를 치지 말라. 테스피아이의 무사 여신들이여, 당신들 능력에 그토록 자신이 있다면 우리와 한번 겨루어 보라. 목소리나 재주에서 우리는 결코 당신들에게 패배하지 않을 자신이 있다. 우리의 숫자 또한 당신들과 똑같이 아홉이다. 만약 당신들이 패배한다면 헬리콘산에 있는 메두사의 샘물과 아가니페 샘을 떠나라. 만약 우리가 진다면 마케도니아의 들판에서 멀리 떠나 눈 덮인 파이오니아까지 물러가겠다. 님프들을 이 시합의 심판으로 삼기로 하자.〉

인간들과 경쟁하기란 창피한 일이었지만 경쟁을 하지 않겠다고 하자니 더 창피한 노릇이었습니다. 님프들이 선정되어 강물에 대고 맹세했고 자연석 위에 좌정했습니다. 이어 제비를 뽑지 않고, 경쟁에 나선 인간들 중 하나가 먼저 자진하여 신들의 전쟁 노래를 불렀습니다. 거인족들을 높이고 위대한 신들의 업적을 능멸하는 노래였습니다. 대지의 가장 낮은 거처에서 파견된 거인 티포이우스가 천상의 신들을 위협하자, 신들은 등을 돌리고 달아났고, 지류가 일곱인 아이깁투스 땅의 닐루스강까지 도망쳤다는 노래였습니다. 또 땅에서 태어난 자 티포이우스가 여기에 도착하자 신들이 여러 가지 모습으로 변신해 몸을 숨기기에 바빴다는 얘기도 했습니다. 그 인간의 딸은 노래했습니다.

〈무리의 지도자인 유피테르는 숫양으로 변신했다. 그래서 리비아의 암몬의 뿔은 여전히 휘어져 있다. 델로스섬의 신 아폴로는 갈가마귀, 세멜레의 아들 바쿠스는 염소, 포이부스의 누이인 디아나는 고양이, 사투르니아인 유노는 눈같이 하얀 암소, 베누스는 물고기, 메르쿠리우스는 날개 달린 홍학으로 변신했다.〉

인간의 딸은 리라의 가락에 맞추어 여기까지 읊조렸습니다. 이제 우리 무사 차례가 되었습니다. 그런데 여신께서는 바쁘셔서 한가하게 우리의 노래에 귀 기울일 시간이 없으시겠지요?」

「망설이지 말고 당신들의 노래를 순서대로 해주세요.」

팔라스는 그렇게 대답하고 시원한 숲 그늘에 앉았다.

무사는 이렇게 대답했다.

「우리는 자매의 하나인 칼리오페가 우리를 대표하도록 하였습니다. 칼리오페는 풍성한 머리카락을 담쟁이로 묶었는데, 리라로 슬픈 곡조를 뜯으면서 이런 노래를 불러 나갔습니다. 340

칼리오페가 케레스에게 바치는 찬시

케레스는 처음으로 휘어진 쟁기로 땅을 파헤친 분이었습니다.

처음으로 대지에 옥수수를 주시고 부드러운 자양을 주신 분이었습니다.

또한 처음으로 대지에 법률을 주신 분이기도 합니다.

이 모든 것이 케레스가 내려 주신 선물입니다.

나는 그분에 대하여 노래 부르려 합니다.

아, 내가 여신께 걸맞은 노래를 부를 수 있다면 좋으련만!

345 진정으로 여신께서는 찬송을 받으실 만한 분입니다.

프로세르피나의 납치

시킬리아라는 섬은 거인의 몸에 세워졌습니다. 이 섬의 땅과 돌 밑에 티포이우스가 누워 있습니다. 감히 천상의 거처를 넘보려 했던 자이지요. 그는 실제로 꿈틀거리면서 일어서려고 했습니다. 하지만 그의 오른손은 이탈리아 본토의 펠로루스산 아래에 있고, 왼손은 당신, 파키누스의 곶에 묶여 있고, 두 다리는 릴리바이움산에 눌려 있습니다. 마지막으로 머리는 엄청나게 큰 아이트나산이 누르고 있지요. 이 산 아래에서 등을 대고 누운 티포이우스는 거대한 입에서 재와 화염을 뿜어냅니다.

종종 몸을 버둥거리면서 자신을 짓누르는 무거운 땅을 들어 올려 자신의 몸에서 도시들과 산들을 떨쳐 내려 합니다. 그러면 대지는 몸을 떨고 지하 세계의 왕 플루토는 땅이 열려서 커다란 틈이 쩍 벌어지고 틈새로 햇빛이 명부(冥府)로 뚫고 들어와 전율하는 망령들을 경악하게 만들지 않을까 하고 두려워합니다. 이런 재앙을 두려워하기 때문에 지하 세계의 왕은 종종 그림자 거처에서 나와 두 마리의 검은 말이 끄는 수레를 타고서 시킬리아섬의 지반을 조심스럽게 살펴봅니다. 조사 결과 대지에 아무런 균열이 없음을 확인하고서 왕은 근심을 거두어들이곤 했습니다.

어느 날 자신의 산에 앉아 있던 베누스가 지상을 배회하는 플루토를 보고서 날개 달린 아들 쿠피도를 껴안으며 말했습니다.

〈오, 나의 팔이요 손이요 힘인 내 아들, 쿠피도야, 천하무적인 너의 무기를 집어 들어라. 셋으로 나누어진 왕국의 세 번째 몫을 가져간 저 지하의 신 가슴에 네 화살을 쏘아라. 너는 천상의 신들과 유피테르, 그리고 바다를 지배하는 신들도 네 화살로 정복했다. 그러니 지하 세계인 타르타루스를 제외할 이유가 있느냐? 왜 너와 너의 어머니의 관할 지역을 확대하지 않느냐? 이 세상의 3분의 1이 아직도 우리 수중에 떨어지지 않았다. 그리고 천상에서(우리는 여기서 한없이 인내력을 시험 당하는구나!) 우리는 경멸을 당하고 있다. 나 자신의 힘은 물론이고 사랑의 힘마저 감소하고 있다. 너는 나를 업신여기는 팔라스와 사냥의 여신 디아나를 보지 못했느냐? 그리고 우리가 그냥 놔둔다면 케레스의 딸마저도 처녀로 남아 있게 될 것이다. 하지만 우리가 공유한 사랑의 원칙을 지키기 위해, 네가 온당하다고 생각한다면, 케레스의 딸 프로세르피나를 아저씨인 플루토와 맺어 주자.〉

베누스가 말을 마치자 쿠피도는 화살통을 열면서, 어머니가 요청한 대로 1,000개의 화살 중 가장 날카롭고 확실한 놈 하나를 뽑아들었어요. 화살은 활에 착 달라붙었어요. 그는 활을 무릎 위에 올려놓고 낭창낭창 부드럽게 휘어서 화살을 발사했어요. 쿠피도의 낚시 모양의 촉이 달린 화살은 플루토의 가슴을 관통했지요.

엔나의 성벽에서 그리 멀지 않은 곳에, 페르구스라는 수심이 깊은 호수가 있었어요. 이 호수의 표면에서는 백조들이 미끄러지면서 노래를 불러 댔는데 백조가 많은 카이스트로스강도 이 정도로 백조의 노래를 많이 듣지는 못했을 거예요. 온 사방에서 호수를 둘러싼 숲은 나무 잎사귀들로 마치 차양처럼 포이부스의 햇빛을 가려 주었어요. 나뭇가지들은 시원한 그늘을 던져 주었고 축축한 땅은 다양한 꽃들을 피워 냈어요. 또 영원한 샘도 있었어요. 프로세르피나는 이 숲에서 처녀다운 열성을 쏟아 제비꽃과 하얀 나리꽃을 따서 바구니에 담거나 무릎 가득 담았어요. 친구들보다 더 많이 따려고 애를 썼지요. 바로 이 순간 디스[3]가 그녀를 보고 매혹당하여 곧바로 납치했어요. 사랑에 빠진 디스는 그처럼 신속했어요. 겁먹은 처녀는 구슬픈 어조로 어머니와 친구들에게 호소했어요. 특히 어머니를 다급히 불렀지요. 그녀의 윗옷 위쪽 주름이 뜯겨져 나가자, 그동안 따 모은 꽃들이 헐렁한 윗옷에서 떨어져 내렸어요. 지난 세월 동안 오로지 처녀로만 지내온 프로세르피나는 납치를 당한 데다 따 모은 꽃들을 잃어버려 슬픔이 곱절이 되었어요.

약탈자는 수레에 재빨리 올라타서 두 말의 이름을 번갈아 부르면서 달리기를 재촉했어요. 플루토는 두 말의 목덜미와 말갈기 위에서 검게 염색한 고삐를 계속 흔들어 대면서 깊은 호수와 팔리키의 연못 위로 수레를 몰아 갔어요. 그 연못은 유황 냄새가 가득했고 대지의 균열을 틈타 스며 나온 펄펄 끓는 물로 넘쳤어요. 그는 바키아다이족 — 양쪽이 바다와 접하는 코린투스에서 온 종족 — 이 크기가 서로 다른 두 항구 사이에 건설한 도시에 다다랐어요.

키아네 샘과 피사[4]의 아레투사 샘 사이에는 한 줄기 강물 같은 폭이 좁은 바다가 흐르고 이 바다는 협소한 뿔 같은 두 땅 사이에 갇혀 있어요. 이 바닷속에 시킬리아의 가장 유명한 님프인 키아네가 살았고, 그녀 덕분에 이 만은 키아네라는 이름이 붙었어요. 키아네는 바닷속에서 갑자기 일어서서 상체를 허리까지 드러냈는데 프로세르피나를 알아보고 말

3 플루토의 별칭.

4 펠로폰네소스반도 서부 엘리스 지방의 알페우스강 인근의 도시.

했어요.

〈플루토, 당신은 더 이상 가서는 안 됩니다. 당신은 여자 어머니의 의사에 거슬러서 케레스의 사위가 될 수는 없습니다. 처녀에게 구애를 해야지 이런 식으로 납치를 해서는 안 됩니다. 제가 커다란 것을 사소한 것과 비교해도 된다면, 저 또한 아나피스의 사랑을 받았지만 결혼 전에 구애를 받았지 프로세르피나처럼 위협을 당하지는 않았습니다.〉

키아네는 이렇게 말하면서 양팔을 앞으로 내뻗어 플루토의 앞을 가로막았어요. 플루토는 더 이상 분노를 참지 않고 바다 깊은 곳으로 들어가라며 무시무시한 검은 말들을 채찍질하고 강건한 팔로 왕홀을 공중에 돌려 대더니 바닷속으로 던졌어요. 왕홀이 떨어진 곳의 땅이 쩍 갈라지면서 타르타루스로 가는 길이 열려 갈라진 틈 한가운데로 급전직하하는 검은 수레를 받아들였어요.

프로세르피나가 납치되고 자신의 샘물의 권리가 조롱 받아 슬퍼하던 키아네는 달랠 길 없는 상처를 혼자 묵묵히 감내하다가 눈물에 온몸이 녹아 버려서, 마침내 방금 전에 자신이 님프로 있었던 바다의 물이 되어 버렸어요. 그녀의 사지가 부드러워지고, 뼈들이 휘어지고, 손톱이 흐물흐물해지는 모습이 보일 정도였어요. 크기가 가장 작은 신체 부위부터 액화되었어요. 물빛 머리카락, 손가락, 다리와 발이 물로 변했지요. 가느다란 사지가 시원한 물로 변하는 것은 한달음이니까요. 이어 어깨, 등, 옆구리, 가슴이 폭이 좁은 바다 속으로 녹아들었어요. 마침내 키아네의 파괴된 혈관 속으로 붉은 피가 아니라 물이 흘러들었어요. 마침내 그녀의 몸에서는 손으로 잡을 수 있는 것이 하나도 남지 않게 되었어요.

한편 겁에 질린 어머니 케레스는 실종된 딸을 찾아 모든 땅과 물을 돌아다녔으나 헛수고였어요. 축축한 머리카락과 함께 오는 〈새벽〉은 케레스가 멈추는 모습을 보지 못했고, 초저녁별 헤스페루스도 딸 잃은 여신이 쉬는 것을 보지 못했습니다. 여신은 아이트나산의 소나무 가지에 불을 붙여 양손에 들고서 쉴 새 없이 서리 내린 어둠을 비추고 돌아다녔습니다. 관대한 대낮이 별들을 사라지게 하자, 해 지는 서쪽에서 해 뜨는 동쪽까지 딸을 찾아 헤매었습니다. 445

스텔리오

딸을 찾으려다 지친 나머지 케레스는 갈증이 생겨 입이라도 헹구고 싶었지만 샘물이 주위에 보이지 않았습니다. 그때 여신은 이엉 지붕을 올린 오두막을 발견하고 낮은 대문을 두드렸어요. 집 안에서 늙은 여자가 나와서 용건을 물었고 여신이 물 한 잔을 청하자 볶은 보리로 단맛을 낸 물을 건넸습니다. 여신이 물을 마시는 동안, 얼굴이 험악하고 모질게 생긴 소년이 여신 앞에 나타나 웃으며 탐욕스럽다고 말했습니다.

여신은 화가 났고 아직 다 마시지 못한 보리 섞인 물을 소년의 얼굴에 끼얹었어요. 소년의 얼굴에는 검은 점들이 박혔고 방금 전만 해도 양팔이 있던 곳에 다리가 생겼고 변신한 사지에는 꼬리가 붙었습니다. 소년은 엄청난 힘을 발휘하지 못하도록 몸집이 줄어들어 아주 작은 도마뱀으로 변신했습니다.

오두막의 늙은 여자는 깜짝 놀라면서 눈물을 흘렸고 이 괴물을 만지기를 두려워하였습니다. 소년은 늙은 여자로부터 달아나 은신처를 찾아갔고 자신의 몸에 별처럼 붙어 있는 얼룩 반점 때문에 스텔리오라는 이름을 얻었습니다. 얼룩 도마뱀이라는 뜻이랍니다.

461

케레스와 유피테르의 만남

케레스가 찾아 헤맨 땅과 물을 일일이 다 얘기하자면 한도 끝도 없을 것입니다. 간절히 찾아다니는 사람에게 너무 넓은 세상이란 있을 수가 없습니다. 여신은 시킬리아로 다시 돌아가 샅샅이 뒤지다가 마침내 키아네를 만났습니다. 만약 변신하지 않았더라면 그녀는 저간의 사정을 자세히 말해 주었을 겁니다. 한데 얘길 해주고 싶어도 입과 혀가 없어서 방법이 없었습니다. 하지만 그녀는 분명한 표시를 남겨 두었어요. 성스러운 물에는 케레스가 너무나 잘 아는 프로세르피나의 허리띠가 남겨져 있었어요. 여신은 그걸 보는 순간 딸이 납치되었다는 사실을 깨달았어요. 여신은 산발한 머리카락을 쥐어뜯었고 손바닥으로 가슴을 마구 두들겼습니다.

하지만 여신은 딸이 정확히 어디 있는지는 몰랐습니다. 온 땅이 배은망덕하고 곡식의 선물을 받을 자격이 없다고 비난했습니다. 케레스는 특히 딸이 실종된 흔적이 남은 시킬리아 땅을 거세게 비난했어요. 이어 여신은 흙을 갈아엎는 쟁기를 사납게 깨부수었고, 화가 나서 땅을 경작하는 농부와 황소를 똑같은 파괴의 운명에 몰아넣었고, 들판의 저장물을 못 쓰게 만들었고 씨앗을 말려 버렸습니다. 온 세상에 널리 알려져 있던 시킬리아의 풍요로운 다산성(多産性)은 파괴되었습니다. 곡식은 첫 이삭이 패기도 전에 죽었어요. 때로는 너무 강렬한 햇빛이, 때로는 너무 많은 비가 곡식을 망쳤고 별들과 바람이 풍해를 입혔으며 탐욕스러운 새들이 흩어진 씨앗을 주워 먹었습니다. 갈아엎을 수 없는 풀들이 수확을 가로막듯이, 독보리와 엉겅퀴와 뽑아 버릴 수 없는 잡초가 밀의 작황을 망쳐 놓았어요.

그러자 알페이아스가 사랑한 아레투사가 엘레아 물에서 머리를 들어 올렸고, 물이 뚝뚝 떨어지는 머리카락을 이마에서 귀 뒤로 쓸어 넘기며 말했어요.

〈오, 실종된 딸을 찾아 온 세상을 헤맨 곡식의 어머니여, 당신의 엄청난 노고를 이제 그만 멈추소서. 당신의 충실한 땅에 이런 폭력과 분노를 더는 터뜨리지 마소서. 땅은 그렇게 학대 받을 이유가 없습니다. 땅은 마지못해 못된 납치범에게 몸을 벌렸던 것입니다. 나는 타관 출신으로 내 고장을 위해 간원하는 게 아닙니다. 내 고향은 피사이고 가계를 따지자면 엘리스로 거슬러 올라갑니다. 나는 시킬리아에서 이방인으로 살고 있지만, 이곳은 어느 땅보다 내게 소중합니다. 나, 아레투사는 여기에 새로운 집을 꾸렸습니다. 이제 아름다운 시킬리아가 내 고향입니다. 오 실로 온유하신 이여, 당신이 이 고장을 살려 내야 합니다.

나는 고향을 떠나 거대한 바다의 흐름을 타고 오르티기아로 여행해 왔습니다. 이렇게 옮겨온 사정은, 당신이 근심을 덜고 안색이 좋아질 때 다시 말할 기회가 있겠지요. 항해하는 도중, 구멍 많은 대지가 길을 보여 주었습니다. 한번은 아주 낮은 동굴 사이로 흘러가다가 고개를 쳐들었는데, 전에 보지 못한 별들이 보이는 게 아니겠습니까! 내가 지하의 스틱스 강물을 따라 흘러가는 동안 두 눈으로 당신의 프로세르피나를 보았습니다. 그녀는 정말로 슬퍼했고 표정에는 아직도 공포가 채 가지시 않았어요. 하지만 그녀는 왕비였고 어두운 지하 세계의 첫째가는 귀부인이었습니다. 지하 세계 대왕의 막강한 아내였습니다.〉

케레스는 금방 들은 말에 충격을 받아 온몸이 돌처럼 굳어지는 듯했습니다. 한동안 벼락 맞은 사람 같은 모습이었습니다. 하지만 이 엄청난 충격은 더 씁쓸한 분노로 바뀌었고, 수레를 타고 천상으로 올라가 먹구름처럼 흐려진 얼굴과 실성한 사람처럼 산발한 머리로 유피테르 앞에 서서 화난 어조로 말했습니다.

〈유피테르, 나는 간원자로 당신을 찾아왔어요. 내 피의 소생이며 당신의 딸이기도 한 프로세르피나를 구하기 위해. 만약 그애의 어머니가 당신에게 아무런 영향력이 없다면 딸애로 인해 아버지의 마음이 바뀌길 바래요. 간원하오니, 내가 그애를 낳았다고 해서 딸애에 대한 당신의 관심이 소홀해지는 일이 없도록 해주세요. 들어 보세요, 내가 오랫동안 찾아 헤매던 딸을 마침내 발견했어요. 하지만 딸애의 실종을 확실히 알게 된 일이 어찌 발견이겠어요? 딸애가 어디 있는지 알아낸 것을 어떻게 발견이라고 하겠어요? 딸애를 납치해 간 행위는 참아 줄 수도 있어요. 딸애를 무사히 돌려주기만 한다면. 설사 백보를 양보해 그애가 더 이상 내 딸이 아니라 하더라도, 당신 딸을 도둑놈 남편에게 준다는 건 말이 안 돼요.〉

유피테르는 이렇게 대답했습니다.

〈그애는 내 딸일 뿐만 아니라 당신 딸이고 우리의 공동 책임이고 관심사요. 하지만 당신이 사태를 정확하게 파악한다면, 그건 강탈이 아니라 사랑의 행위임을 알게 될 거요. 여신이여, 당신이 기꺼이 응해 주기만 한다면 그가 사위가 된다

해도 우리에게 불명예가 아니오. 다른 것을 일일이 따지지 않는다고 하더라도, 유피테르의 형제라는 사실만으로도 대단한 거요. 게다가 요모조모 따져 보아도 그는 꿀릴 것이 없어요. 단지 세계를 몽땅 받지 못하고 3분의 1만 받았다는 점을 제외하면 나한테도 밀릴 게 없는 형제요. 하지만 그와 딸애를 갈라놓겠다는 당신의 열망이 이렇게 강하니 프로세르피나를 지상에 돌려주게 하겠소. 단 한 가지 분명한 조건이 있소. 딸애가 명계에서 입에 음식을 전혀 넣지 않았다는 사실이 증명되어야 하오. 이는 《운명》의 협약에 의해 결정된 것이오.〉 [532]

아스칼라푸스

유피테르가 말을 마쳤습니다. 케레스는 무슨 일이 있어도 딸을 지상으로 데려오겠노라고 굳게 결심했어요. 〈운명〉은 프로세르피나의 귀환을 허락하지 않았는데, 금식의 룰을 지키지 않았기 때문입니다. 그녀는 잘 가꾸어진 정원을 무심히 걷다가 휘어진 나무에서 주홍색 과일을 따서 창백한 껍질을 벗겨 내고 일곱 개의 씨앗을 꺼내 입속에 넣었던 것입니다.

유일한 목격자는 아스칼라푸스였습니다. 아베르누스의 님프들 사이에서는 잘 알려진 오르프네가 어두운 숲속에서 아케론과 동침을 해 그를 낳았다고 합니다. 프로세르피나의 행동을 제보하여 잔인하게도 그녀의 귀환을 막아 버렸습니다. 지하 세계의 왕비 프로세르피나는 신음하면서 이 불경한 제보자를 새[鳥]로 변신시켰어요. 그의 머리에 명계의 물을 뿌려서 부리, 깃털, 커다란 눈을 만들었습니다. 아스칼라푸스는 본래 모습에서 변신하여 황갈색 날개가 달리고 커다란 머리가 생겼습니다. 머리는 기다란 발톱 위에 축 처졌고 천천히 움직이는 양팔에 생긴 깃털을 거의 움직일 수도 없었어요. 그는 혐오스러운 새, 느려 터진 올빼미가 되었어요. 앞으로 닥쳐올 슬픔의 전령이자, 인간들에게 불길한 조짐을 알려

550 주는 새이지요.

아켈로우스의 딸들

아스칼라푸스는 제보의 혓바닥을 놀렸으니 벌을 받아도 싸다고 하겠지요. 하지만 너희, 아켈로우스의 딸들아, 너희는 어디서 깃털과 새 발을 얻었느냐? 얼굴은 여전히 처녀의 얼굴인데도. 프로세르피나가 봄철의 꽃을 꺾을 때, 너희 박식한 사이렌들도 더불어 무리를 이루고 있었기 때문이냐? 온 세상에서 그녀를 열심히 찾았으나 아무 소득이 없자 너희들은 바다 위를 날며 바다 건너 프로세르피나의 실종 소식을 전하게 해달라고 기도를 올렸느냐? 신들이 너희 소원을 받아들여 사지가 갑작스레 깃털로 덮여 황금빛이 되게 해주었느냐? 그리하여 너희는 근심하는 귀를 위로하려고 노래를 부르는 것이냐? 뛰어난 재주를 자랑하는 너희 입이 말하는 능력을 잃으면 안 되므로, 처녀적 얼굴과 인간의 목소리는

563 그대로 남은 것이냐?

프로세르피나의 변신

유피테르는 지하를 다스리는 형과 슬퍼하는 케레스를 중재하면서 한 해를 공평하게 절반으로 나누었어요. 이제 지상과 지하의 두 세계를 공유한 여신 프로세르피나는 남편과 6개월, 그리고 어머니와 6개월을 보낼 수 있게 되었지요. 지

상에 올라오는 순간 그녀의 안색과 마음은 완전히 변해 버려요. 디스에게도 슬프게 보였던 프로세르피나의 이마는 행복으로 반짝거리는 거예요. 마치 조금 전에 물을 잔뜩 머금은 구름에 가려졌던 태양이 구름을 제치고 푸른 하늘로 나온 모습 같았어요.

571

아레투사의 이야기

이제 프로세르피나가 돌아와 근심을 털어 낸 자상한 케레스는 아레투사에게 고향에서 도망친 이유가 무엇이냐고 물었어요. 〈어쩌다가 성스러운 샘물이 되었지?〉

물결은 잠잠해졌어요. 물의 여신은 고개를 쳐들고 깊은 샘에서 머리를 들어 올렸어요. 그러고는 손으로 초록 머리카락을 말리더니 오래전 사랑의 이야기를 털어놓았어요. 하신(河神) 알페우스의 열정과 관련이 있는데 아레투사는 이렇게 말했어요.

〈나는 아카이아에 사는 님프들의 일원이었습니다. 나처럼 즐겁게 숲을 돌아다닌 님프도 없고, 나처럼 열심히 동물의 덫을 놓은 님프도 없을 겁니다. 나는 아름답다는 소문이 나길 바라지 않았어요. 몸도 튼튼했지요. 하지만 사람들이 내 용모가 아름답다며 칭송하고 명성이 쌓여 갔지만 나는 전혀 기쁘지 않았습니다. 신체의 매력에 다른 여자들은 기뻐했지만 시골 여자인 나는 외려 부끄러웠고 남자를 즐겁게 하는 행위는 죄악이라고 생각했어요.

어느날 나는 스팀팔루스의 숲에서 사냥을 마치고 피곤에 절어 돌아오고 있었어요(그렇게 기억하고 있어요). 날은 무더웠고 몸을 심하게 움직였더니 두 배는 더 무덥게 느껴졌어요. 마침 냇물을 발견했어요. 소용돌이도 없이 조용한, 밑바닥까지 환히 보이는 냇물이었어요. 밑바닥의 조약돌을 일일이 셀 수 있을 정도였고 냇물이 흐르고 있다는 느낌이 전혀 들지 않았어요. 냇가에 밀생한 하얀 버드나무와 포플러나무는, 냇물 양쪽의 비스듬한 둑에 천연 그늘을 드리웠어요.

나는 냇물로 다가가 처음에는 발바닥을 대어 보고 이어 무릎까지 물에 담갔어요. 그걸로도 성에 차지 않아 얇은 옷을 벗어 휘늘어진 버드나무 가지에 걸어 놓고 알몸으로 물속에 뛰어들었어요. 내가 물속에서 천 가지나 되는 다양한 방식으로 팔과 다리를 놀려 잠수하고 전진하고 후진하는 동안, 물 한가운데서 뭔가 웅얼거리는 소리가 들렸어요. 나는 놀라고 겁이 나서 가까운 둑에 올라섰어요.

《아레투사, 너는 어디로 그리 급히 가느냐?》

그건 자신이 다스리는 물에서 나온 알페우스였어요.

《아레투사, 너는 어디로 그리 급히 가느냐?》

그는 쉰 목소리로 같은 말을 되풀이했어요.

물에서 나온 나는 벌거벗은 채로 달아났어요. 내 옷은 반대편 둑의 나뭇가지에 걸려 있었고요. 알페우스는 더욱 고집스럽게 나왔고 사랑으로 온몸이 달아올랐어요. 게다가 나는 알몸이었기 때문에 그의 공격적인 태도를 부추기는 것 같았어요. 나는 달아났고 저 흉측한 자는 나를 계속 쫓아왔어요. 나는 매를 피해 떨리는 날개를 퍼덕이며 달아나는 비둘기였고 알페우스는 떨고 있는 비둘기를 추적하는 매였어요. 나는 저 멀리 오르코메노스, 프소피스, 킬레네, 마이날로스의 분지, 날씨 차가운 에리만투스와 엘리스까지 달아났어요. 나는 계속 달아났고 알페우스는 나보다 더 빠르지는 못했어요.

하지만 힘이 똑같지 않기 때문에 나는 추격하는 알페우스를 완전히 떨쳐 낼 수가 없었어요. 그래도 들판, 나무들이 울창하고 돌들이 많은 산간 지대, 심지어 길이 없는 지역까지 달려갔어요.

태양은 등 뒤에 있었어요. 나는 발 앞에 기다란 그림자가 뻗치는 것을 보았어요. 어쩌면 나의 공포가 만들어 낸 허깨비인지도 몰라요. 알페우스의 발걸음 소리에 나는 겁을 먹었고 그의 입에서 뿜어져 나오는 가쁜 숨결은 내 머리카락을 동여맨 머리띠를 흔들었습니다. 필사적으로 달아났지만 이제 힘이 부쳐서 나는 말했어요.

《나는 곧 잡힐 것 같아요. 도와주세요, 디아나. 당신의 엽구(獵具) 운반자를. 당신이 사냥 나가실 때 제가 당신의 활과 통 속에 든 화살들을 들어 드렸지요.》

여신은 감동하여 빽빽한 먹구름 하나를 집어 들어 내게 던졌어요. 내가 어둠에 휩싸여 있으려니까, 추적자가 주위를 빙빙 돌았어요. 사정을 모르는 알페우스는 텅 빈 구름들 주위를 돌면서 여신이 나를 숨겨 준 장소를 부지불식간에 두 번이나 지나쳤어요. 그는 두 번이나 나를 불렀어요.

《오, 아레투사! 오, 아레투사!》

비참한 불행에 휩싸여 무슨 생각이 떠올랐겠어요? 높은 울타리 주위를 빙빙 도는 늑대의 울부짖는 소리를 듣고 있는 어린 양? 가시덤불 속에 숨어서 개들의 으르렁거리는 아가리를 쳐다보며 꼼짝도 못하는 산토끼? 하지만 그는 물러가지 않았어요(거기서 발자국이 그쳤음을 알아챘으니까요). 알페우스는 구름과 구름이 머무른 곳을 유심히 쳐다보았어요. 차가운 땀이 솟아나더니 내 온몸을 적셨어요. 내가 두 발을 딛고 선 곳은 축축해졌고 내 머리카락에서는 이슬이 내렸고 눈 깜짝할 사이에 내 몸은 물로 변신했어요. 하지만 알페우스는 자신이 사랑한 물을 알아보았어요. 그는 자신이 취했던 남자의 얼굴을 벗어 버리고 물로 변신하여 나와 함께 뒤섞였어요. 델로스섬의 여신 디아나는 땅을 짝 갈라놓았고 나는 어두운 동굴 속으로 추락하여 계속 지하를 흐르다가 오르티기아에 도착했어요. 여기는 내 여신의 이름을 지니고 있기에 내가 소중히 여기는 곳이고, 또 지하에 있던 내가 최초로 지상으로 올라온 땅이기도 하지요.〉 641

트리프톨레무스와 린쿠스

아레투사는 이렇게 말을 마쳤습니다. 곡식을 주관하는 여신은 두 마리 용들에게 수레를 끌게 하고서 재갈로 용들의 입을 제어하면서 하늘과 땅 사이의 허공을 날아가다가 아테나이에 도착했습니다. 케레스는 여신을 대신하여 농경을 널리 전파하는 트리프톨레무스에게 수레를 넘겨주었어요. 또한 농사에 쓰일 씨앗도 주면서 일부는 처녀지에, 일부는 오래 묵힌 땅에 뿌리라고 지시했어요. 이제 그 젊은이는 수레를 타고 유럽과 아시아의 상공을 날아가다가 스키티아의 왕국에 도착했습니다.

그곳의 왕은 린쿠스였어요. 트리프톨레무스는 궁전으로 들어갔고, 왕은 젊은이에게 어디서 왔고, 여행의 목적은 무엇이며, 이름과 출신지는 어떻게 되느냐고 물었습니다.

〈나의 고향은 저 유명한 아테나이입니다. 내 이름은 트리프톨레무스입니다. 나는 배를 타고 바다를 건너오지도 않았고 걸어서 땅을 거쳐 오지도 않았습니다. 나에게는 하늘의 길이 열려 있습니다. 나는 케레스의 선물을 가지고 왔습니다. 그것을 넓은 들판에 뿌리면 풍성한 수확을 누리고 질 높은 자양분을 얻을 것입니다.〉

야만인 왕은 질투심에 사로잡혔고 자신이 위대한 선물을 전하는 주인공이 되고 싶어 했습니다. 왕은 그를 환대하는 척했습니다. 트리프톨레무스가 깊은 잠에 빠져들려 하자 칼로 그의 가슴을 공격했어요. 왕이 가슴을 찌르려 하는데 케레스가 린쿠스를 스라소니로 변신시켰어요. 그리고 트리프톨레무스에게는 또다시 신성한 수레를 몰아 허공을 날아가라고 했습니다. 661

피에루스 딸들의 변신

우리 무사의 맏언니 칼리오페는 이렇게 그녀의 노래를 마쳤어요. 노래 시합의 심판으로 나섰던 님프들은 만장일치로 헬리콘산을 지키는 여신들의 손을 들어 주었어요. 패배한 피에루스의 딸들은 심판에게 욕설을 퍼부었어요. 그래서 나, 우라니아는 이렇게 말했어요.

〈시합에 졌으니 벌을 받아야 마땅한데 그걸로도 부족하여 너희는 더러운 욕설로 죗값을 높이고 있구나. 우리의 참을성에도 한도가 있어. 우리는 벌을 내릴 뿐만 아니라 터져 나오는 분노를 더는 참지 않고 행동에 나설 것이다.〉

피에루스의 딸들은 웃음을 터트렸고 나의 위협적인 말을 비웃었어요. 그들은 건방지게도 크게 소리를 지르면서 우리 얼굴에 주먹을 들이대려 했어요. 그때 피에루스의 딸들은 보았어요. 자신들의 손톱에서 깃털이 나오고 팔도 깃털로 뒤덮이는 것을. 마주 보는 상대방의 입이 굳어져 뻣뻣한 부리로 변하고 새롭게 생겨난 새들이 숲속의 새들 숫자를 늘리는 것을. 그들이 가슴을 치려고 양팔을 들어 올리려 하자 몸이 허공으로 가볍게 날아올랐어요. 그들은 숲속의 험담꾼 까치가 되었어요. 심지어 오늘날까지도 저 새들에게는 예전의 수다스러움이 남아 있어요. 거친 잡담과 말하기 좋아하는 열정은 그대로 남아 있다는 얘기죠.」

제6권

찬양과 징벌

아라크네와 미네르바

미네르바는 위와 같은 이야기에 귀를 기울였고, 무사의 노래를 칭찬하면서 너희들의 분노가 정당하다고 평하고는 이렇게 말했다.

「남을 칭찬하는 걸로는 충분하지 않아. 나 자신도 칭찬을 받아야지. 나의 신성을 무시한 자는 반드시 벌을 받을 거야.」

이어 여신은 마이모니아 여자 아라크네의 운명을 생각했다. 여신은 양모를 짜는 기술로 널리 명성을 얻었는데 이 아라크네는 그것을 인정하지 않는다는 얘기를 들었던 것이다. 아라크네는 출생지나 가문보다는 양모 짜는 기술로 유명했다. 그녀의 아버지, 콜로폰 사람 이드몬은 보라색 염료로 양털을 염색하는 일을 하는 평민이었다. 사망한 어머니도 아버지와 마찬가지로 평민 출신이었다. 아라크네는 보잘것없는 집안 출신에다 히파이파라는 궁벽한 마을에 살았지만, 리디아 전역에서 명성을 떨쳤다.

그녀의 멋진 작품을 보려고 님프들은 종종 트몰루스산의 포도원을 떠나 여행을 했고 팍톨루스의 님프들은 그들의 물에서 나왔다. 그들은 이미 만들어진 옷감뿐만 아니라 현재 만들어지고 있는 옷감에도 칭찬을 아끼지 않았다. 아라크네의 옷감 짜는 기술은 너무나 화려했던 것이다! 거친 양털을 공처럼 감아 놓는 거라든지, 구름 같은 양털을 손가락으로 주물러서 부드럽게 한 다음 가는 실로 뽑아내는 거라든지, 날렵한 엄지손가락으로 부드러운 물렛가락을 돌리는 거라든지, 바늘로 자수를 놓는 거라든지……. 틀림없이 팔라스에게서 배웠을 거라는 생각이 들 정도였다. 하지만 아라크네는 이를 부정하면서 자신보다 더 위대한 스승이 있다는 얘기에 짜증을 냈다. 그녀는 이렇게 말했다.

「그녀와 나의 시합을 주선해 봐요. 내가 진다면 여신이 나보다 뛰어나다는 사실을 부정하지 않겠어요.」

팔라스는 노파로 변신하여 관자놀이에는 가짜 흰 머리가 희끗희끗했고 힘없는 사지를 지팡이에 의지하며 나타났다. 여신은 아라크네에게 말했다.

「노년의 성과라고 뭐든 폄훼할 것은 아니에요. 나이가 들수록 경험이 많아 노련해진다오. 내 조언을 무시하고 경멸하지 마세요. 당신은 인간들 사이에서는 최고의 양털 기술자라는 명성을 누릴 수 있어요. 하지만 무모한 처녀여, 여신에게는 공손한 목소리로 양보해야 하는 거예요. 당신이 무례한 말을 했음을 인정하고 여신의 용서를 비세요. 당신이 간청하면 여신은 용서해 줄 겁니다.」

아라크네는 노파로 변한 여신을 노려보았다. 자신의 손을 제대로 제어하지 못하여 막 작업을 시작한 터에 그만 실꾸러미를 떨어뜨렸고 얼굴에 노골적인 분노를 드러냈다.

「당신은 나이가 들어 제정신이 아니고 몸도 성치 않은 상태로 여기에 왔군요. 너무 오래 살아서 정신이 흐려진 거예요. 당신에게 며느리나 딸이 있다면, 지금 한 말을 그애들에게나 들려주세요. 이미 내 안에는 나에게 필요한 지혜가 충분히 갖추어져 있어요. 혹시 당신의 경고가 내게 무슨 영향을 주었을 거라고 생각할지 몰라서 미리 말해 두는데, 내 생각은 전과 다름이 없어요. 왜 여신이 직접 오지 않죠? 왜 여신은 이 시합을 피하는 거죠?」

그러자 여신이 대답했다.

「여신이 여기 직접 왔다.」

여신은 노파의 변장을 벗어 버리고 팔라스의 위엄을 드러냈다. 님프들은 그녀의 신성을 숭배했고 프리기아의 젊은 아내들도 찬양했으나, 오로지 아라크네만이 겁을 먹지 않았다. 하지만 얼굴을 붉혔다. 고집스러운 양 뺨에 갑작스레 홍조가 나타났다가 사라졌다. 〈새벽〉이 처음에 떠오를 때는 진홍빛이다가 잠시 뒤 태양이 떠오르면서 주위가 환해지는 것과 비슷했다.

하지만 아라크네는 시합을 벌여야 한다는 주장을 굽히지 않았다. 어리석게도 승리를 원하는 욕망이 그녀를 악운으로 밀어 넣었다. 유피테르의 딸은 아라크네의 요구를 거부하지 않았고 더 이상 경고하지도 않았으며 시합을 미루지도 않았다.

그들은 서로 떨어진 곳에 두 대의 베틀을 설치했고 하늘하늘한 날실을 걸었다. 베틀은 천장의 가로대에 연결되었고 갈대가 날실들을 갈라놓았다. 재빠른 손놀림으로 씨실을 북에 물려 날실들 사이에 집어넣었다. 그들은 손가락으로 씨실을 날실들 사이로 충분히 잡아당긴 후에 바디의 이빨이 씨실을 쳐서 제자리에 들어가게 했다. 두 여자는 옷을 가슴에 질끈 동여매고 작업의 속도를 높였고 노련한 솜씨를 발휘했으며 너무나 열중한 나머지 일이 힘든 줄도 몰랐다.

그들은 티루스인들이 통에서 염색한 보라색 실을 비롯해 여러 색깔의 실들을 짜 넣었는데 색감이 너무나 미묘하여 서로에게 아주 미묘한 영향을 주었다. 뭐라고 할까, 비 그친 뒤에 햇빛이 물방울들에 스며들 때 생기는 색깔의 차이라고나 할까, 아니면 넓은 하늘에 크게 반원을 그리며 형성된 무지개의 다양한 색깔이라고나 할까. 1,000가지의 색깔이 그 안에서 빛나고 있으나, 사람의 눈은 한 색깔이 어디서 끝나고 다른 색깔은 또 어디서 시작되는지 구분할 수 없을 정도였다. 색깔의 변화가 너무 섬세하여 아예 변화가 없는 것처럼 보였다. 하지만 옷감의 가장자리는 아주 달랐다. 두 여자는 거기에는 황금실을 짜 넣었다. 각자의 베틀에서 만들어지는 베에는 사람들 입에 자주 오르내리는 이야기가 묘사되었다.

팔라스는 케크로피아 성채에 있는 마르스의 바위와, 그 땅의 이름을 어떻게 지을 것인가를 두고 벌어진 오래된 논쟁을 수놓았다. 유피테르를 정중앙에 모신 채 천상의 열두 신은 아주 엄숙하게 높은 옥좌에 앉았다. 신들의 얼굴이 곧 신의 명함이었다. 유피테르의 얼굴은 제왕의 용안이었다. 바다의 신은 일어선 채 기다란 삼지창으로 거친 바위를 깨뜨리는 모습으로 묘사되었다. 바위의 상처 한가운데에서 소금 샘이 솟구쳤고, 바다의 신은 이를 징표로 여기는 내 도시라고 주장했다. 미네르바는 자신을 이렇게 묘사했다. 방패를 들었고, 끝부분이 날카로운 창을 쥐었으며, 머리에는 투구를 썼고 가슴은 흉갑으로 보호하였다. 미네르바는 또한 창끝으로 땅을 찔러 열매가 달린 하얀 올리브나무가 생겨나게 했다. 신들은 모두 찬탄을 아끼지 않았다. 이 작품은 〈승리〉의 모습으로 마무리되었다.[1]

하지만 명성을 추구하는 라이벌 아라크네가 광적인 무모함으로 인해 어떤 대가를 받게 되는지 경고하기 위해, 옷감의 네 구석에 네 개의 시합 장면을 짜 넣었다. 아주 밝은 색깔의 세밀화였다.

첫째 구석에 여신은 트라키아인 로도페와 하이무스를 짜 넣었다. 한때 사람이었으나 최고신의 이름을 참칭하다가 지금은 차가운 산으로 변신한 자들이다.

둘째 구석에는 피그마이아인 어머니의 슬픈 운명을 짜 넣었다. 이 어머니는 시합에 졌으므로 유노는 그녀를 학으로 변신시킨 다음 그녀의 족속에 전쟁을 선포했다.

셋째 구석에는 안티고네의 모습을 짜 넣었다. 안티고네는 한때 위대한 유피테르의 아내와 미모 경쟁을 하겠다고 무모하게 나섰다가, 유노에 의해 새의 모습으로 변하게 되었다. 일리온도 그녀를 구해 주지 못했고, 아버지 라오메돈 왕도 딸의 몸에 깃털이 생겨나는 사태를 막지 못했는데, 안티고네는 황새가 되어서도 달그닥거리는 부리로 여전히 자신을 칭찬하고 있었다.

넷째 구석에는 딸들을 여읜 키니라스를 짜 넣었다. 그는 신전의 계단을 껴안고 있는데, 딸들의 사지가 변신하여 계단

1 앞에서 언급한 오래된 논쟁의 구체적 내용은 이러하다. 넵투누스와 미네르바는 아크로폴리스 성채 주위에 세워진 도시에 어떤 이름을 부여할 것인가를 두고 논쟁을 벌였다. 미네르바(그리스 이름 아테나)는 이 도시에 올리브나무를 주어 승리를 거둠으로써 도시 이름이 결국 아테나이가 되었다.

이 되어 버린 것이었다. 그는 바위에 엎드려 울고 있었다. 여신은 옷감의 맨 마지막 가장자리는 평화를 상징하는 올리브 가지로 장식해 작업을 끝냈다. 여신은 자신의 나무로 작품을 마무리했다.

리디아 여인 아라크네는 유피테르가 수소로 둔갑하여 에우로파를 납치한 사건을 짜 넣었다. 색상이 너무나 선명하여 진짜 황소, 진짜 바다처럼 보였다. 에우로파는 고향 땅을 뒤돌아보며 친구들에게 도와 달라고 소리치고 있고 발아래 찰랑거리는 물결을 두려워하면서 겁먹은 채 발을 들어 올리고 있다. 아라크네는 호전적인 독수리에게 잡힌 아스테리에와, 백조의 날개 아래 드러누운 레다를 짜 넣었다. 이외에 사티루스로 변장하여 아름다운 닉테이스와 관계하여 쌍둥이 자식을 임신시킨 유피테르, 암피트리온으로 변장하여 티린스 여자와 관계한 유피테르, 황금 소나기로 변신하여 다나에를 취한 유피테르, 불로 변신하여 아소피스와 관계한 유피테르, 얼룩뱀으로 변신하여 프로세르피나를 속인 유피테르를 짜 넣었다.

아라크네는 당신 넵투누스 또한 짜 넣었다. 당신은 음울한 황소로 변신하여 아이올루스의 처녀 딸과 관계했다. 또 에니페우스로 변신하여 알로에우스의 아들들을 낳았고 숫양으로 둔갑하여 비살티스의 딸을 속였다. 황금 머리카락을 가진, 수확의 어머니는 당신을 말[馬]로 알았고, 날개 달린 말의 어머니 — 머리카락이 모두 뱀으로 되어 있는 — 는 당신을 새[鳥]로 보았고, 멜란토는 당신을 돌고래로 보았다.

이런 사건과 배경을 아라크네는 옷감에 아주 사실적으로 짜 넣었다. 이 옷감에서 포이부스는 시골 사람으로 변장한 모습인데, 매의 깃털을 머리에 꽂고 사자 가죽 옷을 입은 목동으로 등장하여 마카레우스의 딸 이세를 속여 넘겼다. 바쿠스는 가짜 포도로 에리고네를 속이고 사투르누스는 말과 관계하여 반인반마의 키론을 낳았다. 마지막으로 아라크네는 옷감 가장자리의 비좁은 테두리에 꽃들과 담쟁이덩굴이 서로 얽힌 모양을 짜 넣었다.

팔라스도 〈질투〉도 아라크네의 작품에서 흠을 잡을 수 없었다. 금발의 처녀 여신은 아라크네의 성공에 화를 내면서 옷감을 찢어 버렸고 이로써 천상 제신들의 범죄를 묘사한 그림도 사라졌다. 여신은 마침 옆에 있던 주목 북으로 아라크네의 이마를 서너 번 내리쳤다. 불행한 여자는 견딜 수가 없어 용감하게도 제 목에 올가미를 걸었다. 팔라스는 올가미에 매달린 아라크네를 불쌍히 여겨 그녀를 들어 올리면서 이렇게 말했다.

「죽지 말고 살아 있어라. 하지만 건방진 여자여, 거기 매달려 있으라. 그리하여 너는 계속 앞날을 걱정해야 할 것이다. 이와 동일한 징벌이 너의 가족과 후손들에게도 선언되었노라.」

여신은 자리를 떠나면서 헤카테 약초의 즙액을 아라크네의 머리에 뿌렸다. 독성 약물이 머리에 닿자 아라크네의 머리카락이 빠졌고 코와 귀도 사라졌다. 그녀의 머리는 아주 작아졌고 몸 전체가 아주 작게 쪼그라들었다. 옆구리에는 다리가 아닌 가느다란 손가락들이 붙어 있었다. 나머지 몸은 배가 되었고 배에서는 하얀 실이 나왔다. 아라크네는 거미가 된 연후에도 예전처럼 옷감을 짜고 있는 것이다. 145

니오베와 라토나

리디아 전역이 수군거렸고 아라크네 이야기는 프리기아의 모든 마을로 퍼져 나가서 마침내 온 세상이 알게 되었다. 니오베는 결혼하기 전에 마이오니아와 시필루스에 살면서 아라크네 이야기를 들어 알고 있었다. 그런데도 같은 고장 사람인 아라크네의 징벌 사건으로부터 천상의 신들에게 양보하고 공손한 언사를 사용해야 한다는 교훈을 배우지 못했다. 니오베는 여러 이유로 오만해졌다. 남편의 재주, 친정과 시가의 많은 식구들, 부부가 다스리는 커다란 왕국 등이 자랑거리였으나, 자식들이야말로 무엇보다 큰 기쁨을 안겨 주었다. 그런 자랑거리를 속으로만 즐기고 온 사방에 떠들어대지 않았더라면, 니오베는 이 세상에서 가장 축복 받은 어머니로 남았을 것이다.

한편 티레시아스의 딸 만토는 예지하는 능력을 갖추었는데 라토나 여신의 분노를 미리 감지하고 테바이의 거리를 돌아다니며 예언했다.

「테바이의 여인들이여, 무리 지어 여기 와서 라토나 여신과 두 자녀 신인 아폴로와 디아나에게 향료와 경건한 기도를 올리고 월계수로 당신들의 머리카락을 묶도록 하십시오. 라토나는 나의 입을 통하여 당신들에게 명령하는 것입니다.」

여신의 명령에 다들 복종했고 모든 테바이 여인은 명령 받은 대로 월계수 잎사귀로 신전을 장식하고, 향불을 피우고, 제단의 신성한 불 앞에서 기도를 올렸다.

그때 니오베가 수행원들을 데리고 거기에 나타났다. 황금을 짜 넣은 프리기아 옷을 멋지게 차려입었고, 크게 분노하고 있었지만 그래도 아름다운 모습이었다. 양 어깨까지 늘어뜨린 화려한 머리카락을 흔들어 대면서 거기 서 있었다. 니오베는 거만한 눈빛으로 주위를 돌아보면서 이렇게 말했다.

「이런 광란이라니, 무슨 짓인가? 너희들이 직접 목격하는 사람들보다 소문으로만 들어서 아는 신들을 더 우대하다니? 왜 라토나를 제단에서 숭배하고 나의 거룩함에 대해서는 향료를 바치지 않는 것이냐? 탄탈루스가 내 아버지야. 신들의 향연에 참석했던 유일한 분이지. 나의 어머니 디오네는 저 유명한 플레이아데스 중 한 분이야. 가장 위대한 아틀라스는 나의 외할아버지인데 그분의 어깨로 천상 세계를 떠받치고 있지. 유피테르는 나의 또 다른 할아버지야. 나는 그분을 시아버지로 삼고 자랑하고 있어. 프리기아 종족은 나를 두려워하고, 카드무스의 궁 사람들은 나를 여주인으로 삼고 있고, 내 남편 암피온은 리라를 연주하여 테바이의 성벽을 쌓아 올렸어. 테바이에 사는 사람들은 나와 내 남편이 다스리고 있어. 집 안의 어디로 눈을 돌려도 엄청난 부가 눈에 보여. 게다가 내 용모는 여신 수준이야. 나는 일곱 딸과 일곱 아들을 두었는데 앞으로 똑같은 숫자의 사위와 며느리가 생겨날 거야. 이렇게 자랑거리가 풍성한데, 너희들은 내가 오만한 이유를 물을 텐가?

그렇다면 나보다 라토나 여신을 더 숭배하도록 해. 코이우스인지 뭔지 하는 티탄의 딸 라토나를 말이야. 온 세상이 라토나에게 해산(解産)할 땅 한 조각 허락하지 않은 때도 있었지. 너희들이 섬기는 잘난 라토나는 하늘도 땅도 물도 받아 주지 않았어. 이 세상에서 유배 당했고 방랑하는 라토나를 불쌍히 여긴 델로스섬이 말했지.

〈낯선 자여, 그대는 땅을 떠돌고 있구나. 나 또한 바다를

떠돌았지.〉

델로스섬은 라토나에게 피신처를 제공했지만 그곳은 그리 안전하지 않았어. 하지만 거기에서 그녀는 두 아이의 어머니가 되었지. 자식이 둘이라니, 내 아이들의 7분의 1밖에 안 되잖아. 나는 행운을 누리고 있어. 누가 이걸 부정할 수 있겠어? 나는 앞으로도 운이 좋을 거야. 누가 이걸 의심할 수 있겠어? 아주 풍요롭기 때문에 나는 안전하지. 또 아주 위대하기 때문에 운명이 나를 해치질 못해. 운명이 아무리 많은 것을 빼앗아 간다 하더라도 여전히 내게는 아주 많은 것이 남아 있을 거야. 나는 큰 축복을 받아 이제 더 이상 근심할 이유가 없어. 내 아이들 중 몇을 빼앗긴다 하더라도, 충격이 크기는 하겠지만, 라토나처럼 자식이 둘까지 줄어들지는 않을 거야. 사실 애가 둘이라는 것은 무자식 상태보다 특별히 나은 구석도 없어.

자, 이제 너희들의 희생 제의를 걷어치우고 머리카락에서 월계수 잎사귀를 떼어 내도록 해.」

그리하여 테바이 여성들은 월계수 잎사귀를 떼어 내면서 제사를 중간에 작파했다. 하지만 니오베는 그들이 마음속으로 여신에게 기도를 올리는 것까지 막지는 못했다.

라토나 여신은 분노했고 킨투스산 꼭대기에서 아들과 딸에게 이렇게 말했다.

「애들아, 너희들의 어머니는 너희를 낳은 것을 자랑스럽게 여긴다. 나는 유노를 제외하고 어떤 여신에게도 꿀릴 것이 없다. 하지만 나의 신성이 의심 받고 있다. 너희들이 즉각 도와주지 않으면 모든 제단에서 나에게 올리는 제사가 중단될지 모른다. 하지만 내가 받은 수모는 이뿐만이 아니다. 저 탄탈루스의 딸은 저런 혐오스러운 행동에 모욕을 추가하면서, 너희 남매보다 자기 자식들이 더 대단하다고 했다. 저 사악한 년은 나를 자식이 없는 거나 마찬가지라 했고(오 그런 일이 저년에게 벌어지기를), 패악질을 부리면서 제 애비를 닮아 신성모독적인 혓바닥을 놀렸다.」

라토나는 이렇게 한탄한 다음 간원을 덧붙일 생각이었다. 그때 아들 아폴로가 말했다.

「어머니, 그만하세요. 길게 말해 봐야 징벌 시기만 늦추어질 뿐입니다.」

디아나도 같은 말을 했다. 그들은 재빠르게 하늘을 날아서 구름 속에 몸을 감춘 채 카드무스의 성채에 도착했다.

도성 근처에는 탁 트인 평평한 벌판이 있었다. 말들이 벌판을 자주 달렸고, 무거운 수레들과 단단한 말발굽이 벌판의 땅을 부드럽게 만들어 놓았다. 이곳에서 암피온의 일곱 아들 중 몇 명이 튼튼한 말을 타고 달렸다. 말들은 티루스의 보라색 염료로 물들인 안장포로 장식되어 있었고 니오베의 아들들은 황금으로 장식한 고삐로 말들을 제어했다. 니오베의 자궁에서 첫째로 태어난 이스메누스는 평상시의 주로를 따라 코너를 돌면서 하얀 거품을 내뿜는 말을 제어하고 있었다. 그때 아폴로의 화살이 날아와 이스메누스의 가슴 한복판을 꿰뚫었고 그는 〈아, 이런!〉 하고 소리치며 고꾸라졌다. 이스메누스의 죽어 가는 손에서 고삐가 떨어졌고 말의 오른쪽 어깨에서 옆구리 쪽으로 서서히 미끄러졌다.

이어 공중에서 화살통 열리는 소리가 들려오자 시필루스는 말고삐를 풀어 주면서 황급히 앞으로 달려 나갔다. 선원이 먹구름을 보고서 폭풍우를 피하기 위하여 온 사방에 돛을 펴고서 조그마한 바람이라도 놓치지 않으려는 모습과 비슷했다. 그가 막 고삐를 풀어 주는데, 피할 수 없는 화살이 날아와 목덜미 위쪽을 꿰뚫고 목구멍으로 튀어나왔다. 앞으로 몸을 숙이고 있던 그는 자유롭게 달리는 말의 다리와 갈기 위로 미끄러져 땅에 떨어지면서 따뜻한 피로 대지를 더럽혔다. 불행한 파이디무스와 할아버지의 이름을 물려받은 탄탈루스는 그날의 승마를 마치고 몸에 기름을 발라 번쩍거리는 상태로 레슬링장 바닥에서 젊은이다운 운동을 하려고 나섰다. 그들은 가슴을 서로 맞대고 엉켜 있었는데 팽팽한 시위를 떠난 아폴로의 화살이 날아와 두 명을 동시에 꿰뚫었다. 그들은 함께 신음 소리를 냈고, 함께 고통을 느끼며 사지를 비틀었고, 함께 땅에 구르며 마지막으로 눈알을 돌렸고, 함께 마지막 숨을 내쉬었다.

이 광경을 본 알페노르는 자신의 옷을 찢고 가슴을 치면서 두 형제의 차가운 사지를 품에 안기 위해 달려갔다. 그런 형제다운 의무를 수행하다 알페노르 역시 쓰러졌다. 델로스 섬 신의 치명적인 화살촉이 깊숙한 내장을 꿰뚫었던 것이다. 이 화살을 뽑아내는 순간, 허파 일부가 화살촉 미늘에 묻어서 나왔다. 몸속의 피가 밖으로 터져 나오면서 그의 영혼은 공중으로 흩어졌다.

면도를 하지 않는 다마시크톤은 단 한 발의 화살을 맞고 목숨을 잃은 것이 아니었다. 그는 먼저 다리 아래쪽, 무릎 뒤의 근육 사이 살만 있는 곳을 맞았다. 다마시크톤이 독화살을 손으로 빼내려고 하는 동안, 둘째 화살이 날아와 깃털 부분까지 목을 뚫고 들어가 박혔다. 그의 용출하는 피 때문에 화살이 밖으로 밀려났고 핏줄기는 공중으로 뻗치면서 피보라를 일으켰다. 마지막 남은 아들 일리오네우스는 간원하는 자세로 양팔을 들어 올렸으나 아무 소용도 없었다.

「오 모든 신들이여, 나를 살려주소서.」

그는 재앙이 어디에서 날아오는지 몰랐기 때문에 모든 신들을 불렀다. 화살의 신은 마음이 움직였으나 화살은 이미 발사되어 날아가고 있었다. 화살이 그의 살 속에 들어가 박혔다. 화살은 심장에 박혔으나 그리 깊게 들어가지는 않았다.

니오베는 이 재앙을 금방 알게 되었다. 소식이 재빨리 퍼졌고, 사람들이 슬퍼했고, 가까운 친구들이 눈물을 흘렸기 때문이다. 그녀는 신들이 이런 짓을 하다니, 탄식하며 분노했다. 또 신들이 감히 이런 짓을 할 수 있는 능력과 권력을 갖고 있다는 사실에 분노했다. 게다가 아이들의 아버지 암피온은 가슴을 칼로 찔러 자결함으로써 슬픔과 목숨을 한꺼번에 끝장냈다.

아 슬프다. 이제 니오베는 예전 니오베와는 너무나 달라졌다. 일찍이 라토나의 제단에서 사람들을 쫓아 버리고 머리를 하늘 높이 쳐들고 도성을 오만하게 걸어 다녀서 친구들의 부러움을 샀던 니오베. 하지만 이제는 적조차 불쌍히 여기는 존재가 되었다.

니오베는 아들들의 차가운 시체 위에 엎어져서 모든 아들에게 두서없이 키스를 퍼부었다. 이어 창백한 팔을 하늘 쪽으로 들어 올리면서 소리쳤다.

「잔인한 라토나, 우리의 고통을 마음껏 즐기시라. 마음껏 즐겨서 당신의 가슴을 내 슬픔으로 가득 채우라. 당신의 사나운 가슴을 일곱 번의 장례식으로 가득 채우라. 나는 이제 파괴되었다. 나에게 승리를 거둔 적이여, 기뻐하고 즐거워하라.

하지만 당신이 승리했다고 할 수 있을까? 나는 비참하지만 그래도 당신이 행운을 누릴 때 두었던 자식보다 더 많은 자식이 남아 있다. 여러 차례 죽음을 겪었지만 나는 여전히 승자이다.」

니오베가 그렇게 말하는 동안 휘어진 활에서 줄이 울리는 소리가 났고, 니오베를 제외한 모든 사람이 겁에 질렸다. 슬픔으로 인해 그녀는 더 대담해진 것이다. 니오베의 딸들은 모두 남자 형제들의 관대 앞에 서 있었다. 모두 검은 옷을 입었고 머리카락을 풀어헤치고 있었다. 그중 한 명은 창자에 박힌 화살을 꺼내는 동안 죽음의 고통을 느끼며 오빠의 관대 위에 쓰러졌다. 둘째는 불행한 어머니를 위로하다가, 보이지 않는 상처를 입고서 허리를 꺾어 몸을 두 겹으로 포개면서 조용히 쓰러졌다. 이 딸은 입을 꼭 다물었으나 이미 영혼은 몸을 빠져나가 공중에 흩어진 뒤였다. 셋째는 헛되이 달아나려다가 쓰러졌고 넷째는 셋째 위에 쓰러져 죽었고 다섯째는 몸을 숨기려 했고 여섯째는 몸을 떨며 얼어붙었으나 같은 운명을 맞았다.

여섯 딸이 이런저런 상처로 죽어 버리고 이제 마지막 하나만 남았다. 니오베는 이 딸을 온몸과 온 옷자락으로 감쌌다.

「이 막내딸만은 남겨 주세요. 나에게 많은 아이들이 있었으나 오로지 이 어린 것만은 살려 주기를 빕니다.」

니오베가 그렇게 말하는 동안, 살려 달라고 애걸했던 딸이 죽었다. 이제 아이가 하나도 남지 않은 니오베는 아들들, 딸들, 남편의 시체 위로 쓰러졌고 슬픔으로 온몸이 차갑게 굳어졌다. 바람 한 점 없어서 니오베의 머리카락은 전혀 흔들리지 않았고 얼굴은 핏기가 사라져 창백했으며 눈은 초점을 잃고서 움직이지 않았다. 겉모습에서는 살아 있는 기미가 전혀 보이지 않았다. 심지어 혀와 딱딱한 입천장도 얼어붙었다. 혈관에는 더 이상 피가 돌지 않았다. 목은 굽혀지지 않았고 양팔은 움직이지 않았으며 발로는 걸을 수가 없었다. 창자도 돌처럼 굳어졌다. 하지만 그녀는 울었다. 니오베는 엄청난 돌개바람에 휩싸여서 고향 땅으로 돌아갔다. 마침내는 돌이 되어 시필루스산의 꼭대기에 내려졌고 심지어 오늘날에도 대리석은 눈물을 흘린다.

이리하여 신의 분노가 얼마나 무서운지 모두들 확실히 깨닫게 되었다. 모든 선남선녀는 신성을 두려워했고 쌍둥이 남매 신을 낳은 라토나를 경건한 마음으로 아낌없이 경배했다. 315

라토나

이런 일이 흔히 그러하듯이, 비슷한 사건에 접하면 사람들은 예전 이야기를 떠올리게 마련이다. 어떤 테바이 사람이 이렇게 말했다.

「비옥한 리키아의 들판에서, 농부들이 여신을 경멸했다가 피할 도리 없는 징벌을 받은 사건이 있었습니다. 농부들이야 보잘것없는 사람들이라 이 사건은 잘 알려지지 않았지만 그래도 놀라운 바가 있습니다. 나는 그곳을 가보았고 예의 연못과 기적으로 유명해진 장소를 직접 보았습니다.

당시 내 아버지는 너무 연세가 많아서 직접 여행을 하지는 못하고 거기에 가서 소들을 골라 데려오라고 지시했습니다. 내가 길을 떠나려는데 아버지는 현지 부족민 하나를 안내인으로 붙여 주었습니다. 내가 안내인과 함께 목초지를 지나가는데, 연못 한가운데 있는 낡은 제단이 보였습니다. 제단은 희생 제물의 연기에 그을려 거무튀튀했고 미풍에 속삭이는 갈대들로 둘러싸여 있었습니다. 안내인은 걸음을 멈추고 겁먹은 목소리로 나지막하게 말했습니다.

〈나에게 자비를 베푸소서.〉

나도 그의 목소리를 흉내 내며 똑같이 말했습니다.

〈나에게 자비를 베푸소서.〉

나는 안내인에게 물었습니다.

〈저 제단은 물의 님프에게 혹은 파우누스에게 아니면 현지 신에게 바친 것입니까?〉

안내인은 이렇게 대답했습니다.

〈오 젊은이, 이 제단에 산신은 없습니다. 유노가 세상에서 쫓아 버린 라토나가 방랑할 때 이곳을 자신의 땅이라고 주장했습니다. 방랑자 라토나는 은신처를 마련해 달라고 애원했고 당시 움직이는 섬이었던 방랑자 델로스가 라토나를 받아 주었습니다. 저기 종려나무와 팔라스의 나무인 올리브에서 라토나는, 유노가 분노를 토함에도 불구하고, 쌍둥이 남매를 낳았습니다. 여기서 갓 엄마가 된 라토나는 신성(神性)이 깃든 두 아이를 품에 안고, 유노의 분노를 피하여 달아났습니다.

라토나가 키마이라의 고향 리키아 땅의 경계 지역에 이르렀을 때, 뜨거운 태양이 벌판을 불태우고 있었습니다. 오랜 여행과 뜨거운 햇빛으로 피곤해진 여신은 아주 목이 말랐습니다. 그런데도 쌍둥이는 어미의 젖 많은 가슴에서 탐욕스럽게 젖을 빨아 먹었습니다. 우연히 라토나는 계곡 바닥에서 자그마한 연못을 보았습니다. 그 고장 사람들이 습지에서 많이 나는 고리버들, 갈대, 사초 등을 꺾고 있었습니다.

티탄의 딸 라토나는 갈증을 삭히기 위해 연못으로 다가가 무릎을 꿇고 양손으로 물을 떠 마시려 했습니다. 그때 시골 사람들이 물을 마시지 말라고 했습니다. 여신은 그들에게 말했습니다.

〈왜 물을 마시지 못하게 하는가? 물은 공동의 재산이다. 자연은 햇빛, 공기, 맑은 물을 사유 재산으로 내려 주지 않았다. 나는 공공 재산에 접근한 것이다. 하지만 당신들에게 물을 마시게 해달라고 간청하겠다. 나는 여기서 손발을 씻거나 몸을 담그지 않고 단지 갈증을 해소하려 할 뿐이다. 겨우 몇 마디 하는데도 입안에 수분이 없어서 목구멍이 따갑고 목소리가 잘 나오지 않는다. 물 한 모금은 나에게 신들의 음료인 넥타르와 같을 것이다. 이 물 덕분에 생명을 다시 얻게 되었다는 사실을 인정하겠다. 당신들이 내게 저 물을 마시게 하여 생명을 얻게 해주었으면 좋겠다. 내 품안의 어린 것들이 이렇게 양손을 뻗치고 있다. 이 모습을 보고서 부디 당신들의 마음이 움직이기를 바란다.〉 (우연히 아이들이 그때 손을 밖으로 내뻗었습니다.)

이렇게 간청하는 말을 들으면 누군들 마음이 움직이지 않겠습니까? 한데 여신이 간청하는데도 시골 사람들은 어서 떠나라고 윽박질렀고, 만약 떠나지 않으면 가만두지 않겠다며 위협하고 모욕을 주었습니다. 그들의 못된 소행은 거기서 그치지 않았습니다. 손과 발을 집어넣어 연못 물을 흐려 놓았고, 악의적으로 호수 속에서 뛰어올랐다 내렸다 하여 바닥의 부드러운 흙을 뒤집어 흙탕물을 만들었습니다. 코이우스의 딸 라토나는 분노가 치밀어 갈증도 잊었습니다. 더 이상 무식한 자들에게 간청하고 싶지 않았고 여신에게 어울리지 않는 겸손한 언사를 건넬 뜻도 없었습니다. 여신은 별들을 향해 양손을 들어 올리며 말했습니다.

〈저들을 저 연못 속에서 평생 살게 하소서.〉

여신이 기도를 올린 대로 되었습니다. 그들은 물 아래에서 살게 되어 기뻤습니다. 몸뚱이를 깊은 늪지 밑에 담그기도 합니다. 때로 머리를 연못 밖으로 내놓거나 연못에 떠올라 헤엄을 치거나, 연못 둑에 나와 있다가 다시 시원한 연못 속으로 쏙 들어가기도 합니다. 하지만 오늘날까지도 논쟁을 벌이면서 지저분한 혓바닥을 놀리고 수치심이라고는 전혀 느끼지 못해요. 저 연못 속에서도 험담을 계속하는 겁니다. 저들의 목소리는 쉬어 있고 목은 기이하게 부풀어 올라 있고 욕설은 이미 벌어진 아가리를 더욱 벌려 놓습니다. 저들의 등은 머리에 딱 달라붙어 있고 목은 잘라 놓은 것처럼 짧고 척추는 초록색이고, 가장 큰 부위인 배는 하얗습니다. 저들은 개구리로 변신하여 지저분한 흙탕물을 휘젓고 다닙니다.」 381

마르시아스

어떤 테바이 사람이 리키아 부족 사람들의 변신 이야기를 끝내자, 또 다른 사람이 라토나의 아들 아폴로와 경쟁하다가 벌을 받은 사티루스 이야기를 시작했다.

「미네르바가 발명한 악기인 피리를 누가 더 잘 부는가를 두고 경쟁이 붙었는데 아폴로가 이겨서 사티루스에게 벌을 내렸습니다. 그러자 사티루스가 소리쳤어요.

〈왜 나의 피부를 몸에서 벗겨 내는 겁니까? 아, 죄송합니다. 용서해 주세요. 하지만 피리 불기 시합에 졌다고 이런 처벌을 내리다니 너무합니다.〉

그가 소리치는 동안에도 사지에서는 살가죽이 벗겨져 나갔어요. 사티루스는 이제 온몸이 상처투성이였습니다. 온몸에서 피가 흘러나왔습니다. 근육은 피부의 보호를 받지 못했고 살갗이 없는 혈관은 펄떡거리며 고동쳤습니다. 펄떡거리는 내장과 가슴의 섬유 조직이 환히 보였습니다. 시골의 목신들, 삼림의 신들, 형제 사티루스들, 그의 제자이며 애인인 올림푸스(마르시아스는 죽음의 고통으로 괴로워하면서 이 사람을 사랑했습니다), 님프들이 눈물을 흘렸습니다. 양털을 내놓는 양 떼와 뿔 달린 가축을 사육하는 산등성이의 사람들도 애도했습니다. 비옥한 대지는 마르시아스의 피로 물들면서도 그들이 뿌린 눈물을 받아들였고 대지의 깊숙한 혈관 속에 간직했습니다. 대지는 다시 이 눈물을 물로 만들어 공기 중에 올려 보냈습니다. 여기서 생긴 강물은 비스듬한 강둑을 따라 흘러내려 바다로 들어갔습니다. 그 강은 프리기아에서 가장 물이 맑은데 이름은 마르시아스라고 합니다.」 400

펠롭스

이런 이야기들을 끝낸 다음, 테바이 사람들은 현재로 돌아와 암피온과 자식들의 죽음을 슬퍼했다. 모두들 신을 모욕한 어미를 비난했다. 하지만 니오베의 오빠인 펠롭스는 동생을 위해 눈물을 흘렸다고 한다.

펠롭스는 가슴에서 겉옷을 걷어 내면 상아로 만들어진 왼쪽 어깨 윗부분이 보이는 사람이다. 그가 태어났을 때 왼쪽 어깨의 살과 색깔은 오른쪽 어깨와 동일했다. 나중에 아버지가 펠롭스의 사지를 찢어발겼는데 신들이 다시 붙여 주었다 한다. 신들은 뜯겨 나간 사지를 대부분 찾았으나 목에서 왼쪽 어깨 윗부분에 이르는 부위는 찾지 못했고 해당 부위를 411 상아로 만들어 붙여 펠롭스를 온전하게 만들었다.

테레우스, 프로크네, 필로멜라

이웃 귀족들이 모여들었고 테바이 인근 도시들은 왕에게 니오베 가족을 문상하라고 애원했다. 그래서 아르고스, 스파르타, 펠로폰네수스의 미케나이, 아직 엄숙한 디아나의 미움을 받지 않았던 칼리돈, 비옥한 오르코메노스, 청동으로 유명한 코린투스, 주민들이 사나운 메세나, 파트라이, 저지대인 클레오나이, 넬레우스의 도시인 필로스, 아직 피테우스의 통치를 받지 않던 트로이젠, 두 바다에 갇힌 이스무스 내에 있는 도시들, 이스무스 바깥에 있는 도시들에서 문상을 왔다.

그러나 도저히 믿을 수 없게도, 오로지 너 아테나이는 문상을 오지 않았다. 전쟁으로 의무를 수행할 수 없었던 것이다. 야만인 군대가 바다를 건너와 아테나이의 성벽을 위협하고 있었다.

트라키아 사람 테레우스는 지원군을 이끌고 와서 야만인 군대를 물리침으로써 높은 명성을 얻었다. 그는 부유하고 인력이 많았으며 가계는 위대한 전쟁의 신 그라디부스에게까지 거슬러 올라갔다. 그리하여 판디온 왕은 딸 프로크네를 테레우스에게 시집보내 둘은 인척이 되었다.

하지만 결혼을 주관하는 여신 유노도, 결혼의 신 히메나이우스도, 그라티아도 그들의 결혼식에 참석하지 않았고 축복하지도 않았다. 대신 에우메니데스가 장례식에서 훔쳐 온 불을 들고 결혼식에 참석했고 신랑신부의 침대를 준비한 사람도 에우메니데스였다. 불길한 올빼미가 신방 위에 있는 지붕에 둥지를 틀었다. 프로크네와 테레우스는 이런 불길한 새가 내비치는 조짐 속에서 합방을 했고, 아이들의 부모가 되었다. 물론 트라키아는 이 부부를 축하했고 부부는 신들에게 감사를 드렸다. 판디온의 딸이 유명한 왕과 결혼한 날, 그들 사이에서 아들 이티스가 태어난 날은 축일로 지정되었다. 겉보기에 좋다 해도 실제로는 좋지 않고, 도움이 되는 것은 실은 아주 깊숙이 감추어져 있는 법이다!

태양신이 시간의 수레를 굴려 다섯 해의 가을을 지났을 때, 프로크네는 남편에게 부드러운 말로 부탁을 했다.

「당신에게 청이 하나 있어요. 나를 친정으로 보내 여동생을 만나게 하거나 아니면 여동생이 여기 오도록 해주세요. 장인에게는 잠시 뒤 딸을 돌려보내겠다고 약속하면 될 거예요. 당신이 내 여동생을 만나게 해준다면 내게 커다란 선물이 될 거예요.」

테레우스는 바다에 배를 띄우라고 지시했고 돛과 노의 도움을 받아 케크로피아의 항구와 피라이우스의 해안에 도착했다.

장인의 집에 들어서자 테레우스는 오른손으로 장인의 오른손을 잡았고 행복한 분위기 속에서 대화를 나누었다. 그는 찾아온 용건과 아내의 소청을 말했고 처제를 데려가게 해주신다면 곧 돌려보내겠다고 약속했다.

그때 멋진 옷을 입은 필로멜라가 등장했는데, 그녀의 아름다움은 옷보다 더 빛났다. 마치 물의 님프, 혹은 숲속을 걸어다닌다는 숲의 님프 같았다. 만약 이 님프들에게 멋진 의상과 장식을 주어서 잘 차려입게 한다면 바로 필로멜라의 모습일 것이다. 그 처녀를 보자마자 테레우스는 온몸이 욕정으로 불타올랐다. 하얀 옥수수 대궁에 불을 붙이거나 헛간에 모아 둔 낙엽과 건초를 불태울 때와 똑같이 거센 불길이 일어난 형국이었다. 처녀의 용모는 무서운 불길을 불러일으킬 만했으나, 사실 테레우스의 타고난 욕정이 기름을 부었다. 또 그가 태어난 지역과 부족 남자들은 금방 사랑에 빠지는 경향이 있었다. 테레우스는 출신 부족의 성향과 자신의 악덕으로 온몸이 불타올랐다. 생각 같아서는 필로멜라 친구들을 매수하고 의리 있고 충실한 유모를 타락시켜 처녀에게 접근하여 온갖 사치스러운 선물과 심지어 자기 왕국까지 주겠다고 감언이설로 꾀어 겁탈하고, 이 범죄를 무자비한 전쟁으로 무마하고 싶었다. 그는 한없는 욕정에 사로잡혔고 이를 충족하기 위해 물불을 가리지 않을 태세였다. 가슴속에서 불타오르는 화염을 더 이상 제어하지 못했다. 이제 무슨 일이든 조금만 늦어져도 잘 참지 못했고 프로크네의 청을 아주 열렬한 어조로 되풀이했으나 실은 그런 핑계를 대고 제 욕정을 채우려는 심보였다. 사랑에 빠진 그는 웅변가가 되었다. 자기 요구가 지나칠 경우 이건 프로크네의 부탁이라고 둘러댔다. 심지어 프로크네가 그러라고 한 것처럼 눈물을 보이기도 했다.

오 신들이여, 인간의 마음속에는 얼마나 많은 어두운 밤이 깃들어 있는가!

범죄를 저지를 심산으로 온갖 노력을 다하고 있는데도 테레우스는 경건한 사람으로 받아들여졌고 범죄 의도를 숨기고 칭찬을 받았다. 그의 음흉한 수작에 날개를 달아 준 것은 필로멜라의 협조였다. 양팔로 아버지의 어깨를 감싸 안으며 아양 떠는 목소리로 언니를 만나러 가게 해달라고 졸랐다.

그럼 참 좋겠다고 말했으나 실은 엄청난 불행을 안겨 줄 요청이었다. 테레우스는 그런 필로멜라를 쳐다보면서 마음속으로 처녀를 애무했다. 아버지에게 귀엽게 키스하고 아버지의 몸을 감싸 안는 필로멜라의 몸짓 자체가 욕정을 일으키는 자극이요 횃불이며 자양분이었다. 아버지를 포옹하는 필로멜라를 볼 때마다 자신이 그녀의 아버지였으면 좋겠다고 생각했다. (불경스럽게도 그녀의 아버지가 되고 싶다고 생각했으나 속셈은 전혀 다른 데 있었다!) 아버지는 두 딸의 간원에 넘어갔다. 필로멜라는 기뻐하며 아버지에게 감사를 드렸다. 두 여자는 드디어 성공을 거두었다고 생각했으나 이제 비극적인 파멸에 맞닥뜨릴 터였다.

이제 포이부스의 할 일이 얼마 남지 않았다. 천마들이 발을 굴러 그의 황금 수레는 서쪽 하늘로 날아갔다. 왕궁 잔치가 준비되었고 황금 잔들에는 바쿠스의 선물이 찰랑거렸다. 이제 평화롭게 잠들 시간이 되었다. 하지만 트라키아의 왕 테레우스는 침실에 들기는 했지만 욕정을 이기지 못했다. 필로멜라의 얼굴, 움직임, 양손을 생각하면서, 또 아직 보지 못한 신체 부위를 마음대로 상상하면서 욕정을 더욱 부채질했고 음탕한 생각에 사로잡혀 잠을 멀리 쫓아 버렸다. 다시 아침이 되었고 판디온은 사위의 오른손을 잡으면서 눈물을 글썽거리며 그를 따라가는 딸을 잘 돌봐 달라고 부탁했다.

「훌륭한 사위, 저애를 자네에게 맡기네. 딸애들이 은근하고 간절하게 호소했고, 그렇게 원하고, 테레우스, 자네도 원했기 때문에, 이제 자네에게 간절히 호소하는 바이네. 신의와 자상한 마음으로 또 신들의 가호로 자네가 저애를 아버지 같은 사랑으로 보호해 주기를 바라네. 또 내 노년의 달콤한 안식의 원천인 저애를 가능한 한 빨리 돌려보내 주기 바라네. 귀환이 지연될수록 아주 긴 시간처럼 느껴질 것이네.

필로멜라, 너 또한 이 애비를 생각하는 마음이 있다면 가능한 한 빨리 돌아와 다오. 이미 네 언니를 멀리 보낸 일로도 충분하지 않겠니?」

판디온은 테레우스에게 부탁하고 동시에 딸에게는 키스를 해주었다. 그렇게 말하는 동안에도 자애로운 아버지의 눈에서는 눈물이 흘러내렸다. 그는 빨리 돌아오겠노라 다짐하게 하며 두 사람에게 오른손을 내밀라고 말했다. 왕은 서로 손을 맞잡게 하면서 멀리 시집간 딸과 손자에게 따뜻한 안부를 전해 달라고 말했다. 왕은 말을 하면서도 흐느낌에 목이 메어 마지막 〈작별〉 인사는 제대로 하지도 못했다. 그는 마음속으로 슬픈 조짐을 느껴 왠지 두렵기만 했다.

필로멜라가 색깔을 칠한 배에 승선하자 노잡이들은 열심히 노를 저어 바다로 나아갔고 육지는 뒤로 멀어졌다. 테레우스는 이렇게 소리쳤다.

「나는 정복했다! 내가 간절히 바라고 원했던 것이 이제 나와 함께 가고 있다.」

이 야만인 왕은 너무 기뻤고 자신의 쾌락을 더 이상 늦출 수가 없었다. 그는 필로멜라에게서 시선을 뗄 수가 없었다. 약탈에 맛들인 독수리가 날카로운 발톱으로 잡아 온 산토끼를 하늘 높은 둥우리에 내려놓은 것과 비슷한 형국이었다. 포로는 도망칠 길이 없었고 약탈자는 소중한 약탈품을 지그시 응시했다. 마침내 여행은 끝났고 그들은 피곤한 몸으로 해안에서 내렸다. 왕은 판디온의 딸을 오래된 숲속에 감추어 둔 오두막으로 데려갔다. 필로멜라는 창백한 얼굴로 온몸을 부들부들 떨면서 주변의 모든 것을 무서워했다. 그녀는 눈물을 흘리면서 언니는 어디에 있느냐고 애처로운 목소리로 물었다. 테레우스는 필로멜라를 감금했고 사악함을 감추지 않고 힘으로 그녀를 제압했다. 혼자 남은 연약한 처녀는 아버지를 부르고 언니를 부르고 마지막으로 위대한 신들을 불렀으나 아무 소용이 없었다. 몸을 부들부들 떨었고 아직도 자신의 위태로운 처지를 믿을 수 없어 하는 모습이, 마치 회색 늑대 아가리에서 상처를 입고서 내팽개쳐진 겁먹은 양 같았다. 혹은 자신의 피로 물든 깃털을 퍼덕거리면서 자신을 이미 유린했던 탐욕스러운 발톱을 여전히 두려워하는 비둘기 같았다. 곧 의식이 돌아오자 그녀는 산발한 머리를 쥐어뜯었고 상중(喪中)인 사람처럼 가슴을 세게 쳤다. 그녀는 양손을 내뻗으며 말했다.

「오 야만인이여, 이 무슨 끔찍한 소행이며 이 무슨 잔인한 짓이란 말인가. 우리 아버지의 간곡한 부탁과 따뜻한 눈물도 당신의 마음을 움직이지 못했단 말인가. 우리 언니에 대한 애정, 나의 정조에 대한 배려, 결혼의 의무감이 죄다 헌신짝이나 다름없단 말인가? 당신은 모든 것을 뒤죽박죽으로 만들어 버렸다. 나는 언니의 경쟁자가 되었고 당신은 중혼자가 되었고 이제 언니가 나를 적으로 여겨 징벌을 해도 아무 할 말이 없게 되었다. 이 의리를 배신한 놈아, 차라리 내 목숨을 빼앗아 가라. 그러면 범죄의 흔적이 전혀 남지 않을 테니까. 만약 이런 끔찍한 일을 저지르기 전에 당신이 나를 죽여 버렸다면 얼마나 좋았을까. 나는 아무런 죄의식 없이 지하 세계로 내려갈 수 있었을 테니까. 하지만 천상의 신들이 모든 일을 살펴본다면, 아직도 힘을 쓸 수 있다면, 내가 명예를 잃더라도 모든 것을 상실하지 않는다면, 언젠가 당신이 죗값을 치르는 꼴을 꼭 보고야 말겠다. 나는 모든 수치심을 내던지고 당신 소행을 널리 알리겠다. 기회가 된다면 사람들에게 말할 것이다. 만약 내가 숲속에 감금된다면 나무들을 상대로 소리치고 돌들에게 말하여 돌도 감동시킬 것이다. 하늘과 하늘에 사는 신들이 내 말을 들을 것이다.」

필로멜라의 말을 듣고서 야만인 왕은 벌컥 화를 내며 분노했지만 또 한편 공포가 밀려왔다. 공포와 분노에 자극을 받아 허리에 차고 있던 칼집에서 칼을 뽑았다. 그는 필로멜라의 머리채를 잡고서 양팔을 뒤로 돌려 결박했다. 그녀는 야만인의 칼을 보자 차라리 죽는 게 낫겠다고 생각했다. 내내 아버지의 이름을 부르며 항의했고 혀가 말을 하려고 꿈틀거리는 동안, 야만인은 집게로 그녀의 혀를 꽉 집고 빼든 칼로 잘라 버렸다. 혀의 뿌리는 파들파들 떨었고 잘린 혀는 땅에 떨어져 꿈틀거리며 중얼거렸다. 절단된 뱀 꼬리가 뛰어오르듯이 절단된 혀는 부르르 떨었고 죽어 가면서 여주인 쪽을 돌아다보았다. 이런 범죄를 저지른 후에도(나는 도저히 못 믿겠지만), 야만인은 종종 그녀의 훼손된 육체를 품에 안고서 욕정을 채웠다고 한다.

이런 짓을 저지르고서도 테레우스는 뻔뻔스럽게도 프로크네에게 되돌아갔다. 그녀는 돌아온 남편을 보고서 여동생은 어디에 있느냐고 물었다. 그러자 남편은 가짜 신음 소리를 내면서 그녀가 죽었다고 거짓말로 둘러댔다. 테레우스가 눈물을 흘리며 그렇게 말했기 때문에 프로크네는 믿을 수밖에 없었다. 프로크네는 황금으로 장식된 어깨 부위의 옷을 잡아 뜯으며 통곡했고 검은 상복을 입었으며, 가묘(假墓)를 세웠고, 망자를 위하여 희생 제물을 바쳤고, 죽지도 않은 여동생의 운명을 애도했다.

태양신은 12궁도를 지나갔고 이제 1년이 흘러갔다. 그동안 필로멜라는 어떻게 지냈을까? 보초가 오두막을 지키고 있어서 도망치기란 불가능했고 오두막의 담벼락은 돌로 지어져 단단했다. 그녀는 혀가 없어 야만인의 범죄를 증언하지 못했다. 슬픔과 고통은 엄청난 창의력을 가져다주고 번민은 더 많은 상상력을 안겨 주는 법이다. 그녀는 야만인의 베틀에 날실을 걸고서 하얀 실에 보라색 글자를 만들어 넣어 범죄를 고발했다. 수가 완성되자 필로멜라는 단 한 명 있는 하녀에게 건네주면서 옷감을 여주인에게 가져다주라고 손짓을 했다. 하녀는 부탁 받은 대로 옷감을 프로크네에게 가져다주었다. 하녀는 자신이 어떤 물건을 전달하는지도 몰랐다.

야만인 왕의 아내는 이 옷감을 펼쳐 여동생의 슬픈 사연을 알아채고는 깊은 침묵에 빠져들었다(이렇게 침묵을 지킬 수 있었다니 기적이다). 슬픔이 입을 틀어막았고 분노를 표출할 말을 찾았으나 입에서 나오지를 않았다. 눈물도 나오지 않았다. 선과 악을 따져볼 겨를도 없이 오로지 복수하고 말겠다는 생각뿐이었다.

때는 마침 3년마다 벌어지는 바쿠스 축제 기간이었고 트라키아의 여인들은 밤에 만나서 은밀한 제사를 올리게 되었다. 밤이 되면 로도페산에는 날카로운 청동 징 소리가 요란하게 울렸다. 밤이 되자 왕비는 바쿠스 신에게 제사를 올리기 위해 복장을 갖추고 궁전에서 나왔고, 광란의 손에는 무기를 잡고 있었다. 머리에 화관을 둘렀고 왼쪽 옆구리에는 사슴 가죽을 걸치고 어깨에는 의식에서 사용할 가벼운 창을 메고 있었다. 수행하는 자들과 숲속을 달려갔고, 미쳐 날뛰는 슬픔에 동요된 저 무서운 프로크네는 바쿠스의 광란을 흉내 냈다. 그녀는 마침내 외진 데 있는 오두막에 도착하여, 바쿠스 여신도들의 외마디 소리를 외쳤다. 그리고 오두막의 문들을 쳐부수고 들어가 여동생을 오두막에서 꺼내고 바쿠스 숭배자의 복장을 입혀 담쟁이덩굴로 필로멜라의 얼굴을 가렸다. 언니는 놀라는 여동생을 끌고서 왕궁으로 데려갔다.

마침내 저주 받은 집에 도착했음을 알아차리자, 예의 불행한 여자는 온몸을 부르르 떨었고 온 얼굴이 창백해졌다. 프로크네는 제사 복장을 벗어 놓을 장소를 찾아내 여동생에게 옷을 벗게 했고 불쌍한 여동생의 수치스러워하는 얼굴을 가린 담쟁이덩굴도 벗겨 냈다. 언니는 여동생을 껴안으려 했지만 필로멜라는 감히 얼굴을 들어 언니를 바라볼 수가 없었다. 언니에게 몹쓸 짓을 했다는 생각이 들었기 때문이다. 시선을 땅바닥에 내리깐 채 맹세를 하고 신들을 증인으로 부르면서 강압에 의해 불명예스러운 일을 저질렀음을 알리려 했다. 목소리 대신 손으로 말했다.

프로크네는 열이 올라서 분노를 참지 못했고 눈물 흘리는 여동생을 나무랐다.

「이 문제는 눈물이 아니라 칼로 해결해야 해. 아니, 칼보다 더 강한 거라면 뭐든 다 동원해야 해. 동생아, 나는 어떤 사악한 짓이든 다 할 준비가 되었어. 횃불로 궁전에 불을 질러 배신자 테레우스를 화염 한가운데에 떨어뜨릴 거야. 아니면 내 칼로 그자의 혀, 눈, 그리고 네 정조를 빼앗아 간 그놈 물건을 잘라낼 거야. 아니면 그자의 몸을 천 군데나 찔러서 죄 많은 영혼을 몸에서 날아가게 할 거야. 내가 이중 무엇을 선택하든 그건 정당한 행위야. 하지만 어떻게 복수해야 할지 아직 결정하지 않았어.」

프로크네가 이렇게 복수를 궁리하고 있는데 마침 아들 이티스가 어머니에게 다가왔다. 순간 복수의 최종 수단을 낙점한 프로크네는 무자비한 눈으로 아들을 바라보았다.

「아, 너는 꼭 네 애비를 닮았구나!」

그녀는 더 이상 말하지 않고 차가운 분노를 겨우 억누르며 비통한 범죄를 준비했다. 하지만 아들이 다가와 인사하면서 자그마한 양팔을 펼쳐 엄마의 목을 끌어안고 키스하면서 어린애다운 귀여운 말을 중얼거리자, 어머니 마음이 움직여 분노가 누그러졌고 그녀는 가만히 서 있었다. 자신도 모르게 원하지 않는 눈물이 솟구쳐 눈이 뜨거워졌다. 프로크네는 모정 때문에 마음이 너무 흔들린다는 것을 깨닫는 순간, 아들에게서 시선을 돌려 여동생을 쳐다보았다. 이렇게 둘을 번갈아 쳐다보다가 프로크네는 말했다.

「한쪽은 귀여운 말을 속삭이는데 다른 한쪽은 혀를 절단당해 한마디 말도 못 하는구나. 저애는 나를 어머니라고 부르는데 여동생은 왜 나를 언니라고 부르지 못하는가? 오 판디온의 딸이여, 네가 누구와 결혼했는지를 보라. 너는 지금 네 가문을 더럽히고 있다. 테레우스의 아내로서 모정을 느끼는 것은 가문에 죄를 짓는 거야.」

그녀는 지체 없이 이티스를 끌고 갔다. 강게스강의 암호랑이가 젖먹이 사슴을 어두운 숲속으로 끌고 가는 듯했다. 그녀가 으슥한 궁전 높은 곳에 이르렀을 때 아들은 양손을 내뻗었다. 아들은 이제 자신의 운명을 알아채고서 소리쳤다.

「어머니, 어머니.」

아들은 어머니의 목을 껴안으려 했다. 프로크네는 아들의 가슴과 옆구리가 만나는 부위를 칼로 쳤고 아들의 몸에서 시선을 돌리지 않았다. 단 일격이면 아들의 운명을 끝내기에 충분했다. 그렇지만 프로크네는 칼로 아이의 목을 도려냈다. 아직 살아서 영혼이 남아 있는 펄떡거리는 사지를 자매는 토막 냈다. 일부는 청동 가마솥에 집어넣었고 일부는 쇠꼬챙이에 꿰었다. 방 안에는 피가 흘렀고 피 냄새가 진동했다.

프로크네는 아무것도 모르는 테레우스를 이 잔치에 초대해 거짓말을 했다. 고국의 관습을 따른 잔치로서 오로지 남편 혼자서 참석할 수 있다고 둘러대 테레우스의 친구들과 수행원들을 돌려보냈다. 조상 전래의 높은 옥좌에 앉은 테레우스 왕은 그 음식을 받아먹었고 자식의 살로 배를 채웠다. 테레우스에게 그날 밤 분위기는 정말 최고였다. 왕은 말했다.

「이티스를 여기 데려오시오.」

프로크네는 잔인한 즐거움을 감출 수가 없었다. 자신이 일으킨 재앙의 메신저가 되기를 바랐다.

「당신이 찾는 것은 당신 안에 있소.」

테레우스는 주위를 돌아다보며 아이가 어디에 있느냐고 물었다. 그가 또 한 번 물으며 아들을 부르자, 아까 아이를 죽이는 광란의 학살극에서 흘러나온 피로 물든 산발한 머리를 한 필로멜라가 튀어나와 아이의 머리통을 아버지의 얼굴에 내던졌다. 어느 때보다 바로 그 순간에 자신이 느끼는 즐거움을 진정 말로 표현하고 싶어 했다. 트라키아인은 괴성을 지르며 잔칫상을 뒤집어엎었고 스틱스 계곡의 뱀 같은 자매들 푸리아이에게 도와 달라고 소리쳤다. 그는 할 수만 있다면 가슴을 열어서 끔찍한 음식과 살을 모두 내뱉고 싶었다.

눈물을 흘리며 자신이 아들의 무덤이 되었다고 소리치면서 칼을 빼들고 판디온의 딸들을 쫓았다.

당신은 판디온 딸들의 몸이 날개에 매달려 날아간다고 생각했을 것이다. 아니, 그들은 실제로 날개를 펼치고 날아가고 있었다. 한 딸은 숲으로 들어갔고 다른 딸은 지붕 아래 깃들였다. 그들이 어린아이를 죽여 남은 표시는 각자의 몸에서 완전히 사라지지 않았다. 그들의 깃털은 피로 물든 것처럼 빨갛다. 슬픔과 복수의 심정으로 재빨리 달려가던 테레우스 또한 새로 변신했다. 머리 꼭대기에 벼슬이 생겼고, 긴 창 대신에 엄청나게 큰 부리가 머리에 생겼다. 이 새는 마치 무장한 것 같다고 해서 후투티라는 이름이 붙었다. 674

보레아스와 오리티아

이 슬픔 때문에 판디온은 노년의 마지막 순간이 오기도 전에 지하 명부로 내려갔다. 그를 대신하여 에렉테우스가 왕홀을 잡고 국사를 관장하게 되었다. 선왕보다 더 정의롭게 통치했는지 혹은 더 강성한 힘을 발휘했는지는 의심스럽다. 그는 네 아들과 네 딸을 두었다. 그중 두 딸은 아름다움이 서로 비슷했다. 이 두 딸 중의 하나인 프로크리스는 아이올루스의 손자인 케팔루스와 결혼했다. 또 다른 딸 오리티아는 북풍신 보레아스의 구혼을 받았다. 그러나 테레우스와 트라키아인들의 일이 보레아스에게 불리하게 작용했다. 보레아스 신은 오랫동안 사랑하는 오리티아를 얻지 못했다. 그는 구애하면서 완력에 호소하기보다는 애원하는 쪽을 택했다. 애원해 봐도 소용이 없자 화를 벌컥 냈다. 북풍신에게는 으레 있는 일이었고 또 낯익은 반응이었다.

「그렇다면 좋다! 왜 내가 주무기인 야만과 무력, 분노와 위협을 두고 수치스러운 애원에 매달렸을까? 내겐 폭력이 어울려. 힘으로 먹구름을 몰아내 버리고 파도를 일으키고 오래된 참나무를 뽑아 버리고 눈발을 단단히 굳히고 우박으로 땅을 때리는 거야. 탁 트인 하늘(여기가 내 훈련장이지)에서 바람의 형제들을 만났을 때, 나는 엄청난 힘으로 레슬링을 했지. 우리가 부딪치면 공기가 쨍쨍 울렸고, 텅빈 구름에서 불꽃이 튀어 올랐지. 나 또한 움푹 파인 땅으로 내려갔을 때, 제일 낮은 지층에다 내 등을 사정없이 짓눌렀지. 그러면 온 세상과 지하 세계가 전율하며 부르르 떨었지.

이런 수단을 동원해 내 결혼을 밀어붙였어야 했어. 에렉테우스에게 장인이 되어 달라고 사정할 게 아니라 그냥 힘으로 밀어붙여야 했다고.」

보레아스는 맹렬한 기세로 말을 마친 후 날개를 흔들어 댔고 날갯짓에 온 세상이 휩쓸렸고 넓은 바다가 몸을 떨었다. 그는 먼지를 일으키는 외투로 높은 산봉우리까지 휩쓸었다. 또한 대지를 휩쓸면서 어둠에 휩싸이게 했고, 두려움에 몸을 떠는 오리티아를 갈색 날개로 포옹했다. 그가 날아가는 동안 흡사 풀무질을 당한 양 욕정은 더욱 강하게 불타올랐다. 그래서 날아가는 속도를 얼마간 늦추다가 마침내 키코네스의 도시에 도착하여 주민들과 오리티아를 자신의 소유로 삼았다. 이곳에서 아테나이 여자는 차가운 북풍신의 아내 겸 어머니가 되었고 쌍둥이 아들을 낳았다. 쌍둥이 아들은 태어날 때 인간의 몸을 물려받았으며 아버지의 날개가 없었다. 황금빛 머리카락 아래로 수염이 자라나지 않았다. 그러나 두 소년 칼라이스와 제테스가 성장하면서 옆구리에서 날개가 생겨났고 양 뺨에는 수염이 자라더니 황금색이 되었다. 이들은 성년이 되자 미니아스 왕의 자손들과 함께 최초로 건조된 배를 타고서 미지의 바다를 건너 번쩍거리는 황금 양털을 구하러 갔다. 721

제7권
사랑과 의심

메데아와 이아손

이제 미니아스의 자손들은 테살리아의 파가사이 항구에서 건조된 배를 타고서 미지의 바다를 헤쳐 나갔다. 영원한 어둠 속에서 무기력하게 노년을 보내고 있는 피네우스를 보았고 아퀼로의 소생인 젊은이들이 불행한 늙은이 피네우스의 면전에서 처녀 새들을 쫓아 주는 모습도 보았다. 그들은 이아손의 영도 아래 많은 어려움을 극복하고 마침내 물살이 매우 빠른 흙탕물투성이의 파시스강에 도착했다. 그들이 왕에게 다가가 프릭수스의 황금 양털을 요구하자, 미니아스의 자손들에게 엄청난 조건이 제시되었다.

한편 아이에테스의 딸은 불같은 열정을 가슴에 품게 되었다. 오랫동안 마음속으로 갈등을 겪었으나 이성으로 열정을 정복할 수가 없었다. 그녀는 혼자 이런 말을 중얼거렸다.

「메데아, 너는 헛되이 열정을 상대로 싸우는 거야. 어떤 신이 너를 방해하고 있는 거라고. 이것 혹은 이와 같은 것이 사랑이라고 불리지 않는다면 정말 놀라운 일일 테지. 왜 아버지가 저들에게 내린 명령이 모질게만 느껴질까? (사실 정말

지독한 명령이야!) 왜 내가 금방 본 사람이 죽음을 맞을까봐 이처럼 두려워하는 걸까? 이렇게 두려운 이유가 뭘까? 처녀의 가슴에 품은 이 사랑의 불길을 쳐서 없애도록 해. 불행한 여자여, 그렇게 할 수만 있다면 말이다. 할 수만 있다면 난 좀 더 올바른 마음을 품고 싶어. 하지만 어떤 이상한 힘이 내 의지와는 반대되는 방향으로 나를 이끌고 있어. 욕정은 이렇게 하라고 하고, 이성은 저렇게 하라고 말해. 나는 더 좋은 것을 바라보며 칭송하나 정작 더 나쁜 짓을 저지르려 드는구나!

왕실의 처녀여, 왜 너는 낯선 이 때문에 사랑의 불길을 피워 올려 낯선 세상으로 시집가려 하느냐? 이 땅도 너에게 사랑스러운 배필을 제공할 수 있다. 저 낯선 남자가 죽든 말든 상관 마, 신들의 소관이니까. 하지만 그를 살리고 싶어! 설사 그를 사랑하지 않더라도 그렇게 해달라고 기도하고 싶어. 이아손이 무슨 일을 했기에? 이아손의 나이, 출생, 몸가짐에 감동 받지 않는 사람은 야만스러운 짐승이나 다름없어. 설사 이런 미덕이 그에게 없다고 할지라도, 그의 잘생긴 얼굴을 보고 감동 받지 않을 사람이 어디 있겠어? 확실히 이아손은 이 처녀의 가슴을 움직였어.

내가 도와주지 않으면 그는 불 뿜는 황소의 입김에 불타 버리고 자기가 땅에 뿌린 씨앗으로 인해 태어날 적들과 싸워야 해. 혹은 탐욕스러운 뱀의 제물로 내던져질 거야. 이걸 그냥 내버려둔다면 내가 암호랑이에게서 태어났고 내 가슴은 쇠와 돌로 만들어졌다고 인정하는 꼴이 돼. 왜 이아손이 죽는 꼴을 보면서 내 눈이 더럽혀지더라도 그냥 모른 체하지 못할까? 왜 그가 불 뿜는 황소와 땅에서 태어난 군사들과 잠들지 않는 뱀에게 잡아먹히는 광경을 태연히 구경하지 못할까?

신들께서 그보다는 더 좋은 일을 해주시기를! 내가 신들에게 그런 일들을 해달라고 빌어선 안 되는 거라면, 내가 직접 하면 되잖아. 내가 아버지의 왕국을 배신하면 어떻게 될까? 내 도움으로 살아난 저 낯선 이가 나를 빼놓고 바다에서 배의 돛을 올려 고국으로 돌아가 다른 여자의 남편이 되어 버리고, 나 메데아는 뒤에 남겨져 벌을 받게 될까? 만약 저 이아손이 이런 짓을 하거나 나보다 다른 여자를 더 좋아한다면, 그런 배은망덕한 자는 죽어도 싸. 하지만 저 잘생긴 얼굴, 고상한 정신, 은은한 매력을 풍기는 남자가 내 은공을 배신하거나 망각할까? 아니야, 그걸 두려워할 필요는 없어. 나는 먼저 그에게 맹세를 시킨 다음 신들을 우리 관계의 증인으로 내세울 거야. 너는 안전해. 그러니 뭐가 두려워? 허리띠를 졸라매고 지체 없이 행동에 나서는 거야!

이아손은 늘 너에게 신세 진 것을 고마워하고 너와 함께 화촉을 밝힐 거야. 그리고 펠라스기아 전역의 도시에서 많은 어머니들이 너를 구원자로 칭송할 거야. 그렇다면 돛을 가득 채운 바람에 이끌려 떠나가면서 나의 여동생, 남동생, 아버지, 신들, 그리고 고향 땅을 뒤에 두고 가야 할까? 그래. 나의 아버지는 잔인해. 그래. 나의 고향은 야만의 땅이야. 내 동생은 아직 어린애에 지나지 않아. 내 여동생의 기도는 나와 함께 있고 가장 위대한 신은 내 안에 있어. 나는 위대함을 떠나는 게 아니라 추구하는 거야. 아카이아의 청년을 구해 주었다는 공로, 더 나은 세상을 잘 알게 되는 경험, 이 콜키스까지도 명성이 전해진 도시들, 이 도시들의 문화와 예술, 온 세상을 다 주어도 바꾸지 않을 남자, 아이손의 아들 이아손과 결혼하기, 이런 것들을 추구하는 거야. 그가 남편이 된다면 나는 신들의 사랑과 축복을 받는 여자가 될 테고, 나는 머리를 들어 하늘 저 멀리 저 별들을 쳐다볼 수 있을 거야.

하지만 카리브디스와 스킬라는 어떻게 하지? 바다 한가운데 우뚝 솟아 서로 부딪친다는 산들 말이야. 배들을 싫어하는 카리브디스가 바다를 삼켰다가 갑자기 내뱉는다는 얘기를 들었어. 스킬라는 시킬리아 바다 속에 있는 산인데 갑자기 솟아오를 때면 탐욕스러운 개들이 시끄럽게 짖어 댄다고 했어. 하지만 내가 사랑하는 사람을 꼭 껴안고 품속에 안겨 있으면 험난한 바다도 안전하게 지나갈 수 있을 거야. 그의 품에 안겨 있으면 두려울 게 없어. 두려워할 것이 있다면, 오로지 내 남편의 안전뿐이야.

메데아, 넌 이걸 결혼이라고 생각하는 거야? 아니면 죄의식을 감추기 위해 그런 멋진 이름을 갖다 붙인 거야? 하지만 네가 엄청난 죄악을 향해 다가가고 있다는 사실을 직시해. 늦지 않았어. 지금이라도 죄악을 떨치고 달아날 수 있어.」

그렇게 말하는 메데아의 눈앞에 〈정의〉, 〈효도〉, 〈수치〉가 자리 잡았고 패배한 〈사랑〉은 등을 돌리고 있었다.

이어 그녀는 페르세스의 딸 헤카테의 오래된 사당에 갔다. 이 사당은 외지고 울창한 숲속 나무들에 가려져 있었다. 하지만 그녀는 이제 마음이 단단해졌고 사랑의 열정을 물리쳤으며 마음이 진정되었다. 그러나 이아손을 다시 보는 순간, 꺼졌던 불꽃이 다시 환하게 살아났다. 양 뺨은 붉게 물들었고 온 얼굴에 홍조가 가득했다. 불꽃이 바람에서 자양을 얻듯이, 엷게 뿌려진 재 아래에 감추어진 작은 불씨가 풀무질을 당한 것처럼 자극을 받아 갑자기 예전의 맹렬한 불길이 되듯이, 이제 진정되던(혹은 보기에 따라 사그라지던) 사랑의 불길이 다시 불붙었다. 예의 젊은 남자를 다시 보는 순간, 불길은 맹렬히 불타올랐다. 그날 이아손은 평소보다 더 잘 생겨 보였다.

당신은 그를 사랑하는 메데아를 용서해 주어야 한다. 그녀는 이아손을 응시했고 젊은 남자의 얼굴에 시선을 고정시켰다. 마치 전에는 본 적이 없고 그 순간 처음 보는 사람인 양 물끄러미 쳐다보았다. 사랑의 광기에 빠져 자신이 쳐다보는 것이 인간의 얼굴이 아닌 듯하다고 생각했고 시선을 돌릴 수가 없었다. 낯선 남자는 그녀의 오른손을 잡고서 순종적인 목소리로 도움을 청했고 그녀와 결혼하겠다고 약속했다. 눈물이 양 뺨을 흘러내릴 때 메데아는 말했다.

「나는 내가 무엇을 하려는지 압니다. 나를 이처럼 오도(誤導)하는 것은 무엇이 진실인지 모르는 무지가 아니라 가슴 속의 뜨거운 사랑입니다. 내 도움으로 당신은 구원 받을 겁니다. 구원을 받으면 당신이 내게 약속한 것을 지켜 주세요!」

이아손은 몸이 셋인 여신 헤카테의 의식, 여신의 사당을 둘러싼 숲속의 정령, 모든 것을 보는 아이에테스의 아버지인 태양신 솔, 또 자신의 성공과 실패 등을 걸고서 맹세를 반드시 지키겠다고 약속했다. 메데아는 맹세의 말을 믿었고 이아손은 그녀가 건네준 마법의 약초와 처방전을 받아 들고 기쁜 마음으로 숙소로 돌아갔다.

다음 날, 〈새벽〉은 반짝거리는 별들을 물리쳤다. 사람들은 마르스의 신성한 들판에 모여 등성이에 자리를 잡았다. 아이에테스 왕은 수행원들 무리 한가운데 앉았다. 보라색 용포를 입고 상아 왕홀을 쥐고 있어서 사람들 눈에 잘 띄었다.

보라, 청동 발이 달린 황소들은 단단한 콧구멍으로 뜨거운 김을 내뿜고 있었다. 놈들이 뿜는 화염에 닿은 풀들은 금방 불붙어 타버렸다. 용광로가 식식거리는 것처럼, 질가마에서 튀어나온 돌들이 물을 부으면 열기를 뿜어내는 것처럼, 황소들은 가슴에 갇힌 불을 내뿜었고 불타는 목구멍은 쉭쉭 소리를 냈다. 이아손은 그들과 맞서 싸우러 갔다. 황소들은 무시무시한 대가리와 양 뿔을 야만스럽게 이아손의 얼굴 쪽으로 돌렸고, 갈라진 발굽으로 먼지 나는 땅을 세게 밟아 댔으며, 연기 가득한 으르렁거리는 소리가 들판을 가득 채웠다.

미니아스 후손들은 공포로 온몸이 굳어졌다. 이아손은 황소들에게 다가갔으나 그놈들의 불같은 숨결을 몸에 느끼지 못했다(그처럼 약초의 효력은 강력했다). 그는 완강한 오른손으로 황소 턱밑 늘어진 살을 쓰다듬으며 두 마리 황소에 멍에를 씌우고 강제로 무거운 쟁기를 끌게 했다. 그러자 쟁기 날은 한 번도 쇠를 몸에 받아 본 적이 없는 들판을 파고들어 파헤쳤다. 콜키스 사람들은 깜짝 놀랐고 미니아스 후손들은 기뻐서 환호성을 올렸고 이아손은 사기가 더욱 높아졌다. 이어 이아손은 청동 투구에서 뱀의 이빨들을 꺼내 방금 쟁기질한 땅에 뿌렸다. 대지는 강력한 독약에 미리 담가 두었던 씨앗들을 부드럽게 했고, 이아손이 뿌린 이빨들은 자라나서 새로운 몸을 가졌다. 태아가 어미의 자궁에서 인간의 외양을 갖추면서 조금씩 자라나 때가 되면 세상에 나오듯이, 임신한 대지의 내장에서 인간의 형체들이 만들어져 비옥한 들판 위로 솟아올랐다. 더욱 놀라운 것은, 그들이 생겨남과 동시에 만들어진 무기를 챙그랑거린다는 것이었다. 그들이 쇠촉이 붙은 창을 이아손에게 던지려 하자 펠라스기아 사람들은 얼굴빛이 변했고 두려워서 사기가 뚝 떨어졌다.

이아손에게 안전판을 제공했던 메데아 역시 겁을 먹었다. 수많은 적들이 단 한 명의 젊은이를 공격하는 모습을 보고 얼굴이 창백해졌고 잠시 핏기 없이 마비된 상태로 앉아 있었다. 그녀는 마법의 약초만으로는 이아손을 지키지 못할까 두려워 은밀한 주문을 중얼거려 마법의 힘을 일으켜 이아손을 도왔다. 그러자 이아손은 적들 한가운데에 무거운 돌을 집어던져 적들의 시선을 그쪽으로 돌려놓았다. 적들은 돌을 차지하기 위해 자기들끼리 싸웠다. 땅에서 태어난 형제들은 서로 상처 입히며 죽어갔고 골육상잔의 와중에 쓰러졌다. 아카이아 사람들은 이아손을 축하하고 승자의 손을 잡으며 그의 어깨를 열렬히 껴안았다.

너, 야만인 처녀도 승자를 껴안고 싶었을 것이다. 그러나 수치심이 가로막았다. 아무튼 그런 마음이 있어서 행동에 옮기려 해도 사람들의 구설이 두려워 자제했을 것이다. 하지만 너는 가능한 일을 했으니, 즉 은밀한 감정을 즐겼다. 네가 읊은 마법의 주문과 주문의 주인인 신들에게 감사드렸다.

이제 잠들지 않는 뱀을 당신의 약초로 잠들게 하는 일만 남았다. 높은 볏, 세 가닥으로 갈라진 혀, 휘어진 이빨 등이 특징인 이 뱀은 황금 나무의 무시무시한 경비병이었다. 이아손이 망각의 약초 즙액을 뱀에게 뿌리고, 평화로운 잠을 불러오는 주문을 세 번 외우자, 험난한 바다와 물이 불어난 강도 진정시킨다는 마법의 주문 덕분에, 뱀의 눈에 스르르 잠이 찾아왔다. 아이손의 아들인 영웅은 황금 양털을 얻었고, 이 자랑스러운 전리품과 함께, 자신을 도왔던 또 다른 전리품을 챙겨 의기양양하게 이올쿠스 항구로 돌아왔다. 그는 158 이제 아내가 있는 몸이었다.

메데아와 시아버지의 회춘

그들의 자식이 무사히 돌아오자 테살리아의 일부 어머니들과 나이 든 아버지들은 선물을 가져왔고 제단의 향로에 향료를 가득 집어넣고 태웠으며, 뿔에 금칠을 한 황소를 칼날로 쓰러트려 신성한 제물로 삼았다. 하지만 시아버지 아이손은 축하 행사에 불참했다. 고령으로 피곤한 데다 죽음이 가까이 다가왔기 때문이다. 그러자 아들 이아손이 말했다.

「나의 안전한 귀환을 선사한 아내여! 당신은 이미 나에게 필요한 모든 도움을 주었고 당신의 수고는 너무나 대단해 도저히 믿을 수 없을 정도요. 혹시 당신의 마법으로 해낼 수 있다면(마법이 할 수 없는 것이 무엇이겠소?) 남아 있는 내 나이의 일부를 떼어 우리 아버지에게 붙여 주시오!」

안 그래도 심란한 터라 뒤에 두고 온 친정아버지 아이에테스의 생각이 마음속으로 흘러들었다. 하지만 메데아는 그런 감정을 드러내지 않았다.

「오, 남편이여 무슨 끔찍한 말씀을 그렇게 하십니까? 내가 당신의 나이를 빼다가 다른 이에게 붙여 줄 사람처럼 보입니까? 헤카테는 절대 허락하지 않을 겁니다. 뿐만 아니라 당신 또한 정당한 요구를 하고 있는 게 아닙니다. 하지만 이아손, 나는 당신 요청보다 더 큰 특혜를 베풀어 드리고자 합니다. 당신의 나이가 아니라, 나의 기술로 시아버지의 나이를 줄여 드리고자 합니다. 단 몸이 셋인 여신이 도와줄 뿐만 아니라 친히 이 엄청난 모험을 승낙해 주셔야 합니다.」

사흘 후 달의 뿔이 완전히 합쳐져 보름달이 되었다. 밤이 되자 보름달은 환히 빛났고 둥그런 얼굴로 온 땅을 내려다보았다. 그녀는 허리띠를 매지 않은 겉옷, 신발을 신지 않은 맨발, 어깨까지 내려오는 머리칼을 산발한 상태로 집을 나섰다. 한밤중의 정적 속에서 수행원도 대동하지 않고 혼자 방랑하는 걸음을 내디뎠다. 사람, 새, 짐승이 모두 깊은 잠에 빠져 휴식을 취하고 있었다. 생울타리에서도 중얼거리는 소리가 들리지 않았고, 잠든 뱀 또한 아무런 기척도 없었다. 잎사귀들은 미동도 하지 않고 조용했으며 축축한 공기는 입을 다문 듯 무거웠다. 오로지 별들만이 빛났다. 그녀는 별들을 향해 양팔을 내뻗으며 세 번 몸을 회전했고, 세 번 강에서 길어온 물로 머리카락을 적셨고, 세 번 입을 열어 비명을 지르더니, 딱딱한 땅에 무릎을 꿇으며 말했다.

「오 밤이시여, 나의 비밀 제의에 가장 충실한 분이고 황금의 별들을 내놓는 분이시여. 또한 달을 내보내 낮의 불빛을 이어받게 하시는 이여.

그리고 당신, 몸이 셋인 헤카테여. 당신은 내가 시작한 일의 증인으로 오시고 마법사가 주문을 외고 재주를 부리는 데 도움을 주십니다.

오, 대지여, 당신은 마법사들에게 영험한 약초를 마련해 주십니다.

그리고 당신, 미풍을 비롯한 바람, 산들, 냇물과 호수, 그리고 숲속의 신들, 밤의 모든 신이시여, 여기 강림하소서.

당신들의 도움이 있기에, 내가 원하면, 강물들은 강둑을 놀라게 하면서 수원으로 되돌아갑니다. 나는 주문을 외어 동요하는 바다를 진정시키고 잠잠한 바다를 뒤흔들어 놓을 수 있습니다. 나는 바람과 구름을 불러오기도 하고 쫓기도 합니다. 주문과 마법으로 뱀의 목숨을 끊어 놓고, 자연석과 참나무와 숲을 그들의 땅에서 옮겨 놓을 수도 있습니다. 나는 산들이 몸을 떨게 하고, 땅들이 노호하게 하고, 망령들이 무덤에서 나오게 할 수 있습니다.

오, 달님이여, 당신 또한 나는 끌어내릴 수 있습니다. 테메사[1]의 청동 냄비가 당신의 노고를 줄여 주기는 하지만 말입니다. 내 할아버지 태양신의 수레도 나의 주문에 흐릿해지고, 새벽도 나의 독초 때문에 어두워집니다. 달님이여, 당신은 나를 위해 불을 뿜는 황소의 입김을 무력하게 만들었고, 한 번도 멍에를 져본 적이 없는 황소의 목에 멍에를 걸어 휘어진 쟁기의 부담을 견디게 하였습니다. 당신은 뱀의 이빨에서 태어난 잔인한 자들이 서로 싸우게 했습니다. 당신은 황금 양털을 지키는 무서운 경비병을 잠들게 하고 그 수호자를 속여 양털을 그라이키아의 도시들로 가져가게 했습니다.

이제 나는 노년을 새롭게 하여 원래의 꽃피는 시절로 돌아가 청년처럼 만들어 주는 즙액이 필요합니다! 하늘의 별들도 이유 없이 빛나지는 않듯이, 두 마리 비룡이 끄는 수레가 여기 나타난 데 아무 이유가 없지는 않을 겁니다.」

실제로 그런 수레가 천상에서 내려와 메데아 옆에 대기했다. 그녀는 수레에 올라타 비룡의 목에 맨 고삐를 잘 조절하면서 하늘 높이 날아올랐고 발아래에 테살리아의 템페 계곡이 보였다. 그녀는 비룡 수레를 여러 지역으로 몰아가면서

1 이탈리아 남서부 지방의 도시로 청동 광산이 많기로 유명하다. 청동 그릇이나 냄비로 커다란 소리를 내면 월식을 끝낼 수 있다고 고대 로마인들은 믿었다.

오사산, 펠리온산, 오트리스산, 핀두스산, 그리고 마지막으로 올림푸스산 등에서 약초를 찾았다. 마음에 드는 약초는 뿌리째 뽑았고 어떤 것은 휘어진 청동 낫으로 풀만 베어 냈다. 아피다누스강에서 나온 약초들도 마음에 들었다. 암프리수스강에서 나온 약초도 그랬고, 에니페우스강, 페네우스강, 스페르케우스강, 물살 빠른 보이베강의 약초들도 어느 정도는 도움이 되었다. 그녀는 에우보이아의 안테돈강에서 나온 장수(長壽) 약초도 뽑아 들었다. 안테돈의 어부 글라우쿠스가 이 약초를 먹고 해신이 되었다는 얘기는 아직 널리 알려져 있지 않았다.

비룡 수레를 타고 온 땅을 뒤지며 아흐레 낮과 밤을 보낸 뒤 그녀는 돌아왔다. 비룡들은 약초들의 냄새만으로 노령의 허물을 벗어 버렸다. 그녀는 집의 대문 바로 앞, 하늘 아래 멈춰 섰고 남편 이아손의 포옹을 허락하지 않았다. 그녀는 뗏장을 떠다가 두 개의 제단을 만들었다. 오른쪽 제단은 헤카테에게, 왼쪽 제단은 〈청춘〉에 바치는 것이었다. 들판에서 뜯어 온 잎사귀와 나뭇가지로 제단을 덮은 다음, 그리 멀지 않은 곳에 땅을 파서 구덩이를 만들었다. 이어 검은 양의 목에 칼을 찔러 넣어 희생 제물을 만들었고 입을 벌린 구덩이를 피로 채웠다. 이어 맑은 꿀이 든 잔과 따뜻한 우유가 든 잔을 구덩이 위로 기울여 쏟아 부었다. 동시에 주문의 말을 외우면서 지상의 신들을 불렀고, 지하 세계의 왕과 납치된 그의 아내에게 늙은 시아버지의 몸에서 그렇게 빨리 영혼을 빼 가지 말아 달라고 호소했다.

지상과 지하의 신들에게 간절한 기도를 드리고 장황한 주문을 왼 뒤, 메데아는 시아버지 아이손의 노구를 밖으로 모시라고 말했다. 그녀는 시아버지에게 주문을 외어 깊이 잠들게 한 뒤에 그를 마치 죽은 사람처럼 약초 위에 눕혔다. 그녀는 남편과 수행원들에게 멀리 사라지라고 명령하면서 세속적인 눈으로 이 신비한 제사를 더럽혀서는 안 된다고 경고했다. 그들은 명령 받은 대로 사라졌다. 메데아는 산발한 채로 바쿠스 여신도처럼 향료가 불타오르는 제단 주위를 빙빙 돌다가, 여러 갈래로 갈라진 막대기들을 검은 피의 구덩이에 담그더니 다시 꺼내 두 제단의 불을 붙인 뒤 노인의 몸을 불로 세 번, 물로 세 번, 유황으로 세 번 정화했다.

한편 그녀가 설치한 가마솥에 들어간 희귀한 약초들은 설설 끓어서 하얀 거품이 솟아오르고 있었다. 그녀는 테살리아 계곡에서 뽑아 온 뿌리와 씨앗, 꽃과 검은 즙액을 집어넣어 함께 끓였다. 저 먼 동양에서 가져온 돌들과, 대양의 썰물에 씻긴 모래들도 집어넣었다. 밤새 보름달의 달빛 아래서 수집한 이슬과 서리도 추가했고, 불길한 올빼미의 날개와 그 썩은 고기, 들짐승에서 인간으로 변신한다는 늑대의 내장도 집어넣었다. 물론 키니피아 물뱀의 얇은 비늘 달린 껍질과 장수한 수사슴의 간도 빼놓을 수 없었다. 거기다가 메데아는 아홉 세대를 살았다는 까마귀의 부리와 머리를 추가했다.

야만족 출신 여자는 이외에도 천 가지의 이름 모를 재료들을 집어넣어 인간의 능력으로는 만들어 낼 수 없는 기적의 즙액을 완성했다. 오래전에 말라비틀어진 올리브나무 가지를 가져다가 가마솥의 뜨거운 즙액을 밑에서 위로 뒤섞었다.

보라, 뜨거운 가마솥을 뒤섞던 나뭇가지가 먼저 초록색이 되더니 곧 잎사귀가 나고 갑자기 튼실한 올리브 열매가 매달리는 것이 아닌가! 뜨거운 가마솥에서 튀어나온 즙액이 일부 땅바닥에 떨어지자 땅은 다시 봄을 맞이한 것처럼 꽃이 피어나고 부드러운 목초지가 되었다. 그것을 보자 메데아는 칼을 칼집에서 빼내 노인의 멱을 따서 늙은 피를 흘러나오게 한 다음, 대신 방금 끓인 즙액으로 채웠다. 시아버지 아이손은 즙액을 입으로 혹은 목의 상처로 받아들인 다음, 하얗던 수염과 머리카락이 곧바로 검은색으로 바뀌었다. 수척한 몸집은 사라졌고 창백하고 쇠락한 기운은 몸에서 빠져나갔다. 쪼글쪼글한 주름은 청춘의 팽팽한 살로 채워졌고 사지는 보기 좋게 부풀어 올랐다. 시아버지 아이손은 깜짝 놀라면서 40년 전의 자기 모습과 똑같다며 옛날을 회상했다.

바쿠스 신은 천상에서 이 놀라운 기적을 내려다보면서, 자기 유모들을 회춘시킬 수 있겠다고 생각하여 이 콜키스 여자에게서 예의 즙액을 선물로 받아 갔다. 296

메데아와 펠리아스

메데아는 계속 마법을 부리기 위해 짐짓 남편을 미워하는 척하면서 탄원자의 입장이 되어 펠리아스에게 달아났다. 펠리아스 또한 노령으로 시달리고 있었으므로 그의 딸들은 메데아를 받아들였다. 얼마 지나지 않아 꾀 많은 콜키스 여자는 펠리아스의 딸들을 겉 다르고 속 다른 우정으로 매혹했다. 메데아는 자신의 위대한 업적들을 자랑하면서 그중에서도 시아버지 아이손의 나이를 떼어 내어 회춘시킨 이야기를 자세히 들려주었다. 그러자 펠리아스의 딸들은 마음속에 희망을 품게 되었다. 그런 기술을 사용하면 자기네 아버지도 다시 젊어질 테고 이는 그들이 간절히 바라는 것이었다. 그들은 메데아에게 아버지를 회춘시켜 준다면 원하는 대로 보답해 주겠다고 말했다.

메데아는 잠시 말이 없었고 망설이는 기색을 보였다. 졸라대는 펠리아스의 딸들을 긴장시키면서 짐짓 심각한 표정을 짓더니 이윽고 부탁을 들어주겠다고 약속하고는 이렇게 말했다.

「당신들이 나의 재주를 확실히 믿게 해드리겠습니다. 양떼들 중에 우두머리이고 가장 나이가 많은 놈을 어린 양으로 회춘시켜 보이겠습니다.」

곧 아주 나이 많은 양이 메데아 앞에 대령되었다. 양의 뿔은 푹 꺼진 관자놀이 위로 굽어져 있었다. 그녀는 테살리아 칼을 사용하여 늙은 양의 목을 찔러서 얼마 안 되는 피를 쇠 칼날에 묻혀 뽑아냈다. 여자 마법사는 늙은 양을 강력한 즙액과 함께 텅 빈 청동 솥에 집어넣었다. 약초의 즙액은 양의 몸과 뿔을 불태워 버렸을 뿐만 아니라 양의 고령(高齡)도 날려 보냈다. 그러자 가마솥에서 가녀린 울음소리가 들려왔다. 그들이 무슨 소리인가 의아해하고 있을 때, 어린 양이 가마솥에서 튀어나와 젖 많은 젖꼭지를 찾아 어디론가 달려갔다.

펠리아스의 딸들은 깜짝 놀랐고 이제 메데아의 약속이 신빙성이 있음을 확신했으므로, 더욱 집요하게 졸라 댔다.

그동안 포이부스는 세 번이나 황금 수레의 멍에를 떼어 내어 천마들이 히스파니아의 냇물로 가라앉게 했다. 나흘째 되는 날 밤하늘에 밝은 별들이 반짝거리자, 아이에테스의 기만적인 딸은 맹렬하게 타오르는 불에 맹물을 올려놓고 가짜 약초를 집어넣었다. 그녀의 주문과 마법적인 혀의 힘 때문에 죽음 같은 잠이 펠리아스 왕과 경비병들을 사로잡았다. 딸들은 지시 받은 대로 콜키스 여자와 함께 아버지의 방으로 들어가 침대를 둘러쌌다. 메데아는 이렇게 말했다.

「이 굼뜬 사람들아, 무엇 때문에 망설이는가? 당신들의 칼을 뽑아 저 노인의 피를 뽑아내라. 그래야 내가 젊은 피로 늙은 혈관을 채울 게 아닌가. 아버지의 생명과 나이는 당신들 손에 달려 있다. 당신들에게 효심이 있고 당신들이 품은 희망이 헛된 것이 아니라면 효도 의무를 다하고 당신들의 무기로 아버지의 노년을 몰아내라. 당신들의 칼을 찔러 넣어 진흙 같은 피를 뽑아내라!」

이런 격려의 말을 듣자, 세 딸은 효심이 강했으므로, 서로 효녀 — 실은 불효녀 — 가 되려 했고, 죄인이 될 의사는 조금도 없었지만 실제로는 죄를 저질렀다. 하지만 자신이 칼로 찌르는 광경을 직접 보려고 하는 딸은 없었다. 그들은 눈을 돌려 다른 데를 보면서 무지한 손으로 야만적인 상처를 입혔다. 아버지는 피를 흘리면서도 팔꿈치에 힘을 주어 몸을 들어 올렸고, 몸이 절반쯤 난자 당했으면서도 침대에서 일어나려 했다. 많은 칼들이 자신을 향하고 있는 상황인데도 창백한 양팔을 내뻗으며 말했다.

「내 딸들아? 무슨 짓을 하고 있느냐? 누가 네 애비를 죽이라고 너희들을 무장시켰느냐?」

딸들의 용기는 사라졌고 칼이 손에서 떨어졌다. 펠리아스가 뭐라고 더 말하려는데 콜키스 여자가 멱을 따서 그의 말을 잘라 버렸고 난자된 몸을 뜨거운 물속에 집어넣었다. 349

메데아의 도주

비룡 수레를 타고 미풍 속으로 떠오르지 않았더라면 메데아는 징벌을 피하지 못했을 것이다. 그녀는 펠리온산과 오트리스산의 상공을 날아갔다. 펠리온은 키론이 자기 집으로 삼은 산이고 오트리스는 케람부스의 모험으로 유명한 곳이다. 케람부스는 대지가 바다의 물결로 넘실거릴 때 산의 님프들이 마련해 준 날개를 타고 데우칼리온의 홍수를 피했던 사람이다. 그녀가 날아가는 상공 왼쪽에는 거대한 돌로 만든 뱀 조각상이 있는 아이올리스의 피타네와 이다의 숲이 있었다. 이 숲에서 바쿠스는 아들이 훔쳐 온 수소를 수사슴으로 둔갑시켜 감추어 놓았다. 메데아는 코린투스의 아버지가 누워 있는 허약한 모래 무덤 상공을 지나갔다. 또한 마이라의 기이한 울음소리가 온 사방에 퍼지는 땅도 지나갔다. 발 아래에 에우리필루스의 도시인 코스도 보였다. 코스의 여자들은 헤르쿨레스의 군대가 퇴각할 때 뿔을 썼더랬다. 포이부스가 소중하게 여기는 땅 로두스와 텔키네스가 사는 이알리수스도 지나갔다. 텔키네스 사람들은 유피테르에 의해 물속에 가라앉았다. 그들이 보는 것은 뭐든 부정을 타버렸다. 이마저도 못마땅하게 여긴 유피테르는 해신 넵투누스의 도움을 받아서 그들을 모두 바닷속에 수장해 버렸다.

그다음에 메데아는 키크누스 계곡에 있는 히리에 호수를 보았다. 갑작스럽게 나타난 백조로 유명해진 곳이다. 이곳에서 변덕스러운 소년인 키크누스는 필리우스의 봉사를 받았다. 필리우스는 야생 조류를 훈련시키고 사나운 사자를 길들여서 이 동물들을 키크누스에게 선물로 주었다. 필리우스는 들소를 길들여 달라는 요청을 받고서 임무를 완수했지만 키크누스에게 소를 바치는 것을 거부했다. 키크누스가 자신의 사랑을 너무 자주 외면했기 때문이다. 화가 난 키크누스는 이렇게 소리쳤다.

「너는 차라리 그 선물을 주었더라면 하고 후회하게 될 거야!」

키크누스는 높은 절벽에서 뛰어내렸다. 모두들 추락하여 죽을 거라고 생각했지만 그는 눈처럼 하얀 날개를 퍼덕이며 공중을 유유히 날아갔다. 그는 백조로 변신했다. 그의 어머니 히리에는 아들이 구제 받았음을 알지 못했다. 너무 많이 울어 녹아서 물이 되어 버렸는데 결국은 자기 이름을 딴 호수가 되었다. 호수 인근에는 플레우론이 있다. 오피우스의 딸 콤베는 그녀 아들들의 치명적인 칼날을 피하여 이곳으로 달아났는데 몸에 생겨난 날개 덕분에 도망칠 수가 있었다.

그다음에 여자 마술사는 라토나의 칼라우레아 들판을 보았다. 이 들판에서 어떤 왕과 왕비가 새로 변신했다. 오른쪽에는 킬레네 땅이 있었는데, 메네프론이 짐승과 마찬가지로 자기 어머니와 동침한 곳이다. 저 멀리서 메데아는 손자의 비참한 죽음에 슬피 우는 케페수스를 보았다. 그의 손자는 아폴로에 의해 살진 물개로 변신했다. 옆에는 에우멜루스가 있었는데, 그는 새로 변신한 아들 때문에 눈물을 흘렸다.

메데아는 계속 비룡 수레를 타고서 코린투스로 돌아왔다. 코린투스는 신성한 샘물의 도시이다. 오래된 전승에 의하면 인류는 이 샘물에서 자라는 비에 젖은 버섯에서 탄생했다. 여기 코린투스에서 버림받은 아내 메데아는 이아손의 새 아내를, 마법의 힘으로 불태워 죽임으로써 잔인하게 복수를 했다. 이어 왕궁에 불을 질렀고 이아손과의 사이에서 낳은 자녀들을 칼로 찔러 죽였다. 잔인한 어머니는 이처럼 사악하게 복수를 한 뒤에 이아손의 무기를 피해 달아났다. 다시 비룡 수레에 오른 메데아는 아테나이의 성채로 달아났다. 이 높은 성채는 세 건의 변신을 목격했다. 너 가장 정의로운 자 페네, 너 나이 든 페리파스는 새로 변신하여 함께 날아다니고 폴리페몬의 손녀딸도 새 날개를 얻었다.

아이게우스는 도망쳐 온 메데아를 받아들였다. 이처럼 환대한 행위로 인해 단죄를 당할 운명이었다. 그는 환대만으로는 부족하다고 생각하여 메데아를 아내로 삼았다. 403

메데아, 아이게우스, 테세우스

이제 영웅 테세우스가 등장했다. 그는 아버지 아이게우스에게는 알려지지 않은 자식이었으나, 용감하게도 두 바다 사이의 지협을 정복했다. 메데아는 테세우스를 죽이기 위하여 오래전 스키티아의 해안에서 가져온 절벽-독초를 섞었다. 이 독약은 에키드나의 개의 이빨에서 나온 것이라 한다.

입구가 어둡고, 아주 캄캄해서 눈을 감은 양 아무것도 보이지 않는 동굴이 있었다. 이 동굴에 난 길은 지하 세계로 내려가는 길이었다. 위대한 헤르쿨레스는 이 길을 따라 지상으로 올라오면서 지하의 개 케르베루스를 단단한 사슬에 묶어서 끌고 왔다. 이 지하의 개는 헤르쿨레스에 맞서 낑낑거렸고 눈부신 햇빛으로부터 고개를 돌렸다. 불같은 분노에 휩싸인 케르베루스가 세 개의 입으로 짖는 소리가 허공에 가득 울려퍼졌고 하얀 개거품은 초록 들판을 채웠다. 이 개거품이 굳어지고 비옥하고 풍성한 땅으로부터 자양을 얻어 사람을 해치는 독성을 갖게 되었는데 절벽에서 잘 자란다고 하여 시골 사람들은 이것을 절벽-독초라고 불렀다.

아내의 간계에 넘어간 아이게우스는 아들을 적으로 생각하고 독초를 테세우스에게 권했다. 테세우스는 아무 생각 없이 오른손으로 자신에게 건네진 잔을 잡았다. 그때 아버지는 테세우스가 차고 있는 칼의 상아 자루에서 가문의 문장을 보고는, 독이 든 잔을 손으로 쳐서 아들의 입에서 물리쳤다. 메데아는 주문을 외워 구름을 부름으로써 죽음을 피해 도망쳤다.

아버지 아이게우스는 아들이 무사해 기뻐했지만 아슬아슬하게 엄청난 죄악을 피한 데 경악했다. 그는 제단에 향불을 피우고 신들에게 선물을 올렸으며 머리띠를 이마에 두른 황소의 누런 목을 도끼로 쳐서 희생의 피를 바쳤다. 아테나이 사람들은 일찍이 그날처럼 활기찬 축일은 본 적이 없다고 말했다. 노인들과 평민들은 잔치를 벌였고 술기운이 거나하게 오르자 영웅 테세우스를 칭송하는 노래를 불렀다.

이제 마라톤이 당신 발아래 있습니다.
크레타의 황소를 죽이신 자여.
당신에게 크로미온의 사람들은 고개를 숙입니다.
거대한 수퇘지를 죽이신 자여.

당신은 에피다우루스에서 거대한 곤봉을
휘두르는 페리페데스를 무릎 꿇렸습니다.
당신은 또한 무시무시한 곤봉을 휘두르는
프로쿠르스테스를 죽이셨습니다.

케레스의 신성한 땅인 엘레우시스에서
당신은 케르키온을 죽이셨습니다.
또한 우리의 법률을 위반한 시니스도 죽이셨는데

그것은 아주 잘하신 일이었습니다.

시니스는 아주 키 큰 소나무 두 그루를
휘어 그 끝이 땅에 닿게 하고서
길손들을 거기에 줄로 묶었다가 그 줄을 끊어서
그들의 가랑이를 찢어 죽인 자였습니다.

사악한 스키론이 이제 죽어 버렸기 때문에
해안의 도로는 이제 안전해졌습니다.
땅도 바다도 그의 유골에게는 편안한
안식의 장소를 주지 않으려 했습니다.

그래서 그의 뼈는 단단한 돌로 굳어져서
그의 이름이 붙은 절벽이 되었다고 합니다.
우리가 당신의 나이와 업적을 비교하면
업적이 나이를 훨씬 능가합니다.

테세우스, 영웅의 노고를 칭송하기 위하여,
당신의 신하와 이웃들은 그 업적에 대한
고마움을 표시하기 위하여
잔을 높이 들어 감사의 헌주를 올립니다.

테세우스의 영웅적인 업적에 영감을 얻은 기도와 찬양이 궁전을 가득 채웠다. 아테나이 전역에서 슬픔은 완전히 사라져 버렸다. 452

미노스 왕이 전쟁으로 위협하다

하지만 순수한 즐거움이란 없는 법이다. 즐거운 일에는 언제나 이런저런 골칫거리가 따른다. 아이게우스는 아들의 귀환을 기뻐했지만 근심이 완전히 없어진 것은 아니었다. 미노스는 아테나이를 상대로 전쟁을 준비하고 있었다. 미노스는 보병과 함선이 강력했지만 아버지로서 생겨난 분노가 가장 큰 힘이었다. 무력으로 아들 안드로게우스의 죽음을 복수하기로 하고 먼저 동맹군을 확보했고 자신의 강점으로 알려진 재빠른 선단을 움직여 바다를 종횡으로 누볐다. 협상으로 아나레를, 무력으로 아스티팔라이아 왕국을 자신의 동맹으로 만들었다. 이어 미코노스를 복속시키고, 백악이 많이 나는 키몰로스, 비옥한 시로스, 평평한 세리포스, 대리석 절벽이 많은 파로스를 동맹으로 삼았다. 일찍이 아르네는 불경스럽게도 황금 때문에 파로스섬을 배신해 발과 날개가 검은 갈가마귀로 변신했는데 오늘날까지도 황금을 좋아한다. 이 외에 올리아로스, 디디마이, 테노스, 안드로스, 기아로스, 올리브가 많이 나는 페파레토스 등이 크레타 선단에 도움을 주기로 했다.

미노스 왕은 다시 항로를 돌려 오이노피아로 갔다. 아이아쿠스의 왕국인데 예전 사람들은 이 섬을 오니오피아로 불렀다. 하지만 아이아쿠스는 통치자가 되면서 이 섬에 자신의 어머니 이름인 아이기나를 붙였다.

위대한 명성을 날리는 미노스 왕을 맞으려고 여러 사람이 열렬한 마음으로 황급히 마중을 나왔다. 장남 텔라몬이 달려왔고 둘째 아들 펠레우스와 셋째 아들 포쿠스도 그 옆에 있었다. 고령으로 발걸음이 무거운 아이아쿠스도 나왔는데,

미노스 왕에게 이렇게 왕림하신 용건이 무엇이냐고 물었다. 남의 아들들을 보자 본인 아들 생각이 나서 슬픔을 느끼는 100개 도시의 통치자 미노스 왕은 한숨을 내쉬며 말했다.

「내 아들을 위하여 군대를 움직이려 하는데 당신이 병력을 지원해 내 군대의 일부가 되어 대의를 위해 싸우게 해주십시오! 당신의 도움으로 이제 무덤에 들어간 내 아들이 평온을 누리게 해주십시오.」

아소푸스의 손자인 아이아쿠스는 대답했다.

「당신은 나의 도시가 승낙할 수 없는 요청을 하셨습니다. 우리 아이기나처럼 아테나이와 유대가 두터운 섬도 없습니다. 아주 강력한 유대 관계를 형성하고 있지요.」

미노스 왕은 낙담하여 물러가면서 말했다.

「그 유대 관계가 당신에게 큰 대가를 치르게 할 것입니다.」

하지만 미노스는 실제로 전쟁을 걸어서 쓸데없이 힘을 빼는 것보다는 위협하는 정도에 그치는 쪽이 더 이롭다고 생각 489 했다.

케팔루스가 아이기나에 도착하다

여전히 아이기나의 성벽에서 크레타 선단이 보이는 시점에, 돛을 활짝 편 아테나이의 배가 전속력으로 항구로 들어오고 있었다. 그 배에는 아테나이의 요구 사항을 가져오는 케팔루스가 타고 있었다. 아이아쿠스의 젊은 아들들은 케팔루스를 만난 지 상당히 오래되었으나 여전히 그를 알아보았고 오른손을 내밀어 그를 아버지의 왕궁으로 안내했다. 예전의 수려한 외모를 여전히 간직한 잘생긴 영웅은 한 손에 올리브 가지를 들었다. 그리고 수석 사절인 케팔루스의 양옆에는 팔라스의 아들들인 클리토스와 부테스가 서 있었다.

서로 수인사를 나눈 후, 케팔루스가 아테나이의 요구 사항을 설명하면서 도움을 요청했다. 선조들 사이에 맺어진 동맹을 상기시키면서 미노스는 지금 아테나이뿐만이 아니고 그라이키아 전역의 패권을 노린다고 강조했다. 케팔루스가 이런 웅변으로 사절 임무를 완벽하게 수행하자, 왼손을 왕홀의 자루 부분에 내려놓고 있던 아이아쿠스가 말했다.

「아테나이여, 도움이라니요? 당연히 해드려야지요. 이 섬이 보유한 무력이 곧 당신의 무력이라고 생각해 주십시오. 나의 영토가 제공할 수 있는 한 모든 힘을 보태겠소. 나는 힘이 부족하지 않습니다. 나에게는 군대가 남아 있습니다. 신들에게 감사할지어다! 때마침 잘 찾아오셨소. 나는 아테나이의 요구를 절대 거절하지 않겠습니다.」

「나는 이런 행복한 상태가 지속되기를 바랍니다.」 케팔루스가 말했다. 「당신의 도시에 백성들 숫자가 늘어나기를 바랍니다. 내가 이곳에 도착했을 때 인물이 준수하고 나이도 젊은 청년들이 나를 맞이하러 나와서 기뻤습니다. 하지만 내가 예전에 당신의 도시를 찾아왔을 때, 만났던 많은 사람들을 아직 만나지 못해 섭섭합니다.」

아이아쿠스는 신음소리를 내면서 슬픈 목소리로 이렇게 말했다.

「그 뒤에 행운이 따라오기는 했지만 처음에는 슬픔이 찾아왔습니다. 슬픔은 없이 행운이 따른 얘기만 해줄 수 있다면 얼마나 좋겠습니까. 장황한 서설은 생략하고 옛일을 순서대로 기억하여 말씀드리겠습니다. 당신이 기억 속에 소중히 간직하고 있는 사람들은 뼈와 재가 되어 누워 있습니다. 그

522 들이 죽으면서 상당수 백성이 함께 사라졌습니다.

아이기나섬의 전염병

이 섬에 유노의 라이벌인 여자 이름을 붙였다고 하여 유노의 부당한 분노를 사는 바람에 무서운 전염병이 발생했습니다. 치명적인 병이었지만, 이 대재앙의 원인이 무엇인지 알 수 없었습니다. 우선 의술로 대응했지만 사람들이 속수무책으로 죽어 갔고 백약이 무효였습니다.

처음에 하늘은 무거운 안개로 땅을 눌렀고 구름 속에 느리게 퍼지는 열기를 가두었습니다. 달이 차고 기울기를 네 번 하여 넉 달이 흘러갔고, 뜨거운 남풍이 죽음의 열기를 불어왔습니다. 우리의 샘과 호수가 오염되었다는 보고가 들어왔습니다. 경작되지 않은 들판에 수천 마리의 뱀들이 기어 다니면서 냇물을 독으로 오염시켰습니다. 처음에 개, 새, 양, 소, 그리고 야생동물 등에서 이 갑작스러운 질병의 위력이 감지되었습니다. 불행한 농부는 힘센 황소가 밭을 갈다 말고 밭고랑에 주저앉는 모습을 놀라면서 바라보았습니다. 병든 양 떼는 신음 소리를 냈고 양털이 저절로 빠지면서 몸이 썩어 갔습니다. 경마장에서 명성을 날리던 씩씩한 말들은 더 이상 이름값을 하지 못하고, 과거의 영광을 망각한 채 마구간에서 신음하더니 천천히 죽어 갔습니다. 수퇘지는 분노할 줄 몰랐고 사슴은 달아나지 않았으며 곰들은 가축 떼를 공격하지 않았습니다.

무기력이 만연했지요. 숲과 들판과 도로에는 혐오스러운 시체들이 나뒹굴었고 공기에는 썩는 냄새가 진동했습니다. 내가 놀라운 일을 하나 말씀드리지요. 개나 탐욕스러운 새들이나 회색 늑대가 이 시체를 건드리지 않았습니다. 시체들은 계속 썩어 가면서 공기를 오염시켰고 병을 널리 전염시켰습니다. 전염병은 불행한 농부들에게 엄청난 손실을 안겨 주었고 우리의 도성 안을 사실상 통치했습니다. 먼저 사람들의 내장이 뜨겁게 타오르는데 그건 숨겨진 발열의 징후입니다. 온몸이 빨개지면서 호흡하기가 어려워집니다. 혓바닥은 신열 때문에 거칠거칠해지다가 이윽고 부어오릅니다. 따뜻한 바람으로 건조된 입은 저절로 벌어지고 헐떡거리는 입은 간신히 무거운 공기를 들이마십니다. 침대도 요도 더워서 견디지 못합니다. 땅바닥에 누워도 시원해지는 게 아닙니다. 땅이 오히려 그들의 몸 때문에 더워졌습니다.

이 재앙을 통제할 수 있는 사람은 아무도 없었습니다. 이 잔인한 전염병은 치료사들도 덮쳤습니다. 치료사들의 기술이 오히려 본인들에게 해가 되었습니다. 치료사가 병자에게 가까이 다가가 정성껏 치료할수록 더 빨리 죽음의 품안으로 뛰어드는 꼴이 되었어요. 안전하게 치료할 수가 없음을 깨달은 그들은 죽음 자체에서 질병을 끝내는 수단을 발견했고, 그런 생각에 몰두하면서 환자 치료를 게을리하고 신경쓰지 않았습니다. 사실 도움이 되는 것은 어디에도 없었습니다. 어디에서나 그들은 수치심을 내팽개치고 샘물, 강물, 물 많은 우물에 달라붙었습니다. 아무리 물을 많이 마셔도 갈증은 사라지지 않았고 오로지 죽어야만 갈증이 없어졌습니다. 많은 사람이 물에서 일어서질 못해서 물속에서 죽어갔습니다. 하지만 그런 썩은 물도 마시려 하는 사람들이 있었습니다.

불행한 사람들은 침대를 증오하여 벌떡 일어섰고, 일어설 힘이 없으면 몸을 굴려서 땅바닥에 떨어졌습니다. 황급히 집에서 도망쳤고 그들의 집은 죽음의 집처럼 보였습니다. 병의 원인을 알지 못했기 때문에 자신의 비좁은 집을 의심했던 겁니다. 서 있을 힘이라도 있으면 절반쯤 살아 있는 상태로 거리를 헤맸고, 다른 사람들은 땅바닥에 누워 울면서, 마지막 몸부림으로 퀭한 눈을 굴렸습니다. 그들은 하늘의 별을 향해 양팔을 벌리면서 죽음이 낚아채는 대로 여기저기에서 죽어 갔습니다.

그때 나는 무엇을 생각했을까요? 어떤 생각을 해야 옳았을까요? 나는 삶을 증오하면서 내 백성들처럼 죽어 버리고 싶었습니다. 눈을 돌려 바라보는 곳마다 한 무리의 사람들이 누워 있었습니다. 썩은 사과가 흔들리는 가지에서 떨어지는 것처럼. 혹은 흔들리는 참나무에서 도토리가 떨어지는 것처럼. 당신은 계단이 많은 저 건너편의 높은 사원을 보셨지요(유피테르가 안에 계십니다)? 누군들 저 제단에 향불을 바치지 않았겠습니까? 하지만 소용이 없었어요. 남편이 아내의 목숨을 혹은 아버지가 아들 목숨을 구하기 위해 간절한 기도를 올리면서 죽어 간 경우가 부지기수였습니다. 그래도 제단은 아무런 대답이 없었습니다. 그렇게 죽은 사람들 손에는 아직 사용하지 못한 한 줌의 향이 들어 있었지요! 희생 제물로 쓸 황소를 제단에 데려와, 사제가 기도를 올리고 황소의 양 뿔 사이에 물 안 탄 포도주를 뿌리는 동안에, 상처가 곪아 터지기를 기다릴 사이도 없이 죽어 간 황소들 또한 부지기수였습니다.

나 자신이 세 아들과 백성들과 함께 유피테르에게 희생 제물을 바치려 할 때, 희생 제물은 끔찍한 신음 소리를 내더니 칼을 맞지도 않았는데 갑자기 쓰러졌습니다. 제물에 칼을 찔러 넣어도 피가 별로 나오지 않았습니다. 제물의 내장도 병들어 있어서 길흉을 점치거나 신들의 경고를 알아낼 수 없었습니다. 무서운 병이 내장에까지 침투했던 겁니다. 나는 시체들이 신전 문 앞이나 심지어 제단 앞에 내던져지는 것을 보았습니다. 마치 인간의 불행에 무심한 신들에게 수치심을 안겨 주려는 듯했습니다. 어떤 사람들은 올가미로 자신의 목을 졸라 숨을 거두었습니다. 그들은 죽음을 이용하여 죽음에 대한 공포를 물리치려 했으며, 자발적인 의지를 발동하여 자기 운명을 불러들였습니다. 죽은 자들이 넘쳐 났지만 장례 행렬도 장례 의식도 찾아볼 수 없었습니다. 아무리 넓은 문이라 해도 그렇게 많은 시체를 받아들일 수는 없었습니다. 시체는 매장하지 않고 땅에 내팽개치거나 장례도 치르지 않고 쌓아 올려 불태워 버렸습니다. 망자에 대한 예의라고는 조금도 없었습니다. 그들은 화장용 장작을 두고 싸웠고 남의 장작불에 화장을 하기도 했습니다. 곡하는 사람도 없었고, 전혀 애도를 받지 못한 채 아들과 남편, 남녀노소의 영혼이 허공을 방랑했습니다. 매장지가 충분하지 못했고 화장용 나무도 부족했습니다.

나, 아이아쿠스는 이런 대재앙의 소용돌이에 경악하면서 말했습니다.

〈오, 유피테르 최고신이시여, 당신이 아소푸스의 딸 아이기나를 포옹한 사실을 부정하지 않는다면, 또 위대한 아버지시여, 내 부모임을 수치스럽게 생각하지 않는다면, 내 백성을 나에게 돌려주거나 아니면 나 또한 무덤에 묻어 주십시오.〉

유피테르는 호의적인 천둥과 번개로 신호를 주었습니다.

〈저는 당신의 신호를 받아들입니다.〉 내가 말했습니다. 〈원컨대 당신의 이런 신호가 우리에게 좋은 결과를 가져다주기 바랍니다.〉

궁전 근처에 가지를 활짝 편 아주 특별한 참나무가 있었습니다. 테살리아의 도도나에서 가져온 씨앗에서 자라나서 유피테르에게 바쳐진 신성한 나무입니다. 우리는 그 나무의 주름진 껍질에서 입에 자그마한 곡식을 문 채 기어가는 기다란 개미의 행렬을 보았습니다. 나는 개미들이 몇 마리나 될까 궁금해하면서 이렇게 말했습니다.

〈오 가장 좋으신 아버지시여, 내게 저 개미 숫자만큼의 백성을 주시어 텅 빈 나의 도성을 가득 채우게 해주십시오.〉

키 큰 참나무는 몸을 떨면서 소리를 냈고 바람 한 점 없는데도 가지가 살랑살랑 움직였습니다. 나는 공포에 사로잡혀 사지가 뻣뻣해졌고 머리카락이 비죽 솟아올랐습니다. 나는 땅과 참나무에 키스를 했지만 희망을 품고 있다는 내색은 하지 않았습니다. 그러나 은밀하게 희망을 품었고 마음속으로 기도에 대한 응답이 있으리라 생각했습니다. 밤이 와서 근심으로 피곤해진 사람들 위로 이불 같은 잠이 찾아왔습니다. 낮에 보았던 참나무가 내 눈앞에 나타났습니다. 가지도 똑같았고 가지 위에 기어 다니는 개미들도 똑같았지요. 낮처럼 바람이 없는데도 가지가 움직이더니 개미들의 대열을 들판에 널리 퍼트렸습니다. 개미들은 갑자기 몸집이 불어나더니 묵직한 상체를 자랑하며 우뚝 일어섰습니다. 그들은 수척한 몸집과 많은 다리를 내던지고 검은 색깔을 벗어던지더니 인간의 형체를 취했습니다.

잠이 달아났습니다. 나는 잠에서 깨어나 금방 본 것을 부정하면서 신들은 아무런 도움도 내려 주지 않는다고 투덜거렸습니다. 하지만 궁전에서 엄청나게 웅성거리는 소리가 들려왔습니다. 전에 들어 본 적이 없는 사람들의 목소리였습니다. 이것도 꿈이려니 하고 생각하는데, 맏아들 텔라몬이 황급히 달려와 문을 열고 말했습니다.

〈아버지, 이제 희망할 수도 믿을 수도 없는 일을 보실 겁니다. 어서 나와 보세요!〉

나는 밖으로 나가서 방금 꿈속에서 보았던 사람들을 하나하나 알아보고 확인했습니다. 그들은 나에게 다가와 나를 자신들의 왕이라 하며 칭송했습니다. 나는 유피테르에게 감사 기도를 올렸고 사람들이 죽어 나간 도시와 들판을 이 새로운 백성에게 나누어 주었습니다. 나는 그들을 개미족이라고 불렀는데 이름으로 그들의 기원을 늘 상기시키고 싶었기 때문입니다. 당신은 이미 그들의 몸집을 보았습니다. 그들은 예전 특성을 고스란히 간직하고 있습니다. 힘든 일을 잘 참는 근면한 부족이고, 일단 얻은 것은 잘 간직하고 잘 보관해 둡니다. 연령과 정신이 잘 어우러진 이 부족이 당신을 따라 전쟁에 나갈 겁니다. 당신을 여기에 데려온 동풍 에우루스가 남풍 아우스테르로 바뀌면 말입니다.」 660

케팔루스의 슬픈 사연

그들은 이런 이야기들을 나누면서 긴 하루를 보냈다. 그날 마지막 일정인 잔치를 벌였고 밤에는 잠을 잤다. 다음 날 황금 해가 첫째 빛을 일으켰고 여전히 에우루스가 불어와 돛을 펴고 돌아갈 수가 없었다. 팔라스의 아들들이 그들보다 나이가 많은 케팔루스를 찾아왔고 그들은 함께 아이아쿠스 왕을 찾아갔으나 왕은 자고 있었다. 아이아쿠스의 막내아들인 포쿠스가 그들을 문턱에서 맞이했다. 텔라몬과 둘째 아들은 전쟁에 나갈 군사들을 모집하는 일로 출타 중이었다.

포쿠스는 아테나이 사람들을 궁정 깊은 곳에 있는 아늑한 방으로 안내하여 함께 좌정했다. 포쿠스는 케팔루스가 손에 들고 있는 창을 보았다. 본 적이 없는 목재로 만들어진, 황금 촉이 달린 창이었다.

「저 또한 숲을 사랑하고 들짐승 잡기에 열광합니다.」 포쿠스가 말했다. 「하지만 당신이 들고 있는 투창용 나무가 나오는 숲에서 멀어진 지 꽤 오래되었습니다. 만약 그게 물푸레나무라면 노란색이겠지요. 산수유나무라면 옹이가 있을 겁니다. 어떤 나무로 만들었는지 잘 모르겠으나 그것보다 더 아름다운 창은 본 적이 없습니다.」

그러자 아테나이인 형제 중 하나가 예의 창을 잡으며 말했다.

「당신은 이 창의 외양보다 위력을 더 찬탄할 겁니다. 이 창은 겨냥한 목표물을 정확히 맞히고 공중을 날아가면서 다른 데로 새는 일이 없습니다. 또 누가 다시 던져 주는 것도 아닌데 목표물의 피를 창끝에 묻히고서 저절로 주인에게 돌아옵니다.」

그러자 포쿠스는 창에 대해 속속들이 알고 싶어 했다. 어디서 어떻게 얻었는가? 이렇게 멋진 선물을 누가 내려 주었는가?

케팔루스는 상대방이 알고 싶어 하는 정보를 주었으나, 예의를 지키는 범위 내에서만 답변했다. 심지어 창을 얻기 위해 내놓은 대가를 말해야 할 때에는 수치심 때문에 입을 다물었다. 케팔루스는 죽은 아내에 대한 슬픔으로 오랫동안 말이 없었다. 두 눈에 눈물이 그렁그렁한 채로 이렇게 말했다.

「여신의 아들이여, 누가 믿겠습니까만 이 창 때문에 나는 오랫동안 눈물을 흘리게 됩니다. 운명이 긴 수명을 허락한다면 앞으로도 계속 눈물을 흘릴 겁니다. 이 창은 사랑하는 아내뿐만 아니라 나 자신도 파괴했습니다. 차라리 이 선물을 받지 않았더라면 더 좋았을 것입니다! 693

아내 프로크리스를 의심하는 케팔루스

그녀의 이름은 프로크리스였습니다. 혹시 오리티아라는 여자 이름을 들어 보았는지요? 그녀는 보레아스에게 납치당한 오리티아의 자매였습니다. 이 두 자매의 용모와 성격을 비교해 본다면, 프로크리스가 더 납치 당할 우려가 높은 여자였습니다. 에렉테우스가 딸 프로크리스를 내게 주었는데 우리는 사랑으로 단단하게 맺어져 있었지요. 사람들 말마따나 나는 정말 행복했습니다. 신들이 내 인생을 다르게 지정해 놓지 않았더라면 지금도 행복할 겁니다.

결혼 후 두 달쯤 되었을 때 나는 사냥을 나가 사슴을 잡을 그물을 치고 있었어요. 그때 늘 꽃이 피어 있는 히메투스산 꼭대기에서 창백한 〈새벽〉이 이른 아침에 그림자들을 걷어 내면서 나를 보았고, 싫다는데도 나를 사로잡아 겁탈했습니다. 나는 〈새벽〉 여신의 감정을 상하지 않게 진실을 말씀드리려 했습니다. 여신은 아름다운 장밋빛 얼굴로 밤과 낮을 경계 짓는 분이고 넥타르를 드시고 사는 분입니다.

하지만 나는 프로크리스를 사랑했고 늘 내 마음속에 두었으며 늘 아내의 이름을 부르고 싶었습니다. 나는 계속하여 우리를 묶어 놓은 결혼 의례, 우리의 신선한 즐거움과 최근의 쾌락, 내가 신부에게 해준 약속 등에 대해서 말했습니다. 여신은 역정을 냈습니다.

〈배은망덕한 자야, 불평은 그만 해라. 어서 프로크리스에게 돌아가라. 나도 앞날을 내다보는 능력이 있는데 그 여자를 아내로 둔 너는 기필코 후회할 것이다.〉

여신은 화를 내며 나를 프로크리스에게 돌려보냈습니다. 나는 집으로 돌아오면서 여신이 한 말을 기억했고 아내가 결혼의 의무를 제대로 지키고 있지 않는 걸까, 싶어 두려움에 사로잡혔습니다. 아내의 나이와 용모를 생각하면 간통을 저지를 법하고 아내의 성격을 생각하면 도저히 그럴 여자가 아니라는 생각이 들었습니다. 나는 집에서 오래 떠나 있었고, 게다가 내가 방금 헤어진 여신도 간통을 저지르지 않았던가……. 사실 사랑에 빠진 사람은 모든 것을 두려워합니다.

나는 너무 가슴이 아파서 아내의 명예와 정절을 뇌물로 시험해 보기로 했습니다. 〈새벽〉 여신이 내게 공포를 일으켰고 나의 변장을 도와주었습니다(나는 내 모습이 바뀌었음을 느낄 수 있었습니다). 나는 생판 다른 사람이 되어 팔라스의 아테나이로 들어갔고 내 집을 찾아갔습니다. 내 집은 모범 가정이었고 어느 모로 보나 순결한 생활을 영위하고 있었고 오로지 집주인이 없는 것만을 아쉬워하고 있었습니다. 무수한 책략을 사용하여 마침내 나는 에렉테우스의 딸을 만날 수 있었습니다. 슬퍼하는 아내를 보는 순간 나는 짠한 마음이 들어 내가 궁리했던 정절을 시험하는 행위를 포기할까 하는 생각도 들었습니다. 진실을 털어놓고 마땅히 그래야 하듯이 아내에게 키스를 퍼붓고 싶은 마음을 간신히 억눌렀습니다. 그녀는 정말 슬퍼했습니다(슬퍼하는 여자 중에서 프로크리스보다 더 아름다운 여자는 없을 것입니다). 실종된 남편에 대한 그리움으로 목이 메는 듯했습니다. 포쿠스, 한번 생각해 보세요. 슬픔에 직면해서도 이렇게 우아한데, 그렇지 않을 때는 얼마나 더 우아하겠습니까.

심성이 순수한 아내는 나의 시험을 거듭하여 물리쳤습니다. 그녀는 이 말을 되풀이했습니다.

〈나는 오로지 한 분에게 나 자신을 바쳤어요. 어디 있든 그분을 사랑하는 마음을 버리지 않고 간직할 거예요.〉

정상인이라면 이 정도 시험으로 충분하다 여겨 만족했을 것입니다. 한데 나는 만족하지 않았고 자신을 상처 입히는 짓을 계속했습니다. 나는 아내에게 하룻밤 동침해 주면 큰돈을 주겠다고 제안했고, 거부 당할 때마다 액수를 자꾸 높였습니다. 마침내 그녀는 거듭되는 압박을 못 이겨 망설였습니다. 순간 불행한 승자가 된 나는 소리쳤습니다.

〈보라, 내 생각이 옳았어. 나는 일부러 당신을 유혹하려 했으나 실은 당신의 남편이야. 당신은 속내를 들켰어. 당신은 나를 속였어. 내가 목격자야.〉

아내는 아무 말도 하지 않았습니다. 수치심에 압도된 채로 말 없이 비열한 남편과 배덕의 집에서 달아나 버렸습니다. 나를 너무 미워한 나머지 남자라는 족속 전체를 미워했습니다. 그녀는 디아나 여신의 전매특허인 사냥에 몰두하면서 온 산을 헤매고 돌아다녔습니다.

이제 혼자가 된 나는 뼛속 깊숙이 활활 타오르는 더욱 강력한 사랑의 불꽃을 느꼈습니다. 그녀에게 용서를 빌었고 잘못을 인정했으며, 그렇게 엄청난 보상이 걸려 있으면 나 또한 유혹에 넘어갈 수 있음을 시인했습니다. 이러한 반성과 고백으로 아내는 깊은 상처를 치유하고 수치심에서 회복될 수 있었습니다. 아내는 나에게 돌아왔고 우리는 금실 좋게 여러 해를 살았습니다. 그녀는 나에게 돌아온 것이 자그마한 선물에 불과한 양 두 가지 다른 선물을 더 주었습니다. 하나는 디아나 여신에게서 선물로 받은 개인데, 여신은 이렇게 말했다고 합니다.

〈저 개는 사냥을 나가면 어떤 개들보다 빨리 달려.〉

다른 하나는 창인데 내가 지금 손에 들고 있는 것입니다. 포쿠스, 당신은 이 창의 운명을 알고 싶겠지요? 먼저 이 놀라운 얘기를 들어 보세요. 당신은 이 기이한 사건에 놀랄 수밖에 없을 겁니다.

758

석상이 된 여우와 개

라이우스의 아들 오이디푸스는 예전 사람들이 풀지 못한 스핑크스의 수수께끼를 풀었습니다. 검은 예언자 스핑크스는 높은 절벽 꼭대기에서 머리부터 아래로 떨어져 죽었고 그 수수께끼는 잊혀졌습니다. 하지만 관대한 테미스 여신은 그런 죽음에 반드시 복수를 해주십니다.

즉시 테바이에 또 다른 재앙이 일어났고, 농부들은 이 사나운 맹수가 자신들은 물론이요 가축까지 살해할 거라고 두려워했습니다. 우리, 이웃의 젊은이들은 넓은 들판을 둥그런 그물로 둘러쌌습니다. 하지만 사나운 동물은 우리가 힘들여 설치한 그물 맨 윗선을 간단히 뛰어넘었습니다.

우리는 사냥개들을 풀었습니다. 하지만 맹수는 나는 새처럼 빠르게 개 떼의 추적을 피해 달아났습니다. 맹수는 개 떼를 가지고 놀았습니다. 사람들은 나에게 라일랍스를 풀라고 요청했습니다. 아내가 내게 선물로 준 개입니다. 이 〈질풍〉은 벌써부터 자신의 목을 당기고 있는 줄을 벗어 버리려고 낑낑거리고 있었습니다. 개줄을 벗겨 주자 〈질풍〉은 힘차게 달려 나갔는데 우리는 녀석이 어디로 갔는지 알 수가 없었어요. 흙속에 〈질풍〉의 발자국은 남아 있었지만 정작 개는 보이지 않았어요. 창도, 투석기로 쏜 납탄도 〈질풍〉보다 빠르지 못하고, 크레타의 화살도 그처럼 빨리 날아가지는 못할 거예요.

들판에는 우뚝 솟은 언덕이 하나 있었어요. 나는 언덕 꼭대기에 올라 개와 여우의 기이한 경주를 내려다보았어요. 맹수는 거의 잡히기 직전으로, 〈질풍〉의 아가리를 간신히 피하고 있었어요. 맹수는 직선으로 혹은 공중으로 달아나는 것이 아니라 추격하는 개의 아가리를 피하여 갈지자로 도망치고 있었어요. 〈질풍〉에게 가속도의 이점을 안겨 주지 않겠다는 것이었지요. 〈질풍〉은 뒤로 돌아서서 조금 전과 마찬가지로 사납게 맹수를 쫓아갔는데, 아슬아슬하게 놓치곤 했어요. 그리하여 텅 빈 아가리를 허공에 들어 올린 형상이었어요. 나는 창을 던져 도움을 주어야겠다고 생각했어요. 오른손으로 창의 균형을 잡으면서 손가락으로 고리를 이루며 창을 잘 잡으려 했어요. 나는 잠시 그들에게서 시선을 떼었다가 다시 그들 쪽을 내려다보았어요. 그런데 경이로운 일이 벌어졌어요. 들판 한가운데 두 개의 대리석상이 서 있는 거예요. 한 석상은 달아나는 형상이고 다른 석상은 짖고 있는 형상이었어요. 둘의 경쟁에서 어느 쪽도 정복 당하지 않게 하

려는 신의 배려인 듯했어요. 천상의 신이 그들을 내려다보고
793 있었다면 말이에요.

남편 케팔루스를 의심하는 프로크리스

케팔루스는 여기까지 말하고 입을 다물었다. 그러자 포쿠스가 물었다.

「당신의 창은 무슨 죄를 저질렀습니까?」

그러자 케팔루스는 창의 죄에 대하여 말하기 시작했다.

「포쿠스여, 기쁨은 곧 슬픔을 불러들였습니다. 나는 먼저 기쁨에 대해 말하겠습니다. 오, 포쿠스여, 축복 받은 지난날을 회상하면 즐겁습니다. 당연히 그러하지만, 우리가 재결합한 지 얼마 안 됐을 때 나는 아내가 만족스러웠고 아내 또한 남편이 곁에 있어서 행복했습니다! 우리 두 사람은 배려와 사랑으로 굳게 맺어졌고 아내는 나와 결혼한 것을 유피테르와 결혼한 것보다 더 높이 평가했고 내게는 아내 이외에 다른 여자가 없었습니다. 설사 베누스가 나타나서 구애한다고 하더라도 성공하지 못했을 겁니다. 우리의 가슴에는 똑같은 화염이 불타올랐습니다.

태양이 첫 햇살로 산꼭대기를 비출 때, 나는 젊은이들이 그러하듯이 숲속으로 사냥을 하러 갔습니다. 수행원도, 말들도, 후각이 예리한 개들도 데리고 가지 않았습니다. 또 매듭이 진 사냥용 그물도 가져가지 않았습니다. 나는 이 창만 있으면 안전했습니다. 힘찬 오른팔로 사냥감을 마음껏 유린한 나는 서늘하고 시원한 그늘과 오싹한 계곡에서 흘러나오는 〈미풍〉을 찾아갔습니다. 너무 더워서 시원한 〈미풍〉을 찾았고 또 고대했습니다. 나 자신의 노고에 대한 위로이자 휴

식이었습니다. 나는 〈미풍〉을 잘 기억하고 있었기 때문에 이렇게 말했습니다.

〈《미풍》이여, 어서 와서 나를 기쁘게 해다오. 내가 가장 환영하는 이여, 내 가슴으로 오라. 자주 그랬듯이, 내 몸을 불태우는 열을 식혀 다오.〉

나는 좀 더 재촉하는 은근한 말들도 늘어놓았습니다(내 운명이 나를 그쪽으로 이끌었습니다). 그래서 이런 말들도 했습니다.

〈당신은 나의 큰 즐거움. 당신을 나를 회복시키고 위로해 주네. 당신은 나로 하여금 숲과 한적한 장소들을 사랑하게 만드네. 내 입술은 언제나 당신의 숨결을 원하고 바라네.〉

누군가 나의 이런 애매한 말들을 엿듣고 속아 넘어갔습니다. 내가 자주 불렀던 〈미풍〉을 님프의 이름이라 생각하고 내가 님프를 사랑한다고 믿었던 겁니다. 머릿속에서 있지도 않은 범죄를 꾸며 낸 이 무모한 제보자는 프로크리스에게 달려가 나지막한 목소리로 자신이 들은 것을 고했습니다. 사랑에 빠진 이는 잘 속아 넘어가는 경향이 있습니다. 그녀는 갑작스러운 슬픔에 사로잡혀 쓰러졌고 의식을 잃었습니다(나중에 전해 들은 얘기입니다). 한참 뒤 의식이 돌아오자 삶은 너무나 비참하고 운명은 실로 야속하구나 하고 탄식했습니다. 아내는 나의 난봉기를 불평했고 공허한 제보에 놀랐으며 실체가 없고 오로지 이름뿐인 것들을 두려워했습니다. 불행한 아내는, 마치 내가 외간 여자를 만난 줄로 알고 슬퍼했습니다. 하지만 아주 비통한 심정으로 의심하면서도 희망을 잃지 않았습니다. 혹시 착각일지 모른다고 생각하며 제보자의 말을 믿으려 하지 않았습니다. 자기 눈으로 직접 보지 않는 한, 남편의 비행을 확신해서는 안 된다고 생각했습니다.

다음 날 새벽 햇살이 어둠을 몰아냈습니다. 나는 또다시 숲으로 갔으며 풀밭에 누워 소리쳤습니다.

〈오라 《미풍》이여, 나의 노고를 위로해 달라!〉

그렇게 말했는데 돌연 어떤 신음 소리를 들었습니다.

〈오라, 가장 좋은 이여.〉

그때 낙엽 사이에서 바스락거리는 소리가 났고 나는 그게 들짐승이라고 생각하여 창을 날렸습니다. 아, 그건 프로크리스였습니다. 가슴 한가운데를 꿰뚫은 창을 손으로 잡고 있었습니다.

〈아, 나에게 이런 일이!〉

아내는 소리 질렀습니다.

사랑스러운 아내의 목소리를 알아들은 나는 황급히 달려갔습니다. 그녀는 절반쯤 살아 있었습니다. 옷은 사방으로 튄 피에 물들어 있었고(아, 불쌍한 내 아내여!) 내게 선물로 준 창을 가슴에서 뽑아내려고 애쓰고 있었습니다. 나는 내 몸보다 더 소중한 아내의 몸을 양팔로 들어 올리고 가슴 부위의 옷을 찢어서 유혈이 낭자한 상처를 묶고서 흐르는 피를 멈추려고 애썼습니다. 나는 아내에게 나를 떠나지 말아 달라고 애원했고 당신의 죽음으로 나를 영원한 죄인으로 만들지 말아 달라고 간원했습니다.

그녀는 힘이 거의 다 빠져서 죽음 일보 직전인데도 혼신의 힘을 짜내 몇 마디를 했습니다.

〈우리의 결혼 서약과, 지상과 천상의 신들과, 내가 당신에게 해준 봉사와, 죽어 가는 지금에도 여전히 남아 있고 또 나의 죽음의 원인이 된 내 사랑의 이름으로, 내가 당신에게 간

원하오니, 《미풍》을 우리의 결혼 침대로 끌어들이지 마세요.〉

마침내 나는 아내가 오해하고 있음을 알고서 실상을 설명해 주었습니다. 하지만 무슨 소용이 있습니까? 아내는 의식을 잃어 가고 있었고 얼마 남지 않은 힘은 피와 함께 몸에서 빠져나갔습니다. 그녀는 여전히 뭔가를 쳐다볼 수 있을 때, 나를 쳐다보았습니다. 그리고 내 얼굴과 입을 향하여 불행한 일생의 마지막 숨을 내쉬었습니다. 하지만 근심을 덜고서 편안해하는 표정이었습니다.」

눈물이 그렁그렁한 케팔루스는 이야기를 마쳤고 이야기를 듣던 사람들도 함께 울었다. 그때 아이아쿠스가 두 아들과 새로 모집한 군사들을 데리고 나타났다. 케팔루스는 고마워하며 무장한 그들을 받아들였다. 865

제8권

불경한 행위와 모범적 생활

니수스와 스킬라

이미 루키페르는 반짝이는 대낮을 드러내고 밤 시간을 사라지게 했다. 동풍이 잦아들고 습기 많은 구름들이 일어났다. 부드러운 남풍은 아이아쿠스의 아들과 케팔루스가 돌아가는 길을 재촉했고 그들은 기대보다 일찍 목표 항구에 도착했다.

한편 미노스 왕은 메가라 해안을 침략했고 무력을 앞세워 니수스가 다스리는 메가라시를 점령하려 했다. 존경 받는 니수스 왕의 머리카락은 백발이었으나, 정수리 부위에 밝은 보라색 머리카락들이 나 있었고, 그것은 위대한 왕국의 안전을 보장해 주는 상서로운 징조였다. 미노스 왕이 침략하고 여섯 달이 흘러갔으나 여전히 전쟁의 운명은 결정나지 않은 상태였고 오랫동안 〈승리〉의 날개는 결정을 내리지 못하고 양쪽을 오락가락했다. 메가라의 왕궁에는 탑이 하나 있었는데, 아폴로가 황금 리라를 내려놓아 신묘한 음악이 스며들었다는, 노래하는 성벽 바로 옆에 세운 탑이었다.

니수스의 딸 스킬라는 이 탑에 올라가서 노래하는 성벽에 자그마한 돌을 던지면서 거기서 나는 소리를 즐겼다. 이제 전쟁이 일어나자 그녀는 성탑에 올라 준엄한 마르스의 경합을 자주 관전했다. 전쟁이 질질 끌게 되자 스킬라는 고상한 용사들의 이름, 그들의 무기, 말들, 전투복, 크레타의 화살통 등을 알게 되었다. 무엇보다 크레타군의 지도자인 에우로파의 아들 미노스의 얼굴을 필요 이상으로 잘 알게 되었다. 스킬라가 보기에, 미노스가 깃털 장식 투구를 쓴 모습은 정말 아름다웠다. 그가 들고 있는 번쩍거리는 청동 방패도 아주 잘 어울렸다. 미노스가 팔을 뒤로 빼서 나긋나긋한 손으로 창을 던지면, 스킬라는 그의 힘과 기술을 칭찬했다. 넓은 활의 시위를 잡아당기면, 포이부스가 화살을 다루는 방식과 똑같다고 스킬라는 생각했다. 그가 청동 투구를 벗고 맨 얼굴을 드러내고 보라색 전투복을 입은 채로, 아름답게 장식된 안장이 놓인 하얀 말 등에 올라타 입에서 거품을 내뿜는 말을 적절히 제어하는 모습을 보고 있노라면, 니수스의 딸은 홀연 자기 자신을 잊어버리고 지금 제정신인지조차도 알기가 어려웠다.

스킬라는 미노스가 만지는 창은 운도 좋다고 말했다. 말고삐도 운이 좋다고 했는데 미노스가 그걸 꽉 쥐었기 때문이다. 할 수만 있다면 처녀의 몸이라는 신분을 잊어버리고 적진 속으로 걸어가 그를 만나고 싶었다. 또한 성탑 꼭대기에서 크레타 군대의 진영으로 몸을 날리거나 청동 대문을 적에게 열어 주거나, 아무튼 미노스가 원한다면 뭐든 해주고 싶었다. 그녀는 성탑 꼭대기에 앉아 크레타 왕의 반짝거리는 텐트를 응시하며 이렇게 중얼거렸다.

「이 개탄스러운 전쟁이 계속되는 것을 좋아해야 할지 아니면 슬퍼해야 할지 모르겠어. 내가 사랑하는 미노스가 우리 나라의 적이기 때문에 슬프지만, 이런 전쟁이 없었더라면 나는 미노스라는 존재를 알지 못했겠지.

하지만 그가 나를 인질로 잡는다면, 친구로 삼는다면, 혹은 평화의 담보로 삼는다면 이 전쟁을 그만둘 수 있어. 미노스, 가장 잘생긴 왕인 당신을 낳아 준 여자가 당신처럼 아름답다면 당연히 신이라도 온몸이 뜨겁게 달아오를 거야. 내가 날개가 달려 공중을 날아가 크레타 왕의 진영으로 들어가고, 나 자신의 이름과 가슴에 불길이 인다고 말해 주고, 마지막으로 왕이 나를 받아들이기 위해 어떤 지참금을 바라는지 물어볼 수 있다면, 나는 세 배나 행복할 텐데! 미노스 왕이 우리 아버지의 성채를 요구하지는 않았으면 좋겠는데. 배신행위로 내 희망을 달성하느니 결혼에 대한 희망을 버릴 수 있으면 좋으련만. 하지만 정복자는 때로 평화를 좋아하는 사람이기도 해. 그래서 많은 사람이 그런 사람에게 정복 당하는 편이 그리 나쁘지 않다고 생각해.

미노스는 아들의 죽음에 대하여 복수하려는 거야. 정당한 전쟁이지. 전쟁 목적도 분명하고 이를 뒷받침하는 군대도 강성하니 우리가 정복 당하는 쪽이 낫다고 생각해. 우리 도시가 맞을 운명이 그럴진대, 미노스의 군대가 성문을 파괴하기를 기다리는 것보다는 사랑의 마음으로 그 문을 열어 주는 게 더 좋지 않을까? 그러면 미노스는 사람을 죽이지 않아도 되고 자신이 피를 흘릴 필요도 없이 곧바로 정복할 수 있으니. 또 어떤 자가 자기도 모르게 미노스, 당신의 가슴을 찌르는 일도 없을 터이니 나는 두려워할 일도 없게 되는 거지. (자기도 모르게 찌르지 않는 한, 당신에게 감히 창을 겨눌 정도로 흉악한 자가 있을까?)

이 계획은 마음에 들어. 나는 나 자신과 우리나라를 지참금으로 미노스에게 넘겨주기로 결심했어. 전쟁을 끝내려면 행동을 해야 해, 끝났으면 좋겠다고 생각하는 것으로는 충분하지 않아. 경비병들이 성문에 이르는 길을 지키고 있고 내 아버지가 성문의 열쇠를 가지고 있어. 이 불행한 여인이 두려워하는 존재는 오로지 아버지뿐이야. 아버지가 내 희망을 지연시키고 있어! 신들이 나를 아버지 없는 여자로 만들어 주었더라면 얼마나 좋았을까! 물론 우리 각자는 자신에 대하여 신 같은 존재야. 행운은 게으르게 기도나 올리는 자 따위는 도와주지 않아.

다른 여자가 이처럼 강한 욕망을 가슴에 품고 있었더라면 이미 오래전에 사랑의 방해물을 무엇이든 기꺼이 파괴하고 말았을 거야. 왜 다른 여자가 나보다 더 용감해지도록 내버려 두겠다는 거야? 난 불도 칼도 견딜 각오가 되어 있어. 이 경우에는 불과 칼을 상대할 필요도 없어. 내 아버지의 정수리에 있는 머리카락만 필요할 뿐이야. 내게는 황금보다 더 소중한 것이지. 아버지의 보라색 머리카락으로 나는 희망을 이룰 테고 축복 받은 여자가 될 거야.」

스킬라가 중얼거리는 동안, 인간의 근심을 덜어 주는 특효약인 밤이 찾아왔고, 어두워지면서 그녀는 더욱더 대담해졌다. 첫째 휴식이 찾아왔고, 낮 동안의 근심으로 피곤해진 가슴을 잠이 포근히 덮어 주었다. 그녀는 아버지의 침실로 조용히 들어가 보라색 머리카락을 잘라 냈다. 스킬라는 아버지를 배신하여 머리카락을 손에 넣었고 죄악의 전리품을 몸소 챙겨 성문 밖으로 나가 적진을 관통하여 미노스 왕의 천막에 이르렀다. 그녀는 자신이 큰 공을 세웠음을 철석같이 믿었다. 스킬라는 깜짝 놀라는 미노스에게 말했다.

「사랑이 나를 죄악으로 내몰았어요. 나, 니수스 왕의 딸 스킬라는 당신 이외에는 어떤 보상도 바라지 않아요. 내 사랑의 증표인 이 보라색 머리카락을 받으세요. 내가 그냥 머리카락을 건네는 것이 아니라 내 아버지의 머리를 건넨다고 생각해 주세요.」

사악한 여자는 오른손으로 선물을 내밀었다. 미노스는 여자가 내민 선물을 피해 몸을 사렸고, 그런 괴기한 행동에 충격을 받은 듯한 목소리로 대답했다.

「오 우리 시대의 수치여, 신들이 당신을 이 세상에서 제거해 주시기를. 땅과 바다가 당신을 거부하시기를. 유피테르의 요람이며 나의 세상인 크레타가 이런 흉악한 괴물을 받아들이는 일은 결단코 없으리라.」

미노스는 정의로운 위엄을 발휘하면서 포로로 잡힌 적에게 적용할 규칙을 부과한 후, 선단의 닻들을 들어 올리라고 명령하고 노잡이들에게는 노를 저어 청동 부리를 장착한 배들을 해안에서 바다 쪽으로 돌리라고 지시했다.

스킬라는 배들이 발진하여 바다 위를 떠가는 광경을 멍하니 쳐다보았다. 미노스는 그녀가 저지른 범죄에 보상을 해주지 않았다. 스킬라는 온갖 기도를 다 올려도 소용이 없자 격렬한 분노를 터트렸고 양손을 내뻗고 머리는 산발한 채 미친 듯이 소리쳤다.

「너희들은 어디로 달아나느냐? 너희들이 성공하도록 도와준 나를 이렇게 내버려 두고. 내 조국보다 내 아버지보다 너희들을 더 좋아한 나를 이렇게 버리고서. 이 무자비한 자들아, 너희들은 어디로 달아나느냐? 너희들의 승리는 이제 나의 공로이자 죄악이 되었구나. 나의 지극한 봉사, 이 열렬한 사랑, 내가 오로지 너희에게 온 희망을 걸었다는 사실에 전혀 감동하지 못했단 말이냐?

이처럼 버림받았으니 나는 어디로 가야 한단 말이냐? 내 조국으로? 하지만 우린 이미 패배했어. 설사 국토가 남아 있다 하더라도 나의 배신행위 때문에 나는 갈 수도 없어. 나의 아버지를 만나러? 하지만 나는 이미 그를 미노스에게 넘겨주었어. 당연히 시민들은 나를 미워해. 이웃 나라 사람들은 내가 배신행위를 저지를까 두려워해. 나는 스스로 온 세상을 떠도는 유배자가 되었어. 오로지 크레타만이 내게 열려 있는 땅이었어.

배은망덕한 자야, 네가 나를 여기서도 밀어내고 나를 떠나버린다면 너는 에우로파의 아들이 아니라 험하기 짝이 없는 시르티스강의 아들, 아르메니아 암호랑이의 새끼, 남풍을 받아 소용돌이를 일으키는 카리브디스의 소생일 뿐이야. 너의 아버지는 유피테르가 아니고 너의 어머니는 황소로 변신한 유피테르에게 겁탈 당하지도 않았어(네 가족의 내력은 모두 엉터리인 거야). 너를 낳은 자는 황소로 둔갑한 최고신이 아니라 실제 황소였을 거야.

니수스, 나의 아버지여, 내게 벌을 내리소서. 내가 방금 배신한 성벽이여, 나의 슬픔에 고소해하라. 나는 배신행위를 시인하고, 벌 받을 짓을 했을 뿐 아니라 죽어 마땅하다는 사실을 인정하노라. 그렇기는 하지만, 내가 불경하게도 피해를 입힌 사람들 중 하나가 나를 벌하도록 하라. 왜 나의 죄악을 통해 우리 땅을 정복한 네가 나를 벌하려 하는가? 내 조국과 아버지에게 저지른 죄가 너에게는 봉사 행위가 되었음을 인정하라.

너의 아내 파시파에는 네놈을 남편으로 삼기에 합당한 년이었다. 이 상간녀는 나무로 만든 암소의 배 속에 들어가 저 음울한 황소와 교접하여 자궁에 괴물을 수태했다. 내 말이 바람에 실려 네 귀에까지 들리느냐? 아니면 네놈의 배를 재촉하는 바람이 내 호소를 가로막아 들리지 않게 하느냐, 이 배은망덕한 자야? 이제 파시파에가 왜 네놈보다 황소를 더 좋아했는지 전혀 놀랍지가 않구나. 너는 상간녀와 붙어먹은 황소보다 더 나쁜 놈이야.

나처럼 불행한 년이 또 있을까! 저자는 황급히 노질을 하라고 명령하고, 노가 물을 때리는 소리가 요란하게 들리는구나. 나와 나의 땅은 저 배들로부터 점점 멀어지는구나. 내가 너에게 해준 일을 아무렇지도 않게 잊어버리는 너는 아무것도 이루지 못할 거야. 나는 네놈이 싫다고 해도 너를 쫓아갈 거야. 너의 휘어진 고물에 달라붙어서 바다 끝까지 쫓아갈 거야.」

스킬라는 말을 마치자마자 파도 속으로 뛰어들었다. 강렬한 욕망에 힘입어 크레타 선단을 따라잡아 달라붙어 증오스러운 길동무가 되었다. 그녀의 아버지 니수스는 스킬라를 보았다. 이때 니수스는 막 노란 날개 달린 바다 독수리로 변신하여 미풍 속을 날아가고 있었다. 그는 스킬라에게 다가가 휘어진 부리로 고물에 달라붙은 그녀를 쪼았다. 스킬라는 겁을 먹고 고물에서 떨어졌고 바다로 떨어지려는데 부드러운 미풍이 그녀를 밑에서 감싸 위로 올렸다. 그녀의 몸에서 깃털이 생겨났고 깃털 덕분에 새로 변신했는데, 아버지의 보

라색 머리카락을 자른 전과 때문에 〈자르다〉라는 뜻의 키리
151 스라는 이름이 붙었다.

미노스와 아리아드네

미노스는 배에서 내려 크레타섬의 땅을 밟자, 황소 100마리를 제물로 바쳐 유피테르에게 감사 제사를 지냈다. 또 전쟁의 전리품들로 왕궁을 장식했다. 그의 가문의 불명예는 점점 더 널리 알려졌고 파시파에의 간통 행각은 괴물의 탄생으로 더욱 분명하게 알려졌다. 미노스는 이 수치스러운 괴물을 많은 통로와 빈 방들이 있는 집 속에 가두기로 결심했다. 교묘한 기술로 유명한 장인 다이달루스가 집을 지었다. 이 장인은 집 안의 방향 표시를 교묘하게 헷갈리게 만들었고 통행자들은 착각을 일으켜 여러 갈래로 뻗어 나간 통로 속에서 길을 잃기 십상이었다. 이 미로의 형상은 프리기아의 마이안데르강과 비슷했다. 이 강은 앞으로 흐르다가 어떤 지점에 이르러 갑자기 뒤로 흐르면서 따라오는 물결과 합쳐지는가 하면, 불안정한 물길을 원래의 수원으로 되돌려 놓거나 넓은 바다로 나아가게 했다.

다이달루스가 어찌나 혼란스럽게 길들을 만들어 놓았는지 자신도 출입구로 돌아 나오지 못할 정도였다. 한마디로 속기 쉬운 미로의 집이었다. 미노스는 예의 괴물을 미로 안에 가두었고, 괴물은 9년에 한 번씩 희생 제물로 바쳐지는 아테나이 남녀의 피를 먹고 살았다. 두 번째로 희생 제물을 바치고 세 번째로 바칠 시기가 돌아왔을 때 이 괴물은 테세우스에 의해 살해되었다. 미노스의 딸 아리아드네의 도움으로, 일찍이 사람들이 온전히 통행하지 못했던 미로에 들어가면

서 실을 풀어 두었다가 나오면서 회수함으로써 테세우스는 무사히 벗어났던 것이다. 즉시 아이게우스의 아들 테세우스는 미노스의 딸을 데리고 낙소스를 향해 돛을 올렸으나 잔인하게 그 섬에 아리아드네를 내팽개치고 혼자 떠나 버렸다. 버림받아 슬피 우는 여자에게 바쿠스 신은 사랑과 도움을 주었다. 바쿠스는 아리아드네의 이마를 두른 왕관을 떼어 내 하늘 높이 던졌다. 왕관은 허공을 날아갔고 이 왕관을 장식한 보석들은 반짝거리는 별이 되었다. 이 보석들은 왕관 형상을 유지하면서 오피우쿠스 성좌와 헤르쿨레스 성좌 사이에 자리 잡았다. 182

다이달루스와 이카루스

한편 다이달루스는 크레타섬과 오랜 유배 생활에 염증을 느꼈다. 고향 땅에 돌아가고 싶었으나 바다에 가로막혀 갈 수가 없었다. 다이달루스는 말했다.

「미노스 왕은 땅과 바다로 나를 가로막고 있어. 하지만 하늘 길은 여전히 열려 있으니 하늘로 가면 돼! 미노스는 모든 것을 가졌지만 하늘까지 소유하지는 못했지.」

다이달루스는 전에는 탐구한 적이 없는 비행 기술의 발명에 심혈을 기울이면서, 인간은 하늘을 날지 못한다는 자연법칙을 바꾸어 놓으려 했다. 그는 먼저 새의 깃털을 크기순으로 늘어놓았다. 등성이에 그런 깃털이 자연스럽게 자란 듯한 형상이었다. 마치 시골 사람들이 크기가 서로 다른 갈대를 사용하여 만든 피리와 흡사했다. 다이달루스는 중간과 끝부분의 깃털들을 실로 엮고 밀랍을 칠한 다음 천천히 굽혀서 새의 날개 모양으로 만들었다.

그의 아들 이카루스가 아버지와 함께 거기 서 있었다. 아들은 자신에게 위험을 가져다줄 물건을 만지작거리고 있음을 알지 못했다. 환한 얼굴로, 깃털 날개를 달고 살랑살랑 불어오는 미풍 속을 날아가면 기분이 어떨까 궁금해했고, 때로는 엄지손가락으로 노란 밀랍을 만지작거리는 등 장난을 치면서 아버지의 작업을 방해하기도 했다. 다이달루스가 마지막 손질을 한 다음 두 개의 날개를 몸에 붙여 균형을 잡고 날개를 치니 곧 몸이 공중에 떠올랐다. 이어 아들에게 줄 날개를 만들었고 이카루스에게 말했다.

「이카루스, 내 말을 잘 들어라. 하늘에서는 중간을 날아가야 해. 너무 낮게 날면 물이 날개를 잡아당길 거야. 너무 높게 날면 뜨거운 태양이 날개를 태워 버릴 테고. 하늘과 바다 사이를 날아가되, 다시 한번 말하지만, 목동자리, 큰곰자리, 칼을 빼든 오리온자리 따위는 쳐다보지도 말아라. 내가 이끄는 대로 따라오기만 해.」

이렇게 하늘을 날아가는 방법을 알려 주면서 아들의 어깨에 생소한 날개를 달아 주노라니 늙은 아버지의 양 뺨은 축축해졌고 손은 떨렸다. 다이달루스는 아들에게 다시는 하지 못할 키스를 했다. 다이달루스는 날개를 치면서 공중으로 날아올라 앞서 나아갔는데 따라오는 아들이 걱정스러웠다. 마치 어린 새끼를 높은 둥지에서 공중으로 처음 데리고 나온 새 같았다. 다이달루스는 아들에게 따라오기만 하라고 재촉하면서 위험스러운 기술을 가르치려 했다. 다이달루스는 날개를 치면서 동시에 뒤에 있는 아들을 돌아다보았다.

흔들리는 낚싯대로 물고기를 잡으려던 낚시꾼, 지팡이에 기대 서 있던 목동, 쟁기 자루를 잡고 있던 농부 등은 이 광경을 보고 놀라서 입을 벌렸다. 공중을 날아가고 있는 다이달루스 부자를 신이라고 생각했다.

이제 유노의 사모스섬이 왼쪽에 보였다(델로스와 파로스섬은 이미 지나쳐 왔다). 레빈투스와 꿀 많이 나는 칼림네가 오른쪽에 보일 때, 이카루스는 자신의 과감한 비행(飛行)을 즐기면서 아버지의 궤도에서 이탈했다. 하늘 높이 날아가고 싶은 욕망에 사로잡혀 아주 높은 길을 선택했다. 뜨겁게 이글거리는 태양이 바로 옆으로 다가와, 날개를 이어 주는 냄새도 좋은 밀랍을 녹여 버렸다. 그러자 날개 전체가 흩어져 버렸다. 이카루스는 맨팔을 뒤흔들었으나, 부력을 잃어 버렸기 때문에 전혀 공중에 뜰 수가 없었다. 그는 아버지 이름을 외치면서 푸른 물 속으로 추락했다.

불행한 아버지, 아니 이제는 아들을 잃어버려 더 이상 아버지가 아닌 다이달루스는 소리쳤다.

「이카루스야, 이카루스야. 너, 어디에 있느냐? 내가 어디서 너를 찾아야 하느냐? 이카루스야.」

그렇게 말하던 다이달루스는 파도에 떠 있는 깃털들을 보았고 자신의 교묘한 기술을 저주했다. 그는 아들의 시신을 무덤에 안장했다. 해당 지역은 무덤 속으로 들어간 아들의 이름을 따서 이카루스라는 지명이 붙었다. 235

다이달루스와 페르딕스

다이달루스가 불행한 아들의 시신을 무덤에 안장하고 있는데, 수다스러운 자고새가 진흙 구렁텅이에서 내다보다가 날개 치고 노래를 부르면서 즐거운 마음을 드러내었다. 예전에는 보이지 않았던 독특한 새로서, 최근에 새로 변신한 존재였다. 오, 다이달루스여, 이 새는 앞으로 오랫동안 당신을 비난하는 존재로 남으리라.

다이달루스의 여동생은 앞으로 닥칠 운명을 모르는 채, 자기 아들을 다이달루스에게 맡겨 훈련시켜 달라고 청했다. 이 열두 살 소년은 가르침을 잘 받아들이는 명민한 아이로 물고기의 등뼈를 표본으로 삼아 날카로운 쇳조각의 한 면에 이빨을 내서 톱을 만들고 사용법을 고안했다. 또한 두 개의 팔을 한 축에 묶어서 한 팔은 고정하고 다른 팔은 일정한 거리를 유지하면서 둥그렇게 원을 그릴 수 있는 도구를 최초로 만들었다.

다이달루스는 소년의 재주를 질투하여 미네르바의 성채 꼭대기에서 소년을 거꾸로 떨어뜨리고는 소년이 발을 헛디뎌 추락했다고 거짓말을 했다. 하지만 재주를 사랑하는 팔라스가 공중에서 아이를 받아서 몸에 깃털을 달아 주어 새로 변신시켰다. 따라서 예전의 민첩한 재주는 소년의 날개와 발로 옮겨져 보존되었다. 그의 이름 페르딕스는 예전 그대로 남았다. 이 자고새는 하늘 높이 날지 않으며 나뭇가지나 우듬지에 둥지를 만들지 않는다. 늘 땅 근처를 낮게 날아다니며 생울타리에 알을 낳는다. 과거에 높은 데서 추락한 일을
259 기억하기 때문에 높은 곳을 언제나 두려워한다.

멜레아그로스와 칼리돈의 멧돼지

이제 피곤해진 다이달루스는 시킬리아에서 안식처를 얻었다. 관대한 시킬리아 왕 코칼루스는 그를 받아 주었다. 왕은 미노스가 시킬리아를 침공할까 우려하여 전 군에 경계령을 내렸다. 이제 아테나이는 테세우스 덕분에 내기 싫었던 조공

을 크레타에 바치지 않아도 되었다. 그들은 신전을 화관으로 장식했고 유피테르와 전사 미네르바를 비롯한 여러 신들을 초빙해서 희생 제물의 피와 봉헌물과 향불로 감사 제사를 지냈다. 발 없는 소문이 그라이키아의 모든 도시에 테세우스의 이름을 널리 퍼트렸다. 비옥한 아카이아 땅에 사는 사람들은 커다란 위험에 봉착할 때마다 영웅의 도움을 요청했다.

칼리돈은 멜레아그로스라는 나름의 영웅을 두었으나 간절한 기도를 올리며 테세우스의 도움을 얻으려 했다. 이 땅은 거대한 멧돼지의 공격을 받고 있었다. 이 멧돼지는 디아나 여신에게 봉사하고 있었는데, 무시 당한 여신은 복수의 도구로 이 짐승을 선택했던 것이다.

칼리돈의 오이네우스는 연이은 풍년에 감사를 표하기 위하여 최초의 곡식은 케레스 여신에게, 포도의 최초 즙액은 바쿠스에게, 노란 올리브기름은 금발의 미네르바에게 바쳤다 한다. 농사의 신들을 위시하여 모든 신들은 합당한 영예를 얻었다. 오로지 디아나 여신만 무시를 당하여 제단은 텅 비었고 향불도 타오르지 않았다. 신들도 화를 낸다. 디아나는 말했다.

「우리는 절대 그냥 넘어가지 않고 벌을 내릴 것이다. 우리는 불명예를 당하면 반드시 복수한다.」

무시 당한 것을 복수하기 위하여 여신은 칼리돈의 들판에 멧돼지를 보냈다. 그놈은 에피루스의 황소만큼 덩치가 크고 힘은 시킬리아 황소보다 더 셌다. 눈은 피와 불로 번쩍거렸고 뻣뻣한 목은 아주 경직돼 있었으며 거친 털은 단단한 창처럼 거칠거칠했다. 그놈의 거친 털은 나무 울타리 혹은 기다란 창처럼 비쭉 튀어나와 있었다. 쉭쉭거리는 소리를 내는 놈의 가슴은 오르락내리락했고 육중한 어깨에서는 김 나는 거품이 흘러내렸다. 어금니의 힘은 코끼리 이빨에 필적했고 주둥이에서는 번개 같은 소리가 터져 나왔고 입김에 섞여 나온 불에 잎사귀가 타올랐다.

먼저 그놈은 자라고 있는 곡식을 짓밟았고, 이어 잘 익은 곡식을 짓이겨 농부들을 한숨짓게 했다. 타작마당과 곡식 창고는 수확물이 도착하기를 고대했으나 헛된 일이었다. 덩굴이 기다란 포도송이는 납작해졌고 늘 푸른 올리브 열매는 가지들과 함께 떨어졌다.

그놈은 가축들도 공격했다. 목동도 사냥개도 그들을 보호하지 못했고 사나운 황소들도 식구들을 지키지 못했다. 사람들은 달아났고 도성 안으로 들어가야 비로소 안전하다고 생각했다. 그때 멜레아그로스가 명예를 얻기를 갈망하는 선별된 젊은이들과 함께 현장에 나타났다. 그들의 면면을 살펴보면 이러하다.

레다가 틴다레우스와 결혼하여 낳은 쌍둥이 아들이 있었다. 그중 하나는 권투 선수로 유명하고 다른 하나는 기수로 유명하다. 최초로 배를 건조한 이아손, 각별한 우정을 자랑하는 테세우스와 피리투스, 테스티우스의 두 아들, 린케우스와 발빠른 이다스, 아파레우스의 아들들, 한때 여자였다가 지금은 남자의 몸으로 돌아온 카이네우스, 사나운 레우키푸스와 무적의 투창 선수 아카스투스, 드리아스와 히포투스, 아민토르의 아들 포이닉스, 악토르의 쌍둥이 아들들, 엘리스에서 온 필레우스 등이었다.

위대한 아킬레스의 아버지도 이 원정 기회를 놓치지 않았다. 텔라몬, 페레스의 아들, 보이오티아 사람 이올라우스도 있었다. 지칠 줄 모르는 에우리티온, 달리기라면 누구에게도 지지 않는 에키온, 나릭스 사람 렐렉스, 파노페우스, 힐레우스, 사나운 히파수스, 아직도 전성기인 네스토르, 히포코온이 아미클라이에서 보낸 아들들, 페넬로페의 장인, 아르카디아인 안카이우스, 암픽스의 아들인 유명한 점쟁이, 아직 아내에게 배신 당하기 전인 오이클레우스의 아들, 마지막으로 테게아 여자인 아탈란타가 있었다. 그녀는 아르카디아에 있는 린카이우스산의 숲을 빛내는 인물이었다.

아탈란타의 옷은 부드러운 브로치에 의해 목 부위에 고정되어 있었다. 머리카락은 단정히 빗어서 단 하나의 매듭을 지었다. 화살은 왼쪽 어깨에 멘 상아 화살통에 보관되어 있었다. 그녀가 움직이면 화살들이 쟁그랑 소리를 냈다. 아탈란타는 왼손에 활을 들었다. 매혹적인 얼굴은 여자라고 하기에는 너무 남자 티가 났고, 남자라고 하기에는 너무 여성스러웠다.

칼리돈의 영웅 멜레아그로스는 아탈란타를 처음 보는 순간 은밀한 욕망을 품었다. 하지만 신들이 허락하지 않기 때문에, 마음속의 불길을 억제하며 말했다.

「그녀가 신랑감으로 점찍은 자는 정말 행복한 남자이리라!」

시간이 촉박하고 예의를 지켜야 해서 그는 더 길게 말을 할 수가 없었다. 엄청난 싸움이 예상되는 커다란 과업이 그를 재촉했다. 일찍이 도끼날의 공격을 받은 적이 없는 아주 오래된 숲이 들판에서 수직 상승하여 아래로 완만하게 퍼져 내려간 등성이를 내려다보고 있었다. 원정대는 이 숲에 도착하자, 일부는 사냥 그물을 쳤고, 일부는 개의 목줄을 풀었으며, 일부는 깊은 발자국을 따라가며 위험하기 짝이 없는 목표물을 찾으려 했다. 거기에는 빗물이 냇물을 이루어 아래로 흘러내리는 텅 빈 계곡이 있었다. 바닥에는 실버들, 사초, 고리버들, 부들, 짧은 갈대 등이 키 큰 골풀 밑에서 밀생했다. 바로 여기에서 사나운 멧돼지가 벌떡 일어서서 원정대 한가운데로 돌진해 왔다. 마치 요동 치는 구름에서 터져 나온 불길의 형상이었다. 그놈이 돌진하자 풀들은 납작해졌고 나무들은 충격을 받아 앞으로 기울어지며 비명을 내질렀다. 원정대의 젊은이들은 소리를 지르면서 강인한 오른팔에 든 무기의 무쇠 칼날을 번득이며 앞으로 휘둘렀다. 광란의 멧돼지는 돌격하며 앞을 막아선 개들을 흩어 버렸고 짖어 대는 개들을 옆에서 공격하면서 모두 흩어 놓았다.

먼저 에키온이 오른팔을 뒤로 젖혀 창을 던졌지만 아무 소용이 없었고 단풍나무 줄기에 가벼운 상처를 냈을 뿐이었다. 이아손이 너무 힘을 주어 던지지 않았더라면 창은 틀림없이 멧돼지의 등에 박혔을 것이다. 암픽스의 아들 모프수스는 외쳤다.

「오, 포이부스여, 나는 예나 지금이나 당신을 숭배합니다. 내 청을 들어주십시오. 나의 창이 한 치의 오차도 없이 목표물에 도착하게 해주소서.」

신은 가능한 한 그의 기도를 들어주었다. 멧돼지는 창에 맞았으나 부상을 입지는 않았다. 디아나가 날아가는 창날을 빼버려서 창은 날도 없이 목표물에 도달했던 것이다. 맹수의 분노는 극에 달했고 번개처럼 열기가 불타오르고 있었다. 두 눈은 번쩍거렸고 가슴에서 뿜어내는 숨결에는 불길이 들어 있는 것 같았다. 투석기에서 발사된 돌이 군사들이 가득한 성벽이나 성탑을 향해 날아가듯이, 피 묻은 분노로 불타는 멧돼지는 젊은이들을 향해 압도적인 힘을 발산하며 달려왔다. 그놈은 오른쪽을 맡고 있던 히팔모스와 펠라곤을 쓰러뜨렸다. 동료들이 나자빠진 두 사람을 얼른 옆으로 끌고 갔다. 하지만 히포쿤의 아들인 에나이시무스는 치명적인 타격을 피하지 못했다. 그가 겁에 질려 등을 돌리려 하는데 다리 근육에 힘이 풀렸고 무릎 힘줄이 절단되었다. 필로스의 네스토르도 트로이아 전쟁 전에 사망할 수도 있었다. 하지만 그는 창을 땅에 박고서 반동력으로 바로 옆에 선 참나무 가지에 올라가 목숨을 건졌다. 네스토르는 가지에 안전하게 앉아서 방금 피해 온 멧돼지의 행패를 내려다볼 수 있었다.

멧돼지는 참나무 줄기에 어금니를 벅벅 갈더니 새로이 개비한 이 무기로 히파수스의 허벅지를 절단 냈다. 아직 천상의 별이 되지 않은 레다의 쌍둥이 형제들은 눈보다 하얀 말 위에 올라타 아주 눈에 띄는 존재였다. 둘 다 맹렬하게 공기를 흔들어 놓으며 커다란 창을 흔들어 댔다. 멧돼지가 숲속으로, 창과 군마가 들어가지 못하는 지점으로 도망치지 않았더라면 그들은 분명 멧돼지를 절단 냈을 것이다. 텔라몬이 추격했는데 너무 흥분한 데다 자신이 어디로 가고 있는지 신경 쓰지 않은 바람에 나무뿌리에 걸려 땅에 넘어졌다. 펠레우스가 그를 일으켜 세우는 동안 아탈란타는 재빨리 시위에 활을 걸고 활을 크게 휘더니 발사했다. 화살은 멧돼지의 귀 밑에 박혔고 돼지의 등에 주름이 잡히더니 피가 나기 시작했다. 하지만 그녀의 성공을 그녀 자신보다도 멜레아그로스가 더 기뻐했다. 그는 멧돼지의 피를 제일 먼저 보고는 동료들에게 그걸 가리키며 말했다.

「아탈란타, 당신은 정말 남자 같군요. 영광과 찬양을 받을 자격이 있습니다.」

남자들은 얼굴을 붉혔고 서로 격려하면서 힘을 내자고 소리치더니 마구잡이로 창을 던지기 시작했다. 하지만 창들은 모두 목표물을 빗나갔다. 그때 아르카디아 사람 안카이우스가 화를 벌컥 내며, 양날 도끼를 쳐들고 자기 운명을 맞으러 나가려 했다. 안카이우스는 말했다.

「젊은이들이여, 남자의 무기가 어느 정도로 여자의 무기를 압도하는지를 한번 보라. 내가 행동할 수 있도록 옆으로 비켜 달라. 디아나가 자신의 무기로 저놈을 보호한다고 하지만, 나의 강력한 오른손은 디아나의 의사와는 상관없이 저놈을 박살낼 것이다.」

그는 웅변을 토하며 의기양양해져서 대가리가 두 개인 양날 도끼를 양손으로 들어올리고 발꿈치로 서면서 강하게 내려칠 태세를 취했다. 하지만 멧돼지가 먼저 두 개의 야생 어금니로 그의 옆구리를 들이받아 치명상을 입혔고 이는 죽음에 이르는 지름길이었다. 안카이우스는 쓰러졌고 피에 흠뻑 젖은 내장이 흘러나와 땅을 흥건히 적셨다. 이어 달려오는 멧돼지를 향하여 익시온의 아들 피리투스가 오른손에 든 창을 거세게 흔들면서 맞섰다. 그러자 아이게우스의 아들 테세우스가 경고했다.

「저놈에게 너무 가까이 다가가지 마. 내 영혼보다 더 소중한, 나의 절반 피리투스여. 영웅들은 멀찍이 떨어진 데서 용기 있게 행동해야 하는 거야. 안카이우스가 무모한 용기를 낸 끝에 어떤 결말을 맞았는지 똑똑히 봐야 해!」

테세우스는 그렇게 말하고 청동 촉이 달린 무거운 산딸나무로 만든 창을 던졌다. 겨냥을 잘 했기에 창이 주인의 의도대로 날아갈 뻔했으나 잎사귀 무성한 참나무 가지에 가로막혔다. 아이손의 아들도 창을 던졌으나 목표물을 벗어나 무고한 사냥개 중 한 마리를 맞혔다. 창은 개의 옆구리를 꿰뚫어 땅에 쓰러트렸다.

하지만 오이네우스의 아들 멜레아그로스는 좀 운이 좋은 편이었다. 창을 두 개 던졌는데 하나는 땅에 떨어지고 다른 하나는 멧돼지의 몸통 한가운데를 맞혔다. 그놈은 머리끝까지 약이 올라서 몸을 빙빙 돌리고 식식거리면서 아가리에서는 거품과 피 냄새가 밴 숨결을 토해 냈다. 멜레아그로스는 지체하지 않고 다가서서 놈의 약을 올리면서 달려드는 멧돼지의 어깨에 번쩍거리는 창을 꽂아 넣었다. 동료들은 격려하는 함성을 내지르며 기쁨을 표했고, 오른손을 내밀어 승자의 오른손을 잡으려 했다.

엄청난 덩치의 들짐승이 넓은 땅을 차지하며 드러눕자 그들은 경이롭다는 듯이 내려다보았다. 여전히 이놈을 만지면 안전하지 않다고 생각했다. 그래도 자신들의 무기에 그놈의 피를 묻혔다. 멜레아그로스는 놈의 무시무시한 대가리를 발로 밟아 누르면서 아탈란타에게 말했다.

「아르카디아인이여, 이 전리품의 일부를 가져가시오. 나의 영광이 당신에게도 돌아가길 바라오.」

그는 즉시 아탈란타에게 놈의 가죽과 휘어진 대형 어금니가 달린 머리 부위를 주었다. 그녀는 선물 못지않게 선물을 준 사람이 마음에 들었다. 다른 사람들은 질투를 했고 동료들 사이에서 웅성거리는 소리가 터져 나왔다. 그중에서도 테스티우스의 아들들이 양손을 내뻗으며 커다란 목소리로 말했다.

「여인이여, 그것을 내려놓으시오. 우리의 영광을 훔쳐 가지 마시오. 당신의 아름다움만 믿고서 착각을 하진 마시오. 선물을 준 사람이 당신을 사랑할지도 모르나, 언제나 당신 곁에 있는 것은 아니오.」

그들은 아탈란타에게 선물을, 멜레아그로스에게는 선물을 줄 권리를 빼앗았다. 마르스의 아들처럼 무예를 숭상하는 멜레아그로스는 이런 모욕을 견디지 못하고 분노를 터뜨리며 이를 갈면서 말했다.

「다른 사람의 영광을 빼앗아 가는 자들아, 위협과 실제 행동은 얼마나 다른지를 깨닫도록 하라.」

그는 저주 받은 칼을 휘둘러 무방비 상태인 플렉시푸스의 가슴을 푹 찔렀고 이내 피가 흘렀다. 톡세우스는 어찌해야 할지 몰라 망설였다. 형제의 복수를 해야 한다는 생각과 자신 또한 죽을지 모른다는 두려움 사이에서 미적거렸다. 멜레아그로스는 톡세우스가 오래 망설이게 내버려 두지 않았다. 형을 찔러 나온 피의 온기가 남아 있는 칼로 동생을 찔러 칼을 다시 따뜻하게 만들었던 것이다. 444

알타이아와 멜레아그로스

멜레아그로스의 어머니 알타이아는 신전에 들어와 아들이 거둔 승리에 대하여 신들에게 감사 기도를 올리던 중에 남동생들의 시신을 보았다. 그녀가 내지르는 비통한 울음이 도시에 가득했다. 황금빛 옷을 입고 있던 알타이아는 검은 상복으로 갈아입었다. 하지만 동생들을 죽인 자의 이름을 들었을 때 모든 슬픔이 사라졌고 눈물을 멈추고 징벌의 일념을 가슴에 새겼다.

알타이아가 해산하려고 했을 때 엄지손가락으로 운명의 실을 짜는 세 자매가 막대기 하나를 불속에 집어 던지며 이렇게 말했다.

「오 새로 태어날 아가야, 우리는 이 나무의 수명만큼만 네게 수명을 내려 줄 것이다.」

운명의 세 자매가 사라지자 알타이아는 불길 속에서 막대기를 꺼내 물을 끼얹어 불을 껐다. 이 막대기는 집 안에서 가장 깊숙한 방에 오랫동안 보관되었고, 이 덕분에 젊은이여, 자네의 수명이 늘어날 수 있었다.

이제 알타이아는 다시 막대기를 꺼내 왔고, 소나무와 대팻밥을 잔뜩 쌓아 올리라고 명했다. 그녀는 소나무 장작들에 불을 붙였고 막대기를 불길 속에 집어넣으려 하다가 네 번이나 동작을 멈추었다. 아들에 대한 사랑과 남동생들에 대한 사랑이 가슴속에서 서로 싸웠고, 아들이냐 남동생이냐 하는 두 개의 갈등하는 단어들이 가슴을 정반대 쪽으로 서로 잡아당기고 있었다.

그녀의 얼굴은 이제 막 저지르려 하는 죄악 때문에 공포심이 피어올라 창백해졌다. 두 눈은 불타는 분노로 이글거렸는데, 위협하는 사람 같은 표정을 짓는가 하면 뭔가 연민에 휩싸인 표정을 짓기도 했다. 마음속에 사나운 불길이 일어 눈물이 말라 버렸을 법한데도 여전히 눈물은 흘러나왔다. 바람과 이 바람에 맞서는 조류에 밀리는 배가 두 갈래 힘에 불안정하게 흔들리며 복종하는 것처럼, 테스티우스의 딸은 두 가지 상반된 감정 사이에서 동요했다. 가까스로 분노를 억제했나 싶었다가도 분노가 다시금 솟구쳐 올랐다. 하지만 그녀는 자식의 어머니라기보다 동생들의 누나였고, 죽은 아우들의 영혼을 피로써 달래주기 위하여 불경한 짓으로 경건한 행동을 하기로 마음먹었다. 장작불이 활활 타오르자, 알타이아는 말했다.

「저 장작불이 내 자궁을 태우도록 하라.」

그녀는 운명의 막대기를 손에 든 채 우울한 심정으로 아우들의 관(棺)들 앞에 서서 소리쳤다.

「오 복수의 세 여신이여, 이 복수의 제사에서 얼굴을 돌리십시오. 나는 복수하기 위하여 죄를 짓습니다. 죽음은 죽음으로 보상해야 하고, 죄악은 죄악으로, 장례식으로 장례식으로 값을 치러야 합니다. 이 불경한 가문이 쌓아 올린 슬픔 때문에 멸망하게 하소서. 오이네우스는 승리자 아들을 두어서 즐거울까? 테스티우스는 아들들을 잃을 운명인가? 당신들 둘이 동시에 슬퍼하는 편이 더 낫겠어요. 오 너희, 내 아들이 해치운 망령들이여, 내가 너희들에게 어떤 일을 해주었는지 잘 알아차리라. 이처럼 큰 대가를 치르고 내가 준비한 장례식을 받아먹도록 해라. 내 자궁이 거두어들인 사악한 열매를 이제 너희를 위해 바치려 한다.

그런데 나는 지금 이처럼 황급히 어디로 가는 걸까? 아우들이여, 이 모정을 용서하라. 내 손은 지금 막 시작한 일을 해낼 힘이 없다. 하지만 멜레아그로스가 죽어 마땅하다는 점을 나는 인정한다. 하지만 그를 죽이는 배후 세력이 된다는 생각에 나는 오싹하다. 그렇다면 그를 벌하지 않고 그냥 놓아주어야 할까? 승리를 거두고 최근에 거둔 성공으로 우쭐해진 그가 멀쩡히 살아서 칼리돈의 왕국을 통치하도록 내버려두어야 할까? 그리고 너희들은 한 줌 재로 변해 음울한 유령으로 누워 있어야 할까? 아니, 나는 이를 용납할 수 없다. 저 악당을 파멸시켜서, 그자 아버지의 희망, 그의 왕국, 그의 조국 등을 함께 멸망시키자.

나의 모성애는 어디에 있는가? 자식을 사랑하는 부모의 마음과 열 달 동안 산고를 치른 보람은 어디에 있는가? 오 차라리 네가 어린아이였을 때 최초의 불 속에서 죽었더라면 좋았을걸. 내가 그냥 내버려 두었더라면 좋았을걸! 나의 선물 덕분에 너는 목숨을 이어 갔고, 이제 너의 공로 때문에 너는 죽어야 한다. 네 행위에 마땅한 대가를 치르도록 하라. 내가 두 번이나 주었던 목숨(한 번은 출산으로, 한 번은 막대기를 감춤으로써)을 이제 반납하도록 하라. 그게 싫다면 나를 내 동생들의 무덤에 합장하라. 나는 행동하고 싶어 하면서도 동시에 그렇게 하지를 못하는구나. 나는 어찌해야 할까? 한순간 내 동생들의 상처와 엄청난 학살의 영상이 눈앞에 선하다가도, 또 어느 한순간에는 부모의 자애와 어머니라는 단어가 내 결심을 흩어 놓는구나.

아 나는 불행한 사람이로다! 오 내 동생들아, 너희의 승리는 사악한 일이지만 그래도 너희는 승리해야 한다. 내가 너희들을 따라가고, 내가 준 위로를 너희가 내게 해준다면 아무래도 상관없다.」

그녀는 몸을 돌렸고 떨리는 오른손으로 죽음의 막대기를 불 속에 던져 넣었다. 막대기는 신음 소리를 내는 듯했고 곧 원치 않는 불길에 휩싸였다.

비록 자리에 없었고 그것을 알지도 못했지만 멜레아그로스는 화염에 휩싸였고 보이지 않는 불길에 의해 살이 타는 것을 느꼈다. 하지만 용기를 발휘하여 엄청난 고통을 견뎌

냈다. 피 한 방울 흘리지 않고 치욕스러운 죽음에 떨어졌다는 사실은 그에게 슬픈 일이었다. 그는 신음을 내지르며 나이 든 아버지와 형제자매들의 이름을 불렀고 마지막으로 결혼한 아내를 불렀다. 어쩌면 어머니를 부르기도 했을 것이다. 화염과 고통은 점점 커지다가 사그라들었다. 화염도 고통도 소진되자 몸에서 영혼이 빠져나와 가벼운 공기 속으로 올라갔다. 하얀 재가 천천히 다 타버린 화목을 덮듯이.

칼리돈은 남녀노소 할 것 없이 슬픔에 빠졌다. 평민들과 귀족들은 신음을 내질렀고 칼리돈의 어머니들과 에우에누스강의 딸들은 머리카락을 잡아 뜯고 가슴을 치면서 슬퍼했다. 그의 아버지는 땅에 쓰러져서 하얀 머리카락과 노인의 얼굴을 먼지로 더럽혔다. 그는 너무 오래 살아 이런 꼴을 본다며 나이 많음을 저주했다. 알타이아는 자신이 저지른 끔찍한 소행에 죄책감을 느껴 제 손으로 배를 찔러서 스스로 징벌을 가했다.

신이 나에게 나긋나긋한 혀가 있는 입을 100개 주고 무사 여신들과 맞먹을 재능을 내려 주신다 해도, 슬퍼하는 멜레아그로스 여동생들의 비통한 기도를 온전히 묘사하지 못할 것이다. 그녀들은 예의 따윈 아랑곳하지 않고 자신들의 가슴을 너무 세게 쳐서 가슴이 창백한 색깔로 변했다. 멜레아그로스의 시신을 쓰다듬고 또 쓰다듬었다. 시신에 키스도 퍼부었고 시신이 관대에 안치되자 관대에도 키스를 퍼부었다. 그가 재가 되어 버리자, 그녀들은 재를 떠서 가슴에 꼭 안았다. 멜리아그로스의 무덤 앞에 엎드려 오빠 이름이 새겨진 비석을 꼭 껴안고 거기에 눈물을 흘렸다.

디아나는 마침내 오이네우스 가문의 파멸로 분이 풀렸다.

여신은 이 자매들의 몸에 깃털이 나게 하여 공중으로 날아오르게 했다. 단 고르게와 나중에 알크메나의 며느리가 되는 데이아니라는 제외했다. 여신은 그들의 팔에 날개를 달아 주고 뾰족한 부리까지 주어, 새로 변신해 하늘로 날아가게 했다. 이 새들의 이름은 멜레아그리스라고 하는데 산비둘기라는 뜻이다. 546

아켈로우스와 테세우스

한편 테세우스는 멧돼지 토벌 작전에서 임무를 완벽하게 수행하였으므로 아테나이로 돌아가려 했다. 하지만 최근에 내린 비로 불어난 아켈로우스강이 앞길을 가로막았다. 아켈로우스가 말했다.

「나와 함께 내 지붕 밑에 머무르십시오. 오, 아이게우스의 유명한 아들이여. 당신 자신을 탐욕스러운 물살에 의탁하지 마십시오. 물살은 거대한 나무줄기도 떠내려 가게 하고 거대한 바위들도 장난감처럼 이리저리 굴리다가 내팽개칩니다. 나는 강둑에 지은 양들의 축사가 강물에 떠내려가는 것을 보았습니다. 물살 앞에서는 힘센 황소도 재빠른 말들도 속수무책입니다.

산간에서 녹아내린 물로 봄날의 강물이 세차게 흐르면 많은 젊은이들이 소용돌이 같은 물살에 휘말려 익사합니다. 강물이 힘이 다하고 수로가 좁은 물길로 축소될 때까지, 당신은 저의 집에 머무는 것이 안전할 겁니다.」

테세우스는 고개를 끄덕이며 동의를 표하고서 말했다.

「아켈로우스, 나는 당신의 집에 머무르며 조언을 듣겠습니다.」 테세우스는 실제로 그렇게 했다.

그가 들어간 홀은 구멍 많은 경석과 거친 석회석으로 만들어졌다. 흙바닥은 부드러운 이끼가 덮여 있어 축축했다. 천장에는 고둥 껍질과 자줏빛 조개껍질이 번갈아 박혀 있었다. 이제 태양신 히페리온이 대낮 하늘의 3분의 2 지점을 지나갔을 때, 테세우스와 토벌 작전에 가담한 동료들은 소파에 기대어 앉았다. 테세우스의 오른쪽에는 익시온의 아들 피리투스가 앉았고, 왼쪽에는 허연 머리카락이 이마를 덮은 늙은 렐렉스가 앉았다. 다른 동료들도 아켈로우스에게 합당한 대우를 받고 있었다. 아켈로우스는 위대한 영웅 테세우스를 손님으로 맞이한 것이 즐거운 듯했다. 맨발의 님프들이 식탁을 차리면서 잔치 준비를 했다. 잔치가 끝나자 님프들은 보석 573 잔에 물 타지 않은 포도주를 따라서 가져왔다.

에키나데스섬들과 페리멜레섬

위대한 영웅 테세우스는 눈 아래 펼쳐진 강을 내려다보며 말했다.

「저곳은 뭐지요?」 (그는 손가락으로 가리켰다.) 「저 섬의 이름을 가르쳐 주십시오. 섬 같아 보이지는 않는데요.」

그러자 강의 신 아켈로우스가 대답했다.

「당신이 바라보고 있는 것은 섬이 아닙니다. 저기에는 다섯 개의 섬이 있는데 거리 때문에 잘 구분이 되지 않습니다. 무시 당했을 때 디아나 여신은 무서운 징벌을 내렸는데, 내 얘기를 들으면 당신은 여신의 행위를 이해하게 될 것입니다. 저들은 물의 님프들인데 열 마리의 황소를 희생 제물로 바치고 저 고장의 신들을 제사에 초빙했습니다. 그들은 나, 강의 신 아켈로우스를 무시한 채 축제의 춤을 추었습니다.

나는 분노로 몸이 불어 올랐고 있는 힘을 다하여 강물을 밀고 나아갔습니다. 나의 분노와 물살은 결코 통제가 되지 않았습니다. 나는 나무들이란 나무들은 모두 뽑아냈고 들판이란 들판은 모두 물살로 뒤덮었습니다. 그제야 님프들은 나를 의식했습니다. 나는 그들이 살던 땅을 물살의 힘으로 밀고 지나가 바다로 나아갔습니다. 내 물살과 바닷물은 그들의 땅을 다섯 개로 찢어 놓았는데, 당신이 지금 보고 있는 강 속에 있는 에키나데스섬들입니다.

그런데 자세히 살펴보면 알겠지만 한 섬은 저만치 떨어져 있습니다. 내가 좋아하는 섬인데 선원들은 페리멜레라고 부르지요. 나는 페리멜레를 흠모했고 그녀의 처녀성을 취했지요. 하지만 히포다마스는 내가 그녀를 취한 데 분개해 딸을 벼랑에서 바다로 밀어 죽여 버리려 했습니다. 나는 떨어지는 페리멜레를 받아 안았고, 그녀가 헤엄치는 동아 넵투누스에게 기도를 올렸습니다.

〈오 삼지창의 신이여. 하늘 다음으로 큰 왕국을 관장하시고 방랑하는 물결을 모두 받아들이는 신이시여. 우리 모든 강의 신들은 결국 당신의 품안으로 돌아갑니다. 넵투누스 신이시여, 여기에 강림하셔서 나의 기도를 관대하게 들어주소서. 나는 내가 들고 있는 이 여자를 해쳤습니다. 이 여자의 아버지 히포다마스가 온유하고 공정한 사람이라면, 부정(父情)이 있는 사람이라면, 지금보다 덜 매몰찬 사람이었더라면, 자기 딸을 불쌍히 여겨 우리를 용서해 주었을 겁니다.

하지만 아버지의 잔인한 행위로 그녀의 땅이 봉쇄되어 들어갈 수 없으니 도움을 내려 주소서. 페리멜레가 아버지의 매몰찬 행위에 짓밟히고 있으니, 오 넵투누스여, 그녀에게 자리를 하나 마련해 주소서. 혹은 페리멜레 자신이 하나의 땅이 되게 하소서. 그러면 나 또한 그녀를 껴안을 수 있을 것입니다.〉

바다의 왕은 고개를 흔들고 온 물결을 움직여 동의를 표시했습니다. 님프 페리멜레는 겁을 먹었으나 여전히 헤엄을 치고 있었습니다. 나는 벌벌 떨면서 어쩔 줄 모르는 그녀의 가슴을 애무했어요. 내가 쓰다듬고 있는 페리멜레의 몸이 돌연 딱딱하게 굳어지는 것을 느낄 수 있었습니다. 그녀의 배 위로 흙이 덮였습니다. 내가 말하고 있는 동안, 새 흙이 사지를 덮었고 그녀의 몸으로부터 커다란 섬이 생겨났습니다. 페리멜레는 섬으로 변신한 겁니다.」 610

필레몬과 바우키스

이렇게 말하고서 강의 신은 입을 다물었다. 이 놀라운 사건에 그들은 모두 감동했다. 익시온의 아들 피리투스는 신들을 무시할 뿐만 아니라 사나운 정신의 소유자인데 사람들이 그런 이야기를 믿는다고 조롱했다. 그는 말했다.

「아켈로우스, 당신은 거짓말을 하는 겁니다. 만약 신들이 형체를 주기도 하고 뺏기도 한다고 믿는다면 신들을 너무 막강한 존재로 생각하는 거요.」

모두 깜짝 놀랐고 그런 말에 찬성하지 않았다. 나이도 제일 많고 정신적으로 가장 출중한 렐렉스가 이렇게 말했다.

「하늘의 힘은 측량할 수 없고 제한도 없어요. 신들이 원하는 일은 뭐든 벌어지게 되어 있어요.

당신의 의심을 덜어 드리기 위하여 얘기를 하나 할게요. 프리기아의 언덕에 소나무 한 그루에 바싹 기대어 보리수 한 그루가 서 있고 주위엔 수수한 벽이 둘려 있지요. 피테우스가 자기 아버지가 다스리던 땅인 펠롭스 들판에 나를 파견했었기 때문에 나는 그 나무들을 직접 보았어요. 거기서 별로 멀지 않은 곳에 연못이 있는데 예전에는 사람들이 살던 땅이었어요. 하지만 지금은 물새와 물닭들이 유유히 떠다니고 있지요.

유피테르는 인간의 모습을 하고서 아들인 메르쿠리우스 전령신을 데리고 여기 나타났습니다. 두 신은 숙소를 찾아 무수히 많은 집을 찾아갔으나 가는 곳마다 문전박대를 당했습니다. 문을 걸어 잠그고 거절했던 거지요. 하지만 딱 한 집에서 그들을 받아들였습니다. 볏짚과 갈대로 이엉을 두른 자그마한 집이었으나 집 안의 분위기는 경건했습니다. 나이 든 여자인 바우키스와 역시 나이 든 노인인 필레몬은 젊은 시절에 만나 그 집에서 평생을 함께했습니다. 자신들이 가난하다는 사실을 인정하고 참고 견디며 가난이 주는 고통을 누그러뜨렸습니다. 그 집에서는 주인이나 하인을 찾아볼 필요가 없었습니다. 식구라곤 두 사람뿐이었고 서로 명령을 내리고 복종했으니까요.

천상의 거주자들이 이 작은 집에 도착하여 고개 숙여 상인방이 낮은 대문으로 들어가자 필레몬은 그들을 위해 내놓은 의자에 앉아 쉬라고 말했고 바우키스는 황급히 의자에 장식보를 얹었습니다. 그런 다음 벽난로의 따뜻한 재를 갈라서 어제의 불을 되살려, 낙엽과 나무껍질을 집어넣고 늙은 여자의 숨결로 불길을 일으켰습니다. 지붕에서 잘게 쪼개진 장작과 마른 나뭇가지를 가져와 무릎으로 부러트려 잔솔가지로 만들었습니다. 그리고 구리솥을 나무들 사이에 걸어, 남편이 잘 관리한 텃밭에서 뽑아 온 양배추를 가져다 겉잎을 솎아 냈습니다. 필레몬은 연기로 찌든 서까래 밑에 걸어 놓은 뾰족한 집게로 오랫동안 먹지 않고 놓아둔 훈제 돼지고기를 먹기 좋게 잘라 끓는 물에 집어넣었습니다.

한편 필레몬 부부는 음식이 준비될 때까지 사소한 대화로 신들을 흥겹게 해주면서 식사가 늦어지는 것을 눈치채지 못하게 했습니다. 손잡이가 못에 걸려 있는 너도밤나무 통에는 더운 물도 있었습니다. 필레몬 부부는 이 물을 손님들에게 주어 피로한 사지의 기운을 회복시키도록 했어요. 그들은 버드나무로 뼈대와 다리를 만든 침대를 가져다가 사초로 만든 요를 깔고서 축제 때 외에는 사용하지 않는, 자신들이 쓰던 이불을 덮었어요. 비록 초라하고 낡은 침구였으나 버드나무 침대에 그런대로 어울렸지요.

신들은 노부부가 마련한 침대에 기대 누웠어요. 허리를 질끈 동여맨 채 몸을 떨고 있던 바우키스는 거기다 식탁을 가져다 놓았어요. 하지만 식탁의 셋째 다리가 짧아서 도자기 조각을 하나 가져와 밑에 고여 두어 비로소 기울기를 바로잡을 수 있었어요. 바우키스는 초록색 박하로 식탁 표면을 훔쳤어요. 그리고 식탁 위에 절반쯤 익은 올리브 열매, 포도주 찌꺼기에 절인 가을철 산수유, 꽃상추, 무, 치즈 덩어리, 미지근한 잿불에 살짝 익힌 달걀 등을 질그릇에 담아 내놓았어요. 술을 섞는 그릇도 다른 식기와 마찬가지로 질그릇이었고 술잔은 너도밤나무로 만들었는데 구멍 난 부분과 금이 간 부분을 노란 밀랍으로 때운 것이었어요. 약간 지체되기는 했지만 벽난로가 제 기능을 발휘해 부부는 뜨거운 음식을 내놓았어요. 또다시 허름한 포도주가 나왔다가 치워지고 두 번째 코스가 준비되었어요.

이번에는 견과, 주름진 대추가 섞인 무화과, 자두, 그리고 사과를 평평한 바구니에 담아 내왔어요. 그리고 보라색 덩굴에서 따온 포도도 있었는데 한가운데에는 하얀 꿀이 들어 있었어요. 무엇보다 필레몬 부부의 한없이 선량한 표정과 게으르지도 야비하지도 않은 호의가 곁들여졌지요.

한편 부부는 술 섞는 그릇에서 술이 떨어지자 저절로 술이 채워지는 것을 여러 번 보았어요. 포도주가 저절로 채워지는 겁니다. 기이한 현상에 경악하고 또 공포를 느끼면서 착한 바우키스와 소심한 필레몬은 두 손을 펴서 들어 올리면서 기도의 말을 했고 변변찮은 음식과 준비 부족을 양해해 달라고 빌었어요. 그 자그마한 집에는 수문장 격인 거위가 한 마리 있었어요. 부부는 거위를 잡아서 손님으로 오신 신들에게 대접할 생각을 했어요. 하지만 거위는 날개가 달려 있어서 재빨랐고 나이 든 부부는 동작이 굼떠서 따라잡지 못하고 곧 피곤을 느꼈어요. 거위는 오랫동안 부부를 피해 다니다가 마침내 신들의 품안에서 도피처를 찾았어요. 신들은 거위를 죽이지 말라고 하면서 이렇게 말했어요.

〈우리는 신이다. 너희들의 불경한 이웃들은 합당한 벌을 받게 될 것이다. 하지만 너희들은 이 재앙에서 면제해 주겠다. 너희 집을 나와 우리 발걸음을 따라서 우리와 함께 산꼭대기로 가도록 하라.〉

부부는 명령에 순종했고, 지팡이에 의지한 채 앞장선 신들을 따라서 나이가 든 탓에 발걸음을 느리게 떼어 나아갔습니다. 기다란 산비탈에서 발을 제대로 떼어 놓기가 힘들어서 비틀거렸어요. 그들은 이제 정상 가까운 곳, 꼭대기에서 화살 한 발이 닿을 만한 거리까지 올라왔어요. 부부가 몸을 돌려 내려다보니 온 사방이 물바다였어요. 단지 부부의 집만 물 위에 떠 있었지요. 부부가 의아해하며 이웃 사람들의 운명을 슬퍼하는 동안, 두 사람이 살기에도 비좁았던 오두막이 신전으로 바뀌었어요. 갈라진 기둥 대신에 대리석 기둥이 들어섰고, 볏짚은 노랗게 변했고 집 전체가 도금된 듯했고, 문들에는 금은 장식이 붙었고, 마당은 대리석으로 포장되었어요. 유피테르는 관대한 어조로 이렇게 말했어요.

〈정의로운 노인이여, 그리고 남편 못지않게 정의로운 아내여, 당신들의 소망을 말해 보시오.〉

필레몬은 바우키스와 몇 마디 주고받은 후에 신들에게 부부의 소망을 알렸어요.

〈우리는 당신의 사제가 되어 신전을 지키는 문지기가 되고 싶습니다. 우리 부부는 오랜 세월을 함께 평화롭게 살아왔기 때문에 한날한시에 이 세상을 뜨고 싶습니다. 나는 아내의 무덤을 볼 필요가 없고 아내도 나를 위해 무덤을 만들 필요가 없게 해주소서.〉

그들의 기도는 받아들여졌습니다. 두 사람은 지상에서 목숨이 붙어 있는 한 신전의 문지기로 봉사하게 되었습니다. 세월이 흘러 고령으로 몸이 쇠약해졌을 때, 부부는 우연히 신성한 계단 앞에 서서 그 장소의 내력을 두고 얘기를 주고받았습니다. 그때 바우키스는 필레몬의 몸에서 자라나는 잎사귀를 보았습니다. 또 필레몬도 아내 바우키스의 몸에서 자라는 잎사귀를 목격했습니다. 그들의 얼굴에서는 나무 우듬지가 생겨났고 두 사람은 말을 할 수 있는 동안 서로 작별 인사를 주고받았습니다.

〈잘 가요, 사랑하는 이여.〉

그들은 함께 말했고 동시에 두 사람의 입은 무성한 잎사귀로 가려졌습니다. 지금도 티네이우스에 사는 사람들은 부부의 몸에서 생겨난 나무를 가리키며 옛말을 합니다. 나, 렐렉스는 이 이야기를 믿을 만한 노인들에게 들었습니다. 그들이 거짓말로 나를 속여야 할 이유는 전혀 없습니다. 나 자신이 그 나무의 가지에 걸린 화관들을 보았고 새 화관을 얹으면서 이렇게 말했습니다.

〈신들을 보살피는 자들은 신들이 되라. 경배하는 자들은 경배 받는 자들이 되라.〉」

724

에리식톤과 딸

렐렉스는 말을 멈추었고 사람들은, 특히 테세우스는 놀라운 이야기에 감동했다. 이 위대한 영웅이 신들의 경이로운 이적을 더 듣고 싶어 하자, 칼리돈의 하신(河神)인 아켈로우스는 턱을 괴고 이렇게 말했다.

「오 가장 용감한 영웅이시여, 형체가 변신하여 바뀐 모습 그대로 남아 있는 사람들이 많습니다. 여러 모습으로 변신할 권리를 가진 사람들도 있습니다. 가령 땅으로 둘러싸인 바다에 사는 당신, 프로테우스가 그러합니다. 당신은 젊은이가 되었다가 사자, 화가 난 수퇘지, 뱀이나 황소, 돌, 나무, 강, 그리고 강물의 천적인 불이 되기도 합니다.

그리고 당신, 아우톨리쿠스의 아내이며 에리식톤의 딸, 메스트라도 그에 못지않은 권리를 갖고 있습니다. 그녀의 아버지는 신들의 권능을 무시하고 신들의 제단에 향불을 피우지 않는 사람이었습니다. 심지어 도끼로 케레스의 숲을 침범하고 쇳조각으로 저 오래된 숲을 더럽혔다고 합니다. 여기에는 수령이 수백 년이나 되는 거대한 참나무가 있었는데 이것 자체가 하나의 숲이었습니다. 이 나무 둘레에는 양털실, 화환, 감사패 등이 걸려 있었는데, 기도를 올린 사람들의 소원이 이루어졌다는 징표였습니다. 종종 숲의 님프들이 이 나무 밑에서 축제의 춤을 추었습니다. 손에 손을 잡고 나무 주위를 질서정연하게 돌았는데 참나무의 둘레는 15엘[1]이었고, 나무의 높이는 다른 나무들을 내려다볼 정도였어요. 마치 보통 나무들이 땅의 풀들을 내려다보는 것처럼.

하지만 트리오파스의 아들 에리식톤은 주저없이 나무에 쇳조각을 대려 했고 수행원들에게 신성한 나무를 베어 넘기라고 지시했어요. 명령을 내렸는데도 부하들이 머뭇거리자 저 사악한 에리식톤은 부하에게서 도끼를 빼앗으며 이렇게 소리 질렀어요.

〈저 나무가 여신의 사랑을 받는다 해도 또 여신 자체라고 할지라도, 나무 꼭대기는 결국 땅에 떨어질 것이다.〉

그가 측면에서 나무를 내려치기 위해 도끼를 들자 신성한 참나무는 신음을 내며 몸을 떨었고 잎사귀와 도토리와 가지들은 창백해졌어요. 그자의 불경한 손이 나무줄기에 상처를 내자 갈라진 나무껍질에서 피가 흘러나왔어요. 제단 앞에서 희생 제물로 바쳐진 커다란 황소의 목이 절단되면서 상처에서 피가 콸콸 솟구치는 것과 비슷했어요.

모두들 경악했지만 그중 한 명이 정신 차리고 앞으로 나서서 죄악을 제지하고 잔인한 쌍날 도끼질을 멈추려고 했어

1 팔꿈치부터 가운뎃손가락 끝까지의 길이를 말하며 1엘은 약 45센티미터이다.

요. 테살리아 사람 에리식톤은 그를 쳐다보더니 냉소적으로 말했어요.

〈너의 경건한 마음에 걸맞은 이런 보상이나 받아라.〉

그는 도끼를 나무에서 돌려 바른 말을 한 사람의 목을 노려 머리를 떨어트리고는 다시 참나무로 돌아가 찍어 대기 시작했어요. 참나무 한가운데에서는 이런 소리가 들려오는 듯했어요.

〈나, 이 나무 속에 들어 있는 님프는 케레스에게 아주 소중한 존재이다. 나는 죽으면서 예언한다. 이런 짓을 한 자에게 징벌이 내려지고 나의 죽을 운명은 위로를 받을 것이다.〉

그는 죄악을 계속 저질렀고 마침내 무수한 도끼질에 허약해진 참나무는 사람들이 밧줄을 잡아당기자 쓰러졌고, 땅으로 넘어지면서 많은 나무들을 함께 쓰러트렸습니다.

숲의 님프들은 같은 자매인 나무 님프들 못지않게 그 참나무의 파괴에 경악했어요. 슬퍼하면서 상복을 입은 님프들은 케레스를 찾아가 에리식톤을 처벌해 달라고 간원했어요. 케레스는 머리를 끄덕이며 승낙했는데, 머리를 흔드는 그녀의 움직임은 정말로 아름다웠어요. 그러자 곡식들로 부풀어 오른 들판이 멋지게 흔들렸으니까요. 케레스는 사람이라면 가련하게 여길 징벌을 구상했어요(하지만 에리식톤은 사악한 소행 때문에 어떤 벌을 받아도 사람들의 동정을 받지 못하게 되었어요). 신의 징벌은 형언할 수 없는 배고픔을 안겨 주는 것이었어요. 하지만 케레스 여신이 직접 〈배고픔〉을 찾아갈 수 없기 때문에(운명은 케레스와 〈배고픔〉이 만나는 것을 용납하지 않았어요), 그녀는 산속의 님프 하나를 불러서 이런 지시를 했어요.

〈아주 먼 곳에 한 땅이 있는데 얼음같이 차가운 스키티아이니라. 척박하여 곡식이 자라지 않고 나무도 없는 곳이지. 꾸물거리는 《추위》가 《창백》과 《전율》과 함께 그곳에서 살고 있어. 또 사람에게 죽도록 배고픔을 안겨 주는 《배고픔》도 살고 있지. 《배고픔》에게 가서 저 사악하고 불경한 사내의 가슴에 자신을 심어 놓으라고 말해라. 어떤 풍요에도 《배고픔》이 패배하지 않게 하고 그녀의 힘이 경쟁에서 나의 힘을 제압하도록 하라. 거리가 너무 멀어 부담이 되지 않도록 나의 비룡 수레를 타고 가거라. 하늘 높이 날아올라서 나의 비룡과 고삐를 잘 다루도록 하라.〉

케레스는 님프에게 비룡 수레를 건네주었습니다. 그녀는 이 수레를 타고 하늘을 날아가 스키티아 하고도 카우카수스라는 지역의 험준한 산 꼭대기에 내렸습니다. 님프는 비룡의 목을 잡아채던 고삐를 내려놓고 〈배고픔〉을 찾아 나선 끝에 돌투성이 들판에서 그녀를 발견했습니다. 그녀는 손톱과 이빨로 별로 남아 있지 않은 식물을 뜯고 있었습니다. 머리는 산발을 했고 눈은 퀭하니 들어갔으며 얼굴은 창백했고 입술은 쓰지 않아 백지장처럼 희었고, 목구멍도 언제 사용했는지 모르게 졸아들었고 거칠거칠한 피부는 투명하여 내장이 들여다보였습니다. 바싹 마른 허리 아래 앙상한 뼈들이 드러났고, 배는 배라고 할 수 없고 그저 배의 위치를 알려 주는 기능을 할 뿐이었습니다. 양 가슴은 축 늘어졌는데 갈비뼈가 간신히 받쳐 주는 형상이었습니다. 몸이 앙상하여 관절이 더욱 튀어나와 보였고 무릎 관절이 튀어나왔을 뿐만 아니라 발목 관절은 부어올라 있었습니다.

님프는 멀리서 그녀를 쳐다보면서(감히 가까이 다가갈 생각을 하지 못했습니다), 케레스 여신의 용건을 전달했습니다. 〈배고픔〉에게서 멀리 떨어져 있고 금방 도착했음에도 불구하고 배고픔을 느끼기 시작했습니다. 이미 용건을 말했으므로, 님프는 비룡 수레의 고삐를 잡아당겨 하늘 높이 날아올라 다시 테살리아로 돌아갔습니다.

〈배고픔〉은 언제나 케레스 여신의 일을 못마땅하게 생각했지만 여신이 요구한 바를 수행했습니다. 그녀는 바람을 타고 공중으로 날아올라 공작 대상인 남자의 집에 도착해 곧장 불경한 남자의 침실로 들어갔어요. 에리식톤이 깊은 잠에 떨어져 있는 동안(때는 한밤중이었습니다), 양팔로 그를 끌어안고 숨을 내쉬며 자신을 그의 몸 안에 집어넣었습니다. 사내의 목구멍, 가슴과 입으로 배고픔을 불어넣었고 그의 텅 빈 혈관 속에도 배고픔이 혈액처럼 순환하도록 했습니다.

케레스의 지시를 이행한 〈배고픔〉은 비옥한 땅을 버리고, 자신의 가난한 고향, 어려서부터 익숙해져 있는 들판으로 돌아갔습니다. 부드러운 잠이 여전히 조용한 날개로 에리식톤을 위로했어요. 하지만 그는 잠을 자면서도 푸짐하게 잘 차려먹는 꿈을 꾸었습니다. 입술을 달막거리고 이빨을 갈았고 식도는 있지도 않은 음식을 삼키는 망상에 빠졌습니다. 그는 음식이 아니라 빈 공기를 헛되이 삼킬 뿐이었어요. 하지만 에리식톤이 잠에서 깨어났을 때, 뭔가를 먹고 싶은 엄청난 욕망이 탐욕스러운 목구멍과 불붙은 내장을 지배했습니다. 그는 지체 없이 바다, 땅, 하늘의 산물들을 요구했고 식탁에 음식을 진설하는 동안에도 배고프다고 투덜거렸어요. 음식을 먹으면서도 음식을 찾았어요. 도시들, 심지어 한 국가 전체에 충분하다 싶을 정도로 많은 양인데도 에리식톤 개인에게는 충분하지 않았습니다. 더 많은 음식을 위장에 내려보낼수록 더 많은 음식을 요구했어요. 바다가 온 땅의 강물을 받아들여도 물에 질리지 않고 저 먼 곳의 냇물들을 사양하지 않듯이, 사나운 불이 연료를 거부하지 아니하고 무수한 장작을 불태우고 연료를 더 많이 제공 받을수록 더 많이 요구하여 풍요로 인해 더 탐욕스러워지듯이, 불경한 에리식톤의 입은 모든 음식을 받아들이면서 더 많은 것을 요구했습니다. 그에게, 모든 음식은 더 많은 음식을 요구하는 이유가 되었고 아무리 먹어도 늘 배 속에는 더 채울 수 있는 자리가 남아 있었습니다.

배고픔과 위장 속에 도사린 깊은 심연은 조상 대대로 물려받은 재산을 모두 거덜냈습니다. 그런 상황인데도 저 끔찍한 배고픔은 가시지 않았으며 식욕의 불꽃 역시 꺼질 줄 모르고 불타올랐습니다. 마침내 전 재산을 배 속에 집어넣어 버린 에리식톤에게는 딸 메스트라만 남았습니다. 그보다는 나은 아버지를 둘 자격이 충분한 여자였습니다. 가난해진 에리식톤은 메스트라도 팔아먹었습니다. 높은 신분으로 태어난 딸은 주인을 섬기기를 거부했고 양손을 근처에 있는 바다로 내뻗으면서 호소했습니다.

〈나를 내 주인에게서 빼앗아 가소서. 오 나의 소중한 처녀성을 빼앗아 간 당신.〉

그녀의 처녀성을 가져간 이는 해신 넵투누스였고 해신은 메스트라의 기도를 거부하지 않았습니다. 그때 메스트라를 쫓아오던 주인은 막 그녀를 발견했습니다. 해신은 메스트라를 변신시켜 남자의 얼굴을 주었고 낚시하는 사람에게 알맞은 복장을 입혀 주었습니다. 뒤따라오던 주인이 다가와 이렇게 말했습니다.

〈오, 갈대로 만든 낚싯대를 쥔 이여, 미끼 묶음 속에 달랑거리는 갈고리를 감춰 둔 이여. 바다가 당신을 위해 잠잠해지고 물속의 고기가 멍청하여 잡혀들 때까지 그 갈고리를 보지 못하기를 바랍니다. 산발을 하고 남루한 옷을 입은 여자가 방금 이 해안에 서 있는 모습을 제가 보았습니다. 지금은 어디에 있는지 말해 주십시오. 그녀의 발자국이 여기서 그쳤거든요.〉

주인의 말을 듣고서 메스트라는 해신의 선물이 제대로 기능한다는 사실을 알았고, 내심 기뻐하면서 질문한 이에게 이렇게 대답했습니다.

〈당신이 뉘신지는 모르나 나를 용서해 주십시오. 나는 이 해안에서 한눈을 팔지 않고 오로지 낚시질에만 전념했습니다. 당신의 의혹을 다소라도 풀어 드리기 위해 낚시질을 도와주는 넵투누스에게 걸고 맹세하겠습니다. 이 해안에는 아까부터 나 이외에는 아무도 없었고 여자는 더더욱 없었습니다.〉

메스트라의 주인은 그녀의 말을 믿었고, 두 발로 모래 위를 걸어 몸을 돌려 속은 채로 돌아갔습니다. 그러자 메스트라는 원래의 여자 모습을 회복했습니다. 에리식톤은 딸아이가 몸을 변신할 수 있음을 알아차리고서, 트리오파스의 손녀 메스트라를 여러 주인들에게 팔아먹었습니다. 하지만 그녀는 때로는 암말로, 때로는 새로, 때로는 암소로 때로는 사슴으로 변신하여 돌아왔고 부당하게도 아버지의 식탐을 충족하기 위해 계속 음식을 주었습니다. 맹렬한 배고픔이 밀려오는 질병이 딸아이가 가져다준 모든 재산을 탕진하자, 에리식톤은 자기 살을 물어뜯으며 사지를 절단 내기 시작했습니다. 그 불행한 남자는 결국 자신의 육체를 조각내어 먹이로 삼았습니다.」

하신 아켈로우스는 이야기를 다 끝내고는 이런 말을 덧붙였다.

「왜 다른 사람 얘기를 하면서 당신들을 지체시키겠습니까? 젊은 영웅 테세우스여, 비록 변신의 범위는 아주 제한돼 있지만 나 또한 내 몸을 변신시키는 능력이 있습니다. 때로 나는 하신의 외양을 하고 있습니다. 하지만 때로는 뱀으로 변신합니다. 소 떼들의 우두머리로 두 개의 뿔이 달린 힘센 황소가 되기도 합니다. 내가 두 개의 뿔이라고 했나요? 하지만 지금은 당신이 보다시피 내 이마에서 뿔 하나가 사라졌습니다.」

884 아켈로우스의 입에서는 한숨이 새어 나왔다.

제9권

욕망, 기만, 까다로운 과업

아켈로우스와 헤르쿨레스

테세우스는 강의 신 아켈로우스에게 왜 한숨을 쉬는지, 또 어쩌다가 뿔을 하나 잃어버렸느냐고 물었다. 강의 신은 갈대로 머리카락을 묶은 뒤에 대답하기 시작했다.

「생각하면 울적해지는 것을 물어보는군요. 정복 당한 사람에게 지난 사연을 들려 달라고 하면 누가 기꺼이 기억해내겠습니까? 그렇지만 나는 사건을 순서대로 말씀드리겠습니다. 그런 영웅을 상대로 싸운 것은 영광스러운 일이므로 나는 정복 당한 신세를 그리 부끄럽게 생각하지 않습니다. 위대한 정복자는 나에게 커다란 위안을 주었습니다. 당신은 데이아니라라는 처녀의 이름을 들어 보았을 겁니다. 누구보다 아름다운 처녀였고 많은 구혼자들이 은근히 탐내는 마음속 소망이었습니다. 구혼자들과 함께 장래 장인의 집에 들어섰을 때 나는 말했습니다.

〈오, 파르타온의 아들인 오이네우스여, 나를 당신의 사위로 삼으소서.〉 내 옆에 있던 헤르쿨레스도 같은 말을 했습니다. 다른 구혼자들은 우리 둘에게 양보했습니다. 오이네우스는 유피테르가 딸아이의 시아버지가 되길 바랐고 대업을 이룬 헤르쿨레스의 명성과 의붓어머니 유노의 명령을 실행한 것을 칭찬하고 높이 평가했습니다. 나는 그런 태도를 두고 이렇게 말했습니다.

〈신이 인간에게 양보하는 것은 수치스러운 일입니다(당시 헤르쿨레스는 신이 아니었습니다). 오이네우스여, 당신은 나, 물의 신을 보고 있습니다. 나는 당신의 영토를 구불구불 흘러가는 강의 신입니다. 또 낯선 땅에서 온 이방인 사위 후보도 아닙니다. 나는 당신의 백성이고 당신 국가의 일부입니다. 천상의 유노가 나를 미워한 적도 없고 내가 징벌로 까다로운 과업을 받은 일이 없다고 하여 손해를 보지 않도록 하소서. 알크메네의 아들인 헤르쿨레스여, 당신은 아버지가 유피테르라고 주장하는데 그건 가짜 아버지이거나 실제 아버지라 할지라도 간통의 죄악을 저지른 아버지입니다. 당신이 그를 아버지라고 주장하면 어머니의 간통 사실을 확정 짓게 됩니다. 유피테르가 가짜 아버지이거나 아니면 당신이 불명예스런 일로 태어났음을 인정하고 양자택일하소서.〉

내가 이렇게 말하는 동안 헤르쿨레스는 우울한 표정으로 나를 오랫동안 노려보면서 불타오르는 분노를 겨우 자제하고 있었습니다. 그는 아주 분명하게 대답했습니다.

〈나의 오른손이 내 혀보다 더 낫다. 당신은 말은 나보다 잘할지 모르나 나는 주먹으로 당신을 제압할 수 있다.〉

그는 아주 야만적으로 나에게 달려들었습니다. 방금 허세를 떨었기 때문에 나는 도망칠 수가 없었습니다. 초록색 옷을 벗어 던지고 주먹을 가볍게 쥐고서 양팔을 가슴 앞으로 들어 올리면서 싸움을 준비했습니다. 그는 빈손으로 흙을 집어 올리더니 내게 뿌리고 누런 황토를 자기 몸에도 끼얹었습니다. 그는 돌진해 와서 내 목을 잡는가 하면 내 다리와 사타구니를 공격했고 사방에서 맹공을 퍼부었습니다. 나는 공격을 당해도 끄떡없었습니다. 아무리 물살이 거세게 부딪쳐와도 끄덕하지 않는 암석처럼 말이지요. 당당한 무게 덕분에 버티고 서 있을 수 있었습니다. 우리는 잠시 떨어졌다가 다시 맞붙었고, 굴복할 생각은 조금도 없이 팽팽히 버텼습니다. 우리의 발가락과 발가락이 맞닿았습니다. 나는 가슴으로 그를 눌렀고 두 사람의 손가락과 손가락, 이마와 이마가 서로 부딪쳤습니다.

나는 두 마리의 힘센 황소가 숲속에서 가장 아름다운 암소를 얻기 위해 격돌하는 모습을 본 적이 있습니다. 소 떼들은 떨면서 둘의 싸움을 지켜보았고 누가 승리를 얻을지 또 누가 결국 동물의 제왕이 될지 모르는 기색이었습니다. 세 번이나 헤르쿨레스는 자신을 압박하는 내 가슴을 밀어내려 했으나 실패했습니다. 네 번째 시도에서 나를 떼어 낼 수 있었고 나의 양팔을 풀어 놓으면서 손으로 나를 밀었습니다(나는 진실을 말할 작정입니다). 그는 나를 돌려세우더니 내 등을 단단히 눌렀습니다. 당신이 내 말을 믿으리라 봅니다만(난 거짓말로 영광을 차지하려 하지 않습니다), 거대한 산이 나를 찍어 누르는 느낌이었습니다. 나는 땀을 비 오듯 흘리면서 양팔을 몸 밑으로 집어넣어 헤르쿨레스의 찍어 누르는 힘을 어느 정도 완화시킬 수 있었습니다. 숨을 헐떡거리는 나를 그는 계속 압박했고 힘을 회복할 사이를 주지 않고 곧바로 내 목을 잡았습니다. 마침내 나는 힘에 눌려 무릎을 꿇었고 얼굴은 땅에 처박혔습니다.

신체적인 힘이 달리자 나는 변신의 기술을 활용하기로 했습니다. 나는 기다란 뱀으로 변신해 헤르쿨레스의 강한 압박에서 벗어났습니다. 내가 몸을 접어서 똬리를 만들고 갈라진 혀로 맹렬히 식식거리는 소리를 내자, 헤르쿨레스는 웃으면서 내 기술을 조롱했습니다.

〈내가 아직 요람에 있었을 때도 이미 뱀을 굴복시켰지. 아켈로우스, 설사 다른 뱀들을 압도한다고 할지라도, 너는 레르나의 히드라에 비하면 아주 자그마한 한 마리 뱀에 지나지 않아. 히드라는 부상을 당하면 오히려 더 강해져. 수많은 대가리들 중에서 하나를 잃으면 곧바로 두 개가 생기지. 히드라는 대가리가 하나 사라지면 오히려 더 강한 힘을 얻는 괴물이야. 악을 먹고 자라는 그놈을 나는 제압했어. 제압했을 뿐만 아니라 처치해 버렸지. 그런데 아켈로우스 네놈은 어떻게 될 것 같나? 가짜 뱀으로 변신하여 자기 것도 아닌 엉터리 무기를 휘두르며 빌려 온 겉모습 속에 숨어 있는 몰골로 말이야?〉

헤르쿨레스는 그렇게 말하고 두꺼운 쇠사슬 같은 손가락으로 내 목을 움켜쥐더니 엄지를 내 목에 박아 넣었습니다. 내 목은 거대한 집게에 물려 있는 것 같았고 나는 질식하여 죽을 것 같았습니다. 나는 그의 두 엄지손가락에서 벗어나기 위해 몸부림을 쳤습니다. 뱀의 형상을 하고도 정복을 당하자 나는 세 번째로 변신하여 사나운 황소가 되어 힘을 내서 다시 맞섰습니다. 헤르쿨레스는 양팔로 나의 근육을 꽉 움켜쥐면서 왼쪽에서 공격해 왔습니다. 나를 앞으로 밀고 가다가 다시 뒤로 끌더니 내 양 뿔을 찍어 눌렀고 뿔은 딱딱한 땅바닥에 부딪혔습니다. 결국 나는 땅 위에 나뒹굴었습니다.

하지만 이걸로 끝나지 않았습니다. 그는 사나운 오른손으로 나의 뻣뻣한 뿔을 잡아 부러트려 이마에서 떼어 냈습니다. 그때 입은 부상의 흔적을 나는 여전히 간직하고 있습니다. 숲의 님프들은 잘려 나간 뿔에 과일과 향기로운 꽃을 채웠습니다. 그리하여 〈풍요〉의 여신은 이 뿔을 〈풍요의 뿔〉이라고 하여 자신의 상징으로 삼고 있습니다.」

이제 아켈로우스의 이야기는 끝났고, 그의 하녀들 중 하나인, 디아나 스타일의 복장을 한 님프가 앞뒤로 머리카락을 늘어트린 채 걸어왔다. 그녀는 가을의 곡식과 과실들로 채워진 풍요의 뿔을 들고 왔다. 둘째 코스로 나온 음식이었다. 이윽고 낮이 찾아왔고 첫째 햇살이 산꼭대기에서 올라올 때 테세우스 일행은 떠나갔다. 그들은 강이 잠잠해져서 물살이 느려질 때까지 기다릴 수가 없어서 홍수가 완전히 가라앉지 않았더라도 떠나기로 했다. 아켈로우스는 촌스러운 얼굴과 뿔 하나 없는 머리를 강 한가운데에 감추었다. 97

네수스

비록 뿔을 하나 잃어 슬프기는 했지만 아켈로우스는 달리 다친 곳이 없었다. 그는 버드나무 잎사귀나 갈대로 얼굴을 덮어서 뿔의 상실을 감추었다. 그런데 당신, 맹렬한 네수스도 데이아니라를 열망하다가 파멸하고 말았다. 날아온 화살이 당신의 등을 관통했던 것이다.

새 아내 데이아니라와 함께 고향으로 돌아가던 헤르쿨레스는 물살이 빠른 에우에누스강에 도착했다. 겨울 폭우로 불어난 강은 평소보다 물살이 더 빨랐고 소용돌이가 많아서 도저히 건널 수가 없었다. 헤르쿨레스 자신은 전혀 두렵지 않았지만 새 아내가 걱정이 되었다. 그때 사지가 단단하고 물살을 잘 아는 네수스가 헤르쿨레스에게 다가와 말했다.

「헤르쿨레스, 내가 도와드리면 그녀는 저쪽 강둑까지 무사히 건너갈 수 있습니다. 당신은 스스로 힘을 내어 헤엄쳐서 건너야 합니다.」

공포에 얼굴이 하얘지고 강과 네수스를 동시에 두려워하는 데이아니라를 헤르쿨레스는 네수스에게 건네었다. 헤르쿨레스는 화살통과 사자 가죽의 무게가 상당하기는 했지만 (몽둥이와 휘어진 활은 강 건너편에 이미 던져 놓았다), 이렇게 말했다.

「내가 이미 건너가기로 했으니, 이 강도 극복할 수 있을 거야.」

그는 망설이지 않았고 물살이 어디가 제일 잠잠한지 따지지도 않았다. 물살이 부드럽게 흘러가는 장소를 선택하여 건너가는 행동을 경멸했다. 그는 반대편 강둑에 도착하여 아까 던져 놓은 활을 집어 들었다. 그때 아내의 다급한 목소리를 들었고, 네수스가 그의 믿음을 저버리려 한다는 것을 깨달았다. 헤르쿨레스는 그에게 소리쳤다.

「이 야만스러운 자야, 네 빠른 발만 믿고서 그리 황급히 어디로 가느냐? 너 반인반마의 네수스야, 내 말을 잘 들어라. 내 재산을 훔쳐 가지 말아라. 설사 나를 존경하지 않는다 하더라도, 네 아버지 익시온의 불바퀴가 너의 요망한 행동에 경고가 되지 않겠느냐?[1] 네가 아무리 말[馬]의 힘을 믿는다

1 익시온은 여신 유노를 강간하려다가 실패하고 징벌로 지하 세계의 불바퀴에 매달려 영원히 돌아가는 운명에 처해졌다. 네수스가 남의 재산(부인)을 강제로 취하려 들면 익시온 꼴이 날 거라고 경고하는 대목이다.

하더라도 나에게서 도망치지 못한다. 나는 두 발로 달려가 너를 잡지 않고 네 몸에 상처를 내서 잡을 것이다.」

헤르쿨레스는 이 말을 행동으로 확인했다. 그가 쏜 화살이 네수스의 등을 관통했던 것이다. 미늘 달린 화살은 네수스의 가슴 앞으로 튀어나왔다. 화살을 잡아 빼자 레르나의 독으로 오염된 피가 두 구멍에서 콸콸 솟구쳤다. 반인반마는 자신의 피가 윗옷에 스며들게 하면서 중얼거렸다.

「난 내 죽음을 복수할 거야.」

네수스는 따뜻한 피가 적셔진 옷을 방금 납치한 여자에게 선물로 주었다. 마치 잃어버린 사랑을 되돌리는 특효약이라도 되는 것처럼.

그 후 여러 해가 흘러갔다. 위대한 헤르쿨레스의 업적은 온 세상에 널리 퍼졌고, 그를 미워하는 유노의 증오심은 이제 극에 달했다.

한편 에우리투스에게 혁혁한 승리를 거둔 후에, 오이칼리아의 왕은 케나이움에서 유피테르에게 바칠 감사 제사를 준비하는 중이었다. 그때 데이아니라여, 수다스러운 〈소문〉이 당신의 귀에 대고 속삭였다(〈소문〉은 사실에 거짓을 뒤섞기를 좋아하고, 거짓말을 통하여 사소한 것들을 침소봉대하기를 잘한다). 헤르쿨레스가 오이칼리아 왕의 딸 이올레를 미친 듯이 사랑한다고.

데이아니라는 헤르쿨레스를 사랑했지만 소문을 믿었다. 남편에게 새로운 여자가 생겼다는 소문에 겁을 집어먹은 그녀는 먼저 울음을 터트렸다. 너무 비참한 기분에 끊임없이 욺으로써 위안을 삼았다. 하지만 곧 이렇게 말하고 나섰다.

「울긴 왜 울어? 이걸 알면 그년만 더 좋아할 텐데. 이제 그년이 나타났으니, 뭔가 할 수 있을 때 재빨리 대응책을 내놓아야 해. 저년이 나의 결혼 침대를 차지해 버리기 전에 말이야. 내가 불평을 해야 할까 아니면 입을 다물어야 할까? 칼리돈으로 돌아가야 할까 아니면 여기 머물러야 할까? 내가 이 집에서 물러가야 할까 아니면 하다 못해 그년을 방해라도 해야 할까? 멜레아그로스, 나는 당신의 여동생이에요. 만약 내가 과감하게 행동하여 저년을 죽여 버리면 어떻게 될까? 무시 당하여 슬픔과 상심에 빠진 여자는 무슨 짓이든 저지를 수 있음을 증명하지 않을까?」

데이아니라의 마음은 여러 갈래로 내달렸다. 그런데 무엇보다 네수스의 피가 묻어 있는 옷을 남편에게 보내는 방안이 가장 마음에 들었다. 그걸로 잃어버린 사랑을 되살릴 수 있을 터였다. 그녀는 리카스에게 이 옷을 주었다. 리카스는 물론 무슨 옷인지 몰랐고, 그것이 데이아니라에게 슬픔을 안겨 주리라는 것을 알지 못했다. 아주 불행한 데이아니라는 부드럽게 아양 떠는 목소리로 리카스에게 이 선물을 남편에게 전해 달라고 부탁했다. 157

헤르쿨레스의 열두 가지 과업

아무것도 모르는 영웅은 그 옷을 받아서 어깨에 걸쳤는데 실은 레르나의 히드라 독을 어깨에 쏟아부은 상태나 마찬가지였다. 그때 헤르쿨레스는 제단에 첫째 불을 피우고 향료를 얹고 기도를 올리면서 헌주 그릇에 담은 포도주를 대리석 제단에 붓던 중이었다. 히드라의 맹독은 불길 속에서 따뜻하게 녹아 헤르쿨레스의 사지로 속속들이 파고들었다. 그는 평소 용기를 짜내어 마구 터져 나오려는 고통의 신음 소리를 온 힘을 다해 억눌렀다. 참을 수 없는 고통으로 인내가 한계에 도달하자 그는 제단을 뒤로 물리면서 삼림 울창한 오이타산이 떠나가도록 고함을 쳤다. 그는 즉각 맹독성 옷을 몸에서 떼어 내려고 애를 썼지만 옷과 함께 피부도 떨어져 나왔다. 말하기 혐오스럽지만, 그가 헛되이 몸에서 떼어 내려 하면 할수록 옷은 더욱 단단히 몸에 달라붙었다. 혹은 훼손된 사지와 통뼈를 드러내 보일 뿐이었다. 하얗게 달군 금속 조각을 차가운 수조에 집어넣었을 때처럼, 그의 피는 쉭쉭거리는 소리를 냈고 맹독 때문에 뜨겁게 끓어올랐다. 고통은 한도 끝도 없었다. 탐욕스러운 불길이 가슴을 불태웠고 온몸에서 청록색 땀이 뚝뚝 떨어졌다. 불타는 심줄은 푸석푸석한 소리를 냈고 골수는 보이지 않는 독에 녹아 버렸다. 헤르쿨레스는 별들을 향해 양손을 쳐들면서 말했다.

「유노여, 나의 재앙을 마음껏 즐기소서. 잔인한 이여, 천상에서 이 참사를 내려다보면서 사나운 마음을 한껏 충족시키소서. 적에게도 일말의 동정심을 베풀어 줄 생각이라면(비록 끔찍한 고통으로 망가진 몸이지만 이런 내가 당신의 적이라면), 당신이 그토록 증오할 뿐만 아니라 많은 난제를 극복한 나의 목숨을 파괴하소서. 죽음은 오히려 나에게 혜택입니다. 의붓어머니가 내릴 만한 선물입니다.

아이깁투스의 신전들을 나그네의 피로 물들여 모독한 부시리스를 굴복시킨 보상이 겨우 이것이란 말입니까? 내가 그의 어머니의 대지로부터 잔인한 안타이우스를 들어 올려 힘을 빼앗은 대가가 이것입니까? 나는 히스파니아에 갔을 때 머리가 셋인 목동 게리온을 두려워하지 않았고 머리가 셋인 명부의 개 케르베루스도 두려워하지 않았습니다. 나의 두

손은 넵투누스가 보낸 힘센 황소의 두 뿔을 구부려 놓을 정도로 힘이 세었습니다. 이 손으로 아우게이아스의 외양간, 스팀팔루스의 습지, 파르테니우스산의 숲을 청소했습니다. 테르모돈의 해안에서 아마존의 황금 허리띠를 얻은 사람은 또 누구였습니까? 잠이 없는 뱀이 지키는 사과를 누가 따왔습니까? 반인반마도 아르카디아를 파괴한 멧돼지도 정복하지 못한 사람이 바로 나 아니었습니까? 머리 하나를 자르면 두 개가 생겨난다는 괴물 뱀 히드라를 죽여서 엄청난 힘을 내보인 사람이 나 아니었습니까? 자신의 말들에게 인육을 먹인 트라키아의 왕이 도륙된 시체들을 구유에 담아 놓았는데, 내가 구유를 깨끗이 청소하고 왕와 그의 종마들을 모두 죽여 버리지 않았습니까? 또한 나의 양팔로 네메아의 거대한 사자를 목 졸라 죽이지 않았습니까? 나의 목으로 잠시 하늘을 떠받치기도 했습니다.

유피테르의 잔인한 아내는 이런 힘든 일을 시키고도 내가 모두 해내자 피곤해졌습니다. 하지만 나는 이런 일을 모두 해치운 뒤에도 피곤하지 않았습니다. 그런데 여기에 남자의 힘, 양팔의 힘으로는 저항할 수 없는 새로운 재앙이 찾아왔습니다. 모든 것을 먹어치우는 불길이 나의 폐부 깊숙이 들어와 사지를 모두 파먹고 있습니다. 하지만 나에게 열두 가지 과업을 내주었던 미케나이의 왕 에우리스테우스는 몸 성히 잘 있습니다. 이런데도 과연 신들이 존재한다고 믿을 사람들이 있겠습니까?」

크게 부상을 당한 헤르쿨레스는 이렇게 울부짖으며 오이타산의 높은 곳으로 올라갔다. 그의 모습은 이미 현장에서 도망친 사냥꾼의 미늘 달린 창이 등에 꽂힌 채로 좌충우돌하는 황소와 비슷했다. 헤르쿨레스는 때로 신음 소리를 내질렀고 때로는 노호했으며 때로는 치명적인 옷을 몸에서 떼어 내려고 버둥거렸다. 나무를 쓰러트리기도 하고 산에 대고 분노하는가 하면, 절망에 빠져서 아버지가 계신 하늘을 향해 양손을 내뻗기도 했다. 210

리카스

그때 헤르쿨레스는 겁을 먹고서 움푹 파인 바위 속으로 숨는 리카스를 보았다. 그의 고통은 더욱 맹렬하게 불타올랐다.

「리카스, 이 치명적인 선물을 준 자가 너였더냐? 네가 나를 죽이려고 한 자냐?」

리카스는 온몸을 떨었고 공포로 얼굴이 창백해졌으며 불안한 목소리로 어눌하게 변명했다. 리카스가 변명을 하면서 양손을 무릎 위에 얹어 놓으려 하는데, 헤르쿨레스는 그를 붙잡아 서너 번 공중에 빙빙 돌린 후에 투석기로 쏜 것보다 더 빠른 속도로 에우보이아 바다를 향해 날려 보냈다. 그는 부드러운 미풍 속에 공중을 날아가는 동안 온몸이 딱딱해졌다. 전승에 따르면, 강한 바람에 빗방울이 얼면 눈이 되듯이 또 눈이 빙빙 돌다 보면 부드러운 눈뭉치가 우박이 되듯이, 완강한 팔에 내던져진 리카스는 공포로 인해 몸속의 피가 빠져나가고 물기도 사라져 아주 단단한 바위로 변신했다. 지금도 에우보이아의 바다에는 약간 튀어나온 바위가 있다. 이 바위는 사람의 모습을 간직하고 있으며, 마치 지각이 있는 존재인 양 선원들은 이 바위 위로 걸어가길 두려워한다. 선원들은 이 바위를 리카스라고 부른다. 229

헤르쿨레스의 죽음

그러나 당신, 유피테르의 유명한 아들은 높은 오이타산의 나무들을 여러 그루 쓰러트려 화장용 장작으로 만들었다. 이어 당신은 화장용 장작에 불을 붙인 포이아스의 아들에게 당신의 활, 엄청나게 큰 화살통, 그리고 화살을 가져가라고 지시했다.[2] 탐욕스러운 불길이 장작을 핥아먹고 있을 때, 네메아 사자 가죽을 쌓아 올린 장작더미에 내려놓고 비스듬히 드러누웠다. 몽둥이는 목침으로 삼았다. 당신의 표정은 전혀 변화가 없었다. 물 타지 않은 포도주 잔들을 앞에 두고서, 머리에 화관을 두른 채 저녁 연회에 참석하여 자리에 비스듬히 앉은 사람 같았다.

이제 화염은 더 강해지고 온 사방으로 퍼지면서, 불길을 경멸하며 조용히 있는 헤르쿨레스의 사지를 요란스럽게 먹어 치우기 시작했다.

241

헤르쿨레스가 죽어서 신이 되다

천상의 신들은 지상의 수호자가 죽는 것을 두려워했다. 이를 알아챈 유피테르는 즐거워하는 목소리로 말했다.

「당신들이 그렇게 걱정하는 걸 보니 즐겁군요. 오 신들이여, 내가 감사할 줄 아는 사람들의 통치자이며 아버지로 불리는 점을 진심으로 경축합니다. 나의 아들이 앞으로 당신들의 호의에 기댈 수 있을 거라 생각하니 기쁘기 한량없습니다. 당신들이 저 아이의 엄청난 업적에 찬사를 보내 주었지만, 나는 아직도 당신들에게 감사의 빚을 지고 있습니다. 신들이여, 헛된 공포에 사로잡혀 당신들의 따뜻한 마음을 버리

2 이들 무기는 나중에 트로이아 전쟁 때 동원된다.

지 마시오. 차라리 오이타산의 불길을 비웃어 주시오.
모든 것을 정복한 저 아이는 저 불길도 이겨낼 겁니다. 저애는 어머니에게 물려받은 인간의 몸 이외에는 불카누스의 불길을 느끼지 못할 겁니다. 저애가 내게 물려받은 영혼은 영원하여 결코 죽지 않습니다. 그러니 어떤 불길에도 제압되지 않습니다. 저애의 육신이 지상에서 소임을 다하면, 나는 저애의 영혼을 천상으로 들어 올릴 생각입니다. 모든 신이 이런 조치에 기뻐할 거라고 확신합니다. 만약 헤르쿨레스를 신으로 만드는 일을 누군가 못마땅해하여 그런 상을 내리길 거부한다 하더라도, 저 아이가 신이 될 자격이 충분하다는 점은 인정하고 마지못해 승인하리라 봅니다.」

신들은 동의했다. 유피테르의 아내 유노 역시 모진 표정 짓지 않고 최고신의 말을 끝까지 다 들었다. 하지만 유피테르의 마지막 말은 뚱하게 들었으며 자신을 비난하는 말이라고 생각했다.

한편 헤르쿨레스의 몸에서, 불길이 태울 수 있는 부분은 모두 타버렸다. 그의 외양은 전혀 알아볼 수 없게 되었고 어머니에게 물려받은 용모도 모두 소진되었다. 오로지 유피테르의 흔적만 남았다. 나이 든 뱀이 허물을 벗으면서 동시에 나이도 벗어버리고 새 비늘로 반짝거리는 것을 즐거워하듯이, 헤르쿨레스도 육신의 허물을 벗어버리고 영혼으로 활짝 피어나 전보다 더 위대하고 엄숙하고 장엄하고 경배할 만한 존재가 되었다. 전능한 아버지 유피테르는 네 마리 말이 끄는 마차를 보내어 속이 텅 빈 구름 속으로 그를 들어 올려 찬란한 별들 사이로 데려갔다.

아틀라스는 천상에 오른 헤르쿨레스의 무게를 느꼈다. 하

지만 에우리스테우스[3]는 아직도 분을 풀지 못하고 헤르쿨레
275 스 대신 후손들에게 앙갚음하기 시작했다.

알크메네의 이야기

오랫동안 근심에 시달린 헤르쿨레스의 어머니 알크메네는 이올레를 대화 상대로 삼았다. 이올레를 상대로 노년의 불평을 털어놓고, 온 세상에 알려진 헤르쿨레스의 업적을 말해 주고, 자신이 겪은 불운한 일들도 털어놓았다. 아버지 헤르쿨레스의 지시에 따라 아들 힐루스는 이올레와 결혼하여 깊이 사랑했고 그녀의 자궁에 고귀한 씨앗을 심어 놓았다. 알크메네는 이올레에게 이런 얘기를 들려주었다.

「신들이 너를 잘 보아주기를 바란다. 너의 출산일이 다 되었을 때, 진통을 단축시켜 주시고, 해산을 두려워하는 여자들을 담당하는 루키나 여신을 부를 때도 바로 나와 주시기를. 루키나는 유노의 간섭 때문에 나의 출산 때에는 아주 모질게 대했지.

진통이 끝나고 헤르쿨레스가 태어나려 할 때 태양신은 천궁의 열째 궁을 향해 가고 있었지. 태아의 무게가 내 자궁을 눌렀고 태아의 덩치가 너무 커서, 장차 태어날 아이의 아버지가 유피테르임을 금방 알 수 있었지. 나는 더 이상 진통을 참지 못했고 차가운 전율이 온몸을 사로잡았지. 이 얘기를 하는 지금 이 순간에도 전율이 느껴져. 그걸 기억하는 일 자체가 고통스럽단다. 이레 낮과 밤을 고통 받아 완전히 파김치가 되어 버린 채로 나는 양손을 하늘로 내뻗으며 큰 소리로

3 미케나이의 왕으로, 유노 여신의 술수로 인해 헤르쿨레스를 지배하게 되었고 헤르쿨레스에게 열두 가지 대업을 수행하라고 지시했다.

출산의 여신 루키나와 닉시를 번갈아 가며 불렀어.
루키나가 오기는 했지만 내가 죽기를 바라는 잔인한 유노의 뇌물을 받아먹은 상황이었어. 그녀는 집밖의 제단 앞에 앉아 오른쪽 무릎을 왼쪽 무릎에 꼭 붙이고 두 손을 깍지 낀 채로 있었어. 그녀는 내 신음을 듣더니 낮은 목소리로 주문과 마술을 외웠어. 이미 시작된 해산을 지연시키려는 수작이었지. 나는 고통을 참으면서 그토록 무심한 유피테르에게 공허한 욕설만 남발했어. 죽고 싶었어. 나의 절박한 불평은 무심한 바위의 마음도 움직일 정도였어. 테바이의 여인들이 나를 위해 기도를 올리며 괴로워하는 나를 위로해 주려고 애썼어.
내 하녀들 중에는 갈란티스라는 평민 출신의 금발 여자가 있었어. 내 지시를 열성적으로 이행했고 시키는 일을 즉각 하려는 의욕이 충만하여 사랑을 받았지. 갈란티스는 유노가 부당하게 처신하고 있음을 알았어. 갈란티스는 대문을 들락거리다가 제단에 앉아서 무릎을 손가락으로 꽉 잡고 있는 여신을 보고는 이렇게 말했어.
〈당신이 뉘신지 모르나 우리 여주인을 축하해 주세요. 알크메네가 남자 아이를 순산했습니다. 그녀는 기도했고 응답을 받아 이제 어머니가 되었답니다.〉
출산의 여신은 놀라서 벌떡 일어나면서 무릎을 꽉 붙들고 있던 두 손을 놓아 버렸어. 출산을 지연시키던 강력한 힘이 사라지자, 나는 아이를 낳을 수 있었지. 갈란티스는 이렇게 여신을 속이고서 웃음을 터트렸다는데, 그만 들키고 말았어. 잔인한 여신은 갈란티스의 금빛 머리채를 붙들고서 사정없이 잡아당겨 땅에 내팽개쳤어. 갈란티스가 땅에서 몸을 일으키려 하는데 여신이 막으면서 갈란티스의 양팔을 앞발로 변신시켰어. 족제비로 변신했지만 그녀의 열성은 예전 그대로였고 가죽은 금빛을 잃지 않았어. 하지만 모습은 예전과 달라졌지. 여주인의 해산을 도우려고 입을 기만적으로 놀렸다고 하여 입으로 새끼를 낳게 만들었어. 그녀는 전과 마찬가지로 우리 집에 살고 있어.」 323

이올레가 전하는 드리오페 이야기

알크메네는 말을 마쳤고 예전 하녀가 받은 징벌에 마음이 아파 신음 소리를 냈다. 그녀가 슬퍼하는 동안 며느리 이올레는 이렇게 말했다.

「오 어머니, 당신은 핏줄과는 상관없는 낯선 사람이 원래 모습을 빼앗긴 일에 슬퍼하고 있군요. 내 언니의 기이한 운명은 더 기가 막히답니다. 눈물과 슬픔 때문에 얘기를 제대로 하기 어려울 정도예요. 언니의 어머니는 딸 하나만 두었습니다(아버지는 나를 다른 여자에게서 얻었습니다). 언니 드리오페는 오이칼리아에서 가장 뛰어난 미인이었지요. 델피와 델로스를 주관하는 아폴로 신에게 강제로 처녀성을 빼앗기기는 했지만, 안드라이몬이라는 남자에게 시집갔고 형부는 언니를 아내로 얻어 무척 행복해했어요. 그곳에는 둑의 경사가 가팔라 보이는 호수가 하나 있었습니다. 둑 위에는 도금양나무가 우거진 숲이 있었어요. 드리오페는 자신의 운명을 모르고 이 호수로 왔어요. 보는 사람으로서는 더욱 화가 나는데, 님프들에게 화관을 만들어 주겠다는 선의를 품고 여기 온 거예요. 품안에는 돌도 안 된 귀여운 남자아이를 안고 따뜻한 모유를 먹였어요. 호수에서 멀지 않은 곳에, 티루스의 보라색과 색깔이 똑같은 수련이 활짝 피어 곧 열매를 맺을 것 같았어요. 드리오페는 이 꽃을 꺾어서 어린 아들에게 내밀며 그를 즐겁게 만들려고 했습니다. 나도 막 똑같이 행동하려고 했어요(나는 현장에 있었습니다). 나는 이 꽃에서 뚝뚝 떨어지는 피를 보았고 전율하며 떠는 가지들도 보았습니다. 뒤늦게 시골 사람들이 전해 준 말에 따르면, 님프인 로티스가 호색한 프리아푸스로부터 달아나다가 얼굴을 바꾸고 수련으로 변신한 것이었습니다. 그래서 이 꽃에 그녀의 이름이 붙었지요.

언니는 이런 사실을 몰랐어요. 겁을 집어먹고 집으로 돌아가려 했고 님프들에게 기도를 올렸으므로 이제 자리를 떠나려 했어요. 하지만 언니의 발은 뿌리가 되어 땅에 박혔어요. 언니는 발을 잡아 빼려 했으나 윗부분만 약간 움직일 뿐 전혀 뺄 수가 없었어요. 밑에서 부드러운 나무껍질이 생겨나 허벅지 쪽으로 조금씩 조금씩 밀고 올라왔어요. 그녀는 이걸 보자 머리카락을 잡아 뜯으며 괴로워했어요. 곧 언니의 손도 잎사귀로 덮였어요. 언니의 머리도 잎사귀로 가득했어요.

언니의 아들 암피소스(할아버지 에우리투스가 아이 이름을 지어 주었어요)는 어머니의 가슴이 딱딱해지는 느낌을 받았어요. 아무리 젖을 세게 빨아도 모유는 더 이상 나오지 않았지요. 언니, 나는 현장에 있었고 당신의 잔인한 운명을 목격했지만 아무런 도움도 줄 수 없었어요. 나는 할 수 있는 데까지 점점 늘어나는 나무줄기와 가지들을 가슴에 안으며 변신의 속도를 늦추려 했어요. 사실이지 나도 나무껍질 안으로 들어가 숨어 버리고 싶었어요.

그때 언니를 찾아 헤매던 형부 안드라이몬과 언니의 불행한 아버지 에우리투스가 나타났어요. 나는 두 사람에게 수련나무를 보여주었어요. 그들은 여전히 따뜻한 나무에 키스를 퍼부었고 나무 밑에 엎드려 뿌리에 매달렸습니다. 얼굴만 빼고 나의 사랑하는 언니의 모습은 사라졌습니다. 하지만 얼굴은 아직 나무로 변신하지 않았습니다. 언니의 불행한 몸에서 나온 눈물이 잎사귀에 이슬로 맺혔습니다. 언니의 입은 목소리를 밖으로 낼 수 있는 통로가 되었습니다. 언니는 불평의 말을 허공에 쏟아냈습니다.

「만약 불행한 사람의 말을 믿어 준다면, 신들에게 맹세하지만, 나는 이런 사악한 처분을 당할 이유가 없다. 나는 죄를 짓지 않았는데 부당하게 벌을 받는 것이다. 나는 정직하게 살아왔다. 만약 내가 거짓말을 한다면 바싹 말라서 가진 잎사귀를 다 떨구고 도끼에 베여 불태워져도 좋다. 하지만 이 아이를 어머니의 가지들에서 떼어 내 유모에게 주도록 하라. 또 내 아들이 이 나무 밑에서 젖을 먹고 놀게 하라. 내 아들이 말을 배우면 이 어미에게 인사하며 이렇게 말하도록 가르쳐라.

〈나의 어머니가 이 나무줄기 속에 숨어 계세요.〉

아이가 호수를 무섭게 알도록 교육을 시키고 나무에서 꽃을 꺾지 못하게 하라. 아이에게 모든 나무는 여신의 몸이라는 사실을 교육시켜라. 안녕히 계세요, 나의 남편. 내 여동생과 아버지도. 당신들에게 자애로운 마음이 있다면 날카로운 낫으로 나의 잎사귀를 베어 내지 못하게 하고 가축들이 잎사귀를 먹어 치우지 않도록 해주세요. 내가 당신들에게 허리를 굽힐 수 없으니 여기까지 와서 내 얼굴을 한번 만져 주시고 내 어린 아들을 데려가 주세요. 나는 이제 더 이상 말을 할 수가 없어요. 부드러운 나무껍질이 이미 내 목 전체를 뒤덮었어요. 나는 나무 꼭대기에 숨겨질 겁니다. 당신들의 손을 내 눈에서 떼어 주세요. 점점 퍼져 가는 나무껍질이, 당신들의 손길에 방해를 받지 않는다면, 곧 죽어 가는 나의 눈을 덮을 겁니다.〉

갑자기 언니의 입이 움직임을 멈추었고 이내 사라졌습니다. 하지만 언니의 몸이 나무로 변신한 후에도 오랫동안 신선한 가지들은 따뜻함을 유지했습니다.」

393

이올라우스와 헤베의 예언

이올레가 이 놀라운 사건을 얘기하는 동안, 알크메네가 엄지손가락으로 이올레의 눈물을 닦아 주는 사이에(하지만 알크메네 또한 울고 있었다), 새로운 사건이 발생하여 그들의 슬픔을 잠재웠다. 거기 높은 문턱에 한 소년이 서 있었다. 보송보송한 솜털이 양 뺨을 뒤덮었고 얼굴은 청년 시절처럼 앳된 얼굴로 바뀌어 있었다. 이올라우스가 회춘하여 다시 젊은이가 된 것이다. 유노의 딸이며 헤르쿨레스의 아내인 헤베[4]가 남편의 간청을 받아들여 이런 특혜를 준 것이었다. 헤베가 앞으로 다시는 이런 선물을 내리지 않겠다고 맹세하려는데 테미스가 허락하지 않았다. 여신 테미스는 앞으로 벌어질 사건을 예언했는데, 칼리로에의 어린 두 아들도 나이를 바꿔 주어야 한다는 것이었다.

「오 헤베여, 테바이는 이미 내전 준비에 들어갔어.」 테미스가 말했다. 「유피테르가 개입하면 또 모를까 카파네우스는 무적이야. 두 형제 폴리니케스와 에테오클레스는 서로 치명

4 유피테르의 의붓딸이면서 며느리.

상을 입히면서 죽게 될 거야. 예언자 암피아라우스는 발밑의 땅이 꺼지면서, 아직 살아 있는 상태에서 자기 망령을 보게 될 거야. 암피아라우스의 아들 알크마이온은 어머니를 죽임으로써 부모에 대하여 부모의 복수를 해줄 거야. 효도와 악행을 동시에 저지르는 거지. 자신이 저지른 행동에 깜짝 놀라서 정신 이상이 되고 고국을 떠나 방랑하는 신세가 돼. 어머니의 망령과 푸리아이의 추격을 받게 되지. 이 도망자 알크마이온에게 페게우스 왕이 은신처를 제공해. 알크마이온은 왕의 딸과 결혼하는데 이때 그의 어머니를 매수했던 황금 목걸이를 신부에게 건네줘. 하지만 알크마이온은 또다시 정신줄을 놓고서 방랑을 떠나가는데 이때 아켈로우스의 딸 칼리로에를 둘째 아내로 맞이하게 돼.

칼리로에는 목걸이를 요구하지. 알크마이온은 첫째 아내에게 주었던 목걸이를 회수하려다가 페게우스의 손에 죽게 되지. 그러자 칼리로에는 위대한 유피테르에게 아직 어린 두 아들을 어른으로 만들어 달라고 간절히 호소해. 억울하게 죽은 남편이 오랫동안 복수의 혜택을 누리지 못하는 건 불공평하다면서 말이야. 그녀의 간원에 마음이 움직인 유피테르는 당신이 직접 헤베의 권능을 사용하게 돼. 칼리로에의 어린 아들들이 사춘기를 거치지 않고 곧바로 성인이 되는 거야.」

테미스가 예지력을 발휘하여 이런 이야기를 하자, 신들은 웅성거리며 불평을 늘어놓았다. 왜 다른 사람들에게는 그런 특혜를 내리지 않는가. 아우로라는 자신의 배우자 티토누스가 노령이라면서 불평했고, 온유한 케레스는 이아시온이 이미 백발이라고 말했으며, 불카누스는 자기 아들 에릭토니우스에게 새로운 생명을 주어야 한다고 말했고, 베누스 또한 미래를 걱정하며 애인 안키세스의 수명을 늘려 주어야 한다고 말했다. 신들마다 봐줘야 할 사람이 있었고 이런 편애로 인해 제어하기 어려운 반항심이 생겨났다. 마침내 유피테르가 개입하여 입을 열었다.

「만약 당신들이 나를 존경한다면 이토록 성급히 요란을 떨지는 않았을 텐데. 자신의 힘이 막강하여 운명도 이길 수 있다고 생각하는 분이 여기 계십니까? 이올라우스는 운명을 통해 다시 젊은이가 된 것입니다. 칼리로에의 어린 아들도 운명을 통해 청년이 되었지 전쟁을 하거나 무력을 동원한 게 아닙니다. 당신들도 운명의 지배를 받습니다. 그런 사실을 기꺼이 받아들이길 바라며 나 또한 운명의 지배를 받는다고 말씀드리고 싶습니다. 만약 나에게 이를 바꿀 수 있는 권능이 있다면 나의 아이아쿠스는 늙어서 허리가 꼬부라지지 않고 라다만투스는 영원히 젊음의 꽃밭에 있었겠지요. 또 미노스는 노령의 씁쓸한 부담 때문에 경멸 당하고 제 나라도 온전히 다스리지 못하게 되는 일도 없었을 겁니다.」

유피테르의 말에 신들의 마음이 움직였다. 라다만투스, 아이아쿠스, 미노스 등이 모두 고령으로 허약해졌음을 알고 있기 때문에 더 이상 불평을 할 수가 없었다. 미노스는 전성기에 이름만으로도 온 나라 사람들을 벌벌 떨게 만들었는데, 이제는 늙어서 허약해졌다. 태양신 포이부스와 디오네의 아들인 밀레투스는 젊은이다운 강성한 힘을 자랑스러워했고, 미노스를 겁먹게 만들었다. 미노스는 밀레투스가 반역을 꾀한다는 사실을 알았지만, 그를 과감하게 유배 보내지 못했다. 밀레투스여, 당신은 자신의 의지에 따라 달아났다. 빠른 배로 에게해를 건너 아시아 땅에 도착하여 마이안드루스강하구에 당신의 이름이 붙게 되는 도성을 건설했다. 당신은 구불구불한 강의 둑을 방랑하다가 강의 신 마이안드루스의 딸 키아네를 발견했다. 그녀는 당신과 관계하여 아주 아름다운 쌍둥이 남매 비블리스와 카우누스를 낳아 주었다.

453

비블리스와 카우누스

비블리스는 한 가지 교훈을 남겼다. 즉 여자는 허용된 대상만 사랑해야 한다는 교훈이다. 하지만 비블리스는 아폴로의 손자인 오빠 카우누스에 대한 욕망에 사로잡혔다. 여동생이 오빠를 사랑하는 감정이 아니라, 품어서는 아니 될 감정을 품어 오빠를 사랑했다. 처음에는 그녀도 자기 내부의 불길을 제대로 이해하지 못했다. 오빠의 뺨에 키스하거나 목을 양팔로 감싸 안는 행동을 죄악이라고 생각하지 않았다. 오랫동안 남매간의 애정이라며 자신을 속였다. 비블리스의 사랑은 조금씩 조금씩 바뀌었다. 오빠를 만나러 갈 일이 있으면 평소보다 더 예쁘게 보이려고 옷단장에 지나치게 신경을 썼다. 만약 어떤 여자가 자기보다 더 아름다워 보이면 시기심을 품었다.

그녀는 아직 무엇이 잘못되었는지 깨닫지 못했고 이 단계에서는 자기 느낌을 구체적 언어로 표현하지 않았다. 하지만 내면은 뜨거운 욕망으로 끓고 있었다. 이제 오빠를 나의 주인이라고 불렀고 혈육이라는 단어를 증오했다. 비블리스는 오빠가 자기를 여동생이라고 부르지 않기를 바랐다. 그렇지만 맨정신일 때에는 그런 호색한 희망이 마음속을 노골적으로 휘젓고 다니지 않았다. 하지만 평화로이 잠에 빠져 쉬고 있을 때, 종종 사랑하는 대상을 보았고 제 몸이 오빠의 몸과 결합한 모습을 보았다. 그녀는 잠을 자고 있으면서도 얼굴을 붉혔고 곧 잠에서 깨어났다. 오랫동안 꿈속에서 본 낯 뜨거운 장면을 되풀이하여 생각했다. 그러면서 망설이는 마음으로 이렇게 말했다.

「아, 나는 불행한 여인이야! 조용한 밤에 꿈속에서 보았던 장면은 무엇을 의미하는가? 그런 일이 벌어지지 않기를 얼마나 바랐던가! 나는 왜 그런 꿈을 꾸는가? 오빠는 잘생겼어. 편견이 있는 사람이 봐도 틀림없이 오빠는 미남이야. 나는 그를 좋아해. 친오빠만 아니라면 그를 사랑할 거야. 그는 충분히 나를 차지할 가치가 있는 사람이야. 하지만 내가 여동생이라는 사실이 걸려. 깨어 있는 동안에 실제로 일을 저지르지 않으면, 꿈속에서 그런다 한들 무슨 상관이야? 오 달콤한 잠이여, 그 꿈을 다시 가져와 다오. 꿈속에는 증인도 없고 쾌락만 존재하니까 아무런 문제가 없어.

오 베누스여, 온화한 어머니의 아들인 재빠른 쿠피도여. 나는 정말 엄청난 쾌락을 알고 말았구나! 내 몸은 엄청난 욕망에 사로잡혔어. 거기 누운 나는 뼛속까지 녹아 버리고 말았어! 돌이켜 생각하니 너무나 달콤하구나! 밤이 우리의 일을 질시하는 것처럼 금방 지나가 쾌락이 너무 짧게 지속되어 한스럽구나!

아 불쌍한 비블리스! 만약 내 이름의 한 단어만 바꿀 수 있다면 아주 행복하게 카우누스와 결합할 텐데. 카우누스, 난 당신 아버지의 며느리가 될 수 있었을 텐데. 그리고 당신은 우리 아버지의 사위가 될 수 있었을 텐데. 신들이 허락해 주신다면 우리는 부모만 제외하고 모두 함께 나눌 수 있을 텐데. 차라리 당신이 나보다 더 지체 높은 사람으로 태어났더라면 좋았을 텐데. 하지만 이 상태에서는 다른 여자와 결혼하여 그녀를 어머니로 만들겠지. 불행히도 당신과 똑같은 부모를 배정 받은 나에게, 당신은 영원히 오빠일 뿐이겠지. 우리가 남매라는 사실이 우리의 사랑을 가로막는구나.

그렇다면 내가 꾸었던 꿈은 무엇을 의미하는 걸까? 내 꿈은 어떤 무게를 가질까? 아니, 꿈에 과연 무게가 있을까? 신들이 이것을 금지하시기를! 하지만 우리가 알고 있듯이, 신들에게도 여동생들이 있었어. 사투르누스는 혈연관계인 오프스와 결혼했고 오케아누스는 테티스와 결혼했으며 올림푸스의 지배자는 유노와 결혼했어. 신들은 나름의 법칙이 있어. 왜 나는 인간의 방식을 우리와는 다른 천상의 조건에 맞추려 드는 거지?

내가 억누르면 이 열정은 결국 내 마음에서 사라져 버릴 거야. 만약에 내가 그렇게 할 수 없다면 차라리 죽게 해주세요. 내가 죽으면 관대에 나를 눕히고 오빠가 키스를 퍼붓게 해주세요. 아무튼 내가 간절히 바라는 일은 서로 양해를 해야 해. 나를 즐겁게 하는 일이라 해도 오빠에게는 죄악처럼 보일 수 있으니까. 하지만 아이올루스의 아들들은 여동생의 침대를 두려워하지 않았어. 하지만 내가 그들을 어떻게 알지? 왜 이런 사례들을 늘어놓는 거지? 난 지금 어디로 달려가고 있는 거야? 호색한 불길이여, 내게서 사라져라. 여동생으로서 오빠를 사랑하게 하고 다른 마음으로 오빠를 사랑하지 않게 해달라. 만약 오빠가 먼저 나에 대한 열정에 사로잡혔다면 나는 굴복했을 거야. 내가 그의 접근을 거절하지 않을 셈이라면, 내가 먼저 접근하면 어떨까? 너는 감히 말할 수 있겠니? 고백할 수 있겠니? 사랑이 강요할 거야. 나는 고백할 수 있을 거야. 만약 수줍어서 입이 떨어지지 않는다면 신중하게 편지를 써서 나의 은밀한 불길을 고백해야지!」

비블리스는 이렇게 결정했다. 망설이다 마음을 정해 내린 결론이었다. 그녀는 한쪽 옆으로 몸을 일으켜 왼쪽 팔꿈치에 몸을 기대면서 말했다.

「오빠에게 보여 줘야지. 이 미친 사랑을 고백해야지. 아, 나는 어쩌지? 지금 어떤 곤경 속으로 빨려 들어가는 거야? 도대체 어떤 불길이 내 마음을 사로잡은 거지?」

비블리스는 쓸 말을 준비하여 떨리는 손으로 적어 내려갔다. 오른손은 철필을 들었고 왼손은 빈 서판을 들었다. 그녀는 글을 쓰기 시작했다가 머뭇거렸다. 서판에 글을 썼다가 자신을 비난했다. 뭔가를 썼다가는 지웠다. 변경하고 불평을 하고 이어 승인을 했다. 서판을 들었다가 놓았고 다시 들었다 놓는 일을 반복했다. 사실 본인이 무엇을 원하는지도 알지 못했다. 자신이 하려는 일은 뭐든 못마땅해 보였다. 얼굴에는 수치심과 결연함의 표정이 번갈아 나타났다.

비블리스는 처음에 〈여동생〉이라고 썼다가 지워 버렸다. 그리하여 왁스 바른 서판에는 수정된 문장이 남았다.

「당신을 사랑하는 여자가 이것을 보냅니다. 진정으로 당신의 행복을 빌어요. 하지만 이 여자는 당신이 그 행복을 주지 않는 한 결코 행복을 느끼지 못할 거예요. 내 이름을 발설하기가 너무나, 너무나 부끄럽습니다! 하지만 당신이 나의 용건을 물으신다면 내 이름이 아닌 용건을 먼저 말하고 싶고 비블리스라는 이름이 알려지지 않았으면 좋겠어요. 내 희망이 이루어지기 전에는 말이에요.

당신은 내가 당신을 사랑한다는 것을 느끼셨을 거예요.

나의 해쓱한 안색, 어두운 표정, 가끔 눈물이 치솟는 슬픔 어린 두 눈, 아무 이유 없이 터져 나오는 한숨 등으로 말이에요. 내가 양팔로 당신의 목을 가볍게 끌어안았던 것, 혹시 눈치채셨는지 모르지만 여동생 이상의 몸짓으로 당신에게 키스한 것도 내 아픈 가슴의 증거입니다. 비록 가슴에 심한 상처를 입었지만 나의 내면에는 불같은 열정이 있습니다. 나는 좀 더 올바른 정신을 유지하기 위해 할 수 있는 모든 일을 다 했어요(신들이 증인입니다). 나는 쿠피도의 난폭한 무기를 피하기 위하여 오랫동안 발버둥을 쳐왔어요. 하지만 아무 소용이 없었습니다. 나는 당신이 보기에도 소녀가 감당할 수 없으리라 여길 고통을 견디고 있어요. 이제 열정에 압도되어 나는 당신에게 고백할 수밖에 없으며 수줍은 기도로 당신의 도움을 청합니다.

오로지 당신만이 사랑하는 여자를 구제할 수 있고 파괴할 수도 있습니다. 이 둘 중에 좋을 대로 선택하세요. 이것은 적이 아닌 애인의 기도입니다. 비록 당신과 가까운 데 있지만 더 가까이 있고 싶고 더 깊은 유대로 맺어지기를 바랍니다. 규칙을 파악하고 옳고 그름을 묻는 일들일랑 노인들에게 맡겨요. 법률의 적용 따위는 그런 사람들에게 맡겨요. 우리 나이에는 무모한 베누스가 더 어울려요. 무엇이 허용되는지 잘 모르기 때문에 우리는 모두 허용된다고 믿어요. 위대한 신들의 사례를 따르는 거예요. 아버지가 근엄하다거나 명성을 존중해야 한다거나 장래가 두렵다는 것쯤은 장애가 될 수 없어요. 혹시 공포를 느낄 상황이 온다면 우리의 은밀한 쾌락 행위는 남매라는 단어 밑에 감추면 돼요. 여동생이기 때문에 당신과 은밀한 대화를 나누어도 돼요. 남들 보는 데서 포옹도 키스도 할 수 있어요. 또 뭐가 더 남았나요? 이처럼 사랑을 고백하는 여자를 불쌍하게 여기세요. 극단적인 열정의 재촉을 받지 않았더라면 이렇게 고백하는 일도 없었을 거예요. 당신이 내 묘비에 여동생의 죽음에 책임을 져야 할 사람으로 기록되는 일이 없도록 하세요.」

이러한 말들을 기록하느라 왁스가 속절없이 사라졌고 마지막 행은 서판을 채운 왁스의 맨 가장자리에 걸치게 되었다. 비블리스는 이제 자신의 고백을 반지의 인장을 찍어 마무리했다. 그녀의 입안에는 침이 없었으므로 눈물을 적셔서 인장을 찍었다. 비블리스는 부끄러워서 얼굴을 붉히면서 남자 하인을 불러 좋은 말로 부탁했다.

「충실한 하인이여, 이 서판을 좀 전해 주세요. 나의…….」

그녀는 마지막 말을 망설이다가 한참 후에 말했다. 「오빠에게.」

하인에게 건네주려는 서판이 손에서 미끄러져 방바닥으로 떨어졌다. 그녀는 불길한 조짐이라 생각하여 마음이 꺼림칙했으나 그래도 보냈다. 하인은 적당한 시간을 선택하여 은밀한 말이 담긴 서판을 오빠에게 전했다.

젊은 카우누스는 서판을 받아서 앞부분을 조금 읽더니 벼락을 맞은 표정이 되어 버럭 화를 내더니 방바닥에 내팽개쳤다. 부들부들 떠는 하인의 얼굴을 때리려다가 간신히 자제하고서 말했다.

「오 금지된 음욕을 사주하는 자여, 네가 할 수 있을 때 어서 달아나라. 너를 죽이면 내 수치심이 널리 알려질까 봐 죽이진 못하겠다. 안 그랬더라면 네놈의 소행에 따른 죗값을 죽음으로 지불하게 했을 것이다.」

하인은 겁먹은 채 달아났고 카우누스의 잔인한 말을 여주인에게 전했다.

무서운 비난의 말을 듣고서 너, 비블리스는 얼굴이 창백해졌고 몸이 차가운 얼음에 둘러싸인 양 벌벌 떨었다.

그녀가 침착한 마음을 회복하자 열정도 돌아왔다. 그녀의 혀는 부지런히 날름거리며 이러한 말을 내뱉었다.

「그런 대접을 받아도 싸! 왜 내 마음의 상처를 그토록 무모하게 드러냈을까? 왜 마음속에 감추고 있어야 할 말을 그리도 섣부르게 서판에 적어 넣었을까? 나는 먼저 애매한 말로 오빠의 마음을 떠보아야 했어. 안전하게 운행하려면, 배의 돛을 펴기 전에 바람의 방향을 알아보아야 했어. 풍향을 알아보지도 않고 돛을 너무 일찍 폈어. 그러다가 바람이 불어와 바위 쪽으로 끌려가 배가 난파했고 바닷속으로 가라앉은 거야. 내 배는 돌아갈 수가 없게 되었어.

내 사랑을 그토록 무모하게 고백하지 말라고 제지하는 조짐이 분명 있었어. 하인에게 서판을 건네줄 때 손에서 떨어지는 바람에 희망이 무산되리라고 미리 알려 주었단 말이야. 날짜를 잘못 잡은 걸까, 아니면 서판을 써서 보낸다는 생각 자체가 잘못된 걸까. 아니야, 날짜를 잘못 잡은 거야. 신께서 확실한 표징으로 경고를 보내셨잖아. 그런데 내가 정신이 없어서 그걸 못 본 거야. 아무튼 내가 직접 가서 말해야 했어. 왁스에 의존하지 말고 직접 찾아가서 내 열정을 고백해야 했어. 그에게 내 눈물을 보이고 사랑하는 여자의 얼굴을 보인다면, 서판의 글월보다 훨씬 더 많은 말을 전할 수 있었을 거야. 거부하는 그의 목에 내 양팔을 둘렀어야 해. 만약 내 포옹을 거절 당한다면, 금방이라도 죽는 시늉을 할 수도 있어.

엎드린 채 그의 두 발을 붙들고 살려 달라고 호소할 수도 있어. 모든 수단을 동원할 수 있을 거야. 한 가지 수단으로 오빠의 완고한 마음을 돌려놓지 못한다면, 온갖 수단을 총동원해 호소했다면 성공했을지도 몰라. 어쩌면 내가 보낸 하인에게도 잘못이 있었는지 몰라. 영 엉뚱한 시간에 오빠를 찾아갔는지 몰라. 오빠가 느긋하거나 자유로운 시간이 아닌 때에 말이야.

이 일은 나를 너무나 아프게 하는구나. 그는 암호랑이에게서 태어난 사람도, 가슴속에 단단한 쇠나 돌 혹은 금강석을 두르고 다니는 사람도 아니야. 암사자의 젖을 먹고 자란 사람도 아니야. 그를 정복해야만 해! 난 그를 찾아갈 거야. 내게 숨이 붙어 있는 한, 이미 시작한 이 일을 절대로 포기하지 않을 거야.

내 행위를 취소할 수 있다면, 최선의 선택은 이 일을 아예 시작하지 않는 거야. 차선책은 기왕 일을 벌였으니 끝까지 밀고 나가 승리를 거두는 거야. 설사 지금 이 순간 내가 희망을 접어 버린다고 하더라도 그는 내가 보낸 서판의 내용을 잊어버릴 수 없어. 만약 지금 희망을 접는다면 나는 변덕스러운 욕망을 품은 여자로 비치게 돼. 또는 엉뚱한 올가미로 그를 시험하거나 공격하는 경박한 여자로 보이게 되지. 그러면 오빠는 내가 신들이 내린 고상한 사랑의 열정 때문이 아니라, 육욕을 이기지 못해 그런 짓을 저질렀다고 생각할 거야. 이제, 나로서는 어찌되었든 혐오스러운 행위를 저지르기 이전으로 돌아갈 수가 없어. 서판을 써서 보냈고 또 요구를 했어. 나의 순결한 의지는 이미 더럽혀졌어. 더 이상 아무 짓도 안 한다 하더라도 나는 순진무구한 여자 대우를 받기는 틀린 거야.」

비블리스의 마음은 심히 불안했고 엄청난 갈등이 휘몰아쳤다. 자신이 그런 짓을 저질렀다는 것이 안타깝기는 했지만 또다시 시도해 보기로 결심했다. 하지만 비블리스가 접근할 때마다 카우누스는 차갑게 거절했다. 비블리스가 자제력을 잃어버리고 집요하게 치근대면서 그만둘 기미를 보이지 않자 카우누스는 조국과 사악한 행위로부터 달아나 먼 땅에 새 도시를 건설했다.

밀레투스의 딸은 그때부터 완전히 정신줄을 놓고 실성한 여자가 되어 버렸다. 가슴을 가린 옷을 찢어 버리고 양팔을 미친 듯이 때렸다. 발광 상태는 점점 더 심해졌다. 그녀는 불법적인 사랑을 품었다고 스스럼없이 고백했고, 자신의 나라와 지겨운 가정을 내버렸으며 먼저 방랑의 길을 떠난 오빠의 뒤를 쫓아갔다.

부바수스의 여자들은 바쿠스 여신도처럼 들판을 미친 듯이 쏘다니는 비블리스를 보았다. 바쿠스의 여신도들, 이스마리아의 광분하는 여자들이 바쿠스 3년제에서 모두 모여 광란의 축제를 벌이는 모습과 비슷했다. 그 후에 그녀는 카리아와 렐레게스와 리키아를 방랑했다. 또 크라구스와 리미레를 지나갔고 크산투스강과, 사자 머리에 뱀 꼬리가 달리고 입에서는 불을 뿜는 키마이라가 산다는 산간 지대도 통과했다.

이제 숲은 듬성듬성해졌다. 그러자 너, 비블리스는 방랑에 지쳐서 땅에 쓰러졌다. 머리는 산발하여 척박한 땅을 덮었고 낙엽들에 입 맞추었다.

종종 렐레게스의 님프들이 부드러운 양팔로 그녀를 일으

켜 세웠고, 사랑을 치유하는 방법을 일러 주었지만 소용없었다. 아예 그런 말들을 들으려 하지도 않았다. 비블리스는 아무 말도 없이 엎드려서 손가락으로 푸른 약초를 움켜쥐고 샘솟는 눈물로 풀들을 적셨다. 일설에 의하면, 숲의 님프들은 비블리스 얼굴 밑에 수로를 파서 마르지 않는 샘물을 만들어 주었다. 님프들이 이보다 더 멋진 선물을 해줄 수는 없었을 것이다.

소나무 껍질에서 송진이 한 방울 한 방울 떨어지듯이, 비옥한 대지에서 끈적한 역청이 나오듯이, 서풍의 부드러운 입김과 태양의 따뜻한 손길 아래에서 얼었던 물이 녹아 버리듯이, 비블리스는 자기 눈물에 녹아 버려 샘이 되었다. 심지어 지금도 그 계곡에는 여주인의 이름을 간직한 샘물이 검은 참나무 밑을 흐르고 있다. 665

이피스와 이안테

이 기이하고 경이로운 비블리스 이야기는 크레타의 100개 도시에 널리 퍼져 나갔을 텐데, 실로 기적에 가까운 이피스의 변신이라는 사건이 최근에 발생하는 바람에 그렇게 되지는 못했다. 크노수스 궁전에서 아주 가까운 파이스투스 땅은 어느 이름 없는 사람의 고향이었다. 그의 이름은 리그두스였는데 자유인으로 태어난 평민이었다. 지위가 낮은지라 재산도 많지는 않았으나 흠 없이 살아온 믿을 만한 사람이었다. 아내가 임신하여 산달이 가까워 오자 그는 아내의 귀에 대고 이런 말을 했다.

「내가 기도하는 것은 두 가지요. 당신이 아무런 고통 없이 해산하고, 남자아이를 순산하는 것이오. 딸애는 부담스러울 뿐만 아니라 우리 집 재산이 감당할 정도가 되지 못하오. 그래서 이런 말 하기는 싫지만 당신이 딸을 낳게 된다면(나는 마지못해 이렇게 말하는 거요, 오 〈경건한 마음〉이여, 나를 용서하소서), 죽여 버립시다.」

남편이 말을 마치자 부부의 눈에는 눈물이 비 오듯 쏟아졌다. 명령을 내리는 남편이나 명령을 받는 아내나 똑같이 하염없이 눈물을 흘렸다. 아내 텔레투사는 딸 아들 구별 말자고 남편에게 간절히 호소했으나 아무런 소용이 없었다. 리그두스의 결심은 확고했다. 배가 남산처럼 불러서 더 이상 참기 어렵게 되었을 때, 텔레투사는 한밤중 꿈속에서 비전을 보았다. 이오 여신[5]이 신성한 수행자들을 데리고 침대 머리맡에 서 있는 것이었다. 여신은 이마에 초승달 모양의 뿔이 나 있었고 머리에는 노란 곡식 이삭으로 만든 화관을 둘렀으며, 여신의 왕관을 쓰고 있었다. 뒤에는 개의 얼굴을 한 신 아누비스, 고양이의 목숨을 관장하는 신성한 부바스티스, 다양한 색깔의 가죽을 뒤집어쓴 황소 모양의 신 아피스, 손가락으로 자신의 입술을 눌러 우리에게 침묵을 강요하는 신 하르포크라테스, 경건한 신도들이 가장 많이 찾는 신 오시리스, 부드럽게 울리는 청동 타악기, 잠을 유도하는 독 많은 뱀 아스프 등이 있었다. 이어 텔레투사는 잠에서 깨어난 것처럼 분명히 이 광경을 보았다. 이오 여신이 말했다.

「오 텔레투사, 내가 소중히 여기는 여인이여, 너의 무거운 근심을 옆으로 제쳐 놓고 남편의 명령을 따르지 말라. 루키나

5 유피테르의 사랑을 받았다가 암소로 변했으나 나중에 나일강으로 와서 인간으로 다시 변신했고 아들 에파푸스를 낳았는데, 이집트 신화에서 이시스 여신이라는 이름으로 숭배된다.

가 해산을 허락해 주거든 망설이지 말고 키워라. 그애가 딸이든 아들이든. 나는 도움을 청하면 들어주는 구원의 여신이다. 너는 무심한 신을 숭배했다는 소리는 하지 않을 것이다.」

여신은 그렇게 조언을 하고 침실에서 물러갔다. 순수한 크레타 여인은 기쁜 마음으로 침대에서 일어나 하늘의 별들을 향해 두 손을 치켜들고 방금 들은 약속이 그대로 실현되게 해달라고 기도를 올렸다.

진통이 더 이상 참을 수 없게 되고 태아가 저절로 바깥으로 밀려 나왔을 때, 텔레투사는 딸을 낳았다. 텔레투사는 남편에게 딸 낳은 사실을 숨기고 아들이라고 거짓말을 했고 아이에게 젖을 주라고 지시했다. 텔레투사의 말은 사실처럼 들렸고, 유모를 제외하고 누구도 거짓말을 알아채지 못했다. 아버지는 감사의 제사를 올리고 아이에게 할아버지의 이름인 이피스를 주었다. 어머니는 그 이름을 만족스럽게 생각했다. 남자나 여자나 쓸 수 있는 이름이었으므로 이름에 대해서는 누구도 속이지 않은 셈이었다. 선의의 거짓말 덕분에 들통 나지 않은 거짓말은 깊이 감추어졌다. 이피스의 옷은 남자 옷이었고 남자로든 여자로든 얼굴이 아름답기는 매한가지였다.

그리하여 13년이 흘러 아버지는 이피스 너를 금발의 이안테와 맺어 주고 약혼식을 올렸다. 이안테는 파이스투스 여자들 중에서 아름다움으로 높이 칭송 받는 처녀였고 크레타 사람 텔레스테스의 딸이었다. 그들은 나이가 비슷하고 아름다웠으며 같은 선생님들로부터 유년의 교육을 받았다. 이 때문에 사랑이 둘의 순진무구한 가슴에 찾아왔고 똑같은 사랑의 상처를 남겼다. 하지만 두 사람의 기대 심리는 서로 같지 않았다. 이안테는 이피스와 결혼하기를 바라면서 그들의 사랑이 합방으로 완성되기를 기다렸다. 이안테 자신이 남자라고 오해하는 여자가 남편이 되기를 바랐다. 이피스는 합방을 해줄 수 없는 여자를 사랑했고 이 때문에 처녀에 대한 처녀의 사랑은 더욱 거세게 불타올랐다. 이피스는 눈물을 간신히 참으며 말했다.

「어떤 결과가 나를 기다리고 있을까? 일찍이 아무에게도 알려진 바 없는, 이 기괴한 사랑의 열정이 나를 사로잡아 버렸으니. 만약 신들이 나를 구제하려 한다면 그렇게 할 수 있을 거야. 반대로 나를 파괴할 셈이라면 나에게 남자를 사랑하는 자연스럽고 정상적인 불운을 내려 주시든지. 암소는 수소를 사랑하고 암말은 수말을 사랑하지. 암양 또한 숫양을 위해 불타오르지. 사슴도 마찬가지고 심지어 새들도 그러하지. 동물들의 암컷 중에서 암컷을 좋아하는 놈은 없어. 내가 여자가 아니었더라면 얼마나 좋을까!

크레타에는 각종 괴물들이 많이 생겨났지. 태양신의 딸 파시파에는 황소를 사랑했지. 하지만 그건 여자와 남자의 일이었어. 다 털어놓고 말하자면 내가 더 미친 거야. 파시파에는 적어도 성취 가능한 욕망을 추구했으니까. 기만술과 나무 암소를 동원하여 황소와 결합할 수 있었거든. 적어도 속여 넘길 간통남이 있었던 거야. 이 세상의 모든 기술을 여기 가져다 놓고, 밀랍 날개를 단 다이달루스를 여기 날아오라고 해봐. 그가 어떻게 할수 있을까? 아무리 대단한 재주가 있다 해도 나를 여자에서 남자로 변신시키지는 못할 거야. 그리고 이안테, 너도 변신시키지 못할 거야.

그러니 이피스, 왜 결단하지 못하는 거야? 왜 무의미하고 어리석은 사랑의 불길을 떨쳐 버리지 못하는 거야? 타고난 성정대로 남자를 사랑하라고(너 자신마저도 속이지 않을 생각이라면 말이야). 올바른 것을 추구하고 여자로서 마땅히 사랑해야 할 대상을 사랑해. 그런 희망을 품고 있으면 사랑도 생기고, 희망이 계속 사랑을 밀어준단 말이야. 하지만 현실이 모든 희망을 앗아가 버리는구나.

이안테가 사랑스럽게 포옹하지 못하도록 가로막는 감시자는 없어. 조심스럽게 관찰하는 남편의 눈길도 없어. 엄숙한 표정을 짓는 아버지도 없어. 그녀 자신도 네가 원하는 것을 거절하지 않아. 하지만 이안테는 네 것이 될 수가 없어. 신들과 인간이 합심하여 전폭적으로 지원한다고 해도 너는 행복해질 수가 없어.

하지만 신들이 내가 원하는 바를 모두 거부한 것은 아니야. 우호적인 신들은 줄 수 있는 것을 주었어. 내가 원하는 것을 아버지도 원하고, 그녀는 물론이고 장래의 장인도 원하고 있어. 하지만 그들보다 더 강력한 존재인 자연이 원하지 않고 그게 나를 가로막는 유일한 힘이야. 자, 기다렸던 순간이 다가오고 있어. 결혼식 날 아침이 가까이 왔고 이안테는 곧 나의 신부가 될 거야. 하지만 나는 그녀를 차지할 수가 없어. 우리는 물 한가운데 있으면서도 목이 마른 상태가 될 거야.

오 신부의 수호자인 유노여, 오 결혼의 신인 히메나이우스여, 왜 당신들은 신랑이 없고 신부들뿐인 결혼식에 오시려 하는 겁니까?」

이피스는 더 이상 말하지 않았다. 이안테 역시 사랑에 온몸이 불타올랐고, 결혼의 신 히메나이우스에게 어서 빨리 와 달라고 간절히 기도를 올렸다. 이안테가 열렬히 추구하는 것을 텔레투사는 두려워했다. 그녀는 결혼식 날짜를 자꾸만 미루었다. 때로는 병을 핑계 대고 때로는 조짐이나 꿈자리가 좋지 않다면서 날짜를 연기했다. 이제는 더 늘어놓을 핑계도 없었고 연기했던 결혼 날짜가 하루 앞으로 성큼 다가왔다. 텔레투사는 딸과 자신의 머리띠를 제거하여 산발한 채로 제단을 껴안고 말했다.

「파라이토니움에 계시고, 파로스에도 계시고, 마레오티스 들판에도 계시고, 일곱 하구로 나뉘는 닐루스강에도 계시는 이시스 여신이여, 비오니 제게 도움을 주셔서 우리의 공포를 치료해 주소서. 여신이여, 한때 저는 당신을 보았고 당신의 상징을 보았으며 당신의 소리, 수행원, 제사의 횃불을 보았나이다. 저는 당신의 지시를 제 마음속에 담아 두었다가 그대로 이행했습니다. 딸아이 이피스가 이 세상의 빛을 보았고 제가 그 일로 벌을 받지 않은 것도 당신의 지시와 조언 덕분이었습니다. 이 두 여인을 불쌍하게 여기셔서 당신의 도움으로 우리를 구원해 주소서.」

이렇게 말하는 동안 그녀의 눈에서 눈물이 샘솟았다. 이시스 여신은 제단을 움직인 듯했고(아니, 실제로 제단을 움직였다) 신전의 문이 흔들렸으며, 여신의 보름달 같은 뿔이 번쩍거렸고, 청동 타악기가 울렸다. 텔레투사는 아직 근심을 완전히 벗어버리지는 못했지만 이 좋은 조짐에 행복한 마음으로 신전을 떠났다. 그녀가 앞장서서 가는데, 이피스가 평소보다 더 큰 보폭으로 바싹 따라왔다. 이피스의 얼굴에서 붉은 기운이 사라졌고, 힘이 세졌으며, 표정은 좀 더 단단해졌고 머리카락은 짧게 휘날렸지만 더 힘이 있어 보였다. 이피스는 여자 치고는 전반적으로 아주 힘차 보였다.

왜냐하면 너는 지금까지 소녀였으나 이제 소년이 되었기 때문이다. 신전에 감사의 봉헌물을 올리고 수줍어할 필요 없이 마음껏 즐거워하라. 그들은 신전에 봉헌물을 올리고 간단한 시구가 적힌 비명(碑銘)을 세웠다.

이피스는 소녀이던 시절에 약속했던 봉헌물을
이제 소년으로 변신하여 즐거운 마음으로 바친다.

다음날 새벽은 찬란한 햇살을 온 세상에 뿌렸고 베누스, 유노, 히메나이우스는 횃불이 켜진 결혼식에 참석했고 총각 이피스는 처녀 이안테를 신부로 맞아들였다. 797

제10권

오르페우스의 노래

오르페우스와 에우리디케

히메나이우스는 선황색 옷을 입고 무한한 창공을 날다가 트라키아까지 왔다. 그곳에서 오르페우스가 간절히 히메나이우스 신을 불렀으나 신은 응답하지 않았다. 히메나이우스는 거기에 있기는 했으나 예식의 말도, 기쁨의 얼굴도, 행복한 조짐도 선사하지 않았다. 그가 들고 있는 횃불이 계속 연기를 내면서 식식거려 사람들은 매운 연기에 눈물을 흘렸고, 가볍게 흔들어 대도 확 불이 붙지 않았다. 이런 조짐보다 결과는 더 나빴다. 오르페우스의 새 신부가 숲속 님프들의 배웅을 받으며 풀밭을 걸어갈 때, 독사가 이빨로 발목을 물어 새 신부는 쓰러졌다.

오르페우스는 하늘을 쳐다보며 죽은 신부를 위해 실컷 눈물을 흘린 다음, 타이나루스의 문을 통해 지하 세계로 내려가기로 결심했다. 무게 없는 사람들과 무덤을 체험한 망령들 사이를 통과하여 프로세르피나와 으스스한 지하 세계를 지배하는 명계의 제왕에게 다가갔다. 트라키아의 음유시인 오르페우스는 리라를 뜯으며 이렇게 노래했다.

「모든 살아 있는 자들이 결국에는 돌아가는 곳, 지하 세계를 통치하시는 위대한 신과 여신이여. 제가 군말 없이 본론을 직접 말씀드리게 해주소서. 제가 대왕의 왕국에 온 이유는 구경하고 싶어서도, 머리에 뱀들이 우글거리는 메두사의 괴물 아들, 대가리가 셋인 케르베루스를 보고 싶어서도 아닙니다. 제가 이렇게 여행을 하게 된 까닭은 아내 때문입니다. 아내는 뱀을 잘못 밟았는데 독이 발목에 스며들어 젊은 나이에 이곳에 오게 되었습니다. 저는 가능하면 아내의 죽음을 견디고자 했고 엄청 노력도 했습니다. 그러나 사랑은 엄청난 힘입니다. 사랑의 신은 천상의 세계에서 잘 알려진 신입니다. 여기에서도 그런지는 잘 모르겠지만 여기에도 계시리라 믿습니다. 만약에 오래전에 일어났던 프로세르피나의 납치 사건이 거짓이 아니라면, 지하 세계의 대왕 또한 사랑에 의해서 맺어졌습니다. 이 무서운 곳, 이 엄청난 카오스, 이 거대한 영역의 정적을 걸고서, 대왕에게 간원하오니 너무 황급히 묶인 에우리디케의 운명 줄을 딱 한 번만 풀어 주소서.

대왕이여, 우리는 모두 당신에게 빚진 존재입니다. 약간의 시차가 있을 뿐 앞서거니 뒤서거니 이 한 곳의 안식처로 돌아옵니다. 우리는 모두 이곳으로 오고 있으며 바로 여기가 우리의 마지막 집입니다. 인간은 아무리 애를 써도 대왕의 지배권을 피해 가지 못합니다. 에우리디케 또한 충분한 세월을 누리고 노년에 이르면 대왕 앞에 엎드려야 합니다. 저는 대왕에게 그 세월을 선물하라는 게 아니라 빌려 달라고 말씀드리고 싶습니다. 만약 운명이 나의 아내에게 이러한 자비를 거부한다면 나는 지상으로 돌아가지 않을 것입니다. 차라리 두 사람의 죽음을 함께 가납하소서.」

오르페우스가 가사에 맞추어 리라를 뜯으며 이렇게 노래 부르자, 핏기 없는 귀신들도 그의 운명을 슬퍼하며 눈물을 흘렸다. 목마른 탄탈루스는 사라져 가는 물컵을 향해 손을 내밀지 않았고, 익시온의 불 바퀴는 멈추었고, 새들은 티티우스의 간을 쪼지 않았으며, 다나우스의 딸들은 항아리에서 쉬었고, 시시푸스는 바위에 앉아 그의 노래를 들었다.

푸리아이 자매들도 그 노래를 듣고 감동을 받아 난생처음 양 뺨이 눈물로 축축해졌다고 한다. 대왕의 아내 프로세르피나는 차마 오르페우스의 간원을 거절하지 못했고 명계를 다스리는 대왕도 마찬가지인지라 그들은 에우리디케를 불렀다. 그녀는 최근에 들어온 망령들 사이에 있었고 발을 다쳤기 때문에 천천히 걸어왔다. 트라키아의 시인은 그녀를 반갑게 맞이했고 동시에 아베르누스의 계곡에 이를 때까지 뒤를 돌아보면 안 된다는 조건의 말을 들었다. 뒤를 돌아보는 순간, 대왕의 선물은 취소되는 것이었다.

그들이 지상으로 올라가는 등성이 진 길은 깊은 정적에 잠겨 있었고 가파르면서도 어두웠고 짙은 안개가 끼어 있었다. 이제 그들은 지표면의 가장자리에서 얼마 떨어지지 않은 곳까지 올라왔다. 여기에 도달하자 오르페우스는 아내가 올라오는 도중에 힘이 부치지는 않는지 또 어떻게 하고 있는지 살펴보고 싶어서 사랑이 담긴 눈빛으로 뒤를 돌아다보았다. 순간, 에우리디케는 지하 세계로 미끄러졌다. 양손을 내뻗으면서 오르페우스의 내민 손을 잡으려 했으나, 이 불행한 여인은 허공을 움켜쥘 뿐이었다. 이제 한 번 더 죽게 되었지만 남편에 대하여 전혀 불평하지 않았다. (자신이 진정 사랑 받았다는 것을 알았는데 무엇을 불평할 수 있겠는가?) 그녀는 남편의 귀에 들릴락 말락하게 〈안녕〉이라는 마지막 말을 남기고 지하 세계로 돌아갔다.

오르페우스는 아내의 두 번째 죽음에 경악하며 온몸이 굳어졌다. 머리 셋이고 가운데 머리에 쇠사슬로 목줄을 맨 지하 세계의 개 케르베루스를 보고서 너무 겁을 먹은 나머지 온몸이 결국 돌로 변신해 버린 어느 겁쟁이, 혹은 자신의 아름다움을 자랑하다가 이다산에서 돌이 되어 버린 불행한 레타이아, 혹은 그녀의 죄를 자신이 대신 뒤집어쓰려다가 역시 돌로 변신한 연인 올레누스, 이들처럼 오르페우스도 너무 충격을 받아 온몸이 뻣뻣하게 굳어졌다.

오르페우스는 또다시 지하의 강을 건너가려 했지만 뱃사공이 건네주기를 거부했다. 그는 이레 동안 곡기를 끊고 강둑에 앉아 있었다. 근심, 가슴 아픔, 눈물을 먹고 살았다. 지하 세계의 신들이 너무 잔인하다며 불평한 뒤에 오르페우스는 남풍의 도움을 받아 트라키아의 로도페산과 하이무스산으로 돌아갔다.

그 후 태양이 1년을 돌아 물고기자리에서 끝나는 여행을 세 번 했고, 오르페우스는 여자들과의 사랑을 일절 피했다. 사랑이 불운으로 종지부를 찍었기 때문이거나 아니면 다시는 사랑을 하지 않겠다고 맹세했기 때문이다. 하지만 많은 여인들이 음유시인과 결합하고 싶은 불타는 욕망에 사로잡혔다. 많은 여자들이 거절 당하고 슬퍼했다. 게다가 그는 트라키아 사람들 사이에서 여자 대신 어린 남자를 사랑하여 아직 어른이 되기 직전 사춘기의 젊은 남자들을 꽃봉오리 따듯
85 취하는 방법을 널리 알렸다.

나무들의 목록

한 언덕이 있었고, 꼭대기에는 초록 풀들이 뒤덮인 아주 평평한 들판이 있었다. 원래 그늘이 없었으나 신의 핏줄로 태어난 시인이 리라를 뜯으며 노래를 부르면 나무들이 다가와 자연스레 그늘이 생겼다.

카오니아의 참나무가 왔고, 헬리아데스의 숲도 찾아왔다. 잎 많은 포플러와 부드러운 보리수, 자작나무, 처녀 같은 월계수, 쉽게 부러지는 밤나무, 사람들이 창 만드는 데 쓰는 물푸레나무, 옹이가 없는 전나무, 도토리가 매달린 참나무, 친구 같은 플라타너스, 색깔도 다양한 단풍나무, 물가에 사는 수양버들, 연못을 사랑하는 연꽃, 늘 푸른 회양목, 가녀린 상록수, 검은색과 흰색의 도금양, 검푸른 열매가 열리는 까마귀밥나무, 부드러운 발이 달린 담쟁이, 덩굴손이 감긴 느릅나무, 마가목, 가문비나무, 붉은 열매를 맺는 산딸기나무, 승리한 사람을 표창하는 종려나무, 밑동은 벗었지만 꼭대기에 잎이 무성한 소나무도 왔다. 아티스가 인간의 형상을 벗어버리고 소나무로 변신했다고 하여 신들의 어머니 키벨레 여신이 유난히 이 나무를 사랑했다. 105

키파리수스

이 나무들의 합창에 원뿔 모양의 삼나무도 함께했다. 이 나무는 전에 소년이었는데 활과 리라를 관장하는 신 아폴로의 사랑을 받았었다. 카르타이아 들판을 소유한 님프들이 신성시했던 커다란 수사슴이 있었다. 이 사슴은 넓게 퍼진 뿔로 제 머리에 시원한 그늘을 드리웠다. 뿔은 황금빛으로 빛났고 부드러운 목에는 어깨까지 늘어진 보석 목걸이가 걸려 있었다. 이마에는 은제 호신부가 가죽 줄에 묶인 채 붙어 있었다. 양쪽 귀를 멋지게 장식한 진주 귀걸이는 움푹 들어간 관자놀이 근처에서 반짝거렸다.

공포가 전혀 없고, 타고난 소심함도 벗어놓은 채, 이 수사슴은 사람들의 집으로 찾아들어 남자들이 자신의 목을 쓰다듬도록 내버려 두었다. 낯선 사람인지 아닌지는 따지지 않았다. 이 수사슴은 키아 사람들 중에서 가장 잘생긴 청년인 키파리수스를 누구보다도 좋아했다. 너, 키파리수스는 수사슴을 새로운 목초지로 인도했고, 맑은 물가로 데려갔다. 때때로 다양한 꽃으로 목걸이를 만들어 수사슴의 뿔에 걸어 주었다. 너는 기수처럼 수사슴의 등에 올라타서 자주색 고삐를 이리저리 흔들면서 사슴의 입을 이쪽저쪽으로 유도했다.

여름날의 대낮, 무더운 때였다. 하늘 높은 곳에서는 해안에 사는 게자리의 부어오른 앞발이 무더위에 녹고 있었다. 수사슴은 피곤하여 풀밭에 몸을 누이고 나무 그늘의 서늘함을 즐기고 있었다. 소년 키파리수스는 실수로 날카로운 창으로 수사슴을 찔러 버렸다. 수사슴이 치명적 상처를 입어 죽어 가는 것을 보고서 소년은 자신도 죽어야겠다고 생각했다. 포이부스가 어찌 위로의 말을 아꼈겠는가? 사안에 따라 알맞게 슬퍼해야 한다고 얼마나 힘주어 말했던가! 하지만 소년은 계속 슬퍼했고 신들에게 이 마지막 특혜를 내려 달라고 호소했다. 그러면서 내내 슬픔을 거두지 않았다. 이제, 형언할 수조차 없는 엄청난 슬픔으로 몸에서 피가 다 빠져나가자, 사지는 초록색으로 변신하기 시작했고 눈같이 흰 이마까지 내려왔던 머리카락은 단단해지더니 뻣뻣해졌고 머리 꼭대기는 별빛 하늘을 올려다보았다. 포이부스 신은 신음 소리를 내며 슬프게 말했다.

「너는 우리 모두의 애도를 받을 거야. 너는 남들을 애도해 줄 뿐만 아니라 그들이 슬퍼하는 자리에 늘 함께할 거야.」 142

가니메데

음유시인 오르페우스는 이런 나무들을 불러 모아 놓고 들짐승과 새들의 무리 한가운데 앉았다. 엄지손가락으로 리라의 줄을 충분히 뜯어 보고서 다양한 가락들이 조화를 이룬다는 생각이 들 때(물론 소리는 다르게 났지만), 이런 노래를 불렀다.

「오 무사여, 나의 어머니여. 유피테르로 하여금 내 노래에 영감을 불어넣게 하소서. 모든 것이 그분의 권능에 속하므로. 종종 나는 유피테르의 권능을 노래 불렀다. 또한 좀 더 고상한 주제를 다루면서, 거인족들과 플레그라 들판에 쏟아지는 최고신의 벼락에 대해서 노래했다. 이제는 리라를 좀 가볍게 뜯어볼 필요가 있다. 이제 신들의 사랑을 받은 소년들과, 잘못된 사랑의 불길에 불타올랐다가 음욕 때문에 징벌을 당한 소녀들에 대하여 노래하겠나이다.

신들의 왕은 한때 트로이아 사람 가니메데에 대한 사랑으로 온몸이 불타올랐다. 마침 좋은 생각이 떠올랐으니 새로 변신하기로 했다. 유피테르의 벼락을 감당할 힘이 있는 새는 독수리뿐이므로 그는 독수리로 변신했다. 그는 공중에서 독수리 날개를 퍼득거리며 가니메데를 납치했다. 그리하여 가니메데는 지금도 유피테르를 위하여 술을 섞고 넥타르를 준비하고 있다. 유노는 못마땅해하지만. 161

히아킨투스

히아킨투스여, 포이부스는 너를 사랑하여 너 또한 천상에 데려가려 했다. 하지만 얄궂은 운명이 그것을 허용하지 않았다. 하지만 너는 불멸의 존재로 만들어졌다. 봄이 겨울을 몰아내고 하늘에서는 물고기궁이 백양궁에게 자리를 내줄 때, 너는 일어나 온통 초록으로 뒤덮인 대지에서 활짝 꽃핀다.

나의 아버지 포이부스는 누구보다도 너를 좋아했다. 그는 세상의 배꼽 도시인 델피를 팽개치고 에우로타스 강둑과 성벽의 방비가 없는 스파르타에 자주 가면서 음악과 궁술은 전혀 신경 쓰지 않았다. 이 두 가지가 그분에게 커다란 영광을 선사한 기술이었는데도 말이다. 본업은 아랑곳하지 않고서 그는 행복하게 사냥용 그물을 들고서 개 떼들을 뒤로 물리면서 너 히아킨투스와 함께 거친 산등성이를 돌아다녔다. 내 아버지는 너와 오래 함께 있으면서 사랑의 불길을 키웠다.

태양이 이미 뒤로 물러간 밤과 앞으로 다가올 밤의 중간, 그러니까 두 밤으로부터 등거리에 있는 대낮이었다. 포이부스와 히아킨투스는 옷을 벗어 버리고 올리브기름을 발라 번들거리는 몸으로 원반 던지기 시합에 들어갔다. 포이부스가 먼저 몸의 균형을 잡은 다음 원반을 높이 던져 먼 하늘에서 꾸물거리고 있던 구름을 흩어 놓았다. 한참 뒤에 원반은 딱딱한 땅으로 떨어져 힘과 기술의 절묘한 조합을 보여 주었다. 즉시 히아킨투스는 열광적으로 놀이에 몰두하면서 원반을 주우러 달려갔다. 하지만 그것은 딱딱한 땅에서 튕겨 나와 너 히아킨투스의 얼굴을 강타했다. 소년의 얼굴은 창백해졌고 포이부스 또한 마찬가지였다. 그는 쓰러진 소년을 얼른 일으켜 세웠다. 너를 쓰다듬고 갑작스레 생겨난 상처를 닦아

내고, 약초를 발라 사라져 가는 너의 영혼을 붙잡으려고 애를 썼지만 아무 소용이 없었다. 치료할 수가 없는 상처였다. 물을 잘 준 정원에서 제비꽃 혹은 혀가 노란 양귀비나 백합을 꺾으면 꽃들이 갑자기 고개를 숙이면서 자신의 무게를 지탱하지 못해 땅바닥만 내려다보듯, 죽어 가는 소년은 온몸의 힘이 빠져서 목을 쳐들기에는 힘이 드는지 목을 어깨에 내려놓고 있었다.

〈히아킨투스, 너는 떠나가는구나. 청춘의 힘을 빼앗기고서.〉 포이부스가 소리쳤다. 〈네가 상처 입은 것은 내 잘못이야. 너는 나의 슬픔이며 나의 죄상(罪狀)이야. 나의 오른손은 네 운명에 대하여 책임의 낙인을 받아야 해. 내가 네 죽음에 원인을 제공했어. 하지만 내가 어디서 실수를 했단 말인가? 우리는 쾌락에 이끌렸을 뿐인데. 내가 어디서 잘못을 저질렀단 말인가? 너를 사랑한 것뿐이었는데. 너 대신 목숨을 내놓을 수 있다면 혹은 너와 함께 죽을 수 있다면! 우리는 운명의 법칙에 묶여서 그렇게 하지 못하는구나. 하지만 너는 언제나 나와 함께 있고 너를 언제나 기억하는 나의 입술에 있을 거야.

너는 나의 노래와 음악 속에 언제나 존재할 거야. 꽃 하나가 생겨나고 거기에 나의 애도하는 마음이 새겨질 거야. 훨씬 뒤에 가장 용감한 영웅과 관련된 전설이 이 꽃에 덧붙여지고 꽃잎에서 영웅의 표시를 읽을 수 있을 거야.〉[1]

1 여기서 말하는 영웅은 트로이아 전쟁에 참가한 아약스이다. 포이부스는 자신의 슬픔을 표시하기 위해 히아킨투스가 변신한 꽃잎에 〈아이, 아이〉라는 글자를 새겨 넣었다. 아약스는 그리스식 표기로는 아이아스인데, 이 이름이 〈아이〉와 비슷하다는 것이다. 제13권에 이 꽃이 다시 언급된다.

포이부스가 이처럼 진실한 말을 토로하는 동안, 풀을 적시고 땅속으로 들어간 피가 다른 무언가가 되었다. 티루스의 보라색 염료보다 더 밝은 보라색 꽃이 생겨나 백합과 같은 모양이되 색깔만 달랐다. 하지만 이러한 명예을 부여한 포이부스는 이걸로도 성에 차지 않았다. 자신의 슬픔을 꽃잎에 〈아이, 아이〉라는 글자로 새겨 넣었다. 이 글자는 슬픔의 상징이 되었다. 스파르타는 히아킨투스의 고향임을 자랑스럽게 여기며 그의 영예는 오늘날까지 지속되고 있다. 스파르타 사람들은 매해 한여름이면 히아킨투스 축제를 열어서 고 219 풍스러운 방식으로 그를 추모하고 있다.

프로포이티데스와 케라스타이

그러나 당신이 광물이 풍부한 도시인 아마투스에게 당신의 딸 프로포이티데스가 자랑스러우냐고 물으면, 아마투스는 그녀를 완전히 부정할 것이다. 뿐만 아니라 이마에 뿔이 생겨나 케라이스타이라는 이름이 붙은 사람들에 대해서도 부정할 것이다.

그들의 도시 성문 앞에는 나그네를 환영하는 유피테르의 제단이 세워져 있었다. 그 도시인들이 저지른 범죄를 모르는 나그네가 피 묻은 제단을 보았더라면 어린 송아지나 양을 희생 제물로 바쳤다고 생각했으리라. 하지만 거기서 살해된 것은 나그네였다. 이 흉악한 제사에 진노한 자상한 베누스는 자신의 도시들과 오피우사 들판을 포기하고 떠나 버릴까, 생각하기도 했다. 베누스는 이렇게 말했다.

〈하지만 내가 좋아하는 장소들과 내가 좋아하는 도시들이 무슨 죄를 지었는가? 그들에게 대체 무슨 죄가 있는가?

차라리 불경한 족속들에게 유배나 처형의 징벌을 내리거나 아니면 유배와 처형 사이의 중간 형벌인 변신을 명령해야 하지 않겠는가?〉

그들을 뭘로 변신시킬까 고민하던 베누스는 고개를 돌려 그들의 이마에 난 뿔을 보았다. 베누스는 뿔은 그대로 두어야겠다는 생각이 들어 그들의 커다란 몸집을 사나운 황소로 변신시켰다.

하지만 음란한 프로포이티데스는 베누스가 여신이라는 사실을 감히 부정하려 들었다. 이에 베누스의 분노가 폭발하여 그들은 몸과 아름다움을 돈 받고 파는 최초의 창녀가 되었다고 한다. 그들의 수치심이 사라지자 얼굴의 피 또한 굳어졌다. 그들은 단단한 돌로 변신했는데 사실상 그리 큰 변화라 할 수는 없을 것이다. 242

피그말리온

그들이 사악한 창녀질을 하면서 평생을 보내는 것을 보았고 여자의 마음은 원래 엄청난 결점이 있다는 사실로 인해 불쾌했기 때문에, 피그말리온은 아내 없이 살았으며 오랫동안 침대에 여자를 들이지 않았다.

그러던 어느 날 놀라우면서도 축복 받은 장인의 기술을 발휘하여 눈처럼 흰 상아를 조각하여 어떤 여자에게서도 찾아볼 수 없는 아름다움을 부여했다. 그는 자신의 작품을 그만 사랑하게 되었다. 예의 조각상의 얼굴은 진짜 처녀 같아서 그걸 보는 사람이라면 누구나 살아 있는 처녀라고 생각했을 것이다. 타고난 수줍음 때문에 조각상은 되도록 움직이지 않았으며, 예술이 예술의 정신을 감추고 있었다.[2]

피그말리온은 놀랍게도 자신이 창조한 여자에게 사랑의 불길을 품게 되었다. 종종 조각상을 손으로 쓰다듬으며 그게 여자의 몸인지 상아인지 확인했다. 급기야는 그게 조각상이라는 사실을 인정하길 거부했다. 피그말리온은 조각상에 키스를 했고, 그것이 키스에 화답한다고 생각했으며, 조각상에 말을 걸고 손으로 잡아 보기도 했다. 그는 손가락으로 조각상의 사지를 잡으면 손가락이 살 속으로 쑥 들어간다고 생각했다. 손가락을 너무 세게 누르면 살집에 상처가 생기지나 않을까 우려했다.

때로 그는 조각상에 다정하게 말을 걸었고 때로는 여자들이 좋아하는 선물을 가져다주었다. 조개껍질, 반들반들 닦은 조약돌, 길들인 자그마한 새, 1,000가지 색깔의 꽃들, 백합, 밝은 색깔을 칠한 공, 호박 색깔의 기이한 곤충 등이었다. 그는 또 조각상에 옷을 입혔다. 손가락에는 보석 반지를 끼우고 목에는 기다란 목걸이를 걸어 주었다. 귀에는 자그마한 진주가, 가슴에는 리본이 매달렸다. 그런 장식품들은 모두 조각상에 잘 어울렸다. 하지만 알몸으로 있어도 조각상은 장식된 상태 못지않게 아름다웠다. 그는 티루스산(産) 보라색 염료로 염색한 매트리스에 그녀를 눕혔다. 조각상을 침실 동반자라고 부르고 그녀의 목을 부드러운 깃털 베개에 내려놓았다. 마치 그녀가 베개의 촉감을 느끼기라도 하듯이.

키프루스에서 가장 성대하게 거행되는 베누스의 축일이

2 〈예술(기술)은 예술을 감춘다〉라는 격언의 변형이다. *ars*는 기술 혹은 예술로 번역되는데 뛰어난 기술을 발휘한 작품은 그 기술이 완전히 은폐되어 마치 기술을 부리지 않은 것처럼 보인다는 뜻이다. 여기서는 조각상이 실제 여자처럼 보인다는 뜻이다.

돌아왔다. 두 뿔을 황금으로 장식한 암소들은 하얀 목에 칼을 맞아 쓰러져서 희생 제물로 바쳐지고 향이 불살라졌다. 피그말리온은 제사의 의무를 다하고 나서 신전 앞에서 긴장된 목소리로 말했다.

〈오, 신들이여, 당신들은 뭐든지 하실 수 있습니다. 간절히 기도하오니 나의 아내는,〉 그는 잠시 망설이며 상아 처녀라는 말을 하지 못했다. 〈저 상아 처녀 같은 여자가 되게 하소서.〉

베누스는 자신의 축제에 친히 참석해 있었다. 황금의 베누스는 기도의 속뜻을 이해했고, 호의적인 신성의 표시로, 제단의 불길이 세 번 솟아올라 끝이 공중을 향하도록 했다. 피그말리온은 집으로 돌아와 상아 처녀를 찾았다. 소파에 몸을 기울이면서 그녀에게 입맞춤했다. 그녀의 몸은 따뜻해진 듯했다. 피그말리온은 다시 여자의 몸에 키스했고 양손으로 유방을 만져 보았다. 그가 손을 댄 곳은 상아가 부드러워져서 딱딱함을 잃었고 손가락이 아래로 쑥 들어갔다. 마치 햇빛에 녹아 버리는 히메투스의 밀랍 같은 느낌이었다. 손가락으로 잘 다루면 여러 형태를 취하고 그렇게 사용됨으로써 오히려 유용해지는 밀랍. 피그말리온은 깜짝 놀라면서도 한편으로는 기뻐하고 한편으로는 기만을 당하지 않나, 의심했다. 그는 또다시 사랑하는 마음으로 손을 내밀어 그녀의 몸을 어루만지며 자신의 희망을 확인해 보았다. 그녀는 살집이 있는 정말로 살아 있는 존재였다! 그가 엄지로 누르면 정맥이 튀어나왔다. 그제야 피그말리온은 베누스에게 진심 어린 감사 기도를 드리면서 이제 가짜가 아닌 진짜 입술에 키스를 했다. 처녀는 입맞춤을 느끼면서 얼굴을 붉혔다. 수줍어하는 두 눈을 햇빛 쪽으로 들어 올리면서 처음으로 하늘과 자신의 애인을 함께 보았다. 여신은 자신이 성사시킨 결혼식에 참석했다. 피그말리온의 아내는 달이 아홉 번 찼다가 다시 기우는 동안 파포스라는 딸을 낳았다. 파포스섬은 이 딸의 297 이름에서 따온 것이다.

미라

파포스에서 키니라스가 태어났는데, 이 사람은 자식이 없었더라면 아마도 가장 행복한 사람 중 하나였을 것이다. 나 오르페우스는 여기서 끔찍한 사건들을 노래하련다. 오 딸들이여, 여기서 멀리 벗어나라. 오 부모들이여 멀리 사라져라. 당신들이 내 노래를 들어 즐겁다면 황당한 얘기니까 즐거울 뿐이라고 하면서 내가 벌어졌다고 말하는 사건들을 믿지 말라. 혹시 내 말을 믿는 사람이 있다면 해당 사건에 대한 처벌을 믿어 주기 바란다.

만약 자연이 우리로 하여금 이 불경한 비행을 목격하도록 허용한다면, 트라키아 부족과 땅이 이런 흉악한 범죄가 저질러진 지역에서 멀리 떨어져 있다는 것을 나는 엄숙하게 감사드린다. 유명한 판카이아 땅은 발삼과 계피, 쑥국화와 유향이 풍부하게 나는데, 나무에서 땀방울처럼 떨어지는 것들이다. 또 이 땅에는 각종 향료와 꽃들이 생겨난다. 또한 몰약도 나는데, 이 새로운 식물을 얻기 위해 너무 많은 대가를 치렀다.

미라여, 쿠피도는 자신의 화살이 너를 상하게 했다는 사실을 부정한다. 그의 횃불 또한 비난 받아서는 안 된다고 주장한다. 분노의 자매들 중 하나가 저승의 화염과 뱀의 독으로 너의 열정을 부채질했다. 아버지를 증오하는 것은 죄악이지만 아버지를 사랑하는 것은 더욱더 큰 죄악이었다.

전국 방방곡곡의 젊은이들은 너, 미라를 원했다. 동방 전역의 젊은이들이 너를 아내로 얻기 위한 시합에 참가했다. 이 숱한 남자들 중에서 미라, 너는 한 명만 남편으로 고르면 되는데, 아뿔싸, 그들 중에는 남편감이 없구나.

미라는 문제의 심각성을 깨닫고 자신의 혐오스러운 사랑을 상대로 치열하게 싸웠다. 그녀는 홀로 이렇게 중얼거렸다.

〈내 마음은 도대체 나를 어디로 끌고 가는가? 나는 무엇을 얻으려고 이토록 애를 쓰는가? 오 신들이여, 기도를 올리나니 효심과 부모의 성스러운 권리로 이 사악함을 막고 이 범죄에 저항할 수 있게 해주소서. 만약 이것이 범죄라면 말입니다. 하지만 효심은 이러한 종류의 사랑을 비난하지 않습니다. 다른 동물들은 아무런 구분 없이 결합을 하며, 암소가 제 애비를 등에 태우는 것은 수치스러운 일이 아닙니다. 종마는 딸을 제 아내로 삼으며, 염소는 자신이 낳은 자식들 사이로 스스럼없이 들어갑니다. 새는 아비 새의 씨앗으로 새끼를 뱁니다. 이러한 사랑이 허용된 자들은 행복한 자들이리라.

인간의 도덕은 아주 답답한 원칙을 만들어 내어, 자연이 허용한 행위도 시기심 많은 규칙으로 불허하는구나. 어머니가 아들과 결합하고, 딸이 아버지와 결합하는 부족이 있다고 한다. 그리하여 이중의 사랑으로부터 효심이 생겨난다는 것이다. 하지만 불행한 나는 그런 부족들 사이에서 태어나지 못했고 내가 우연히 태어난 출생지로부터 구속을 받는구나!

내가 왜 이런 얘기들을 이처럼 곱씹고 있는 거지? 금지된 희망이여, 사라져라! 그분은 사랑할 만한 가치가 있는 분이지만 단 아버지로서 사랑해야 한다. 만약 내가 위대한 키니라스의 딸이 아니라면 나는 키니라스와 결합할 수 있다. 하지만 그분은 이미 나의 소유이기는 하지만 진정한 내 것이 아니다. 그분과 이처럼 가까운 관계라는 사실이 나의 저주이다. 차라리 남남이었더라면 한결 나았으리라. 이 범죄를 피할 수만 있다면 이곳을 떠나 내 조국 땅의 경계를 넘어가고 싶다. 하지만 사악한 열정이 사랑에 빠진 사람을 이곳에 묶어 두고 키니라스를 가까이 바라보고, 만지고, 말을 걸고, 키스를 퍼붓도록 만든다. 지금 오로지 그것들만 생각나는구나.

하지만 이 불경한 여자야, 너는 그 이상의 것도 감히 희망할 수 있겠느냐? 왜 많은 권리와 이름들을 제대로 분별하지 못한단 말이냐? 너는 네 어머니의 라이벌이 될 수 있으며 네 아버지의 상간녀가 될 수 있단 말이냐? 너는 네 아들의 누나가 되거나 네 오빠의 어머니가 될 수 있단 말이냐? 너는 머리카락 대신 검은 뱀들을 가진 복수의 세 자매가 무섭지도 않단 말이냐? 세 자매는 잔인한 횃불을 들고서 죄지은 자들의 얼굴과 눈을 공격한다고 하지 않던가?

네가 아직 사악함을 몸에 허용하지 않았으니, 마음속에 품지 말아라. 금지된 결합으로 강력한 자연 질서를 무너뜨리지 마라. 설령 네가 원한다 할지라도 주변 여건이 그것을 막고 있다. 그분은 경건하고 도덕심이 높다. 아, 그분도 나와 똑같은 열정을 가졌다면 얼마나 좋을까!〉

훌륭한 구혼자들이 너무 많아서 망설이던 키니라스는 몇몇 이름을 거론하면서 그중 어떤 사람이 신랑감으로 적합한지 딸에게 물어보았다. 처음에 그녀는 아무 말도 없었다. 아버지의 얼굴에 시선을 고정하고 안절부절못한 채 뜨거운 눈물로 두 눈을 적셨다. 키니라스는, 딸이 처녀인지라 역시 두려워하는구나, 생각하고서 울지 말라고 하면서 그녀의 눈을 닦아 주며 키스해 주었다. 미라는 아버지의 배려에 만족스러워하면서 어떤 남편을 선택하고 싶으냐는 질문에 이렇게 대답했다.

〈아버지 같은 남자요.〉

그는 딸의 말 뜻을 제대로 알아듣지 못한 채 미라를 칭찬하면서 대꾸했다.

〈네가 언제까지나 그렇게 효심이 깊었으면 좋겠구나.〉

효심이라는 말에 처녀는 자신의 은밀한 죄악에 심한 죄책감을 느끼며 시선을 내리깔았다.

한밤중이었고 잠은 근심을 누그러뜨리고 신체를 이완시켰다. 하지만 잠 못 이루는 키니라스의 딸은 제어할 길 없는 불길에 휩싸였고 마음속의 욕망을 떠올렸다. 한편으로는 절망하고 한편으로는 금단의 욕망을 해소하려고 애썼다. 그녀는 수치와 욕망을 동시에 느꼈다. 어떻게 행동해야 할지 너무나 막막했다. 도끼질을 마구 당해 이제 마지막 일격만을 기다리고 있는 거대한 나무의 줄기가 어느 쪽으로 쓰러질지 몰라 모두들 두려워하듯, 이런저런 상처를 입어 허약해진 그녀의 마음은 쉽사리 이리저리 흔들리면서 어느 쪽으로 나아가야 할지 갈피를 잡지 못했다. 미라의 사랑에는 한계나 휴식이 없었고 죽음 이외에는 출구가 없는 듯했다. 그녀는 목숨을 끊기로 결심하고 자리에서 일어나 올가미를 목에 걸기로 했다. 허리띠를 문기둥 꼭대기에 걸고서 그녀는 말했다.

〈안녕, 사랑하는 키니라스. 당신이 내 죽음의 원인이었음을 알아주기 바라요.〉

그녀는 이미 피가 빠져나가 하얗게 된 목을 조이기 시작했다.

미라의 중얼거림이 문지방에서 양녀를 감시하던 충실한 유모의 귀에 들어갔다고 한다. 늙은 유모는 자리에서 벌떡 일어나 문을 열고 안으로 들어갔다. 자살의 도구를 보는 순간 유모는 비명을 지르고 가슴을 치면서 목을 죄던 올가미를 떼어 내어 끊어 버렸다. 마침내 미라가 마음껏 울 수 있게 되자 유모는 양녀를 껴안으며 올가미를 걸려 한 이유를 물었다. 처녀는 갑자기 입을 다물고 조용해지더니 꼼짝도 하지 않은 채 방바닥만 내려다보았다. 오로지 자살 시도가 발각된 일만을 슬프게 여겼다. 늙은 유모는 양녀에게 대답을 재촉했고 하얀 머리카락과 쪼글쪼글해진 가슴을 드러내며, 자신이 내준 요람과 젖으로 컸음을 상기시키면서, 무엇 때문에 슬퍼하는지를 어서 털어놓으라고 재촉해 댔다. 미라는 유모에게서 고개를 돌리면서 신음 소리를 냈다. 유모는 이유를 알아내기로 결심했고 비밀 유지 이상의 충성심을 약속했다. 유모는 말했다.

〈나에게 말해 주면 너를 적극 도와줄게. 나는 늙었지만 동작이 느리지 않아. 만약 열정이 문제라면 나는 마법과 약초로 치유해 주는 여자를 알고 있으니 해결해 줄 수 있어. 만약 누군가 해코지를 했다면 너는 마법의 제사로 정화될 수 있어. 만약 신들의 분노를 샀다면 그들의 분노를 진정시켜 주는 의례가 있어. 과연 이런 일들이 아니라면 네게 무슨 문제가 있을까? 너의 재산과 가정은 안전하고 바른 길로 가고 있어. 네 어머니는 살아 있고 네 아버지도 건강하시지.〉

아버지 얘기가 나오자 미라는 가슴 깊은 곳에서 한숨을 끌어올려 토해 냈다. 하지만 이때만 해도 유모는 미라의 가슴 속에 사악한 의도가 꿈틀거리고 있음을 알아차리지 못했다.

단지 양녀가 사랑의 문제로 고민한다고 어렴풋이 짐작했을 뿐이었다. 끈덕진 유모는 미라를 조르면서 고민이 무엇인지 어서 털어놓으라고 채근했다. 유모는 울고 있는 소녀를 무릎에 올려놓고 허약한 팔로 가만히 껴안으면서 말했다.

〈물론 네가 사랑에 빠졌다는 것을 알아. 하지만 염려하지 마. 이런 문제 또한 나의 치밀한 도움이 필요한 거야. 결코 네 아버지에게 알리진 않을 거야.〉

미라는 유모의 무릎에서 벌떡 일어나더니 소파에 얼굴을 파묻었다.

〈유모, 부탁이니 제발, 어서 가세요. 나의 불행한 수치를 모른 체해 주세요.〉

유모가 그래도 채근하자 〈어서 가세요, 아니면 무엇이 나를 괴롭히는지 물어보지 마세요〉라고 대답했다. 〈당신이 알려고 하는 것은 범죄나 다름없는 거예요.〉

늙은 유모는 두려워서 혹은 나이 들어서 떨리는 양팔을 내뻗으며 양녀의 발아래 엎드려 간원했다. 유모는 이제 미라를 어르기 시작했다. 만약 비밀을 토설하지 않으면 올가미로 자살하려 했다는 사실을 말해 버리겠다고 협박했다. 한편으로는 가슴속 사랑을 털어놓으면 적극 협조하겠다는 약속도 했다. 미라는 고개를 쳐들었고 솟구치는 눈물로 유모의 가슴을 적셨고 때로는 말을 하고 때로는 말을 삼키면서, 부끄러움을 이기지 못해 옷으로 얼굴을 가렸다.

〈오, 나의 어머니는 좋은 남편을 만났으니 이 얼마나 커다란 행운이에요!〉 미라는 거기까지 말하고 신음 소리를 냈다. 차가운 전율이 유모의 몸과 뼈를 관통하여 흘러갔다(유모는 이제 알았던 것이다). 백발이 한올 한올 거꾸로 서는 느낌이었다. 미라의 끔찍한 사랑을 털어 내기 위해 유모는 많은 조언을 해주었다. 처녀는 선의에서 나온 경고임을 이해했으나, 사랑을 얻지 못하면 죽어 버리고 말겠다는 결심이 확고했다. 그러자 유모가 말했다.

〈죽지 말고 살아. 너는 얻게 될 거야, 너의…….〉

유모는 〈아버지〉라는 말을 내뱉지 못하고 입을 다물었고, 자신의 약속을 맹세로 확인해 주었다.

당시 경건한 어머니들은 해마다 치르는 케레스 축제를 거행하고 있었다. 이 축제에서 눈처럼 하얀 옷을 걸치고 햇곡식의 수확을 기념하며 곡식 줄기로 만든 화관을 바쳤다. 어머니들은 축제 기간에 아흐레 밤 동안 사랑과 남자의 손길을 거부해야 했다. 키니라스 왕의 아내인 켄크레이스도 어머니들 무리에 끼어서 신성한 제사를 거행했다.

그리하여 키니라스의 침대에 정실 아내 자리가 비어 있는 틈을 타서 간교한 쪽으로 부지런한 유모는 왕이 술에 취한 순간을 포착하여 왕을 진정으로 사랑하는 여자가 있다고 하면서 엉뚱한 이름을 대면서 용모를 칭송했다. 왕이 여자의 나이를 묻자 유모가 대답했다.

〈미라와 같은 나이입니다.〉

유모는 여자를 데려오라는 왕의 지시를 받고서 집으로 돌아와 미라에게 말했다.

〈나의 아가여, 기뻐하라! 우리가 이겼다!〉

불행한 처녀는 가슴속에 오로지 기쁨만 차오르진 않았으며, 뭔가 전조를 예감하듯 은근히 슬퍼했다. 그렇지만 어쩔 수 없이 기쁨을 느꼈으니, 마음속 갈등이 그처럼 엄청났던 것이다.

주위의 모든 것들이 잠잠해진 한밤중이었다. 저기 하늘 높은 데서는 두 개의 곰 별자리 사이에서 소몰이 별자리가 수레를 돌려 축이 아래쪽으로 향하는 시점이었다. 미라는 범죄 행각에 나섰다. 황금빛 달은 하늘에서 숨어 버렸고 검은 구름들은 별들을 가렸으며, 밤은 평소와 달리 불빛 없이 어두웠다. 너 이카루스는 얼굴을 가린 첫 번째 사람이었고 너 에리고네는 아버지에 대한 경건한 사랑 덕분에 하늘로 올라가게 되었다.[3]

미라는 망설이는 발걸음으로 세 번이나 뒤로 물러섰고, 음산한 올빼미는 운명적인 노래로 세 번이나 불길한 예언을 했다. 그러나 미라는 갔다. 그림자와 검은 밤이 수치심을 완화해 주었다. 왼손은 유모를 잡았고 오른손으로는 어둠 속에서 길을 더듬었다. 이제 그녀는 침실 문턱까지 와서 문을 열었고 안으로 들어갔다. 하지만 무릎에 힘이 없어서 비틀거렸다. 얼굴에서는 안색과 핏기가 사라졌고 정신은 혼미했다. 범죄 현장에 가까이 다가갈수록 더욱더 몸을 떨며 후회하게 되었고 몰래 몸을 돌이켜 나가고 싶었다. 미라가 망설이자 늙은 유모가 그녀의 손을 잡고서 침전까지 안내했고 미라를 넘겨주면서 말했다.

〈이 여자를 취하세요. 이 여자는 당신의 것입니다, 키니라스.〉

그렇게 해서 유모는 그들의 불운한 몸을 결합시켰다.

아버지는 불운한 침대에서 딸을 취하면서 그녀의 두려움

3 이 이카루스는 다이달루스의 아들과는 다른 사람이며, 에리고네는 그의 딸이다. 아버지 이카루스가 사망하자 에리고네는 목매달아 자살했다. 이카루스는 소몰이 별자리가, 에리고네는 처녀 별자리가 되었다.

을 누그러뜨리고 공포심을 멀리 쫓아 버렸다. 어쩌면 상대의 나이에 어울리게 〈딸〉이라는 말을 썼을 테고 미라도 〈아버지〉라는 말을 했을 것이다. 그리하여 이 두 단어가 범죄 현장에 등장했다. 그녀는 불운한 자궁 속에 아버지의 불경한 씨앗을 간직한 채 침실에서 물러나왔고 이처럼 사악한 행위로 수태가 되었다. 다음 날 밤 똑같은 범죄 행위를 반복했고 일은 거기서 끝나지 않았다. 마침내 키니라스는 여러 밤을 같이 보낸 애인이 누구인지 알고 싶어서 등불을 가져왔다가 마침내 범죄 행위의 진상과 자신의 딸을 알아보게 되었다. 너무 슬퍼서 말을 하지 못하면서, 키니라스는 거기 걸려 있던 칼집에서 번쩍이는 칼을 빼어 들었다. 미라는 침실에서 달아났고 그림자와 밤의 어둠 덕분에 죽음을 모면했다. 넓은 들판을 방황한 끝에 종려나무가 생산되는 아라비아와 판카이아 고장을 떠났다. 아홉 달 동안 방황을 계속했고 마침내 피곤한 몸으로 사바이아[4] 땅에 도착했다. 그녀는 자궁 속의 태아가 너무 무거워 도저히 견뎌 낼 수가 없었다. 어떻게 기도해야 할지 모르고 죽음의 공포와 삶의 권태 사이에 갇혀서 간절한 기도를 올렸다.

〈혹시 신들께서 이처럼 고백하는 사람의 말을 들어주신다면, 내 말을 들으시고서 가혹한 처벌을 아끼지 마소서. 그리하여 살아서는 산 자를 오염시키지 아니하고, 죽어서는 죽은 자를 오염시키지 않도록 나를 두 세계에서 추방하소서. 나를 변신시킨 다음 나에게 삶과 죽음 두 가지를 모두 허용하지 마소서.〉

고백하는 자의 말을 들어주는 신들이 분명 존재했다. 그녀

4 현대의 예멘.

의 마지막 기도는 귀 기울여 들어주는 신을 발견했다. 기도를 올리는 동안에도 흙이 올라와 그녀의 다리를 감쌌고 발가락을 통하여 옆으로 뻗는 뿌리가 퍼져 나갔다. 이 뿌리는 키 큰 나무의 몸통을 지탱했다. 뼈들은 나무가 되었고 골수는 뼈 속에 그대로 남았으며 피는 수액이 되었고 양팔은 커다란 가지들이 되었다. 손가락은 더 작은 가지로 변했고 피부는 나무껍질로 굳어졌다. 이제 나무가 임신한 자궁을 감쌌고 그녀의 가슴을 가렸으며 목 쪽으로 올라갔다. 그녀는 기다리고 있을 수가 없어서 몸을 약간 숙이며 올라오는 나무를 맞이했고 나무껍질 속에 얼굴을 밀어 넣었다. 이제는 자신의 몸에 대하여 예전과 같은 감각은 없었으나 그래도 울 수는 있었다. 그래서 따뜻한 눈물 방울이 나무에서 흘러나왔다. 그녀의 눈물에도 영예가 남아 있었다. 이 나무에서 떨어진 미르[5]에 이름이 간직되었고 세월이 흘러도 결코 잊히지 않을 터였다.

나무 속에 갇혀서 자라나던 태아는 어머니의 몸을 떠나 세상에 나갈 방도를 찾고 있었다. 임신한 배 때문에 나무 한가운데가 불룩했다. 태아는 어머니의 몸을 늘여 놓았으나 그녀의 고통은 인간의 언어로 표현될 수 없는 것이었다. 또 아이를 낳으면서 루키나 여신의 도움을 청하지도 못했다. 하지만 그 나무는 진통하는 여자 같았고 신음 소리를 내지르며 휘어졌고 흐르는 눈물로 나무줄기가 축축해졌다. 온유한 루키나가 옆에 서서 고통 받는 가지들을 부드럽게 쓰다듬으며 출산을 격려하는 말을 해주었다. 나무줄기에 금이 갔고 나무껍질이 벌어지더니 살아 있는 아이를 토해 냈다. 사내아이였고

5 향기 나는 수지.

우렁차게 울음을 터뜨렸다. 숲의 님프들이 아이를 풀밭에 누였고 어머니의 눈물로 아이의 몸을 부드럽게 발라 주었다. 심지어 〈악의〉조차도 그의 용모를 칭송할 것이다. 목판에 그려진 벌거벗은 〈사랑〉의 알몸처럼, 아이의 몸도 눈부셨다. 장신구를 가지고 둘을 구분하려 든다면, 화살통이 아이에게는 없는 반면 〈사랑〉에게는 있다는 점이 다를 뿐이다. 518

베누스와 아도니스

시간은 우리가 의식하지 못하는 가운데 빨리 흘러가고 세월보다 더 빠른 것은 없다. 외할아버지의 씨앗으로 누나에게서 태어난 아도니스는 나무 속에서 자라다가 최근에야 밖으로 나왔고 누구보다 아름다운 아이였는데 이제는 청년이 되었다. 그는 전보다 더 아름다웠고 심지어 베누스의 마음에 들 정도가 되었으며 어머니를 파멸로 몰아넣은 열정적 사랑은 어느 정도 보상을 받았다.

화살통을 맨 쿠피도가 어머니에게 키스를 해드리다가 부지불식간에 툭 튀어나온 화살로 어머니의 가슴을 슬쩍 건드렸다. 부상을 당한 여신은 손으로 아들을 밀어냈다. 하지만 부상은 보기보다 깊었고 처음에는 여신도 부상의 정도를 잘 알지 못했다. 아도니스의 아름다움에 사로잡힌 여신은 더 이상 키테라의 해안을 신경 쓰지 않았고 바다로 둘러싸인 파포스섬의 은거지로 가지 않았으며 해산물이 풍부한 크니도스나 광물이 많이 나는 아마투스에도 가지 않았다. 심지어 천상에도 올라가지 않았다. 천상보다 아도니스가 훨씬 좋았다. 여신은 그를 껴안았고 둘은 동무가 되었다. 그늘 속에 조용히 앉아 있으면서 자신의 아름다움을 더욱 빛내던 그녀가,

디아나 스타일로 옷을 무릎까지 걷어붙이고 산등성이의 숲 속과 험준한 바위 사이를 돌아다녔다. 여신은 사냥개들을 재촉하여 사냥하기에 안전한 동물들만 쫓아다녔다. 가령 땅에 딱 붙어서 달아나는 산토끼, 기다란 뿔이 달린 키 큰 영양, 잘 달리는 사슴 등이었다. 힘센 멧돼지나 약탈하는 늑대들, 발톱이 강력한 곰, 소를 잡아먹어 입에서 피 흘리는 사자 등은 피했다.

그녀는 아도니스에게도 이런 동물들을 조심하라고 이르고 자신의 경고가 아도니스에게 도움이 되기를 간절히 바랐다.

〈겁먹고 달아나는 동물은 과감하게 뒤쫓도록 해. 그러나 네가 쫓는 동물이 너만큼 대담하다면 너무 과감하게 행동하는 것은 안전하지가 못해. 젊은이여, 어떤 일이 있어도 무모하게 덤벼서는 안 돼. 처음부터 무기를 갖고 태어난 야생동물을 도발해서는 안 돼. 난 너의 영광을 위해 값비싼 대가를 치르고 싶지는 않아. 베누스의 마음을 사로잡은 너의 나이, 용모, 행동 등은 털이 빳빳한 멧돼지 혹은 야생동물의 눈과 가슴에는 아무런 호소력이 없어. 사나운 멧돼지는 휘어진 엄니에 엄청난 힘을 감추고 있어. 황갈색 사자는 공격적일 뿐만 아니라 맹렬한 파괴력을 갖고 있어. 나는 이런 동물들하고는 다투고 싶지 않아.〉

아도니스가 베누스에게 왜 사자를 싫어하는지 물어보자 여신이 대답했다.

〈내가 곧 얘기해 주지. 그러면 너는 예전에 벌어진 범죄의 끔찍함에 치를 떨게 될 거야. 아, 사냥을 좀 많이 했더니 피곤하구나. 저기 우연하게도 포플러나무가 시원한 그늘을 드리우며 우리를 유혹하는구나. 나무 밑의 풀밭은 푹신한 잠자리가 되어 주겠지. 저기로 가서 너와 함께 눕고 싶구나.〉(그녀는 실제로 거기 가서 누웠다.) 여신은 풀밭에 몸을 누이고 아도니스의 무릎에 목을 내려놓았다. 이야기를 들려주는 동안 틈틈이 키스를 해대면서 이런 말을 했다. 559

아탈란타와 히포메네스

〈너는 달리기 시합에서 발 빠른 남자들을 모두 제압한 여자 얘기를 들어 보았을 거야. 꾸며낸 얘기가 아니야(실제로 그 여자는 모든 남자를 제압했어). 하지만 빠른 발과 뛰어난 용모 중 무엇이 더 명성이 높은지 말하기 어려울 정도였지. 그녀가 신에게 미래의 남편에 대하여 물어보았을 때 이런 대답을 들었다고 해.

《아탈란타, 너는 남편이 필요 없어. 남편에게서 달아나는 것이 좋아. 하지만 너는 달아나지 못할 거야. 살아 있더라도 남편 때문에 자신의 모습을 잃어버리게 될 거야.》

이 신탁에 겁을 먹은 아탈란타는 깊은 숲속에서 살면서 구름 떼같이 몰려드는 구혼자들을 이런 말로 물리쳤어.

《먼저 달리기 시합에서 나를 제압하지 못하면 나를 얻지 못할 거예요. 나와 달리기 시합을 하세요. 나보다 빠른 남자에게 주어지는 상금은 아내와 결혼이에요. 하지만 나보다 느린 남자는 죽음을 각오해야 돼요. 이것이 조건이에요.》

그녀는 실제로 무자비했어. 하지만 너무나 아름다웠기 때문에 이런 가혹한 조건을 내걸었음에도 많은 구혼자들이 무모하게 도전하고 나섰어. 히포메네스는 이 불공정한 시합에 구경꾼으로 참석한 적이 있었는데, 이렇게 중얼거렸지.

《아내를 얻으려고 이런 모험을 해야 할 필요가 있을까?》

그는 젊은이들의 구애가 과도하다며 비난했어. 하지만 아탈란타의 얼굴을 보고, 옷을 벗었을 때 드러난 몸매를 보고는 나의 몸이나 너 아도니스의 몸처럼 아름다운 나신에 그만 홀딱 반했어. 히포메네스는 두 팔을 치켜들며 말했어.

《방금 내가 비난했던 젊은이들이여, 나를 용서해 주시오. 당신들이 어떤 여자를 얻으려 하는지 잘 몰랐기 때문에 그렇게 말했소.》

아탈란타의 용모를 칭송하면서 그는 온몸이 불타올랐어. 어떤 젊은이든 그녀보다 빨리 달리지 못하길 바랐고 질투심에 사로잡혔어. 그는 말했어.

《나도 저 경기에 참여하여 행운을 시험해 보아야겠는걸. 신은 용감하게 나서는 자를 도와주시니까.》

히포메네스가 마음속으로 이런 생각을 하고 있는 동안 아탈란타는 새처럼 빠르게 달려갔어. 아탈란타는 스키티아의 화살처럼 빠르게 달려 나갔으나, 히포메네스는 이 여인의 아름다움에 더 감탄했어. 그녀의 달리는 모습은 아름다움 그 자체였어. 미풍이 불어와 무릎의 리본을 재빠른 발 뒤로 날려 보냈고, 상아 색깔의 등 아래로는 머리카락이 물결쳤어. 또 밝은 색깔의 무릎 띠는 가볍게 펄럭거렸어. 처녀의 하얀 피부는 상기되어 발그레한 색깔을 띠었어. 보라색 차양이 하얀 대리석 표면에 그림자를 드리우는 모습과 비슷했어.

히포메네스가 이런 광경을 보는 동안, 의기양양한 아탈란타는 결승선을 통과했고 머리에 두를 축하의 화관이 주어졌지. 패배한 남자들은 신음 소리를 냈고 합의에 따라 대가를 지불했어.

그 젊은이는 다른 구혼자들의 비참한 운명에는 전혀 주눅

들지 않고 우뚝 일어서서 아탈란타에게 시선을 고정하며 말했어.

《왜 느림보와 경쟁하여 손쉬운 영광을 추구하는가? 나와 경쟁합시다. 만약 행운이 나를 승자로 만들어 준다면 당신은 나처럼 위대한 사람에게 정복 당했으니 분개하지 않을 거요. 나는 메가레우스의 아들이고 바다의 신 넵투누스의 손자요. 나의 용기는 나의 가계 못지않게 훌륭하오. 만약 내가 패한다면 당신은 기억할 만한 위대한 사람인 히포메네스에게 승리를 거두는 거요.》

그가 이렇게 말하자 스코이네우스의 딸 아탈란타는 온화한 표정으로 상대를 쳐다보며 이 남자에게 승리해야 좋을지 패배를 당해야 좋을지 문득 의문이 들었어. 그녀는 이렇게 생각했지.

《잘생긴 남자를 싫어하여 그를 파멸시키려 하고, 또 목숨을 걸고 이 결혼을 추진하라고 그에게 말씀한 신은 누구신가? 내가 볼 때 나는 그렇게 가치 있는 여자가 못 된다. 내가 감동 받은 것은 이 남자의 아름다움이 아니야(물론 그의 아름다움에 감동을 받을 수도 있겠지). 그가 소년이라서 내 마음이 움직인 거야. 나를 감동시킨 것은 저 젊은이 자신이 아니라 그의 나이야. 특히 용기 있고 죽음을 두려워하지 않는 심장의 소유자라는 사실이 무어 그리 중요한가. 바다의 신의 손자라는 사실이 무어 그리 중요한가? 나를 사랑하여 나와의 결혼이 목숨을 걸 정도로 소중하다고 생각한다는 게 무어 그리 중요한가? 모진 운명이 나를 그에게 주지 않는다면 말이다.

낯선 이여, 할 수 있을 때 여기서 떠나가도록 하시오. 피

묻은 나의 결혼 침대를 그냥 내버려 두시오. 나와 결혼하면 죽음이 기다리고 있을 뿐이오. 당신과의 결혼을 거부할 여자는 별로 없을 거예요. 당신은 현명한 여자의 선택을 받을 수 있어요. 이미 당신 눈앞에서 많은 구혼자들이 죽었는데 왜 내가 당신이라고 신경을 써야 할까? 직접 당해 보라지! 직접 죽어 보아야 알 테지. 그렇게 많은 구혼자들이 죽었는데도 경각심이 생기지 않았으니까. 인생이 지겨워서 이런 짓에 내몰리는구나. 나와 살기를 바란다는 이유로 죽어야 한단 말인가? 사랑에 대한 보답으로 개죽음을 당해야 한단 말인가? 내가 승리하면 나로서는 참을 수 없는 사람들의 악의를 불러일으키겠지. 하지만 그건 내 잘못이 아니야. 당신이 자발적으로 포기하면 좋으련만. 혹은 당신은 이미 제정신이 아니니까 나보다 더 빠르면 좋으련만! 하지만 저 소년 같은 얼굴은 정말 청순가련하구나! 아 불행한 히포메네스, 당신이 나를 보지 않았더라면 좋았을 것을! 당신은 죽지 않고 살아야 할 자격이 충분해. 내가 좀 더 운이 좋고 무자비한 운명이 내 결혼을 거부하지 않으면, 당신은 내가 함께 침대를 나누고 싶은 유일한 남자야.》

첫사랑의 손길을 처음 받은 순박한 처녀처럼, 아탈란타는 자신이 무엇을 하고 있는지도 몰랐어. 사랑에 빠졌으나 그게 사랑인지 몰랐어.

이제 사람들과 그녀의 아버지는 늘 해온 달리기 시합을 요구했어. 그때 넵투누스의 후예인 히포메네스는 간절한 목소리로 나, 베누스를 부르면서 말했어.

《키테라의 여신이여, 간절히 비오니 이 시합에 저와 함께 해주시고 당신이 나에게 일으켜 놓은 사랑의 불길이 계속 타

오르도록 도와주소서.》

부드러운 미풍이 히포메네스의 기도를 나에게 실어 왔어. 나는 감동했고, 기도를 접수하면서 바로 도움을 주기로 했지. 현지 주민들이 타마수스라고 부르는 땅이 있어. 키프루스에서 가장 좋은 땅이야. 오래전부터 노인들이 나를 위해 점지해 두고서 선물 삼아 내 사원의 부속지에 추가했지. 그 땅 한가운데에 잎사귀도 가지도 노랗게 빛나는 나무가 있어. 내가 마침 거기서 오면서 이 빛나는 나무에서 따낸 황금 사과 세 알을 손에 들고 있었지. 아무에게도 보이지 않고 오로지 히포메네스에게만 보이는 상태로 다가가 사과 사용법을 일러 주었지.

출발을 알리는 나팔 소리가 울려 퍼졌고 두 남녀는 출발 지점에서 총알같이 튀어나갔어. 그들은 빠른 발로 경기장의 흙을 박차며 뛰어갔어. 발을 적시지 않고 바다 위를 뛰어가는 듯했고 하얀 곡식의 이삭 위로 날아가는 듯도 했어. 사람들의 고함, 성원, 격려의 말로 젊은이의 사기는 한껏 고무되었어.

《자, 앞으로 치고 나갈 때야. 서둘러. 히포메네스. 모든 힘을 집중시켜. 꾸물거리지 마. 네가 이길 거야!》

메가레우스의 아들과 스코이네우스의 딸 중 누가 더 이런 격려의 말을 즐겼는지는 확실히 알 수 없어. 아탈란타는 그를 지나칠 때마다 걸음을 늦추며 그의 얼굴을 오래 쳐다보았고 마지못해 상대를 뒤에 떨구어 놓았는데, 몇 번이나 그랬는지 몰라. 그의 피곤한 입에서는 헉헉거리는 숨소리가 새어 나오기 시작했어. 반환점이 저 멀리 앞에 있었고 넵투누스의 후손은 황금 사과 한 알을 경기장에 떨어트렸어. 처녀는 경악했고 황금 사과를 집어 들고 싶은 욕망에 경주로에서 벗어나 굴러가는 황금 사과를 집어 들었어.

히포메네스는 그녀를 지나쳤고 관중들은 격려의 함성을 드높였어. 아탈란타는 다시 재빠르게 달리면서 뒤떨어진 거리를 만회하고 잃어버린 시간을 벌충했으며 젊은이를 다시 앞질렀어. 그가 두 번째로 황금 사과를 던지자 아탈란타는 또다시 뒤처졌으나 곧 만회하고 앞질렀어. 이제 경주로의 마지막 구간이 남아 있었어. 히포메네스는 말했어.

《자, 이 선물의 제공자인 여신이여, 이제 나와 함께 해주소서.》

그는 젊은이다운 힘을 발휘하며 반짝이는 황금 사과를 경주로 옆에 비스듬히 던졌어. 그녀로 하여금 좀 더 천천히 돌아오게 하기 위해서였지. 처녀는 사과를 집으러 갈까 말까 망설였어. 나는 아탈란타가 사과를 집어 들도록 강제했고 사과를 좀 더 무겁게 만들어서 그녀가 더 많이 뒤떨어지게 했어. 내 얘기가 달리기 경주보다 늦어지면 안 되니까 결론부터 말하지. 처녀는 뒤처졌고 히포메네스는 승리하여 상품을 차지했어.

히포메네스는 내게 감사하면서 제단에 향을 피워야 마땅하지 않겠어? 그런데 무심하게도 감사도 안 하고 향도 피우지 않았어. 내 마음속에서 돌연 분노가 치솟았지. 그의 모욕에 고통을 받은 나는 이 남녀를 일벌백계로 삼아 앞으로 모욕 당하는 일이 없어야겠다고 결심했어. 두 남녀를 단단히 손보아야겠다고 별렀어. 그들은 깊은 숲속의 한 사원을 지나가고 있었어. 유명한 에키온이 신들의 어머니 키벨레에게 감사를 드리기 위해 지은 사원이었지. 그들은 오래 여행하다가 그곳에서 쉬기로 했어. 바로 여기에서 나는 신의 위력을 보여 주었어. 그러니까 히포메네스에게 아탈란타와 동침하고 싶은 엉뚱한 욕망에 사로잡히게 했지. 사원 근처에는 동굴처럼 생긴 약간 어둠침침한 곳이 있었지. 구멍 많은 천연 암벽을 깎아 만든 동굴이었어. 예전의 전통 종교가 신성시했던 곳으로, 사제들이 옛날 자연신들의 목상을 많이 가져다 놓은 곳이었지. 그는 동굴 안으로 들어가서 금지된 황음(荒淫)으로 신전을 오염시켰어. 신성한 목상들은 시선을 돌렸고 머리에 탑 모양의 관을 쓴 키벨레는 이토록 죄 많은 남녀를 지하 세계의 스틱스 강물 속으로 추락시켜 버릴까 망설였어. 그런 처벌은 오히려 범죄에 비해 가벼워 보였지.

돌연 황갈색 갈기가 그들의 부드러운 목을 덮었고 손가락은 발톱이 되었고 어깨는 앞발이 되었어. 그들의 몸무게는 가슴에 집중되었고 꼬리가 흙 표면을 휩쓸었어. 표정에는 분노가 어렸고 그들은 말 대신 으르렁거림으로 대꾸했어. 두 사람은 침대가 아니라 숲속을 배회했고 다른 동물들에게는 공포의 대상이 되었고, 키벨레 수레 양쪽에서 길들여진 입으로 재갈을 물고 있어.

아도니스, 너는 내게 소중한 존재이니 이들뿐 아니라 다른 동물들을 만나면 우선 달아나야 해. 특히 가슴을 앞세우고 싸움에 나서는 야생동물을 만나면 말이야. 너의 용기로 인해 우리 둘이 파멸로 내몰릴 수도 있단 말이야.〉 707

아도니스의 죽음

베누스는 그렇게 경고했고 백조의 수레를 타고서 공중으로 날아올라 여행을 떠났다. 하지만 아도니스의 타고난 용기는 그녀의 경고를 무시했다. 아도니스의 사냥개들이 탁 트인 사냥로를 달려가다가 은신처에 숨어 있던 멧돼지의 신경을 건드렸다. 멧돼지가 숲속에서 나가려 하는데, 키니라스의 젊은 아들은 멧돼지 옆구리에 창으로 일격을 날렸다. 사나운 멧돼지는 둥그런 주둥이로 자신의 피가 묻은 창을 떼어낸 후, 아도니스에게 달려들었다. 멧돼지는 겁을 먹고 안전한 곳을 찾던 젊은이의 허벅지에 엄니를 깊숙이 찔러 넣었고, 그는 치명상을 입고 땅에 나뒹굴었다.

베누스 여신은 가벼운 수레를 타고 허공을 날아가는 중이었고 아직 백조 수레는 키프루스에 도착하지 못했다. 여신은 죽어 가는 아도니스의 신음 소리를 멀리서 듣고 백조 수레를 돌려 현장으로 돌아가려 했다. 높은 곳에서 여신은 감각 없이 널브러진 채로 피 웅덩이에서 꿈틀거리는 아도니스를 내려다보았다. 그녀는 수레에서 내려 가슴과 머리를 쥐어뜯으며 순결한 손바닥으로 자신의 가슴을 내리쳤다. 여신은 운명을 두고 푸념했다.

〈하지만 당신들 뜻대로만 되진 않을 거야. 아도니스, 내 슬픔의 기념비가 언제까지나 남아 있을 거야. 네 죽음을 거듭하여 묘사함으로써 해마다 나의 슬픔을 연출할 거야. 너의 피는 꽃으로 변신할 거야. 프로세르피나여, 그대도 한때 여인의 몸이 향기로운 박하로 변신하도록 조치하지 않았던가? 나를 보아서라도, 키니라스의 후손이 그처럼 변신하는 것을 못마땅해하지는 않겠지?〉

이렇게 말하면서 여신은 향기로운 넥타르를 아도니스의 피 위에 뿌렸다. 넥타르와 피가 만나자 노란 흙 속에서 맑은 물방울이 부글부글 끓어올랐다. 그리고 한 시간 정도 지나 피로부터 피 색깔의 꽃이 생겨났다. 딱딱한 껍질 속에 씨앗을 숨긴 석류의 속 같은 색깔이었다. 하지만 이 꽃이 피어 있는 기간은 짧다. 아주 가볍기 때문에 대에 오래 붙어 있지 못하고 잘 떨어진다. 〈아네모네〉라는 이름은 이 꽃을 흔들어서 739 떨어트리는 바람에서 유래하였다.」

제11권

로마는 트로이아에서 시작되었다

오르페우스의 죽음

트라키아의 음유시인 오르페우스가 노래로써 자기를 따르는 숲과 들짐승과 바위들의 마음을 사로잡는 동안, 광란하는 트라키아 여인들 무리가 언덕 꼭대기에서 가슴을 치면서, 리라 반주에 맞추어 노래 부르는 시인을 내려다보았다.[1] 광란하는 여자들 중 하나가 미풍에 머리카락을 휘날리며 말했다.

「보아라, 저기 우리들을 무시하는 자가 있다.」

그녀는 아폴로의 노래하는 음유시인의 입을 향해 창을 던졌다. 하지만 창은 잎사귀들의 방해를 받아 엉뚱한 곳으로 날아가 그에게 피해를 입히지 않았다. 또 다른 여자가 돌을 던졌는데, 시인의 목소리와 리라 가락이 어우러지는 가운데 공기의 저항을 받았고, 그런 미친 짓에 용서를 청하는 양 오르페우스의 발밑에 떨어졌다. 하지만 무모한 싸움은 계속되

1 트라키아 키코네스족의 미친 듯한 여인들은 바쿠스 여신도들로서, 에우리디케의 죽음 이후에 여자들을 무시하는 오르페우스에게 강한 반감을 품고 있었다.

었고 절제하는 마음은 사라졌으며 광기 어린 복수의 여신이 분위기를 장악했다. 그들의 무기들은 시인의 노래에 제압되었을 것이다. 하지만 엄청난 고함 소리, 프리기아 뿔피리의 소름 끼치는 소리, 드럼 소리, 찬양 소리, 바쿠스 여신도들인 바카이의 외침 소리가 시인의 리라 소리를 제압해 버렸다. 마침내 바위들은 시인의 피로 붉게 물들었고, 시인의 목소리는 더 이상 들리지 않았다.

그때까지 무수한 새, 뱀, 들짐승들을 사로잡은 시인의 목소리는 그가 승리를 구가한다는 표시였다. 하지만 마이나스, 즉 바쿠스 여신도들은 이런 짐승들을 쫓아 버렸고, 이 광란하는 여자들은 다시 오르페우스를 향하여 피 묻은 손을 내뻗었다. 그들은 대낮에 부엉이를 발견한 새 떼처럼 시인에게 달려들었다. 혹은 오전 게임이 벌어지는 경기장에서, 사슴에게 달려들어 모래를 사슴 피로 물들이는 개 떼들 같았다. 그들은 시인을 공격했고 티르수스 지팡이를 집어던졌다. 잎사귀가 달린 초록색 티르수스는 원래 이런 용도로 쓰는 물건이 아닌데도 마구 집어던졌다. 어떤 여자들은 흙덩이를, 어떤 여자들은 나무에서 꺾어낸 나뭇가지들을, 다른 여자들은 돌들을 던졌다. 마이나스들의 광기에 비위를 맞추는 무기들은 부족하지 않았다. 마침 멀리 떨어지지 않은 데서 쟁기를 인 황소들이 땅을 갈아엎고 있었다. 근육질의 농부들은 땀을 뻘뻘 흘리며 딱딱한 땅을 파헤쳐서 곡식을 심을 준비를 하는 중이었다. 마이나스들의 대열을 보자 농부들은 농사 도구들을 내팽개치고 달아났다. 그리하여 빈 들판에는 호미, 무거운 갈퀴, 기다란 곡괭이 등이 넘쳐났다. 광란하는 여자들은 이 도구들을 집어 들었고 먼저 위협적인 뿔로 그들을 위협하던 황소들을 찢어 죽였다. 이어 시인을 해치우기 위해 달려갔다. 시인이 양손을 내뻗고 뭔가 외쳤으나 아무도 감동시키지 못했다. 그런 일은 난생처음이었다. 바위들도 감동시키고 들짐승도 감읍시켰던 입술에서 시인의 영혼이 빠져나가 공기 중으로 사라졌다.

오르페우스, 너로 인해 상심하는 새들은 슬피 울었다. 너로 인해 들짐승 무리와, 너의 노래를 즐겨 들었던 단단한 바위와 숲들도 울었고, 너로 인해 잎사귀 무성한 나무들은 잎사귀를 땅에 떨어트렸다. 강물들도 눈물 흘려 물이 불어났다고 하며 숲속 님프와 물의 님프들은 옷 가장자리에 검은 만장을 둘렀고 산발한 채로 슬퍼했다고 한다.

오르페우스의 시체는 여러 군데로 흩어졌다. 헤브루스강, 너는 그의 머리와 리라를 받았다. 놀라운 일이어라! 시인의 리라는 강물 속을 흘러가면서 슬픈 불평의 소리를 냈다. 그 생명 없는 혀는 슬프게 중얼거렸고, 강둑도 슬프게 화답했으며, 이제 오르페우스의 머리와 리라는 고향 사람들을 뒤로 하고 바다로 흘러내려가 메팀나 인근의 레스보스 해안에 도착했다. 이곳에서 사나운 뱀이 먼 땅의 해안으로 표류해 온 시인의 얼굴을 공격하려고 했다. 그의 머리카락에서는 물방울이 뚝뚝 듣고 있었다. 마침내 포이부스가 현장에 나타났고 뱀이 막 시인의 얼굴을 물어뜯으려는데, 신이 제지하면서 뱀의 아가리를 돌로 변신시켰다. 뱀은 얼어붙었고 입을 벌린 자세로 굳어졌다.

오르페우스의 영혼은 지하 세계로 내려갔고 그의 망령은 전에 보았던 곳들을 다 알아보았다. 경건한 사람들의 들판에서 그는 마침내 에우리디케를 발견했고 양팔로 그녀를 열렬히 포옹했다. 이곳에서 그들은 함께 산책했다. 때로는 나란히 때로는 앞서거니 뒤서거니 걸었다. 오르페우스는 이제 마음 놓고 에우리디케를 돌아볼 수 있었다. 66

마이나스들의 변신

하지만 바쿠스는 광분하던 여자들의 범죄를 처벌하지 않고 그냥 넘어갈 수가 없었다. 자신의 제사를 주관하는 제관(祭官)을 잃어버린 일에 슬퍼하면서 즉시 숲속으로 들어가 사악한 행위를 저질렀던 트라키아 여인들을 나무뿌리로 묶었다. 나무뿌리는 그 여자들 한 사람 한 사람이 걸어가는 땅 바로 밑에서 솟아올라 발가락을 걸어서 그들을 단단한 땅에 쓰러트렸다. 여자들은 노련한 새잡이꾼이 몰래 쳐놓은 그물에 걸려든 새들과 비슷했다. 새들은 그물에 걸렸음을 눈치채는 순간 몸을 떨면서 날개를 퍼득이지만, 이로 인해 올가미는 그들의 몸을 더욱 단단하게 졸라맨다. 마찬가지로 마이나스들은 땅에 붙들리자 놀라면서 달아나기 위해 헛되이 버둥거렸다. 하지만 부드러운 나무뿌리가 꽉 붙들어 공중으로 뛰어오르지 못하게 했다. 여자들이 발가락, 발, 발톱이 어디 있느냐고 묻는 동안, 자신들의 부드러운 정강이 위로 올라오는 나무를 보았다. 슬퍼하며 오른손으로 허벅지를 쳐보았지만 참나무 껍질을 때렸을 뿐이다. 그녀들의 가슴과 어깨 또한 참나무가 되었다. 내뻗은 양팔은 진짜 나뭇가지들처럼 보였다. 그걸 나뭇가지라고 생각하더라도 틀리지 않았다. 84

미다스의 황금 손길

하지만 바쿠스는 이걸로도 성에 차지 않았다. 아예 그 땅을 떠나 더 좋은 무리들과 함께 트몰루스산과 팍톨루스강 둑의 포도원을 찾았다. 당시 팍톨루스강은 아직 황금빛이 아니었고 깔린 모래는 사금이 아니어서 사람들이 귀히 여기지 않았다. 바쿠스의 친위대인 사티루스와 바카이가 주위를 둘러쌌으나 실레누스는 보이지 않았다. 시골에 사는 프리기아 사람들이 노령과 술기운으로 비틀거리는 실레누스를 잡아서 화환으로 묶은 다음 미다스 왕에게 건넸다. 이 미다스 왕은 한때 아테나이의 왕 에우몰푸스와 함께 오르페우스로부터 바쿠스의 신비한 제사에 대하여 가르침을 받은 바 있었다. 미다스는 바쿠스 제사의 동료인 실레누스를 금방 알아보았고 손님으로 온 이 사람을 기쁘게 맞았다. 미다스는 열흘 낮과 밤을 연속하여 실레누스에게 잔치를 베풀었다.

이제 열한 번째의 새벽이 하늘 높은 곳에서 별들의 무리를 거두어 가자, 만족한 미다스 왕은 리디아 들판으로 나가 실레누스를 양아들 바쿠스에게 돌려주었다. 양아버지 실레누스가 돌아오자 바쿠스 신은 너무 기뻐서 미다스 왕에게 받고 싶은 선물을 마음대로 선택하는 권리를 주었다. 왕은 권리를 반겼지만 실은 쓸모없는 권리였다. 이 선물을 잘못 활용할 운명이었던 왕은 이렇게 말했다.

「내 몸에 닿는 것은 뭐든지 누런 황금으로 변하게 해주십시오.」

바쿠스는 그가 선택한 선물을 내려 주었으나 이건 왕에게 해만 될 뿐이었다. 신은 미다스가 더 좋은 선택을 하지 못해 가슴이 아팠다.

프리기아의 왕 미다스는 자신에게 벌어진 불행을 알아보지 못하고 오히려 즐겁게 여기며 바쿠스 신과 작별했다. 물건들을 하나하나 만져 보면서 신의 약속이 정말인지 점검해 보았다. 그래도 잘 믿어지지 않아서 높지 않은 곳에서 참나무의 푸른 가지 하나를 떼어 냈는데, 그것은 황금으로 변했다. 땅에서 돌을 집어 드니 역시 황금으로 바뀌었다. 흙덩이를 만져 보니 바로 황금 덩이가 되었다. 곡식의 마른 이삭을 집어 드니 즉시 황금으로 바뀌었다. 왕이 나무에서 사과를 하나 따니 이것도 황금 사과가 되었다. 마치 헤스페리데스[2]가 미다스 왕에게 황금 사과를 건네준 듯했다. 왕이 높은 문기둥을 만지니 기둥도 황금빛으로 반짝거렸다. 왕이 맑은 물에 손을 씻자 손에서 떨어지는 물도 일찍이 다나에를 속였던 유피테르의 황금 비[雨]같이 되었다.[3] 모든 것이 황금으로 변하다니, 왕은 자신의 희망이 정말 꿈같이 이루어졌다고 생각했다.

미다스가 기뻐하고 있는데 하인들이 식탁에 음식과 구운 빵을 가득 쌓아 올렸다. 그가 케레스의 선물인 곡식에 오른손을 대자 곡식이 딱딱해졌다. 황급히 입을 벌리며 음식을 씹으려 하자 이빨로 씹은 음식은 노란 금속 조각이 되어 버렸다. 바쿠스에게 황금의 소원을 빌었던 입에 물을 흘려 넣자 열린 입 안으로 황금이 흘러들었다. 이 기이하고 사악한 일에 깜짝 놀라면서 또 부자이면서 동시에 아주 비참한 인간이 되어 버린 미다스 왕은 자신의 부를 피하고 싶어 했고 자신이 소망한 바를 미워했다. 어떤 풍요도 배고픔을 덜어 주

2 유노가 유피테르에게 결혼식 날 선물로 주었던 황금 나무를 지키는 님프들.

3 아크리시우스의 딸 다나에는 황금 소나기로 변신한 유피테르를 맞이하여 임신했고 페르세우스를 낳았다.

지 못했고, 바싹 마른 건조함이 목구멍을 태웠으며, 황금 때문에 엄청 고통을 당하고 있기에 이제 황금을 미워했다. 그는 양손과 양팔을 하늘로 쳐들면서 말했다.

「오 용서해 주십시오, 아버지 바쿠스 신이여. 내게 자비를 베푸소서. 이 빛 좋은 개살구 같은 저주를 거두어 가소서.」

신들은 자비로운 정신의 소유자이다. 미다스 왕이 잘못했다고 고백하자 바쿠스는 왕을 원래 상태로 회복시켰고 약속에 따라 베풀어 준 선물로부터 왕을 놓아주었다. 바쿠스는 왕에게 말했다.

「네가 엉뚱하게 선택한 황금의 벽에 갇히지 않으려면, 높은 사르디스산 옆을 흐르는 냇물로 빨리 가도록 하라. 냇물의 상류로 거슬러 올라가 물이 흘러나오는 거품 이는 수원에 머리와 몸을 담그고 죄를 씻어 내도록 하라.」

왕은 지시 받은 대로 예의 냇물로 갔다. 황금으로 변화시키는 힘이 인간의 몸에서 빠져나와 냇물 속으로 들어갔다. 심지어 오늘날에도 그 냇물이 흘러드는 인근의 들판은 저 오래된 황금 광맥의 씨앗을 받아 황금빛으로 반짝거리고 있다. 145

미다스의 당나귀 귀

미다스는 부를 싫어했기 때문에 숲속과 시골에서 살기 시작했고 항상 산속의 동굴에서 거주하는 파우누스 신을 경배했다. 하지만 아둔한 성격은 바뀌지 않았으니, 바보 같은 마음은 다시 한번 주인의 심성에 해를 입히게 된다.

트몰루스산은 멀리 바다를 내려다보는 높은 산이기 때문에 험준하여 오르기가 쉽지 않다. 이 양쪽으로 등성이가 뻗어 있는데 한쪽은 사르디스강이 흐르고 다른 한쪽은 가느다란 히파이파강이 흘렀다. 파우누스가 노래로 여린 님프들을 희롱하고 왁스 먹인 갈대로 가벼운 노래를 부르는 동안, 감히 자기 노래를 칭송하며 아폴로의 노래보다 낫다고 허풍을 떨었다. 이런 허풍 때문에 애초부터 상대가 안 되는 경쟁이 벌어졌는데 트몰루스 산신이 심판으로 참여했다. 늙은 심판은 자신의 산에 앉아서 두 귀에서 나무들을 치우면서 경청할 자세를 취했다. 그의 초록 머리카락은 오로지 참나무만으로 묶었고 도토리가 움푹 들어간 관자놀이 주위에 매달렸다. 그는 목신 파우누스를 쳐다보며 말했다.

「심판으로서 말한다. 지체 없이 연주하도록 하라.」

파우누스는 촌스러운 갈대 피리를 연주하면서 야만적인 노래로 미다스의 마음을 사로잡았다(미다스는 파우누스를 위하여 시합의 현장에 참여했다). 그가 연주를 끝내자 신성한 트몰루스 산신은 포이부스의 얼굴 쪽으로 고개를 돌렸다. 산신이 고개를 돌리니 숲이 따라왔다. 포이부스는 파르나수스의 월계수로 금발을 묶었고 티루스의 보라색 염료로 물들인 망토로 땅바닥을 쓸었다. 왼손에 보석과 인디아 상아로 장식된 리라를 들었고 오른손에는 리라를 퉁기는 도구를 들었다. 포이부스는 예술가의 자세로 서 있었다. 익숙한 오른손으로 리라를 퉁기자 트몰루스 산신은 아름다운 음악에 매료되어 파우누스의 피리가 리라보다 한 수 아래라고 판정했다. 신성한 산신의 판단과 선언에 모든 사람이 기뻐했다. 오로지 미다스만이 부당한 판결이라며 비난했다. 아폴로는 그런 어리석은 귀에 인간의 귀다운 형상을 부여하는 일을 용납할 수 없었다. 그리하여 귀의 길이를 늘이고 겉을 하얀 털로 채우고 귀 밑 부분을 느슨하게 만들어 자유롭게 움직일 수 있도록 변신시켰다. 미다스 신체의 나머지 부분은 인간의 형상 그대로였다. 오로지 한 부분만 변신되었다. 다시 말해 미다스는 천천히 움직이는 당나귀의 귀를 갖게 된 것이다.

물론 미다스는 귀를 감추려 했고 보라색 천으로 관자놀이 부분을 가렸다. 하지만 기다란 머리를 잘라 주는 이발사 하인은 이 당나귀 귀를 분명하게 보았다. 하인은 자신이 목격한 치욕을 폭로할 수 없었으나 세상에 공개하고 싶어서 온몸이 간지러웠다. 도저히 침묵을 지킬 수가 없어서 멀리 교외로 나가 땅에 판 구덩이 속을 향하여 나지막한 목소리로 〈주인의 귀는 당나귀 귀〉라고 소리쳤다. 그는 속이 후련해질 때까지 왕의 비밀을 내뱉고 나서 구덩이의 흙을 도로 덮어 증거를 인멸했고 바로 그곳을 떠났다. 그 후 이 땅에서 흔들리는 갈대가 자라기 시작했고 1년이 지나 완전히 자라자, 갈대들은 비밀을 감추고 떠난 이발사를 배신했다. 부드러운 남풍에 흔들리면서 이발사가 감추어 놓은 말을 지상에 끌어올려 〈주인의 귀는 당나귀 귀〉라고 폭로했다. 193

라오메돈의 배신

후련하게 복수를 한 라토나의 아들 아폴로는 트몰루스산을 떠나 비좁은 헬레스폰트 바다[4]의 이쪽 하늘을 날아가다가 라오메돈이 다스리는 트로이아 땅에 도착했다. 오른쪽에 시게움, 왼쪽에 로이테움이 있었고 그 사이에 벼락의 신이자 예언의 신 유피테르에게 바쳐진 오래된 제단이 있었다. 거기서 라오메돈이 트로이아의 새로운 성벽을 처음 쌓고 있는 모습을 보았다. 이 대역사는 아주 고통스럽게 진행되었고 상당

4 다르다넬스 해협.

히 큰 도움이 필요했다.

아폴로는 검푸른 바다를 지배하는 삼지창을 든 넵투누스와 함께 인간의 형상을 하고서 트로이아 땅으로 내려와, 트로이아 왕을 위해 성벽을 쌓아 주었다. 프리기아의 왕은 성벽을 완공하면 황금을 보상으로 내놓겠다고 약속했다. 성벽이 완공되자, 의리 없는 왕은 보상을 거부했을뿐더러 그런 약속을 한 바 없다고 주장했다. 실로 배신의 극치였다. 바다의 지배자는 말했다.

「그런 죄를 저지르고도 무사하진 못할 것이다.」

넵투누스는 모든 물을 탐욕스러운 트로이아의 해안으로 몰고 가서 온 땅을 바다로 만들었고 농부들의 재산을 빼앗았으며 범람하는 홍수로 농지를 제압했다. 이 처벌로도 부족했다. 왕의 딸 헤시오네가 바다의 괴물에게 바쳐질 희생제물로 요구되었다. 헤시오네가 단단한 바위에 결박되자 헤르쿨레스가 그녀를 구해 주었고 라오메돈에게 약속된 선물인 말[馬]을 요구했다. 이렇게 위대한 일을 해준 헤르쿨레스 역시 요구를 거부 당했고, 그는 두 번이나 말을 바꾼 트로이아를 정복해 버렸다.

헤르쿨레스의 동료이며 펠레우스의 형제인 텔라몬은 트로이아 정복에 가담한 공로로 헤시오네를 아내로 취하게 되었다. 펠레우스는 여신 테티스를 신부로 삼는 바람에 일약 명성이 높아졌다. 그는 자신의 할아버지가 유피테르라는 사실에 자부심을 느꼈으나 장인 네레우스가 강의 신이라는 사실에 더더욱 자부심을 느꼈다. 왜냐하면 유피테르의 손자는 많지만 그중에 여신을 아내로 취한 자는 펠레우스 하나뿐이기 때문이다.

펠레우스와 테티스

여러 형태로 변신할 수 있는 바다의 신 프로테우스는 테티스에게 이런 예언을 한 바 있었다.

「오, 물의 여신이여. 장차 임신을 하게 되리라. 너는 한 젊은이의 어머니가 될 터인데, 젊은이의 용감한 업적은 아버지의 업적을 능가하고 그는 아버지보다 더 위대한 전사라고 불릴 것이다.」

이 때문에 세상에 유피테르보다 더 위대한 전사가 태어나서는 안 되므로, 최고신은 테티스에게 상당한 사랑의 불길을 피워 올렸으나 그녀와 관계하지 아니하고 손자 펠레우스를 대신 보내 말과 행위로 테티스를 차지하게 했다.

테살리아에는 두 팔을 바다로 뻗은 낫같이 생긴 만이 있었다. 현재보다 수심이 더 깊었더라면 항구가 되었을 만이다. 바닷물이 모래사장의 꼭대기 부분까지 밀고 올라왔다. 해안의 땅은 아주 단단하여 사람 발자국이 남지 않으며, 모래는 해초가 달라붙지 않아서 걷기에 좋았다. 인근에는 도금양 숲이 있는데 이 나무에는 빨간색과 초록색 열매들이 주렁주렁 달려 있었다. 이 숲 한가운데에 동굴이 하나 있었다. 천연 동굴인지 인공 동굴인지 불확실하지만 아마도 인공 동굴인 듯하다.

테티스, 너는 고삐 달린 돌고래에 알몸으로 올라타 이 동굴을 자주 찾아왔다. 네가 이곳에서 잠자고 있는데 펠레우스가 너를 붙잡았다. 네가 반항하자 펠레우스는 애원했다. 그게 통하지 않자 너의 목을 양팔로 감싸 안으며 힘으로 제압하려 했다. 네가 평소 여러 형상으로 변신하는 기술을 활용하지 않았더라면 펠레우스는 자신의 의도를 달성했을 것이다. 네가 새로 변신하면 그는 너를 재빨리 붙잡았다. 단단한 나무로 변신하면 나무에 꼭 매달렸다. 네가 세 번째로 변신한 형상은 줄무늬가 비스듬히 아로새겨진 호랑이였다. 그러자 펠레우스는 겁을 집어먹고 네 몸에서 양팔을 뗐다.

이제 펠레우스는 바다에 포도주를 붓고 양의 내장을 제물로 바치고 분향을 하면서 바다의 신들에게 도와 달라고 기도를 올렸다. 그러자 카르파투스의 예언자 프로테우스가 물 한가운데서 솟구치며 말했다.

「펠레우스, 너는 네가 원하는 결혼을 하게 될 것이다. 하지만 그녀가 험준한 동굴 속에서 잠들어 있을 때만 취할 수 있다. 아무도 몰래 올가미와 튼튼한 밧줄로 그녀의 몸을 단단히 묶어라. 그녀가 100가지나 되는 거짓된 형상으로 너를 속이지 못하게 하라. 그녀가 무슨 형상으로 변신하든 그녀를 거꾸로 들고 있어라. 그러면 원래 모습으로 돌아올 것이다.」

프로테우스는 이렇게 말하고 바닷속으로 얼굴을 감추었고 바닷물이 그의 마지막 말들을 삼켰다.

태양신은 이제 기울어지는 태양의 수레를 몰아 서쪽 바다로 가라앉고 있었다. 사랑스런 테티스는 깊은 바다를 떠나 다시 한번 자신이 잘 찾아오는 동굴 속 침대로 왔다. 펠레우스가 여신의 순결한 몸에 손을 대자마자 그녀는 새로운 형상으로 변신하려고 했다. 그러나 테티스는 어째 움직임이 원활하지 못하다는 사실을 깨달았다. 몸은 묶여 있었고 양팔은 고정되어 있었다. 그녀는 신음 소리를 내면서 말했다.

「신의 도움이 없었다면 당신이 나를 정복하지 못했을 거예요.」

테티스는 마침내 본 모습으로 돌아와 패배를 시인했다. 영웅은 그녀를 포옹했고 마침내 소기의 목적을 달성했다. 펠레우스는 테티스의 자궁 안에 위대한 아킬레스를 심어 놓았다. 265

다이달리온과 키오네

펠레우스는 아들도 아내도 잘 둔 사람이었다. 이복 아우 포쿠스를 죽이는 범죄를 저지르지만 않았더라면 모든 일이 아주 원만하게 풀려 나갔을 것이다. 손에 동생의 피를 묻히고 아버지의 땅에서 쫓겨났으나 트라킨 땅이 받아 주었다. 루키페르의 아들인 케익스가 다스리는 이 땅은 폭행도 살인도 일어나지 않았다. 케익스는 아버지를 닮아 얼굴이 환하게 빛나는 사람이었으나, 당시에는 형을 잃어버린 슬픔 때문에 평소의 모습이 아니었다. 펠레우스는 근심과 여독으로 피곤한 몸으로 몇 명의 수행원들을 데리고 이 도시로 들어왔다. 그는 자신이 이끌고 온 양 떼와 소 떼를 성벽에서 그리 멀지 않은 그늘진 계곡에 남겨 두었다. 펠레우스는 왕의 궁전에 들어와도 좋다는 허락을 받자, 간원자의 자격으로 손바닥에 올리브 가지를 들고 들어와, 자신이 누구이며 어느 부모에게서 태어났는지 말했다. 하지만 자신의 범죄를 감추고서 도피의 사유를 거짓말로 둘러댔다. 그는 도시나 시골에서 왕을 도울 길이 없겠느냐고 물었다. 트라킨의 왕 케익스는 이렇게 대답했다.

「펠레우스여, 우리의 자원은 평민에게도 열려 있습니다. 우리는 손님을 홀대하는 왕국이 아닙니다. 우리는 원래 이렇게 손님을 환대하는데 게다가 당신을 환영해야 할 좋은 이유가 있습니다. 당신은 유피테르의 손자이니 말입니다. 서슴지 말고 어서 요구하십시오. 요청하는 것은 뭐든 내드리지요. 눈으로 직접 보고 원하는 게 있다면 무엇이든 당신 몫을 요구할 자격이 충분합니다. 단지 당신이 더 좋은 것을 보기를 바랍니다.」

그러더니 케익스는 울기 시작했다. 펠레우스와 수행원들이 우는 이유를 물었고 케익스는 대답했다.

「당신들은 이 새에 늘 깃털이 있었다고 생각하실 겁니다. 이 새는 닥치는 대로 먹이를 잡아먹고 다른 새들을 두렵게 하지요. 사실 원래는 사람이었습니다. 그 시절에는 아주 사나웠답니다. 사람의 성격은 좀처럼 변하지 않지요. 전장에서는 사납고 야만적이었으며 언제나 폭력을 휘두를 준비가 되어 있었지요. 이름은 다이달리온. 나의 형제였습니다. 우리는 새벽을 불러오고 하늘에서 맨 나중에 사라지는 루키페르를 아버지로 두었지요.

나의 주된 관심사는 평화를 유지하고 결혼 생활을 충실히 하는 것이었습니다. 반면에 형은 잔인한 전쟁에서 즐거움을 얻었습니다. 용기를 발휘해 여러 왕들과 그들의 부족을 제압했습니다. 하지만 현재는 사나운 매로 변신하여 보이오티아의 비둘기들을 뒤쫓고 있답니다.

형에게는 키오네라는 딸이 있었습니다. 키오네는 뛰어나게 아름다웠기 때문에 결혼 적령기인 열네 살이 되자 1,000명이나 되는 구혼자들이 몰려들었습니다. 그런데 어느 날 포이부스가 델피에서 돌아오는 길인데 우연히 메르쿠리우스도 같은 시간에 키렐네의 산에서 돌아오고 있었습니다. 두 신은 동시에 키오네를 보고서 온몸이 욕정으로 불타올랐습니다. 포이부스는 밤이 될 때까지 욕정을 자제했습니다. 메르쿠리우스는 자제하지 못했고 잠을 불러오는 지팡이로 키오네의 얼굴을 건드렸습니다. 그의 강력한 손길에 키오네는 잠이 들었고 힘으로 밀고 들어오는 메르쿠리우스의 몸을 받아들였습니다.

이어 밤은 하늘에 별들을 뿌렸습니다. 포이부스는 늙은 노파로 변신하여 대낮에 미루어 두었던 욕정을 채웠습니다. 발에 날개가 달린 신의 씨앗에서 재주 많은 아들인 아우톨리쿠스가 태어났습니다. 이 아들은 온갖 도둑질에 능했고, 검은 것에서 하얀 것을, 밝은 것에서 깜깜한 것을 만들어 냈습니다. 참으로 아버지의 기술에 걸맞은 재주였습니다. 포이부스의 씨앗에서는 필라몬이 태어났습니다(그러니까 키오네는 쌍둥이를 낳았습니다). 이 아이는 노래를 잘 부르고 리라를 연주하는 솜씨가 뛰어났습니다.

두 아들을 낳아 두 신을 기쁘게 해봐야 무슨 소용이 있으며 용감한 아버지와 빛나는 할아버지의 씨앗에서 태어나 봤자 무슨 소용이 있겠습니까? 영광은 정말로 많은 사람들에게 해를 입히는 것인가요? 키오네에게는 정말로 해로웠습니다! 키오네는 감히 자신이 디아나 여신보다 낫다고 생각했고 여신의 얼굴을 신통치 않다고 생각했습니다. 여신은 당연히 불같이 화를 내면서 이렇게 말했습니다.

〈내가 행동에 나서서 네년의 기를 꺾어 놓겠다.〉

여신은 지체 없이 활을 당겨서 시위로부터 화살을 날려 보냈고 화살은 죄 많은 키오네의 혀를 관통했습니다. 혀는 잠잠해졌고 키오네가 하려던 말이나 목소리는 더 이상 울려 나오지 않았습니다. 말을 하려고 애쓰는 동안, 생명이 피와 함께 키오네의 몸에서 빠져나갔습니다.

나, 케익스는 조카의 죽음에 아주 비통한 심정이 되어 키오네를 끌어안았으며, 아버지의 슬픔을 고스란히 느끼면서 나의 형에게 위로의 말을 건넸습니다. 키오네의 아버지에게는 내 말이 들리지 않았습니다. 바다의 절벽이 파도 소리를 듣지 못하듯이 말입니다. 그는 딸의 죽음이 얼마나 안타까웠는지 정신을 잃을 정도로 비통해했습니다. 딸이 화장되는 광경을 쳐다보면서 네 번이나 불타는 장작더미 안으로 뛰어들려 했고 네 번이나 만류 당했습니다. 그러자 미친 듯이 달아났습니다. 목에 구름 같은 벌 떼를 매단 황소가 길 없는 길을 마구 내달리는 모습과 비슷했습니다.

그런 순간에도 형은 사람이라고 할 수 없을 정도로 잘 달렸습니다. 발에 날개가 달렸나 싶을 정도였습니다. 그렇게 형은 우리 모두에게서 달아났고 어서 빨리 죽고 싶은 욕망에 휩싸여 파르나수스산 꼭대기에 올라갔습니다. 나의 형 다이달리온은 높은 바위에서 투신했습니다. 하지만 아폴로가 불쌍히 여겨 새로 변신시켰습니다. 몸에서 날개가 생겨나면서 추락이 멈추었고, 갈고리 같은 부리가 생겨났고, 발톱 대신에 휘어진 갈고리가 생겨났습니다. 형의 용기는 예전과 똑같았고 몸 안에는 덩치보다 더 큰 힘이 있었습니다. 이제 누구도 예쁘게 생각하지 않는 매가 되어 모든 새들에게 분노를 터트리고 있습니다. 자신도 고통을 당했으면서 이제는 다른 345 자들에게 고통을 안겨 주고 있습니다.」

프사마테의 늑대

루키페르의 아들 케익스가 형 다이달리온에게 얽힌 기막힌 이야기를 하고 있는 동안, 포키스 땅의 목축업자인 오네토르가 헐레벌떡 달려와 말했다.

「펠레우스, 펠레우스! 나는 엄청난 재앙을 알려드리려고 이렇게 달려왔습니다.」

펠레우스는 오네토르에게 가져온 정보를 자세히 말하라고 지시했다. 트라키아의 왕 케익스도 뭔가 공포스러운 일을 예상하면서 두려움에 떠는 얼굴로 오네토르의 보고를 기다렸다.

「나는 피곤한 황소들을 해안으로 몰아가고 있었습니다. 당시 태양은 중천에 떠올라 이미 온 거리만큼 가야 할 길이 남아 있었습니다. 일부 소들은 노란 모래에 무릎을 꿇고 엎드려서 넓은 바다를 응시했습니다. 일부는 느린 걸음으로 여기저기 배회했고 일부는 길게 뽑은 목을 바다 위에 내놓고 헤엄을 쳤습니다. 해안가에는 신전이 하나 있었습니다. 대리석 특유의 빛깔이나 황금색으로 빛나진 않고 무거운 나무로 지었고 오래된 숲이 그늘을 드리웠습니다. 네레우스와 그의 딸들인 네레이데스를 모시는 신전이었습니다(해안에서 어망을 말리던 한 선원은 이들이 바다의 신이라고 내게 말해 주었습니다).

그 신전 옆에는 늪이 있었습니다. 가장자리에 수양버들이 밀생한 늪은 해안으로 유입된 바닷물로 인해 생겨났습니다. 이 늪에서 엄청난 소리로 포효하여 일대에 겁을 주는 거대한 괴물 늑대가 나왔습니다. 그놈의 번들거리는 아가리에는 거품과 눅진한 피가 뒤섞여 있었고 두 눈알에서는 붉은 불빛이 번쩍거렸습니다. 늑대는 분노와 허기로 발광한 상태였지만 분노가 더 맹렬했습니다. 놈은 소를 죽여서 공허와 배고픔을 충족하는 데 그치지 않고 모든 가축을 공격하며 죽이려고 달려들었기 때문입니다. 가축들을 보호하려다가 우리들 일부가 놈의 치명적인 아가리에 부상을 입고 죽었습니다. 해안과 바다의 가장자리는 피로 벌겋게 물들었고 소들의 애처로운 울음소리 울려퍼지는 늪지는 아수라장이었습니다.

이런 상황에서 얼른 대응해야지 지체하면 큰일 납니다. 망설일 여유가 없습니다. 아직도 뭔가 남아 있을 때, 함께 힘을 합쳐 무기를 들고서 저놈을 쳐부수어야 합니다!」

오네토르가 보고를 마쳤다. 펠레우스는 소 떼를 잃어버린 일에는 신경을 쓰지 않았다. 하지만 펠레우스는 동생을 죽인 자신의 소행을 의식하고는 포쿠스의 어머니인 네레이데스가 소 떼를 죽은 아들의 장례식 제물로 삼아 그들의 죽음을 자신에게 안긴 것이라고 짐작했다. 오이타산의 왕 케익스는 부하들에게 갑옷을 입고 무기를 들라고 지시하고는 자신도 떠날 차비를 했다.

하지만 왕의 아내 알키오네는 그런 소동에 깜짝 놀라며 달려왔다. 옷도 제대로 챙겨 입지 못했고 머리는 산발한 상태였다. 알키오네는 양팔로 남편의 목을 끌어안으며 말과 눈물로 호소했다. 부하들만 보내고 왕은 가지 말라는 것이었다. 즉 한 사람의 목숨을 아낌으로서 두 사람의 목숨을 아끼라는 것이었다. 그러자 펠레우스가 왕비에게 말했다.

「오, 왕비시여, 당신의 고상하고 경건한 근심을 내려놓으십시오. 나는 도움을 주려는 왕께 정말로 감사드립니다. 약속하건대 저 이상한 괴물을 향해 무기를 들 생각이 없습니다. 대신 바다의 신에게 기도를 올려야 하지요.」

거기에는 꼭대기에 불이 켜진 등대가 있어서, 피곤한 배들에게 환영을 받았다. 그들은 등대로 올라가 해안에 널브러진 황소들의 시체를 보았고 피 묻은 입과 역시 피 묻은 갈기를 휘날리며 광분하는 잔인한 파괴자를 보고 신음했다. 이어 해안가를 향해 두 팔을 내뻗으면서 펠레우스는 바다의 여신 프사마테에게 기도를 올렸다. 분노를 풀고 도움을 내려 달라는 것이었다. 여신은 펠레우스의 간절한 기도에도 마음이 움직이지 않았다. 하지만 펠레우스의 아내 테티스가 남편을 위해 간원하면서 여신의 용서를 받았다.

사나운 학살을 그만두라는 지시가 떨어졌음에도 불구하고 늑대는 맹렬하게 날뛰었다. 달콤한 피를 맛보면서 야만성이 더욱 거세졌던 것이다. 프사마테 여신은 늑대가 부상 당한 암소의 목을 막 물어뜯는 순간, 놈을 대리석으로 변신시켰다. 여신은 늑대의 몸 색깔만 제외하고 모든 것을 예전 그대로 두었다. 대리석의 색깔은 놈이 더 이상 늑대가 아니고 그래서 두려워할 필요가 없음을 보여 주었다. 하지만 운명의 여신들은 도망자 펠레우스가 케익스의 땅에 머무는 것을 허락하지 않았다. 그는 방랑하는 유배자 신세로 마그네시아로 가서 아카스투스 왕에게 살인죄를 용서 받았다.

409

케익스와 알키오네(1)

형 다이달리온의 변신과 그 후의 기이한 조짐 때문에 케익스는 마음이 어수선하여, 당황하는 인간에게 위로를 내려 주는 신탁을 얻어 보기로 결심했다. 하지만 델피로 가는 길은 산적의 우두머리 포르바스와 비적들 때문에 너무나 위험했다. 그래서 뱃길을 이용하여 클라리움에 있는 포이부스의 신전으로 가기로 결정했다.

케익스는 그런 계획을 너 알키오네에게 말했다. 그녀는 케익스의 계획을 듣자마자 골수에 한기를 느꼈고 얼굴은 회양목처럼 창백해졌다. 양 뺨은 눈물이 줄줄 흘러내려 축축해졌다. 세 번이나 말을 하려 했지만 눈물이 앞을 가려 말을 할 수가 없었다. 흐느낌이 알키오네의 불평에 섞여 들었다.

「사랑하는 이여, 제가 무슨 잘못을 저질렀기에 당신의 마음이 변하셨습니까? 당신이 전에 보여 주었던 애틋한 관심은 어디로 사라졌습니까? 왜 이 알키오네를 뒤에 혼자 남겨두고 아무 걱정 없이 떠나려 하신단 말입니까? 이제 당신의 마음을 기쁘게 하는 것은 장거리 여행입니까? 내가 곁에 없어야 속이 시원하시겠습니까?

만약 당신이 육지로 여행을 하신다면 나는 섭섭하기는 하겠지만 공포에 떨지는 않을 것입니다. 바다 여행은 겁이 납니다. 저 끔찍한 바다는 생각만 해도 치가 떨려요. 나는 최근에 해변가로 밀려온 선박의 나무 조각들을 보았어요. 묘지에서 시체 없이 조성된 무덤의 비명을 읽기도 했어요. 당신의 장인이 히포타데스라고 해서 마음속에 그릇된 자신감을 품지 마세요. 당신 장인이 강력한 바람을 감옥에 가두고 필요할 경우 바다를 진정시키는 분이기는 해요. 하지만 일단 바람이 밖으로 나가서 바다를 장악해 버리면 어떤 것도 막을 수가 없어요. 온 땅과 온 바다가 아무런 보호막 없이 바람의 손길에 내맡겨지는 거예요. 바람은 또한 공중의 구름들을 한데 끌어모아 서로 부딪치게 하여 거센 불길을 만들어 내요. 바람은 알면 알수록(어린 시절 친정아버지의 집에서 많이 봐서 바람들을 잘 알아요), 정말 무서운 존재라는 생각이 들어요.

사랑하는 남편이여, 당신이 결정을 변경할 수 없고 어차피 길을 떠나야 한다면, 내 간절히 기도드리오니, 나도 데리고 가세요. 물론 폭풍이 온다면 우리는 함께 풍랑에 휩싸이겠지요. 하지만 그건 당신과 함께 당하는 고통이니 두려워할 것이 없어요. 우리는 무슨 일이 벌어지든 함께 대응할 테고 그러면 저 넓은 바다를 건너 목적지에 도달할 거예요.」

아이올루스의 딸, 알키오네의 이런 말과 눈물에 루키페르의 아들인 케익스는 감동하지 않을 수 없었다. 그의 마음속에서도 알키오네 못지않게 뜨거운 사랑의 불길이 타오르고 있었기 때문이다. 하지만 이미 계획한 바다 여행을 포기할 수 없었고 바다 여행이 험한지라 알키오네를 데려갈 수도 없었다. 그는 아내의 우려를 달래기 위해 많은 위로의 말들을 해주었으나 아내를 설득하지 못했다. 하지만 다음과 같은 위로의 말로 마침내 사랑하는 아내의 마음을 진정시키고 허락을 얻어낼 수 있었다.

「조금이라도 지체되면 우리는 이별이 너무 길다면서 견디지 못할 것이오. 하지만 내 아버지의 불을 두고 맹세하거니와 또 운명이 내게 허용하는 한, 달이 두 번 차고 기우는 기간 안에 반드시 돌아오겠소.」

케익스는 이런 약속으로 귀환의 희망을 아내에게 안겨 주고는 바로 계류장에서 배를 꺼내 바다로 나갈 준비를 하고 각종 도구를 챙기라고 지시했다. 알키오네는 그런 준비 과정을 지켜보면서 마치 미래를 내다보기라도 하는 양 다시 한번 몸을 떨었고 솟구치는 눈물을 뚝뚝 흘렸다. 그녀는 마침내 남편을 포옹하고서 비참하고 슬픈 목소리로 말했다.

「안녕히 다녀오세요.」

그렇게 말하고 알키오네는 완전히 기절했다.

케익스는 출발을 지연시키고 싶었으나 쌍노를 든 젊은 노잡이들은 단단한 가슴까지 노를 잡아당기며, 균형 잡힌 노질로 바다를 가르고 나아갔다. 알키오네는 눈물 젖은 눈을 들어 떠나가는 배를 바라보았다. 케익스는 휘어진 고물에 서서 손을 흔들어 그녀에게 신호를 보냈다. 알키오네는 남편의 신호를 제일 먼저 보고서 같은 동작으로 화답했다. 땅이 점점 멀어져서 그의 얼굴이 보이지 않게 되자 알키오네는 사라져 가는 목선을 두 눈으로 뒤쫓았다. 배가 멀어져서 가물가물해지자 그녀는 돛대 꼭대기에서 휘날리는 돛을 쳐다보았다. 이제 돛마저 보이지 않게 되자 불안한 심정으로 텅 빈 침대로 돌아가 베개를 베고 누웠다. 침대와 베개를 보자 알키오네는 새로이 눈물이 솟았고 자신을 떠나간 남편의 부재를 다시금 실감하게 되었다.

그들은 항구를 떠나갔고 미풍이 불어와 돛을 팽팽하게 부풀리며 배를 앞으로 밀었다. 선원들은 노를 거두어들여 뱃전에 걸고서 돛의 활대를 돛대 끝까지 올려 돛을 활짝 펴서 바람을 많이 받게 했다. 배가 바다를 중간쯤까지 갔을 때 — 목표 지점의 절반에 약간 못 미치게 나아갔을 때 — 밤이 되었고, 거센 파도가 머리를 하얗게 풀어헤쳤고, 동풍 에우루스가 갑자기 거세게 불어왔다. 선장인 케익스가 소리쳤다.

「이제 돛의 활대를 내리고 돛을 활대에 감아 놓도록 하라.」

미친 듯한 바람이 케익스의 말을 가로막았고 파도의 노호 때문에 선원들은 단 한마디도 알아듣지 못했다. 하지만 선원들은 자발적으로 일부는 황급히 노를 거두어들이고, 일부는 뱃전을 보호하고, 일부는 돛을 접어 바람에 찢기지 않도록 했다. 한 사람은 배에 고인 물을 바다로 퍼냈고 또 어떤 사람은 황급히 활대를 간수했다. 선원들이 황급히 이런 작업을 하는 동안 거센 폭풍이 불어왔고 온 사방에서 불어오는 강한 바람은 모든 것을 쳐부술 기세였으며 바다를 화난 사람처럼 몸부림치게 했다. 선장도 겁을 먹었다. 도대체 어찌된 상황인지 알지 못했고 무엇을 하고 무엇을 하지 말아야 하는지 명확하게 지시를 내리지 못했다. 이 거대한 악의 힘은 소름이 끼쳤고 선원들의 항해 기술을 완전 무시해 버렸다. 선원들이 외치는 소리, 밧줄들이 삐걱거리는 소리, 거대한 파도 위에 다시 파도가 덮치는 소리, 공중에서 번쩍거리는 번개와 천둥소리 등이 서로 뒤섞여 하나의 거대한 소리가 되었다.

파도는 산처럼 높았고 몸을 일으켜 세운 바다는 하늘로 올라가 구름을 만지며 구름 속으로 하얀 포말을 던져 넣을 기세였다. 때로 바다가 해저에서 노란 모래들을 일으켜 세웠다. 때로 바다는 노란 모래 색깔이었으나 때로는 지하 세계의 스틱스 강물처럼 검은 색깔이었다. 때때로 바다는 잠잠해지면서 노호하는 포말이 되어 하얀 색깔로 뒤바뀌었다.

트라키아인의 배는 이런 갑작스러운 상승과 하강의 영향을 받았다. 어떤 때는 높은 산마루에 올라 저 아래 계곡과 아케론의 밑바닥을 내려다보았고, 또 어떤 때는 밑으로 축 처져서 주위가 온통 하얀 파도인 지옥 같은 상태에서 하늘 꼭대기를 쳐다보는 것 같았다. 거대한 파도가 배의 옆구리를 가격하면 배는 엄청난 파열음을 내질렀다. 파도의 타격은 무쇠 파성기(破城機)나 투석기가 성벽을 사정없이 때려 댈 때와 비슷했다. 혹은 사나운 사자들이 공격을 하기 위해 온몸의 힘을 가슴에 모아 그들을 겨누는 무기를 향해 맹렬히 돌진하는 기세와 비슷했다. 바람이 거세게 불어와 파도가 하늘 높이 올라가면, 배는 물마루에 올라섰고 파도는 돛대보다 더 높은 곳에서 배를 가라앉힐 기세로 다가왔다.

이제 단단하게 조이는 쐐기가 빠져나갔고 덮개가 제거된 틈새는 더 벌어져서 배를 가라앉히는 치명적인 침수가 시작되었다. 이제 구름이 열리고 폭우가 쏟아졌다. 마치 온 하늘이 바다 위로 떨어져 내리는 양상이었다. 부어오른 바다는 하늘 높이 몸을 일으켜 세웠다. 돛은 폭우에 몽땅 젖어 버렸고 하늘의 폭우와 바다의 큰물이 뒤섞였다. 하늘에는 별들이 빛나지 않았고 어두운 밤은 제 그림자와 폭우의 그림자 속에 함몰되었다. 하지만 이런 그림자를 흩어 놓으면서 천둥이 치고 번갯불이 번쩍였다. 쏟아지는 폭우는 천둥 번개 때문에 번쩍거리기 시작했다. 이제 물이 배 안으로 밀고 들어왔다.

다른 사람보다 용기가 뛰어난 한 군사가 성벽을 기어오르다가 마침내 성공하여 벽을 넘어가듯이, 바닷물은 아홉 번이나 배의 높은 돛대를 후려치다가 열 번째에 이르러 더 높이 솟아올라 밀어붙이듯 기어올라 배 안으로 밀고 들어왔다. 이제 파도의 일부는 배를 둘러쌌고 일부는 배 안에 들어왔다. 선원들은 침공 당한 성의 주민들처럼 벌벌 떨었다. 적병이 성벽 바깥쪽에서 땅을 파헤치고, 일부 적병은 이미 성벽 안으로 들어와 있는 형세였다. 선원들의 항해 기술은 소용없었고 그들의 용기는 사라졌다. 위협적인 파도가 밀려올 때마다 선원들은 죽음의 공포로 떨었다. 한 선원은 눈물을 참지 못했으며, 다른 선원은 온몸이 얼어붙었고, 또 다른 선원은 이미 죽어 장례식을 기다리는 자는 축복 받은 자라고 말했다. 또 어떤 선원은 보이지도 않는 하늘 쪽으로 양팔을 내뻗으며 신을 향해 도와 달라는 기도를 올렸으나 아무 소용도 없었다. 어떤 선원은 형제와 부모를 생각했고, 어떤 선원은 고향과 자녀를 생각했으며, 모든 선원이 뒤에 남겨 두고 온 것을 생각했다.

케익스의 생각은 알키오네에게 고정되어 있었다. 입술로 오로지 알키오네의 이름만 되뇌었다. 그녀를 간절히 보고 싶었지만 동시에 여기 함께 있지 않아서 기뻤다. 그는 고국의 해안 쪽으로 고개를 돌리고 죽기 전에 고향을 마지막으로 쳐다보고 싶었다. 하지만 방향을 잃어 그곳이 어디인지 알 수가 없었다. 바다는 엄청난 소용돌이 속에서 끓어올랐고, 검은 구름이 하늘을 완전히 가려 버리자 밤은 두 배나 더 어두워졌다.

폭우는 돛을 꺾어 놓았고 키를 파괴했다. 이런 파괴에 힘을 얻은 산더미 같은 파도는 또 다른 파도 위에 정복자처럼 우뚝 솟아올랐다. 마치 아토스산과 핀두스산을 뿌리째 뽑아다가 바다 한가운데에 집어 던지는 형상이었다. 그처럼 엄청난 파도가 배를 덮쳤고, 파도의 위력과 충격으로 배는 바다 밑으로 가라앉았다. 대부분의 선원들은 큰물의 힘에 짓눌려서 다시는 공기를 호흡하지 못한 채 운명을 맞았다. 다른 선원들은 배의 파편을 붙들고 간신히 물 위에 떠 있었다.

케익스 자신도 예전에 왕홀을 잡았던 손으로 배의 파편을 잡고서 물에 뜬 채 장인과 아버지의 이름을 거푸 불러 댔으나 슬프게도 아무 소용이 없었다. 힘들게 헤엄치는 케익스의 입술에는 아내 알키오네의 이름이 거푸 떠올랐다. 그는 알키오네를 기억했고 그녀에게 돌아가고 싶었다. 파도가 자신의 몸을 바다 밑으로 가라앉히기 전에 마지막으로 보고 싶은 사람도 알키오네였다. 또한 죽어서 무덤이 만들어진다면 그녀의 사랑스러운 손으로 만들어지기를 바랐다. 헤엄을 치는 동안 또 산더미 같은 파도가 숨쉬기를 허용하는 동안, 케익스는 알키오네의 이름을 파도에다 대고 계속 중얼거렸다.

마침내 엄청난 파도 한가운데에서 검은 아치형의 물살이 솟구쳐 케익스의 머리를 파도 밑으로 가라앉혔다. 그날 새벽은 어두워서 루키페르를 알아볼 수가 없었다. 루키페르는 하늘을 떠나지 못하므로 짙은 구름으로 자기 얼굴을 가렸다.

한편 아이올루스의 딸 알키오네는 이런 엄청난 재앙을 알지 못한 채, 지나가는 밤의 숫자를 헤아리면서 때로는 남편이 돌아오면 입힐 옷을 준비하고 때로는 남편이 돌아왔을 때 자신이 입을 옷을 준비했다. 그녀는 자기 자신을 상대로 남편은 꼭 돌아올 것이라고 헛되이 중얼거렸다. 그녀는 모든 신에게 경건한 향불을 태워 올렸으나, 특히 유노의 신전에서 여러 차례 예배를 드렸다. 이제는 이 세상에 없는 남자를 위해 기도를 올린 것이다. 남편이 무사히 돌아오기를 빌었고 다른 여자들에게는 눈도 주지 말기를 기도했다. 알키오네의 기도 중에 맨 마지막 기도만이 받아들여졌다. 582

잠의 집

하지만 유노 여신은 이미 죽어 버린 자를 위해 애절한 기도를 올리는 것을 더 이상 참을 수가 없었다. 그래서 오염된 손[5]을 자신의 제단에서 물리치기 위하여 전령인 이리스에게 말했다.

「내 말을 가장 충실히 전달하는 자인 이리스여, 잠을 불러

5 케익스는 죽었고 비록 아내인 알키오네는 이를 모르고 있지만, 남편의 장례식을 아직 치르지 않아 오염된 상태에 있으므로 그녀를 가리켜 오염된 손이라고 한 것이다.

오는 〈잠〉 신의 집으로 빨리 가거라. 〈잠〉 신에게 알키오네의 꿈 속에 죽은 케익스의 모습을 보내어 그가 죽었음을 깨닫게 하라.」

무지개 여신 이리스는 수천 가지 색깔을 뽐내는 겉옷을 입고 공중에 활 모양의 아치를 그리면서 구름 아래 감추어진 〈잠〉 신의 거처를 찾아갔다. 킴메르인들이 사는 땅에는 속이 빈 산이 하나 있는데 거기에 깊은 은신처를 숨겨 둔 동굴이 있었다. 바로 게으른 〈잠〉 신의 집이며 거처였다. 이 동굴에는 해가 뜰 때나 해가 중천에 떴을 때나 해가 질 때나 포이부스가 전혀 햇살을 침투시킬 수 없었다. 그 땅에서는 안개와 뒤섞인 구름들이 솟아나고 어둠침침한 미명의 그림자들이 감돌기 때문이었다. 어떤 수탉도 홰치는 소리로 새벽의 여신 아우로라를 불러올 수 없었고, 무거운 침묵이 개 짖는 소리나, 개들보다 똑똑한 거위들[6]의 소리로 깨지는 법이 없었다. 이 동굴에서는 어떤 짐승도, 어떤 가축 떼도, 어떤 미풍 속의 가지도, 사람 혀의 외침도 소리를 내지 못했다. 숨죽인 정적이 거기 살고 있었다.

하지만 암석 바닥에서 망각을 유도하는 레테강의 물이 솟아나와 냇물 바닥의 자갈들을 움직여 잠을 불러왔다. 동굴 입구에는 양귀비와 약초들이 아주 많이 자라는데, 이슬 맺힌 〈밤〉이 이 약초들의 즙액을 수집하여 어두워진 세상에 뿌려댄다. 문을 열 때 경첩에서 삐걱거리는 소리가 나도 집 안에

6 〈개들보다 똑똑한 거위들〉이라는 표현은 기원전 4세기의 고사에서 나왔다. 당시 갈리아인들이 로마를 침공하여 한밤중에 카피톨리움 언덕을 점령하려 했을 때 거위들이 시끄럽게 울어 대어 잠자는 로마 군사들을 깨워 언덕을 방위할 수 있었다. 이 일화는 제2권에서도 나왔다.

는 그 소리를 들어 줄 사람이 없었고 문턱에는 보초도 없었다. 하지만 동굴 한가운데에는 높은 흑단 침대가 있었다. 깃털로 채워지고, 색깔이 어둡고, 검은 이불이 덮여 있는 침대에, 〈잠〉 신이 나른한 사지를 역시 나른하게 펴고서 누워 있었다. 주위에는 다양한 형상을 흉내 내는 공허한 꿈들이 함께 누워 있었다. 꿈속의 다양한 형상은 수확 때의 이삭 개수, 나무들이 만들어 내는 잎사귀 개수, 바닷가 모래밭의 모래 개수만큼이나 많았다.

이리스는 동굴로 들어가자마자 양손을 내뻗어 앞길을 가로막는 꿈들을 옆으로 제쳤다. 이 신성한 동굴은 이리스가 입고 있는 옷의 광채로 빛났다. 〈잠〉 신은 무겁고 나른한 눈을 간신히 떴으나 곧 눈꺼풀은 제자리로 돌아갔고, 주억거리는 턱이 가슴에 여러 번 부딪친 후에야 비로소 잠에서 깨어나서 팔뚝에 기대 몸을 일으키며 이렇게 찾아온 용건이 무엇이냐고 물었다(〈잠〉 신은 비로소 이리스를 알아보았다).

「오, 모든 이들 중에서 가장 조용한 〈잠〉 신이여, 신들 중에서 가장 온유하고 마음의 평화를 가져다주는 〈잠〉 신이여, 사람들의 근심을 쫓아 버리고, 힘든 일로 피곤해진 사람의 몸을 위로하고, 사람들의 원기를 회복시켜 다시 일터로 내보내는 신이여. 실제와 형상을 비슷하게 일치시키는 신이여. 케익스의 형상을 닮은 이미지를 만들어 내어, 침대에서 잠든 알키오네의 꿈속에 들어가서, 남편이 자신을 죽여 버린 난파 사건을 보고하게 하소서. 유노가 이렇게 하라고 명령하셨습니다.」

이리스는 명령을 전달하자 곧바로 동굴을 떠났다. 쏟아지는 잠의 위력을 더 이상 견디지 못했기 때문이다. 이리스는 온몸에 잠이 밀려드는 것을 느끼며, 방금 타고 온 무지개를 타고서 재빨리 되돌아갔다.

〈잠〉 신은 1,000명의 아들들 중에서 형체의 예술가이며 모방자인 모르페우스를 깨웠다. 모르페우스처럼 인간의 걸음걸이, 표정, 목소리를 잘 흉내 내는 아들은 없었다. 모르페우스는 또 인간의 의상과 평상시 말투도 잘 흉내 냈다. 하지만 오로지 인간만 흉내 냈다. 들짐승, 새, 몸집이 기다란 뱀은 다른 아들이 모방을 했다. 신들은 모르페우스를 이켈루스라고 불렀고 인간들은 포베토르라고 불렀다. 또 다른 아들 판타수스는 다른 기술이 있었다. 그는 흙, 바위, 물, 나무 등 모든 생명 없는 사물들을 잘 흉내 냈다. 어떤 이들은 밤중에 왕이나 지도자들에게 얼굴을 내밀었고, 다른 아들들은 대중과 평민들의 꿈속에 등장했다.

〈잠〉 신은 이들을 다 물리치고, 많은 자식들 중에서 모르페우스를 선택하여 유노 여신의 지시를 이행하도록 지시하고는 다시 노곤함에 빠져들어 머리를 끄덕거리며 졸더니 이불 위에 쓰러져 깊은 잠에 빠졌다. 649

케익스와 알키오네(2)

모르페우스는 소리가 전혀 안 나는 날개를 치면서 밤의 허공을 날아 곧 하이모니아의 도성에 도착했고 몸에서 날개를 떼어 내고서 케익스를 꼭 닮은 모습으로 변신했다. 그는 아무것도 걸치지 않고 죽은 사람의 모습으로 불행한 아내의 침대 앞에 섰다. 턱수염은 젖어 있었고 머리카락에서는 물방울이 뚝뚝 떨어지는 것처럼 보였다. 이어 침대 위에 몸을 숙이고 양 뺨에서 눈물을 줄줄 흘리면서 이렇게 말했다.

「가장 불행한 아내여, 당신은 케익스를 알아보겠는가? 죽음 때문에 내 모습이 바뀌었는가? 나를 보시오. 당신은 나를 알아볼 거요. 하지만 당신은 남편 대신에 남편의 망령을 발견할 거요. 알키오네, 당신의 기도는 내게 아무런 도움도 가져다주지 않았소. 나는 죽었소. 나의 귀환을 헛되이 기다리지 마시오. 구름 많은 남풍이 에게해에서 나의 배를 덮쳤고 커다란 파도 속으로 배를 밀어 넣어 난파시키고 말았소. 나의 입이 당신의 이름을 헛되이 부르는 동안 배에는 물이 가득 차 버렸소. 어떤 믿을 만한 소식통도 당신에게 이 소식을 가져다주지 않았소. 당신은 떠도는 소문으로도 이 소식을 알지 못했소. 그래서 난파 당한 내가 몸소 소식을 전하려고 이렇게 찾아왔소. 자, 일어나서 눈물을 흘려 주오. 나를 위해 상복을 입어 주고 내가 애도를 받지도 못한 채로 공허한 지하 세계로 내려가지 않게 해주오.」

모르페우스는 이렇게 말하면서 알키오네가 틀림없이 남편 목소리라고 믿을 만한 목소리를 냈다. 그는 정말로 눈물을 흘리는 듯했고 케익스의 몸짓을 똑같이 모방했다.

알키오네는 꿈속에서 신음 소리를 내고 눈물을 흘리면서 양팔을 뻗어 그를 포옹하려 했으나 허공을 움켜쥐며 이렇게 소리쳤다.

「여보, 잠깐만 기다려요. 어디로 그렇게 황급히 가시나요? 우리 함께 가요.」

자신의 목소리와 남편의 환상에 놀라 알키오네는 잠에서 깨어났다. 방금 전에 나타난 남편이 아직도 거기 있는지 알아보려고 고개를 두리번거렸다(노예들이 그녀의 목소리에 놀라 횃불을 침전에 가지고 왔다). 그녀는 남편을 찾지 못하자 손으로 자신의 얼굴을 때리고 가슴 부위의 옷을 찢으면서 가슴을 마구 때렸으며 조금도 그칠 기색이 없이 머리카락을 마구 잡아 뜯었다. 유모가 침전에 들어와 왜 그리 슬퍼하느냐고 묻자 알키오네는 유모에게 대답했다.

「알키오네는 더 이상 존재하지 않아. 그녀는 이 세상 사람이 아니야. 케익스와 함께 죽어 버렸어. 위로하려는 말은 집어치워. 그는 배가 난파하여 죽었어. 나는 방금 그를 보았고 얼굴을 알아보았어. 그가 떠나려고 하자 나는 양손을 뻗어 붙잡으려 했으나 허사였어. 그는 망령이었어. 하지만 아주 분명한 망령이었고 진정 내 남편이었어. 그는 내가 알고 있는 모습이 아니었고 얼굴에는 예전 같은 광휘가 없었어. 알몸에다 창백했고 불행한 나에게 나타났을 때 머리카락에서는 여전히 물방울이 떨어지고 있었어. 그는 처량한 모습으로 바로 여기에 서 있었어.」(그녀는 어떤 흔적이라도 남아 있는지 방안을 살펴보았다.)

「마음속으로 뭔가 나쁜 조짐을 예감했는데 정말로 두려워한 것은 바로 이런 사태였어. 케익스, 난 당신에게 나를 뒤에 내버려 두고 바람을 쫓아가지 말라고 애원했어. 당신은 어차피 죽으려고 떠났으니 나도 함께 데리고 가야 했어! 나로서는 당신을 따라가는 것이 올바른 길이었어. 난 평생 모든 일을 당신과 함께 했으니, 죽음도 함께 겪어야 마땅한 거야. 비록 바다에서는 아니지만, 나 또한 이미 죽었어. 비록 바다에서는 아니지만 나 또한 파도에 온몸이 흔들렸어. 비록 내가 거기 없지만 바다는 나를 붙잡았어. 만약 내가 계속 살려고 한다면, 이처럼 큰 슬픔을 이기고 살아남으려 버둥거린다면, 내 마음이 바다보다 더 잔인하게 나를 대할 거야. 오 불쌍한 이여, 나는 살아남으려 버둥거리지 않을 테고 그대를 혼자 내버려 두지도 않을 거야. 마침내 나는 당신을 찾아가 당신의 동무가 될 거야. 묘비나, 유골 항아리에는 우리 두 사람의 이름이 나란히 오르게 될 거야. 뼈와 뼈로 당신과 결합되지 못한다면, 이름과 이름으로 당신과 결합할 거야.」

알키오네는 슬픔 때문에 더 이상 말을 하지 못했고 말을 한마디 할 때마다 탄식을 토했고 깊이 상심했기에 가슴에서는 쥐어짜는 듯한 신음 소리가 터져 나왔다.

이제 아침이 되었다. 그녀는 궁전에서 해안으로 나와 슬픈 표정으로 남편을 떠나보냈던 지점을 찾아 머뭇거리면서 이렇게 말했다.

「여기서 그이는 닻줄을 풀었지요. 이 해안에서 나에게 키스를 해주고 떠나셨지요.」

알키오네가 작별의 장소와 작별의 행위를 회상하면서 바다를 내다보니, 약간 떨어진 맑은 바닷물에 시체 같은 것이 떠왔다. 처음엔 저게 뭘까 하고 생각했으나 파도가 그걸 앞으로 내밀자 상당히 떨어진 거리였지만 시체임을 분명하게 알아볼 수 있었다. 알키오네는 시체의 주인이 누구인지는 알지 못했으나 난파의 희생자라는 점은 분명했으므로, 이를 하나의 조짐으로 여기면서 더욱 심란한 상태로 빠져들었다. 그녀는 이미 숨을 거둔 낯선 사람을 위해 눈물을 흘리면서 말했다.

「당신이 누구인지는 모르겠으나, 아, 불쌍한 사람. 당신에게 아내가 있다면 그녀 또한 불쌍한 사람.」

파도에 밀려 시체는 더욱 가까이 다가왔다. 알키오네는 시체를 쳐다보면 볼수록 마음이 더 혼미해졌다. 이제 시체는 뭍에 가까이 밀려왔다. 그녀는 시체가 누구의 몸뚱이인지 명확히 알 수 있었다. 바로 남편 케익스였다.

「아, 내 남편이군요.」

그녀는 소리치면서 얼굴, 머리카락, 옷을 마구 잡아당겼다. 떨리는 양손을 케익스 쪽으로 뻗으면서 말했다.

「오 사랑하는 남편이여, 아, 불쌍한 분. 당신은 이런 식으로, 정녕 이런 식으로 내게 되돌아왔군요.」

인근 해안에는 바다의 첫 파도를 막아 힘을 누그러뜨리는 인공 방파제가 있었다. 그녀는 방파제로 뛰어 올라갔다(그녀가 그렇게 도약할 수 있었다는 것은 기적이었다). 알키오네는 거기서 몸을 날렸고 방금 생긴 날개로 가볍게 공기를 때렸다. 한 마리 불쌍한 새가 되어 파도 위를 스치며 날아갔다. 날아가는 동안 그녀의 입은 가느다란 부리를 움직여 꺼억꺼억 소리를 냈는데 애도와 원망이 담긴 소리였다. 그녀는 말 없고 피 없는 남편의 시체를 새로 생긴 날개로 포옹했고 딱딱한 부리로 차가운 키스를 헛되이 날려 보냈다. 케익스가 아내의 키스를 느꼈는지 혹은 파도의 움직임에 따라 얼굴을 들었는지는, 보는 사람의 상상에 맡기겠다. 하지만 케익스는 알키오네의 키스를 느꼈다. 마침내 신들은 부부를 불쌍하게 여겨 둘을 물총새로 변신시켰다. 그리하여 그들의 사랑은 동일한 운명을 맞이하여 예전 그대로 남았다. 새로 변신한 이후에도 그들의 결혼 맹세는 파기되지 않았다. 그들은 짝짓기를 하여 부모가 되었고 그리하여 겨울날의 포근한 일주일을 가리켜 알키오네의 날들이라고 부르게 되었다. 이 기간에 알키오네는 바다 위에 떠 있는 둥지에서 알들을 품을 수 있었다. 이때는 바다도 잠잠해졌다. 아이올루스가 바람을 가두어 밖에 나가지 못하게 함으로써 자신의 손자들을 위해 잠잠 한 바다를 만들어 주기 때문이다.

748

아이사쿠스와 헤스페리아

한 늙은 남자가 넓은 바다 위를 날아가는 알키오네 부부를 쳐다보면서 그들이 끝까지 간직한 사랑을 칭송했다. 그때 노인 옆에 있는 남자 — 혹은 그 노인 — 가 이런 말을 했다.

「양 다리를 밑으로 내리고 바다 표면을 스쳐 지나가는 저 다른 새가 보이시지요?」

그는 목이 길고 물에 잠기는 잠수조(潛水鳥)를 가리켰다.

「저 새 또한 왕가에서 태어났답니다. 찾아보시면 알겠지만 가계가 저 멀리 일루스와 아사라쿠스 왕까지 거슬러 올라가고 위대한 유피테르에게 납치 당한 가니메데에 이르지요. 그리고 늙은 라오메돈과 트로이아의 멸망을 본 프리아무스 왕이 아버지입니다. 저기 날아가는 새는 전에 헥토르의 이복 남동생이었습니다.

물론 헥토르는 헤쿠바의 소생인 반면, 저 아이사쿠스는 뿔이 둘 달린 그라니쿠스의 딸 알렉시로에의 소생으로 그녀가 산의 숲에서 낳은 자식이지요. 아이사쿠스는 청년기에 이상한 운명을 겪지 않았다면 아마도 헥토르 못지않은 명성을 얻었을 겁니다. 아이사쿠스는 도시를 싫어했고 화려한 궁전에서 멀리 떨어져 시골에서 소박하게 살면서 트로이아 사람들과 만나는 일은 가능한 한 피했습니다.

하지만 바보는 아니었고 사랑의 즐거움을 모르는 무딘 심성의 소유자도 아니었습니다. 그는 숲속에서 종종 히스페리아를 쫓아다녔습니다. 전에 목욕을 마친 후 케브렌강(이 강의 신이 그녀의 아버지입니다)의 둑에 엎드려 햇빛에 싱그러운 머리카락을 말리고 있는 히스페리아를 흘낏 본 이래로 사랑에 빠졌던 겁니다.

님프 히스페리아는 아이사쿠스를 보자 놀라서 달아났습니다. 황갈색 늑대를 피하는 암사슴처럼, 혹은 고향 연못에서 멀리 떨어진 지점에서 매에게 들킨 야생 오리처럼 도망쳤습니다. 트로이아의 영웅은 그녀를 뒤쫓았습니다. 그는 사랑에 불타서 재빨리 움직였고 히스페리아는 공포 때문에 미친 듯이 달렸습니다.

그런데, 숲속에 숨어 있던 뱀의 무서운 독 이빨이 달아나는 히스페리아의 발목을 물고는 몸속에 독을 집어넣었습니다. 결국 그녀의 발걸음은 멈추었고 생명 또한 정지했습니다. 아이사쿠스는 정신이 나간 채로 생명 없는 그녀의 몸을 껴안으며 소리쳤습니다.

〈미안합니다. 당신을 쫓아와서 미안합니다! 나는 이런 사태가 벌어지리라고는 미처 생각하지 못했습니다. 내가 당신을 쫓아온 것이 이토록 큰 희생을 낳을지는 몰랐습니다. 불행한 이여, 나와 뱀이 당신을 망쳤습니다. 상처는 뱀이 냈지만, 진짜 원인은 내가 제공했습니다. 내가 뱀보다 더 사악합니다. 나의 죽음으로써 당신의 죽음을 위로하려 합니다.〉[7]

그는 파도가 사납게 으르렁거리며 발치를 때리는 바위로 올라가 바다를 향해 몸을 던졌습니다. 하지만 바다의 여신 테티스가 불쌍히 여겨 공중에서 떨어지는 그를 부드럽게 받아 주었고, 물속에서 헤엄치는 그의 몸에 깃털을 붙여 주었

7 히스페리아와 에우리디케의 사망 원인이 유사한 것에 주목할 필요가 있다. 뱀은 그리스 신화에서 〈시간〉의 상징으로 널리 사용된다.

습니다. 그래서 아이사쿠스가 원했던 죽음의 기회는 주어지지 않았습니다. 사랑에 빠진 아이사쿠스는 본의 아니게 살아난 데 화를 냈고, 그 불행한 처소를 떠나려던 영혼의 소망이 좌절된 것을 개탄했습니다. 그는 어깨에 새로 난 날개를 파닥거려 아래로 재빨리 하강하면서 다시 한번 물속에 몸을 던지려 했습니다. 하지만 깃털 때문에 천천히 추락했습니다. 아이사쿠스는 화가 나서 다시 공중으로 날아올라 또다시 물속에 깊이 잠기려 했습니다. 그는 스스로 목숨을 끊을 방도를 끝없이 찾았습니다. 사랑 때문에 수척해졌습니다. 다리도 길고 목도 길어서 그의 머리는 몸에서 멀리 떨어져 있는 것처럼 보입니다. 아이사쿠스는 물을 사랑하고 물속으로 들어가기를 좋아하여 잠수조라는 이름을 얻었습니다.」 795

제12권

트로이아 전쟁의 발발

아울리스 항구의 이피게니아

아이사쿠스의 아버지 프리아무스는 아들이 날개 달린 새로 변신하여 살아 있다는 사실을 몰랐기 때문에 그의 죽음을 애도했다. 아이사쿠스의 형 헥토르도 다른 형제들과 함께 동생의 이름만 있을 뿐 시신은 없는 무덤에서 정중한 장례 의식을 치렀다. 또 다른 형제인 파리스는 이 슬픈 의식에 참석하지 않았다. 그는 나중에 그라이키아에서 남의 아내 헬레네를 납치해 옴으로써 조국 트로이아에 전쟁을 가져온 장본인이었다. 그리하여 1,000척의 배들이 그라이키아 민족의 안녕과 복지를 기치로 연합하여 헬레네를 되찾기 위해 원정에 나서게 되었다. 거센 바람이 배들의 항해를 가로막지 않았더라면 이 보복 전쟁은 잠시도 지체되지 않았을 것이다. 그들이 물고기가 풍부한 아울리스 항구에서 떠나려 했을 때, 거센 폭풍 때문에 다시 보이오티아 땅에 묶이고 말았다.

여기서 그들이 조국의 방식에 따라 유피테르에게 제사를 올리는 동안, 오래된 제단은 새로 불붙인 향의 연기가 가득했다. 그렇게 제사를 지내면서 그라이키아인들은 한 마리 청록색 뱀이 희생 제단 옆에 서 있는 플라타너스나무 위로 천천히 기어 올라가는 것을 보았다. 이 나무 우듬지에는 새 새끼 여덟 마리가 깃들여 있는 둥지가 있었다. 굶주린 뱀은 새끼 여덟 마리뿐만 아니라, 잃어버린 새끼들 주위를 맴돌던 어미새마저 먹어 치웠다.

모두들 경악하고 있는데 진실을 미리 내다보는 복점관, 테스토르의 아들이 이렇게 말했다.

「우리는 정복할 것이다. 그러므로 기뻐하라, 그라이키아인들이여. 트로이아는 멸망할 것이나 우리의 전쟁은 상당히 오랫동안 끝나지 않을 것이다.」

그는 뱀에게 잡아먹힌 아홉 마리 새를 전쟁이 지속되는 연수로 해석했다. 느릅나무의 초록색 가지에서 똬리를 틀고 있던 뱀은 돌이 되어 원래 형상을 그대로 간직했다.

에게해에서는 여전히 북풍이 심하게 불었고 원정군은 바다를 건너가지 못하고 아울리스 항구에 발이 묶였다. 바다의 신 넵투누스가 트로이아에서 도성을 건설하는 데 직접 참가했기 때문에 이런 식으로 트로이아를 보호한다고 해석하는 사람들도 있었다. 하지만 테스토르의 아들은 그렇게 해석하지 않았다. 복점관은 처녀 여신 디아나의 분노를 진정시키려면 처녀의 피를 바쳐야 한다는 사실을 알았고 이를 노골적으로 표명했다.[1]

여론이 인정을 압도하고 부왕(父王) 아가멤논의 부정(父情)을 억누르자, 미케나이 왕의 딸인 이피게니아가 자신의

1 디아나가 분노하는 이유는 그라이키아 원정군 사령관이자 미케나이 왕인 아가멤논이 디아나 여신이 총애하는 암사슴을 사냥터에서 죽였기 때문이다.

순결한 피를 여신에게 바치게 되었다. 그녀가 슬피 우는 수행원들을 뒤로하고 제단 앞에 서자 디아나 여신은 감동하여 마음을 바꾸었다. 여신은 제사에 참석한 사람들의 눈을 구름으로 가리고서 간절한 기도와 함께 희생 제사 도중에 이피게니아를 암사슴으로 대체했다고 한다. 그리하여 디아나 여신의 분노는 암사슴의 피로 달래어졌고, 여신의 분노가 사라지자 바다의 물결도 잠잠해져서 1,000척의 배들은 고물에 바람을 맞으며 출발했다. 그들은 온갖 어려움을 겪은 뒤에 마침내 프리기아 땅에 도착했다. 38

소문의 집

세상 한가운데에 어떤 장소가 있다. 땅, 바다, 하늘의 3대 경계가 서로 맞닿아 있는 곳이다. 이 장소에서는 이 세상에 존재하는 모든 것들을(설혹 아무리 멀리 떨어져 있다 하더라도) 관찰할 수 있다. 모든 목소리가 이 장소의 귀 속으로 흘러든다. 〈소문〉의 여신이 여기에 사는데 성채 꼭대기를 거처로 삼았다. 〈소문〉의 집에는 나름의 특징이 있다. 무수한 입구가 있고 1,000개의 터진 틈이 있다. 문들은 밤이나 낮이나 열려 있다.

그 집은 소리가 되울리는 청동으로 지어져서 집 안에서 끊임없이 중얼거리는 소리가 나고 들은 소리를 되풀이한다. 내부는 전혀 조용하지 않다. 정적이라고는 아예 찾아볼 수 없다. 그렇다고 고함을 치는 것도 아니다. 하지만 낮은 목소리로 중얼거리는 소리가 계속 새어 나온다. 아주 멀리 떨어진 데서 바다의 파도 소리를 듣는 것처럼 말이다. 혹은 유피테르가 검은 구름들을 분쇄하기 위해 마지막으로 보내는 번개

소리처럼 말이다.

현관에는 사람들이 가득하다. 별 볼일 없는 이들이 왔다가 간다. 여기에서 거짓과 진실이 마구 뒤섞인 수천 가지 소문들이 돌아다니면서 혼란스러운 말들을 마구 내뱉는다. 이런 소문이 나도는 가운데 어떤 사람들은 남의 말로 자신의 공허한 귀를 채우고 어떤 사람들은 그들의 이야기를 다른 데로 가져가서 허구는 점점 더 몸집이 커진다. 소문을 계속하여 전달하는 자는 방금 들은 이야기에 양념을 치는 것이다.

소문의 집에는 〈맹신〉, 무모한 〈오류〉, 공허한 〈기쁨〉, 광적인 〈공포〉, 갑작스러운 〈반역〉, 의심스러운 원천에서 나오는 〈속삭임〉 등이 한데 모여 지낸다. 〈소문〉의 여신 자신은 하늘, 바다, 땅에서 벌어지는 일들을 두루 살피면서 온 세상 일을 묻고 다닌다. 63

아킬레스와 키크누스

〈소문〉은 엄청난 병력을 자랑하는 그라이키아 함대가 트로이아에 접근하고 있다는 사실을 널리 알렸다. 이들은 트로이아가 예상치 못한 적은 아니었다. 트로이아 사람들은 다가오는 적에 맞서 방어에 나섰고 해안을 감시했다. 헥토르의 창에 제일 먼저 거꾸러질 운명을 안고 태어난 사람은 너, 프로테실라우스였다. 그라이키아인들은 엄청난 전쟁의 대가를 치렀고 헥토르는 프로테실라우스를 죽임으로써 용감한 전사로 알려졌다. 트로이아 사람들은 곧 그라이키아 사람들의 오른손에 의해 적지 않은 피를 흘리게 되리란 사실을 알아차렸다.

이미 시게우스 해안은 붉게 물들었다. 넵투누스의 후손인 트로이아 전사 키크누스는 1,000명의 군사들을 해치웠고, 그라이키아의 영웅 아킬레스는 전차(戰車)를 내달리며 펠리온산에서 베어 온 나무로 만든 창으로 많은 군사들을 쓰러트렸다. 아킬레스는 전선에서 키크누스나 헥토르를 찾다가 마침내 키크누스를 만났다.[2] 아킬레스는 하얀 목에 멍에를 단단히 매단 말들을 재촉하여 수레를 적 쪽으로 몰고 갔다. 그는 번쩍거리는 창을 강인한 양팔로 휘두르며 말했다.

「젊은이, 자네가 누구인지 모르지만 내 손에 죽어야 해. 하지만 하이모니아 사람 아킬레스의 손에 죽었다는 사실을 위안으로 삼게나.」

아킬레스는 간단히 말하고는 단단한 창을 날렸다. 백발백중의 창이 제대로 날아갔음에도 불구하고 창끝의 무쇠 촉은 아무런 위력을 발휘하지 못했다. 맥없는 가격처럼 키크누스의 가슴에 타박상을 입혔을 뿐이었다.

「여신의 아들 아킬레스여, 우리는 이미 소문으로 당신이 누구인지 알고 있습니다. 내가 다치지 않았다 해서 뭘 그리 놀라십니까?」 (실제로 아킬레스는 놀랐다.) 「황갈색 말갈기로 장식된 이 투구나 나의 왼손에 들려 있는 방패는 아무런 도움이 되지 못합니다. 장식품에 지나지 않습니다. 마르스 군신도 갑옷을 장식용으로 입고 다니지요. 장신구의 보호 기능을 모두 없앤다 하더라도 나는 부상을 당하지 않을 겁니다. 네레이스가 아니라, 네레우스와 그의 딸들뿐 아니라 온 바다를 모두 지배하는 넵투누스에게서 태어난 것은 정말 대단한 일입니다.」

키크누스는 그렇게 말하고 아킬레스의 휘어진 방패를 향

2 아킬레스와 헥토르의 대결은 10년 뒤에 성사되었다.

해 창을 던졌다. 창은 청동과 아홉 겹의 소가죽을 뚫었으나 마지막 열째 가죽은 뚫지 못했다. 영웅 아킬레스는 창을 흔들어 뽑아서 힘센 오른손으로 다시 한번 던졌다. 키크누스의 몸은 또다시 부상을 당하지 않고 온전했다. 키크누스가 아무런 방어를 하지 않은 상태에서 아킬레스가 던진 세 번째 창도 아무런 효력을 발휘하지 못했다.

아킬레스는 투우장의 투우처럼 분노가 폭발했다. 무시무시한 두 뿔로 빨간 깃발을 찢어 놓으려고 힘차게 달려갔는데, 자신의 공격이 무위로 끝났음을 알아 버린 황소 말이다. 그는 창끝의 무쇠 촉이 혹시 빠지지 않았나 살펴보았지만 그것은 창대에 단단히 고정되어 있었다.

「전에 그토록 굉장한 힘을 자랑하던 내 손이 유독 저 한 사람 앞에서는 허약해졌단 말인가? 나는 이 두 손으로 리르네수스의 성벽을 허물어뜨렸고, 테네도스와 에에티온의 도시 테바이를 그들의 피로 물들였다. 카이쿠스강은 그 땅에 사는 사람들 피로 벌겋게 물들였고 텔레푸스에게는 내 창의 위력을 두 번이나 보여 주었다. 여기 트로이아에서도 내 두 손으로 많은 사람들을 죽였다. 해안가에서 죽어 산처럼 쌓인 군사들을 내가 직접 보았고 또 보여 주었다. 나의 오른손은 그처럼 강했고 지금도 강하다.」

아킬레스는 방금 전에 벌어진 일을 아직도 믿지 못하겠다는 듯이, 앞으로 다가서는 리키아 평민 메노이테스를 향해 창을 던졌다. 창은 흉갑과 가슴을 꿰뚫었다. 메노이테스는 죽음의 고통을 못 이겨 가슴을 땅에 부딪히며 숨을 거두었다. 아킬레스는 따뜻한 피가 흘러나오는 상처에서 창을 뽑아내며 말했다.

「이처럼 내 손은 강하다. 내가 방금 이 군사를 쓰러뜨린 이 창을 다시 한번 저자에게 던져 보겠다. 비노니, 똑같은 결과가 나오길!」

아킬레스는 키크누스를 겨냥하여 다시 창을 던졌다. 물푸레나무로 만든 창은 궤도를 벗어나지 않고 똑바로 날아가 정확하게 키크누스의 왼쪽 어깨를 맞혔다. 하지만 창은 성벽이나 절벽을 때린 것처럼 튀어 나왔다. 아킬레스는 키크누스의 왼쪽 어깨에 피가 묻은 것을 보고도 별로 기뻐하지 않았다. 그건 메노이테스의 피였고 키크누스에겐 상처조차 입히지 못했기 때문이다.

아킬레스는 화가 머리끝까지 치밀어 높은 수레에서 곧바로 뛰어내려 번쩍거리는 칼을 뽑아 들고, 부상 당하지 않는 적을 공격했다. 아킬레스의 칼은 적의 투구와 방패의 빈틈을 노렸지만 칼날은 단단한 몸에서 튕겨져 나왔다. 아킬레스는 이제 더 이상 참을 수가 없었다. 키크누스의 방패를 뒤로 잡아당기면서 칼자루로 적의 얼굴과 관자놀이를 서너 번 내리쳤다. 적이 비틀거리자 바로 쫓아가서 키크누스를 온몸으로 찍어 눌러 마구 뒤흔들면서 잠시도 숨 돌릴 틈을 주지 않았다. 키크누스는 공포에 사로잡혔고 눈앞에서 그림자가 어른거렸다. 뒤로 물러서려고 하자 들판 한가운데 있는 바위가 길을 가로막았다. 아킬레스는 엄청난 힘으로 키크누스를 바위에 짓누르고 얼굴을 들어 올린 다음 땅 쪽으로 패대기쳤다. 이어 키크누스의 가슴을 방패와 강인한 두 무릎으로 찍어 눌렀다. 그는 적의 투구를 고정한 턱밑 끈을 풀어서 그걸로 목을 졸라 숨을 쉬지 못하게 했다. 아킬레스는 정복한 적의 신체를 마구 훼손할 생각이었다. 하지만 적의 몸에서 남아 있는 것은 갑옷뿐이었다. 바다의 신이 키크누스의 몸을 하얀 새로 변신시킨 것이었다. 이 새[白鳥]의 이름은 사람일 때와 똑같이 키크누스이다.145

카이니스와 카이네우스

양측은 한바탕 힘을 쏟아부은 싸움 이후에 여러 날 동안 휴식을 취했다. 무기를 내려놓고 대치 국면에 들어갔다. 감시하는 경비병이 프리기아의 성벽을 보호했고 민첩한 보초병이 그라이키아의 참호를 보살폈다. 축제의 날이 다가오자 키크누스를 제압한 아킬레스는 희생 제물로 바친 암소의 피로 팔라스 여신을 달랬다. 그가 암소의 내장을 제단에서 불태우자, 신들이 구수하게 여기는 냄새가 하늘까지 올라가 신성한 제사는 소기의 목적을 달성했고, 나머지 제물들은 제사에 참석한 자들의 식탁에 올려졌다.

귀족들은 소파에 비스듬히 기대어 고기 요리로 배를 채웠고 포도주로 근심과 갈증을 달랬다. 그들을 즐겁게 한 것은 리라의 소리도 사람의 목소리도, 구멍이 많이 달린 회양목 파이프 소리도 아니었다. 귀족들은 대화를 나누며 긴 밤을 보냈고 주요 화제는 영웅의 용감한 행동이었다. 아군과 적군의 싸움을 말했고 자신들이 겪고 극복한 위험들을 돌아가며 자세히 회상하면서 즐거워했다. 아킬레스에게 그것 말고 무슨 할 얘기가 있겠으며, 그들 역시 아킬레스의 면전에서 달리 무슨 얘기를 하겠는가? 최근에 키크누스에게 거둔 승리가 대화에서 자주 등장했다. 그 젊은 청년의 몸은 무기가 파고들지 못하고, 상처를 입지 않으며, 무쇠 창끝을 튕겨 낸다는 사실을 다들 신기하게 생각했다.

아킬레스는 물론이요 다른 그라이키아인들 모두 감탄하고 있는 동안 네스토르가 이렇게 말했다.

「당신은 살아가는 동안에, 무기를 경멸하고 어떤 상처도 입지 않는 키크누스라는 독특한 자를 맞닥뜨렸습니다. 하지만 나 자신은 오래전에 테살리아의 카이네우스라는 놀라운 상대를 본 적이 있습니다. 그는 1,000번의 타격을 받고서도 단 한 군데도 부상을 입지 않았습니다. 놀라운 업적으로 유명한 카이네우스는 오트리스산에 살았습니다. 그에게는 더욱 놀라운 사실이 하나 있는데, 실은 여자로 태어났다는 것입니다.」

그 자리에 있던 사람들은 이 해괴할 뿐만 아니라 기적 같은 이야기에 다들 흥분했다. 그래서 네스토르에게 좀 자세히 이야기해 달라고 요청했다. 특히 아킬레스가 이렇게 말했다.

「자, 어서 말해 보세요. 우리 모두 같은 마음으로 얘기를 듣고 싶어 하니까. 오, 웅변을 잘하는 노인이여, 우리 시대의 지혜여, 카이네우스가 누구였는지, 왜 그가 여자였다가 남자로 변신했는지, 어떤 싸움, 어떤 전투에서 두각을 나타냈는지, 혹시 누구에게 정복을 당했는지, 그렇다면 정복자는 누구인지 따위를 우리에게 말해 주세요.」

나이 많은 네스토르가 대답했다.

「나이가 들어 나의 동작이 느려지고 또 젊을 때 보았던 많은 것들이 기억에서 사라졌습니다. 하지만 아직도 많은 기억이 여전히 남아 있습니다. 전쟁과 평화에 관련된 많은 업적들이 있지만 그 이야기처럼 내 마음에 깊이 박혀 있는 것도 없을 겁니다. 오랫동안 살아서 많은 업적을 본 사람이 있다면 내가 바로 그런 사람일 겁니다. 나는 이미 두 세기를 살아

왔고 현재 세 번째 세기에 들어섰습니다.[3]

엘라투스의 딸인 카이니스는 아주 아름다운 여성으로 명성이 높았지요. 테살리아의 딸들 중에서 으뜸가는 미녀였고 인근 도시들과 당신의 도시(아킬레스여, 그녀는 당신과 같은 고향 사람이지요)에서 무수한 구혼자들이 그녀를 얻고 싶어 헛된 기도를 올렸습니다. 당신의 아버지 펠레우스도 카이니스와 결혼하길 희망했을 겁니다. 하지만 당신 어머니와 결혼하기로 약조가 되어 있었거나 이미 성사되었을 겁니다. 그리고 카이니스는 누구와도 결혼하지 않았습니다.

어느 날 그녀가 한적한 해안을 걸어가는데 해신 넵투누스가 나타나 그녀를 겁탈했습니다(소문은 그렇게 전하고 있습니다). 넵투누스는 이 새로운 여자를 상대로 욕정을 충족시키고 나서는 카이니스에게 말했습니다.

「너의 기도는 반드시 이루어질 것이다. 네가 제일 먼저 빌고 싶은 것을 선택하라!」 (이것 또한 소문이 전하는 바입니다.)

「당신이 방금 한 잘못된 행동으로 인해 나에게 간절한 소망이 생겼습니다. 다시는 이런 짓을 당하지 않게 해달라고 기도하렵니다. 내가 요구하는 바는 단 하나입니다. 나를 여자가 아닌 남자로 만들어 주세요.」

마지막 말은 묵직한 저음으로 흘러나왔고 그녀의 목소리는 이미 남자 목소리 같았습니다. 아니, 실제로 남자 목소리였습니다. 깊은 바다의 신은 이미 그녀의 기도를 들어주었을

3 네스토르는 호메로스의 『일리아스』에서도 등장하는데 인류의 두 세대를 살았다고 적혀 있다. 그리스어 *genea*와 라틴어 *saeculum*은 같은 뜻으로 쓰이는데, 〈세대〉 와 〈세기〉라는 두 가지 뜻이 있다.

뿐만 아니라 남자로 변신한 카이니스가 어떤 부상도 아니 당하고 칼날에 스러지지도 않게 만들어 주었습니다. 이 선물에 만족한 카이네우스는 그곳을 떠나 평생 페네우스의 들판을 헤매고 돌아다니며 남자다운 모험을 추구하며 세월을 보냈습니다.

209

라피타이족과 켄타우루스족의 싸움

네스토르는 이어 두 부족 사이에 벌어진 싸움으로 화제를 돌렸다.

「익시온의 아들 피리토우스는 용감한 남자인데 히포다메와 결혼하면서 구름에서 태어난 동물인 켄타우루스들을 잔치에 초대했습니다. 그는 잔칫상을 나무 잎사귀로 잘 보호된 동굴에 차렸습니다. 테살리아의 귀족들이 참석했고 물론 나, 네스토르도 참석했습니다. 궁전의 홀은 축제의 즐거운 소음들이 뒤섞여 크게 울렸습니다.

참석자들은 결혼 찬가를 부르기 시작했고 횃불들 때문에 현관은 연기가 자욱했습니다. 신부가 어머니들과 젊은 아내들 사이에 둘러싸여 등장했는데 누구보다도 아름다웠습니다. 우리는 피리토우스가 예쁜 아내를 얻은 행운아라고 칭송했습니다. 하지만 그런 칭송 때문에 불길한 일이 벌어지고 말았습니다.

왜냐하면 켄타우루스 중에서도 마음이 가장 야만적인 자, 너, 에우리투스는 신부를 보고서 또 취기가 올라서 온몸이 욕정으로 불타올랐던 것입니다.

욕정으로 취기가 곱절로 치솟아 온몸을 지배했습니다. 에우리투스는 잔칫상을 뒤엎어 축제 분위기를 엉망으로 만들었고 신부의 머리카락을 움켜잡으면서 납치했습니다. 다른 켄타우루스들도 마음에 드는 여자를 하나씩 꿰찼고 순식간에 연회장은 함락된 도시 같은 꼴이 되었습니다. 궁전은 여자들의 비명으로 크게 울렸습니다. 우리는 재빨리 자리에서 일어섰고 테세우스가 제일 먼저 이렇게 말했습니다.

〈에우리투스, 이 무슨 미친 짓이냐? 내가 이렇게 버젓이 살아 있는데 피리토우스를 모욕해? 이는 곧 우리 두 사람을 모욕하는 거라는 사실을 모른단 말이냐?〉

크게 흥분한 영웅은 이런 말들을 그저 입에서 내뱉기만 한 것이 아니라 공격해 오는 자들을 옆으로 물리치면서 납치 당한 히포다메를 되찾았습니다. 에우리투스는 아무 대답도 하지 않았습니다(그는 그런 야만적 행위를 변명할 수 없었습니다). 그는 양손을 들어 난폭하게 히포다메 옹호자의 얼굴을 때리고 가슴까지 내질렀습니다. 마침 근처에 인물들이 돋을새김된, 오래된 술 섞는 그릇이 있었습니다. 테세우스의 몸집보다 더 큰 그릇이지만, 영웅은 그걸 번쩍 들어 에우리투스의 얼굴에 내던졌습니다. 그는 상처난 부위와 입에서 피와 뇌수와 포도주를 내뱉더니, 흥건히 젖은 땅바닥에 등을 대고 쓰러져 두 발을 공중에 바르작거리더니 죽어 버렸습니다. 켄타우루스 형제들은 에우리투스의 죽음에 분노를 터트리며 중구난방으로 외쳐 댔습니다.

〈무기를 들어라, 우리 형제가 죽었다!〉

술 기운 때문에 그들은 용기를 짜냈습니다. 싸움이 시작되자마자 술잔과 깨지기 쉬운 항아리들과 둥그런 쟁반들이 날아다녔습니다. 잔치에 써야 할 물건이 이제 전쟁과 학살의 도구가 된 것입니다.

오피온의 아들 아미쿠스는 두려움 없이 성소의 기물을 사용하는 첫째 용사로 제단에서 번쩍거리는 램프들이 매달린 샹들리에를 들고 나왔습니다. 그것을 높이 쳐들었는데 마치 희생 제물로 바쳐진 황소의 하얀 목을 도끼로 내려치려는 자세였습니다. 그는 샹들리에를 라피타이족인 켈라돈의 이마에 내던졌습니다. 켈라돈의 얼굴 뼈는 크게 부스러졌고 얼굴을 알아보지 못할 지경이었습니다. 두 눈알은 밖으로 튀어나왔고, 광대뼈는 으스러졌고, 코뼈는 함몰되어 입천장 한가운데에 가서 박혔습니다. 이어 아미쿠스가 죽음을 맞았습니다. 펠라테스가 단풍나무로 된 식탁 다리를 뜯어서 아미쿠스를 내리쳤고 그는 땅바닥에 푹 쓰러졌습니다. 한 번의 타격으로 턱이 가슴에 가서 붙었고 아미쿠스는 검은 피가 섞인 이빨을 옥수수알 내뱉듯이 뱉어 냈습니다. 두 번째 타격에 아미쿠스는 타르타루스의 그림자 세계로 떠나 버렸습니다.

그다음에 그리네우스가 벌떡 일어섰습니다. 그는 서서 연기를 뿜어내는 제단을 쳐다보면서 말했습니다.

〈왜 이걸 사용하지 않는 거지?〉

그리네우스는 향불과 봉헌물이 올려진 제단을 번쩍 들어서 라피타이 무리 한가운데로 내던졌습니다. 얻어맞은 라피타이족의 브로테아스와 오리오스가 쓰러졌지요. 오리우스의 어머니 미칼레는 주문을 외워서 달을 지구 쪽으로 끌어당길 수 있는 여인이라고 합니다. 엑사디우스는 이렇게 소리쳤습니다.

〈네놈이 이런 짓을 저지르고도 무사할 줄 알아? 내가 무기를 손에 잡으면 가만두지 않겠다.〉

그는 신들에 대한 봉헌물로 소나무에 고정해 놓은 사슴 뿔을 무기로 삼았는데 이걸로 그리네우스의 두 눈알을 찔러 눈알을 파냈어요. 한 눈알은 사슴의 뿔에 그대로 달라붙었고, 다른 눈알은 그리네우스의 턱수염을 타고 흘러내리다가 떡이 된 핏덩이에 걸렸습니다.

그때 켄타우루스족인 로이투스가 제단 한가운데에서 불붙은 자두나무 장작을 꺼내들어 휘둘러서 카락수스의 오른쪽 관자놀이를 강타했습니다. 카락수스의 오른쪽 금발은 건조한 곡식처럼 불이 붙어서 확 타올랐습니다. 상처에서 흘러나오는 피는 끔찍할 정도로 지지직 소리를 냈어요. 대장장이가 휘어진 집게로 빨갛게 달군 쇠를 꺼내서 물통 속에 집어넣었을 때 차가운 물에 접촉한 쇠가 내는 쉭쉭 소리와 비슷했어요. 부상을 당한 카락수스는 불을 털어 내려고 산발한 머리카락을 마구 흔들어 댔어요. 카락수스는 땅바닥에서 수레만 한 문지방을 잡아 뽑더니 어깨 위로 들어 올렸어요. 하지만 무게 때문에 적들에게 다가가지는 못했고 돌덩어리는 바로 옆에 서 있던 라피타이 동료 코메테스를 쓰러트렸습니다. 로이투스는 기쁨을 감추지 못하며 말했어요.

〈아주 잘했군. 네놈의 동료들이 네놈같이 행동한다면 얼마나 좋겠나.〉

로이투스는 여전히 불붙은 장작을 휘두르면서 카락수스에게 다가가 그의 상처를 서너 번 찔러 대더니 마지막 일격으로 카락수스의 두개골을 부수어 버렸지요. 조각난 뼈들은 뇌수 속으로 가라앉았습니다.

켄타우루스 로이투스는 이번에는 에우아그루스, 코리투스, 드리아스 등에게 다가갔어요. 이들 중에서 이제 막 솜털이 양 뺨에 난 코리투스가 먼저 타격을 받아 쓰러졌습니다.

그러자 에우아그루스가 소리쳤어요.

〈어린애를 죽인다고 해서 네놈에게 무슨 영광이 있느냐?〉

로이투스는 에우아그루스가 계속 말하도록 내버려 두지 않았어요. 불붙은 장작을 그의 입속으로 쑤셔 넣어 가슴 깊숙이 밀어 넣었어요. 이어 잔인한 드리아스의 머리 쪽으로 불붙은 장작을 휘두르며 그를 뒤쫓았어요. 하지만 드리아스는 동료들과 똑같은 종말을 맞을 운명이 아니었어요. 로이투스가 계속하여 적들을 무찌르면서 의기양양해하는 순간, 드리아스는 불에 그을린 막대기를 집어 들어 로이투스의 목과 어깨가 연결되는 부분을 꿰뚫어 버렸어요. 로이투스는 신음을 내지르며 단단한 뼈에 들이박힌 막대기를 빼내려고 허우적거리다가 몸에 피가 흥건한 채로 달아났어요. 그러자 켄타우루스족인 오르네우스, 리카바스, 오른쪽 어깨를 다친 메돈, 타우마스, 피세노르 등도 함께 달아났어요. 최근에 달리기 경주에서 다른 동료들을 모두 물리친 메르메로스도 도망꾼의 대열에 합류했어요. 메르메로스는 부상을 당했기 때문에 예전처럼 빨리 달리지는 못했어요. 폴루스, 멜라네우스, 멧돼지 사냥꾼인 아바스, 동료 켄타우루스들에게 싸움을 해서는 안 된다고 미리 말해 두었으나 아무런 소용이 없었던 복점관 아스볼루스 등도 모두 달아났어요. 복점관은 부상을 두려워하는 네수스에게 이런 말까지 했지요.

〈달아나지 마. 너는 나중에 헤르쿨레스의 화살을 맞아 죽을 운명이야.〉

그러나 다른 켄타우루스인 에우리노무스, 리키다스, 아레오스, 임브레우스는 죽음을 피하지 못했습니다. 드리아스의 오른쪽 주먹에 얼굴을 정통으로 맞아 쓰러졌어요.

크레나이우스 너 또한 얼굴에 상처를 입었지. 너는 그때 등을 돌리고 막 달아나는 참이었지. 그러다 뒤를 돌아보는데 묵직한 창끝이 미간을 관통했지. 코 윗부분이 이마 밑부분과 연결되는 부위 말이야.

이토록 혼란스러운 와중에서도 켄타우루스인 아피다스는 온 혈관에 잠이 침투하여 깨어나지 않고 있었어요. 축 늘어진 손에 물 섞은 포도주 잔을 든 채, 털이 북실북실한 오사산의 곰 가죽 위에 누워 있었습니다. 포르바스는 멀리서 아피다스가 무기도 잡지 않은 채 늘어져 있는 꼴을 보고서 창을 던지기 좋게 창 끝에 매단 줄에 손가락을 집어넣으면서 말했어요.

〈네놈은 이제 스틱스의 강물이 섞인 포도주를 마시게 될 거야.〉

포르바스는 지체 없이 창을 날렸고 무쇠 촉이 달린 물푸레나무 창은 마침 공중을 보며 누워 있는 아피다스의 목을 꿰뚫었어요. 그는 자기가 죽는 줄도 모르고 죽었어요. 구멍 뚫린 목구멍에서 흘러나온 검은 피가 곰 가죽과 그가 든 술잔을 적셨어요.

나, 네스토르는 켄타우루스족인 페트라이우스가 도토리가 달린 참나무를 땅에서 뽑아 들려 하는 모습을 보았어요. 그가 나무를 품에 껴안고 이리저리 흔들며 느슨해진 나무 몸통을 들어 올리려고 애쓰는 동안, 피리토우스의 창이 페트라이우스의 갈비뼈를 관통하고 튀어나가 버둥거리는 가슴을 나무 몸통에 고정했어요. 피리토우스의 용기로 인해 리쿠스도 크로미스도 모두 쓰러졌다고 해요. 하지만 승자 피리토우스는 이들 말고 딕티스와 헬롭스에게 더 큰 영광을 안겨 주었어요. 피리토우스의 창은 날아가면서 헬롭스의 이마를 왼쪽 귀에서 오른쪽 귀까지 꿰뚫었어요. 딕티스는 익시온의 아들 피리토우스가 사납게 쫓아오니까 겁먹고 달아나다가 높은 산등성이에서 추락하여 죽었어요. 거꾸로 떨어지던 딕티스의 몸뚱이는 가속이 붙어 커다란 물푸레나무를 꺾어 놓았는데 꺾인 나무가 옆구리를 관통했어요. 아파레우스가 거기 있다가 딕티스의 복수를 하려고 산에서 뽑아낸 거대한 바위를 던지려 했어요. 막 바위를 던지려는데 테세우스가 참나무 가지를 휘둘러 아파레우스의 팔뚝 뼈를 부러트렸어요.

그는 못쓰게 된 아파레우스의 몸을 죽음의 운명 속으로 밀어 넣으려는 생각은 없었고 또 시간도 없었어요. 테세우스는 단 한 번도 사람을 태워 본 적이 없는 켄타우루스 비에노르의 등에 올라타 갈비뼈를 무릎으로 세게 누르면서 왼손으로 비에노르의 말갈기를 잡고 오른손에 든 울퉁불퉁한 막대기로 상대의 얼굴과 위협하는 입과 단단한 이마를 마구 때렸어요. 이외에도 영웅은 막대기로 네디무스를 쓰러트렸고, 창을 잘 던지는 리코타스, 기다란 턱수염이 가슴을 보호하고 있는 히파소스, 키가 나무보다 크고 우뚝 서 있는 리페우스, 하이모니아의 산에서 곰을 잡아 산 채로 집에 가져왔던 테레우스 등을 때려눕혔어요.

켄타우루스 데몰레온은 테세우스가 싸움에서 연이어 승리를 거두는 모습을 참고 봐줄 수가 없었어요. 그는 단단한 땅에서 오래된 소나무를 잡아 뽑으려고 낑낑거렸어요. 하지만 끝내 뽑을 수가 없자, 소나무 줄기를 뚝 꺾어서 테세우스에게 던졌어요. 소나무 줄기가 날아오자 테세우스는 한참 뒤쪽으로 몸을 피했어요. 팔라스 여신이 미리 경고를 해주었기 때문이죠(테세우스는 사람들이 그렇게 믿어 주기를 바랐어요).

하지만 그 나무줄기는 나름의 효과를 거두었어요. 키 큰 크란토르의 목 부위를 베어 버렸고, 목은 왼쪽 가슴과 어깨에서부터 분리되었어요.

아킬레스여, 크란토르는 당신 아버지의 무기 운반자였고, 돌로페스의 통치자인 아민토르가 전쟁에서 패했을 때 평화의 표시와 맹세로 펠레우스에게 넘겨준 사람이었소.

멀리 있던 펠레우스가 혐오스러운 부상을 당해 몸이 찢어진 그를 보고는 이렇게 소리쳤습니다.

〈크란토르, 가장 우아한 젊은이여, 나의 장례식 봉헌물을 받아 주소서.〉

펠레우스는 완강한 팔로 목표에 집중하면서 물푸레나무 창을 데몰레온에게 던졌습니다. 창은 적의 갈비뼈를 뚫고 들어가 떨고 있는 뼈 속에 박혔습니다. 데몰레온은 쇠촉이 없는 창대만 가까스로 뽑아냈습니다. 쇠촉은 이미 폐에 박혀 버렸습니다. 데몰레온은 죽을 지경이 되자 오히려 용기가 났습니다. 비록 부상을 당했지만 뒷발을 축으로 몸을 일으켜 세우며 말발굽으로 펠레우스를 짓밟으려 했습니다. 펠레우스는 투구로 그 타격을 막아 냈고 쾅쾅 울리는 방패로 자기 가슴을 보호했습니다. 이어 가슴 앞에 단단히 움켜쥔 무기로 일격에 반인반마의 가슴 부위를 힘차게 관통시켰습니다.

그 전에 이미 펠레우스는 플레그라이오스와 힐레스를 먼 거리에서 창을 던져 쓰러뜨렸고, 이피노오스와 클라니스를 육박전에서 해치웠습니다. 다음 차례는 도릴라스였습니다. 그는 늑대 가죽 모자를 썼고 창 대신에 피를 뚝뚝 흘리는 황소 뿔 두 개를 들고 있었습니다. 그에게 나, 네스토르가 말했습니다(용기가 나에게 힘을 주었습니다).

〈너의 두 뿔이 나의 쇠 앞에서 맥없이 물러서는 것을 보라!〉

나는 창을 힘차게 던졌습니다. 그는 피할 수 없었기 때문에 창이 겨냥한 이마를 보호하기 위해 오른손을 들었습니다. 창은 그의 손과 머리를 함께 관통했습니다. 도릴라스는 비명을 질렀고 심한 부상을 입고서 쩔쩔맸습니다. 마침 가까이 서 있던 펠레우스가 그의 배 한가운데를 칼로 찔렀습니다. 그가 앞으로 튀어나오자 창자가 밑으로 쏟아져 내렸어요. 펠레우스는 두 발로 창자를 밟아서 찢어발겼고 동시에 두 발도 창자와 뒤엉켜 버렸어요. 그는 창자가 다 빠져 버린 도릴라스의 배를 깔고서 푹 엎어지고 말았지요. 392

퀼라루스와 힐로노메

그리고 퀼라루스, 너의 아름다움도 싸움에서는 아무런 안전판이 되지 못했네. 우리가 켄타우루스에게 아름다움이라는 용어를 사용할 수 있다면 말일세.

그의 턱수염은 막 자라고 있었는데 수염은 황금빛이었어요. 금발은 어깨 한가운데까지 내려왔어요. 얼굴에는 매혹적인 활기가 감돌았어요. 그의 목, 어깨, 손, 가슴은 예술가가 공들여 빚어 놓은 조각상 같았어요. 반인반마인 신체 중에서 인간의 몸 부위는 그토록 아름다웠어요. 인간의 몸 아래에 있는 말의 몸도 흠이 전혀 없었고 인간의 몸에 비해 손색이 없었어요. 그에게 말의 머리와 목을 부여한다면 카스토르가 타고 다녀도 전혀 손색이 없는 말이 되었을 겁니다.[4]

그의 등은 올라타기에 아주 적당했고 가슴 근육은 보기 좋게 튀어나왔고 온몸이 칠흑보다 더 검었는데, 꼬리만은 하얀색이었습니다. 두 다리의 색깔 또한 하얀색이었지요. 많은 여자 켄타우루스들이 퀼라루스의 사랑을 얻기 위해 쫓아다녔으나 오로지 힐로노메만이 그의 마음을 얻었습니다. 깊은 숲속에 사는 반인반마들 중에서 힐로노메처럼 아름다운 켄타우루스는 없었습니다. 그녀는 귀여운 말과 사랑스러운 몸가짐과 사랑한다는 고백으로 퀼라루스를 사로잡았습니다.

그녀는 반인반마의 몸으로 할 수 있는 데까지 화장을 했습니다. 머리카락을 빗으로 단정히 빗었고 때로는 로즈마리, 제비꽃, 장미꽃 등으로 단장했습니다. 하루에 두 번 인근 파가사이 숲에서 흘러내리는 샘물에서 세수를 했고 하루에 두 번 샘물에 몸을 담갔습니다. 또 선별된 야생동물들의 가죽 중에서 자신에게 어울리는 것만 골라서 양쪽 어깨 혹은 왼쪽 어깨를 가렸습니다. 둘의 사랑은 평등했고 그들은 산간 지대를 함께 돌아다녔고 동굴 속에 함께 들어갔습니다. 당시 그들은 라피타이의 궁전에 함께 들어왔고 함께 잔인한 싸움에 참여했습니다.

누가 던졌는지 모르지만, 창이 날아와 너 퀼라루스의 가슴과 목 사이를 쳤네. 비록 가벼운 부상이었지만 창을 뽑아내자 너의 가슴은 온몸과 함께 차가워지기 시작했네.

즉시 힐로노메는 죽어 가는 연인의 신체를 수습했고, 팔로 상처를 막고 입술을 그의 입술에 포개면서 달아나려는 영혼을 막으려 애썼습니다. 퀼라루스가 죽은 것을 본 힐로노메

4 카스토르는 스파르타 왕 틴다레우스와 레다 사이에 때어난 쌍둥이 아들 중 하나이며 다른 아들의 이름은 폴룩스이다.

가 뭐라고 말했지만, 싸움의 외침 소리 때문에 나, 네스토르의 귀에까지 들려오지 않았습니다. 그녀는 남편을 찔렀던 창 위에 몸을 날렸고 죽어 가면서 남편을 껴안았습니다. 428

네스토르의 부상

나, 네스토르의 눈앞에 켄타우루스 파이오코메스가 서 있었어요. 그는 여섯 장의 사자 가죽을 단단히 묶어서 반인반마의 몸을 보호하고 있었지요. 파이오코메스는 두 마리 황소도 움직이지 못할 정도로 거대한 통나무를 올레누스의 아들 텍타포스에게 던져 넓고 둥그런 머리통을 박살냈어요. 그의 입, 빈 콧구멍, 눈과 귀에서 부드러운 뇌수가 흘러나왔어요. 치즈 만들 때 엉킨 우유를 거르면 참나무 바구니로 흘러나오는 물 같았어요. 혹은 압착기 밑에서 눌린 포도알들이 조잡한 채를 지나 좁은 구멍 사이로 흘러나오는 걸쭉한 즙액 같았어요.

파이오코메스가 죽은 텍타포스의 몸에서 무기를 떼어 내려고 하는 순간(아킬레스여, 당신의 아버지는 이 이야기를 잘 알고 있습니다) 나는 그 약탈자의 옆구리에 칼을 깊숙이 찔러 넣었어요. 크토니우스와 텔레보아스도 내 칼을 맞고 죽었지요. 크토니우스는 갈라진 나무 막대기를 휘둘렀고 텔레보아스는 창을 썼어요. 그 창으로 내게 상처를 입혔지요. 아킬레스여, 당신에게 증거를 보여 줄 수 있습니다. 오래전에 생긴 상처가 여전히 남아 있으니까요.

아, 그 시절에 트로이아 원정이 있었더라면 나도 용맹을 뽐냈을 텐데! 부상을 당하지 않은 팔팔한 상태라면 무기를 들어 위대한 헥토르와 겨뤄 볼 수 있을 겁니다. 하지만 당시 헥토르는 아직 소년에 불과했을 테고, 이제 내 나이가 나를 배반하고 있습니다.

반인반마 피라이투스를 제압한 페리파스 얘기를 해서 뭘 하겠습니까? 쇠촉 없는 산수유나무 창으로 켄타우루스 에케클루스의 얼굴을 정통으로 때린 암픽스는 어떻고요? 마카레우스는 반인반마 에릭두푸스의 가슴에 쇠지레를 쑤셔 넣어 쓰러뜨렸습니다. 네수스가 던진 사냥용 창이 키멜루스의 사타구니에 박힌 것도 기억이 납니다. 암픽스의 아들 몹수스는 미래를 예언하는 자로만 알려져 있는데, 실은 무용으로도 한 가락 하는 사람입니다. 몹수스가 던진 창에 반인반마 호디테스가 쓰러졌는데, 창이 혀를 관통하고 턱을 지나 목구멍까지 도달했는데도 켄타우루스는 헛되이 말을 하려고 애썼
458 습니다.

카이네우스의 최후

카이네우스는 다섯 명의 반인반마들, 즉 스티펠루스, 브로무스, 안티마쿠스, 엘리무스, 도끼 휘두르는 피락모스를 쓰러트렸습니다. 나, 네스토르는 그들이 어떤 부상을 입었는지는 모르고 머릿수와 이름만 기억합니다.

그때 켄타우루스 라트레우스가 앞으로 나섰습니다. 팔다리와 몸이 건장했고, 자신이 방금 죽인 할레수스의 무기를 들고 있었습니다. 그의 나이는 청년과 노년의 중간쯤이었고 힘이 젊은이 못지않았고 관자놀이는 반백의 머리카락으로 얼룩얼룩했습니다. 방패와 칼과 마케도니아 창이 눈에 띄는 라트레우스는 아군과 적군의 양쪽 전선으로 얼굴을 돌렸고 무기를 휘두르고 원을 그리며 일정한 장소에서 빙빙 돌았습

니다. 그는 거드름을 피우면서 공중에 대고 이런 말을 지껄였습니다.

〈카이니스, 내가 너를 참아 주어야 할까? 내게 너는 언제나 여자일 뿐이야. 카이네우스가 아니라 카이니스라고. 네가 태어날 때 여자였다는 사실을 잊어버렸나? 네가 무슨 짓을 해서 그런 변신을 허락 받았는지 잊어버리지는 않았겠지? 네가 어떤 대가를 치르고 엉터리 남자의 외양을 얻었는지 말이야.

네가 여자로 태어났다는 사실과 네가 당한 고통을 한번 생각해 봐. 그리고 조용히 물러가 바구니와 베틀의 북을 잡도록 해. 엄지손가락으로 실들을 꼬라고. 싸우는 일은 남자들에게 맡겨 놓고 말이야!〉

라트레우스가 이렇게 말하는 동안 카이네우스가 창을 던져 사람의 몸과 말의 몸이 경계를 이루는 부위를 찢어 놓았습니다. 그가 달아나자 상처는 더욱 벌어졌어요. 라트레우스는 고통으로 미쳐 날뛰면서 필로스 청년 카이네우스의 맨얼굴을 창으로 내리쳤어요. 하지만 창은 지붕에서 튕겨나오는 우박처럼 청년의 몸에서 튕겨져 나왔어요. 마치 빈 북을 자그마한 돌로 치는 것 같았어요. 반인반마는 가까이에서 공격하면서 칼을 청년의 옆구리에 찔러 넣으려 했어요. 하지만 그 칼도 들어가지 않았어요.

〈하지만 네놈은 도망치지 못해! 칼끝이 아니라 칼날로 베어 버릴 거야. 칼끝은 뭉툭해졌으니까.〉

그는 칼날을 내밀며 기다란 오른손으로 청년의 옆구리를 잡았어요. 카이네우스의 옆구리를 친 칼날은 대리석을 친 듯한 소리를 냈어요. 순간 칼날은 두 동강이 나버렸어요. 카이네우스는 놀라서 어안이 벙벙한 반인반마에게 부상 당하지 않는 몸을 과시하며 말했어요.

〈자, 이제 내 칼로 네놈의 몸을 한번 찔러 보마.〉

그는 완전히 죽일 의도로 칼을 칼자루 부분까지 깊숙이 켄타우루스의 옆구리에 찔러 넣었어요. 반인반마의 내장을 칼로 마구 휘젓고 비틀면서 상처에 상처를 덧입혔어요.

그러자 켄타우루스들은 크게 소리치면서 한꺼번에 달려들어 이 남자를 표적 삼아 무기를 집어 던졌어요. 무기들은 끝이 무뎌져서 떨어져 나갔고 카이네우스의 몸은 관통 당하지 않았고 피를 흘리지도 않았어요. 이처럼 기이한 사건들에 반인반마들은 심히 놀랐어요. 모니쿠스가 소리쳤어요.

〈아, 부끄러운 일이로다! 우리가 떼거리로 몰려들었는데도 저자에게 당하다니! 게다가 저자는 원래 남자도 아니었다. 우리는 이 게을러터진 동작 때문에 과거 저자와 같은 여자나 다름없이 되고 말았다. 우리의 엄청난 덩치가 무슨 소용인가? 반인반마로서 두 가지 존재의 힘을 함께 가지고 있어 봐야 무슨 소용인가? 우리가 두 가지 존재의 성질을 갖추어 우리 몸 안에 가장 힘 센 동물 둘을 결합했다는 것이 무슨 소용인가? 우리는 여신 어머니의 아들도 아니고 고상한 유노를 강간하려 했을 정도로 위대했던 익시온의 아들도 아니다. 우리는 절반만 남자인 적에 의해 농락 당하고 있는 것이다. 저자에게 바위와 나무줄기와 산더미가 덮치도록 하자. 아예 숲을 가져다가 저자를 찍어 눌러 질식시켜 버리자. 숲이 저자의 목을 짓누르며 제 무게로 저자를 해치우도록 하자.〉

모니쿠스는 우연히 발견한, 사나운 남풍의 폭력에 쓰러진 나무줄기를 집어 들어 강력한 적에게 던졌습니다. 이 행위가 본이 되어 잠시 동안에 오트리스산은 나무가 다 벗겨졌고 펠리온산은 그림자가 없게 되었어요. 엄청난 나무 더미에 깔린 카이네우스는 무게 때문에 땀을 뻘뻘 흘렸고 엄청나게 많은 참나무들의 무게를 어깨로 버텨 내고 있었어요. 하지만 나무들이 점점 더 많이 날아와 얼굴과 머리를 덮어 버리자 숨을 쉴 수가 없었어요. 때로 포기하기도 했지만, 기어이 몸을 일으켜 공중에 머리를 내놓으려고 애썼지만 허사였어요. 수많은 나무 더미를 움직이려고 들썩거릴 때마다 저 높은 이다산이 지진으로 흔들리는 것처럼 보였어요. 이리하여 어떤 결말을 맞았는지는 확실히 알 수 없어요. 어떤 사람들은 카이네우스의 신체가 나무들의 무게에 눌려 타르타루스로 직접 들어가 버렸다고 말하지만 암픽스의 아들 몹수스는 이걸 부인해요. 날개가 황갈색인 새가 산더미 같은 나무들 사이로 빠져나와 창공으로 날아가는 걸 보았다는 거예요. 나, 네스토르 또한 그 새를 처음이자 마지막으로 보았어요. 몹수스는 군영 주위를 빙빙 돌다가 부드럽게 날아가다가 커다란 외침을 토해 내는 새를 눈과 마음으로 뒤쫓다가 말했어요.

〈오, 라피타이족에게 영광 있기를! 위대한 전사가 이제는 독특한 새가 되었구나, 카이네우스!〉

이 얘기는 몹수스의 권위 덕분에 다들 믿어 주었어요. 분노에 슬픔이 더해졌어요. 우리는 한 사람이 그처럼 많은 적에게 공격 당했다는 사실에 참을 수 없었어요. 우리는 계속하여 칼로 분풀이를 했어요. 켄타우루스족들 중 일부는 죽임을 당했고 일부 살아남은 자들은 도망을 쳤고 밤이 내린 덕에 목숨을 구했어요.」

네스토르의 형제 페리클리메누스

네스토르가 라피타이족과 켄타우루스족의 싸움 이야기를 끝내자, 입을 꾹 다물고 있던 틀레폴레무스는 자신의 아버지 헤르쿨레스를 거론하지 않은 점을 참을 수가 없었다.

「노인장, 당신이 헤르쿨레스의 명성을 잊어버렸다니 정말 놀랍습니다. 나의 아버지는 종종 내게 켄타우루스족을 정복했던 사실을 들려주었습니다.」

그러자 네스토르는 슬픈 목소리로 대답했다.

「왜 내게 과거의 잘못된 일들을 기억하도록 강요하는 것인가? 그리하여 세월이 감춰 준 슬픔을 다시 꺼내 들어 당신 아버지에 대한 증오와 적개심을 토해 내게 하려는 것인가? 그는 정말로 믿기지 않을 정도로 많은 대업을 성취했고(오 신들이여!) 숱한 공로로 온 세상을 뒤덮었지. 하지만 나는 할 수만 있다면 그걸 부정하고 싶다네. 우리는 데이포부스나 풀리다마스나 헥토르는 칭송하지 않아. 누가 적을 칭송하겠는가?

당신 아버지는 메세나 도성을 파괴했고 아무 이유도 없이 엘리스와 필로스의 두 도시를 파괴했어. 또 나의 집을 칼과 불로 파괴했어. 게다가 다른 사람들도 죽였어. 우리는 넬레우스의 열두 아들이었고 빛나는 젊은이였어. 열두 아들이 나만 빼놓고 헤르쿨레스의 손에 죽었어.

다른 형제들의 죽음은 참을 만했지만 페리클리메누스의 죽음은 정말 기이했지. 그의 할아버지 넵투누스는 페리클리메누스에게 마음대로 변신했다가 다시 돌아올 수 있는 능력을 주었어. 하지만 아무리 변신을 해봐도 소용이 없자, 발톱으로 번개를 나른다는 독수리로 변신했어. 하늘의 제왕 유피테르가 가장 좋아하는 새지. 이 독수리는 강한 날개, 휘어진 부리, 매서운 발톱으로 헤르쿨레스의 얼굴을 찢어 놓았어.

헤르쿨레스는 정확하게 겨냥되는 커다란 활을 꺼내 들고 하늘 높이 구름 속에 매달려 있던 독수리를 쏘았지. 영웅의 화살은 날개가 시작되는 부위를 맞혔어. 부상은 대단치 않았지만 근육이 찢어졌기 때문에 날개를 움직일 수가 없었고 날지를 못했어. 부상 당한 날개로는 공기를 가를 수가 없었기에 페리클리메누스는 땅으로 추락했어. 날개에 박힌 가벼운 화살은 추락한 몸뚱이가 가속이 붙자 힘을 얻어 그의 옆구리를 관통해 들어가 왼쪽 목구멍으로 튀어나왔어.

오, 로두스에서 온 선단의 지도자인 틀레폴레무스여, 이런 과거지사가 있는데 내가 당신 아버지 헤르쿨레스의 업적을 공식적으로 칭송할 수 있겠는가? 하지만 나는 더 이상 내 형제들의 복수를 하려 들지 않아. 그래서 당신 아버지 헤르쿨레스의 업적에는 입 다물고 가만있었던 거야. 하지만 당신에 대한 나의 호의는 굳건해.」

네스토르는 온유한 목소리로 말했고, 노인이 말을 마치자, 바쿠스의 선물인 술이 또 한 순배 돌아갔다. 그들은 이제 자리에서 일어섰고 나머지 밤 시간 동안 잠을 자러 갔다. 579

아킬레스의 죽음

하지만 삼지창으로 바다를 다스리는 넵투누스 신은 아들 키크누스가 죽어서 백조가 된 일에 아버지로서 애틋한 감정을 품었다. 키크누스를 죽인 잔인한 아킬레스를 증오하면서 다소 야만적인 방식으로 마음속 분노를 털어 버릴 계획을 세웠다.

이제 트로이아 전쟁이 거의 10년을 끌자 해신은 아폴로의 개입을 강력하게 요구하면서 아폴로에게 이렇게 말했다.

「오, 우리 형의 아들 중에서 가장 사랑 받는 아폴로여, 너는 나와 함께 공연히 트로이아의 성벽을 쌓은 것이냐? 이제 함락되려는 도성을 보면서도 신음 소리 한번 내지 않는 것이냐? 저 도성을 지키려고 수천 명이 죽었다는 사실이 너는 아무렇지도 않단 말이냐? 죽은 자들을 일일이 거명하지 않더라도, 죽어 트로이아 성벽 근처에서 질질 끌려다니던 헥토르의 망령이 네 앞에는 나타나지 않는단 말이냐?

그런데 전쟁보다 더 잔인한 저자는 아직도 살아 있어. 너와 내가 세운 성벽을 파괴한 자, 아킬레스 말이야. 저자를 내 공격 범위 안에 들어오게 하면 내가 삼지창으로 무엇을 할 수 있는지 보여 주지. 하지만 나는 적을 가까이에서 공격하지 못하게 되어 있어. 그러니 네가 화살을 감추고 있다가 저 놈을 몰래 제거하도록 해.」

아폴로는 아킬레스를 제거하자는 제안에 동의했고, 삼촌 넵투누스와 자신의 욕망에 따라 구름 속에 몸을 감추고는 트로이아 전선에 도착했다. 아폴로는 군사들이 서로 죽이는 가운데 파리스가 무명의 그라이키아인들을 상대로 화살을 날리는 모습을 보았다. 아폴로는 자신이 신임을 밝히고서 말했다.

「왜 평민들을 상대로 자네의 화살을 낭비하고 있나? 진정 자네 사람들을 신경 쓴다면 아킬레스에게 화살을 돌려 죽은 형제들의 복수를 하게.」

아폴로는 그렇게 말하고서 아킬레스가 칼로 트로이아 군사들을 내리치는 곳을 가리켰다. 아폴로는 파리스에게 아킬레스 쪽으로 화살을 날리도록 지시하고는 확실히 죽음을 안겨 주는 오른손으로 파리스의 화살이 죽을 운명인 사내를 향해 날아가도록 했다.

헥토르가 죽은 상태에서 프리아무스가 기뻐할 수 있는 유일한 사건은 바로 이것이었다.

그리하여 너, 아킬레스, 위대한 전사들을 많이 제압한 승자는 그라이키아인 아내 헬레네를 납치한 겁 많은 자의 화살에 제압 당했다. 차라리 너는 쌍날 도끼를 휘두르는 여전사 아마존의 손에 죽는 편이 더 나았으리라.

이제 트로이아인들에게는 공포였고 그라이키아인들에게는 영광이었고 또 보호자였던, 불패의 아킬레스가 화장대 위에서 화장되었다. 아킬레스를 무장시켰던 바로 그 불카누스 신이 화장을 해주었다. 이제 영웅은 재가 되었고 위대한 아킬레스의 신체를 태우고 남은 재는 항아리 하나를 채울 만큼의 양도 되지 못했다. 하지만 그의 영광은 계속 살아남아 온 세상에 널리 퍼져 나갈 것이다. 이러한 영광으로 사람을 평가할 수 있는 법이다. 이로써 아킬레스는 자신의 이름값을 하게 되었고, 공허한 타르타루스를 경험하지 않을 것이다.

누가 봐도 금방 아킬레스의 소유물임을 알 수 있는 방패는 싸움을 불러왔다. 이 방패를 얻기 위해 사람들이 무기를 들었다. 군소 지도자들, 가령 오일레우스의 아들 아약스, 디오메데스, 메넬라우스 등은 소유권을 주장하지 못했다. 이들보다 연령이나 경험이 많은 지도자들도 마찬가지였다. 오로지 텔라몬의 아들 아약스와 라에르테스의 아들 울릭세스만이 방패의 소유권을 주장할 수 있었다.

그라이키아군 총사령관 아가멤논은 이런 문제를 판결하

는 데 따르는 부담과 패자의 악의(惡意)를 감당하려 하지 않았다. 아가멤논은 그라이키아 지도자들을 군영 한가운데로 소집하여 두 사람의 해명을 듣고 당신들이 결정을 내리라며 628 책임을 떠넘겼다.

제13권

전리품과 사랑의 고통

아약스와 울릭세스의 갑론을박

그리하여 지도자들은 자리에 앉았고 일반 군사들은 서서 두 사람의 연설을 들었다. 먼저 일곱 겹 방패의 주인인 아약스가 나섰다. 그는 분노를 억제하지 못하는 표정이었다. 우울한 얼굴로 시게움 해안과 해안에 정박한 배들을 돌아보면서 입을 열었다.

「유피테르에게 맹세하면서 그리고 저 배들을 증거 삼아 내 입장을 변론하고자 합니다. 나는 울릭세스에게 반대하는 입장입니다. 그는 헥토르가 우리 선단에 불을 질렀을 때, 굴복하기를 주저하지 않았지만 나는 결코 굴복하지 않았습니다. 나는 헥토르의 불길을 우리 선단에서 물리쳤습니다. 물론 주먹으로 싸우는 것보다 허황된 말로 싸우는 쪽이 훨씬 더 안전합니다. 나로서는 말만 하기가 쉽지 않고 그로서는 행동하기가 쉽지 않습니다. 왜냐하면 나의 힘은 치열한 전투와 전선에서 발휘되는 반면, 울릭세스의 힘은 말솜씨에만 경도(傾倒)되어 있기 때문입니다.

친애하는 그라이키아인들이여, 나의 업적은 여러분에게

재론할 필요가 없을 겁니다. 당신들이 직접 보았으니까요. 하지만 울릭세스에게 그의 업적을 한번 말해 보라고 하십시오. 그가 이룩한 업적은 아무도 본 사람이 없고 오로지 어두운 밤만 알고 있을 뿐입니다. 내가 추구하는 전리품이 엄청나다는 것은 인정합니다. 하지만 아무리 훌륭한 전리품이라 할지라도 울릭세스와 다투어야 한다는 것은 아약스로서는 자존심 구기는 일입니다. 울릭세스는 이미 이 다툼에서 보상을 받았습니다. 설사 진다고 하더라도 아약스와 경쟁했다는 얘기를 들을 것이기 때문입니다.

설혹 나의 용기가 의심스럽다 치더라도 나의 가문은 울릭세스보다 훨씬 우수합니다. 나의 아버지 텔라몬은 용감한 헤르쿨레스의 지휘 아래 트로이아의 성벽을 정복했을 뿐만 아니라 아르고호를 타고서 황금 양털을 얻기 위해 콜키스로 항해한 적도 있습니다. 나의 할아버지 아이아쿠스는 조용한 지하 세계의 준엄한 심판관인데, 거기에서 아이올루스의 아들 시시푸스는 무거운 바위를 언덕 위로 밀어 올리고 있습니다. 가장 높으신 유피테르는 아이아쿠스의 재능을 인정하여 그를 자신의 아들로 받아들였습니다. 그래서 아약스는 유피테르로부터 3대 떨어진 후손입니다. 하지만 그라이키아인들이여, 나의 가계로 나의 변론을 뒷받침하려는 것은 아닙니다. 단지 내가 위대한 아킬레스의 가계와 이어지고 있다는 사실을 말하려는 겁니다. 그는 나의 사촌이었습니다. 나는 사촌의 유물을 달라고 하는 겁니다.

울릭세스는 시시푸스의 아들로 태어나 사기와 기만술이 아버지와 아주 비슷한 인물입니다. 아이아쿠스의 가계와 상관도 없는 자가 왜 그런 이름을 들이밀려 하는 것입니까?[1]

내가 임의로 아킬레스의 갑옷을 가져갔다고 해서 그 갑옷을 내게 안 주겠다는 것입니까? 전쟁을 피하여 무기를 맨 나중에 잡았던 울릭세스가 나보다 더 훌륭한 인물이란 말입니까? 울릭세스는 트로이아 전쟁에 참여하기 싫어 출발 전에 일부러 미친 척을 했습니다. 하지만 울릭세스보다 더 똑똑하고 그에게는 아주 해로운 인물인 팔라메데스가 거짓 광기를 폭로하여 그를 전쟁터로 끌고 나왔습니다. 무기를 잡으려 하지 않았기 때문에, 울릭세스가 가장 좋은 무기를 차지해야 한단 말입니까? 내가 최전선에 제일 먼저 몸을 내던졌기 때문에 내 사촌의 유물을 거부 당하는 불명예를 얻어야 한단 말입니까?

울릭세스의 광기가 진짜인지 혹은 가짜인지는 제쳐 두고, 그는 우리 동료로 트로이아의 성채에 온 것이 아닙니다. 그는 범죄의 사주자입니다. 울릭세스가 아니었더라면, 당신, 필록테테스는 창피스럽게도 렘노스섬에 내버려지는 일이 없었을 겁니다. 들리는 말에 의하면, 당신, 필록테테스는 숲속과 동굴에 몸을 감추고서 신음 섞인 기도를 올리며 울릭세스에게 마땅한 벌을 내려 달라고 간구하여 바위들도 감동시켰습니다.[2]

1 교활함과 사기술로 유명한 시시푸스가 울릭세스의 진짜 아버지라는 설도 있는데, 그의 어머니 안티클레이아가 라에르테스와 결혼하기 전에 시시푸스와 관계를 가져 울릭세스를 낳았다는 것이다.

2 헤르쿨레스의 활 보관자인 필록테테스는 트로이아 전쟁에 참가하러 가던 길에 렘노스섬에서 뱀에게 물려 부상을 입었는데, 동료들은 부상으로 인한 악취를 견딜 수가 없었다. 그래서 울릭세스의 조언에 따라 그를 혼자 섬에 내버려두고 트로이아로 떠났는데, 전쟁이 시작되자 그라이키아의 예언자들이 필록테테스와 활을 트로이아에 데려오지 않으면 전쟁에 이길 수 없다 하여 데려왔다.

헤르쿨레스의 활을 물려받은, 우리 장수들 중 한 사람인 필록테테스는 섬에 혼자 남겨져 질병과 기아에 허덕이면서 새들 덕분에 입고 먹을 수 있었고, 트로이아 전쟁에 사용해야 할 활을 새들을 잡는 데 사용하고 있었습니다. 하지만 그는 울릭세스를 따라다니지 않았기 때문에 지금 살아 있습니다. 불행한 팔라메데스 또한 전쟁터에 가지 않고 뒤에 남겨지기를 바랐을 겁니다. 그랬더라면 살아남았을 테고 더욱 확실하게, 아무런 수치심 없이 자신의 운명을 맞이했을 겁니다.

하지만 자신의 거짓 광기를 폭로한 팔라메데스에게 앙심을 품은 울릭세스는 팔라메데스가 국가에 대죄를 지었다는 허황한 범죄를 날조하여 뒤집어씌웠습니다. 날조된 범죄를 뒷받침할 그럴듯한 증거로 미리 놓아둔 황금을 내보였습니다.[3] 울릭세스는 유배나 타살의 방식으로 그라이키아군의 힘을 뺀 자입니다. 늘 이런 식으로 싸우는 그를 경계해야 합니다.

웅변에서는 울릭세스가 충직한 네스토르보다 뛰어날지 모릅니다. 그렇다 하더라도 전장에서 네스토르를 못 본 체한 것은 범죄 행위라고 여전히 나는 생각합니다. 네스토르가 탄 말이 부상을 입은 데다 고령으로 피곤해하는 네스토르가 울릭세스에게 도움을 요청했는데도 명색이 동료라는 울릭세스는 배신을 한 겁니다. 내가 지어낸 주장이 아니라는 사실은 디오메데스도 잘 알고 있습니다. 디오메데스는 울릭세스

3 울릭세스는 팔라메데스의 부하를 매수하여 팔라메데스의 침대 밑에 트로이아 왕의 가짜 편지와 황금을 미리 놓아 두고서 그가 적과 내통한다는 소문을 퍼뜨렸고, 조작한 증거물이 나오자 팔라메데스를 처형했다.

의 이름을 여러 차례 부르고 비난하면서 동료가 그렇게 겁먹고 달아나면 어떻게 하느냐고 질책했습니다.

신들은 인간의 일을 아주 공정한 눈으로 내려다보십니다!

동료를 도와주지 않은 울릭세스는 지금 동료들의 도움을 필요로 하고 있습니다. 그가 전에 동료를 모른 체했듯이, 이제 그를 모른 체해야 마땅합니다. 이 전례는 울릭세스 자신이 만들어 놓은 것입니다. 그는 전장에서 동료들에게 도와 달라고 비명을 질렀습니다. 내가 현장에 도착해 보니 울릭세스는 트로이아 군사들에게 둘러싸여 창백한 얼굴로 공포에 떨고 있었습니다. 이제는 죽은 목숨이구나 하는 표정이었어요. 나는 커다란 방패를 울릭세스 앞에 내려놓으며 누워 있는 그를 보호했습니다. 나는 저 게으른 자의 목숨을 구해 주었습니다(하지만 칭찬하는 말은 별로 들리지 않았습니다).

울릭세스, 만약 당신이 계속 나와 경쟁할 셈이라면, 예의 전투 장소로 다시 돌아가 보세. 적들과 당신의 상처와 당신이 평소 잘 느끼는 공포를 그대로 불러내 보세. 그러면 당신은 내 방패 뒤에 숨어서 그걸 보호막 삼아서 나와 싸우려 들겠지.

하지만 내가 그를 구하고 보니, 부상을 당해 제대로 서 있을 힘도 없다던 울릭세스는 황급히 달아났고 움직이는 데 아무런 지장이 없었습니다.

헥토르가 자신의 신들과 함께 전장에 나타났습니다. 그가 울릭세스, 당신이 있는 곳을 공격하자 겁을 집어먹은 이들은 울릭세스 당신만이 아니었지. 용감한 사람들도 겁을 먹었습니다. 헥토르는 그처럼 두려운 존재였습니다. 헥토르가 우리 군사를 마구 죽이며 희희낙락할 때, 먼 거리에서 거대한 돌을 던져서 그를 뒤로 벌렁 넘어지게 한 사람은 바로 나였습니다. 또한 그와 맞서 싸울 사람이 있으면 나오라고 소리칠 때 씩씩하게 나선 사람도 나뿐이었습니다. 그라이키아인 군사들이여, 그대들은 헥토르에 맞설 적임자가 나라고 생각하여 내가 나서기를 간절히 빌었고 그래서 나는 당신들의 바람에 부응했습니다. 대결의 결과를 묻는다면 대답하지요. 무승부로 끝났으니 나는 패배하지 않은 겁니다.

보십시오, 트로이아인들은 우리에게 불과 칼을 내던지고 유피테르는 그라이키아 선단에 호의적이지 않습니다. 이런 상황에서 울릭세스의 웅변은 어디로 갔습니까? 당신들 귀환의 희망인 1,000척의 배들을 가슴으로 보호한 사람은 바로 나였습니다. 그처럼 많은 배들을 구해 낸 나의 공로를 생각하여 아킬레스의 갑옷을 내게 주십시오. 진실을 말씀드리자면, 나와 벗하게 된다면 나보다는 그 갑옷에게 더 영광이 됩니다. 아약스의 영광에 따라 갑옷이 주어지는 것이지, 갑옷의 명성에 아약스가 따라가는 것은 아닙니다.

나의 영웅적인 업적은, 울릭세스가 트라키아의 왕 레수스와 겁쟁이 돌론을 죽인 방식, 프리아무스의 아들이며 예언자인 헬레누스에게서 적의 정보를 빼낸 방식, 미네르바 신상(神像)을 훔쳐 온 일 등을 비교해야 할 것입니다. 하지만 이런 일들은 모두 밤중에 일어났고 그것도 디오메데스의 도움을 받아 가며 해낸 일이었습니다. 만약 이런 사소한 공로들 때문에 여러분이 아킬레스의 갑옷을 내어줄 거라면, 차라리 갑옷을 두 부분으로 나누어서 더 큰 부분을 디오메데스에게 주십시오. 하지만 왜 일부라도 그것을 이타카 사람 울릭세스에게 주려 합니까? 그는 언제나 무장을 하지 않고 은밀하게 움직이고, 경계하지 않는 적을 기만술로 속이는 자일 뿐입니다. 황금 투구에서 나오는 번쩍거리는 빛 때문에 그는 매복을 망치고 피할 때 발각될 것입니다. 그의 머리는 투구의 무게를 견디지 못할 테고, 그의 비겁한 팔은 펠리온산에서 자란 나무로 만든 창을 들어 올리지 못할 것입니다. 광대한 세상의 그림이 새겨진 아킬레스의 방패는 사기나 칠 줄 아는 겁쟁이의 왼팔에는 도무지 어울리지 않을 것입니다.

후안무치한 자여, 왜 그대는 입으면 자신을 허약하게 만들 유물을 가지려 하는가? 만약 그라이키아 사람들이 그대에게 이 갑옷을 내려 주는 실수를 저지른다면, 적들의 가슴에서 공포를 불러일으키긴커녕 오히려 적들이 그대를 죽여 갑옷을 탈취하려고 덤벼들 것이다. 너 비겁한 자여, 그대가 가장 잘하는 행위인 도망을 칠 때, 저 무거운 갑옷은 그대의 발목을 잡아 오히려 몸을 빠르게 움직이지 못할 것이다. 게다가 그대가 전장에서 별로 써먹지 않은 그대의 방패는 전혀 손상이 가지 않았다. 반면에 내 방패는 1,000번의 타격을 받아 갈라져 있기에 새것으로 교체해야 할 형편이다.

자, 그러니 더 말할 필요가 어디 있는가? 우리 업적으로 판단을 받도록 하자. 용감한 아킬레스의 갑옷을 적진 한가운데 던져 놓고 두 사람에게 찾아오도록 하자. 그런 다음 찾아온 자에게 갑옷을 주도록 하자.」

텔라몬의 아들 아약스는 말을 마쳤다. 그의 마지막 말이 끝나자 여기저기서 웅성거리는 소리가 들려왔다. 이어 라에르테스의 아들 울릭세스가 일어나 잠시 발밑을 내려다보더니 고개를 쳐들어 지도자들을 보면서, 그들이 기대하는 연설을 하기 위해 입을 열었다. 그의 웅변은 매력이 없지 않았다.

「그라이키아인들이여, 나의 기도와 당신들의 기도가 통했더라면, 이 중요한 다툼의 승자가 의문의 여지 없이 판가름 났을 겁니다. 아킬레스, 당신은 여전히 살아서 이 갑옷을 소유했을 테고, 우리는 아킬레스라는 위대한 장수를 자랑했을 것입니다. 하지만 불공정한 운명이 그를 나와 당신들에게 남겨 두지 않았습니다.」

그러면서 울릭세스는 울고 있는 것처럼 손등으로 눈을 비볐다.

「위대한 아킬레스의 갑옷을 차지할 사람은, 위대한 아킬레스를 그라이키아 군대로 데려온 사람 이외에 누가 또 있겠습니까? 아킬레스의 도움을 끌어낸 사람은 다소 정신력이 모자라는 것처럼 보입니다. 그렇게 보일 뿐만 아니라 속도 그러합니다. 그렇지만 그라이키아인들이여, 당신들이 나의 교묘한 재주로부터 혜택을 보았다는 사실이 내게 유리하게 작용하도록 해주십시오. 변변치는 않지만 나의 웅변이라는 것이 어떤 때는 주인을 위해 봉사하기도 하지만, 사실은 여러분을 위해 봉사한 적이 더 많았습니다. 나의 웅변이 질시를 받지 않았으면 좋겠습니다. 누구나 자신의 타고난 재능으로 최선을 다하는 거니까요.

종족이나 가계나 우리 자신이 아닌 남들이 행한 업적을 나 자신의 것으로 주장하지 않겠습니다. 하지만 아약스가 자신이 유피테르의 증손이라고 말하고 나서니까 하는 말인데 나의 가계의 창시자 또한 유피테르입니다. 아약스나 나나 3대가 떨어지기는 마찬가지입니다. 나의 아버지는 라에르테스이고, 아버지의 아버지는 아르케시우스이며, 유피테르가 아르케시우스의 아버지인 것입니다. 그리고 우리 가계에는 유배를 당한 죄인이 없습니다. 또한 내가 어머니 쪽을 통하여 메르쿠리우스의 후손도 되므로 이중의 신성을 부여받은 것입니다.

하지만 내 어머니 쪽 신분이 높다거나 아버지가 형제를 살해한 적이 없다는 점을 들어 아킬레스의 갑옷을 요구하는 것은 아닙니다. 이 사안은 공로에 따라 평가되어야 합니다. 아약스의 아버지 텔라몬과 아킬레스의 아버지 펠레우스는 또 다른 형제 포쿠스를 죽인 바 있고 이들이 형제라는 이유로 아약스가 이로움을 얻어서는 안 됩니다. 하지만 우리 둘 중에 누가 갑옷을 가져갈 것인가 결정하는 데 있어 가계보다는 명예가 더 중시되어야 마땅합니다.

하지만 아약스가 행동으로 드러난 업적을 단순히 비교하기를 바라기 때문에 나 자신 실제로는 말로 다 할 수 없는 업적을 달성했음을 말씀드리고 싶습니다. 나의 업적들을 하나씩 순서대로 말씀드리겠습니다.

아킬레스의 어머니는 강의 님프였는데, 다가올 재앙을 미리 내다보는 힘이 있어서 아들 아킬레스에게 여자 옷을 입혀서 여자들 사이에 있게 함으로써, 아약스를 포함한 모든 사람을 속였습니다. 나는 아킬레스를 전쟁에 끌어내기 위하여 여자들이 좋아하는 선물을 준비하여 그를 찾아갔는데, 선물들 중에는 남자가 좋아하는 방패와 창이 들어 있었습니다. 영웅 아킬레스는 아직 여자의 옷을 벗어 버리지 않은 상태에서 무기들을 골라 들었습니다. 그래서 내가 아킬레스에게 말했습니다.

〈여신의 아들이여, 트로이아가 곧 멸망할 것 같은데 당신의 마지막 손길을 기다리고 있습니다. 왜 위대한 트로이아를

정복하는 일을 망설이십니까?〉

나는 영웅의 어깨에 손을 얹었고, 그 용감한 전사가 이 전쟁에 참가하여 무공을 올리도록 이끌었습니다. 따라서 아킬레스의 업적은 곧 나의 업적입니다. 나는 전투에서 창으로 텔레푸스를 패배시켰고 그가 목숨을 구걸하자 살려 주었습니다. 테바이 함락도 나의 업적이고 레스보스와 아폴로의 도시들인 테네도스, 크리세스, 킬라를 함락시킨 자도 나입니다. 또 스키루스도 내가 함락시켰습니다. 리르네수스의 도성이 돌더미가 되어 버린 것도 오로지 나의 오른팔 덕이었습니다. 다른 사람들은 말할 필요 없이, 무서운 헥토르를 쓰러트릴 사람을 데려온 것도 나였습니다. 그러니 유명한 헥토르가 아킬레스의 손에 죽어 나자빠진 것은 나의 공로입니다. 아킬레스를 발견하여 여기 데려온 이 양팔에다 아킬레스의 무기를 건네 달라는 겁니다. 그가 살아 있을 때 내가 건네주었던 무기[4] 대신에 죽은 아킬레스의 무기를 나에게 달라는 것입니다.

한 사람의 고통이 모든 그라이키아인들에게 파급 효과를 일으켜[5] 1,000척의 배가 에우보이아의 아울리스 항구에 집결했을 때, 배를 밀어낼 바람을 오래 기다렸으나 바람이 불어오지 않았습니다. 오히려 역풍만 불어왔고 가혹한 신탁은 그라이키아 원정군 총사령관인 아가멤논에게 흠 없는 딸 이피게니아를 잔인한 디아나 여신에게 바치라고 요구했습니

4 울릭세스가 아킬레스를 전쟁으로 끌어내기 위해 선물들을 준비해 갔을 때 거기 끼워 넣었던 방패와 창을 가리킨다.

5 트로이아인 파리스가 메넬라우스의 아내 헬레네를 납치한 사건을 가리킨다.

다. 아버지는 신탁을 따르기를 거부했고 신들의 조치에 화를 냈습니다. 총사령관에게는 아직도 아버지의 애틋한 정이 남아 있었던 겁니다. 하지만 자비로운 부정(父情)보다는 공공선을 더 중시해야 한다고 웅변으로 총사령관의 마음을 돌려놓은 이도 나였습니다. 아가멤논이여, 여기 이 자리에서 그것을 고백하면서 당신에게 용서를 구하는 바입니다. 당시 나는 편파적인 재판관 앞에서 힘든 변론을 해야 했습니다. 하지만 아가멤논은 백성들의 이익, 동생 메넬라우스의 일, 그리고 자신에게 주어진 총사령관 직책 등을 고려하여 혈연보다는 공공선을 더 중시하는 쪽으로 마음을 돌렸습니다.

나는 또 이피게니아의 어머니 클리타임네스트라를 설득하러 갔습니다. 그녀는 합리적인 말에 귀 기울이려 하지 않았기 때문에 교묘한 언사로 속여야 했습니다. 만약 아약스가 그녀를 만나러 갔다면 우리 배들은 아직도 아울리스 항구에서 바람을 기다리고 있었을 겁니다!

나는 또한 트로이아의 성채에 대사로 파견되었습니다. 나는 트로이아 원로원으로 들어갔고 거기에는 당시만 해도 영웅들이 많았습니다. 하지만 나는 당당하게 그라이키아 연합군이 내게 맡긴 임무에 따라 정당한 주장을 폈습니다. 파리스의 납치 소행을 비난하면서 헬레네와 그녀의 재산을 돌려달라고 요구했습니다. 나는 프리아무스 왕과 동생 안테노르의 마음을 움직였습니다. 그러나 파리스와 형제들, 헬레네를 납치한 자의 부하들은 죄 많은 손을 거두려 하지 않았습니다(메넬라우스, 당신은 이런 사실을 알고 있습니다). 그것은 내가 당신들이 맞닥뜨린 위험들을 함께 나눈 첫날 있었던 일입니다.

이 오랜 세월에 걸쳐 수행해 온 전쟁 동안에 내가 조언과 행동으로 이룬 유익한 업적들을 다 얘기하려면 시간이 많이 걸릴 겁니다. 첫 전투 이후에, 적은 오랫동안 도성의 성벽 안에 틀어박혔고 들판에서 우리와 맞서 싸울 의사는 전혀 없었습니다. 그래서 우리는 10년이 다 가도록 트로이아 전쟁을 하게 된 겁니다.

이 긴 세월 동안, 아약스여, 전투밖에 모르는 당신은 무엇을 했습니까? 당신은 무슨 일에 소용이 되었습니까? 당신이 나의 업적을 물으신다면, 나는 적의 공격에 대비해 매복했고, 우리의 요새 주위에 참호를 팠고, 우리의 동료들을 위로하여 장기전에 지친 마음을 평온하게 해주었으며, 어떻게 음식을 준비해 먹고 무기는 어떻게 갖추어야 하는지 동료들에게 설명해 주었습니다. 또 나의 힘이 필요한 곳에는 언제라도 달려갔습니다.

그런데 총사령관 아가멤논은 어느 날 밤 꿈에서 유피테르의 조언을 받고서, 이제 막 시작한 전쟁의 과업을 포기하라고 휘하 그라이키아 군대에 명령했습니다. 꿈속에서 유피테르가 그렇게 명령했다는 이유 덕분에, 아가멤논은 그런 명령을 옹호할 수 있었습니다. 하지만 아약스는 이런 명령에 반발하면서 트로이아를 파괴해야 한다고 주장해야 마땅했습니다. 자신의 장기인 싸움을 계속하자고 말했어야 합니다. 왜 그는 뒤로 물러나는 군사들을 제지하지 않았습니까? 왜 그는 무기를 집어 들어 흩어지는 군사들을 단속하지 않았습니까? 입만 열만 자기 자랑밖에 할 줄 모르는 사람이라고는 하지만 이런 행동은 너무한 것이었습니다. 아약스 자신이 달아나 버린 사실을 어떻게 보아야 할까요? 아약스여, 당신이 등을 돌리고 달아나서 불명예스러운 돛을 올리는 모습을 보고 나는 정말 부끄러웠소. 그때 나는 지체 없이 외쳤습니다.

〈도대체 당신 지금 무슨 짓을 하고 있는가? 무슨 광기가 발동하여 그런 짓을 서슴없이 하는가? 오, 동지들이여, 트로이아 함락을 포기한다고? 그럼 10년 세월이 지나 당신들이 집에 가져갈 거라곤 불명예 말고 무엇이 있는가?〉

나는 슬픔 때문에 웅변을 하게 되었고, 이 웅변 덕분에 배로 가는 군사들이 발길을 되돌려서 진중에 돌아오게 됐습니다. 그러자 아가멤논은 공포로 떨고 있는 동료들을 불러 모았고, 아약스는 아무 말도 하지 않았습니다. 전쟁을 포기하자고 선동한 비겁자 테르시테스는 모욕적인 언사로 지도자들을 조롱했는데, 나는 호통을 치면서 그자를 다스렸습니다. 나는 벌떡 일어서서 겁먹은 동료들을 적들 쪽으로 돌려세우면서 웅변으로 사라진 용기를 되살려 냈습니다. 이때부터 아약스가 보인 용감한 행동은 실은 나의 행동이나 다름없습니다. 그가 전장에서 등을 돌렸을 때, 다시 전장으로 데려온 사람은 나니까 말입니다.

마지막으로, 그라이키아인들 중에 누가 아약스 당신을 칭송하고 또 추종했습니까? 하지만 디오메데스는 나와 함께 행동했고 나를 승인했으며 나를 동료로서 신임했습니다. 수천 명의 그라이키아인들 중에서 디오메데스의 신임을 받는 것은 정말 굉장한 일입니다. 나는 제비뽑기에 걸려서 임무를 맡은 것이 아닙니다. 야간에 적진에 침투해야 하는 위험도 마다하지 아니하고 트로이아 진영에 들어갔다가 프리기아족인 돌론을 죽였습니다. 그자 또한 우리처럼 야간 정탐을 나왔었지요. 나는 그자를 위협하여 변덕스러운 트로이아가 무슨 짓을 꾸미고 있는지 다 알아낸 후에 그자를 처치했습니다. 그리하여 모든 것을 알아냈고 더 이상 정탐할 필요가 없었습니다. 이미 영광은 따놓은 당상이었으니 우리 진영으로 돌아오기만 하면 되었습니다. 하지만 만족하지 않고 레투스의 군막을 찾아가 그 안에 있던 레투스와 부하들을 처치했습니다. 그래서 의기양양하고 희망에 넘쳐 탈취한 전차에 올라 기쁨에 넘치는 개선식을 흉내 냈습니다. 내가 죽인 돌론이 밤에 우리 쪽 야간 정탐을 나오면서 보상으로 무엇을 요구했는지 아십니까? 아킬레스의 말을 요구했습니다. 만약 내게 아킬레스의 무기를 내려 주지 않는다면, 당신들은 이 무기를 나와 디오메데스가 나눠 가지라며 비아냥거린 아약스보다 더 잔인하게 구는 겁니다.

더 이상 나의 업적을 열거할 필요가 있을까요? 리키아의 지휘관 사르페돈의 부하들을 내 칼로 처치한 일을 상기시켜야 할까요? 나는 이외에도 많은 적들을 베어 넘겼습니다. 이피투스의 아들 코이라노스, 알라스토르, 크로미우스 등을 처치했습니다. 또 알칸드루스, 할리우스, 노이몬, 프리타니스를 죽였고 카롭스와 엔노무스도 무자비한 운명에 쫓겨 지하 세계로 갔습니다. 또한 여러 이름 없는 자들을 트로이아의 성벽 아래에서 무찔렀습니다.

사랑하는 동료들이여, 나는 몸에 상처가 있고 그 상처는 더욱 영광스럽습니다. 여러분, 공허한 말을 믿지 마십시오. 자, 직접 보십시오.」

그는 손으로 옷을 뒤로 밀치면서 가슴을 내보였다.

「이 가슴은 언제나 당신들의 대의를 위해 싸웠고 또 봉사할 준비가 되어 있습니다. 하지만 아약스는 저 오랜 세월 동안 동료들을 위해 피 한 방울 흘린 적이 없고 몸에 상처도 없습니다.

하지만 트로이아와 유피테르의 힘 앞에서 그라이키아 선단을 굳건히 지켰다는 아약스의 말은 어떻게 받아들여야 할까요? 나는 그가 선단을 지켰다는 사실은 인정합니다. 나는 남이 한 훌륭한 일을 악의적으로 과소평가하는 사람이 아니니까요. 하지만 모든 사람이 나누어 가져야 할 공을 혼자서 차지해서는 안 됩니다. 일부 공로는 여러분들의 것입니다. 파트로클루스는 위대한 아킬레스의 복장으로 변장을 하고서 그라이키아 선단과 방어자들을 불태우려 했던 트로이아인들을 물리쳤습니다. 아약스는 심지어 헥토르의 무기에 맞서 싸운 사람은 자기 혼자인 양 말합니다. 총사령관, 나머지 장수들, 그리고 나 울릭세스 등은 아예 존재하지 않는 것처럼 말했어요. 그는 헥토르와 싸우겠다고 아홉째로 나선 사람이고 제비뽑기의 운이 좋아 1대 1 대결에 나설 수 있었습니다.

그런데 가장 용감한 이여, 백병전의 결과는 어떠했습니까? 헥토르는 아무런 부상도 입지 않고 싸움을 끝냈습니다.

아, 나는 불행한 사람입니다! 그라이키아인의 대들보인 아킬레스가 땅에 쓰러진 것을 기억하면 엄청난 고통을 느낍니다. 눈물도 슬픔도 공포도 땅에 쓰러진 아킬레스를 일으켜 세우는 것을 막지 못했습니다. 여러분, 나는 이 두 어깨로 아킬레스를 운반했습니다. 갑옷을 입은 상태로 말입니다. 이제 아킬레스의 무기를 하사 받는다면 그것을 직접 입을 생각입니다. 그런 무게를 감당할 힘이 있고, 당신들이 내게 내려준 영광을 알아보는 정신력이 있습니다. 아킬레스의 어머니 테티스는 하늘로부터 내려 받은 놀라운 갑옷, 저 위대한 장인의 기술이 발휘된 물건을, 거칠고 우둔한 전사가 지녀야 한다고 생각했을까요? 아약스는 아킬레스의 방패에 새겨진 광대한 세상의 그림을 이해하지 못합니다. 바다와 땅들과 별들, 높은 하늘, 플레이아데스 성단과 히아데스 성단, 그리고 바다에 들어가지 않는 곰 별자리, 곰 별자리 반대편에서 선회하는 번쩍거리는 칼을 가진 오리온자리 등. 그는 자신이 의미를 이해하지도 못하는 무기를 달라고 하는 것입니다.

이제 힘든 전쟁의 의무를 기피하여 내가 달아났고 전쟁이 시작된 다음에 뒤늦게 가담했다는 비난에 대해서 해명하겠습니다. 이렇게 말하는 아약스는 실은 자신이 위대한 아킬레스에 대해서 악담을 하고 있다는 사실을 왜 모를까요? 만약 여러분이 위장을 죄라고 본다면 아킬레스나 나나 둘 다 위장했습니다. 참가 지연이 죄라면 그래도 나는 아킬레스보다 빨리 왔습니다. 나는 걱정하는 아내가 말렸고, 아킬레스는 걱정하는 어머니가 말렸습니다. 우리가 전쟁 초기 시간은 각각 아내와 어머니에게 바쳤으나, 나머지 시간들은 여러분에게 바쳤습니다. 위대한 아킬레스와 함께 받고 있는 비난을 내가 물리치지 못한다 해도 나는 두렵지 않습니다. 아킬레스는 울릭세스의 교묘한 술수에 걸려들었지만, 나 울릭세스는 아약스의 술수에 걸려들지 않았으니까요.

아약스가 어리석은 입으로 나를 비난하는데, 여러분은 그런 언설에 충격을 받지 말기 바랍니다. 만약 충격을 받는다면 여러분도 그의 불순한 비난의 대상이 되는 것입니다. 내가 팔라메데스를 비난하면 불공정한 처사가 되고, 여러분이 그의 유죄 혐의를 발견하면 공정한 처사가 됩니까? 팔라메데스는 명백하고 위중한 범죄를 저질렀고 이를 부정하지 못했습니다. 그뿐만 아니라 여러분은 팔라메데스를 고발하는 말을 들었고 그가 뇌물을 받았다는 명백한 증거를 보았습니다.

필록테테스가 렘노스섬에 혼자 남겨진 것은 나의 잘못이라고 할 수는 없습니다. 여러분이 변호하십시오(여러분은 나의 조치에 동의했습니다) 내가 그를 전쟁과 여행의 노고에서 면제하여 맹렬한 통증을 휴식으로 달래라고 한 것뿐입니다. 그는 내 지시를 따랐고 그래서 살았습니다! 나의 조언은 타당했을 뿐만 아니라 성공적인 것이었습니다. 물론 타당한 것으로도 충분했지만 말입니다. 하지만 우리의 예언자들이 트로이아를 함락시키기 위해서는 필록테테스의 활이 필요하다고 합니다. 그를 데려오는 일을 나에게 맡기지 마십시오. 아약스가 맡는 편이 더 좋을 겁니다. 질병과 분노로 미쳐 날뛰는 필록테테스를 아약스가 웅변으로 진정시키거나 교묘한 술수를 발휘하여 데려오겠지요.

내가 여러분의 안전을 지키는 일을 그만둘 경우, 아약스의 기지(機智)가 그라이키아인들에게 도움을 가져온다고요? 차라리 시모이스강이 거꾸로 흐르고 이다산의 나무 잎사귀들이 다 떨어지고 그라이키아가 트로이아에 증원군을 보내는 것을 기다리십시오. 그 편이 더 빠를 겁니다.

불운한 필록테테스여, 그대는 동료들과 총사령관과 나에게 악의를 품고 있을 것이다. 그대는 나를 싫어하여 내 머리 위에 끊임없는 저주를 퍼붓고 싶을 것이다. 어쩌면 너무 심한 고통을 당해서 할 수만 있다면 내 몸의 피를 다 마셔 버리고 싶을 것이다. 또 내가 그대를 지배할 권한을 가졌듯이 나를 지배하는 권한을 갖고 싶을 것이다. 하지만 나는 그대를 힘껏 설득하여 그대의 화살을 소유하게 될 것이다(운명이 나에게 가호를 내리기를).

내가 포획한 트로이아의 예언자 헬레누스를 소유했던 것처럼.

내가 신들의 반응과 트로이아의 운명을 드러냈던 것처럼.

내가 적진 한가운데 신전 안에서 미네르바 신상을 훔쳐 왔던 것처럼.

여러분, 이런 나를 아약스가 감히 자기와 비교하려 들다니 말이나 됩니까?

우리가 이제 알고 있듯이, 운명의 여신들은 미네르바 신상을 훔쳐 오지 않고서는 트로이아를 멸망시키지 못한다고 했습니다. 내가 이걸 훔쳐 올 때 용감한 아약스는 어디에 있었습니까? 저 잘난 사람의 호언장담은 어디로 갔습니까? 그는 왜 두려워하는 겁니까? 나는 한밤중에 적의 보초들을 지나가 무서운 칼들을 지나쳐 트로이아의 성벽 안으로 들어갔습니다. 뿐만 아니라 그들의 성채 꼭대기로 올라가 미네르바 여신의 신전에서 신상을 훔쳐 적진을 통과해 우리 진영으로 가져왔습니다. 왜 울릭세스는 이런 일을 했을까요? 나 아니면 할 사람이 없었기 때문입니다. 내가 이렇게 하는 동안 아약스는 황소 가죽 일곱 장으로 만든 방패를 왼쪽 허리에 끼고서 하는 일 없이 빈둥거렸을 뿐입니다. 그날 밤 트로이아에 거둔 승리는 나의 성취에 따른 것입니다. 내가 저들을 패배의 구렁텅이로 몰아넣었을 때 비로소 트로이아 정복이 가능해졌습니다.

나의 부하 디오메데스를 바라보며 불평을 늘어놓는 것을 그만두십시오. 이러한 업적에 대한 칭송을 그도 나누어 가질 자격이 충분합니다. 아약스여, 당신이 방패로 그라이키아 선단을 보호했을 때 당신 혼자서 간 것이 아닙니다. 당신에게는 많은 동료들이 있었습니다. 하지만 내게는 단 한 명뿐이었습니다.

디오메데스는 전사보다는 전략가가 더 중요하고, 전리품은 전사의 강인하고 제압하기 어려운 팔에만 주어지지 않는다는 사실을 알고 있습니다. 만약 이런 것을 몰랐다면 디오메데스 또한 전리품을 요구하고 나섰을 겁니다. 소(小) 아약스, 안드라이몬의 아들 에우리필루스, 이도메네우스와 그의 동향인 메리오네스, 아가멤논의 동생 메넬라우스 등도 전리품을 요구했을 겁니다. 이들은 용감하게 행동하고 전장에서 아약스, 당신 못지않은 활약을 보였지만, 나의 조언을 따랐습니다. 전쟁에서 당신의 오른손은 유익했습니다. 하지만 나의 통제를 받아야 하는 것은 당신의 지성입니다. 당신은 아무 생각 없이 힘을 휘두릅니다. 하지만 나는 미래를 신경 씁니다. 당신은 싸울 줄 압니다. 하지만 그라이키아군이 싸우는 시기를 선택할 때는 나와 의논해야 합니다. 당신은 몸으로 우리 군에 도움을 주고 나는 머리로 혜택을 줍니다. 배의 선장은 노를 젓지 않고 장군은 군사보다 훨씬 중요합니다. 이런 이치로 나는 당신을 훨씬 능가하는 겁니다. 그리고 우리 인간의 몸에서 정신은 손보다 더 중요합니다. 모든 힘이 거기에 들어 있기 때문입니다.

자, 지도자들이여, 아킬레스의 유물을 당신들의 충직한 보호자에게 내려 주십시오. 내가 여러 해 동안 전심전력 노심초사해왔음을 감안하면서 나의 공로와 영광을 서로 비슷하게 맞추어 주소서. 이제 나의 노력은 끝났습니다. 나는 방해하는 운명의 여신을 물리쳤고 미네르바 신상을 훔쳐 와 트로이아를 함락시킬 수 있는 여건을 조성했습니다. 이제 우리 동료들의 모든 정성이 결집되어 트로이아가 함락되기 일보 직전까지 왔습니다. 내가 최근에 적들로부터 훔쳐 온 신들의 이름으로, 또 트로이아를 함락하기 전에 발휘해야 할 지혜와 용맹의 이름으로, 내가 지금껏 이루어 온 업적들을 기억해 주소서. 여러분, 나를 믿어 주십시오. 만약 아킬레스의 무기를 나에게 주지 않을 거라면 차라리 여신에게 주십시오.」

울릭세스는 그렇게 말하면서 미네르바 신상을 가리켰다.

지도자들은 감동을 받았고 웅변의 효과는 판정의 결과로 명확해졌다. 웅변 잘하는 울릭세스가 용감한 아킬레스의 유물을 하사 받았기 때문이다. 그러자 헥토르에 혼자 맞서 싸웠고 불, 칼, 유피테르에게도 여러 차례 대들었던 정복되지 않는 전사 아약스는 분노와 슬픔을 이기지 못했다. 그는 자신의 칼을 빼어 들며 말했다.

「이것은 확실히 나의 칼이다. 울릭세스는 이마저도 자기 거라고 주장하려 하는가? 나는 이 칼을 나의 몸에 사용해야겠다. 트로이아인들의 피로 자주 축축해졌던 이 칼. 이제 이 칼이 주인을 죽여 다시 축축해지겠구나. 아약스를 정복할 사람은 아약스밖에 없다는 사실을 확실히 알아 두라.」

아약스는 전에 부상을 당해 본 적이 없는 자기 가슴에 칼을 칼자루까지 깊숙이 찔러 넣었다. 그의 양손은 이제 몸 깊숙이 들이박힌 칼을 빼낼 힘이 없었다. 용출하는 피가 칼을 밀어냈으며, 아약스의 피로 검붉어진 땅은 초록 텃밭에서 자주색 꽃을 밀어냈다. 예전에 히아킨투스의 치명적 상처로 인해 생겨난 꽃이었다. 이 꽃의 이파리에는 〈아이, 아이〉라는 글자가 새겨져 있었다. 이는 아약스와 히아킨투스 둘 다에게 적절한 글자로서 영웅의 이름을 가리키는가 하면, 슬픔을 상징하기도 한다.[6]

398

트로이아의 멸망

논쟁에서 승리한 울릭세스는 웅변으로 약속했던 것처럼 렘노스섬으로 출발했다. 힙시필레와 토아스의 땅이며 한때 저 유명한 학살이 벌어졌던 곳이다.[7] 헤르쿨레스의 활과 화살을 트로이아로 가져오기 위해서였다. 그가 활의 주인인 필록테테스와 함께 다시 트로이아로 돌아오자, 마침내 오래 끌었던 전쟁이 트로이아의 멸망으로 끝났다.

트로이아와 통치자 프리아무스 왕은 쓰러졌다. 무엇보다 프리아무스의 불운한 아내는 인간의 모습을 잃어버리고 개로 변신하여 기다란 헬레스폰트해협이 좁아지는 곳을 향하여 기이한 개 짖는 소리를 냈고 그 낯선 땅에는 오싹한 개 짖는 소리가 널리 퍼져 나갔다.

트로이아는 오래오래 불탔다. 유피테르의 제단은 늙은 프리아무스의 얼마 안 되는 피를 마셨고, 포이부스의 여사제는

6 제10권에서 포이부스가 자신의 슬픔을 표시하기 위해 히아킨투스가 변신한 꽃잎에 〈아이, 아이〉라는 글자를 새겨 넣었다는 얘기가 나온다. 아약스는 그리스식 표기로는 아이아스인데, 이 이름이 〈아이〉와 비슷하다는 것이다. 하지만 오늘날 영어로 히아신스라고 부르는 꽃의 이파리에는 이런 글자가 보이지 않는다.

7 베누스 여신은 렘노스섬 여자들이 여신에게 무관심한 데 분노하면서 여자들 몸에서 나쁜 냄새가 나게 만들었다. 렘노스 남자들이 여자들을 기피하고 포로로 잡아 온 여자들만 좋아하자, 렘노스 여자들이 반란을 일으켜 남편들과 아버지들을 모조리 죽였는데 이때 힙시필레만은 아버지 토아스를 배에 태워 도망치게 했고 자신은 섬의 여왕이 되었다.

머리채를 잡혀 끌려 나가면서 양팔을 들어 올려 하늘을 향해 기원했으나 아무런 소용이 없었다. 트로이아의 어머니들은 할 수 있는 한 조국의 신상들을 가슴에 끌어안고, 불타 버린 신전에 매달렸으나, 승리를 거둔 그라이키아인들은 이 탐나는 전리품들을 잡아갔다.

헥토르의 어린 아들 아스티아낙스는 높은 성탑에서 아래로 내던져졌다. 살아 있을 적에 성탑으로 올라가, 어머니 안드로마케가 가리키는, 그러니까 아버지 헥토르가 어린 아들과 조국을 위해 싸우는 모습을 여러 번 지켜보았다.

이제 북풍이 불어와 그라이키아인들에게 출항을 재촉했다. 바람을 맞은 돛들은 어서 펴달라는 듯이 펄럭거렸고 선장은 선원들에게 바람을 이용하라는 지시를 내렸다.

「트로이아여, 안녕. 우리는 끌려간다네.」

트로이아 여자들은 눈물을 흘리고 고국 땅에 키스하면서 불타오르는 고향 집을 떠나가야 했다. 배에 마지막으로 오른 트로이아 여자는 헤쿠바였다(참으로 처참한 광경이었다). 프리아무스의 아내 헤쿠바는 자녀들의 무덤들 사이에서 넋 잃은 상태로 발견되었다. 그녀가 봉분을 부여잡고 죽은 아들의 유골에 키스하는 동안, 울릭세스가 손으로 그녀를 끌어냈다. 하지만 그녀는 헥토르의 유골을 가슴 속에 감추었고 늙은 머리에서 잡아 뽑은 한 움큼의 백발을 헥토르의 무덤에 내려놓았다. 하지만 머리카락과 눈물은 빈약한 봉헌 428 물일 뿐이었다.

폴릭세나의 희생과 헤쿠바의 슬픔

바다 건너 트로이아의 맞은편에는 트라키아 사람들이 거

주하는 고장이 있었다. 폴리메스토르가 다스리는 비옥한 왕국인데, 폴리도루스여, 너의 아버지 프리아무스는 너를 트로이아 전장에서 빼내 이곳에서 성장하게 했다. 현명한 계획이었다. 프리아무스는 너에게 아주 많은 재산을 딸려 보냈는데 사실 부(富)란 범죄의 대가이며 탐욕스러운 마음의 연료인 것이다.

트로이아의 행운이 쇠하자, 트라키아의 불경한 왕 폴리메스토르는 칼을 뽑아 들어 몸을 의탁한 왕자의 목구멍을 찔렀다. 시체를 없애면 죄상도 함께 없어지기라도 하는 것처럼, 이 잔인한 왕은 죽어 버린 왕자의 시체를 높은 절벽에서 바다로 던져 버렸다.

그라이키아군 총사령관 아가멤논은 트라키아 해안에 배들을 계류시키고 바다가 잠잠해져 순풍이 불어올 때까지 기다리기로 했다. 그런데 갑자기 땅이 쩍 벌어지면서 살아 있을 때와 똑같은 몸집에 여전히 위협적인 전사인 아킬레스의 망령이 솟아올랐다. 망령의 표정은 분노의 칼을 휘두르며 아가멤논을 미친 듯이 공격하려 했던 예전의 그 표정이었다. 망령은 말했다.

「그라이키아인들이여, 그대들은 나를 잊어버린 채 떠나려 하는가? 나의 용기에 대한 감사는 나를 매장하면서 함께 매장해 버렸는가? 제발 그러지 말라! 내 무덤에서 명예가 사라지지 않도록 폴릭세나의 희생으로 아킬레스의 망령을 달래도록 하게.」

아킬레스는 말을 마쳤고 그라이키아인들은 이 무자비한 망령에 복종했다. 폴릭세나는 어머니 헤쿠바에게 위안을 안겨 주는 유일한 딸이었다. 하지만 어미 품에서 끌려 나온 그녀는 사납고, 불운하고, 남성적인 처녀였다. 이제 무서운 무덤 앞으로 끌려가 희생을 강요당하는 신세였다. 그녀는 자신이 공주의 신분임을 의식하고 있었다. 잔인한 제단 앞으로 끌려 나갔을 때 희생을 위한 야만적인 의례가 준비되는 것을 보고, 또 아킬레스의 아들 네오프톨레무스가 선 채로 칼을 들고 자신을 응시하는 모습을 보고서 폴릭세나는 말했다.

「마침내 나의 고귀한 피를 흘릴 때가 왔구나. 자, 지체하지 말고 집행하도록 하라. 너의 칼로 내 목과 가슴을 찔러라.」(동시에 그녀는 자신의 목과 가슴을 노출시켰다.)

「나 폴릭세나는 누구의 노예도 되고 싶지 않기 때문이다. 너희들이 이런 제사로 진정시킬 만한 신은 없다고 본다. 단지 나의 죽음을 내 어머니가 알지 못했으면 좋겠구나. 어머니가 내 죽음을 알게 되면 내가 이 죽음에서 취하는 즐거움을 반감시킬 터. 하지만 어머니는 나의 죽음보다는 당신 자신의 삶에 더 많은 고통을 느끼실 것이다.

제발 내 주위로 너무 좁혀 들지 말아다오. 내가 자유롭게 스틱스의 지하 세계로 내려갈 수 있도록. 그리고 내가 주문하는 바가 정당하다면, 남자의 손이 처녀의 몸에 닿지 않게 해다오. 네가 나의 죽음으로 달래려 하는 자가 누구이든, 그에게는 자유민의 피가 더 적절할 것이다. 내가 한 마지막 말이 누군가를 감동시켰다면(나는 포로로 잡힌 여자가 아니라 프리아무스 왕의 딸 자격으로 이렇게 말하는 것이다) 아무런 보상금을 요구하지 말고 내 시체를 내 어머니에게 돌려주어라. 슬픈 매장 의식을 위해, 어머니가 황금이 아니라 눈물로 값을 지불하게 해달라. 만약 어머니가 능력이 된다면 너희에게 황금을 지불하실 것이나 지금은 알지 못하겠노라.」

폴릭세나가 말을 마치자 사람들은 참지 못하고 눈물을 흘렸으나 정작 그녀는 울지 않았다. 사제는 울면서, 마지못해 그녀가 내민 가슴을 칼로 찔렀다. 그녀는 무릎에 힘이 빠지면서 땅에 쓰러졌고 두려움 없는 얼굴을 자신의 마지막 운명 쪽으로 돌렸다. 쓰러지면서도 폴릭세나는 마지막까지 가려야 할 부분을 가리려 했고 순결한 처녀의 외관을 지키려고 애를 썼다.

트로이아 여인들은 그녀의 시신을 수습하면서 그들이 애도한 프리아무스 자식들의 숫자를 헤아렸고 한 가문이 그토록 엄청난 피를 흘려야 하는 사실을 탄식했다. 그들은 처녀인 폴릭세나와 최근까지 왕비였던 헤쿠바를 위해 슬퍼했다. 헤쿠바는 얼마 전까지만 해도 왕실의 어머니였고 번성하는 아시아의 표상이었는데 이제는 불쌍하게도 울릭세스의 전리품 중 하나가 되었다. 헤쿠바, 당신을 얻은 울릭세스는 당신이 헥토르를 낳지 않았더라면 당신을 전리품으로 원하지도 않았을 것이다. 헥토르 자신도 울릭세스가 어머니의 주인이 되는 것을 결코 바라지 않았을 것이다!

헤쿠바는 용감하고 숭고한 영혼이 빠져나간 딸의 시체를 껴안으며 전에, 조국, 자식, 남편, 그리고 자신을 위해 자주 그러했듯 눈물을 흘렸다. 딸의 상처에 눈물을 흘려 넣었고 딸의 입에 자신의 입을 맞추었으며 이제 그렇게 두들겨 맞는데 이골이 난 자신의 가슴을 마구 두드렸다. 피로 떡이 된 자신의 백발을 잡아 뜯고 가슴을 치면서 이렇게 말했는데, 말이라기보다 차라리 절규에 가까웠다.

「딸아, 네 어머니의 마지막 슬픔(이제 뭐가 더 남아 있니?)인 딸아. 너는 이제 거기 누워 있고 나는 네 상처를 본다. 그 상처는 나의 상처이기도 하지. 마치 내 자식들은 모두 살해되어야 하는 것처럼 너 또한 부상을 입고 죽었구나. 너는 여자의 몸인데도 칼날에 스러졌구나. 네 형제들을 그처럼 많이 죽인 자가 너를 죽인 자이다. 트로이아를 멸망시켜 우리를 유민으로 만든 아킬레스가 그자이지. 하지만 결국 그자도 파리스와 포이부스의 화살을 맞고 죽었어. 그래서 나는 〈이제 아킬레스는 더 두려워할 필요가 없어〉 하고 말했지. 하지만 죽은 후에도 그자는 두렵기만 하구나.

무덤에 들어간 그자의 유골은 우리 가문을 향해 분노를 터트리는구나. 그자는 아직도 우리에게 적개심을 느끼고 있구나. 내가 내 자녀들을 임신했던 것은 아이아쿠스의 손자를 위한 것이었지. 위대한 일리온은 멸망했고 그 재앙은 끔찍한 결과로 이어지고 말았구나. 하지만 오로지 내게는 페르가뭄[8]이 여전히 남아 있구나. 나의 슬픔은 계속되고 있구나.

한때 신분 높은 여자였고 많은 사위, 자녀, 며느리, 남편을 두었던 막강한 여자가 유민이요 포로가 되어 내 가족의 무덤에서 멀어져 울릭세스의 아내 페넬로페의 선물로 떨어지는 처지가 되었구나. 그녀가 건네주는 실을 잣고 있노라면 그 여자는 〈이 사람이 저 유명한 헥토르의 어머니, 프리아무스의 아내예요〉 하고 말할 테지.

많은 자식을 이미 잃어버린 후에, 어머니의 슬픔을 덜어주는 유일한 혈육이었던 너 폴릭세나는 적의 무덤을 달래는 희생 제물로 사용되고 말았구나! 내가 왜 끈덕지게 살아남아야 할까? 내가 무엇 때문에 더 이상 지상에서 뭉그적거려야 할까? 오 주름살 진 노년이여, 무엇 때문에 너는 나를 지

8 일리온과 페르가뭄 둘 다 트로이아를 가리킨다.

상에 붙잡아 두고 있느냐? 잔인한 신들이여, 나에게 더 이상 죽음을 보게 하지 않을 양이면, 왜 이 늙은 여자로 하여금 죽음을 기다리게 하십니까? 트로이아가 멸망했을 때, 누가 프리아무스를 행운아라고 생각했겠습니까? 하지만 그이는 죽은 게 행운이었어. 내 딸아, 그이는 네가 죽은 꼴을 보지 않아도 되었고 삶과 통치를 동시에 놓아 버렸어.

오, 왕실 공주인 내 딸아. 너는 엄숙한 장례식으로 위로받을 자격이 충분하고 네 시신은 조상 대대로 내려온 묘지에 묻혀야 마땅하다. 하지만 우리 가문의 형편으로 보아 더 이상 허락되지 않겠구나. 네가 받을 선물은 네 어머니의 눈물과 낯선 땅의 한 줌 흙뿐이구나. 우리는 모든 것을 잃어버렸단다. 하지만 이 모진 삶을 조금만 더 견뎌 내야 할 이유가 있단다. 내가 가장 사랑했고 아들들 중에 막내인 유일한 혈육 폴리도루스가 이 해안의 트라키아 왕에게 보내졌지. 이제 네 잔인한 상처를 물로 씻어 주고 무자비하게 피칠갑이 된 네 얼굴을 빨리 씻어 주마.」

헤쿠바는 그렇게 말하고 하얀 머리카락을 쥐어뜯으며 노파의 걸음걸이로 해안의 트로이아 여자들에게 걸어갔다.

「트로이아 여자들이여, 내게 항아리를 주오.」

불행한 헤쿠바가 말했다. 그녀는 해안에서 정갈한 물을 떠 올릴 생각이었던 것이다. 그때 절벽에서 바다로 내던져진 폴리도루스의 시신을 보았고 트라키아인의 칼에 생겨난 무수한 상처들을 보았다. 트로이아 여인들은 비명을 내질렀다. 헤쿠바는 슬픔으로 말을 잃었고 슬픔에 압도되었다. 말을 할 수도 없었고 눈물도 차마 솟아나지 못했다. 그녀는 단단한 바위처럼 온몸이 굳어졌고 발아래 땅에 시선을 고정하거나 때로 고개를 들어 음울한 얼굴로 하늘을 쳐다보았다. 거기 누워 있는 아들의 얼굴을 내려다보고 이어 몸에 난 상처를 자세히 살펴보면서 분노의 무기를 들고 분노의 옷을 입었다. 분노로 온몸이 불타오르자, 아직도 자신이 왕비인 것처럼 복수하기로 결심했다. 이제 그녀는 완벽한 징벌의 화신이었다. 어린 새끼 사자를 약탈 당해 분노하는 암사자가 발자국을 따라서 일찍이 보지 못한 적을 추적하듯이, 헤쿠바는 분노에 슬픔을 더하며 이제 늙은 몸이었으나 나이를 잊었으되, 용기는 잊지 않았다.

헤쿠바는 그런 끔찍한 살인을 저지른 폴리메스토르를 찾아가, 아들에게 주려고 감추어 둔 황금의 소재를 왕에게 알려 주려고 한다며 알현을 요구했다. 트라키아 왕은 헤쿠바의 말을 믿었고 약탈품을 차지할 욕망에 몸이 달아서 그녀를 은밀히 찾아왔다. 이어 교활하면서도 구슬리는 어조로 말했다.

「헤쿠바, 더 이상 지체하지 말고, 당신의 아들을 위한 선물을 내게 내놓으시오. 당신이 내게 준 것은 모두 아들이 소유하게 될 거요. 당신이 전에 준 선물들도 신들의 이름으로 맹세하는데 당신 아들에게 돌아갈 것이오.」

왕이 그렇게 말하면서 거짓 맹세를 하는 동안, 헤쿠바는 상대를 차갑게 노려보았다. 그녀의 펄펄 끓는 분노가 흘러넘쳤고, 그녀는 사로잡힌 트로이아 여자들에게 함께 공격하자며 도움을 청했고 왕의 몸을 잡고는 배신자의 두 눈에 손가락을 깊숙이 찔러 넣어 눈알을 눈구멍으로부터 빼냈다(분노로 인해 엄청난 힘이 생겨났다). 그녀는 죄인의 피로 물든 양손을 더욱 깊숙이 안으로 집어넣으며 눈알이 아니라(눈알은 남아 있는 게 없으므로) 눈이 있던 자리 자체를 파냈다.

트라키아 족속은 왕이 당한 재앙에 분노하면서 칼과 돌로 일제히 헤쿠바를 공격하기 시작했다. 하지만 그녀는 거칠고 으르렁거리는 소리를 내면서 자신에게 던져진 돌을 입으로 받아 물었다. 헤쿠바가 입을 벌려 말을 하려고 하자 개 짖는 소리가 흘러나왔다. 이 일이 벌어진 곳은 아직도 남아 있으며 지명은 키노세마인데 〈개의 무덤〉이라는 뜻이다. 키노세마에서 그녀는 오래전의 불운을 여전히 기억하면서 트라키아 들판을 향하여 구슬프게 짖어 대고 있다.

그녀의 불운한 삶에 트로이아인들은 물론이고 적인 그라이키아인들도 안타까워했다. 또한 천상의 모든 신들도 안타까워했다. 심지어 유피테르의 아내이며 여동생인 유노조차도 헤쿠바가 그런 운명에 처한 것은 부당한 일이라고 말했다. 575

멤논

〈새벽〉은 전쟁에서 트로이아의 편을 들어주었으나 트로이아의 재앙과 헤쿠바의 몰락을 동정해 줄 여유가 없었다. 더욱 심각한 그녀 집안의 근심과 슬픔에 괴로워하고 있었던 것이다. 멤논의 어머니 〈새벽〉은 프리기아의 들판에서 멤논이 아킬레스의 창에 죽어 가는 모습을 보았다. 그러자 새벽의 붉은 색깔은 창백해졌고 구름은 온 하늘을 가리게 되었다. 멤논의 시체가 마침내 화장대 위에 놓이자 어머니는 차마 지켜볼 수가 없어 산발을 한 채 위대한 유피테르의 발밑에 무릎을 꿇고서 눈물 흘리며 아뢰었다.

「비록 제가 빛나는 천상에 사는 모든 신들보다 열등한 존재이오나(나의 신전은 이 세상에 아주 드물게 있습니다), 그래도 여신임에는 틀림없습니다. 내게 사원과 희생의 날들과 향이 활활 타오르는 제단을 내려 달라고 당신을 찾아온 것은 아닙니다. 비록 여자의 몸이기는 하오나 매일 새벽 첫째 빛으로 어둠의 경계 지역을 보호함으로써 당신에게 큰 도움을 드린다는 점을 인정하신다면, 저에게 상을 내려야 마땅하다고 생각하실 것입니다. 하지만 그것은 〈새벽〉의 관심사가 아니며 저는 지금 합당한 명예를 내려 달라고 요구하려는 것도 아닙니다. 나는 아들 멤논을 여읜 채 이렇게 당신을 찾아왔습니다.

멤논은 삼촌 프리아무스를 위해 무기를 들었으나 어린 나이에 용감한 아킬레스의 창을 맞아 쓰러졌습니다(당신이 그렇게 되기를 바라셨습니다). 신들의 최고 지도자여, 비오니, 멤논에게 약간의 명예를 내려 주어 그의 죽음을 위로하여 어머니의 상처를 어루만져 주소서.」

유피테르는 고개를 끄덕이며 승낙했다. 멤논의 화장대가 높은 불길에 휩싸였을 때, 일진광풍 같은 검은 연기가 주위를 어둡게 만들었다. 강들이 새로운 안개들을 내뿜어 태양이 안개들 속에서 힘을 잃어버리는 것과 비슷했다. 검은 재가 날아올라 한 덩어리를 이루었고 점점 더 두터워지더니 형체를 갖추면서 불길로부터 온기와 생기를 끌어냈다. 이 형체는 가벼워서 날아가는 듯했다. 처음에 새 형상으로 보였으나 곧 날개를 퍼덕거리는 진짜 새가 되었다. 이 새와 함께 나는 무수한 새들 역시 같은 방법으로 생겨난 것이었다.

새들은 불타는 화장대 주위를 세 번 맴돌았고 구슬픈 합창 소리로 공중을 가득 채웠다. 네 번째 맴돌 때, 새들은 적대적인 두 진영으로 나뉘어 날카로운 부리와 휘어진 발톱으로 맹렬하게 싸웠다. 이어 그들의 날개와 가슴은 피곤해졌다. 그러자 죽은 자들에 대한 희생 제물로서, 그들이 생겨나게 된 원인인 영웅 멤논을 기억하려는 듯이 이 새들은 땅으로 추락했다.

이 예기치 않은 자식들은 창조자의 이름을 취하여 멤노니데스라는 명칭이 붙었다. 멤논의 자식들이란 뜻이다. 태양이 황도의 열두 궁을 돌아 1년이 지나면, 이들은 다시 싸움을 벌였다. 아버지의 죽음을 슬퍼하며 서로 싸우다가 죽는 것이다.

헤쿠바가 개로 변신하여 컹컹 짖어 대어 다른 사람들이 눈물을 흘리는 동안, 〈새벽〉도 슬픔에 사로잡혔다. 그리하여 오늘날까지도 눈물을 흘리고 있다. 새벽에 온 세상을 적시는 이슬이 바로 그 증거이다. 622

아이네아스의 트로이아 탈출

하지만 운명의 여신들은 트로이아 성벽이 무너짐과 함께 희망마저 완전히 사라지도록 내버려 두지는 않았다. 베누스 여신의 영웅적인 아들 아이네아스는 불타는 트로이아에서 성물들을 수습하여 가슴에 안고 나왔고 또 다른 성물인 아버지 안키세스를 어깨에 메고 탈출했다.

경건한 아들인 아이네아스는 많은 재산들 중에서 오로지 이 성물만을 골랐고 아들 아스카니우스를 데리고 피난선에 올라 안탄드루스를 떠나 위험스러운 트라키아 땅을 벗어났다. 최근에 참혹하게 살해 당한, 헤쿠바의 막내아들 폴리도루스의 피가 뿌려진 땅이다. 바람과 조수의 우호적인 도움을 받아서 아이네아스와 부하들은 얼마 안 돼 아폴로의 도시인 델로스에 입성했다. 631

아니우스의 딸들

아폴로를 최고의 사제로 모시는 델로스의 왕 아니우스는 신전과 왕궁에서 아이네아스를 맞았다. 아니우스는 그에게 도시의 명소를 보여 주었는데, 그중에는 라토나가 쌍둥이 신들을 출산할 때 꼭 붙잡았다는 나무 두 그루가 있는 유명한 사당도 있었다. 이 사당에서 그들은 제단의 화염에 향료를 뿌렸고 이어 포도주를 끼얹으며 헌주했다. 또 관습에 따라 암소를 잡아 내장을 불태우며 흠향해 달라고 신께 기도했다. 그들은 다시 왕궁으로 돌아가 높이 쌓아 올린 양탄자에 앉아 케레스의 선물과 맑은 바쿠스로 피로한 심신을 달랬다. 경건한 안키세스가 말했다.

「오, 포이부스의 선택된 사제여, 내 기억이 틀리지 않다면, 내가 이 도시를 처음 방문했을 때 당신에게 네 딸과 한 아들이 있는 것을 보았는데요.」

그러자 아니우스 왕은 하얀 리본을 두른 이마를 흔들면서 슬픈 목소리로 대답했다.

「위대한 영웅이여, 당신의 기억은 틀리지 않았습니다. 당신은 다섯 아이의 아버지를 보았습니다. 하지만 인간사는 너무도 무상하여 이제 당신은 자식이 거의 없는 아버지를 보고 있습니다. 여기 없는 아들이 내게 무슨 도움이 되겠습니까? 아들은 자기 이름을 딴 안드로스의 땅에 나가 아버지를 대신하여 왕 노릇을 하고 있으니까요. 아폴로는 아들에게 예언 능력을 주었고, 바쿠스는 딸들에게 그보다 더 큰 능력을 주었는데 딸들이 소원하거나 생각했던 것 이상이었습니다. 내 딸들이 손대는 것은 뭐든지 곡식 혹은 포도주, 혹은 올리브기름으로 바뀌었습니다. 정말 유익한 능력이었습니다!

트로이아를 파괴한 그라이키아군 총사령관 아가멤논이 이 사실을 알았을 때(우리 또한 당신이 당한 것과 비슷한 시련을 당한 바 있지요), 그는 무력을 사용하여 싫다는 딸들을 아버지의 무릎에서 떼어 내 천상의 능력으로 그라이키아 선단에 먹을거리를 제공하라고 명령했습니다. 그러자 딸들은 되도록 멀리 달아났습니다. 두 딸은 에우보이아로 도망쳤고, 다른 두 딸은 남자 형제인 안드로스를 찾아갔습니다. 하지만 군인들이 나타나 두 딸을 내놓지 않으면 공격하겠다고 위협했습니다.

혈육의 정도 공포를 당해 내진 못했습니다. 아들은 처벌하라며 딸들의 신병을 내주었습니다. 당신은 겁 많은 이 남자 형제를 용서해 주어야 합니다. 거기에는 안드로스를 보호해 줄 아이네아스도, 트로이아 전쟁을 10년 동안 지탱해 온 헥토르도 없었기 때문입니다.

이제 사로잡힌 딸들을 묶으려고 쇠사슬이 준비되고 있었습니다. 두 딸은 아직 자유로운 두 팔을 하늘로 쳐들며 외쳤습니다.

〈아버지 바쿠스 신이시여, 도와주세요!〉

딸들에게 그런 재능을 부여한 신은 도움을 내려 주었습니다. 딸들을 놀라운 방식으로 변신시킨 것이 도움이라고 할 수 있다면 말입니다. 무슨 이유로 딸들이 그런 형체를 취하게 되었는지 나는 알 수도 없고 말씀드릴 수도 없습니다. 그들이 어떻게 불운한 결말을 맞았는지는 압니다. 오 안키세스여, 딸들은 몸에 깃털이 생겨났고, 당신의 불멸의 아내인 베누스[9]를 시중드는 새가 되었습니다. 내 딸들은 모두 눈처럼

9 안키세스는 여신 베누스와 관계하여 아이네아스를 낳았다.

674 하얀 비둘기가 되었답니다.」

오리온의 딸들

그들이 이런저런 얘기들로 향연을 마무리하는 동안 식탁이 치워졌고 이제 그들은 잠을 자러 갔다. 아이네아스와 안키세스 일행은 다음 날 아침 기상하자마자 포이부스의 신탁을 들으러 갔다. 신탁은 그들의 오래된 어머니와 친척의 땅 크레타섬을 찾아가라고 말했다. 아니우스 왕은 그들을 전송했고 출발하려는 안키세스 일행에게 선물을 주었다. 안키세스에게는 왕홀을, 그의 손자 아스카니우스에게는 겉옷과 화살통을, 아들 아이네아스에게는 술 섞는 그릇을 주었다. 아니우스 왕의 손님인 이스메니아 사람 테르세스가 아이오니아 해안에서 왕에게 선물로 보냈던 그릇이었다. 힐레의 알콘이 만들고 표면에 양각으로 긴 이야기가 담긴 그림을 새겨 넣은 것이다.

술그릇에 새겨진 이야기의 무대는 대문이 일곱 개인 도시였다. 이로써 우리는 이 도시가 테바이임을 알 수 있다. 도시의 성벽 앞에서는 장례식이 벌어지고 있다. 무덤 앞에서는, 화장대의 불타오르는 장작들의 화염이 공중으로 치솟고 있다. 산발을 한 채로 가슴을 드러낸 어머니들은 적나라하게 슬픔을 표현하고 있다. 님프들 또한 울면서 그들의 샘이 말라 버렸다며 불평하고 있다. 잎사귀가 없어서 나무들은 뻣뻣하고 앙상하며, 염소들은 메마른 돌을 핥고 있다.

그릇에 새겨진 사람들은 테바이 한가운데 서 있는 오리온의 딸들이다. 한 딸은 자신의 맨살 목덜미에 자살에 이를 상처를 내고 있고, 다른 딸은 용감하게 가슴에 칼을 찔러 넣고 있다. 그들은 테바이의 백성들을 위하여 자결한 것이고, 엄숙한 장례 행렬 속에서 도시의 군중들을 지나 화장터로 옮겨진 것이다.

그들 가문의 대가 끊기는 사태를 막기 위해, 아직도 따뜻한 처녀들의 시신에서 쌍둥이 사내아이가 태어났다. 운명의 여신들은 이 쌍둥이에게 코로나이라는 이름을 내려 주었다. 두 소년은 즉시 장례식에 참석하여 어머니의 유해에 조의를 표했다. 청동으로 된 오래된 술 섞는 그릇 표면에는 이런 인물들이 반짝거렸고, 그릇의 운두는 도금(鍍金) 아스칸서스 잎사귀가 상감 처리 되었다.

트로이아인들은 받은 선물들에 못지않게 귀중한 답례품을 내놓았다. 아폴로의 사제 아니우스 왕에게 향료를 담는 통을 주었고 황금과 보석으로 장식된 왕관도 그릇과 함께 주었다.

그곳에서 테우크리아족이 테우케르에서 나왔음을 상기하면서 그들의 일행은 크레타섬에 도착했다.[10] 하지만 이 섬의 날씨를 오래 견디기 힘들어 했고 100개 도시들을 뒤로한 채 이탈리아의 해안에 도착하기를 열망했다. 그러나 풍랑이 아이네아스의 부하들을 마구 흔들어 댔고 마침내 스트로파데스의 변덕스러운 항구에 도착하자 날개 달린 하르피아들이 위협했다.

이어 아이네아스 일행은 네리토스가 살고 있는 사모스섬으로 갔고, 다시 교묘한 술수가 뛰어난 울릭세스의 왕국인 이타카섬을 지났다. 그들은 이 두 섬을 지나가 에피루스의

10 테우크리아는 트로이아의 또 다른 이름이다. 테우케르는 고대 트로이아의 왕인데 크레타섬 출신이었다.

도시인 암브라키아를 보았다. 일찍이 신들이 이 땅을 서로 차지하겠다고 다툰 적이 있었고, 재판관 형상의 바위가 있는데 이곳은 이제 악티움의 아폴로라고 알려져 있다. 아이아네스 일행은 이제 말하는 참나무들이 자라는 도도나 땅을 보았고, 몰로소스 왕의 자식들이 몸에 날개가 나서 불길을 피해 달아날 수 있었다던 카오니아만을 보았다.

아이네아스 일행은 이어 과일나무가 많은 과수원들이 즐비한 파이아키아의 땅으로 갔다. 그다음에는 부트로토스의 에피루스에 상륙했다. 트로이아의 복사판이고 프리아무스의 아들인 헬레누스가 다스리는 도시였다. 프리기아 예언자의 예언 덕분에 아이네아스 일행은 그들의 미래가 어떻게 펼쳐질지 알고 있었다. 그들은 이 도시를 경유하여 시킬리아섬으로 갔다.

이 섬에는 바다 쪽으로 각기 다른 방향으로 내뻗은 갑이 셋 있었다. 파키누스갑은 비 내리는 남쪽을 향했고, 릴리바이움갑은 부드러운 서풍을 마주했고, 펠로루스갑은 북쪽을 보면서 큰곰자리와 작은곰자리를 보았다. 이 두 성좌는 결코 바다에 드는 법이 없었다. 바로 여기에 아이네아스 일행이 도착했다. 열심히 노를 젓고 불어오는 바람의 도움을 받아 그들은 밤이 되어 시킬리아의 항구 메사나 해안에 이르렀다. 이 해역에는 오른쪽에 스킬라 암초가, 왼쪽에는 쉬는 법이 없는 카리브디스 암초가 있었다. 카리브디스는 배를 납치하여 집어삼킨 다음 잔해를 내뱉었다. 스킬라는 허리에 사나운 개의 대가리들을 두르고 있다. 예전 시인들이 읊은 것이 허구가 아니라면, 스킬라는 한때 처녀였다고 한다. 많은 구혼자들이 그녀를 찾아왔으나 모두 물리쳤고, 스킬라는 자신을 제일 사랑해 주는 바다의 님프들을 찾아가서, 젊은 남자들의 구혼을 거절하고 왔다는 둥 자랑을 늘어놓았다.

스킬라는 바다 님프 갈라테아에게 머리카락을 맡겨 빗게 하였고, 갈라테아는 거듭 한숨을 내쉬면서 이런 얘기를 들려 주었다. 739

갈라테아, 폴리페무스, 아키스

「오, 스킬라, 아름다운 처녀여, 당신은 무자비한 남자들에게 쫓긴 게 아닐뿐더러 구애를 거절해도 아무 일이 없었어요. 하지만 나는 바다 신 네레우스와 도리스의 딸로 태어났고 자매들의 보호를 받았지만, 구애하는 키클롭스로부터 도망쳐서 큰 슬픔을 겪게 되었어요.」

이렇게 말하는 동안 눈물이 갈라테아의 목소리를 가로막았다. 스킬라는 하얀 엄지손가락으로 눈물을 부드럽게 닦아 주면서 여신을 위로하고 이렇게 말했다.

「오 사랑하는 이여, 내게 말해 주세요. 당신이 슬퍼하는 이유가 무엇인지. 그런 문제라면 나는 믿을 만한 사람이랍니다.」

갈라테아는 스킬라에게 이렇게 대답했다.

「아키스는 파우누스와 님프 사이에서 태어난 아들이었습니다. 그의 부모에게 당연히 큰 기쁨인데 내게는 더 큰 기쁨이었지요. 우리는 서로 헤어질 수 없는 사이가 되었어요. 잘생긴 아키스는 열여섯 번째 생일이 지나자 부드러운 양 뺨에 솜털이 나기 시작했어요. 나는 아키스를 열심히 쫓아다녔고, 반면에 키클롭스는 나를 쫓아다녔어요. 만약 당신이 키클롭스에 대한 증오와 아키스에 대한 사랑을 달아 보면 저울추가 어디로 기우느냐고 묻는다면 대답을 잘 하지 못하겠어요.

똑같은 무게였어요.

자상하신 베누스 여신이여, 당신이 관장하는 영역의 힘은 정말로 크십니다! 보십시오, 저 사나운 괴물을! 어떤 숲이라도 그를 보면 무서워 떨고, 어떤 낯선 사람도 그를 보면 부상을 당하고, 그는 올림푸스와 신들도 경멸합니다. 그런 괴물이 사랑이 무엇인지 느꼈고 나에 대한 욕망으로 불타올라 자신의 양 떼와 동굴을 등한시하고 있습니다.

너, 폴리페무스여, 너는 이제 외양에 신경을 쓰고 또 여자를 기쁘게 하는 데 신경을 쓰는구나. 너는 낫으로 사나운 수염을 면도하고서 네 사나운 얼굴을 물에 비쳐 보며 조금이라도 낫게 보이려고 애쓰는구나. 살인과 약탈과 유혈을 그토록 좋아하더니 그런 야만 행위조차 멈추었구나. 이제 배들이 안전하게 왕래할 수 있게 되었구나.[11]

한편 빗나가는 법이 없는 예언을 하는 자이며 에우리무스의 아들인 텔레무스는 이곳 시킬리아섬의 아이트나를 여행하는 중이었는데 그에게 말했어요.

〈당신 이마 한가운데에 박혀 있는 외눈은 장차 울릭세스가 떼어 갈 거요.〉

그는 웃으면서 대답했어요.

〈오 가장 어리석은 예언자여, 당신은 틀렸소. 다른 사람이 이미 하나뿐인 내 눈을 가져가 버렸소.〉[12]

그는 미래를 정확하게 예언하는 텔레무스를 그런 식으로

11 키클롭스족인 폴리페무스는 호메로스와 베르길리우스의 작품에서는 사나운 식인종으로 묘사되어 있고, 테오크리투스의 작품에서는 해학적인 애인으로 묘사되는데, 오비디우스는 이 두 특성을 종합하고 있다.

12 갈라테아가 자신의 온 시선을 사로잡았다는 뜻.

우습게 보았어요. 그는 커다란 발걸음을 떼어 놓으며 해변을 쿵쿵 울렸고 그러다 피곤해지면 어두운 동굴들로 돌아갔어요.

쐐기처럼 생기고 등성이가 기다란 언덕이 바다 쪽으로 들어가 있어요. 그래서 파도는 언덕 양쪽을 돌아 들어오지요. 무서운 키클롭스는 이 언덕의 꼭대기로 올라가 한가운데 앉았어요. 그의 양 떼는 아무도 이끌어 주지 않는데도 주인을 따라왔어요.

그는 배의 돛대로 사용할 만한 소나무를 지팡이로 사용하는데 그걸 옆에 내려놓더니 갈대 100개를 묶어 만든 피리를 집어 들어 불기 시작했어요. 온 산이 찢어지는 피리 소리로 가득 찼고 파도들도 감지할 정도였어요. 바위 속에 숨어서 아키스의 무릎에 앉아 있던 나, 갈라테아는 멀리서도 다음과 같은 피리 가락을 귀로 들을 수 있었어요. 그 가락은 듣는 순간 마음에 새겨졌어요.

〈갈라테아여, 그대는 눈 같은 쥐똥나무 이파리보다 더 희구나. 초원보다 더 화려하게 꽃피어나고, 높은 오리나무보다 더 키가 크고, 유리보다 더 반짝거리며, 어린아이보다 더 장난스러우며, 끊임없는 파도에 씻긴 조개보다 더 맨들맨들하고, 겨울의 태양 혹은 여름의 그늘보다 더 환영을 받는구나. 너는 사과보다 더 유명하고 플라타나스나무보다 더 눈에 띄는구나. 얼음보다 더 반짝거리고 잘 익은 포도보다 더 달콤하구나. 백조의 깃털 혹은 치즈보다 더 부드럽구나. 만약 나한테서 달아나지 않는다면 물을 주고 잘 가꾼 정원보다 더 아름답구나.

그러나 이런 갈라테아가 때로는 길들이지 않은 암소보다 더 사납구나. 많은 수령(樹齡)를 자랑하는 참나무처럼 단단하고 바다의 파도처럼 잔인하고, 버들가지나 하얀 포도 넝쿨보다 더 질기고, 이 절벽들보다 더 요지부동이고, 강물보다 더 난폭하며, 공작보다 더 자만심이 강하고, 불길보다 더 사나우며, 엉겅퀴보다 더 거칠거칠하고, 새끼에게 젖을 주는 암곰보다 더 공격적이고, 바다보다 더 귀가 먹었으며, 짓밟힌 뱀보다 더 무자비하구나. 마지막으로, 너의 가장 나쁜 결점들 중에서 내가 맨 먼저 없애고 싶은 것이 있다. 너는 짖어대는 개 떼에게 쫓기는 사슴보다 더 빠를 뿐만 아니라 공중을 내달리는 바람이나 미풍보다 더 날래구나!

하지만 네가 잘 살펴본다면 너는 그렇게 달아난 것을 후회할 테고 그처럼 시간 낭비한 너 자신을 비난하면서 내 마음에 들려고 노력하게 될 것이다. 나는 산 한가운데에 자연석으로 이루어진 동굴을 가지고 있다. 여긴 한여름에도 햇빛이 들지 않으며 겨울이 되어도 춥지가 않다.

나뭇가지에는 과일들이 매달리고, 기다란 포도 넝쿨에는 황금빛 혹은 자줏빛 포도들이 열린다. 나는 이 두 종의 포도를 너를 위해 간직하고 있다. 너 자신 숲속의 그늘에서 자라는 부드러운 딸기를 손으로 직접 딸 수 있다. 가을에는 산수유 열매를 딸 수 있고 푸른색으로 짙은 과즙을 내는 자두나 신선한 밀랍처럼 노란색을 띠는 자두를 선택할 수도 있다. 네가 나를 남편으로 삼는다면 밤도 얼마든지 먹을 수 있고 아르부투스나무의 열매도 부족하지 않을 것이다. 모든 나무가 너를 섬길 것이다.

이 양 떼들은 모두 내 것이다. 이외에도 많은 양들을 계곡에서 방목하고 있다. 숲에도 많은 양들이 있고 동굴들 속에도 많이 들어가 있다. 네가 양들의 숫자를 묻는다면 너무 많아 정확하게 몇 마리인지 대답할 수가 없다. 양 떼의 숫자를 세는 것은 가난한 사람들이나 하는 짓이다! 하지만 내 말을 믿지 못하겠거든 현장에서 직접 확인할 수 있으리라. 젖통에 젖이 잔뜩 들어 제대로 걷지도 못하는 양들을 직접 보아라. 나는 어린 양들은 양 우리에서 키우고, 어린 염소는 염소 우리에서 키운다. 내게는 언제나 눈처럼 흰 우유가 풍부하게 있다. 때로는 그것을 신선한 상태로 마시고 때로는 굳혀서 치즈를 만든다.

너는 내게서 비범한 선물을 받을 것이다. 사슴, 산토끼, 염소, 한 쌍의 산비둘기, 나무 우듬지에서 금방 가져온 새 둥지 등을 받으리라. 산에서 나는 산비둘기 쌍둥이를 발견했는데 네가 가지고 놀기에 딱 좋은 것이야. 두 놈이 너무 똑같아서 너는 둘을 구분하지 못할 거야. 나는 산꼭대기에서 털 많은 암곰 새끼들을 발견하고 이렇게 중얼거렸지.

〈난 저것들을 내 아내를 위해 간직해 두어야지.〉

자, 갈라테아, 저 푸른 바다에서 반짝이는 네 머리를 쳐들어. 그리고 어서 와. 갈라테아, 나의 선물들을 우습게 보지 마!

난 나 자신을 잘 알고 있어. 최근에 맑은 물에 나를 비춰 보았는데 내 아름다운 모습이 정말 마음에 들었어. 내가 얼마나 덩치가 큰지를 한번 봐. 천상의 유피테르도 내 덩치만큼 크지는 않아(너는 내게 천상에서는 유피테르가 최고 지배자라고 말하곤 했지). 내 근엄한 이마 앞으로 머리카락이 내려와 숲처럼 내 어깨에 그늘을 만들어 주고 있어.

내 몸에 거칠고 뻣뻣한 털이 많이 나 있다고 해서 수치스럽게 생각하지 마. 나무에 잎사귀가 없으면 수치스럽고 말의 목에 갈기가 없다면 수치스러운 거지. 새들에겐 깃털이 있고 양털은 양 떼의 영광인 거야. 사내라면 당연히 턱에는 수염이, 몸에는 빳빳한 털이 나 있어. 내 이마 한가운데에는 커다란 눈알이 하나 박혀 있어. 거대한 방패처럼 말이야. 하지만 위대한 태양은 천상에서 모든 것을 보지 않아? 이 태양도 단 하나의 동그라미라고. 더욱 중요한 것은 나의 아버지가 네가 사는 바다를 다스리는 분이라는 거야. 그분이 너의 시아버지가 되는 거야. 제발 자비심을 가지고 이 간원하는 나의 바람을 좀 들어줘!

나는 오로지 네게만 굴복해. 유피테르와 천상과 그의 무시무시한 벼락을 우습게 여기지만, 오 네레이스여, 나는 너를 사모해. 너의 분노가 벼락보다 더 무서워.

만약 네가 모든 사람한테서 달아난다면 너의 경멸을 좀 더 너그럽게 용납할 수 있을 거야. 하지만 왜 너는 이 키클롭스를 거부하고 나서는 아키스를 사랑하고, 나의 포옹보다 아키스를 더 사랑하는 거냐? 그가 자기 좋을 대로 하고 너 갈라테아를 기쁘게 하려고 애쓰는 거야 뭐 좋아. 하지만 그 놈이 내 손에 걸리면 가만두지 않겠어! 그놈은 내가 덩치 못지않게 힘도 막강하다는 사실을 알게 될 거야. 나는 산 채로 그자의 내장을 끄집어낼 거야. 사지를 난도질한 다음 그걸 들판과 너의 파도 위에 내던질 거야(그러면 그 잘난 놈이 너를 다시 만나도 우스꽝스럽겠지).

난 지금 사랑으로 온몸이 불타오르고 있어. 이 불길은 잘못 다루면 더욱 거세게 타오르지. 내 가슴에는 맹렬한 화염을 그대로 간직한 아이트나 화산이 들어앉아 있는 것 같아. 그런데도 너 갈라테아는 조금도 마음이 움직이지 않는구나!〉

이런 헛된 불평을 터트리고 나서(나, 갈라테아는 모든 것을 다 보았어요) 그는 자리에서 일어섰어요. 마치 황소가 갑자기 암소를 빼앗기고 그 자리에 가만히 있지 못하고 숲과 계곡을 제멋대로 방랑하는 듯한 모습이었어요. 그러다가 괴물은 그런 낭패를 전혀 예상하지 않고 두려워하지도 않던 우리를 발견했어요. 그는 소리쳤어요.

〈나는 너희들을 보았어. 그게 너희 두 연놈의 마지막 포옹이 될 줄 알아.〉

분노하는 키클롭스의 목소리답게 아주 우렁찼어요. 그가 소리치자 아이트나 화산이 부르르 떨었어요. 나는 겁을 집어먹고 근처 바다 속으로 잠수했어요. 아키스는 등을 돌리고 달아나면서 말했어요.

〈갈라테아, 제발 나를 도와줘. 오 부모님, 죽을 것 같아요. 저를 도우셔서 당신들의 왕국으로 데려가 주소서.〉

키클롭스는 그를 뒤쫓아 가면서 산의 일부를 떼어 내 아키스에게 던졌어요. 돌더미의 극히 일부가 아키스를 덮쳤지만 충분히 그의 온몸을 뒤덮을 정도였어요. 그렇지만 나는 운명의 여신들이 내게 허용한 것을 할 수 있었어요. 아키스가 그의 할아버지의 권능을 발휘하여 물로 변신하도록 도와주었지요. 진홍색 피가 돌더미에서 흘러나왔고 아주 짧은 시간에 붉은 색깔이 사라지더니 비 내릴 때의 강물 색깔로 변했고 잠시 뒤에는 맑은 색깔이 되었어요. 이어 키클롭스가 던진 돌더미가 쩍 갈라지더니 그 틈새로 살아 있는 키 큰 갈대가 나타났어요. 바위의 텅 빈 입에서는 물이 쏟아져 나와 소리를 냈어요. 그리고 정말 기이한 일이 벌어졌어요. 허리까지 물에 담근 젊은이가 그곳에 서 있었어요. 새로 생긴 두 뿔은 배배 꼰 사초들로 장식되어 있었어요. 예전보다 덩치가 더 크고 온 얼굴이 물빛이라는 것을 제외하면 틀림없이 아키스였어요. 비록 강물로 변신했지만 여전히 아키스였고 강물에는 그의 이름이 붙었어요.」 896

스킬라와 글라우쿠스

갈라테아가 말을 마치자 모임은 해산했다. 네레이스들은 자리를 떴고 고요한 파도 속을 헤엄쳤다. 스킬라는 바다 한가운데에 몸을 의탁할 수 없었으므로 돌아갔다. 뜨거운 땅에서 옷을 입지 않은 채 방랑하거나 피곤에 지치면 바다의 한적한 곳을 찾아가 감추어진 파도에 몸을 식혔다.

그런데 갑자기 물이 갈라지면서 깊은 바다에 사는 새로운 거주자가 등장했다. 최근에 에우보이아의 안테돈에서 변신한 자로서 이름은 글라우쿠스였다. 스킬라를 보고는 이 처녀를 차지하고 싶은 욕망에 사로잡혀 달아나는 그녀의 발걸음을 늦추기 위해 온갖 말을 생각해 냈다. 하지만 그녀는 달아났고 공포심 때문에 더욱 빨리 달려 해안 인근의 산꼭대기로 올라갔다. 바다를 내려다보는 산마루에는 거대한 봉우리가 비쭉 솟았고 정상의 나무들은 바다 쪽으로 휘어져 있었다. 스킬라는 여기라면 안전하겠다고 생각하여 멈추어 섰다. 하지만 쫓아오던 자가 괴물인지 신인지 알지 못했다. 그녀는 추격자의 몸 색깔, 어깨를 덮은 머리카락 색깔, 등 부분의 색깔이 멋지다고 생각했다. 하지만 허리 아래로는 물고기의 형상이었다.

글라우쿠스는 그녀를 보고서 인근에 있는 바위에 기대서면서 이렇게 말했다.

「오 처녀여, 나는 괴물도 들짐승도 아니고 물의 신입니다.

바다에 대해서라면 프로테우스도, 트리톤도 아타마스의 아들인 팔라이몬도 나보다 더 많은 권한을 갖고 있지는 못합니다. 한때 나는 인간이었습니다. 물론 그때도 깊은 바다에 애착을 갖고 바쁘게 노닐었습니다.

어떤 때는 바다에 어망을 놓아 물고기들을 잡아들였고 어떤 때는 바위에 앉아 낚싯대를 바다에 드리웠습니다. 거기에는 푸른 초원과 경계를 이루는 해안이 하나 있었습니다. 한쪽은 바다고 다른 한쪽은 풀밭이었습니다. 소와 양이나 염소가 풀을 뜯지 않았고, 벌들도 꿀을 가지러 오지 않았고, 화관을 만들기 위해 꽃을 따러 오는 자도 없었고, 낫이 풀을 베어 버린 적도 없는 곳이었습니다.

나는 그 전인미답의 풀밭에 처음으로 앉아 본 사람이었습니다. 그곳에서 어망과 낚싯줄을 펴서 말리는 동안 잡아 온 고기를 세어 보기로 했습니다. 운이 좋아 내 그물에 걸려들었거나 아니면 어리석어서 내 낚시에 잡힌 고기들을 펼쳐 놓았습니다. 그런데 진실은 허구와 비슷하게 보입니다. (내가 일부러 허구를 늘어놓는 것이 무슨 도움이 되겠습니까?) 내 물고기들은 땅에 닿는 순간 몸을 옆으로 돌리더니 마치 물속에 있는 것처럼 땅 위를 헤엄쳐 갔습니다. 내가 놀라서 쳐다보고 있는 동안, 물고기들은 그들의 새 주인과 해안을 떠나 원래의 바다로 되돌아갔습니다.

나는 깜짝 놀라면서 오랫동안 망설이다가 원인을 알아보았습니다. 어떤 신이 물고기들을 저렇게 만들었는지 아니면 풀의 즙액이 그렇게 만들었는지. 나는 중얼거렸습니다.

「어떤 풀이기에 그런 위력을 가졌을까?」

나는 손으로 풀을 뜯었고 내 이빨로 씹어 보았습니다. 풀의 즙액이 목구멍으로 넘어가자마자 심장이 마구 뛰었습니다. 나의 심장은 다른 본성을 갖고 싶다는 욕망에 사로잡혔습니다. 나는 거기에 오랫동안 머물 수가 없었고 이렇게 외쳤습니다.

「오 땅이여, 나는 너를 다시 찾지 않을 것이다. 안녕!」

나는 바닷속으로 내 몸을 밀어 넣었습니다. 바다의 신들은 나를 환영해 주었고 자신들과 벗 삼아 지낼 만하다고 생각했습니다. 그들은 오케아누스와 테티스에게 부탁하여 내 몸 안에 있었던, 죽어 없어지는 인간의 요소를 모두 제거했습니다. 나는 바다의 신들에 의해 정화되었고, 그들은 마법의 말을 아홉 번 되풀이하여 내 몸에서 악을 모두 씻어 냈습니다. 나는 100개의 강에 내 가슴을 담그라는 지시를 받았습니다. 그러자 지체 없이 강물들이 내 머리 위 여러 방향에서 흘러들었고 모든 바다가 내 머리 위에서 파도쳤습니다.

나는 여기까지 벌어진 일은 기억하여 당신에게 말해 줄 수 있습니다. 여기까지는 기억하지만 나머지는 알지 못합니다. 깨어나 보니 내 몸과 마음은 예전과는 아주 달라져 있었습니다. 나는 그때 처음으로 나의 초록색 수염, 파도 위로 넘실거리는 긴 머리카락, 널찍한 어깨, 바다처럼 푸른 양팔, 그리고 물고기의 꼬리 형태로 바뀐 두 다리를 보았습니다. 만약 당신이 나의 이런 외양에 감동 받지 않는다면, 이런 외양이 무슨 소용입니까. 또 바다 신들을 기쁘게 한 것이 무슨 소용이며, 내가 신이 되었다 한들 무슨 소용입니까?」

그가 이렇게 말하고 나서 뭔가 더 말하려는데 스킬라는 그를 피해 달아났다. 거부 당한 물의 신은 분노하면서 거신족
968 의 딸 키르케가 사는 마법의 집을 찾아갔다.

제14권

아이네아스의 방랑

글라우쿠스와 키르케

넘실거리는 물속에 사는 글라우쿠스는 옛날 거인의 목 위에 올려졌다는 아이트나산을 지나서 써레도 쟁기도 멍에 맨 황소가 뭔지도 모르지만 곡식이 저절로 자라는 키클롭스의 들판도 지나갔다. 그는 메사나와 맞은편에 있는 레기움의 성벽도 뒤로하고 배들이 자주 난파하는 해협도 통과했다. 그 해협은 두 해안의 사이에 있었는데, 이탈리아 본토와 시킬리아섬의 자연스러운 경계가 되었다. 글라우쿠스는 강인한 오른팔로 계속 헤엄쳐서 티레니아해를 건너서 풀들이 만발한 언덕으로 나와 키르케의 집으로 갔다. 키르케는 거신족 태양신 솔의 딸이었다. 그녀의 집은 다양한 들짐승들로 북적거렸다. 키르케와 수인사를 나눈 다음 글라우쿠스는 곧바로 이렇게 말했다.

「여신이여, 비노니, 신에게 자비를 베푸소서. 오로지 당신만이 나를 이 사랑에서 해방시켜 줄 수 있습니다. 당신이 나를 그럴 자격이 있다고 생각한다면 말입니다. 키르케여, 나처럼 마법의 약초 효과를 잘 아는 사람도 없을 것입니다. 그 약초가 내 인생을 완전히 바꾸어 놓았으니 말입니다. 그래서 내가 이 열정의 원인을 당신에게 털어놓겠습니다. 메세나 절벽 맞은편에 있는 이탈리아 해안에서 나는 스킬라를 보았습니다. 그녀는 내 약속을 우습게 여겼고, 나의 맹세와 구애를 업신여기며 거부했습니다. 그걸 자세히 말하려니 너무 창피합니다.

당신의 주문에 효력이 있다면 당신의 성스러운 입으로 주문을 외고, 만약 약초가 더 효과적이라면 위력적인 약초의 검증된 힘을 사용하십시오. 하지만 나는 당신이 내 상처를 치료하거나 낫게 해주기를 바라지는 않습니다. 내 사랑을 끝내야 할 필요는 없습니다. 대신 스킬라도 이런 사랑의 불길을 좀 느끼게 만들어 주십시오.」

하지만 키르케야말로 그런 불길에 닿으면 그야말로 곧바로 불타오르는 여자였다. 자신이 마녀이기 때문에 그런 불길에 그토록 민감한지, 아니면 아버지 솔이 베누스와 마르스의 간통 장면을 밀고했기 때문에 베누스가 앙심을 품고서 그렇게 만들었는지는 분명치 않다. 아무튼 키르케는 이렇게 대답했다.

「당신은 적극적으로 나서는 여자를 쫓아다니는 게 좋을 거예요. 똑같은 것을 원하고 똑같은 욕망에 사로잡힌 여자를 말이에요. 당신은 과거에 여자들의 구애를 받았을 만큼 자격 있는 남자예요. 나는 그걸 의심치 않아요. 그러니 내 말을 믿으세요. 당신이 어떤 여자에게 약간의 희망을 안겨 준다면 당신은 틀림없이 다시 한번 구애를 받을 거예요.

당신은 자신의 용모에 자신감을 가져도 좋을 분이에요. 비록 내가 여신이고 태양신의 딸이고 나의 마법과 약초로 많은 일을 할 수 있지만, 나는 당신이 나를 차지해 주기를 바랍니다. 당신을 경멸하는 여자 따위는 경멸해 버리세요. 대신 당신을 열심히 쫓아다니는 여자를 잡으세요. 당신은 한 번의 행위로 두 명의 여자에게 각각 응분의 조치를 해주시는 거예요.」

키르케가 이렇게 수작을 부리자 글라우쿠스는 대답했다.

「스킬라가 살아 있는 한 그녀에 대한 나의 사랑은 변하지 않습니다. 차라리 바다에서 나무 잎사귀가 생겨나고 산속에서 해초를 발견하기를 기다리는 것이 더 빠를 겁니다.」

여신은 화가 났으나 같은 신분인 신을 해칠 수는 없기 때문에(게다가 그를 사랑하여 해칠 생각은 아예 없었기에), 그녀보다 더 우월한 입장에 있는 스킬라에 대해서 앙심을 품게 되었다. 자신이 사랑을 고백했는데도 거절 당한 데 대하여 분노를 느끼면서 키르케는 무서운 즙액을 가진 독초들을 갈았고, 그렇게 갈아 대면서 헤카테의 마법 주문을 외워 댔다. 그런 다음 키르케는 바다와 같은 빛깔의 옷을 입고서 집의 중앙에서 걸어나와 알랑거리는 들짐승들 사이를 지나 집밖으로 나갔다. 맞은편 해안의 메세나 절벽을 바라보는 레기움을 향해 가기로 하고서 분노로 펄펄 끓으면서 물로 들어갔다. 하지만 딱딱한 땅을 밟는 것처럼 발걸음은 안정되어 있었고, 파도 위를 아무리 달려도 발이 젖지 않았다.

거기에 휘어 놓은 활 모양의 자그마한 연못이 있었다. 스킬라는 이 연못이 한적해서 자주 찾았다. 해가 중천에 높이 떠올라 그림자가 별로 없으면 이 연못으로 왔다.

키르케는 스킬라보다 먼저 이 연못에 도착하여 엄청난 독성을 가진 독극물을 풀었다. 유해한 약초로부터 뽑아낸 즙액을 연못에 뿌리면서 괴상하고 애매모호한 말로 되어 있는 마법의 주문을 스물일곱 번이나 읊었다. 그 후 스킬라가 이 연못으로 와서 허리춤까지 물속에 들어갔는데 허리 아래가 짖어 대는 괴물로 변신한 것을 보았다. 처음에는 그것이 자신의 신체 일부가 아니라고 생각하면서 뒤로 물러나면서 개들의 사나운 아가리를 밀어내려 했고 또 두려워했다. 하지만 그녀는 그토록 피하고 싶어 하는 것들을 몸속에 그대로 간직한 채 연못 밖으로 나왔다. 그녀가 허벅지, 다리, 발을 내려다보았을 때, 거기에는 지하 세계의 개 케르베루스의 아가리 같은 개 아가리들이 가득했다. 그녀는 짖어 대는 개들 위에서 있었고 개들의 등을 내리 누르고 있었다. 그녀의 사타구니는 훼손되었고 배는 톡 튀어나와 있었다.

스킬라의 애인인 글라우쿠스는 눈물을 흘리면서 키르케와의 결혼을 피했다. 그녀가 약초의 힘을 너무 잔인하게 사용했기 때문이다. 변신한 스킬라는 그 자리에 머물렀고 복수의 기회가 주어지자, 키르케에게 분노를 터트리면서 울릭세스 부하들의 목숨을 빼앗았다. 만약 나중에 커다란 바위로 변하지 않았더라면 트로이아 피난민의 배들도 난파시켰을 것이다. 바위로 변신한 그녀는 지금도 깊은 바다에 우뚝 서 있는데, 선원들은 모두 그녀를 두려워하며 피한다. 74

아이네아스의 방랑

트로이아 피난민들의 배가 스킬라와 카리브디스 암초를 통과하여 이탈리아 해안에 거의 다가갔을 때, 그들은 역풍을 만나 리비아 해안으로 밀려갔다. 그곳 카르타고의 여왕 디도는 아이네아스를 그녀의 가슴과 집 속에 품어 주었다. 하지만 디도는 이 프리기아 출신의 남편과 헤어지게 되는데, 이별의 충격을 잘 참아 내지 못했다. 그녀는 신성한 의식을 위해 서라며 화장대를 만들게 해놓고는 장작들 위에서 칼 끝에 몸을 던져 자결하고서 자신의 몸을 불태웠다. 아이네아스에게 속은 디도는 그런 식으로 사람들을 속였다.

아이네아스는 모래의 땅에 세워진 새로운 도시로부터 탈출하여 에릭스로 되돌아왔다. 그의 진정한 친구인 아케스테스의 왕궁이 있는 곳이었다. 여기에 있는 아버지 안키세스의 무덤에서, 아이네아스는 여러 가지 봉헌물을 올려서 엄숙하게 제사 지냈다.

아이네아스는 유노 여신의 전령 이리스가 거의 불태워 버릴 뻔한 배를 타고 다시 출발했다. 그는 곧 아이올리스섬들과, 불타는 유황 냄새가 나는 땅들과, 아켈로우스의 딸들인 사이렌들이 사는 바위 많은 작은 섬들을 지나갔다. 이어 그의 배는 조타수를 잃은 채로, 이나레메와 프로키테, 척박한 언덕 위에 세워진 피테쿠사이섬을 지나갔다. 이 섬은 주민들 때문에 이런 이름이 붙었다.

신들의 아버지인 유피테르는 케르코페스족의 기만과 위증을 미워하고 이 족속의 교활한 범죄를 증오한 나머지 이들을 보기 흉한 동물로 변신시켰다. 그래서 그들은 인간과 비슷하지만 인간은 아닌 동물, 원숭이가 되었다. 유피테르는 그들의 사지를 짧게 만들었고, 코는 납작한 들창코로 만들었으며, 얼굴에는 노파의 주름살을 주었고, 그들의 온몸이 노란 털로 뒤덮이게 한 후, 그들을 이 피테쿠사이섬으로 쫓아 버렸다. 처음에 유피테르는 이들로부터 말과 혀의 기능을 빼앗아 버려 더 이상 가증스러운 위증을 못 하게 했다. 대신 최고신은 이들에게 거친 비명 소리로 불평을 토로하는 기능만 100 부여했다.

쿠마이의 무녀 시빌라

아이네아스는 이들 섬을 지나 오른쪽에 파르테노페의 성벽을 두었을 때, 왼쪽에 있는 아이올루스의 피리 부는 아들 미세누스의 무덤을 보았고, 또 쿠마이 해안에서 비옥한 저지의 사초 늪지를 보았다. 그는 쿠마이 해안에 상륙하여 장수하는 무녀 시빌라의 동굴을 찾아갔다. 아이네아스는 무녀에게 지하 세계의 출입문인 아베르누스를 통하여 지하에 있는 아버지 안키세스의 망령을 만나게 해달라고 간청했다.

무녀는 오랫동안 땅바닥만 내려다보았다. 그러더니 갑자기 신기(神氣)를 받았는지 몸을 부르르 떨었고 이어 고개를 쳐들고서 말했다.

「당신이 추구하는 것들은 위대한 것입니다. 오, 아이네아스여, 행동은 위대하고, 오른손은 잡은 칼로 유명하고, 효성은 불길 속에서 더욱 빛나는 영웅이여. 오, 트로이아 사람이여, 당신의 두려움을 내려놓으시오. 당신은 추구하는 것을 성취하게 될 것입니다. 내가 당신을 인도한다면, 당신은 엘리시움의 집들과 세상의 마지막 영역으로 가서 당신 아버지의 소중한 망령을 만나게 될 겁니다. 용감한 자에게는 통행 불가능한 길이란 없는 법이지요.」

시빌라는 아이네아스에게 프로세르피나의 깊은 숲속에 있는, 빛나는 황금 가지를 가리켰다. 그녀는 아이네아스에게 황금 가지를 줄기에서 떼어 오라고 말했다.

아이네아스는 그녀의 말을 따랐고 무서운 지하 세계와 선조들과 사랑하는 아버지 안키세스의 망령을 보았다. 그는 지하 세계의 규칙들도 알아냈고 앞으로 있을 새로운 전쟁들에서 어떤 위험에 봉착하게 될지도 알았다. 그는 피곤한 걸음으로 왔던 길을 되짚어 지하 세계에서 나오면서 쿠마이의 무녀와 대화를 나눔으로써 고단함을 덜었다. 그림자 가득한 박명(薄明) 속의 무서운 길을 힘겹게 걸어가면서 아이네아스는 말했다.

「쿠마이의 시빌라여, 당신이 현존하는 여신인지 혹은 신들의 총애를 받는 여자인지 잘 알지 못하겠으나, 나는 앞으로 영원히 당신을 신과 같은 존재로 숭배할 것입니다. 당신의 호의로 내가 이렇게 지하 세계에서 살아 나왔다는 것을 고백합니다. 나와 함께 죽음의 땅까지 따라가 주고 또 내가 죽음과 도피의 땅을 보게 해주었습니다. 이 모든 것은 오로지 당신의 공로입니다. 나를 지상까지 안내해 준 노고를 기념하여 나는 당신을 위한 사당을 짓고 향료를 바치겠습니다.」

여자 예언자는 그를 뒤돌아보며 한숨을 내쉬었다.

「나는 여신이 아닙니다. 인간에게 향료를 바칠 생각은 하지 마십시오. 당신이 몰라서 실수하지 않도록 미리 말씀드리는 거예요. 나는 과거에 포이부스에게 내 처녀의 몸을 바친다면 끝나지 않는 영원한 생명을 얻을 거라는 말을 들었어요. 포이부스는 내 사랑을 너무나 간절히 원했기 때문에, 그 사랑을 차지하기도 전에 내게 선물을 주어 나를 미리 타락시키려 했어요.

〈쿠마이의 처녀여, 네가 좋아하는 것을 선택하라. 너의 소원은 그대로 이루어질 것이다.〉

나는 모래더미를 양손 가득 들어올리며 이 안에 들어 있는 모래알의 숫자만큼 앞으로 생일을 맞이할 수 있게 해달라는, 어리석은 청을 했어요. 나는 오랜 연수(年數)만 얘기했지, 동시에 젊음을 유지하면서 오래 살게 해달라고 요구하지는 않았던 거예요. 포이부스는 성관계와는 상관없이 내 요청을 들어주었어요.

만약 내가 포이부스와의 사랑에 동의했다면, 그는 내게 젊음을 유지하면서 오래 살도록 해주었을 거예요. 하지만 나는 동의하지 않았고 그래서 미혼으로 지금껏 살아왔어요. 이제 행복했던 세월은 다 지나가고, 발을 떠는 병든 노년이 다가오는데, 나는 이 노년의 세월을 앞으로 오랫동안 견뎌야 해요. 당신이 보다시피 나는 지금껏 700년을 살아왔어요. 모래알의 숫자만큼 세월을 채우려면 앞으로 300번의 파종과 추수를 보아야 합니다.

오랜 세월이 내 몸을 아주 작게 위축시키고 노령으로 피폐해진 내 사지가 아주 가벼운 무게로 쪼그라드는 날이 오겠지요. 그러면 나는 신의 사랑을 받지도 못할 테고 또 신을 기쁘게 해주지도 못할 거예요. 포이부스 자신도 나를 알아보지 못하거나 한때 나를 원했다는 사실을 부정할 거예요. 이런 것들은 내가 견딜 수 있는 변화들이에요. 하지만 내 몸이 더 이상 보이지 않게 될 때, 내 목소리가 살아남아 여전히 나를 알아볼 수 있을 거예요. 이건 운명의 여신들의 약속이기도 하지요.」

지상으로 올라가는 길에 시빌라는 이런 말을 해주었고 트로이아 사람 아이네아스는 스틱스의 영역에서 벗어나 쿠마이의 도시로 올라왔다. 이어 관례대로 희생 제물을 바친 후 해안으로 갔는데 이 해안은 아직 아이네아스 유모의 이름이

붙지 않았다.[1]

식인종 키클롭스

마침 울릭세스의 동료인 마카레우스가 오랜 방랑에 지쳐서 이 해안에 머무르고 있었다. 마카레우스는 아이네아스 일행 중에서 아카이메니데스를 알아보고서 깜짝 놀랐다. 그는 오래전에 바위 많은 아이트나산에 남겨져 죽은 것으로 알고 있었는데 살아 있었기 때문이다.

「아카이메니데스, 어떤 신, 어떤 행운이 당신을 구제해 주었소? 」 마카레우스가 물었다. 「그라이키아인이 어떻게 트로이아 배에 올랐으며, 그 배를 타고서 어느 땅으로 가려는 것이오?」

이제 더 이상 남루한 옷을 입고 있지 않았고 겉옷을 식물의 가시로 고정하지도 않았으며 예전의 말끔한 상태가 된 아카이메니데스는 이렇게 대답했다.

「내가 이 배보다 고향 이타카를 더 좋아한다면, 내가 우리 아버지를 존경하는 것보다 아이네아스를 덜 존경한다면, 나는 차라리 폴리페무스를 다시 만나 인간의 피가 뚝뚝 흐르는 그의 벌어진 아가리를 보는 게 더 나을 것입니다. 모든 것을 아이네아스에게 바쳤지만, 그래도 빚을 다 갚지 못할 것입니다.

나는 말할 때나 숨쉴 때나 밤하늘의 별을 쳐다볼 때나 늘 그의 은혜를 생각하고 고맙게 생각하고 있습니다. 그가 내게 준 선물은, 내가 키클롭스의 아가리 속에서 내 생을 마치도

1 베르길리우스는 『아이네이스』 제7권에서 이 해안의 이름이 카이에타인데 아이네아스의 유모 이름을 딴 것이라고 말했다.

록 내버려 두지 않았다는 것입니다. 지금 이 순간 내 목숨이 끊어진다고 하더라도 나는 무덤 속에 들어갈 것이고, 적어도 그 괴물의 내장 속에서 녹아 버리지는 않을 것입니다.

당신들이 나를 폴리페무스의 섬에 남겨 두고 깊은 바다로 떠나갈 때, 나는 어떤 생각이 들었을까요? 공포가 내 느낌과 생각을 모두 마비시키지 않았다면 말입니다. 나는 소리치고 싶었지만 내 위치가 적에게 노출되는 것을 두려워했습니다. 당신들의 배가 떠나가던 중에 울릭세스가 소리치는 바람에 폴리페무스가 당신들의 배를 거의 난파시킬 뻔했지요. 나는 폴리페무스가 산에서 거대한 바위를 뽑아서 당신들의 배 쪽으로 던져 거대한 풍랑을 일으키는 것을 보았습니다. 그는 거인 같은 팔로 거대한 바위를 바다로 던졌습니다. 바위는 마치 투석기의 힘으로 날아가는 것 같았습니다. 나는 바위 혹은 그것이 일으키는 풍랑이 당신들의 배를 뒤집어엎는 것이 아닐까 걱정했습니다. 내가 그 배에 타고 있지 않다는 것을 잊어버리고서 말입니다.

당신들이 무사히 도망쳐서 죽음의 손아귀를 벗어나게 되자, 폴리페무스는 신음 소리를 내지르며, 손으로 나무들을 더듬으며 아이트나산 전역을 돌아다녔지요. 그는 앞을 보지 못하기 때문에 바위들에 부딪쳤고, 피투성이인 두 팔을 앞으로 내뻗으며 그라이키아인들을 저주했습니다.

〈만약 우연한 기회에 울릭세스 혹은 그놈의 동료들 중 어떤 놈이 내 손에 걸린다면, 나의 분노는 그놈을 향해 폭발해 버릴 거야. 나는 그놈의 내장을 씹어먹을 것이고, 그놈의 살아 있는 신체를 내 오른손으로 찢어 버릴 것이고, 그놈의 피로 내 목구멍을 축일 것이고, 찢겨진 사지는 내 이빨 사이에

서 와드득 소리를 낼 거야. 그렇게만 된다면 내 눈을 잃어버린 일은 아무것도 아닐 텐데!〉

그는 이런 말들을 아주 사납게 내뱉었어요. 나는 멀리서 그를 쳐다보면서 온몸에 엄청난 공포를 느꼈어요. 그의 이마에서는 여전히 피가 흘렀고, 양손은 무섭게 흔들렸고 이마의 안구는 텅 비어 있었어요. 사지는 분노로 푸들푸들 떨었어요. 턱수염에는 사람의 피가 덕지덕지 말라붙어 있었어요. 죽음이 바로 눈앞에 있었지만 그런 사실은 내 슬픔의 하찮은 부분에 불과했어요.

그가 곧 나를 잡아갈 거라는 생각이 들었어요. 나의 내장을 입속으로 쑤셔 넣으리라는 생각이 들었어요. 내 마음에는 얼마 전 내가 보았던 광경이 생생하게 각인되어 있었어요. 폴리페무스는 나의 동료 두 명의 신체를 잡고서 땅에다 서너 번 내리쳤어요. 털 많은 사자처럼 그들을 덮치더니 그들의 내장, 살, 뼈, 하얀 골수, 아직 살아 있는 사지 등을 탐욕스러운 배 속에다 집어넣었어요. 그걸 보는 순간, 나는 온몸에 전율을 느꼈어요. 나는 너무너무 슬퍼하면서도 창백하고 핏기 없는 얼굴로 거기 서 있었어요. 나는 그가 피묻은 인육을 씹으면서 뼈는 내뱉고 포도주에 적셔진 살점을 게워 내는 것을 보았어요. 바로 그런 운명이 내 앞에 놓여 있구나, 하고 상상했어요.

나는 여러 날 동안 숨어 다녔고 조그마한 소리에도 몸을 떨었어요. 죽음을 두려워했고 동시에 너무나 살고 싶었어요. 도토리와 잎사귀 섞인 풀로 허기를 달랬어요. 나는 혼자였고 아무런 도움도 받지 못했고 희망도 없었어요. 오로지 나의 운명을 감내하고 징벌을 당하도록 내버려진 거예요. 오랜 시간이 흐른 후 나는 이 배가 멀리서 이 섬으로 들어오고 있는 걸 보았어요. 나는 해안으로 달려가면서 제발 나를 거두어 가달라는 손짓을 했어요. 나는 그 배에 탄 사람들을 감동시켰어요. 그래서 트로이아인의 배가 그라이키아인을 받아 준 겁니다.

자, 나의 반가운 친구, 마카레우스, 이제 당신의 모험들을 말해 주세요. 당신이 깊은 바다로 나갔을 때 어떤 지도자, 어떤 동료들이 당신과 함께 있었습니까?」

222

키르케의 집

마카레우스는 그들에게 히포테스의 아들 아이올루스가 바람을 감옥 속에 가두면서 토스카나의 바다를 다스린 얘기를 해주었다. 아이올루스는 울릭세스에게 아주 귀중한 선물을 주었다. 그것은 바람이 든 주머니였는데, 바람의 도움 덕분에 울릭세스는 아흐레 동안 순항하여 이제 목적지가 거의 눈앞에 보이는 지점까지 왔다. 그러나 열흘째 되는 새벽, 그의 선원들은 탐욕과 질투에 눈이 멀었다. 바람 주머니 안에 황금이 가득 들었다고 생각하여 주머니의 줄을 풀었다. 그러자 바람이 모두 쏟아져 나와 밀어붙이는 바람에 배가 역진하여 아이올루스 왕의 항구로 돌아갔다. 마카레우스는 계속 말했다.

「그 후에 우리는 포르미아이에 도착했습니다. 오래전에 라이스트리고니아족인 라무스가 세운 도시였습니다. 그 왕국의 통치자는 안티파테스였습니다. 나는 두 명의 동료와 함께 이 왕에게 파견되었습니다. 하지만 일이 여의치 않아 도망을 치게 되었는데 나 자신과 동료 한 명만 간신히 목숨을 건졌습니다. 나머지 한 동료는 그의 피로 잔인한 라이스트리고니아족의 입을 적셨습니다. 우리가 달아나자 안티파테스 왕은 군사를 동원하여 우리를 쫓아왔습니다. 그들은 떼거리로 몰려와 돌과 나무줄기를 던지며 배와 사람들을 파괴하려 했습니다. 하지만 우리 선원들과 울릭세스를 태운 배는 마침내 도망칠 수 있었습니다.

동료들의 죽음에 슬퍼하며 오랫동안 불평하다가 우리는 저 섬을 향해 갔습니다. 저 섬은 여기서 멀지만 보이기는 합니다. 정말이지, 여기서 멀지만 보인다 이겁니다. 그리고 당신, 가장 공정한 트로이아인이며 여신의 아들인 아이네아스여(이제 전쟁이 끝났으니 당신을 적으로 여길 필요는 없겠지요), 내가 당신에게 경고하노니, 키르케의 해안에는 가지 마십시오!

우리 또한 키르케의 해안에 도착하자, 안티파테스와 식인종 키클롭스에게 혼이 난 터라 섬에 상륙했으면서도 미지의 집에 접근하길 거부했습니다. 대신 선발대를 보내기로 했어요. 그래서 제비를 뽑아 나, 마카레우스, 충직한 폴리테스, 에우릴로쿠스, 술을 너무 좋아하는 엘페노르, 그 외에 열여덟 명의 선원이 키르케의 집에 파견되었습니다.

우리가 키르케의 집 문턱 앞에 서자 1,000마리의 늑대 떼와 그것들 사이에 뒤섞인 곰들과 암사자들이 우리를 맞으려 달려나와 우리는 겁을 먹었습니다. 하지만 그 들짐승들은 두려움의 대상이 아니었습니다. 그들은 우리의 몸에 전혀 상처를 입히지 않았습니다. 순하게 공중을 향해 꼬리를 흔들어 대면서 아양을 떨었고 우리를 뒤따라왔습니다. 그러자 하녀들이 우리를 맞이했고 대리석 깔린 홀을 지나 안주인에게 안내했습니다.

키르케는 아름다운 내실에 마련된 의식용 옥좌에 앉아 있었고 반짝거리는 옷을 입었고 그 위에 금물 들인 옷감으로 만든 베일을 둘렀습니다. 주위에는 네레이스와 님프들이 포진했습니다. 그들은 민첩한 손가락으로 양털을 잡아 뜯거나 나긋나긋한 실을 자아내는 일 따위는 하지 않았습니다. 그들은 식물들을 분류하고 여기저기 어지럽게 널린 꽃들과 각종 색깔의 약초들을 바구니에 따로 집어넣었습니다. 키르케는 그들이 하는 일을 감독했습니다. 오로지 그녀만이 각 잎사귀의 효능을 알았고, 잎사귀들을 어떻게 섞어야 하는지 알았으며, 각 약초들의 무게를 세심히 달아 보면서 살폈습니다.

그녀는 우리를 보자 몇 마디 수인사를 주고받은 다음, 얼굴 표정이 풀어지면서 우리의 기도에 대답했습니다. 그녀는 수행원들에게 즉각 음료수를 준비하라고 지시했습니다. 그들은 구운 보리, 꿀, 도수 높은 포도주, 응유 등을 뒤섞은 음료를 내왔습니다. 그 달콤한 맛은 키르케가 몰래 집어넣은 즙액의 맛을 감추었습니다. 우리는 키르케가 오른손으로 건네준 음료 잔을 받아들었습니다. 우리는 목이 말랐기 때문에 황급히 들이켰습니다.

그러자 여신은 막대기를 들어 우리의 머리 꼭대기를 살짝 건드렸습니다. 정말 부끄러운 얘기지만 그래도 다 말씀드리겠습니다. 나는 온몸에서 뻣뻣한 털이 생겨나기 시작했고 우리는 더 이상 말을 하지 못했습니다. 나는 인간의 말이 아니라 거친 꿀꿀 소리를 내뱉었고 얼굴을 앞으로 내밀며 땅에 폭 고꾸라졌습니다. 내 입은 단단해지면서 둥그런 돼지코가 되었고 목은 근육이 부풀어 올랐고 방금 컵을 잡았던 부분은 돼지 앞발이 되었습니다. 나와 똑같은 운명을 당한 동료들과 함께(독약은 그처럼 독성이 강했습니다), 나는 돼지 우리에 갇혔습니다. 우리는 에우릴로쿠스만이 돼지로 변신하는 신세를 면했다는 것을 알았습니다. 오로지 그만이 키르케가 준 음료 잔을 거부했습니다. 만약 그가 그렇게 하지 않았더라면, 나는 지금도 털이 뻣뻣한 돼지들과 함께 생활하고 있었을 겁니다. 그가 없었더라면 울릭세스는 우리에게 벌어진 이런 대재앙을 알지 못했을 테고 우리의 복수를 위해 키르케를 찾아오지도 않았을 겁니다.

평화의 전령인 메르쿠리우스는 울릭세스에게 하얀 꽃을 주었는데 신들은 그걸 〈몰리〉라고 불렀습니다. 흙 속에 검은 뿌리를 내린 꽃이지요. 〈몰리〉와 천상의 조언으로 안전하게 무장하고서 그는 키르케의 집으로 들어갔습니다. 그녀가 마법의 음료 잔을 내어놓고 마법의 막대기로 그의 머리카락을 쓰다듬으려 하자 그는 키르케를 뒤로 밀쳐내며 칼을 뽑아 들고 그만두라고 위협했습니다. 그 후 키르케가 충성을 맹세하고 오른손을 내밀며 결혼해 달라고 하자, 울릭세스는 그녀의 침실에 들었고 결혼 선물로 동료 부하들을 원래대로 회복시키라고 요구했습니다.

우리의 몸에는 이름 모를 약초의 즙액이 뿌려졌고, 키르케는 마법의 막대기를 거꾸로 들고 우리의 머리를 톡톡 쳤습니다. 또 우리를 돼지로 변신시킬 때 외웠던 주문을 거꾸로 말했습니다. 그녀가 주문을 외자 우리는 점점 두 발로 일어서게 되었습니다. 뻣뻣한 털은 사라졌고 양발의 갈라진 부분은 없어졌으며 사람의 어깨가 회복되었으며 팔뚝 밑에 팔목이 생겨났습니다. 우리는 울릭세스를 껴안으며 눈물을 흘렸고 그도 눈물을 흘렸습니다. 우리는 지도자의 목에 매달리며 제일 먼저 감사를 표하는 말씀을 드렸습니다.

우리는 1년을 키르케의 땅에 머물렀습니다. 그처럼 오래 머무는 동안 나, 마카레우스는 많은 것들을 직접 내 눈과 귀로 보고 들었습니다. 다음 얘기는 키르케의 신성한 제사를 거들도록 훈련 받은 네 시녀들 중 하나에게서 은밀하게 들었던 얘기들 중 하나입니다. 311

키르케와 피쿠스

키르케가 우리 대장과 단 둘이서 사랑을 속삭이는 동안, 하녀는 나에게 눈처럼 하얀 대리석 조각상을 보여 주었습니다. 그 청년 조각상의 정수리에는 딱따구리가 새겨져 있었습니다. 조각상은 신성한 사당에 모셔져 있었고 많은 화환들이 둘러져 있었어요. 나는 궁금해져서 저 청년이 누구이고, 무슨 이유로 머리에 딱따구리를 이고 있고, 신성한 사당에 모셔져 있느냐고 물었어요. 하녀는 이렇게 대답했습니다.

〈마카레우스, 잘 들어요. 그리고 우리 여주인이 어떤 위력을 갖고 있는지 알아차리세요. 자, 내 말에 귀 기울이세요.

아우소니아[2] 땅에 피쿠스라는 왕이 있었는데 사투르누스의 후손이었어요. 그는 전쟁에 사용하는 말들을 아주 좋아했어요. 이 왕의 아름다운 모습은 이 조각상에서도 볼 수 있어요. 만약 실물을 보았더라면 당신은 예술가가 만들어 놓은 조각상보다 실물이 훨씬 더 아름답다고 생각했을 겁니다. 그는 잘생긴 용모 못지않게 용기도 출중했어요. 그는 10년

2 오늘날 이탈리아의 라치오 지역에 해당한다.

에 두 번 개최되는 그라이키아의 엘리스 대회에는 아직 네 번을 참가하지 못했어요.[3]

그가 지나가면 라티움 산속에 사는 숲의 님프들이 쳐다보았고, 티베리스강에 사는 물의 님프들, 이 강의 지류들인 누미키우스와 아니오, 흘러가는 거리가 짧은 알마, 물살이 빠른 나르, 나무 그늘 밑에 감추어진 파르파루스, 스키티아 디아나의 숲속 연못과 인근 호수들에 사는 물의 님프들이 모두 피쿠스에게 마음을 주었어요. 하지만 그는 모두 거부하고 오로지 한 님프에게만 정을 주었는데, 두 얼굴을 가진 야누스와 베닐리아 사이에서 팔라티움 언덕에서 태어난 님프였어요. 이 님프가 자라서 결혼할 나이가 되자 다른 구혼자들을 모두 제치고 피쿠스와 결혼했어요.

그녀는 용모가 출중했지만 노래 솜씨는 더 출중해서 이름이 카넨스였어요. 노래한다는 뜻이죠. 그녀의 아름다운 목소리는 나무와 바위를 감동시켰고, 들짐승들을 위로했으며, 긴 강의 물살을 천천히 흘러가게 했고, 하늘을 나는 새들을 잠시 멈추게 했어요.

그녀가 아름다운 목소리로 노랫가락을 조율하는 동안, 피쿠스가 멧돼지를 사냥하려고 궁궐에서 라티움의 들판으로 나왔어요. 그는 앞으로 나아가려는 말의 등을 세게 누르면서 왼손에 두 개의 창을 들고 있었어요. 보라색 겉옷은 노란 황금 줄로 묶여 있었어요.

이때 태양신 솔의 딸 키르케 또한 같은 숲에 나와 있었어요. 비옥한 들판에서 약초를 캐기 위해서였지요. 자신의 이름이 붙은 키르케 들판을 떠나 이 숲으로 온 거예요. 관목 숲

3 아직 스무살이 되지 않았다는 완곡어법.

에 숨어 있다가 이 젊은 청년을 본 키르케는 깜짝 놀랐어요. 그녀가 따서 손에 들고 있던 약초가 땅에 떨어졌어요. 그녀의 골수 깊숙한 곳까지 사랑의 불길이 타올랐어요. 엄청난 혼란으로부터 정신을 수습한 키르케는 자신이 욕망하는 것을 고백하려 했어요. 하지만 피쿠스의 말이 달리고 있는 데다 수행원들이 옆에서 우글거리기 때문에 그에게 다가갈 수가 없었어요. 그녀는 이렇게 혼잣말을 했어요.

《설혹 당신이 바람을 타고 도망친다고 하더라도 성공하지 못할 거예요. 내가 나 자신과 나의 위력을 잘 알고 내가 약초의 힘을 부릴 줄 알고, 마법의 주문이 나를 떠나가지 않는 한 말이에요!》

이어 키르케는 실체가 없는 멧돼지의 허깨비를 만들어 내고는 그놈에게 피쿠스 앞으로 달려가 그의 눈에 띄게 움직이라고 시켰어요. 그런 다음 나무줄기들이 우거진 숲속으로 들어가게 했어요. 관목들이 너무 많아서 말들이 들어갈 수 없는 곳이었어요. 그게 허깨비인지 모르는 피쿠스는 지체하지 않고 멧돼지를 뒤쫓아가려 했어요. 땀을 뻘뻘 흘리는 말 등에서 재빨리 내려 헛된 희망을 쫓아 도보로 숲속 깊숙이 들어갔어요.

키르케는 미지의 신들에게 미지의 노래를 부르며 기도를 올렸어요. 그녀의 마술은 하얀 달 표면을 구름으로 덮을 수 있었고 아버지인 태양신 솔의 햇빛을 거둘 수 있었어요. 이제 하늘은 어두워지고 땅에서는 안개가 짙게 올라왔고 피쿠스의 수행원들은 앞이 보이지 않는 상태로 헤매게 되었어요. 피쿠스 왕은 이제 경호원이 없는 상태였지요.

키르케는 그 때와 장소를 놓치지 않고 말했어요.

《나를 매혹시킨 아름다운 두 눈을 가진 이여, 가장 잘생긴 분이시여. 당신의 아름다움은 여신인 나를 간원하는 여자로 만들었습니다. 내 사랑의 불길을 살펴보시고, 모든 것을 보는 태양신 솔을 당신의 장인으로 맞아들이소서. 거신족의 딸인 키르케를 우습게 보아 능멸하지 마소서.》

피쿠스는 거칠게 그녀와 바람을 물리치며 대꾸했습니다.

《그대가 뉘신지 모르겠으나 나는 그대의 남자가 될 수 없습니다. 이미 다른 여자가 나를 포로로 사로잡았습니다. 그녀가 평생 나를 그렇게 사로잡기를 바라고 있습니다. 나는 다른 여자를 사랑함으로써 우리의 결혼 서약을 망칠 생각이 조금도 없습니다. 운명의 여신들이시여, 야누스의 딸로 태어난 카넨스를 오래 보호해 주소서.》

키르케는 조금 전의 간원을 되풀이했으나 아무 소용이 없자 거칠게 말했어요.

《당신은 그렇게 거절을 하고도 아무런 벌도 받지 않을 수는 없어요. 당신이 굳이 카넨스에게 돌아가겠다면, 마음을 다친 사람, 사랑을 느끼는 사람, 그것도 여자인 사람이 어떤 보복을 하는지 알게 될 거예요. 그런데 마음을 다치고 사랑을 느끼는 여자는 바로 이 키르케란 말이에요.》

이어 그녀는 서쪽으로 세 번, 동쪽으로 세 번 몸을 돌리고 곧바로 마법의 막대기로 젊은이의 머리를 세 번 내리치며 세 번 주문을 외웠습니다. 피쿠스는 달아났어요. 하지만 자신이 평소보다 더 빨리 달린다는 것을 알고서 놀랐어요. 그는 자신의 몸에 솟아난 날개들을 보았어요. 자신이 새로 변신하여 라티움의 숲속에 새로운 새로 등장했다는 사실에 분노하면서, 딱딱한 부리로 야생 참나무를 쪼아 댔고 참나무의 기다란 가지들에 마구 상처를 입혔답니다. 피쿠스의 날개는 그가 입었던 겉옷과 마찬가지로 진홍색이었어요. 겉옷을 고정시키던 황금 핀은 깃털로 변했고, 목은 황금빛으로 두르게 되었어요. 피쿠스는 이름만 예전 그대로이고 결국 새가 되어버린 거예요.

수행원들은 헛되이 벌판을 가로지르며 피쿠스를 찾으려 했지만 그는 어디에도 없었어요. 대신 키르케를 발견했어요. 그녀는 이제 마법을 부려 공기를 다시 맑게 했고 바람과 햇빛으로 안개를 거두었어요. 그들은 그녀의 소행임을 짐작하고 그녀를 압박하며 왕을 되돌려 달라고 요구했어요. 그들은 필요할 경우에 힘으로 제압하기 위하여 창을 들고 공격할 자세를 취했어요.

그녀는 그들에게 유해한 독과 독즙을 뿌리고, 어두운 밤을 불러내고 지하 세계 및 혼돈 속에 사는 밤의 신들을 불러냈으며, 괴기한 비명을 내지르며 헤카테에게 기도를 올렸어요. 놀라운 일이지만, 숲이 공중으로 뛰어올랐고, 땅이 신음을 질렀으며, 근처의 나무는 창백해졌어요. 풀은 거기에 뿌려진 핏방울로 축축해졌어요. 돌들이 거칠게 울부짖는 소리를 냈고, 개들이 짖어 댔고, 땅에는 검은 뱀들이 우글거렸으며, 무시무시한 허깨비들이 주위를 돌아다녔어요.

피쿠스 왕의 수행원들은 이런 괴물들을 보고서 깜짝 놀라며 겁을 집어먹었어요. 키르케는 어리둥절하며 겁먹은 남자들의 얼굴을 독 묻은 막대기로 건드렸어요. 막대기에 닿자, 젊은이들은 괴상하게도 다양한 들짐승으로 변신했어요. 예전 모습을 간직하고 있는 남자는 아무도 없었어요.

서쪽으로 기울어진 포이부스는 이미 히스파니아 해안 쪽

으로 떨어지고 있었고, 카넨스의 두 눈과 심장은 돌아오지 않는 남편을 헛되이 기다리고 또 기다렸어요. 그녀의 하인들과 수행원들은 피쿠스가 혹시 보고서 찾아올지 몰라, 횃불을 들고 숲속을 헤맸어요. 님프인 카넨스가 울고 머리카락을 쥐어뜯고 가슴을 치는 것으로는 충분하지 않았어요(물론 그녀는 이 세 가지를 다 했어요). 그녀는 집에서 뛰쳐나가 라티움 들판을 미친 듯이 헤맸어요. 엿새 밤과 엿새 낮이 지나갔어요. 그동안 그녀는 수면과 음식을 일체 거부한 채 산등성이를 뒤지고 발길 닿는 대로 계곡들을 수색했어요.

카넨스를 제일 마지막으로 본 것은 티베리스강이었어요. 그녀는 슬픔과 노독(路毒)에 지쳐서 이제 티베리스강의 긴 둑 위에 드러누웠어요. 눈물을 흘리며 자신의 슬픔을 노래 불렀고 가녀린 목소리로 탄식의 말들을 내뱉었어요. 그녀의 노래는 때때로 백조가 죽어 가면서 부른다는 노래와 비슷했어요. 마침내 슬픔이 카넨스의 골수를 녹여 버렸고 그녀는 조금씩 조금씩 맑은 공기 속으로 사라져 갔어요. 그녀의 슬픈 사연은 이 강둑의 땅에 새겨졌어요. 그곳은 님프의 이름을 따서 카넨스라고 명명되었는데, 무사 여신들이 지어 준 이름이라고 해요.〉

나, 마카레우스는 키르케 집에 머물던 1년 동안 이런 얘기들을 많이 보고 들었습니다. 아무 활동을 하지 않아 굼뜨고 게을러진 우리들은 마침내 돛을 다시 올리고 바다로 출항하라는 명령을 받았습니다. 키르케는 우리의 뱃길이 위험하고, 가야 할 길은 멀고, 사나운 바다의 위험들이 여전히 도사리고 있다고 말했습니다. 나는 그때 두려움을 느꼈다는 것을 고백합니다. 하지만 우여곡절 끝에 이 카이에타 해안에 도착했으므로 여기에 그대로 머무르겠습니다.」

마카레우스는 말을 마쳤다. 이 해안에 이름을 부여한 아이네아스의 유모 카이에타의 유분은 대리석 항아리에 모셔졌고 그녀의 무덤에는 이런 묘비명이 있다.

> 여기에 카이에타의 유해가 잠들어 있다. 경건한 효심으로 널리 알려진 나의 양아들 아이네아스는 그라이키아인의 불길 속에서 나를 살려 내 이곳에 왔고, 적절한 예식과 제사에 따라 나의 시신을 화장하였다. 444

아크몬의 변신

그들은 풀이 무성한 해안에서 밧줄을 풀었고 악명 높은 여신의 함정과 집을 멀찍이 뒤로 두고서 출항하여 그늘로 가려진 삼림 지대를 발견했다. 그곳은 티베리스강이 흙탕물을 바다로 흘려보내는 지점에 있었다. 그곳에서 아이네아스는 새로운 집과 파우누스에게서 태어난 라티누스의 딸, 라비니아를 아내로 얻었다. 하지만 전쟁 없이 얻어진 것은 아니었다. 사나운 부족과 치열한 전쟁이 벌어졌고 투르누스는 자신의 아내로 예정된 라비니아를 빼앗기자 분노했다. 에트루리아 전역의 부족이 라티움을 상대로 싸움을 걸어왔고 힘겨운 싸운 끝에 아이네아스는 어려운 승리를 거두었다.

양측은 외국군의 도움으로 병력을 강화했다. 많은 사람들이 루툴리족을 지원했고 또 많은 사람들이 트로이아 진영을 도우러 왔다. 아이네아스는 에반드루스의 도성에 도움을 요청하여 성공을 거두었다. 하지만 루툴리족이 베넬루스를 유배된 디오메데스의 도성에 보낸 일은 성공하지 못했다. 당시 디오메데스는 이아피기아 사람 다우누스 아래에서 커다란 도성을 건설하고 일대의 들판을 아내의 지참금 조로 받아 다스리고 있었다. 투르누스의 부하인 베넬루스가 그를 찾아와서 도움을 요청하자 디오메데스는 자원이 부족하다고 하소연했다. 자신이나 장인의 군대를 전투에 동원할 입장이 못 되며, 또 그라이키아 출신 무장 병력은 없다는 것이었다. 디오메데스는 말했다.

「베넬루스, 당신이 나의 변명을 핑계라고 생각하지 말기 바라오, 그래서 아주 슬픈 나의 이야기를 다시 한번 해주겠소. 일리온의 높은 탑들이 불타고 트로이아가 그라이키아인들의 화재로 잿더미가 되었을 때요. 이때 소(小) 아약스[4]는 처녀를 능욕했기 때문에 미네르바 여신에게 죄를 지었소. 당연히 이자 혼자서 우리 모두가 당했던 처벌을 당해야 마땅했소. 하지만 일은 그렇게 돌아가지 않았고 우리 불쌍한 그라이키아인들은 풍랑에 사로잡힌 바 되어 온갖 적대적인 해역으로 흩어져야 했소. 미네르바 여신의 분노와 천상의 분노를 폭풍우, 어둠, 번개 등의 형태로 받아야 했던 거요. 그러다가 최악의 참사가 일어났소. 카파레우스곶에서 난파를 당해 버린 거요.

나는 우리에게 벌어진 참사들을 일일이 얘기하며 당신을 오래 붙잡아 두지는 않겠소. 단지 우리 그라이키아인들이 당시 얼마나 고생했는지 그 현장을 보았더라면 트로이아 왕 프

4 여기 나오는 소아약스는 오일레우스의 아들로, 울릭세스와 논쟁하다가 자살한 텔라몬의 아들 대아약스와 동명이인이다. 그래서 이름 앞에 대소를 붙여 구분한다. 소아약스는 처녀 여신 미네르바의 사당을 지키는 처녀 사제 카산드라를 강간했는데, 미네르바가 유피테르에게 빌려 온 천둥으로 소아약스를 죽였다.

리아무스도 눈물을 흘렸을 거라는 말을 해두고 싶소. 나는 호전적인 미네르바의 도움으로 구제가 되었고 파도의 거친 손길을 피할 수 있었소. 하지만 나는 또다시 조국 땅으로부터 쫓겨났소. 베누스 여신은 트로이아 전쟁 때 아이네아스 편을 들다가 나의 무기에 부상을 입은 적이 있는데 그에 대한 징벌을 부과한 것이오. 내가 깊은 바다에서 당한 고통은 이루 말로 다 할 수 없는 것이었소. 또 육지에서 감당한 전투도 정말 힘든 것이었소. 그래서 우리가 당한 풍랑에서 익사한 동료나 카파레우스곶에서 난파 당해 죽어 버린 동료를 행운아라고 말할 정도였소. 차라리 나도 그들처럼 죽어 버렸으면 좋았을걸 하고 생각했소. 나의 동료들은 바다와 전쟁에서 엄청난 고통을 당한 다음에 마음이 약해져서 그들의 방랑을 끝내 달라고 기도를 올렸소.

하지만 성질이 급한 아크몬은 우리가 당한 참사에 더욱 분노가 폭발하여 이렇게 말했소.

〈여러분이 지금껏 견뎌 내지 않은 어떤 것이 더 남았다고 생각하십니까? 베누스가 우리에게 더 많은 고통을 안겨 줄 생각이라 하더라도 여신이 더 이상 할 수 있는 게 있다고 보십니까? 우리가 지금보다 더 나쁜 불운을 두려워한다면 기도를 올리고 싶은 마음이 들 겁니다. 하지만 최악의 상황이 벌어지고 나면 공포는 우리 발밑에 깔려 버리고 그런 최악의 불운이 우리를 공포로부터 해방시켜 줍니다. 여신이 내 말을 들어도 상관없습니다. 여신이 지금 하는 것처럼 디오메데스의 부하들을 미워하라고 하십시오. 하지만 우리는 여신의 그런 증오를 경멸합니다. 여신의 위대한 힘이라는 게 우리 눈에는 그리 위대해 보이지 않습니다.〉

이런 말로써 아크몬은 베누스의 화를 부채질했고, 자극적인 말로 부아를 더욱 돋우었습니다. 아무도 그의 말을 멋지다고 생각하지 않았습니다. 우리 동료들 대다수는 아크몬을 비난했습니다. 그는 대꾸하려 했지만 목소리와 기도 소리가 갑자기 가늘어졌습니다. 그의 머리카락은 깃털로 바뀌었고 목 또한 깃털로 덮였습니다. 가슴과 등과 양팔에는 더욱 큰 깃털이 생겨났습니다. 양팔은 안으로 휘어져 가벼운 날개가 되었고요. 발은 갈퀴 달린 새의 발이 되었습니다. 얼굴은 굳어지더니 미묘한 뿔같이 되었고 얼굴의 끝부분에는 날카로운 부리가 달렸습니다.

리쿠스, 이다스, 닉테우스, 렉세노르 등은 그의 변신을 놀라워했습니다. 하지만 나의 동료들도 놀라워하면서 동시에 새들로 변신했습니다. 내 동료들 중 상당수가 공중으로 날아올라 배의 노들 주위에서 날개를 퍼득거리며 선회했습니다. 당신이 갑작스럽게 변신한 새들이 어떻게 생겼느냐고 물으신다면, 백조의 외양은 아니고 하얀 백조 비슷하게 생겼다고 말씀드리겠습니다. 지금 다우누스의 사위가 된 나, 디오메데스는 이 지역에서 아주 어렵게 살고 있습니다. 나의 부하라고 할 수 있는 사람은 얼마 안 됩니다.」 511

야생 올리브나무

베넬루스는 디오메데스와 작별하고 칼리돈의 영토, 페우케티아만(灣), 메사피아의 들판을 지나갔다. 그는 이 들판에서 삼림 울창하고 물방울이 졸졸 흘러내리는, 숲속의 동굴을 하나 보았다. 동굴 앞에는 바람에 흔들리는 갈대밭이 있었다.

염소 발이 달린 파우누스가 그 동굴에서 살고 있었다. 하지만 과거에 그곳은 님프들의 은신처였다. 님프들은 아풀리아 목동이 갑자기 나타나는 바람에 기겁을 하며 이곳으로 피해 왔던 것이다. 하지만 잠시 뒤 님프들은 곧 평정심을 회복했고 추적해 온 목동을 완전히 경멸하면서 빠르게 움직이는 군무를 추었다.

목동은 그들을 흉내 냈고 촌스럽게 껑충껑충 뛰면서 그들을 따라 하다가 갑자기 상스러운 언사로 욕설을 해댔다. 계속 떠들어 대자 나무가 그의 목구멍을 가로막았고 목동은 나무로 변신했다. 이 나무에서 열리는 열매로 우리는 그가 어떤 사람이었는지 알 수 있다. 야생 올리브나무 열매의 신맛은 그의 언사가 상스러웠음을 보여 주는데, 욕설이 열매에 526 스며들어 그런 쓴맛을 내는 것이다.

아이네아스 배들의 변신

사절들이 돌아와 디오메데스가 싸움에 동참하기를 거부했다고 알리자, 루툴리족은 그의 도움 없이 계획대로 전투를 밀고 나가기로 했고, 결국 양측은 많은 피를 흘리며 싸웠다. 투르누스는 소나무로 건조된 아이네아스의 배들에 횃불을 마구 던졌다. 풍랑을 헤치고 살아남은 배들은 이제 불길을 두려워했다. 이제 불카누스의 불은 화염을 지속시키기 위해 역청, 왁스, 기타 연료들을 태웠다. 불길을 높은 돛대를 타고 올라가 돛을 태웠고, 휘어진 소나무 용골에서는 검은 연기가 피어올랐다.

그러자 신들의 위대한 어머니 키벨레는 그 배를 만들 때 사용한 소나무가 이다산 꼭대기에서 베어 낸 것임을 기억하고서, 청동 꽹과리를 크게 울리고 주목 파이프를 불어 대며 공중을 크게 휘저어 놓더니, 사자들이 끄는 수레를 타고서 갈라진 공기 속을 가볍게 날아왔다. 키벨레는 이렇게 호통쳤다.

「투르누스여, 네가 불경한 오른손으로 던진 불길은 아무 소용이 없다. 나는 저 배들의 구원자가 될 것이고, 불길이 내 숲에서 자라난 나무들을 파괴하는 것을 좌시하지 않을 것이다.」

여신이 그렇게 말하자 천둥이 울렸고 이어 폭우와 우박이 쏟아졌다. 바람이 거세게 불어와 축축한 공기와 불어난 파도를 뒤섞어 놓았고, 마치 싸움이라도 하듯이 바람과 바람이 갑작스럽게 충돌했다. 관대한 키벨레는 바람들 중 하나의 힘을 이용하여 트로이아 선단을 붙들어 맸던 밧줄을 풀어 버리고, 배들을 전복시켜 바다 한가운데로 가라앉게 했다. 물속에서 나무는 부드러워졌고 목재는 살집이 되었다. 휘어진 고물은 머리 모양으로 바뀌었다. 노들은 발가락과 헤엄치는 다리들로 변했다. 배의 옆구리는 옆구리 그대로 남았으나 배 한가운데 있던 용골은 변하여 척추가 되었다. 돛은 부드러운 머리카락, 돛대는 양팔이 되었다. 배들의 색깔은 예전과 마찬가지로 바다 빛이었다. 그들은 예전에 두려워했던 바다를 가볍게 헤엄치며 돌아다녔다.

이 바다의 님프들은 비록 깊은 산에서 태어났으나 잔잔한 바다를 자주 돌아다녔고 출생지는 그들에게 전혀 영향을 미치지 않았다. 하지만 그들은 사나운 바다에서 얼마나 많은 위험을 겪었는지를 잊지 않았다. 종종 바다에서 배가 이리저리 흔들릴 때 배의 밑부분에 가볍게 손을 대보기도 했다. 단 그라이키아 배가 아닐 경우에 한해서였다. 트로이아의 참사를 아직도 기억하고 있는 그들은 그라이키아인들을 증오했다. 울릭세스의 배가 난파하는 것을 즐거운 표정으로 지켜보았고 알키노우스의 배가 딱딱해지면서 바위로 변신하는 것도 역시 즐겁게 지켜보았다.[5] 565

새가 된 아르데아

아이네아스 선단이 바다의 님프로 변신하여 생명을 이어 가자, 루툴리족 왕 투르누스가 그런 기적을 보고서 전쟁을 포기할지 모른다는 희망이 사람들 사이에 퍼졌다. 하지만 투르누스는 싸움을 계속했다. 양측에는 지원하는 신들이 있었고 신 못지않게 좋은 것은 그들의 용기였다. 이제 그들이 추구하는 것은 지참금 조로 얻은 왕국, 장인의 왕홀, 아름다운 처녀 라비니아도 아니었다. 그들은 오로지 이기기만을 바랐다. 그들이 전쟁을 계속하는 이유는 포기의 수모를 당하지 않기 위해서였다.

마침내 베누스는 아들 아이네아스가 전쟁에서 승리를 거두는 것을 보았다. 투르누스는 쓰러졌다. 투르누스가 안전한 동안에는 절대로 쓰러지지 않으리라던 도시 아르데아도 쓰러졌다.

외국인들이 일으킨 병화가 이 도시를 파괴하자 집들은 차가운 잿더미 아래 감추어졌고 잿더미 한가운데에서 그때 처음으로 세상에 알려진 새가 날아올라 날개를 퍼덕이며 몸에 붙은 잿더미를 털어 냈다. 새의 가녀린 소리, 자그마한 몸집, 창백한 색깔 등이 쓰러진 도시를 상징하기에 적절했다. 그

5 알키노우스는 파이아키아족의 왕인데 울릭세스를 환대하고 자기 배로 울릭세스의 귀향을 도왔는데, 울릭세스를 미워하는 해신 넵투누스가 이 배를 바위로 변신시켰다.

도시의 이름이 새에게 그대로 부여되어 아르데아가 되었고,
이 왜가리라는 새는 퍼덕이는 날개로 자신을 애도한다. 580

신이 된 아이네아스

이제 아이네아스의 용기는 모든 신들을 감동시켰다. 심지어 유노까지도 감동하여 오래된 적의(敵意)를 털어 버리기로 결심했다. 이제 아이네아스의 아들 율루스[6]가 장성하여 자리를 확고히 잡았으므로, 우리의 영웅이 하늘로 올라갈 때가 되었다. 베누스 여신은 신들에게 접근하여 아이네아스의 승천을 허락해 달라고 요청했고, 양팔로 아버지 유피테르의 목을 껴안으며 말했다.

「아버지, 당신은 언제나 내게 자상하셨습니다. 이제 아버지께서 좀 더 자상하게 대해 주시기를 요청합니다. 오늘 말씀드리고자 하는 것은 내 혈육이며 아버지의 손자인 아이네아스에게 신성을 내려 달라는 겁니다. 아버지께서 주시기만 한다면 신성의 크기가 사소한 수준이라 해도 상관이 없습니다. 그는 사랑 없는 왕국[7]을 본 적이 있고 또 스틱스의 강물을 건너 갔다 온 적도 있습니다. 그가 죽음을 경험하는 것은 한 번으로 충분하다고 생각합니다.」

신들은 동의했고 유노 여신도 무뚝뚝한 표정으로 가만히 있는 것이 아니라 화해하길 바라는 표정으로 고개를 끄덕였다. 그러자 유피테르가 말했다.

6 율루스는 아스카니우스와 상호교환적으로 쓰이는 아이네아스 아들의 이름인데 이 율루스라는 이름으로 인해 사람들은 율리우스 카이사르가 아이네아스의 후손이라고 추정하게 된다.

7 저승을 가리킨다.

「너희는 천상의 보답을 받을 만하다. 요청하는 너나, 요청의 대상인 네 아들이나. 딸아, 네가 요청한 것을 허락하마.」

그녀는 기뻐하며 아버지에게 고마움을 표했고 비둘기들에 멍에를 씌워 만든 수레를 타고서 가벼운 공기 속을 날아서 라티움 해안으로 내려왔다. 그곳에는 누미키우스강이 갈대밭 사이로 유유히 흘러 인근 바다로 들어가고 있었다. 여신은 누미키우스강의 신에게 명하여 아이네아스를 조용한 강물 속으로 데리고 가서 몸에 붙어 있는 치명적 결점들을 모두 씻어 내어 가장 좋은 점만 남겨 두라고 했다. 그의 어머니는 아이네아스의 정화된 몸에 신성한 향수를 발라 주었고 달콤한 넥타르를 섞은 신찬(神饌)을 입에 넣어주었다. 그리하여 아이네아스는 신이 되었다. 로마 사람들은 그를 인디게
608 스[8]라고 불렀는데, 사당과 제단을 지어 그의 명예를 기렸다.

로마의 전설적 통치자들(1)

이제 율루스와 아스카니우스라는 두 가지 이름을 가진 아이네아스의 아들이 아버지의 뒤를 이어 라티움과 알바를 다스렸다. 다음은 실비우스이고 그의 아들 라티누스는 오래된 이름과 왕홀을 넘겨받았다. 그다음은 에피투스와 카피스와 카페투스로 이어진다. 티베르누스가 다음 왕위를 물려받았는데 그는 투스쿠스강에서 익사했고 그로 인해 이 강에는 그의 이름이 붙었다.

티베르누스에게는 두 아들이 있었는데 레물루스와 아크로타이다. 장남 레물루스는 백성들을 위협하기 위하여 번개의 효과를 흉내 내고 또 자신이 신이라고 허풍 치다가 번갯

8 토착인 혹은 토착신.

불에 맞아 죽었다. 형보다 더 침착한 아크로타는 왕홀을 용감한 아벤티누스에게 넘겨주었다. 그는 자신이 다스리던 언덕에 묻혔는데 이 언덕은 그의 이름을 따서 아벤티누스 언덕이라고 불렸다. 그리고 이제 프로카가 로마를 다스리게 되었다.

622

포모나와 베르툼누스(1)

프로카가 왕이던 시절, 라티움에 포모나가 살고 있었다. 당시 라티움의 숲의 님프들 중에서 그녀보다 더 솜씨 있게 정원을 가꾸는 님프는 없었다. 과일나무에 그녀처럼 정성을 들이는 님프는 없었고 포모나라는 이름도 과일나무에서 따온 것이었다. 그녀는 숲이나 냇물은 좋아하지 않고 오로지 정원과 과일나무들에만 정성을 기울였다. 그녀는 오른손에 창을 드는 것이 아니라 전지용 갈고리를 들었다. 그걸로 가지를 다듬고 웃자란 가지는 잘라 내고 때로는 나무껍질을 뜯어내고 접붙여 접목된 가지에 수액이 잘 공급되도록 했다. 그녀는 가지들이 갈증을 느끼지 않게 해주었고 관개를 잘하여 물을 잘 빨아들이는 나무 뿌리들의 섬유에 충분히 수분이 공급되도록 했다.

나무 가꾸기에 그녀는 사랑과 정성을 쏟았다. 포모나는 남녀간의 사랑에는 통 관심이 없었다. 하지만 시골 남자들의 성폭력을 두려워하여 과수원 문을 안에서 단단히 잠그고 남자들의 접근을 사전 차단했다. 많은 구혼자들이 그녀를 얻기 위해 온갖 수단을 동원했으나 성공을 거두지 못했다. 춤추는 젊은 무리인 사티루스들도 애를 썼으나 허사였고, 뿔에 소나무 화관을 두른 파우누스들, 나이보다 언제나 젊어 보이는 실바누스, 손에 들고 다니는 낫과 못생긴 모습으로 악한 자들을 쫓아 버리는 프리아푸스 신도 포모나에게 추파를 보냈으나 허사였다.

베르툼누스는 이들보다 사랑의 기술이 월등했지만 그들보다 별로 운이 좋지 못했다. 건장한 추수꾼 복장으로 바구니에 곡식 이삭을 넣고 찾아온 날이 얼마나 많았던가! 그는 진정한 추수꾼의 모습이었다. 때로는 귀와 이마에 건초를 막 달고 나와 꼴풀을 베다 온 사람의 모습을 연출했다. 때로는 거친 손에 막대기를 들고 나타나 피곤한 황소로부터 멍에를 막 벗긴 사람처럼 보였다. 때로는 전지용 갈고리를 들고서 전지를 하거나 포도 넝쿨을 치러 가는 사람처럼 보이기도 했다. 때로는 사닥다리를 들고 와 과일을 따러 가는 사람의 모습을 보여 주기도 했다. 그는 무기를 들면 군인이요 낚싯대를 들면 어부였다. 이렇게 다양한 모습을 연출하면서 포모나의 아름다움을 직접 구경하는 방도를 마련했다.

하루는 머리에 물들인 스카프를 두르고 지팡이를 짚으며, 이마에 일부러 하얀 머리카락을 갖다 붙임으로써, 노파의 모습을 연출하여 포모나의 잘 가꾸어진 정원으로 들어가 그녀가 키운 과일나무들을 칭찬하며 말했다.

「하지만 과일보다 네가 더 아름다워!」

그렇게 칭찬한 후 포모나에게 키스를 해주었는데, 절대 노파가 젊은 처녀에게 해주는 키스가 아니었다. 그는 흙더미 위에 앉아서 가을 빛의 무게로 휘어진 가지들을 올려다보았다. 포도알이 반짝이는 나무 건너편에는 멋진 느릅나무가 있었다. 그는 포도나무와 함께 느릅나무를 칭찬하면서 이렇게 말했다.

「만약 저 느릅나무 줄기가 신선한 가지 없이 저 혼자 서 있다면, 저 잎사귀 이외에는 우리에게 아무런 소용이 없을 거야. 마찬가지로 포도나무도 저렇게 엉켜 있는 느릅나무와 짝하지 못하였다면 땅에 떨어져 아무 쓸모가 없었을 거야.

너는 이 나무의 사례를 보고서도 배우는 바가 없구나. 너는 합방의 즐거움을 피하고 결혼에는 관심이 없어. 나는 네가 관심을 가져 주었으면 좋겠어. 그러면 헬레네보다 더 많은 구혼자들을 만나게 될 테고, 라피타이와 켄타우루스 사이의 싸움을 일으킨 히포다메, 너무 느리게 돌아오는 울릭세스의 아내 페넬로페보다 더 많은 남자들의 관심을 받게 될 거야.

비록 네가 구혼자들을 피해 달아났지만 1,000명의 남자들이 너를 차지하고 싶어서 안달이 났어. 신들과 반신(半神)들 그리고 알바 언덕에 사는 신성한 존재들도 네게 관심을 보였지. 하지만 네가 현명하다면 또 결혼을 잘하고 싶다면 이 노파의 말을 잘 들어 두도록 해. 나는 누구보다도 너를 사랑하니까. 네가 생각하는 것보다 더 너를 사랑하니까. 평범한 결혼 상대자는 피하고 누구보다도 결혼 침대의 동반자로 베르툼누스를 선택하도록 해. 그가 너와 천생연분이라는 것을 내가 보장할 수 있어. 나보다 더 그 남자를 잘 아는 사람은 없어. 그가 자신을 아는 것처럼 잘 알아.

그는 이 세상 오만군데를 돌아다니는 방랑자가 아니야. 이 지역에서 붙박이로 살고 있고 다른 구혼자들하고는 사람이 달라. 보통 구혼자들은 여자라고 하면 다 좋아하며 사랑에 빠지지. 하지만 너는 그의 첫째 열정이자 마지막 열정의 대상이 될 거야. 그는 평생을 오로지 너 하나에게만 바칠 거야. 게다가 젊은 사람이고 자연스럽고 우아한 기품을 타고 났어. 자기가 원하는 대로 겉모습을 바꿀 수 있어. 네가 원한다면 어떤 모습으로도 변신할 수 있어. 너의 취미는 그와 비슷해. 네가 가꾼 과일을 그가 제일 먼저 맛볼 것이고, 오른손으로 즐겁게 너의 선물을 받아들 거야. 하지만 베르툼누스가 바라는 것은 너의 나무에서 난 과일도 아니고 너의 정원에서 키운 신선한 약초도 아니야. 그런 것은 아무 의미도 없어. 그는 오로지 너만을 원하고 있는 거야. 그의 열정에 자비심을 보여 줘. 내가 지금 하는 말이 그가 드리는 기도라고 생각해.

잠시 복수하는 신들을 생각해 봐. 이다산을 자주 가는 베누스 여신은 비정한 자들을 증오해. 한번 분노를 터트리면 용서가 없는 네메시스도 생각해. 너는 이런 복수에 대하여 공포심을 품어야 해(난 나이가 많아서 아는 것도 많지). 키프루스 전역에서 잘 알려진 사실을 하나 말해 줄게. 이걸 들으면 네 마음이 흔들려 좀 부드러워질 거야. 697

이피스와 아낙사레테

낮은 계급 출신의 젊은이 이피스는 트로이아의 고귀한 혈통 출신의 아낙사레테를 보고 사랑에 빠졌어. 사랑의 불길은 그를 골수까지 불태워 버렸지. 그는 오랫동안 자신의 감정을 다스리려고 애썼어. 하지만 이성은 그의 광기를 다스리지 못했어. 그는 간원하는 자가 되어 그녀의 집 앞에 나타났어. 우선 아낙사레테의 유모에게 자신의 불운한 사랑을 고백하면서 그녀가 품에 안고 키운 아기가 자신에게 친절히 대해 주길 간구했어. 때로는 하인들을 일일이 구슬러 가면서, 안타까운 목소리로 호의를 얻어 내려 했어. 때로는 서판에 달콤한 말들을 써서 그녀에게 가져다 달라고 부탁했어. 때로는 그녀의 집 문기둥에 자기 눈물로 축축해진 화환을 걸어 놓았고, 단단한 문턱에 비스듬히 누워 대문의 빗장에 심술궂은 욕설을 내뱉기도 했어.

하지만 아낙사레테는 아기 염소 별자리가 사라질 때 일어나는 폭풍우보다 더 잔인했고, 노리쿰 지방의 대장간 불로 달구는 쇠보다 더 단단했으며, 아직도 땅에 단단히 뿌리박고 있는 거대한 바위처럼 차가웠어. 그녀는 이피스를 거부하고 조롱했으며, 그런 무자비한 행위에 거만한 말을 보탰으며, 이피스의 희망을 산산조각 내고 말았어. 지속적인 슬픔의 고문을 더 이상 견딜 수가 없어서 그는 아낙사레테의 문앞에 나타나서 마지막 작별의 말을 했어.

〈아낙사레테, 당신이 이겼소. 당신은 더 이상 나의 지겨운 구애를 견디지 않아도 될 것이오. 당신을 승리자라고 선언하고 기뻐하도록 하시오. 찬미의 노래를 부르고 당신의 이마에 빛나는 월계관을 두르도록 하시오! 당신은 정말로 이겼소. 나는 이제 기꺼이 죽겠소. 그러니 굴복하지 않는 당신은 가서 축배를 들도록 하시오.

하지만 당신은 내 사랑의 어떤 부분은 칭찬해 주어야 할 거요. 그래서 나의 좋은 점들은 어쩔 수 없이 인정해야 할 거요. 내가 숨이 붙어 있는 동안 당신을 사랑했다는 것을 기억해 주시오. 내가 죽어 가면서 또 당신을 잃으면서, 내 인생의 빛이 두 번이나 꺼졌음을 기억해 주시오.

당신은 내 죽음을 간접적으로 알게 되지는 않을 것이오. 왜냐하면 나 자신이 틀림없이 당신의 눈앞에 있을 것이기 때문이오. 당신의 눈에 뚜렷하게 띄는 존재가 되어, 당신의 무정한 두 눈이 나의 생명 없는 시체를 보도록 하겠소.

오, 신들이여, 당신들이 인간의 행동을 모두 살펴보고 있다는 게 사실이라면, 나를 기억해 주십시오(나의 혀는 이제 더 이상 기도를 올릴 수가 없습니다). 신들이여, 우리의 이야기가 앞으로 오랫동안 사람들의 입에 오르게 해주소서. 그리하여 나의 수명에서 당신들이 빼내 간 시간을 나의 명성이 지속되는 시간에 보태어 주소서!〉

이피스는 눈물 젖은 두 눈을 쳐들었고 과거에 그토록 열심히 화환들로 장식했던 문설주에다 양팔을 내뻗었어. 그리고 문설주의 가장 높은 곳에다 올가미를 매달았어.

〈오, 잔인하고 불경한 이여, 이 화환이 당신의 마음에 듭니까?〉 그가 말했어.

그는 올가미 속으로 자신의 목을 집어넣었어. 심지어 그 순간에도 그녀 쪽을 향해 고개를 돌렸어. 그의 불운한 시신은 졸려진 목에 매달려 있었어. 버둥거리는 발길질에 의해 문은 약간 소리를 내었고, 문이 열리자, 그의 행위가 드러났어. 하인들은 비명을 내질렀고 그를 올가미에서 내렸으나 아무 소용이 없었어. 그들은 이피스를 그의 어머니 집으로 데려갔어(그의 아버지는 이미 돌아가셨지). 그녀는 아들의 차가운 시신을 가슴에 껴안았고, 슬퍼하는 부모의 비통한 말을 내뱉었고 상을 당한 어머니다운 행동을 했어. 그녀는 눈물을 흘리며 도시 한가운데로 장례 행렬을 인도했고, 관대 위에 놓인 아들의 창백한 시신을 화장하러 갔어.

우연하게도 장례 행렬이 지나가는 길 가까운 곳에 아낙사레테의 집이 있었어. 슬프게 곡하는 소리가 그녀의 귀에 들려왔고, 복수하는 신인 베누스의 뜻이 이미 아낙사레테에게 작용하고 있었어. 그녀는 마음이 움직여 이렇게 말했어.

〈저 불쌍한 이의 장례 행렬을 구경하자.〉

그녀는 자기 집의 제일 높은 방으로 올라갔어. 그 방은 창문들이 다 열려 있었어. 그녀가 관대 위에 누운 이피스를 내다보자마자 두 눈이 뻣뻣해지기 시작했어. 몸에서 뜨거운 피가 사라지자 온통 창백해지고 말았어. 그녀는 뒤로 물러서려 했지만 그 자리에 얼어붙었어. 고개를 돌리려 했으나 이 또한 제대로 할 수가 없었어. 오랫동안 무심한 마음속에 들어 있었던 돌 같은 차가움이 온몸으로 퍼져나가 돌로 변신한 거야.

네가 이 말을 믿지 못하겠다면 이걸 한번 생각해 봐. 심지어 오늘날까지도 살라미스섬에는 이 여자의 석상이 전해지고 있어. 또 앞을 훤히 내다보는 베누스 여신의 신전도 있다고.

그러니 내 사랑하는 님프여, 너는 이런 전례들을 잘 유념해야 돼. 이제 비노니, 너의 자만심은 내던지고 너를 사랑하는 남자와 결합하도록 해. 늦봄의 서리가 너의 피어나는 과일을 상하게 하지 말고, 또 빠른 바람이 너의 꽃을 가지에서 따가지 못하게 해.」 764

포모나와 베르툼누스(2)

노파로 변신해 이런 장황한 설교를 했지만 아무런 소용이 없자, 베르툼누스는 다시 젊은이의 모습으로 돌아가 노파의 외양을 벗어던졌다. 그는 태양처럼 환히 빛나는 모습으로 포모나 앞에 섰다. 태양의 찬란한 얼굴이 먹구름을 제압하고서 화사한 빛을 온 사방에 퍼트리는 모습이었다.

그는 필요하다면 폭력을 사용할 생각이었다. 하지만 폭력을 쓸 필요가 없었다. 님프는 신의 아름다움에 매혹되었고 771 이제 사랑의 상처를 느끼는 것은 포모나의 차례였다.

로마의 전설적 통치자들(2)

그다음으로 불공정한 아물리우스의 군대가 이탈리아 영토를 다스렸다. 그러나 노년에 들어선 누미토르는 손자의 도움으로 잃어버렸던 왕국을 되찾았다. 도성의 성벽은 목동의 축제일에 건설되었다. 타티우스 왕과 사비니 조상들은 로물루스를 상대로 전쟁을 벌였다. 로마 여자 타르페이아는 성채로 들어가는 길을 알려 주고 보상을 바랐으나, 사비니족은 이 로마의 배신녀를 가득 쌓아 올린 무기들 아래 깔려 죽게 했다.[9] 사비니족은 조용한 늑대처럼 입을 꼭 다물고서 잠에 취해 쓰러진 로마인들을 살금살금 공격해 왔다. 그들은 로물루스 왕이 굳건히 닫아 놓은 성문을 열어젖히려 했다.

유노 여신은 성문들 중 하나를 직접 열어 주고 아무 소리도 내지 않으면서 성문의 돌쩌귀가 돌아가게 했다. 베누스 여신은 성문의 빗장이 풀린 것을 알고 다시 닫으려 했으나 신이 다른 신의 행위를 취소시키는 것이 허용되지 않았다.

야누스의 사당 근처에는 얼음처럼 차가운 샘물이 있었는데 거기에 이탈리아 물의 님프들이 살고 있었다. 베누스는 이 님프들에게 도와 달라고 요청했다. 님프들은 그녀의 정당한 요청을 거부하지 아니하고 물길을 최대한 열어 놓았다. 야누스 신전으로 가는 길은 아직도 통행 가능했고 물이 길

9 타르페이아는 사비니 무사의 팔뚝을 장식한 황금 팔찌를 배신의 선물로 받고자 했으나 그들은 이 배신녀를 방패들의 무게에 깔려 죽게 했다.

을 막지도 않았다. 님프들은 생명을 주는 샘물에 노란 유황을 넣었고, 이 노란 물줄기를 연기 나는 역청으로 데웠다. 이런 물질들이 위력을 발휘하여 샘물 깊숙한 곳까지 침투했다. 지금껏 알프스산의 추위에 도전할 정도로 차가웠던 샘물은 이제 불길을 맞이할 준비가 되었다.

쌍둥이 성문 기둥에 갑자기 솟아오른 안개로 앞이 잘 보이지 않았다. 그러니 성문이 열린 것은 아무 소용이 없었다. 공격하려던 사비니족은 이제 새로운 샘물에 길이 막혔고 로마인들은 시간을 벌어 무장할 수 있었다.

로물루스가 사비니족에 맞서 싸우자 로마의 땅은 로마인과 사비니인의 시체가 마구 뒤섞여 쌓이게 되었다. 사나운 칼은 친척들을 따지지 아니했고 아내들의 남편과 아버지들의 피를 마구 뒤섞었다. 하지만 그들은 무한정 싸우는 것을 중지하고 전쟁을 끝내기로 했다. 그리하여 사비니 왕 타티우스는 로마에서 공동 통치하는 데 동의했다. 804

천상으로 들어 올려진 로물루스

타티우스가 사망하자 너, 로물루스는 로마인과 사비니인을 모두 통치하는 단독 왕이 되었다. 그러자 군신 마르스는 투구를 벗고서 모든 신과 인간들의 창조주인 유피테르에게 말했다.

「오 아버지시여, 때가 왔습니다. 이제 로마의 국정은 단단한 반석 위에 올라섰고 단 한 사람의 통치자에게 의존하지 않게 되었습니다. 아버지께서 나와 자랑스런 손자에게 약속하신 선물을 내려 주실 때가 왔습니다. 로물루스를 지상의 구속으로부터 해제해 천상에 올라오게 하여 불사의 신이 되게 하여 주십시오. 이것을 아버지께서 다른 신들도 참석한 회의에서 약속하신 바 있고 나는 그 감동적인 말씀을 명심하고 있습니다. 내 기억을 되살려 그때 하신 말씀을 되풀이하면 이러합니다.

〈푸른 천상으로 데려올 자가 하나 있구나.〉

이제 아버지께서 하신 약속을 실천으로 비준해 주소서.」

전지전능한 신은 승낙했고 검은 구름으로 공기를 감싸면서 천둥과 벼락으로 로마시를 두려움에 떨게 했다.

마르스는 자신이 요구한 신격화가 이 사건으로 승인되었다는 것을 알았다. 군신은 자신의 창에 기대어 수레에 훌쩍 올라탔다. 수레의 말들은 강력한 멍에 아래서 힘을 쓰고 있었고 군신은 채찍을 들어 말들을 내리치면서 공중에서 지상으로 급강하하다가 숲이 무성한 팔라티움 언덕에 착륙했다. 그곳에서 군신은 백성들을 상대로 칙령을 반포하던 로물루스를 낚아챘다. 공중으로 들어 올려지는 동안, 로물루스의 육신은 마치 투석기에서 발사된 납탄이 공중 높이 날아가면서 소실되듯이 소멸되어 버렸다. 그에게 아름다운 표정이 주어졌다. 천상의 소파에 어울리는 표정이었다. 그의 외양은 신성한 옷을 입은 퀴리누스의 모습이 되었다.[10]

로물루스의 아내 헤르실리아는 남편의 실종을 슬퍼하며 눈물을 흘렸다. 유노 여신은 전령 이리스에게 휘어진 무지개 길을 따라 헤르실리아에게 가서 이런 명령을 전하라고 지시했다.

「로물루스같이 위대한 왕의 아내이며 왕비였고 이제 퀴리

10 퀴리누스는 로마인들이 신격화된 로물루스를 숭배할 때 사용하는 이름이고 퀴리누스의 후예들이라고 하면 곧 로마인을 가리킨다.

누스의 아내라는 것은 라틴인과 사비니인의 영광입니다. 그러니 울지 마세요. 만약 당신이 남편을 만나고 싶다면 나와 함께 저 숲속으로 가도록 해요. 수목이 울창한 그곳은 퀴리누스의 언덕이라고 하는데 거기에 위대한 로마 왕의 그늘진 사원이 있답니다.」

헤르실리아는 눈을 제대로 쳐들지도 못한 채 수줍은 표정을 지으며 말했다.

「오 여신이여(나는 당신이 누구인지 모릅니다. 하지만 당신은 여신임이 분명합니다), 어서 나를 안내해 주세요. 어서 내 남편의 얼굴을 보여 주세요. 만약 운명의 여신들이 남편을 딱 한 번 다시 볼 기회를 주신다면, 천상에서 나를 받아들였다고 고백하겠습니다.」

그녀는 지체하지 않고 이리스와 함께 로물루스의 언덕으로 올라갔다. 그러자 천상에서 별이 하나 지상으로 떨어져 내려왔다. 헤르실리아의 머리카락은 별빛을 받아 불타올랐고 그녀는 별과 함께 공중으로 들어 올려졌다. 로마의 창건자 로물루스는 천상에서 그녀를 맞이했고 아내의 손을 잡으며 헤르실리아에게 새로운 신체와 이름을 주었다. 그녀는 호라라는 새로운 이름을 얻었고 여신의 자격으로 불사의 퀴리누스와 영원히 짝하게 되었다. 851

제15권
예언의 행위와 예견의 꿈

누마(1)

이제 누가 그런 위대한 왕의 뒤를 이어 엄청난 국정 부담을 떠안을 것인가. 예언하는 진실의 전령인 〈소문〉 여신은 저명한 누마를 후계자로 지명하였다. 누마는 사비니족의 의례를 아는 것만으로는 충분하지 않다고 생각했다. 넓은 마음으로 많은 것들을 구상했고 사물의 본성이란 무엇인가 하고 진지하게 질문했다. 이처럼 학문을 사랑했기 때문에 조국과 수도 쿠레스를 떠나, 헤르쿨레스를 환대한 것으로 유명한 저 먼 도시 크로톤으로 떠났다.[1] 8

미스켈루스와 크로톤의 건설

누마가 이탈리아 해안에 그라이키아 도시를 건설한 사람이 누구냐고 묻자 과거의 일에 대해서 잘 아는 나이 든 주민

1 전설에 의하면 누마는 내키지 않는 마음으로 로물루스의 뒤를 이었다. 누마는 사비니족의 일원이고 쿠레스는 사비니족의 도읍이다. 로물루스와 누마는 로마의 창건자이고 로마 제국은 훗날 율리우스 카이사르와 그의 양아들 아우구스투스에 의해 완성된다.

한 사람이 이렇게 대답했다.

「유피테르의 아들인 헤르쿨레스가 히스파니아의 많은 가축 떼를 이끌고서 대양으로 길을 나섰을 때 운좋게도 라키니움[2]에 도착했다고 합니다. 소 떼들을 부드러운 풀밭에 방목해 두고 손님을 환대하는 위대한 크로톤의 집으로 가 오랜 노고를 휴식으로 풀었습니다. 헤르쿨레스는 다시 길을 떠나면서 이렇게 말했어요.

〈당신의 자손 대에 이르면 이곳은 도시의 터가 될 것입니다.〉

그의 약속은 그대로 이루어졌습니다. 아르고스의 알레몬의 아들 미스켈루스는 당대에 신들을 가장 기쁘게 하는 사람이었습니다. 어느 날 밤, 이 미스켈루스가 곤히 잠을 자고 있는데 헤르쿨레스가 몽둥이를 든 채 그를 내려다보며 말했습니다.

〈이제 네 고향 땅을 떠나거라. 가서 멀리 떨어진 아이사르의 바위 많은 해협을 찾아라.〉

그러면서 명령에 복종하지 않으면 엄한 형벌이 내려질 것이라고 생생하게 위협했어요. 그런 다음 꿈속의 신은 사라졌습니다.

알레몬의 아들 미스켈루스는 침대에서 뛰쳐나와 금방 꾼 꿈을 곰곰이 생각하며 의미를 알아내기 위해 끙끙거렸습니다. 신은 그의 출발을 명령했지만 법률은 그것을 금지했습니다. 자신의 고국을 떠나 다른 고장을 고국으로 삼으려는 자에게는 죽음의 형벌이 기다리고 있었던 겁니다.

밝은 〈태양〉이 빛나는 얼굴을 대양의 표면 아래에 감추고

2 남부 이탈리아의 동쪽 해안에 있는 갑.

검은 〈밤〉이 머리에 별들을 두르고 나타났을 때, 신은 또 한 번 나타나 똑같은 경고를 하면서 미스켈루스가 복종하지 않으면 더 무서운 벌을 더 무겁게 내릴 것이라고 위협했습니다. 겁먹은 그는 즉시 집을 다른 고장으로 옮길 준비를 했습니다.

곧 미스켈루스의 이사 소문이 도시에 나돌았고 그는 법률 위반 혐의로 재판에 회부되었습니다. 고발한 측의 주장은 그대로 인정되었고 그의 혐의는 비록 증인이 없더라도 완벽하게 증명되었습니다. 고소 당한 미스켈루스는 얼굴과 두 손을 하늘로 쳐들며 외쳤습니다.

〈오, 열두 가지 대업을 완성하여 천상에 오르는 자격을 획득하신 헤르쿨레스여, 비노니, 저에게 도움을 내려 주소서. 당신은 나의 죄에 대하여 책임이 있습니다!〉

고대의 관습은 흑백 돌로 유무죄 여부를 판단했습니다. 배심원들 사이에서 검은 돌이 많이 나오면 피고는 유죄이고 하얀 돌이 많이 나오면 무죄였습니다. 슬프게도, 배심원들이 항아리에 던져 넣은 돌은 모두 검은 돌이었어요. 하지만 그 항아리가 재판정에 인도되어 속에 든 돌들을 헤아려 보니 검은 색깔이 모두 하얀 색깔로 변해 있었어요. 헤르쿨레스의 신적인 힘이 개입한 재판 결과로 인해 알레몬의 아들은 무죄 방면되었습니다. 그는 암피트리온의 아들인 영웅 헤르쿨레스에게 감사 기도를 올린 뒤, 순풍에 돛을 달고 이오니아 바다를 향해 나아갔어요. 이어 네레툼, 시바리스, 타렌툼을 지나갔고 투리만(灣)과 크리미수스, 이아피기아인의 들판도 지나쳤습니다. 바다를 내려다보는 이 땅들을 지나치자마자 그는 여행의 최종 목적지, 즉 아이사르강 하구를 발견했습니다.

그곳에서 그리 멀지 않은 곳에 크로톤의 성스러운 유골을 모셔 놓은 무덤이 있었습니다. 거기, 헤르쿨레스로부터 명령을 받은 땅에, 그는 도시를 건설하고 거기에 묻힌 사람으로부터 도시의 이름을 가져왔습니다.」

믿을 만한 전설에 의하면 이탈리아 해안에 그라이키아 도시 크로톤이 건설된 유래는 이상과 같다. 59

철학자 피타고라스의 가르침

이 크로톤에 원래 사모아섬 출신이지만 이 섬과 통치자들을 피해 유배 온 사람이 있었다. 그는 독재 정치를 증오했기 때문에 자발적으로 유배자가 되었다. 신들은 아득한 존재이고 또 천상에 살고 있었지만, 그는 심안(心眼)으로 신들에게 접근했고 마음의 통찰로 인간에게 감추어진 자연의 신비를 알아냈다. 심안으로 모든 것을 면밀하게 조사하여 알아냈을 때, 이 지식을 무상으로 제자들에게 나누어 주었다. 그는 묵묵히 그를 따르는 숭배자들의 모임에서 많은 것을 설파하였다. 가령 우주의 기원, 자연법칙과 인과관계, 신의 본성, 눈이 내리는 이유 등을 가르쳤다. 또 벼락은 유피테르가 내리는 것인가 아니면 구름을 흩트리는 바람이 만들어 내는 것인가, 지진은 왜 생기는가, 별들은 왜 하늘에서 떨어지지 않는가, 왜 많은 것들이 감추어져 있는가 따위를 설명했다. 그는 동물의 고기를 먹는 것을 비난한 최초의 인물이었고, 박식하지만 널리 믿어지지는 않는 학설을 가르친 최초의 인물이다. 그는 자신의 철학을 다음과 같이 말했다. 74

육식을 하지 마라

「인간들이여, 죄 많은 육식으로 당신들의 몸을 더럽히지 말아라. 들판에는 곡식이 많이 나고, 나뭇가지를 지상으로 끌어당기는 과일들이 많고, 포도 넝쿨에는 포도들이 주렁주렁 매달려 있지 않은가. 달콤한 약초들도 있고 불에 데우면 부드러워지는 식물들도 있다. 또한 동물의 젖이 있고 백리향의 향기를 풍기는 꿀이 있다. 풍성하고 부유한 대지는 좋은 자양과 영양분을 자유롭게 제공한다. 동물을 죽이거나 피를 보지 않아도 먹을거리가 충분하다. 들짐승은 육식으로 허기를 달래지만 모든 들짐승이 그러지는 않는다. 말, 소, 양은 풀을 먹는다. 하지만 순치되지 않는 야생성을 가진 짐승들, 가령 아르메니아 호랑이, 사나운 사자, 늑대와 곰 등은 피가 뚝뚝 듣는 날고기를 먹는다.

하지만 자신의 내장을 남의 내장으로 채우는 것은 중대한 죄악이다. 탐욕스러운 몸이 남의 살을 먹고 살이 찌는 것, 숨을 내쉬는 자가 다른 숨을 내쉬는 자의 죽음으로 살아가는 것 또한 중대한 죄악이다. 어머니들 중에서 가장 좋은 어머니인 대지가 저 모든 자양을 풍성하게 무상으로 내려 주는데도 불구하고, 너희 인간들은 날카로운 이빨로 동물의 살을 씹으며 식인종 키클롭스의 의례를 모방하는 것을 즐기고 있구나. 다른 짐승을 죽이지 않는 한, 네 탐욕스럽고 죽어 없어질 몸의 허기를 달래지 못한단 말이냐?

우리가 황금시대라고 부르는 저 옛날옛적에, 인간들은 나무에서 나오는 과일과 들판에서 나는 약초로 만족하였고 입을 피로 오염시키지 않았다. 새들은 날개를 가볍게 치면서 공중을 자유롭게 날아다녔고 산토끼는 아무런 두려움 없이 들판 한가운데를 달려갔다. 물고기는 아무리 어리석어도 낚시 갈고리에 걸리는 일이 없었다. 모든 사물에 함정이 없었고 배신이 없었으며 평화가 가득했다.

그런데 누구인지 모르지만 어떤 한심한 개혁가가 사자(獅子)들의 음식을 부러워하여 동물의 살로 탐욕스러운 배를 채웠고, 이것이 범죄로 가는 길을 열었다. 인간의 칼은 야생동물을 죽여, 거기서 나온 피로 물들어 따뜻해졌다. 인간을 공격한 야생동물을 죽였다면 죄가 되지 않았을 것이다. 정당방위이기 때문이다. 하지만 죽이는 것이 정당하다 해도 죽인 짐승의 살을 먹어서는 안 되는 것이다!

이런 죽이는 행위로부터 더 큰 범죄가 생겨났다. 암퇘지는 희생 제물로 죽여 마땅하다고 생각되었다. 왜냐하면 암퇘지가 주둥이로 새 곡식을 망쳐 놓아 농부들의 1년 고생을 헛되게 하기 때문이다. 염소는 포도 넝쿨을 따먹는다는 죄목으로 제단 앞으로 끌려가 목숨으로 죗값을 치러야 했다. 이 두 동물은 죄를 지어 대가를 치렀다고 하자. 그렇지만 너, 양들은 무슨 죄를 지었기에 살해되어야만 했는가? 너는 인간이 먹을 따뜻한 젖을 주고 인간이 옷을 만들어 입을 털을 주어 인간에게 크게 도움을 주었다. 너는 죽는 것보다는 살아 있는 것이 인간에게 더 유익한 것이다! 그리고 너 불쌍한 황소는 무슨 잘못을 저질렀느냐? 배신이나 술수를 모르고 순진하고 해를 입히지 않는 이 동물은 끝없이 노동을 감당해 오지 않았는가?

인간은 정말로 감사할 줄 모르는 자이고 또 대지의 곡식을 받아먹을 자격이 없는 자이다. 황소의 목에서 휘어진 쟁기를 금방 떼어 내고서는 곧바로 힘들게 땅을 경작한 황소를 희생시키는 것이다. 인간은 도끼를 들어 노동으로 피곤해진 황소의 목을 아무 일 없다는 듯이 내리친다. 황소가 노동으로 거친 들판을 새롭게 갈아엎어 많은 수확을 가져다 주었는데도 말이다.

그러나 이런 죄악을 저지르는 것만으로는 충분하지 않았다. 인간은 신들도 똑같은 죄를 저지른다고 주장했고 천상의 신들이 노역(勞役)하는 황소의 희생을 즐긴다고 생각했다. 흠 없고 아름다운(아름다운 황소이기에 희생 당하는 것이다) 희생 제물의 뿔에 도금을 하고 밝은 색깔의 리본을 달아서 제단 앞으로 인도하는 것이다. 황소는 아무것도 모른 채 사람들의 기도를 듣고, 양뿔 사이의 이마에 놓인 곡식을 본다. 그것은 황소가 경작한 곡식이고, 목에 칼을 맞은 황소는 자기 피로 칼을 물들인다. 그는 사제가 황소의 머리 바로 밑에 받치고 있는 물그릇에 비친 칼날을 보았으리라. 자기 피가 제기(祭器) 속의 맑은 물을 붉게 물들이기 직전에 말이다.

그다음에 인간은 아직도 살아 있는 소의 가슴으로부터 내장을 떼어 내어 살피면서 신들의 마음을 읽으려고 한다. 금지된 음식에 대한 인간의 굶주림은 그토록 엄청나서 그들은 고기를 먹어 치운다. 오 죽을 운명을 갖고 태어난 족속이여, 비노니, 제발 그런 짓을 하지 말지어다. 나의 경고를 명심하도록 하라. 너희가 죽은 황소의 살을 입안에서 맛보는 것은, 동료 농부들의 살을 씹는 것이라고 생각하라. 142

영혼은 죽지 않는다

나는 지금 신의 말을 전하는 것이기 때문에 신의 지시를 충실하게 말로 전할 것이다. 마치 내가 델피 신전의 무녀인 양, 천상의 비밀을 드러내고 오로지 계시 받은 자에게만 알려진 신비를 말할 것이다. 나는 지금껏 발견된 적이 없는 위대한 문제들에 대해 노래할 것이다. 이 지상의 지겨운 거처를 떠나 천상으로 올라가 별들 사이를 돌아다니는 것, 구름을 타고 날아가는 것, 막강한 아틀라스의 어깨 위에 서 있는 것은 즐거운 일이다. 저 아스라이 먼 곳에서 인간 세계를 내려다보는 것도 즐거운 일이다. 인간들은 온갖 데를 다 돌아다니며 이성을 내팽개치고 겁먹은 상태로 죽음을 두려워하는구나. 그러니 인간들을 격려하고 그들이 어떤 운명을 맞을지를 일러 주는 것도 즐거운 일이로구나.

오, 차가운 죽음의 공포로 마비되어 버린 족속이여. 왜 너희는 스틱스를 두려워하고 왜 그림자와 공허한 말들을 두려워하는가? 그것들은 음유시인의 노랫가락에 지나지 않는 것이다. 그리고 왜 너희들은 가짜 세상의 위험을 두려워하는가? 네 몸이 화장대 위에서 불타 없어지든 혹은 오랫동안 부패의 과정을 거치든, 몸이 어떤 고통을 당하리라고 생각하지 마라. 영혼은 죽지 않는다. 예전 거처인 육체를 떠나게 되면 언제나 새로운 거처를 찾아가고 자기를 받아들이는 몸 안에서 살아간다. 나 자신도(나는 그렇게 기억한다) 트로이아 전쟁 때에는 판투스의 아들 에우포르부스였는데, 메넬라우스가 던진 창에 가슴을 맞아 전사한 바 있었다. 최근에 나는 아르고스에 있는 유노 사당에서 내가 왼팔에 들고 다녔던 방패가 여신에게 바쳐진 감사 선물로 사당 벽에 걸려 있는 것을 보았다.

모든 것은 변하고 무엇도 죽지 않는다. 인간의 영혼은 이곳 저곳을 떠돈다. 그렇게 방랑하다가 좋아하는 신체 속으로 들어간다. 신체는 들짐승이 인간의 몸으로 변하기도 하고 반대로 인간이 들짐승의 몸으로 변하기도 하지만, 영혼은 결코 죽지 않는 것이다. 부드러운 왁스는 과거 형태를 오랫동안 유지하지 못하여 손쉽게 새로운 형태로 변해 버리지만 그래도 여전히 왁스인 것이다. 나는 이렇게 가르친다. 영혼은 다양한 형체로 이동해 가지만 언제나 그대로이다. 그러니 너희들의 경건한 마음이 굶주린 배의 욕망에 의해 정복되지 않도록 하라. 내 다시 말하거니와, 너희들과 똑같은 영혼을 죽이지 말고 남의 살로 자신의 살을 채우는 악습을 폐지하도록 하라.

175

모든 것은 변한다

자, 이제 내가 망망대해에 배를 띄우고 순풍에 돛을 활짝 폈으니 내 말을 끝까지 듣도록 하라. 이 세상에 변하지 않고 그대로 지속되는 것은 없다. 모든 사물은 유동적이고 사물의 겉모습은 일시적이다. 시간 또한 꾸준히 움직이면서 흘러가는데, 강물이 흘러가는 것과 비슷하다. 강물이나 빠른 시간이나 멈추지 못하는 것은 똑같다. 뒷 파도가 앞 파도를 밀면서 끊임없는 연결고리를 형성하듯이, 시간 또한 뒷 시간이 앞 시간을 밀어낸다. 방금 있었던 것은 사라져서 없어지고. 지금껏 없었던 것은 곧 생성된다. 그리하여 모든 순간이 언제나 새롭다.

너희들은 보지 못하였는가? 밤이 낮이 되고, 빛나는 밝음 뒤에는 밤의 어둠이 따라나오는 것을? 하늘의 색깔은 지친 사물들이 모두 휴식을 취하는 깊은 밤엔 달라지고, 루키페르가 눈처럼 흰 마차를 타고 다가올 때, 새벽의 신 아우로라가 포이부스의 도착을 알리며 다가올 때 또한 하늘의 색깔이 달라진다. 포이부스의 방패는 주인이 땅에서 떠오르는 아침에 붉은 색깔을 띠고 다시 땅으로 떨어지는 저녁에 또다시 붉어진다. 그러나 정오에 태양신의 방패는 중천에 이르고 하얀 색깔로 빛나게 된다. 그곳의 공기가 깨끗하고, 지저분한 대지에서 멀어져 있기 때문이다. 밤에 떠오르는 디아나의 형태는 언제나 똑같거나 동일할 수가 없다. 하현달 디아나는 밤사이에 변하여 오늘은 어제보다 작아지고 상현달이 되면 오늘보다 내일 커지게 된다.

198

인생의 4계절과 생성의 4원소

또한 너희들은 보지 못하였는가? 1년이 4계절을 거치는 과정이 우리 인생의 4계절과 비슷하다는 것을? 우선 이른 봄은 부드럽고 젖내가 나는 것이 인간의 유년기와 비슷하다. 신선한 풀들이 자라나고 모든 것이 부드럽고 물기가 많은 이 계절은 농부들의 가슴을 희망으로 설레게 한다. 이때 모든 것은 꽃피어나고 드넓은 대지는 꽃들의 다채로움을 즐거운 마음으로 반긴다. 하지만 잎사귀에는 아직 힘이 들어가 있지 않다. 봄이 지나가면 한 해는 보다 강건한 여름으로 접어들어 튼튼한 젊은이가 된다. 이보다 더 힘차고 이보다 더 거세게 불타오르는 계절은 없다. 청춘의 열기가 사라지면 원숙하고 부드러운 가을이 오는데, 기질로 따지자면 청년과 노년 사이에 해당한다. 노년에는 이마가 하얀 머리카락으로 희끗희끗해지는데, 늙은 겨울이 비틀거리는 걸음걸이로 찾아오는 때이기도 하다. 머리카락은 다 빠졌거나, 남아 있어도 하얀색 머리카락뿐이다.

우리 인간의 몸도 언제나 쉴 새 없이 변한다. 과거의 우리나 현재의 우리는 내일이 되면 존재하지 않는다. 우리가 생명의 씨앗으로 혹은 태아의 모습으로 어머니의 자궁에 누워 있던 때가 있었다. 자연은 예술가의 솜씨를 발휘하여 우리의 몸이 배부른 어머니의 내장 속에 비좁게 누워 있기를 바라지 않았다. 그리하여 우리를 자궁으로부터 대기 속으로 내보냈다. 빛 속으로 나온 갓난아기는 힘이 하나도 없이 누워 있었으나 곧 유아는 네발 달린 들짐승처럼 몸을 이끌고 기어다녔고 조금씩 조금씩 힘을 주면서 아직 단단하지 못한 무릎으로 애쓰다가 마침내 일어선다. 여기에는 근육도 일부 도움을 준다. 아이는 힘차고 빠른 청년의 단계를 지나가고 중년의 세월을 보낸 다음에 쇠퇴하는 노년을 향해 하강 곡선을 그린다. 노년은 청소년기의 힘을 빼앗고 파괴해 버린다. 나이 든 장사 밀론은 힘없는 양팔을 보면서 눈물을 흘린다. 청년기에 양팔은 헤르쿨레스 못지않은 단단한 근육 덩어리였으나 지금은 축 처져서 맥이 없다. 미녀 헬레네는 거울 속에서 노파의 주름살을 보고서 눈물을 흘리며 자신이 과연 두 번이나 납치되었는지 의아해한다.[3]

사물의 파괴자인 시간이여, 그리고 너, 질투하는 노년이여, 너희들은 모든 것을 파괴해 버리는구나. 시간은 날카로운 이빨로 사물을 시들어 버리게 하는구나. 그러면서 조금씩 조금씩 사물을 느린 죽음 속으로 몰아넣는구나.

3 헬레네의 첫 번째 납치자는 테세우스인데 그녀는 오빠들의 도움으로 구출되어 스파르타로 돌아간다. 헬레네는 메넬라우스와 결혼했으나 다시 트로이아의 파리스에 의해 납치되는데 이 사건으로 인해 그라이키아와 트로이아 사이에 전쟁이 벌어지게 되었다.

우리가 일컫는 원소도 영원히 지속되지는 못하고 변화를 겪게 된다. 자, 이제 내가 너희들에게 가르쳐 줄 테니 주목하기 바란다. 영원한 세상은 4대 생성 원소로 구성되어 있다. 이들 중에서 두 개는 무겁기 때문에 밑으로 내려가는데 곧 땅과 물이다. 나머지 두 개는 가벼워서 높은 곳으로 올라가는데 곧 공기와, 공기보다 순수한 불 다시 말해 영기(靈氣)이다. 4원소는 공간 속에서 다른 위치를 차지하고 있지만 각각의 원소는 서로에게서 생겨나고 또 서로에게 돌아간다. 가령 땅은 녹아서 물이 되고, 물은 수분을 잃어버리면 공기나 바람이 되며, 공기가 더 순수해지면 불로 변하여 공중을 마음대로 날아다닌다. 이러한 변화는 역순으로도 일어날 수 있다. 불이 응축되면 공기가 되고 공기가 응축되면 물이 되며 물이 응축되면 단단한 땅이 되는 것이다. 251

태어남과 죽음의 정의

어떤 것도 고유의 외양을 유지하지 못하지만, 사물을 새롭게 혁신하는 자연은 이런 형태에서 저런 형태로 사물을 회복시킨다. 내가 다시 한번 강조하거니와, 이 세상에 있는 어떤 것도 사라지지 않는다. 단지 사물은 변하고 형체를 바꿀 뿐이다. 따라서 태어남은 전에 있었던 것이 다른 무엇으로 변화하는 것이며, 죽음은 그 무엇이 더 이상 예전 상태로 존재하지 않는다는 뜻이다. 무언가가 이것으로 바뀌거나, 또 다른 것이 저것으로 바뀌기는 하지만, 전체적으로 볼 때, 모든 사물은 일정하다.

나는 어떤 것도 현재의 외양을 오랫동안 유지할 수 없다고 믿는다. 그리하여 오, 너희, 현재 세대들은 황금시대에서 강철시대로 옮겨온 것이다. 이런 식으로 땅들의 운명도 아주 많이 바뀌어 왔다. 나 자신 아주 단단한 땅이 물이 되는 것을 보았다. 반대로 바다 물이 말라 땅이 되는 것도 보았다. 바다 조개가 바다로부터 아주 멀리 떨어진 육지에서 발견되고 낡은 닻이 산 꼭대기에서 발견되기도 한다. 전에 들판이었던 곳이 강력한 물줄기의 유입으로 계곡으로 변했다. 물의 강력한 힘이 높은 산을 평평하게 만들기도 하며, 한때 늪지였던 곳이 메마른 사막으로 바뀌기도 한다. 그런가 하면 물기가 전혀 없던 모래밭이 늪지가 되기도 한다. 자연은 여기에서는 새로운 샘물을 만들어 내는가 하면 저기에서는 그 샘물을 막아 버린다. 지진으로 동요되면 지하의 강물이 지상으로 튀어나오기도 하고 반대로 강물이 쪼그라들어 땅속으로 삼켜지기도 한다.

땅의 균열이 삼켜 버린 리쿠스강은 멀리 떨어진 다른 곳에서 강줄기로 태어났다. 마찬가지로 에라시누스강은 사라져 땅밑으로 흐르다가 아르고스에서 다시 거대한 강으로 햇빛을 보았고, 미수스강은 수원지가 말라 버려 원래의 강둑을 버리고 다른 곳으로 가 이제는 카이쿠스가 되었다고 한다. 이제 시킬리아의 불모지를 흐르는 아메나누스강은 때로 수원지가 말라붙어 건천(乾川)이 된다. 아니그루스강의 물은 한때 마실 만한 물이었으나 이제는 사람이 입도 대지 않는 물이다. 시인들이 입만 열면 거짓을 말하는 게 아니라면, 무시무시한 몽둥이를 든 헤르쿨레스의 화살을 맞은 켄타우루스들은 이 강에서 자신들의 상처를 씻었다고 한다.

스키티아의 산에서 흘러나온 히파니스강은 달콤한 물맛을 자랑했으나 이제는 소금기가 많아 맛이 없다. 안티사, 파로스, 포에니키아의 티루스 등은 한때 섬이었으나 이제 내륙 도시가 되었고, 예전에 농부들이 농사짓던 레우카스반도는 이제는 주위에 물이 넘치는 섬이 되었다. 메사나는 한때 시킬리아와 붙어 있는 땅이었으나 바다가 둘을 갈라놓고 그 사이에 파도가 넘실거리게 함으로써, 땅이 되게 했다. 헬리케와 부리스 같은 오랜 그라이키아 도시들은 이제 물 밑으로 가라앉아 버렸다. 오늘날까지도 선원들은 그 수중 도시와 물속에 잠긴 성벽들을 가리키고 있다.

피테우스가 다스리는 트로이젠 근처에는 가파르고 나무 없는 언덕이 있다. 한때 평평한 땅이었으나 지금은 마치 커다란 혹이 솟은 것 같은 모습이다. 말하기 끔찍하지만 바람의 위력 때문에 이런 괴상한 땅이 되었다. 그 땅의 지하에서는, 어두운 동굴 속에 갇혀 질식할 것 같은 바람이 자유로운 공기를 숨 쉬려고 오랫동안 애를 써왔다. 여기 감옥에는 틈새가 전혀 없고 또 바람이 빠져나갈 길이 없었기 때문에, 바람이 지하에서 팽창하여 지상의 땅은 늘어나고 크게 부풀어 올랐다. 마치 바람 주머니나 두 뿔 달린 염소 가죽에 입김을 불어넣어 크게 부풀린 형상이었다. 땅은 그렇게 부풀어 올랐고 오랜 시간 동안 그대로 굳어져서 현재와 같은 둥그런 언덕이 되었다. 306

물과 불의 변신

내가 보고 들은 것이 아주 많지만 몇 개의 사례만 더 말해 보겠다. 물 또한 새로운 형태를 만들어 내고 또 취하지 않는가? 정오에, 뿔 달린 하신(河神) 암몬의 샘물이여, 그대의 물은 차갑지 않은가. 그리고 일몰과 일출에는 뜨겁지 않은가.

들리는 말에 의하면, 달이 아주 작은 모양으로 줄어들 때, 보이오티아 사람들은 나무를 그 물에 집어넣어 불태운다고 한다. 트라키아의 키코네스족이 사는 땅에는 어떤 강이 있는데, 사람들이 여기 물을 마시면 내장이 돌로 변해 버리고, 이 물이 건드리는 것은 뭐든지 대리석으로 변한다. 크로톤 근처에 있는 크라티스강과 수바리스강은 머리카락을 황금빛 혹은 은빛으로 바꾸어 놓는다.

더욱더 기이한 냇물은 사람의 몸을 바꾸어 놓을 뿐만 아니라 마음에도 영향을 미친다. 살마키스가 들어갔던 음란한 냇물과 아이티오피아의 호수에 대해서 들어보지 못한 사람이 어디에 있겠는가? 이 냇물의 물을 마신 사람은 미쳐 버리거나 혼수상태에 빠진다. 클리토리움 샘물에서 목을 축이고 갈증을 삭힌 사람은 이 순수한 물에 매혹되어 술을 포기하게 된다. 물 자체에 술을 끊게 하는 강력한 힘이 있는지, 아니면 속설에서 말하는 것처럼, 아미타온의 아들 멜람푸스가 프로테우스의 광분하는 딸들을 강력한 약초와 주문으로 다스린 뒤, 약초 찌꺼기를 샘물에 버려서 술을 억제하는 힘이 생긴 것인지는 불확실하다. 린케스트리아의 강은 클리토리움 샘물과는 정반대로 작용한다. 이 강의 물을 조금이라도 마신 사람은 물 섞지 않은 포도주를 그냥 마신 것처럼 금방 취하게 된다. 아르카디아의 한 장소는 전에 페네우스라고 불렸는데, 이곳에 있는 샘물의 효력은 믿을 수가 없다. 밤에 이 샘물을 마시면 아주 해로우나 낮에 마시면 전혀 해롭지 않다. 이처럼 샘물이나 호수는 이런 저런 때에 서로 다른 효과를 내는 것이다.

오르티기아섬[4]은 한때 바다를 떠다녔으나 이제는 움직이지 않고 고정되어 있다. 아르고호 원정대원들이 탐험에 나섰을 때, 그들은 심플레가데스섬을 아주 위협적인 장애물이라고 생각했다. 이 섬의 두 바위는 포말을 일으키며 움직여 그 사이로 지나가는 선박들을 박살내 버렸다. 하지만 지금은 그 자리에 고정되어 있어서 훌륭한 방파제 역할을 한다.

아이트나의 용암은 현재 유황으로 뜨겁게 흐르고 있지만 언제까지나 그렇지는 않을 것이다. 과거에도 그렇게 뜨거운 불덩이는 아니었다. 땅은 동물과 비슷하게 살아 있어서, 불길을 내뿜는 많은 장소에 숨쉬는 구멍을 갖고 있다. 땅은 숨쉬는 통로를 바꿀 수 있다. 통로가 바뀌면 어떤 굴들은 막히고 새로운 동굴들이 생겨나 불을 뿜어낸다. 또한 가벼운 바람이 동굴 밑바닥에 가두어지면, 이 바람이 바위로 바위를 날리고, 화염의 불씨를 잡고 있는 물질을 흔들어 놓는다. 이처럼 바위들이 서로 충돌하면 마찰의 힘으로 불길이 댕겨져 불꽃이 터져나온다. 그러나 가두어진 바람이 다 소진되면 동굴들은 차갑게 식는다. 또 역청은 불을 잘 댕기고 노란 유황은 연기 없이 잘 타오른다. 땅이 불길에 자양분을 더 이상 주지 않으면 화산의 힘은 장기간에 걸쳐 소진된다. 자양분을 다 써먹은 화산들은 더 이상 먹을 것이 없으면 전에도 그러했듯이 불을 포기한다. 북쪽 저 멀리 마케도니아 근처에서는 미네르바의 늪에 아홉 번 뛰어든 사람들이 몸에 하얀 깃털을 달고 나온다는 이야기가 있다. 나는 이 이야기를 믿지 않지만, 스키티아 여인들은 그런 미백 효과를 거두기 위하여 마법의 용액을 온몸에 뿌린다고 한다.

360

4 한때 바다 위를 떠다녔다는 델로스섬의 또 다른 이름.

동물들의 변신

앞에서 입증한 사례들로 이런 기이한 상황을 믿을 수 있다면, 뜨거운 열기 때문에 혹은 장시간 방치되었기 때문에 시체들로부터 작은 동물들이 나온다는 이야기는 어떤가. 여러분은 보지 못하였는가? 여기에 간단한 실험이 하나 있다. 사제들이 희생 제물로 잡은 황소의 시체를 땅에 묻어 보라. 이 아이디어는 체험에서 얻은 것이다. 그러면 부패하는 황소의 내장으로부터 벌들이 생겨난다. 썩은 살로부터 꽃의 꿀을 따기 위해 온갖 군데를 다 돌아다니는 벌들이 생기는 것이다. 부모를 닮아 근면한 벌들은 들판을 돌아다니며 열심히 일을 하고 희망 속에서 수고를 아끼지 않는다.[5]

죽은 군마를 땅속에 묻으면 거기서 말벌이 생겨난다. 해안에서 사는 게의 휘어진 집게를 제거하고 나머지를 땅속에 묻어 보라. 그러면 거기서 전갈이 나와서 구부러진 꼬리로 당신을 위협할 것이다. 농촌에서 푸른 잎사귀에 하얀 실로 번데기 집을 만드는 벌레(이런 일은 농부들이 자주 보는 것이다)는 나중에 나비로 변신하는데, 이 나비야말로 육체를 떠난 영혼의 상징이다. 진흙 속에 있는 씨앗은 다리 없는 개구리를 낳고 곧이어 다리도 제공한다. 이 다리로 헤엄을 잘 치게 되고 또 멀리 뛰어오를 때면 뒷발의 힘이 앞발의 힘을 크게 능가한다. 암곰이 갓 낳은 새끼는 새끼라기보다 살아 있는 살덩이에 지나지 않는다. 어미 곰이 살덩이를 핥아 줌으로써 사지를 생겨나오게 하고 결국에는 어미와 똑같은 모습으로 만든다.

그대는 보지 못하였는가? 꿀을 품은 벌들의 유충은 육각

5 고대인들은 벌들이 죽은 소의 시체에서 생겨난다고 널리 믿었다.

형의 밀랍 방에서는 안전하나 벌레와 같은 몸에 불과할 뿐 아무것도 아니라는 사실을. 유충의 발과 날개는 나중에 나오는 것이다. 꼬리에 무수한 별들을 달고 있는 유노의 공작, 유피테르의 벼락을 전하는 독수리, 베누스의 비둘기, 그리고 모든 새들이 알의 한가운데서 태어난다고 누가 생각이나 하겠는가? 그 사실을 이미 알고 있지 않다면 말이다. 척추가 밀폐된 무덤 속에서 부패하면 인간의 골수가 뱀으로 변신한다고 믿는 사람들도 있다.

이러한 생명체들은 각기 다른 생명체로부터 생겨난다. 하지만 자신의 생명체를 계속 새롭게 경신하는 새가 있다. 아시리아 사람들은 이 새를 피닉스라고 부른다. 이 새는 풀이나 곡식을 먹고 사는 게 아니라 향료 수지와 발삼의 즙액을 먹고 산다. 피닉스는 500년 수명을 다 살면 참나무 가지나 종려나무 꼭대기에 자기 발톱과 깨끗한 부리로 둥지를 짓는다. 둥지에다 계피, 감송향, 육계, 노란 몰약 등의 향료를 가득 쌓아 놓고 거기에 엎드려 향기 속에서 숨을 거둔다. 그러면 아버지의 죽은 몸에서 어린 아들이 태어나 다시 500년을 살아간다고 한다. 어린 피닉스가 짐을 나를 만한 정도로 튼튼해지면, 자신의 요람이며 전에 자신의 무덤이기도 했던 무거운 둥지를 들고 엷은 공기를 뚫고 히페리온의 도시[6]로 가서 히페리온 신전의 신성한 문들 앞에 내려놓는다.

여러분이 이것을 놀랍거나 신기하다고 생각한다면 하이에나가 성별(性別)을 바꾸는 광격을 보면 놀랍다 못해 경이롭다고 할 것이다. 암컷 하이에나는 수컷이 등 뒤에 올라타면 갑자기 수컷으로 변한다. 공기와 바람을 자양분으로 삼

6 고대 이집트의 헬리오폴리스를 가리킨다.

는 어떤 동물은 자신이 만지는 것의 색깔을 그대로 닮아 버린다. 인디아는 포도주를 가져온 바쿠스에게 정복 당했을 때 그에게 선물로 살쾡이를 주었는데, 살쾡이의 오줌은 공기와 맞닿으면서 굳어져 돌이 된다고 한다. 산호 또한 공기와 접촉하는 순간 단단하게 굳어진다. 하지만 물밑에서는 부드러운 풀이었다. 417

변화는 로마 번영의 추진력

내가 새로운 모습으로 변신한 것들을 전부 말하고자 한다면 해가 저물고 포이부스는 헐떡거리는 황금 수레의 말들을 깊은 바다 속으로 떨어트려야 할 것이다. 아무튼 우리는 시대가 바뀌고 어떤 족속들은 힘이 강성해지는 반면 다른 족속들은 쇠망하는 것을 보았다. 트로이아는 재산과 인력이 풍부하여 무려 10년이나 전쟁을 수행하면서 많은 피를 바칠 수 있었다. 하지만 지금은 패망하여 오래된 폐허만 남아 있을 뿐이며 풍요한 재산은커녕 조상들의 무덤만 가득할 뿐이다. 스파르타는 저명했고 위대한 미케나이는 번성했으며 케크롭스와 암피온의 성채들도 위용을 자랑했다. 그러나 스파르타는 척박한 땅이 되었고 고상한 미케나이는 패망했다. 이제 오이디푸스의 테바이는 이름 이외에 무엇이 남아 있는가? 판디온의 아테나이 또한 이름 이외에 무엇이 남아 있는가?[7]

들려오는 소문에 의하면, 트로이아인이 세운 로마가 부상하고 있고, 이제 아펜니노산맥에서 발원한 티베리스강 가까운 곳에 깊고 넓은 터전을 세우고 있다 한다. 그러므로 로마

7 판디온은 아테나이의 전설적 왕이며 테레우스에게 능욕당한 불운한 필로멜라와 프로크네의 아버지이다.

는 점점 성장하면서 형체를 바꾸고 있고, 장래의 어느 날 무변광대한 세계의 수도가 될 것이다. 예언자들과 앞날을 내다보는 신탁은 모두들 그렇게 말했다. 그래서 내가 기억하는 한, 트로이아가 멸망할 때, 프리아무스 왕의 아들인 헬레누스는 앞날의 안위를 걱정하며 울고 있는 아이네아스에게 이렇게 말했다.

〈여신의 아들이여, 내가 심안으로 내다본 나의 예언을 잘 새겨듣도록 하시오. 당신만 안전하다면 트로이아는 완전히 망해 버리지는 않을 것이오. 불과 칼은 당신에게 길을 내줄 것이요. 당신은 앞으로 나아가면서 트로이아의 일부를 가져갈 것이고 당신을 환대하는 외국 땅에 도달할 것이오. 그 땅은 당신의 고국보다 더 당신과 트로이아인을 환대할 것이오.

나는 트로이아의 후예들이 세울 로마를 내 마음속에서 내다봅니다. 과거에 이보다 더 큰 도시는 없었고, 현재도 이보다 더 큰 도시는 없으며, 미래에도 이런 도시는 없을 것입니다. 다른 지도자들이 오랜 세기 동안 로마를 강성한 국가로 만들겠지만, 로마를 세계의 주인으로 만드는 일은 율루스의 가계에서 나온 사람[8]만이 해낼 수 있습니다. 지상이 그분의 생애를 모두 활용하고 나면 천상은 그분을 기꺼이 맞아들이고 거처를 제공할 것입니다.〉

헬레누스는 가정의 수호신 페나테스를 모시고 트로이아를 떠나는 아이네아스에게 이렇게 말했다. 나는 헬레누스의 말을 똑똑이 기억하고 있다. 나는 나와 관련이 있는 도성 로마가 쑥쑥 성장하는 것을 기쁘게 여긴다. 이것은 트로이아가 그라이키아에 패망한 사태의 환영할 만한 결과이다.[9]

8 카이사르의 양아들인 아우구스투스를 가리킨다.

그러나 얘기가 너무 곁가지를 치지 않도록 하고 또 건망증 심한 나의 말이 경주로에서 너무 벗어나지 않도록 하기 위해 본론으로 돌아가련다. 하늘과 그 아래 있는 만물이 새로운 형태를 취하고, 땅과 그 위에 있는 만물 또한 그러하다. 우리 인간 또한 이 세상의 일부이다. 또한 우리는 신체일 뿐만 아니라 날개 달린 영혼이기도 하다. 우리는 들짐승을 영혼의 거처로 삼을 수도 있고, 양들의 가슴 속에 둥지를 틀 수도 있다. 따라서 우리 부모, 형제, 우리와 의무로 연결돼 있는 사람들, 혹은 사람 일반의 영혼이 깃들어 있을 수도 있는 동물의 몸을 안전하게 지켜 주고 또 존중해 주어야 한다. 우리의 내장을 티에스테스식 향연으로 채워넣지 말도록 하자.[10]

송아지의 애절한 울음소리에는 귀 기울이지 않고 칼로 그 목을 따는 자, 염소 새끼가 어린 아이처럼 울어 대는데도 그 멱을 따는 자, 자신이 먹이를 주어 키운 새를 잡아먹는 자, 이런 자들의 습관은 얼마나 사악한가. 그런 자들은 불경하게도 인간의 피를 흘리려고 준비하는 자들이다. 이런 짓들은 최고의 죄악인 살인으로부터 그리 멀리 떨어지지 않는 범죄이다. 동물을 죽인다면 다음 단계는 무엇인지 너무나 뻔하지 않는가?

소가 쟁기질을 하다가 나이 들어 자연사하게 하라.
양 떼를 차가운 북풍의 손길로부터 보호하라.
염소들의 젖을 짜서 양식으로 삼도록 하라.

9 피타고라스는 자신이 유명한 트로이아 전사 에우포르부스의 화신이라고 앞에서 주장했으므로 트로이아의 후예가 건설한 도성인 로마는 그와 관련이 있다.

10 티에스테스의 형 아트레우스는 티에스테스의 아들을 죽여서 그의 사지를 동생에게 먹으라고 주었다.

그물, 함정, 올가미, 기타 교묘한 유인 장치들을 폐기하라.
끈끈이를 바른 나뭇가지로 새들을 속이지 말라.
사슴을 깃털로 만든 그물 속으로 유인하지 말라.
야비한 미끼 속에 휘어진 낚싯바늘을 숨기지 말라.
여러분을 해치려 드는 짐승들만 정당방위 차원에서 죽여라. 하지만 그때에도 죽이는 데서 그쳐라. 그 짐승의 피로 입술을 더럽히지 말라. 보다 자비로운 방식으로 자양을 취하도록 하라.」 478

누마(2)

누마는 이러한 가르침과 기타 지시 사항들을 명심하고서 고국으로 돌아갔고 로마 백성들의 뜻에 순응하여 그들의 통치자가 되겠다고 약속했다. 그는 님프인 에게리아와 결혼하여 화목하게 살았고 무사 여신들로부터 현명한 지도를 받아 로마 백성들에게 신성한 의례를 가르쳤다. 그는 예전에 호전적이었던 백성들을 잘 교화하여 평화의 기술을 익히고 실천하게 만들었다. 484

누마의 아내 에게리아

노년에 이르러 누마의 통치와 수명은 끝이 났다. 로마의 어머니들, 사람들, 아버지들은 모두 그의 죽음을 슬퍼했다. 그의 아내 에게리아는 슬픔으로 넋이 나간 상태에서 로마를 떠나 아리키아의 숲이 울창한 계곡으로 잠적했다. 그녀의 커다란 비명과 호곡 소리는 디아나 여신이 의례를 행하는 것을 방해했다.

숲과 물의 님프들이 그녀의 지나친 슬픔을 경고하면서 얼마나 극진히 위로했던가! 히폴리투스가 이렇게 말하면서 얼마나 위로하려 했던가!

「이제 그만 되었어요. 당신의 불운만이 불평의 대상은 아니랍니다. 다른 사람들의 유사한 재앙도 한번 생각해 보세요. 그러면 당신의 불행을 좀 더 쉽게 견딜 수 있을 겁니다. 당신에게 위안이 될 슬픔이 없기를 바라지만, 사실 나에게도 그런 슬픔이 있었습니다. 496

히폴리투스와 파이드라

만약 당신이 히폴리투스 얘기를 들으셨다면, 그의 아버지가 남의 말을 너무 잘 믿어서, 그의 사악한 계모 파이드라가 날조하여 고발한 사건을 그대로 믿어 버렸다는 사실을 알 겁니다. 계모의 무고로 히폴리투스는 죽음을 맞이했지요. 비록 내가 그걸 입증하지는 못하지만, 내가 바로 히폴리투스라는 사실을 알면 당신은 깜짝 놀랄 겁니다.

파시파에 왕비의 딸인 나의 계모 파이드라는 나를 유혹하여 아버지의 침대를 더럽히려고 했으나 성공하지 못했습니다. 그러자 자신의 더러운 음욕을 나에게 뒤집어씌웠습니다. 자신의 죄상이 발각될까 두려워서 그랬는지, 아니면 내가 음욕을 거부하여 적개심에 불탔기 때문인지는 잘 모르겠습니다. 내가 그녀를 강간하려 했다고 무고했고 아버지는 죄 없는 나를 도시에서 쫓아내면서, 도시를 떠나는 내 머리 위에 저주를 퍼부었습니다.

나는 유배자의 수레에 올라 피테우스가 다스리는 트로이젠을 찾아 갔습니다. 내가 코린투스 해안을 막 지나가고 있는데, 갑자기 바다가 솟아올라 산더미만 한 거대한 물 덩어리가 생겨나더니 거대한 굉음과 함께 물마루가 두 개로 갈라졌습니다. 그리고 터진 틈 사이로 뿔 달린 황소가 나오더니 부드러운 미풍을 타고 가슴까지 드러내 놓았습니다. 황소는 입과 코로 바닷물을 마구 게워 냈습니다. 나의 수행원들은 모두 겁을 집어먹었으나 나는 겁먹지 않았습니다. 오로지 나의 유배 상황에 몰두해 있었기 때문입니다.

내 수레를 끌던 말들은 귀를 쫑긋 세우고 바다 쪽으로 고개를 돌리더니 무서움에 몸을 부르르 떨었습니다. 말들은 괴물을 두려워한 나머지 흥분하여 높은 암벽 쪽으로 수레를 끌고 갔습니다. 나는 하얀 포말이 묻어 있는 고삐를 단단히 잡으려 했으나 허사였습니다. 나는 몸을 뒤로 젖히면서 빳빳한 고삐를 가슴 쪽으로 잡아당겼습니다. 말들이 아무리 광란해도 내 고삐의 힘을 당해 내지는 못했을 겁니다. 그러나 바퀴 하나가 돌부리에 부서져 바퀴 축이 빠져나가 헛돌면서 나는 수레에서 튕겨져 나갔고, 수레의 가죽 줄에 매달린 채 끌려가게 되었습니다. 만약 당신이 현장에서 나를 보았다면 나의 몸에서 내장이 파열되어 나오는 것을 보았을 겁니다. 나의 근육은 돌부리에 걸리고 사지는 산산이 찢겨지다가 일부는 뭔가에 걸려 거기에 고정되었습니다. 내 뼈들은 무시무시한 소리를 내며 부러졌고 내 피곤한 영혼은 마지막 숨결과 함께 내 몸에서 빠져나갔습니다. 내 몸에서 당신이 알아볼 수 있는 것은 무엇 하나 남아 있지 않았습니다. 내 몸은 상처 입지 않은 곳이 단 한 군데도 없었고 상처 자체였습니다.

물론, 오, 님프여 당신은 남편 잃은 재앙을 나의 재앙과 비교하지 않으려 하겠지요. 나는 빛이 들어오지 않는 죽음의 세계를 보았고, 지하 세계의 강인 플레게톤의 물에서 내 찢겨진 시신을 씻었습니다. 아폴로의 아들, 아이스쿨라피우스의 강력한 약제가 없었더라면 나는 생명을 회복하지 못했을 겁니다. 강력한 약제와 의약의 신 아폴로의 도움으로 소생(플루토는 그것을 반대했습니다)한 후, 나의 환생이 다른 이들의 질시를 받을까 우려하여 킨티아[11]는 내게 짙은 구름을 씌워서 나를 가려 주었습니다. 또 내가 안전하게 아무런 염려 없이 돌아다닐 수 있도록, 내 나이를 늘려 주었고, 얼굴을 아무도 못 알아보게 만들어 주었습니다.

디아나는 나를 크레타섬으로 보낼까 아니면 델로스섬으로 보내 살게 할까 오랫동안 망설였습니다. 여신은 나를 이곳 로마에 살게 하고 내 이름도 버리라고 했습니다. 왜냐하면 말[馬]들을 연상시키는 이름이기 때문이었지요. 디아나 여신은 이렇게 말했습니다.

〈너는 과거에 히폴리투스였으나 이제는 비르비우스라는 이름을 써라.〉[12]

그때 이후 나는 이 동굴에서 살아 왔고, 소신(小神)의 하나로, 디아나 여신의 보호를 받으면서 여신의 수행원으로 활약해 왔습니다.」

하지만 남들의 불행은 에게리아의 슬픔을 덜어 줄 만한 힘이 없었다. 그녀는 산의 가장 낮은 뿌리 밑에 누워 있다가 눈물 속으로 용해되었다. 마침내 포이부스의 여동생 디아나 여신은 그토록 경건한 슬픔에 감동하여 에게리아의 몸을 시원한 샘물로 변신시켰고 이 샘물은 영원히 마르지 않게 되었다. 551

11 디아나의 별칭.

12 히폴리투스는 그리스어로 〈말들로부터 해방된 자〉라는 뜻이다. 비르비우스는 라틴어 *vir bis*의 전용인데 〈두 번 인간이 된 자〉라는 뜻이다.

타게스, 로물루스의 창, 키푸스

이 기이한 사건은 모든 님프들을 놀라게 했고 또 히폴리투스도 마찬가지로 놀랐다. 또한 에트루리아의 농부도 들판에서 저 운명적인 흙덩이를 보고서 놀랐다. 그 흙덩이는 누가 만지지 않았는데도 저절로 움직이더니 형체를 바꾸어 인간의 모습이 되었다. 새롭게 태어난 인간은 입을 열어 미래에 벌어질 일을 말하기 시작했다. 현지인들은 그를 타게스라고 불렀다. 그는 에트루리아인들에게 예언의 기술을 가르친 최초의 인물이었다.

이에 못지않게 놀라운 일이 또 있었다. 한번은 로물루스가 팔라티움 언덕에 자신의 창을 꽂아 놓은 적이 있었다. 그런데 창에서 갑자기 잎사귀가 생겨났다. 그가 땅속에 박아 넣은 쇠촉은 가뭇없이 사라지고 새로운 뿌리가 생겨나 창이 우뚝 서게 된 것이었다. 그것은 이제 무기가 아니라 나긋나긋한 가지 달린 나무가 되었고, 그 나무를 칭송하는 사람들에게 생각지 않은 그늘을 제공했다.

키푸스의 이야기도 놀랍다. 키푸스는 강물에 비친 자신의 얼굴을 내려다보다가 이마에 난 뿔을 발견했다. 그는 물에 비친 모습이 헛것이라고 생각하고 자신의 이마를 자꾸 쓰다듬었다. 하지만 이마에서 아까 본 뿔이 만져졌다. 그는 더 이상 자신의 눈을 의심하지 않았다. 적을 제압하고 승자로 돌아오는 자신의 업적을 확신하는 장군처럼, 그의 이마에 뿔이 있다는 사실을 인정했다. 그는 하늘에 두 눈과 두 팔을 쳐들고서 말했다.

「오 신이시여, 이러한 징조가 무엇을 의미하든 간에, 좋은 것이라면 나의 조국과 퀴리누스의 백성들을 위해 좋은 것이 되게 하소서. 만약 위협이 되는 나쁜 것이라면 오로지 나한테만 나쁜 것이 되게 하소서.」

그는 푸르른 풀로 제단을 만들고 달콤한 향기가 나는 향료의 불길로 제단을 장식했다. 그런 다음 제단에 술을 올리고서, 희생으로 바친 양의 꿈틀거리는 내장을 살피면서 그게 무슨 의미인지 알아내려 했다. 에트루리아의 복점관은 내장을 살피면서 거기에 깃들어 있는 중대한 의미를 발견했다. 하지만 의미가 명료하지는 않았다. 복점관은 양의 내장을 살피던 날카로운 눈을 들어 키푸스의 이마에 난 뿔을 보았다.

「오 왕이시여, 찬양 받으소서. 에트루리아와 라티움의 성채들은 당신과 당신의 뿔에 복종할 것입니다. 더 이상 지체하지 마시고 열린 대문 안으로 들어가소서. 그리하여 운명의 여신들이 명령하는 것을 실천하소서. 왜냐하면 당신이 도시 안으로 들어가면, 당신은 왕으로 등극하여 안전한 왕홀을 영원히 소유하게 되실 겁니다.」

키푸스는 뒤로 물러서며 엄숙한 얼굴을 도시의 성벽으로부터 돌렸다.

「신들께서 그러한 조짐을 멀리, 멀리 내치시기를! 나는 카피톨리움 언덕에 올라 왕이 되기보다는 차라리 유배자로 남은 평생을 보내겠노라.」

그는 즉시 백성들과 엄숙한 원로원 의원들을 소환했다. 월계수 화관으로 자신의 뿔을 감추고 용감한 군인들이 만들어 놓은 작은 언덕에 올라서서 옛날 방식으로 신들에게 기도를 올리고 나서 이렇게 말했다.

「여기에 한 남자가 있습니다. 여러분이 그를 도시에서 쫓아내지 않으면 그는 왕이 될 겁니다. 나는 그가 누구인지 이름을 말하지 않고 징조로써 말하겠습니다. 그는 이마에 뿔이 두 개 나 있습니다. 복점관은 그가 로마에 입성하면 왕에 즉위하여 당신들을 왕의 노예로 만들 거라고 말합니다. 실제로 그는 열린 성문 안으로 황급히 들어설 수도 있었지만 내가 방해했습니다. 나는 그에게 아주 가까이 있는 사람이기는 하지만 말입니다.

오 퀴리누스의 후예들이여, 그 사람을 도시에 들어오지 못하게 하십시오. 만약 그래야 할 필요가 있다면 무거운 쇠사슬로 결박하거나 아니면 미래의 폭군을 죽여 버림으로써 여러분의 공포를 없애 버리십시오.」

사람들 사이에서 웅성대는 소리가 일어나니 소나무들 사이로 들려오는 사나운 동풍의 소리 같았고 멀리서 들려오는 바다의 파도 소리 같았다. 분노하는 대중의 혼란스러운 웅성거림 속에서, 한 목소리가 뚜렷하게 외쳤다.

「그 사람이 누구냐?」

그들은 사람들의 이마를 쳐다보며 예언된 뿔을 찾기 시작했다. 또다시 키푸스가 사람들에게 말했다.

「여기에 당신들이 찾는 사람이 있습니다.」

사람들이 그를 말리려 했지만 키푸스는 이마에서 월계수 화관을 떼어 내고서, 이마에 우뚝한 두 개의 뿔을 드러냈다.

모두들 경악하며 고개를 떨구었고 하나같이 신음했다. 그리고 사람들은 — 누가 이것을 믿을 수 있겠는가? — 마지못해 명성이 드높은 이마를 쳐다보았다. 그 이마에서 명예의 상징인 월계수 화관을 계속 벗겨 놓을 수는 없었기에 머리에 다시 씌워 주었다.

하지만 키푸스여, 네가 도성 안으로 들어가려 하지 않았기 때문에 원로원 의원들은 너에게 명예로운 선물을 주었다. 선물은 경작지였는데, 쟁기와 멍에를 맨 한 쌍의 황소가 일출부터 일몰까지 경작할 만큼의 땅이었다. 키푸스여, 너의 두 뿔은 예술 작품으로 변신하여 신전의 대문 기둥을 장식하는 청동 조각이 되었고 세세토록 영원히 자리를 지키게 되었다.[13]

621

아폴로의 아들 아이스쿨라피우스

시인들을 보살피는 무사 여신들이여, 당신들은 세상 일을 훤히 알고 있고 또 아무리 오래된 과거의 시간도 당신들을 속이지는 못하옵니다. 어떻게 하여 아폴로와 코로니스의 아들 아이스쿨라피우스가 티베리스강의 물에 멱 감고 있는 섬인 로마에 오게 되었는지 또 로마의 신들 사이에서 의신(醫神)으로 추앙을 받게 되었는지 일러 주소서.

한때 끔찍한 전염병이 라티움의 공기를 오염시켰다. 라티움 사람들의 창백해진 몸은 피를 썩히는 그 고약한 질병 때문에 더러운 악취가 풍겼다. 사람들이 많이 죽어 나가는 것을 보고서 피폐해진 그들은 인간의 노력으로는 아무 성과도 없음을 알게 되었다. 치료사의 도움이 아무 소용 없게 되자, 그들은 천상의 도움을 찾았다. 그들은 세상의 중심, 델피에 있는 포이부스의 신전에 신탁을 얻으러 갔다. 그들은 신이 건강을 회복시키는 답변을 내놓아 불행한 로마를 어서 빨리

13 키푸스의 이마에 난 뿔은 라틴어로 *cornua*인데 곧 왕관 *corona*을 상징한다. 키푸스의 신화는 왕위를 끝까지 사양한 율리우스 카이사르를 간접적으로 칭송하고 있다. 하지만 키푸스는 농촌으로 물러난 반면, 카이사르는 로마에 그대로 머무르면서 권력을 행사하다가 부르투스 일당에게 원로원에서 암살당했다.

구제하여, 이 커다란 도시의 괴이한 질병을 빨리 퇴치해 달라고 기도를 올렸다.

월계수, 신전, 신이 들고 있는 화살통이 즉시 떨기 시작했고 신전 깊숙한 곳에 있는 삼각대에서 사람들의 마음을 공포로 가득 채우는 목소리가 흘러나왔다.

「로마인들이여, 너희가 여기서 찾고 있는 것은, 너희 고향에서 좀 더 가까운 곳에서 찾아볼 수 있다. 그러니 이제 그것을 고향에서 좀 더 가까운 곳에서 찾도록 하라. 너희의 슬픔을 덜어 주는 일은 아폴로가 아니라 아폴로의 아들이 할 일이다. 좋은 조짐을 안고 가서 나의 아들을 부르도록 하라.」

현명한 원로원은 아폴로 신의 지시를 받아 들고서 어느 도시에 아폴로의 젊은 아들이 살고 있는지 탐문했고, 배를 타고 가서 에피다우루스 해안을 뒤져 그를 찾아올 사절을 파견했다. 휘어진 배를 타고 거기에 도착한 사절들은 그라이키아 의회로 가서 지도자들에게 그들의 신이 로마에 왕림하여 이탈리아의 전염병을 퇴치하여 죽어 가는 사람들을 구하게 해달라고 간청했다. 그것이 아폴로 신탁의 말씀이었다고 사절들은 전했다.

그라이키아인들의 의견은 엇갈렸다. 어떤 사람들은 도움을 거부해서는 안 된다고 말했다. 하지만 많은 사람들이 국내의 자원은 국내에 남겨 둬야 하고 신의 선물을 남에게 주어서는 안 된다고 주장했다. 그들이 망설이는 동안, 황혼이 저녁 빛을 몰아냈고 어둠이 그림자를 가져와 온 세상에 드리웠다.

로마인이여, 네 꿈에 나타난, 치료의 도움을 주는 신은 마치 네 침대 앞에 서 있는 것 같았다(신은 신전에서도 그러한 모습을 자주 취했다). 신은 왼손에 농부의 막대기를 들고, 오른손으로는 기다란 수염을 쓸어내리고 있었다. 신은 평온한 어조로 이런 말을 했다.

「너는 염려하지 말도록 하라. 나는 여기에다 나의 모상(模像)을 남겨·놓고 너와 함께 가겠노라. 내 막대기를 감고 있는 이 뱀을 잘 보아 두어라. 그리하여 나중에 이것을 보면 즉시 알아보도록 하라. 나는 이 모습으로 변신할 것이다. 하지만 나는 천상의 신에 걸맞게 이보다는 훨씬 덩치가 큰 모습으로 나타날 것이다.」

이렇게 말하고서 신은 사라졌다. 신과 신의 목소리가 사라지자, 로마 사절에게서는 잠이 달아났다. 잠이 달아나면서 친절하게도 새 날이 밝아왔다.

다음 날 〈새벽〉은 하늘의 별들을 하늘에서 쫓아냈다. 그라이키아 지도자들은 어떻게 해야 할지 몰라서, 로마인들이 도움을 청하는 신의 신전에 모여서, 의신이 어느 곳에 머무르고 싶어 하는지 하늘의 징조로 알려 달라고 기도했다. 그들이 기도를 마치자마자 높은 볏이 달린 뱀의 형상을 한 황금의 신이 식식거리는 소리를 내며 자신이 왔다는 것을 알렸다. 신이 나타나자 신상, 제단, 신전의 문들, 대리석 바닥, 황금 지붕이 흔들리며 떨었다. 거대한 뱀이 신전 한가운데서 가슴 높이로 일어서더니 동작을 멈추고서 불을 뿜는 눈으로 주위를 돌아다보았다. 겁먹은 군중은 부들부들 떨었다. 하얀 머리띠로 머리카락을 묶은 신성한 사제가 신을 알아보고 말했다.

「보라, 신이 여기 오셨다. 신이시다! 이곳에 있는 자들은 입을 다물고 경건한 마음을 갖도록 하라. 오 가장 영광스러운 신이여, 이곳에 이렇게 왕림하셨으니, 당신의 예식에 참여한 사람들에게 축복을 내려 주소서.」

거기에 참석한 사람들은 모두 그들이 목격한 신성을 찬미했고, 사제가 한 말을 반복해서 말했다. 아이네아스의 후손들 또한 열과 성을 다하여 의식을 엄숙하게 거행했다. 신은 이러한 의식이 흡족하다는 듯이 고개를 끄덕였고, 볏을 움직여 확실한 의사 표시를 했고, 혀를 날름거리며 식식거리는 소리를 반복해서 냈다. 이어 신은 번쩍거리는 계단을 미끄러져 내려가 고개를 뒤로 돌렸다. 그는 곧 떠나려 하면서 다시 한번 고개를 돌려 오래된 제단과 익숙한 집, 그동안 살아왔던 신전에 눈길을 주었다.

이어 사람들이 꽃을 뿌려 놓은 길로 신은 거대한 몸을 고리 모양으로 말고서 가볍게 몸집을 흔들며 기어갔다. 그는 도시 한가운데를 통과하여 굴곡진 방파제로 보호되는 항구로 내려갔다. 여기에 잠시 멈춰 서서 평화로운 표정을 지으며, 그를 따라온 행렬과 구름처럼 모여든 추종자들에게 이제 그만 가보라는 신호를 보냈다. 이어 그는 이탈리아의 배에 몸을 올려놓았다. 배는 신성의 광휘를 느꼈고 신의 무게로 약간 짓눌리는 느낌이었다. 가벼운 미풍이 배를 계속 밀어 주었다. 신은 몸을 곧추세우고 휘어진 고물에 목을 기대며 휴식을 취했다. 신은 진청색 바다를 내려다보았고 가벼운 서풍의 도움을 받아 가며 이오니아 바다를 통과하여 새벽이 여섯 번 찾아오는 날 이탈리아 해안에 도착했다.

그들은 먼저 유노의 신전으로 유명한 라키니움 해안과 스킬라키움 해안을 지나갔다. 이어 선원들은 이아피기아를 뒤로하고 노를 빠르게 저어 왼쪽에 암프리시아 암벽, 그리고 오른쪽에 가파른 코킨티아 절벽이 있는 해역을 통과했다. 그 다음 지나간 곳은 로메테움, 카울론, 나리키아였다. 계속해서 시킬리아 바다와 펠로루스의 비좁은 해협을 지났다. 이어 아이올리아제도, 구리가 많이 나는 테메사, 레우코시아, 파이스툼의 따뜻한 장미 정원도 지나갔다. 현명한 미네르바의 곶인 카프레아이, 포도가 많이 나는 완만한 구릉지인 수렌툼, 돈많고 게으른 자들의 놀이터로 구획된 헤르쿨라네움(스타비아이와 파르테노페 또한 그런 휴양지이다), 무녀 시빌라의 사당이 있는 쿠마이, 따뜻한 온천으로 유명한 바이아이, 유향수(乳香樹)가 많이 자라는 리테르눔, 물속에 모래가 많은 볼투르누스강의 하구, 눈처럼 하얀 비둘기로 유명한 시누에사, 질병이 많이 나도는 것으로 유명한 민투르나이, 아이네아스 유모의 무덤이 있어서 그녀의 이름을 딴 카이에타 해안, 안티파테스의 궁전, 늪지로 둘러싸인 트라카스, 키르케의 땅을 지나쳐 마침내 단단한 모래 사장으로 유명한 안티움 해안에 도착했다.

그들은 여기에서 임시로 닻을 내렸다. 왜냐하면 너무 풍랑이 심했기 때문이다. 신은 여기서 배에서 내렸다. 또아리를 튼 거대한 뱀이 해안으로 내려가서 거기 모래 사장에 있는 아버지 아폴로의 신전으로 들어갔다.

바다가 다시 잠잠해지자 에피다우루스에서 온 신은, 자비로운 신이 따뜻하게 환대한 아폴로의 사당을 나와서, 모래사장에 비늘 많은 몸을 끌면서 다시 배에 올랐다. 신은 키 주위에 또아리를 튼 후에 머리를 배의 높은 고물에 내려놓았다. 거기서 편안하게 쉬고 있는 동안, 배는 카스트룸에 도착했고, 이어 라비니움의 신성한 도시를 지나 티베리스강 하구까지 왔다.

여기에서는 모든 사람이 신을 마중하러 쏟아져 나왔다. 로마시(市)의 아버지들과 어머니들, 베스타 신전에서 봉사하는 성처녀들도 모두 나와 기쁨에 가득 찬 고함을 내지르며 새로운 신을 맞이했다.

신을 태운 배가 티베리스강 상류로 신속하게 올라가자, 양쪽 둑에 설치된 제단에서 타오르는 향기로운 향료가 구름처럼 피어올랐다. 희생 제물을 잡았고, 이 제물의 멱을 따는 희생 제의용 칼은 동물의 피로 따뜻해졌다. 이제 신은 세계의 수도인 로마에 입성했다. 뱀은 몸을 곧추세우고 목을 돛대 위에 기대면서 자기 자신에게 알맞은 땅이 어디인가 살펴보았다. 티베리스강은 섬이라고 부르는 지역을 감싸면서 두 갈래로 흘렀다. 강은 섬을 중심에 두고 똑같은 길이의 양팔을 내뻗었다. 바로 이 지점에서 포이부스의 뱀 아들은 로마인의 배에서 내렸고, 천상의 모습을 회복하면서, 로마의 전염병을 744 종식시켰고 로마시의 의신으로 자리 잡게 되었다.

율리우스 카이사르, 하늘로 올라가 별이 되다

아이스쿨라피우스는 이방의 신으로 우리의 제단에 합류했지만, 카이사르는 자신의 도시에서 신이 되었다. 그는 하늘로 들어 올려져 밝게 빛나는 별이 되었다. 그가 신이 된 것은 전시와 평시에 거둔 혁혁한 성과, 승리로 장식된 수많은 전투, 공화국에 기여한 많은 봉사, 그를 둘러싼 급속한 영광들 때문이 아니었다. 그보다는 훌륭한 아들을 둔 덕에 신이 되신 것이다. 카이사르의 업적 중 이보다 더 위대한 업적은 없다. 그는 우리 시대의 위대한 황제 아우구스투스의 아버지인 것이다.

브리타니아인들을 그들의 섬에서 복속시키고, 갈대 많은 닐루스강의 일곱 지류를 통하여 승리의 배를 진수시키고, 제국에 반역하는 누미디아, 유바의 왕국 리비아, 미트리다테스라는 이름을 오만하게 자랑하는 폰투스를 퀴리누스의 백성들에게 복종시키고, 많은 승리를 거두고, 일부 승리에 대해서는 개선식을 올린 바 있으나 이런 업적은 이 아들을 낳은 것에 비하면 아주 사소한 일에 지나지 않는다. 그 아들을 로마 제국의 보호자로 삼음으로써, 신들은 인류에게 엄청난 혜택을 베풀었다.

이런 제국의 보호자는 인간의 후예가 아니라 신의 자손임을 널리 알려 주기 위해, 카이사르가 신이 되는 것은 너무나 당연하다. 아이네아스의 황금 어머니 베누스 여신은 그런 점을 살펴보았고 또 대사제[14]에게 슬픈 죽음이 예비되어 있고 또 음모자들의 암살 무기가 준비된 것을 살펴보았다. 여신은 얼굴이 창백해졌고 만나는 신들에게 이렇게 호소했다.

「나를 해치려는 엄청난 음모가 준비 중에 있어요. 그들은 아주 엄청난 배신행위를 꾸미면서 트로이아인 율루스로부터 얻은 나의 유일한 혈육을 공격하려 해요. 왜 나는 늘 이런 근심으로 고통 받아야 하나요? 지금도 디오메데스가 내게 던진 칼리도니아 창에 입은 상처가 화끈거려요. 방어가 허술한 트로이아의 성벽이 무너져 내리고 있고, 내 아들 아이네아스는 장기간 유배를 떠나 바다를 방랑해야 했고 적막한 지하 세계를 다녀와야 했으며 투르누스와 싸움을 벌여야 했어요. 사실을 털어놓고 말하자면 유노 여신이 내 아들을 미

14 카이사르 시대에 국가 최고 지도자는 대사제를 겸했다.

워했기 때문이지요.

내가 왜 내 가족들의 오래된 부상을 회상하고 있는 거지? 실은 새로 생긴 공포 때문에 그런 것은 생각할 틈이 없어요. 보세요, 저 사악한 칼들이 지금 날카롭게 갈리고 있잖아요! 간청하오니 저들을 멈추어 주세요. 저 범죄를 막아 주세요. 대사제의 죽음으로 베스타 신전의 불길이 꺼지지 않게 해주세요.」

근심에 빠진 베누스 여신은 천상의 여러 신들에게 이런 말을 했고 또 그들을 감동시켰으나 허사였다. 신들은 운명의 여신들의 엄숙한 지시를 거역할 수가 없었기 때문이다. 하지만 그들은 다가올 슬픔의 명확한 조짐들을 내놓았다. 검은 구름들 사이에서 부딪치는 무기들 소리, 천상에 들려오는 나팔과 징 소리는 암살의 죄악을 미리 경고한다, 라고 신들은 말했다. 태양의 어두운 얼굴은 환란에 빠진 땅들에게 흐릿하고 어두운 빛을 내려 주었다. 별들 아래에서 종종 횃불이 불타올랐고, 구름들 사이에서는 피가 뚝뚝 떨어졌다. 어두운 새벽별의 얼굴에는 쇠의 녹 같은 암갈색이 드리웠고, 달의 수레에는 피가 튀어 있었다. 스틱스의 올빼미는 천 군데에서 음울한 조짐을 보였고, 천 군데에서 상아 조각상이 눈물을 흘렸으며, 성스러운 숲에서는 마법의 주문과 위협하는 언사가 들려왔다고 한다. 희생 제물은 우호적인 조짐을 보여주지 않았다. 동물의 간은 로마인들에게 닥쳐올 엄청난 소란을 경고했고, 내장 속에서 간엽은 찢어진 채로 발견되었다. 포룸과 사람들의 주택과 신들의 신전에서는 개들이 밤마다 짖어대고 죽은 사람들의 망령이 시내를 배회한다는 말이 나돌았다. 로마시는 전율로 온몸을 떨었다.

하지만 신들의 사전 경고는 음모와 다가올 운명을 물리치지 못했다. 음모자들이 꺼내 든 칼들이 신전으로 들어갔다. 도시 전체를 통틀어서 원로원 의원들이 만나는 원로원보다 살인하기에 적합한 곳은 없었다. 그러자 베누스 여신은 양손으로 가슴을 치면서 아이네아스의 후손 카이사르를 검은 구름으로 가리려 했다. 일찍이 파리스를 메넬라우스로부터 구하거나, 아이네아스를 디오메데스의 칼로부터 구할 때 베누스는 구름을 사용한 적이 있었다.

그녀의 아버지 유피테르는 이렇게 말했다.

「내 딸아, 너 혼자서 정복 불가능한 운명을 바꾸어 보려 하느냐? 너 자신이 운명의 여신들의 집에 직접 찾아가 볼 수 있을 것이다. 거기서 청동과 견고한 쇠판으로 만들어진 거대한 기록실을 발견할 것이다. 하늘이 무너지고, 천둥이 진노하고, 어떤 파괴가 일어나도 그 기록을 바꾸지는 못한다. 거기서 너는 영원한 금강석에 새겨진 네 족속의 운명을 발견할 것이다.

나는 관련 기록을 직접 보았고 마음속에 새겨두었다. 네가 앞으로 일어날 일을 아직도 모른다면 내가 말해 주마. 키테레아야, 네가 근심 걱정하는 그 사람은 이미 지상에서의 시간을 완수했어. 지상에 빚진 시간을 다 갚았단 말이다. 이제 이곳 천상으로 올라와 신으로 새 출발을 하고 지상의 숭배를 받으면 되는 거야. 너는 그를 도와주고 또 앞으로 그의 아들과 함께 일하게 될 거야. 그는 카이사르의 이름과 직책의 후계자로서 자기에게 부과된 짐을 감당해 낼 거야. 또 아버지를 살해한 자들에 대한 복수전의 주인공으로서 우리의 전폭적인 지원을 받게 될 거야.

그의 지도 아래 포위 당한 무티나의 성벽은 평화를 간청하게 될 것이고, 파르살리아는 그의 이름을 알게 될 것이고, 필리피는 또다시 피로 물들게 될 것이고, 위대하다는 별명이 붙은 적장[15]은 시킬리아 해안가에서 패배를 당할 거야. 로마 장군 안토니우스의 아이깁투스인 아내 클레오파트라는 어리석게도 그와 결혼했다가 결국 패망하고 말지. 이 여자는 우리의 카피톨리움이 아이깁투스 신 카노푸스의 노예가 될 거라고 큰소리를 치겠지만 망발에 지나지 않게 될 거야.

왜 내가 너에게 야만인들의 땅을 열거하고 대양 양쪽에 사는 사람들 얘기를 하겠니? 지구상에서 사람이 살 수 있는 곳이면 모두 카이사르 아들의 땅이 될 거야. 바다 또한 그에게 복종하게 될 거야. 그가 온 땅에 평화를 가져오면 그다음에는 민간 행정에 눈을 돌려 가장 정의로운 법률을 제정하여 시행할 거야. 자신이 모범을 보여 백성들의 도덕을 규제할 것이고 앞날과 미래의 세대를 내다보면서, 성스러운 아내에게서 태어난 자식이 그의 이름을 물려받아 통치를 계속 이어가게 할 거야. 그는 네스토르[16]와 똑같은 나이가 될 정도로 오랜 삶을 살아 노년에 이를 것이고, 그 후에는 천상에 사는 친척들의 거처에 이르러 별이 될 거야.

자, 이제 살해 당한 카이사르의 몸으로부터 영혼을 빼내어 그를 별로 만들자꾸나. 신이 된 율리우스 카이사르는 높은 곳에 있는 거처에서 우리의 카피톨리움과 포룸을 언제나 내려다볼 수 있을 거야.」

15 섹스투스 폼페이우스.

16 앞에 나온 그라이키아의 전사로 200년 이상을 살았다. 아우구스투스는 실제로는 기원전 63년에서 서기 14년까지 77년을 살았다.

유피테르가 말을 끝내자마자 자애로운 베누스는 아무에게도 안 보이게 원로원 한가운데로 들어가 가족 카이사르의 영혼이 공중에 녹아 버리는 것을 막기 위해 그의 몸에서 영혼을 떼어 내어 천상의 별들에게로 가져갔다. 그녀는 공중을 날아가면서 그의 영혼이 빛을 띠면서 불붙는 것을 느꼈고 이를 가슴에서 내려놓았다. 그 영혼은 달보다 더 높게 하늘로 올라갔고 밝은 불의 꼬리를 달고 있었다. 그는 별이 되어 밝게 빛났고 아들을 내려다보며 자기보다 아들이 세운 업적이 더 위대하다고 하면서 아들에게 패배한 것을 기쁘게 생각했다.

아들은 자신의 업적이 아버지 것보다 더 높게 평가되길 원하지 않지만, 자신의 의지만을 따르는 〈소문〉은 아들의 간절한 소원에도 불구하고 그를 더 높이 들어 올렸으며, 오로지 이 경우에 한해서 아들의 의사를 무시하였다. 아트레우스는 아가멤논에게 굴복했고, 아이게우스는 테세우스에게, 펠레우스는 아킬레스에게, 마지막으로 사투르누스는 유피테르의 밝게 빛나는 빛에 굴복하였다. 그리하여 유피테르는 천상을 다스리면서 하늘, 바다, 땅의 3대 왕국을 지배한다. 그리고 지상에서는 아우구스투스가 위대한 유피테르와 똑같이 지배하면서 우리의 아버지 겸 통치자로 군림한다.

오 신들이여, 칼과 불도 꼼짝 못 했던 아이네아스의 동료들이여, 오, 이탈리아의 현지 신들인 인디게스여, 로마 창건의 아버지인 고상한 퀴리누스여, 무적무패의 퀴리누스의 아버지인 그라비두스여, 카이사르가 경건하게 헌신했던 베스타여, 베스타 옆에서 함께 경배 받았던 포이부스여, 당신의 신전이 타르페이아의 암벽 위에 높이 세워져 있는 유피테르여, 그리고 시인이 기도드릴 때 불러 마땅한 모든 신들이여.

온 세상을 다스리는 아우구스투스 황제가 이 세상 떠나는 날이 아주 천천히, 우리의 한평생보다 더 느리게 오게 하소서. 그분이 하늘로 올라가 별이 되어 저 아스라이 높은 곳에서 자신에게 기도하는 사람들의 소원을 들어 주시는 그날 말
870 입니다.

영원한 명성을 자부하는 시인

이제 나는 유피테르의 분노도 불도 칼도, 모든 것을 삼켜 버리는 세월도 파괴하지 못할 대작을 완성하였다. 이 육신을 파괴하는 것 이외에는 아무런 힘도 갖지 못한 그날이여, 내 불확실한 한평생의 수명을 마감하는 그날이여, 올 테면 오라. 하지만 육신보다 더 좋은 나의 일부인 영혼은 저 아스라이 높은 별들 위로 날아 올라갈 테고, 나의 이름은 지워지지 않을 것이다. 로마 제국의 힘이 정복된 땅들에 미치는 한, 나의 작품은 여러 민족들에게 읽힐 것이며, 시인들의 예언에 일말의 진실이라도 깃들어 있다면, 나는 향후 모든 시대에 명
879 성을 누리며 살아 있을 것이다.

역자 해설

두 세계의 시인

오비디우스(B.C. 43~A.D. 17)는 고대 로마의 아우구스투스 시대에 활약한 서사시인으로서 단테에 의하여 호메로스, 베르길리우스, 호라티우스, 루카누스와 함께 그리스 로마 문학의 5대 시인 중 하나로 꼽힌 인물이다. 특히 그의 대표작 『변신 이야기』는 중세의 3대 걸작이라고 칭송되는 단테의 『신곡』, 장 드 묑의 『장미 이야기』, 제프리 초서의 『캔터베리 이야기』에 결정적 영향을 주었다. 오비디우스는 그 후 르네상스 시기에는 프랑스의 라신, 영국의 셰익스피어에게 영감을 주었으며, 낭만주의 시대에는 독일의 괴테와 영국의 바이런, 그리고 20세기 현대에 들어서는 제임스 조이스의 『율리시스』, T. S. 엘리엇의 『황무지』 등에 영향을 준 위대한 시인이다.

라틴어가 학자들의 언어로 군림한 중세 천 년과 근세 5백 년 동안, 오비디우스의 『변신 이야기』는 베르길리우스의 서사시 『아이네이스』와 함께 라틴어 습득의 대표적 교과서 역할을 했으며, 그리스 로마 신화를 이해하는 최적의 안내서로 인식되었다. 그리스 로마 신화를 집대성한 『변신 이야기』는 종교적, 정치적, 문학적 3차원을 고루 갖추고 있어서 서양 지식인들의 대표적인 인문학 교양서가 되었다.

현대에 들어서도 오비디우스의 주제를 변주한 작품들은 일일이 열거하기가 어려울 정도이다. 대표적인 것으로는 오스카 와일드의 『도리언 그레이의 초상』, 프란츠 카프카의 『변신』, 제임스 조임스의 『젊은 예술가의 초상』이 있고, 최근의 사례로는 크리스토프 란스마이어의 장편소설 『최후의 세계』, 살만 루슈디의 장편소설 『악마의 시』 등이 변신의 모티프를 가져와 사실과 허구의 관계에 의문을 제기하면서 새로운 문학적 경지를 개척했다.

지은이의 생애

푸블리우스 오비디우스 나소는 기원전 43년 3월 20일 술모(현재 이탈리아의 술모나, 로마에서 동쪽으로 120킬로미터 떨어진 곳)에서 기사 계급의 부유한 지주 가문에서 태어났다. 이 당시 로마의 정치 상황은 혼란스러웠다. 기원전 44년 율리우스 카이사르가 암살되었고 오비디우스가 태어난 해에는 로마 공화정이 붕괴되었다. 그 후 로마는 10년간 내전 상태로 돌입하여 혼미를 거듭했으며 마침내 카이사르의 후계자인 아우구스투스가 기원전 27년에 독재 정권을 수립했다.

오비디우스의 아버지는 연년생인 두 아들(오비디우스가 동생)을 10대 시절에 로마로 보내 법률 공부를 시켰다. 이 무렵 로마 사회에서 법률가가 되고자 하는 사람들은 훈련 과정에서 주로 스토아 철학을 공부했으므로 오비디우스도 이 철학을 잘 알게 되었을 것으로 보인다. 그러나 오비디우스는 이때 이미 시작(詩作)에 남다른 관심과 재주를 보여서 법관이 되기보다는 시인이 되기를 열망했다. 하지만 아버지는 〈호메로스는 죽었을 때 땡전 한 푼 남긴 게 없다〉라면서 아들을 만류했다. 오비디우스가 스무 살 때 형이 사망하여 아버지의 뜻을 거스르기 어려워졌다. 그래서 하위 법관직에 취임했으나 곧 그만두고 시작에 전념했다.

오비디우스가 시인으로 입신한 기원전 20년대와 10년대는 로마 문학이 전성기를 구가하던 시대였다. 루크레티우스와 카툴루스는 오비디우스가 태어나기 전에 이미 사망했고, 이들의 후계자이며 오비디우스보다 20년 이상 연장자인 베르길리우스와 호라티우스가 로마 문단을 주도하고 있었다.

오비디우스의 작품이 발표된 정확한 연대는 알기가 어려우나 그의 문학 경력은 대체로 세 개의 시기로 분류된다.

제1기는 기원전 20년대에서 서기 2년까지 20년 정도의 기간인데 이 시기에 그는 데뷔작인 『사랑』, 『사랑하는 여인들의 편지』, 비극 『메데아』(전해지지 않음), 『사랑의 기술』, 『화장의 기술』, 『사랑의 치료』 등을 집필했다.

제2기는 서기 2년부터 8년까지의 짧은 기간인데, 이 시기에 그는 두 편의 대작, 『변신 이야기』와 『로마의 축일』을 썼다. 이때는 이미 선배인 베르길리우스와 호라티우스가 사망하여 오비디우스가 로마 문단의 지도자로 부상하던 시기였다. 하지만 이 시기는 갑작스럽게 끝난다. 엘바섬을 유람 중이던 시인이 아우구스투스 황제의 긴급 소환으로 로마에 불려와 황제의 개인 법정에서 신문을 당하고서 황제 친명으로 흑해 서안에 있는 토미스로의 유배형이 선고되었기 때문이다. 비록 유배형을 당했지만 시민권이나 재산권을 박탈 당하지 않았고 시작 활동을 금지 당하거나 유배지에서의 편지 연락 등도 금지되지 않았다.

제3기는 유배지에서 보낸 서기 8년에서 17년까지의 10년 세월로서 이 시기에 그는 『슬픔의 노래』, 『흑해로부터의 편지』, 『이비스』 같은 시들을 썼다.

오비디우스는 아주 젊은 시절 첫째 아내와 결혼했으나, 곧 이혼으로 끝났고, 그녀가 자신의 배필로는 적합하지 않았다고 간단하게 언급했다. 그는 둘째 아내에 대해서는 비난의 말을 하지 않았으나 이 결혼 또한 단명하게 끝났다. 이 둘째 아내와의 사이에서 딸 하나를 얻었다. 셋째 결혼은 귀족 집안의 딸과 했고 상호 애정이 깊었으므로 오래 지속되었다. 오비디우스가 오지로 유배되었을 때, 셋째 아내는 남편의 유배 해제 운동을 하기 위해 로마에 남았고 혼자 귀양 간 오비디우스는 결국 돌아오지 못했다.

시인은 『슬픔의 노래』에서 자신이 유배된 이유를 〈노래와 과실*carmen et error*〉이라고 밝혔으나 더 이상 자세하게 설명하지는 않았다. 따라서 그의 명확한 유배 사유는 알 수가 없고, 단지 유배 당한 시점의 로마 상황에 비추어 간접적으로 추측할 수 있을 뿐이다. 그가 말한 노래는 그의 시집 『사랑의 기술』을 가리키는 것인데, 그는 이 작품에서 여자를 유혹하여 농락하는 기술을 집중적으로 다루었다. 과실은 아우구스투스 황제 가문의 스캔들과 관련되는 것인데, 고대 로마 역사가들은 다음과 같이 추론하고 있다.

스캔들의 중심은 아우구스투스(B.C. 63~A.D. 14) 황제의 딸 대(大) 율리아이다. 황제는 세 번이나 결혼했으나 이 딸 이외에 혈육이 없었다. 그리하여 이 딸을 일찍 결혼시켜 딸의 아들을 자신의 후계자로 삼으려 했다. 당연히 정략결혼이었고 율리아는 남편에 대하여 애정이 없었다. 그렇지만 둘째 남편 아그리파 사이에서는 3남 2녀가 출생했다. 이미 이 무렵부터 율리아는 성적으로 방종하여 황제는 딸을 가리켜 〈내 몸의 고질병〉이라고 말했다. 황제는 딸에게서 다섯 아이가 출생한 것을 기쁘게 생각하면서도 기이하게 여겼다. 왜냐하면 그 아이들이 모두 아그리파를 닮았기 때문이다. 율리아는 이 기이한 현상을 친구들에게 스스럼없이 해명했다. 그녀는 남편의 아이를 몸 안에 갖고 있을 때에만 애인들과 놀아났다는 것이다. 황제는 이 딸의 문란한 소행을 더 이상 참지 못하고 기원전 2년에 37세의 대율리아를 외딴 섬으로 유배 보냈다. 황제는 행실 문란한 딸 때문에 많은 고민을 했고, 그래서 수에토니우스의 『황제전』에 보면, 〈총각으로 지내면서 자식 없이 죽은 사람은 행복한 사람〉이라는 무자식 상팔자라는 투의 탄식을 하고 있다.

율리아가 낳은 3남 중 2남은 일찍 죽고 마지막 아들은 정신 이상이어서 후계자의 재목이 되지 못했다. 나머지 2녀는 율리아와 아그리피나인데, 이 소(小) 율리아 또한 어머니를 그대로 닮은 여자였다. 소율리아는 파울루스라는 남편과 결혼한 몸이었지만 그에 아랑곳하지 않고 바람을 피웠다. 로마의 평화를 강조하고 미풍양속을 장려하던 황제로서는 2대에 걸친 이런 성적 방종을 그대로 놔둘 수가 없었다. 그리하여 서기 8년 이 손녀 또한 외딴 섬으로 유배 조치했다. 유배 당시 27세이던 소율리아는 누구의 아들인지 모르는 아이를 임신하고 있었고 이 아이는 사생아로 판정되어 황제의 엄명으로 출생 직후 굶겨 죽였다.

소율리아의 유배 사건에 오비디우스 또한 연루되었다. 오비디우스는 당시 10년 동안 사랑을 칭송하는 작품들을 계속 발표하면서 성적 방종을 부추기는 명사로 소문이 높았다. 황제는 나이가 들어가면서 고집스러워졌고 집안의 스캔들을 가혹하게 다스리기 시작했다. 오비디우스는 대율리아가 로마 광장에서 벌였다는 바쿠스 축제에도 가담한 혐의를 받았고 이는 황제에 대한 역모 행위로 인식되었다. 물론 이런 집회는 국가를 전복시킬 힘도 없었고 오비디우스 자신도 역모를 꾸밀 만한 재목이 되지 못했다. 그러나 노년의 황제는 대율리아와 소율리아로 인한 집안의 스캔들을 그들의 추종자 혹은 간접적 가담자, 우연한 목격자에게 대신 화풀이하는 나쁜 버릇이 있었다. 오비디우스가 이런 스캔들을 어떻게 추종, 가담, 목격했는지는 알 수가 없으나 그것이 유배의 원인이 된 것은 분명하다. 시인은 자신의 유배를 해제해 주거나, 유배지를 로마 가까운 곳으로 옮겨 줄 것을 아우구스투스 황제는 물론이고 후계자 티베리우스 황제에게 줄기차게 호소했으나 뜻을 이루지 못하고 유배지에서 죽었다.

작품의 배경

오비디우스의 대표작이라고 할 수 있는 『변신 이야기』에 대해서는 두 가지 견해가 있어 왔다.

하나는 잡다한 신화들을 한데 모아 놓은 것이라는 설명이다. 그러니까 그리스 로마 신화라는, 일반적으로 황당하게 여겨지는 이야기들을 〈변신〉이라는 주제 아래 느슨하게 서로 연결시킨 잡동사니 신화 모음이며 고전 신화들을 오비디우스가 임의로 편집해 놓았다는 것이다. 쉽게 말해서 서로 관련 없는 얘기들을 저자가 마음대로 모아서 길게 늘여 놓은 것이라는 관점이다. 한국 내에서도 기존의 번역본들은 주로 이런 견해를 따라서 〈오비디우스 신화집〉 같은 부제를 붙여서 이 작품을 소개해 왔다.

다른 하나는 정연한 구조를 갖춘 서사시라는 견해이다. 저자가 서시에서 이 작품을 가리켜 연속적인 노래*carmen perpetuum*라고 말했고 또 『슬픔의 노래』에서 이 작품을 각 5권으로 된 3부작(총 15권)으로 구상했다고 밝히고 있으므로, 엄연한 서사시로 보아야 한다는 견해이다. 게다가 오비디우스가 『변신 이야기』에서 고대 그리스와 로마 시대에 이르기까지 서사시에 일반적으로 사용되는 운율인 장단단 6보격*dactylic hexameter*을 구사하고 있다는 점도 주목해야 한다는 것이다. 또한 이 작품에 내재된 종교적, 정치적, 문학적 관점은 변신을 다양한 의미로 해석하게 해주므로, 서사시(후대의 소설에 해당하는 문학 장르)의 자격이 충분하다는 것이다.

여기서 우리는 신화란 무엇이고 서사시란 무엇이며 그 두 가지는 어떻게 연결되는지 알아볼 필요가 있다. 신화는 신들에 관한 이야기인데, 고대 로마의 수사학자들은 〈이야기〉를 다음 세 가지로 분류했다. 첫째, 실제로 발생한 사건들만 보고하는 이야기로서 이것을 히스토리아*historia*라고 했다. 둘째, 실제로 벌어졌는지는 알 수 없으나 발생의 개연성이 높고 히스토리아와 마찬가지로 객관적 사실을 어느 정도 공유하는 이야기(가령 철학적 논의가 여기에 해당)는 아르구멘툼*argumentum*이라고 했다. 셋째, 객관적 진실성이나 개연성이 없는 것으로서 특히 비극의 무대에서 벌어지는 사건들이 주로 여기에 해당하며, 이를 파불라*fabula*라고 했다. 〈신에 관한〉 이야기는 당연히 이 파불라의 범주에 들어갔다.

그럼 신화란 무엇인가? 그것은 통상적으로 다음 세 가지로 정의되어 왔다.

1) 종교적 현실을 드러내는 상징적 언어이다. 여기서 말하는 종교적 현실은 사물의 본성과 우주의 구조에 대한 유기적 설명을 가리킨다.

2) 신화는 대단히 어려운 과업(가령 삶과 죽음을 넘나든다든지, 어려운 모험을 많이 했다든지 등)을 성취한 영웅들의 이야기이다.

3) 종교도 영웅도 아닌 일반 사람들을 위한 〈재미있는〉 이야기이다.

그런데 위에서 언급한 파불라를 다루는 고대 그리스 비극들은 거의 예외 없이 서사시에서 소재를 취해 왔다. 고대 서사시는 구전으로 전승된 것으로서, 가장 대표적인 텍스트가 호메로스의 『일리아스』와 『오디세이아』이다. 아이스킬로스, 소포클레스, 에우리피데스 등 그리스 비극 작가들은 모두 호메로스의 소재를 가져와 변용했다. 이렇게 하여 신화는 풍부한 텍스트 사이의 관련성(*intertextuality*, 한 작품이 다른 작품의 밑바탕이 되는 것)을 갖추게 되었다. 오비디우스의 『변신 이야기』는 바로 이 관련성을 바탕으로 하여 기존의 신화들을 작가의 의도에 맞게 변경 혹은 수정한 것이다. 따라서 지금까지의 이야기를 종합해 보자면, 단편적인 신화들이 먼저 있었고 이어 그것들이 오비디우스식으로 취합되는 과정에서 서사시 형태를 취하게 되었다.

오비디우스는 호메로스, 고대 그리스 비극 작가들, 알렉산드리아 시대의 그리스 신화 작가들, 선배 로마 작가들에게서 신화의 자료를 취해 왔으나 그에게 가장 결정적 영향을 미친 두 작가는 칼리마코스과 베르길리우스였다. 칼리마코스는 기원전 4세기 알렉산드리아에서 활약한 그리스 시인으로서 전통적인 장편 서사시보다는 짧고 서정적인 시들을 즐겨 썼다. 그는 전통적인 서사시에서 대하여 〈부피 큰 책은 커다란 악이다〉라는 입장을 견지했다. 칼리마코스는 이런 입장을 견지하면서 신화, 예식, 관습 등의 원인을 밝힌 비가(悲歌)풍의 시집 『기원*Aetia*』을 펴냈다. 오비디우스는 이 시인으로부터 여러 개의 짧은 신화를 한데 묶어 긴 시로 엮어 내는 기술을 배웠다.

베르길리우스는 오비디우스보다 한 세대 앞선 로마 시인으로서 호라티우스와 함께 아우구스투스 시대에 궁정 시인급의 대접을 받았던 위대한 시인이었다. 특히 그의 서사시 『아이네이스』는 오비디우스의 시작 활동에 결정적인 영향을 미쳤다. 이 서사시는 아이네아스라는 트로이아 영웅을 중심으로 로마 건국 신화를 서술하면서 앞날에 이루어질 아우구스투스 시대의 영광과 평화를 예언하는 작품이다.

이처럼 칼리마코스와 베르길리우스의 문학적 영향이 융합되어 『변신 이야기』가 탄생했다. 그러나 오비디우스는 그 누구보다도 베르길리우스에게서 〈영향의 불안*anxiety of influence*〉을 강하게 느꼈다. 베르길리우스가 이미 아이네아스라는 영웅을 내세워 로마 건국의 장엄한 신화를 써냈기 때문에, 진지하고 엄숙한 스타일로는 아무리 열심히 노력해도

『아이네이스』를 따라가지 못하리라는 엄청난 불안을 느꼈다. 따라서 오비디우스는 작품을 쓰면서 베르길리우스와는 다른 글쓰기 전략을 추구할 수밖에 없었다.

작품 해설

앞에서 신화가 재미있는 이야기이면서 서사시의 내용을 많이 갖추고 있다고 말했는데, 『변신 이야기』에서 다루어진 신화에는 종교적, 정치적, 문학적 측면의 세 갈래가 뒤섞여 있다. 신화를 종교적으로 해석하는 입장은 신화가 사물의 본성과 우주의 구조에 대한 유기적 설명이지만 동시에 철학적 진실 혹은 도덕적 원칙의 상징이라고 본다. 『변신 이야기』에서는 바쿠스 축제와 피타고라스의 철학이 서로 대비되어 있는데, 이는 바쿠스적 세계관과 아폴로적 세계관의 충돌을 의미한다. 실제로 아우구스투스가 집권하기 이전 시대, 즉 내전 시대의 로마에는 바쿠스 축제를 믿는 종교적 의식이 널리 번성했는데, 당시의 종교적 상황이 『변신 이야기』에 나오는 바쿠스 에피소드들에 반영되어 있다. 아우구스투스의 탁월한 통치력 덕분에 로마가 내전의 혼란을 극복하고 찬란한 제국을 세웠듯이, 로마의 종교 또한 바쿠스적 광란을 극복하고 아폴로적 피타고라스주의로 전환했다. 피타고라스는 『변신 이야기』에서 중요한 화두로 등장하며 제15권에서 변신의 근거를 설명하는 철학자로 제시되어 있다.

피타고라스는 후일 플라톤에게 영향을 주었고, 다시 플라톤은 신플라톤주의로 확대 재생산되었다. 플라톤은 『국가』 제10권에서 피타고라스의 Y라는 개념으로 영혼 불멸을 설명하고 있다. 이 때문에 고대 그리스에서는 피타고라스가 곧 플라톤이라는 믿음이 널리 퍼져 있었다. 피타고라스는 인생의 목적이 신성과 합일하는 것이라고 가르쳤다. 신성을 믿는 것은 인간과 사회에 질서를 부여하고 헌법, 법률, 권리의 근본이 된다고 보았다. 신성과의 합일은 진리를 추구하는 철학을 통해서만 가능하다. 지상에서 살아가는 동안, 인간은 다음 두 가지 형태의 삶을 선택할 수 있다. 하나는 지혜를 사랑하는 삶이고, 다른 하나는 성공과 쾌락을 사랑하는 삶이다. 전자가 구원으로 가는 길이고 후자는 구원을 얻지 못해 윤회로 가는 길이다. 피타고라스의 Y는 삶 이후의 두 갈래 길, 즉 구원이냐 윤회냐를 의미한다. 윤회를 벗어나 구원을 얻었다는 확신은 〈육신보다 더 좋은 나의 일부인 영혼은 저 아스라이 높은 별들 위로 날아 올라갈〉 것이라는 오비디우스의 마지막 말(제15권 끝)에서도 잘 드러난다. 플라톤 철학은 또한 원시 기독교 사상의 정립에 결정적 영향을 미쳤는데, 이러한 영향의 계보는 라틴 문학에 내재된 종교적 특징과 병행하는 것이다.

신화를 정치적으로 해석하는 입장은, 내전의 혼란을 극복하고 팍스 로마나를 구축한 아우구스투스의 통치야말로 변신의 최종 목표라고 본다. 이때 변신은 사람이 동물로 변하는 개인적 차원이 아니라 가장 찬란한 제국으로 국가가 변신했다는 사회적 차원을 획득한다. 저자가 서시에서 말한 연속적인 노래는 곧 로마라는 나라가 수많은 변화(변신)를 거쳐서 이 아우구스투스의 영광에 이르는 과정을 찬양하는 노래라는 것이다. 실제로 저자는 제1권에서부터 천상의 유피테르를 지상의 아우구스투스와 병치하고 있으며 작품 전편에서 간헐적으로 아우구스투스가 곧 유피테르라는 암시를 심어 놓고 있다. 이런 종교적, 정치적 측면은 『변신 이야기』의 서사시적 구조에 크게 기여한다. 이 때문에 이 작품을 순전히 신화들의 모음이라고 볼 수 없게 된다.

그리스 로마 신화가 중요하고 또 로마 제국이 역사적으로 가장 웅대한 제국으로 발전하기는 했지만, 『변신 이야기』가 지난 2천 년 동안 독자들을 사로잡은 것은 문학적 측면이었다. 이 측면에서 우리에게 깊은 관심을 불러일으키는 것은 무엇이 변신을 일으키는가이다. 오비디우스는 서시에서 〈오, 신들이시여, 이들을 이렇게 변신시킨 이는 바로 당신들이오니〉라고 말함으로써 그 주체가 신이라는 것을 분명히 밝히고 있다. 그렇다면 변신의 계기가 되는 상황은 구체적으로 무엇인가?

우리는 『변신 이야기』의 제1권에서 맨 처음으로 소개되는 리카온과 다프네의 변신 사례로부터 그것을 유추할 수 있다. 이 두 사례는 신들에 대한 인간의 경멸, 즉 교만*superbia*과 아름다움에 대한 광적인 열정*furor*이 변신의 계기임을 보여 준다. 그 후의 변신 사례는 모두 이 두 가지 패턴(교만과 열정)의 변형에 지나지 않는다. 가령 니오베와 아라크네는 교만 때문에 변신을 당한 경우이고, 미라와 살마키스는 열정을 이기지 못해 나무와 샘물로 변신한다. 이 때문에 『변신 이야기』에서는 〈누구와 누구〉라는 한 짝을 이루는 대립항(가령 니오베와 라토나, 에코와 나르키수스)을 잘 살펴보는 것이 중요하다.

저자는 제1권, 제13권에서 〈부(富)는 온갖 사악함을 부추기는 것*opes inritamenta malorum*〉, 〈부란 범죄의 대가이며 탐욕스러운 마음의 연료*opes praemia sceleris et inritamenta* *animi avari*〉라고 말하고 있는데 부를 가리키는 라틴어 〈오페스*opes*〉는 재산 이외에도 힘, 세력 등의 뜻을 갖고 있다. 즉 인간이 권세가 있고 돈이 많으면 교만해져서 신을 경멸하게 되는데, 바로 그것이 변신을 불러오는 계기라는 것이다.

아름다움에 대한 광적인 열정은 아폴로 신이 다프네를 쫓아가는 장면에서 여실히 드러난다. 처음에 아폴로는 좋은 말로 그녀에게 구애하려 했으나 다프네가 거부했기 때문에 힘으로 그녀의 아름다움을 빼앗으려 했고, 그러자 다프네가 월계수로 변신했다는 것이다. 『변신 이야기』에서는 신과 인간의 경계가 아주 유동적이다. 가령 아무개가 유노의 아들이고 아무개가 아폴로의 손자이며 아무개가 유피테르의 손자라는 얘기가 무시로 나온다. 따라서 신인동형설에 입각하여, 아름다운 것에 광분하는 인간의 격정을 신들의 격정과 상호 교환적으로 보는 것은 조금도 무리가 아니다. 실제로 신이 인간의 처녀를 겁탈하려 드는가 하면, 반대로 인간이 여신을 강간하려다가 지옥에 떨어지기도 한다.

고전 고대, 구체적으로 오비디우스가 활동했던 1세기의 로마 시대에 열정은 곧 스토아 학파(견인주의자)의 열정을 말하는 것으로서 이 학파는 열정에 페르투르바티오(*perturbatio*, 광분과 혼란)라는 부정적 의미를 부여했다. 그리하여 열정은 냉정과 이성의 정반대 개념으로 인식되었다. 진정한 현자는 삶의 소란과 존재의 갈등에 전혀 동요되지 않는 사람으로 규정되었다. 이런 철학의 영향 때문에 오비디우스는 『변신 이야기』에서 열정을 육욕 및 죄악과 동일시하는 시각을 보인다. 그럼 왜 인간은 그런 열정을 느끼게 되는 것일까? 오비디우스는 인간의 한평생은 〈죽음의 공포*timor mortis*와 삶의 권태*taedia vitae*〉 사이에서 왕복하다가 끝난다고 『변신 이야기』 제10권에서 말하는데, 이 두려움과 지겨움에서 벗어나기 위해 그런 광분이 생겨난다는 것이다.

『변신 이야기』에서 다루어지는 바쿠스 축제의 장면을 읽어 보면 그런 광란과 격정의 분위기를 여실하게 읽을 수 있다. 자신의 몸이 변신된 사람들은 하나같이 〈이성으로서 자신의 광기를 다스리지 못한*ratione furorem vincere non potuit*〉 사람들이다. 메데아와 이피스와 아낙사레테 등은 좋은 사례이다. 그렇다면 어떻게 해야 변신을 막을 수 있는가? 신들에 대한 두려움을 지니고 광기를 이성으로 다스려야 한다는 것이다. 우리는 필레몬과 바우키스의 사례, 그리고 디도와 아이네아스의 사례에서 그런 두려움과 이성을 찾아볼 수 있다. 이성으로 광기를 다스린다는 것은 스토아 철학의 핵심인데, 『변신 이야기』에 기다란 그림자를 드리우고 있다. 스토아 철학은 광기가 머리, 신경, 내장 등 온몸에서 나오는 것이므로 극복해야 할 대상으로 생각했다. 이 광기를 극복하지 못할 때, 인간은 개나 돼지와 다를 것이 없으며, 실제로 개, 돼지와 같은 행동(변신)을 한다고 보았다.

광기에 해당하는 라틴어 푸로르*furor*는 영어의 패션*passion*과 같은 뜻인데, 이 열정은 기독교 시대인 중세 천 년 동안에는 그리스도를 닮으려는 열정으로 재해석되었다. 예수의 숭고한 수난*Passion*이 곧 인간이 닮아야 할 삶의 모델이라는 것이었다. 그리고 17세기 이후 과학의 시대가 열리면서 열정은 인간 정서*emotion*의 하나로 격하되었고, 분노, 애통, 울분, 통한 등의 격정적인 정서를 가리키게 되었다. 따라서 우리가 『변신 이야기』를 읽을 때, 작중 인물들의 열정이 우리

현대인이 생각하는 그런 정서에 해당하는 것으로 보아서는 안 된다. 그보다는 한 사람의 생과 사를 결정할 정도로 중요한 무드 혹은 심적 상태로 읽어야 한다.

그런데 메데아의 경우에서 알 수 있듯이, 교만하거나 열정적인 사람들이 일방적으로 그런 광기에 휩쓸려 간 것은 아니다. 메데아는 이렇게 말한다. 〈나는 더 좋은 것을 바라보며 칭송하나 정작 더 나쁜 짓을 저지르려 드는구나*video meliora sequor deteriora*.〉 이것은 사도 바울의 말보다 시기적으로 앞선 것이다. 바울은 「로마인들에게 보낸 편지」에서 내 마음속으로는 하느님의 율법을 반기지만 내 몸 속에는 육체의 명령이 있어서 두 법이 서로 싸운다고 했던 것이다(「로마인들에게 보낸 편지」 7:21~23). 이것은 라틴 문학이 기독교 사상과 공통 분모가 있었음을 보여주는 사례이기도 하다. 이런 문장은 오비디우스뿐만 아니라 베르길리우스에게서도 발견된다. 가령 그리스도 탄생 40년 전에 쓰인 베르길리우스의 『전원시』는 한 놀라운 아이의 출생을 예고했다. 그 아이는 새로운 황금시대를 열 것이고 그리하여 지상에 더 이상 유혈, 고통, 노고가 없게 될 것이고, 그 아이는 결국 신이 되어 이 세상을 완벽한 평화 속에 다스릴 것이라고 노래했다. 베르길리우스 동시대의 사람들은 이 아이를 아우구스투스의 상징이라고 해석했으나, 후대, 특히 중세에 들어와서는 그리스도의 예표라고 해석했다. 마찬가지로 오비디우스도 그 이전 수 세기부터 지중해 세계에 있어 왔던 종교적 열망을 잘 알고 있었기에, 사도 바울을 연상시키는 말을 메데아의 입으로 토해 냈다. 그런 모순된 인간의 심성을 인간의 힘만으로는 도저히 이겨낼 수가 없으니, 종교가 필요하다는 얘기인 것이다.

『변신 이야기』를 읽어 나가는 또 다른 재미는 그 안에 숨겨진 많은 상징들을 유심히 살펴보는 것이다. 그중 대표적인 상징이 동굴과 뱀이다. 오비디우스의 동굴은 호메로스의 『오디세이아』 제13장에 나오는 저 유명한 동굴을 연상시킨다. 오디세우스가 고향 이타카로 돌아가기 직전 들르게 되는 이 동굴에서는 벌들이 꿀을 부지런히 만들어 내고 있었다. 이 꿀을 가리켜 생성의 꿀이라고 하는데, 동굴은 세상의 상징이요, 꿀은 남녀 간의 사랑이 만들어 내는 자식의 상징이라고 한다. 천상에서 유배 온 인간의 영혼은 고향(이타카섬, 즉 천상의 상징)으로 돌아가기 전에 반드시 동굴을 거쳐 가야 하는데, 이 동굴의 답답함을 견디게 해주는 것이 곧 생성의 꿀이라는 얘기이다. 그리고 뱀은 시간의 상징이다. 에우리디케가 뱀에게 발꿈치를 물려 죽은 것은 곧 죽을 시간이 되었기 때문에 죽었다는 뜻이고, 의학의 신 아이스쿨라피우스가 뱀으로 상징되는 것은, 시간이 경과하면 웬만한 병은 낫는다는 뜻으로 읽을 수 있다. 창조주는 아름다운 에덴 동산에 왜 뱀을 만들어 놓으셨을까? 그것은 인간에게 〈메멘토 모리(너는 시간이 경과하면 죽는다는 것을 기억하라)〉를 상기시키려는 뜻인 듯하다.

『변신 이야기』의 화자는, 이렇게 전해진다*fertur*, 이런 소문이 있다*fama est*, 소문은 그렇게 전하고 있다*ita fama ferebat*, 이것 또한 소문이 전하는 바이다*eadem hoc quoque fama ferebat*, 나는 이 이야기를 믿지 않지만*haud equidem credo*, 유식하지만 널리 믿어지지는 않는*docta quidem, sed non crdita*, 오랜 세월의 증언이 없다면 누가 이것을 믿을 수 있겠는가*quis hoc credat, nisi sit proteste vetustas* 따위의 말을 함

으로써 스스로 진술의 확실성을 떨어트리고 있다. 또 작품 전편에 걸쳐서 아우구스투스의 존엄을 칭송하지만, 〈제왕의 위엄과 남녀 간의 사랑은 잘 어울리지 않아서 한 자리에 같이 있지 못한다*nec in una sede morantur maiestas et amor*〉라고 하면서 유피테르가 인간의 처녀를 유혹하여 사랑을 나누는 행위를 비난함으로써 은근히 아우구스투스의 위엄을 공격하기도 한다.

이것은 오비디우스가 사용하는 〈라르바루스 프로데오*larvatus prodeo*(나는 가면을 쓰고서 걷는다)〉의 전략을 보여준다. 가면을 쓴다는 것은 자신의 진술을 낯설게 만드는 것이다. 이 낯설게 하기는 오래전부터 사용된 문학적 장치였으나, 20세기 들어 러시아 형식주의자들, 그리고 특히 독일의 브레히트가 자신의 연극을 설명하면서 다시 도입하여 유명해진 것이다. 브레히트는 연극을 교통사고에 비유하고 있다. 희곡은 교통사고의 당사자이고, 배우는 사고의 목격자이며, 관중은 사고 현장에 나타난 구경꾼이라는 것이다. 목격자가 구경꾼에게 교통사고를 설명할 때, 너무 사실적으로 말해 주면 구경꾼이 목격자를 당사자로 착각하기 때문에, 낯설게 하기의 효과가 일어나지 않는다는 것이다. 그래서 연극 중에 배우는 일부러 자신이 배우라는 것을 관중에게 확인시키기 위해 작중인물이 된 것처럼 대사를 말하지 않고 마치 인용문을 읽듯 다소 어색하게 대사를 말해야 한다는 것이다.

왜 오비디우스는 이런 낯설게 하기 전략을 사용했을까? 그것은 베르길리우스의 『아이네이스』와 『변신 이야기』를 서로 대비시켜 보면 아주 분명하게 드러난다. 베르길리우스는 신화에 상당한 역사적 진실이 들어 있다고 확신하면서, 그것을 독자에게 납득시키기 위해 있는 힘을 다한다. 자신이 마치 교통사고의 당사자인 것처럼 말하는 것이다. 이에 비해 오비디우스는 신화에 대하여 일정한 거리를 유지하면서(낯설게 하면서), 그 이야기의 역사적 진실과 리얼리티는 반드시 일치하는 것이 아니라는 입장을 취한다. 〈이러이러하게 전해지는 얘기가 있다〉라는 것은, 이야기가 허구일 수도 있으며, 독자가 그것을 진실처럼 믿어 주는 순간에만 진실이라는 뜻이다. 이를 가리켜 오비디우스는 『변신 이야기』 제13권에서 〈진실은 허구와 비슷하게 보입니다*res similis fictae*〉라고 말하고 있다. 『아이네이스』의 화자가 진지한 맨 얼굴이라면 『변신 이야기』의 화자는 이처럼 자신의 가면을 무시로 가리키고 있다. 그리하여 독자에게는 어떤 것이 화자의 맨 얼굴이고 어떤 것이 가면인지 모호해지는 순간도 있지만, 오비디우스는 바로 이런 경계선상의 글쓰기로 자신의 서사시를 베르길리우스의 서사시와 구분시키고 있는 것이다. 이처럼 가면과 맨얼굴, 허구와 진실, 신화와 서사시를 서로 뒤섞는 글쓰기로 인하여, 오비디우스는 독일 고전학자 헤르만 프렝켈에 의해 〈두 세계의 시인〉이라는 별명을 얻게 되었다. 그리하여 20세기 후반기의 포스트모더니즘 소설가들, 가령 크리스토프 란스마이어나 살만 루시디 등이 오비디우스에게서 진실과 허구의 경계선상에서의 글쓰기라는 힌트를 얻은 것은 결코 우연한 일이 아니다.

마지막으로, 영국 옥스보우 북스에서 나온 아리스 앤드 필립스 클래시컬 텍스츠 중 *Metamorphoses*(1985~2000)를 번역 대본으로 사용했음을 밝힌다. 이 책은 영국 뉴캐슬 대학교 고전학과장을 지낸 D. E. 힐이 원문을 편집하고 번역하면서 주석까지 달아놓은 라틴어-영어 대역본이다.

역자는 지난 15년 동안 라틴어를 독학해 온 덕분에 『변신 이야기』의 라틴어 원본과 영역본을 동시에 읽으면서 번역할 수 있었다. 영역본은 블랭크 버스(각운 없이 강약의 운율을 취하는 영시의 한 형태)의 운율을 살리기 위해 라틴어 원문에서 이탈하는 경우가 더러 있는데, 이런 경우에는 라틴어 원본을 보고서 바로잡았다. 라틴어 원본도 장단단 6보격의 운율을 살리기 위해 같은 표현을 반복하거나, 같은 인물을 다르게 표현하거나, 내용이 고도로 압축된 경우에는 원문의 외형적 표현을 따르는 것이 아니라, 속뜻을 더 중시하여 독자가 금방 이해할 수 있는 표현으로 바꾸어 놓았다. 이렇게 한 것은 한국어로 번역될 때 어차피 라틴어 운율은 살려내지 못하는데, 원문의 외형을 지나치게 고집하여 원문의 운율도 살리지 못하면서 속뜻마저 놓치는 이중의 손실을 볼 수도 있어 이를 피하기 위해서였다. 또한 원문에는 각 권에 소제목이 달려 있지 않으나 역자가 적당한 간격으로 소제목을 붙여 독자가 해당 기사의 윤곽을 금방 파악할 수 있게 했다.

이종인

오비디우스 연보

B.C. 44년 율리우스 카이사르, 로마 원로원에서 브루투스 등의 원로원 의원들에게 암살됨.

B.C. 43년 출생 3월 20일 오비디우스, 로마에서 120킬로미터 떨어진 아브루치 산간 지대의 마을 술모에서 태어남. 로마 최고의 문장가 키케로, 정적인 안토니우스가 보낸 암살대에 의해 살해됨. 10월, 옥타비아누스(아우구스투스 황제의 즉위 이전 이름), 안토니우스, 레피두스, 제2차 삼두정치 수립.

B.C. 42년 1세 10월 23일 소아시아로 달아났던 카이사르 암살범 브루투스 일행이 필리피 전투에서 패배하여 살해됨.

B.C. 42년~37년 1~6세 베르길리우스의 『전원시』 10편이 발표됨. 이 중 제4편에 온 세상을 구제하는 어린아이의 탄생을 예고하는 노래가 들어 있음. 기독교에서는 이것을 그리스도 탄생의 예표라고 해석하고 있음.

B.C. 31년 12세 옥타비아누스, 악티움 해전에서 안토니우스와 클레오파트라의 세력을 패배시킴. 안토니우스와 클레오파트라는 자살함.

B.C. 39년~29년 4~14세 베르길리우스의 『농경시』 4권 발표됨.

B.C. 27년 16세 1월 13일, 로마 원로원은 혼란스러운 내전을 종식시

키고 평화로운 시대를 연 옥타비아누스의 공로를 높이 칭송하면서 〈아우구스투스(존귀한)〉라는 극존칭을 수여함. 이때부터 아우구스투스라고 불림. 팔라티움 언덕에 아폴로 신전을 건설함.

B.C. 26년 17세 비가(悲歌) 시인 코르넬리우스 갈루스, 아우구스투스 황제의 총애를 잃어서 자살함. 갈루스는 사랑의 비가 네 권을 써서 비가를 라틴 시의 한 형식으로 정립하는 데 결정적 영향을 미쳤음. 오비디우스는 유배지에서 쓴 『슬픔의 노래』에서 이 시인을 높이 칭송했음.

B.C. 29년~19년 14~24세 베르길리우스의 『아이네이스』 발표됨.

B.C. 20년대 오비디우스의 데뷔작인 『사랑*Amores*』, 『사랑하는 여인들의 편지*Heroides*』, 이제는 전해지지 않는 비극 『메데아*Medea*』, 『사랑의 기술*Ars amatoria*』, 『화장의 기술*Medicamina Faciei Femineae*』, 『사랑의 치료*Remedia amoris*』가 발표됨(~서기 2년).

B.C. 19년 24세 베르길리우스, 『아이네이스』의 미완성 시행들을 마무리할 자료를 얻기 위해 이 해에 그리스와 소아시아 답사에 나섰으나, 메가라에서 열병에 걸려 이탈리아의 브룬디시움에서 사망. 이 때문에 『아이네이스』는 미완성 상태임. 친구에게 자신이 죽게 되면 『아이네이스』를 불태워 없애라고 했으나 아우구스투스 황제의 명령으로 불태우지 않고 간행됨. 베르길리우스는 호메로스의 『일리아스』와 『오디세이아』처럼 자연스럽게 서사시를 구성하지 못하고, 지적이면서도 인공적인 조탁을 많이 한 것을 부끄럽게 여겼다고 함.

B.C. 8년 35세 서정시인 호라티우스와 시인들의 후원자였던 마이케나스 사망.

A.D. 2년~8년 44~50세 오비디우스의 두 편의 대작, 『변신 이야기*Metamorphoses*』와 『로마의 축일*Fasti*』이 발표됨.

8년 50세 오비디우스, 소율리아 사건에 연루되어 흑해 서안의 토미스로 유배됨. 『슬픔의 노래』에서 자신을 악타이온에 비유하고 있는데, 『변신 이야기』에서 악타이온에 대하여 이렇게 묘사했음. 〈그는 운이 나

뺐을 뿐 죄를 저지르진 않았음을 알 것이다. 실수한 것에 무슨 죄가 있단 말인가?〉 이 때문에 오비디우스가 소윸리아의 비행을 목격하고서도, 당국에 고발하지 않아서 황제의 미움을 산 것이 아닐까 하는 추측도 있음.

14년 56세 아우구스투스 황제가 사망하고 티베리우스가 황제로 등극함. 황제가 바뀌었으므로 오비디우스는 유배를 해제해 주거나 유배지를 로마 가까운 곳으로 옮겨 주도록 탄원함. 그러나 티베리우스는 대율리아와 결혼한 사이로서, 대율리아의 스캔들에 관련된 오비디우스를 미워하여 요청을 들어주지 않음.

9년~16년 51~58세 오비디우스, 유배지에서 『슬픔의 노래』, 『흑해로부터의 편지』, 『이비스』 같은 작품들을 씀.

17년 59세 오비디우스, 유배지에서 사망.

열린책들 세계문학 235 변신 이야기

옮긴이 이종인 1954년 서울에서 태어나 고려대학교 영어영문학과를 졸업했다. 한국 브리태니커 편집국장과 성균관대학교 전문번역가 양성과정 겸임교수를 역임했다. 어니스트 헤밍웨이의 『무기여 잘 있거라』, 『노인과 바다』, 폴 오스터의 『보이지 않는』, 『어둠 속의 남자』, 『폴 오스터의 뉴욕 통신』, 크리스토퍼 드 하멜의 『성서의 역사』, 프랭크 로이드 라이트의 『자서전』, 존 르카레의 『팅커, 테일러, 솔저, 스파이』, 니코스 카잔차키스의 『향연 외』, 『돌의 정원』, 『모레아 기행』, 『일본 중국 기행』, 『영국 기행』, 앤디 앤드루스의 『폰더 씨의 위대한 하루』, 줌파 라히리의 『축복받은 집』, 조지프 골드스타인의 『비블리오테라피』, 스티븐 앰브로스 외의 『만약에』, 사이먼 윈체스터의 『영어의 탄생』 등 1백여 권을 번역했고, 번역 입문 강의서 『번역은 글쓰기다』를 펴냈다.

지은이 오비디우스 **옮긴이** 이종인 **발행인** 홍예빈·홍유진
발행처 주식회사 열린책들 **주소** 경기도 파주시 문발로 253 파주출판도시
전화 031-955-4000 **팩스** 031-955-4004 **홈페이지** www.openbooks.co.kr

ISBN 978-89-329-1235-6 04890 **ISBN** 978-89-329-1499-2 (세트)
발행일 2018년 4월 30일 세계문학판 1쇄 2022년 1월 15일 세계문학판 2쇄

이 도서의 국립중앙도서관 출판예정도서목록(CIP)은 서지정보유통지원시스템 홈페이지(http://seoji.nl.go.kr)와 국가자료공동목록시스템(http://www.nl.go.kr/kolisnet)에서 이용하실 수 있습니다.(CIP제어번호 : CIP2018005520)

열린책들 세계문학
Open Books World Literature

001 **죄와 벌** 표도르 도스또예프스끼 장편소설 | 홍대화 옮김 | 전2권 | 각 408, 512면
003 **최초의 인간** 알베르 카뮈 장편소설 | 김화영 옮김 | 392면
004 **소설** 제임스 미치너 장편소설 | 윤희기 옮김 | 전2권 | 각 280, 368면
006 **개를 데리고 다니는 부인** 안똔 체호프 소설선집 | 오종우 옮김 | 368면
007 **우주 만화** 이탈로 칼비노 단편집 | 김운찬 옮김 | 416면
008 **댈러웨이 부인** 버지니아 울프 장편소설 | 최애리 옮김 | 296면
009 **어머니** 막심 고리끼 장편소설 | 최윤락 옮김 | 544면
010 **변신** 프란츠 카프카 중단편집 | 홍성광 옮김 | 464면
011 **전도서에 바치는 장미** 로저 젤라즈니 중단편집 | 김상훈 옮김 | 432면
012 **대위의 딸** 알렉산드르 뿌쉬낀 장편소설 | 석영중 옮김 | 240면
013 **바다의 침묵** 베르코르 소설선집 | 이상해 옮김 | 256면
014 **원수들, 사랑 이야기** 아이작 싱어 장편소설 | 김진준 옮김 | 320면
015 **백치** 표도르 도스또예프스끼 장편소설 | 김근식 옮김 | 전2권 | 각 504, 528면
017 **1984년** 조지 오웰 장편소설 | 박경서 옮김 | 392면
019 **이상한 나라의 앨리스** 루이스 캐럴 환상동화 | 머빈 피크 그림 | 최용준 옮김 | 336면
020 **베네치아에서의 죽음** 토마스 만 중단편집 | 홍성광 옮김 | 432면
021 **그리스인 조르바** 니코스 카잔차키스 장편소설 | 이윤기 옮김 | 488면
022 **벚꽃 동산** 안똔 체호프 희곡선집 | 오종우 옮김 | 336면
023 **연애 소설 읽는 노인** 루이스 세풀베다 장편소설 | 정창 옮김 | 192면
024 **젊은 사자들** 어윈 쇼 장편소설 | 정영문 옮김 | 전2권 | 각 416, 408면
026 **젊은 베르테르의 슬픔** 요한 볼프강 폰 괴테 장편소설 | 김인순 옮김 | 240면
027 **시라노** 에드몽 로스탕 희곡 | 이상해 옮김 | 256면
028 **전망 좋은 방** E. M. 포스터 장편소설 | 고정아 옮김 | 352면
029 **까라마조프 씨네 형제들** 표도르 도스또예프스끼 장편소설 | 이대우 옮김 | 전3권 | 각 496, 496, 460면
032 **프랑스 중위의 여자** 존 파울즈 장편소설 | 김석희 옮김 | 전2권 | 각 344면
034 **소립자** 미셸 우엘벡 장편소설 | 이세욱 옮김 | 448면
035 **영혼의 자서전** 니코스 카잔차키스 자서전 | 안정효 옮김 | 전2권 | 각 352, 408면

037 **우리들** 예브게니 자먀찐 장편소설 | 석영중 옮김 | 320면
038 **뉴욕 3부작** 폴 오스터 장편소설 | 황보석 옮김 | 480면
039 **닥터 지바고** 보리스 빠스쩨르나끄 장편소설 | 박형규 옮김 | 전2권 | 각 400, 512면
041 **고리오 영감** 오노레 드 발자크 장편소설 | 임희근 옮김 | 456면
042 **뿌리** 알렉스 헤일리 장편소설 | 안정효 옮김 | 전2권 | 각 400, 448면
044 **백년보다 긴 하루** 친기즈 아이뜨마또프 장편소설 | 황보석 옮김 | 560면
045 **최후의 세계** 크리스토프 란스마이어 장편소설 | 장희권 옮김 | 264면
046 **추운 나라에서 돌아온 스파이** 존 르카레 장편소설 | 김석희 옮김 | 368면
047 **산도칸 – 몸프라쳄의 호랑이** 에밀리오 살가리 장편소설 | 유향란 옮김 | 428면
048 **기적의 시대** 보리슬라프 페키치 장편소설 | 이윤기 옮김 | 560면
049 **그리고 죽음** 짐 크레이스 장편소설 | 김석희 옮김 | 224면
050 **세설** 다니자키 준이치로 장편소설 | 송태욱 옮김 | 전2권 | 각 480면
052 **세상이 끝날 때까지 아직 10억 년** 스뜨루가츠끼 형제 장편소설 | 석영중 옮김 | 224면
053 **동물 농장** 조지 오웰 장편소설 | 박경서 옮김 | 208면
054 **캉디드 혹은 낙관주의** 볼테르 장편소설 | 이봉지 옮김 | 232면
055 **도적 떼** 프리드리히 폰 실러 희곡 | 김인순 옮김 | 264면
056 **플로베르의 앵무새** 줄리언 반스 장편소설 | 신재실 옮김 | 320면
057 **악령** 표도르 도스또예프스끼 장편소설 | 박혜경 옮김 | 전3권 | 각 328, 408, 528면
060 **의심스러운 싸움** 존 스타인벡 장편소설 | 윤희기 옮김 | 340면
061 **몽유병자들** 헤르만 브로흐 장편소설 | 김경연 옮김 | 전2권 | 각 568, 544면
063 **몰타의 매** 대실 해밋 장편소설 | 고정아 옮김 | 304면
064 **마야꼬프스끼 선집** 블라지미르 마야꼬프스끼 선집 | 석영중 옮김 | 384면
065 **드라큘라** 브램 스토커 장편소설 | 이세욱 옮김 | 전2권 | 각 340, 344면
067 **서부 전선 이상 없다** 에리히 마리아 레마르크 장편소설 | 홍성광 옮김 | 336면
068 **적과 흑** 스탕달 장편소설 | 임미경 옮김 | 전2권 | 각 432, 368면
070 **지상에서 영원으로** 제임스 존스 장편소설 | 이종인 옮김 | 전3권 | 각 396, 380, 496면
073 **파우스트** 요한 볼프강 폰 괴테 희곡 | 김인순 옮김 | 568면
074 **쾌걸 조로** 존스턴 매컬리 장편소설 | 김훈 옮김 | 316면
075 **거장과 마르가리따** 미하일 불가꼬프 장편소설 | 홍대화 옮김 | 전2권 | 각 364, 328면
077 **순수의 시대** 이디스 워튼 장편소설 | 고정아 옮김 | 448면
078 **검의 대가** 아르투로 페레스 레베르테 장편소설 | 김수진 옮김 | 384면

079 **예브게니 오네긴** 알렉산드르 뿌쉬낀 운문소설 | 석영중 옮김 | 328면

080 **장미의 이름** 움베르토 에코 장편소설 | 이윤기 옮김 | 전2권 | 각 440, 448면

082 **향수** 파트리크 쥐스킨트 장편소설 | 강명순 옮김 | 384면

083 **여자를 안다는 것** 아모스 오즈 장편소설 | 최창모 옮김 | 280면

084 **나는 고양이로소이다** 나쓰메 소세키 장편소설 | 김난주 옮김 | 544면

085 **웃는 남자** 빅토르 위고 장편소설 | 이형식 옮김 | 전2권 | 각 472, 496면

087 **아웃 오브 아프리카** 카렌 블릭센 장편소설 | 민승남 옮김 | 480면

088 **무엇을 할 것인가** 니꼴라이 체르니셰프스끼 장편소설 | 서정록 옮김 | 전2권 | 각 360, 404면

090 **도나 플로르와 그녀의 두 남편** 조르지 아마두 장편소설 | 오숙은 옮김 | 전2권 | 각 408, 308면

092 **미사고의 숲** 로버트 홀드스톡 장편소설 | 김상훈 옮김 | 424면

093 **신곡** 단테 알리기에리 장편서사시 | 김운찬 옮김 | 전3권 | 각 292, 296, 328면

096 **교수** 샬럿 브론테 장편소설 | 배미영 옮김 | 368면

097 **노름꾼** 표도르 도스또예프스끼 장편소설 | 이재필 옮김 | 320면

098 **하워즈 엔드** E. M. 포스터 장편소설 | 고정아 옮김 | 512면

099 **최후의 유혹** 니코스 카잔차키스 장편소설 | 안정효 옮김 | 전2권 | 각 408면

101 **키리냐가** 마이크 레스닉 장편소설 | 최용준 옮김 | 464면

102 **바스커빌가의 개** 아서 코넌 도일 장편소설 | 조영학 옮김 | 264면

103 **버마 시절** 조지 오웰 장편소설 | 박경서 옮김 | 408면

104 **10 1/2장으로 쓴 세계 역사** 줄리언 반스 장편소설 | 신재실 옮김 | 464면

105 **죽음의 집의 기록** 표도르 도스또예프스끼 장편소설 | 이덕형 옮김 | 528면

106 **소유** 앤토니어 수전 바이어트 장편소설 | 윤희기 옮김 | 전2권 | 각 440, 488면

108 **미성년** 표도르 도스또예프스끼 장편소설 | 이상룡 옮김 | 전2권 | 각 512, 544면

110 **성 앙투안느의 유혹** 귀스타브 플로베르 희곡소설 | 김용은 옮김 | 584면

111 **밤으로의 긴 여로** 유진 오닐 희곡 | 강유나 옮김 | 240면

112 **마법사** 존 파울즈 장편소설 | 정영문 옮김 | 전2권 | 각 512, 552면

114 **스쩨빤치꼬보 마을 사람들** 표도르 도스또예프스끼 장편소설 | 변현태 옮김 | 416면

115 **플랑드르 거장의 그림** 아르투로 페레스 레베르테 장편소설 | 정창 옮김 | 512면

116 **분신** 표도르 도스또예프스끼 장편소설 | 석영중 옮김 | 288면

117 **가난한 사람들** 표도르 도스또예프스끼 장편소설 | 석영중 옮김 | 256면

118 **인형의 집** 헨리크 입센 희곡 | 김창화 옮김 | 272면

119 **영원한 남편** 표도르 도스또예프스끼 장편소설 | 정명자 외 옮김 | 448면

120 **알코올** 기욤 아폴리네르 시집 | 황현산 옮김 | 352면
121 **지하로부터의 수기** 표도르 도스또예프스끼 장편소설 | 계동준 옮김 | 256면
122 **어느 작가의 오후** 페터 한트케 중편소설 | 홍성광 옮김 | 160면
123 **아저씨의 꿈** 표도르 도스또예프스끼 장편소설 | 박종소 옮김 | 312면
124 **네또츠까 네즈바노바** 표도르 도스또예프스끼 장편소설 | 박재만 옮김 | 316면
125 **곤두박질** 마이클 프레인 장편소설 | 최용준 옮김 | 528면
126 **백야 외** 표도르 도스또예프스끼 소설선집 | 석영중 외 옮김 | 408면
127 **살라미나의 병사들** 하비에르 세르카스 장편소설 | 김창민 옮김 | 304면
128 **뻬쩨르부르그 연대기 외** 표도르 도스또예프스끼 소설선집 | 이항재 옮김 | 296면
129 **상처받은 사람들** 표도르 도스또예프스끼 장편소설 | 윤우섭 옮김 | 전2권 | 각 296, 392면
131 **악어 외** 표도르 도스또예프스끼 소설선집 | 박혜경 외 옮김 | 312면
132 **허클베리 핀의 모험** 마크 트웨인 장편소설 | 윤교찬 옮김 | 416면
133 **부활** 레프 똘스또이 장편소설 | 이대우 옮김 | 전2권 | 각 308, 416면
135 **보물섬** 로버트 루이스 스티븐슨 장편소설 | 머빈 피크 그림 | 최용준 옮김 | 360면
136 **천일야화** 앙투안 갈랑 엮음 | 임호경 옮김 | 전6권 | 각 336, 328, 372, 392, 344, 320면
142 **아버지와 아들** 이반 뚜르게네프 장편소설 | 이상원 옮김 | 328면
143 **오만과 편견** 제인 오스틴 장편소설 | 원유경 옮김 | 480면
144 **천로 역정** 존 버니언 우화소설 | 이동일 옮김 | 432면
145 **대주교에게 죽음이 오다** 윌라 캐더 장편소설 | 윤명옥 옮김 | 352면
146 **권력과 영광** 그레이엄 그린 장편소설 | 김연수 옮김 | 384면
147 **80일간의 세계 일주** 쥘 베른 장편소설 | 고정아 옮김 | 352면
148 **바람과 함께 사라지다** 마거릿 미첼 장편소설 | 안정효 옮김 | 전3권 | 각 616, 640, 640면
151 **기탄잘리** 라빈드라나트 타고르 시집 | 장경렬 옮김 | 224면
152 **도리언 그레이의 초상** 오스카 와일드 장편소설 | 윤희기 옮김 | 384면
153 **레우코와의 대화** 체사레 파베세 희곡소설 | 김운찬 옮김 | 280면
154 **햄릿** 윌리엄 셰익스피어 희곡 | 박우수 옮김 | 256면
155 **맥베스** 윌리엄 셰익스피어 희곡 | 권오숙 옮김 | 176면
156 **아들과 연인** 데이비드 허버트 로런스 장편소설 | 최희섭 옮김 | 전2권 | 각 464, 432면
158 **그리고 아무 말도 하지 않았다** 하인리히 뵐 장편소설 | 홍성광 옮김 | 272면
159 **미덕의 불운** 싸드 장편소설 | 이형식 옮김 | 248면
160 **프랑켄슈타인** 메리 W. 셸리 장편소설 | 오숙은 옮김 | 320면

161 **위대한 개츠비** 프랜시스 스콧 피츠제럴드 장편소설 | 한애경 옮김 | 280면
162 **아Q정전** 루쉰 중단편집 | 김태성 옮김 | 320면
163 **로빈슨 크루소** 대니얼 디포 장편소설 | 류경희 옮김 | 456면
164 **타임머신** 허버트 조지 웰스 소설선집 | 김석희 옮김 | 304면
165 **제인 에어** 샬럿 브론테 장편소설 | 이미선 옮김 | 전2권 | 각 392, 384면
167 **풀잎** 월트 휘트먼 시집 | 허현숙 옮김 | 280면
168 **표류자들의 집** 기예르모 로살레스 장편소설 | 최유정 옮김 | 216면
169 **배빗** 싱클레어 루이스 장편소설 | 이종인 옮김 | 520면
170 **이토록 긴 편지** 마리아마 바 장편소설 | 백선희 옮김 | 192면
171 **느릅나무 아래 욕망** 유진 오닐 희곡 | 손동호 옮김 | 168면
172 **이방인** 알베르 카뮈 장편소설 | 김예령 옮김 | 208면
173 **미라마르** 나기브 마푸즈 장편소설 | 허진 옮김 | 288면
174 **지킬 박사와 하이드 씨** 로버트 루이스 스티븐슨 소설선집 | 조영학 옮김 | 320면
175 **루진** 이반 뚜르게네프 장편소설 | 이항재 옮김 | 264면
176 **피그말리온** 조지 버나드 쇼 희곡 | 김소임 옮김 | 256면
177 **목로주점** 에밀 졸라 장편소설 | 유기환 옮김 | 전2권 | 각 336면
179 **엠마** 제인 오스틴 장편소설 | 이미애 옮김 | 전2권 | 각 336, 360면
181 **비숍 살인 사건** S. S. 밴 다인 장편소설 | 최인자 옮김 | 464면
182 **우신예찬** 에라스무스 풍자문 | 김남우 옮김 | 296면
183 **하자르 사전** 밀로라드 파비치 장편소설 | 신현철 옮김 | 488면
184 **테스** 토머스 하디 장편소설 | 김문숙 옮김 | 전2권 | 각 392, 336면
186 **투명 인간** 허버트 조지 웰스 장편소설 | 김석희 옮김 | 288면
187 **93년** 빅토르 위고 장편소설 | 이형식 옮김 | 전2권 | 각 288, 360면
189 **젊은 예술가의 초상** 제임스 조이스 장편소설 | 성은애 옮김 | 384면
190 **소네트집** 윌리엄 셰익스피어 연작시집 | 박우수 옮김 | 200면
191 **메뚜기의 날** 너새니얼 웨스트 장편소설 | 김진준 옮김 | 280면
192 **나사의 회전** 헨리 제임스 중편소설 | 이승은 옮김 | 256면
193 **오셀로** 윌리엄 셰익스피어 희곡 | 권오숙 옮김 | 216면
194 **소송** 프란츠 카프카 장편소설 | 김재혁 옮김 | 376면
195 **나의 안토니아** 윌라 캐더 장편소설 | 전경자 옮김 | 368면
196 **자성록** 마르쿠스 아우렐리우스 명상록 | 박민수 옮김 | 240면

197 **오레스테이아** 아이스킬로스 비극 | 두행숙 옮김 | 336면

198 **노인과 바다** 어니스트 헤밍웨이 소설선집 | 이종인 옮김 | 320면

199 **무기여 잘 있거라** 어니스트 헤밍웨이 장편소설 | 이종인 옮김 | 464면

200 **서푼짜리 오페라** 베르톨트 브레히트 희곡선집 | 이은희 옮김 | 320면

201 **리어 왕** 윌리엄 셰익스피어 희곡 | 박우수 옮김 | 224면

202 **주홍 글자** 너대니얼 호손 장편소설 | 곽영미 옮김 | 360면

203 **모히칸족의 최후** 제임스 페니모어 쿠퍼 장편소설 | 이나경 옮김 | 512면

204 **곤충 극장** 카렐 차페크 희곡선집 | 김선형 옮김 | 360면

205 **누구를 위하여 종은 울리나** 어니스트 헤밍웨이 장편소설 | 이종인 옮김 | 전2권 | 각 416, 400면

207 **타르튀프** 몰리에르 희곡선집 | 신은영 옮김 | 416면

208 **유토피아** 토머스 모어 소설 | 전경자 옮김 | 288면

209 **인간과 초인** 조지 버나드 쇼 희곡 | 이후지 옮김 | 320면

210 **페드르와 이폴리트** 장 라신 희곡 | 신정아 옮김 | 200면

211 **말테의 수기** 라이너 마리아 릴케 장편소설 | 안문영 옮김 | 320면

212 **등대로** 버지니아 울프 장편소설 | 최애리 옮김 | 328면

213 **개의 심장** 미하일 불가꼬프 중편소설집 | 정연호 옮김 | 352면

214 **모비 딕** 허먼 멜빌 장편소설 | 강수정 옮김 | 전2권 | 각 464, 488면

216 **더블린 사람들** 제임스 조이스 단편소설집 | 이강훈 옮김 | 336면

217 **마의 산** 토마스 만 장편소설 | 윤순식 옮김 | 전3권 | 각 496, 488, 512면

220 **비극의 탄생** 프리드리히 니체 | 김남우 옮김 | 320면

221 **위대한 유산** 찰스 디킨스 장편소설 | 류경희 옮김 | 전2권 | 각 432, 448면

223 **사람은 무엇으로 사는가** 레프 똘스또이 소설선집 | 윤새라 옮김 | 464면

224 **자살 클럽** 로버트 루이스 스티븐슨 소설선집 | 임종기 옮김 | 272면

225 **채털리 부인의 연인** 데이비드 허버트 로런스 장편소설 | 이미선 옮김 | 전2권 | 각 336, 328면

227 **데미안** 헤르만 헤세 장편소설 | 김인순 옮김 | 264면

228 **두이노의 비가** 라이너 마리아 릴케 시 선집 | 손재준 옮김 | 504면

229 **페스트** 알베르 카뮈 장편소설 | 최윤주 옮김 | 432면

230 **여인의 초상** 헨리 제임스 장편소설 | 정상준 옮김 | 전2권 | 각 520, 544면

232 **성** 프란츠 카프카 장편소설 | 이재황 옮김 | 560면

233 **차라투스트라는 이렇게 말했다** 프리드리히 니체 산문시 | 김인순 옮김 | 464면

234 **노래의 책** 하인리히 하이네 시집 | 이재영 옮김 | 384면

235 **변신 이야기** 오비디우스 서사시 | 이종인 옮김 | 632면

236 **안나 까레니나** 레프 똘스또이 장편소설 | 이명현 옮김 | 전2권 | 각 800, 736면

238 **이반 일리치의 죽음 · 광인의 수기** 레프 똘스또이 중단편집 | 석영중 · 정지원 옮김 | 232면

239 **수레바퀴 아래서** 헤르만 헤세 장편소설 | 강명순 옮김 | 272면

240 **피터 팬** J. M. 배리 장편소설 | 최용준 옮김 | 272면

241 **정글 북** 러디어드 키플링 중단편집 | 오숙은 옮김 | 272면

242 **한여름 밤의 꿈** 윌리엄 셰익스피어 희곡 | 박우수 옮김 | 160면

243 **좁은 문** 앙드레 지드 장편소설 | 김화영 옮김 | 264면

244 **모리스** E. M. 포스터 장편소설 | 고정아 옮김 | 408면

245 **브라운 신부의 순진** 길버트 키스 체스터턴 단편집 | 이상원 옮김 | 336면

246 **각성** 케이트 쇼팽 장편소설 | 한애경 옮김 | 272면

247 **뷔히너 전집** 게오르크 뷔히너 지음 | 박종대 옮김 | 400면

248 **디미트리오스의 가면** 에릭 앰블러 장편소설 | 최용준 옮김 | 424면

249 **베르가모의 페스트 외** 옌스 페테르 야콥센 중단편 전집 | 박종대 옮김 | 208면

250 **폭풍우** 윌리엄 셰익스피어 희곡 | 박우수 옮김 | 176면

251 **어셴든, 영국 정보부 요원** 서머싯 몸 연작 소설집 | 이민아 옮김 | 416면

252 **기나긴 이별** 레이먼드 챈들러 장편소설 | 김진준 옮김 | 600면

253 **인도로 가는 길** E. M. 포스터 장편소설 | 민승남 옮김 | 552면

254 **올랜도** 버지니아 울프 장편소설 | 이미애 옮김 | 376면

255 **시지프 신화** 알베르 카뮈 지음 | 박언주 옮김 | 264면

256 **조지 오웰 산문선** 조지 오웰 지음 | 허진 옮김 | 424면

257 **로미오와 줄리엣** 윌리엄 셰익스피어 희곡 | 도해자 옮김 | 200면

258 **수용소군도** 알렉산드르 솔제니찐 기록문학 | 김학수 옮김 | 전6권 | 각 460면 내외

264 **스웨덴 기사** 레오 페루츠 장편소설 | 강명순 옮김 | 336면

265 **유리 열쇠** 대실 해밋 장편소설 | 홍성영 옮김 | 328면

266 **로드 짐** 조지프 콘래드 장편소설 | 최용준 옮김 | 608면

267 **푸코의 진자** 움베르토 에코 장편소설 | 이윤기 옮김 | 전3권 | 각 392, 384, 416면

270 **공포로의 여행** 에릭 앰블러 장편소설 | 최용준 옮김 | 376면

271 **심판의 날의 거장** 레오 페루츠 장편소설 | 신동화 옮김 | 264면

272 **에드거 앨런 포 단편선** 에드거 앨런 포 지음 | 김석희 옮김 | 392면

273 **수전노 외** 몰리에르 희곡선집 | 신정아 옮김 | 424면

274 **모파상 단편선** 기 드 모파상 지음 | 임미경 옮김 | 400면

275 **평범한 인생** 카렐 차페크 장편소설 | 송순섭 옮김 | 280면

각 권 8,800~15,800원